suhrkamp taschenbuch 4149

Es ist das Jahr 2012: Familientreffen auf dem Zürichsee. Ein paar Menschen aus Zürich, Bayern, Wien, den USA sind an den Ort ihrer Wurzeln zurückgekehrt. Nach Zürich, wo Kaspar Schnetzlers Familienchronik 1912 beginnt. Die Toten gesellen sich dazu: ein melancholischer Stadtpolizist, eine lesehungrige Tochter, eine sektengläubige Oboistin, ein drogensüchtiger Träumer. Vier Generationen der Familie Frauenlob-Gerber, die immer nur an das Gute glauben wollten und in den Strudel der Geschichte gerieten.

»Ein wahrer Schmöker. Eine Liebeserklärung an Zürich.«

Roger Ankregg, Sonntagszeitung

Kaspar Schnetzler, geboren 1943 in Zürich, studierte Germanistik und Kunstgeschichte in Zürich und Berlin und arbeitete als Kantonsschullehrer. Seit 2005 lebt er als Schriftsteller, Dozent und freier Journalist in der Umgebung von Zürich. Zuletzt erschien sein Roman *Die Gilde* (2002).

Kaspar Schnetzler

Das Gute

Roman

Suhrkamp

Umschlagfoto: Hans Staub © Fotostiftung Schweiz/VG Bild-Kunst, Bonn 2009

suhrkamp taschenbuch 4149
Erste Auflage 2010

Druck: CPI – Ebner & Spiegel, Ulm
Printed in Germany
Umschlag: Göllner, Michels, Zegarzewski
ISBN 978-3-518-46149-5

1 2 3 4 5 6 – 15 14 13 12 11 10

Das Gute

Für Barbora

»Alles frei erfunden!« (Walter Kempowski)

Inhalt

Felix 209–223
Regula 224–

1912

3. September – Geschützdonner verkündet Punkt halb sechs Uhr die Einfahrt des kaiserlichen Hofzugs in den Hauptbahnhof Zürich. Der deutsche Kaiser Wilhelm II. tritt seinen Besuch in Zürich an. Die Begeisterung der einheimischen Bevölkerung kennt keine Grenzen.

Wie sich diese Begeisterung in den Familien Gerber und Frauenlob niederschlägt.

1.

Noch immer konnte es Hans Gerber nicht fassen, dass er es gewagt hatte, die gnädige Frau Rieter-Bodmer um einen Gefallen zu bitten. Aber er hatte den Mut aufgebracht, darum stand er nun hier, in der Cour d'Honneurs des Grandhotel *Baur au Lac*, im Baritonregister der vereinigten Gesangvereine *Männerchor* und *Harmonie Zürich*, bereit zum Abendständchen für den deutschen Kaiser, der Zürich mit seinem Besuch beehrte. Punkt neun würde Seine Majestät das Diner drinnen verlassen und mit dem Bundespräsidenten auf den Balkon hinaustreten.

Gerber stand mit dem Rücken zur Stadthausanlage am Bürkliplatz, wo er dienstags und freitags seines Amtes als Marktchef waltete. Er war Stadtpolizist und herrschte über ein Reich von Kraut und Rüben, das von einem Dutzend Marktfrauen bevölkert war. Seine Welt lag im Schatten von Rosskastanien, nicht im Licht des Gottesgnadentums.

Ein Herzenswunsch hatte sich erfüllt, Gerber war am Ziel seiner Träume, aber behaglich fühlte er sich nicht. Er fühlte sich selten behaglich, aber jetzt glaubte er bis unter die gestärkte Hemdbrust den Abstand zu spüren, den die ordentlichen Mitglieder des Sängervereins *Harmonie* von einem Zuzüger wie ihm hielten. Sie hätten gern gewusst, wie er es geschafft hatte, dass er vom Chor der Stadtpolizei zu ihnen wechseln konnte, um beim Kaiserständchen mitzusingen, was sich jeder Zürcher, ja alle Schweizer Sänger gewünscht hätten.

»*Ad interim*«, hatte Herr Andreae gesagt. »Ausdrücklich *nur für diesen Anlass* und nur – Sie wissen das so gut wie ich – auf ausdrücklichen Wunsch der gnädigen Frau Rieter-Bodmer. Sonst wäre das ein Ding der Unmöglichkeit gewesen, man kann doch nicht einfach so von Chor zu Chor hüpfen. Und hätten Sie nicht einen stimmsicheren Bariton, ich weiß nicht –«

Es war möglich geworden, weil für einen Chorleiter der *Harmonie* der Wunsch einer Frau Rieter-Bodmer Befehl war. Der Rietberg über dem Engequartier war seit Richard Wagners Besuch ein förderliches Haus für auswärtige und einheimische Musikschaffende, wer wollte sich dessen Gunst verscherzen.

Ohne Hanna, seine liebe Frau, jedoch hätte sich das Wunder nicht ereignet. Er wusste nicht, was er ohne sie machen würde. Sie hatte ihm zugeredet wie immer, wenn er an sich zweifelte, was oft geschah, eigentlich immer, wenn er sich entscheiden sollte. Er scheute jede Entscheidung, weil er sich nicht sicher war, ob es die richtige sei, denn er ging davon aus, dass es immer nur eine einzige, die beste Lösung gab. Die Zögerlichkeit betraf nicht nur Grundsatzentscheidungen, sondern auch Alltäglichkeiten. So wusste nur Hanna am frühen Morgen mit Sicherheit, ob es den ganzen Tag kühl bleiben und er die Wollweste unter der Uniformjacke brauchen würde. Er überließ ihr die Führung in seinem Leben, und er wusste, dass es gut war so.

Sie hatte nicht gelacht, als er ihr seinen innigsten Wunsch, für den deutschen Kaiser zu singen, verriet. »Gut ist das, Hans, wenn du das willst, aber du musst es wirklich ganz fest wollen.« Sie hielt einen Moment inne, stellte das Bügeleisen auf die Ablage, ohne den Griff loszulassen. »Versprichst du mir das?«

Die Kinder waren alle im Bett, es war Ruhe im Haus an der Hofstraße. Der Esstisch, gedeckt mit einem Linnen, war voll frischer Wäsche – fremde und eigene –, bis in die Nacht hinein trug Hanna Gerber mit dem Bügeleisen den Berg ab. Hans saß ihr gegenüber, die Hände beidseits abgestützt, auf der Ofenbank und berichtete von seinem Arbeitstag. Wenn es an die Leintücher ging, stand er auf und half beim Strecken und Falten, wenn die Kohle im Eisen verglüht war, wechselte er sie am Küchenherd aus. Nun stand er auf, trat zu ihr, beugte sich über das Bügelbrett und küsste sie: »Versprochen.« Er blieb vor ihr stehen, als sie nach der kurzen Unterbrechung mit gesenktem Kopf weiterbügelte, als scheute sie sich, ihr Lächeln zu zeigen. »Aber verstehst du überhaupt, weshalb ich das möchte? Stell dir vor, meine Stimme geht durch das Ohr eines richtigen Kaisers und breitet sich in seinem Kopf und Herzen aus? Wäre das nicht wunderbar? Die *Harmonie* darf singen, der *Männerchor* auch, was gäbe ich drum, wenn ich mitsingen könnte – aber für mich ist das nichts, für einen kleinen Polizeier wie mich.« Er kehrte auf die Ofenbank zurück.

»Du bist kein kleiner Polizist, Hans, du bist Marktchef, du bist mehr als viele Sänger von *Harmonie* und *Männerchor* zusammen.«

»Der Markt – du sagst es, da kommt mir Frau Rieter in den Sinn und die Brosche, die sie dir geschenkt hat, das bedeutet doch etwas. Meinst du, ich könnte sie fragen? Sie kennt so viele einflussreiche Leute aus der Musikwelt.«

»Versuch es. Frau Rieter mag dich, deinetwegen hat sie mir die Brosche geschenkt, mich kennt sie ja gar nicht.« Hanna hielt kurz inne mit Bügeln. »Es muss eine sehr liebe Frau sein, fragen kannst du sie alleweil, wenn du die Antwort nicht scheust. Aber das brauchst du auch nicht! Der Herrgott hat dir eine schöne Stimme geschenkt, Er wird Frau Rieter veranlassen, dir zu helfen, und du wirst für Seinen Kaiser singen dürfen. Wer nichts wagt, nichts gewinnt. Ich werde dir einen Stehkragen nähen, der eine Nummer zu groß ist, damit er dir nicht die Stimme abwürgt.«

Sie liebte diese Abendstunden, auch wenn die Hausarbeit, die sie am frühen Morgen aufgenommen hatte, kein Ende nehmen wollte. Aber seine Nähe zu spüren, die Einigkeit, auch ohne viel zu reden, gab ihr mehr Ruhe und Kraft, als wenn sie sich hätte Feierabend leisten und müßig herumsitzen können.

*

Hanna Gerber hatte einen lieben Mann, einen aufrechten, groß und schlank. Wenn er – in Ausgehrock, Gilet, an dem die Uhrkette baumelte, und Melone – mit den beiden Ältesten Ida und Martha am Sonntag am Utoquai spazieren ging, schauten ihm alle Frauen nach. Wenn sie Stolz gekannt hätte, wäre sie stolz gewesen, als Martha ihr vom Aufsehen erzählte, das der Vater mit seinen Töchtern erregte. Aber die Augen, seine dunklen Augen in den tiefen Höhlen zwischen den hohen Wangenknochen, die mieden jeden Kontakt mit anderen, die sahen auch die Frauenblicke nicht, sie schauten nicht hinaus in die Welt und zu den Menschen, sie schauten in eine weite Ferne, die im Innern seiner Seele lag. Seine Augen bereiteten ihr Kummer.

*

Am Kragen konnte es nun nicht liegen, dass er sich beengt fühlte, er war die Vatermörder vom Uniformkragen her gewohnt, er litt jedoch sehr stark unter Lampenfieber und stand zudem gedrängt wie alle andern hundert Sänger im Hof des Nobelhotels, der für einzelne ausländische Gäste angelegt war, nicht für eine Hundertschaft kleinbürgerlicher einheimischer Dilettanten.

Sein Drang nach Kaiserherrlichkeit und Hannas Zuspruch hatten das Unvorstellbare möglich gemacht – und der Zufall, die Bekanntschaft der gnädigen Frau Rieter-Bodmer gemacht zu haben. Wenn es einen Zufall neben Gottes Fügung gab.

*

Die Marktfrauen, Männern gegenüber im Allgemeinen und zu Hause im Besonderen streng und robust, verleugneten in Gegenwart des Polizeiwachtmeisters Gerber ihre Natur und offenbarten ein ungeahntes Maß an Liebenswürdigkeit. Aber ihr Bemühen galt eher seiner Funktion als seiner Person, und das meinte einen einträglichen Standplatz, am besten vorne am Eingang von der Quaibrücke her, wo die Dienstmädchen vom Zürichberg herabkamen.

»Ein Versucherchen bloß.«

»Sie sind ganz frisch.«

»Die müssen Sie probiert haben.«

»Bis ich die zurück nach Stäfa gebracht habe, sind sie verwelkt und verdorben.«

»Nur ein Sträußchen, riechen Sie! Ein Grüßchen für die Frau Gemahlin.«

»Wäre ja gelacht!«, lachten die Marktfrauen, »wenn man diese kleinen Liebenswürdigkeiten als Bestechung bezeichnete!« Sie meinten »passive Bestechung«.

Durch den Eingang Bahnhofstraße, von der Enge her, betrat ganz unstandesgemäß in eigener Person, statt ihre Hausmädchen zu delegieren, Frau Bertha Rieter-Bodmer den Markt, die gestrenge Herrin vom Rietberg, dem weitläufigen Park, in dem ihre Villa und die Villen ihrer Verwandten verstreut standen. Sie kam in Begleitung des Chauffeurs, der sie im *Pic-Pic* hergefahren hatte und ihr den Korb hinterhertrug mit einer Bedeutsamkeit, als läge Moses darin. Die kleine runde Dame im schwarzen Witwenkleid und mit modischer schwarzer Toque war von den Marktfrauen gefürchtet, weil sie jedes Spinatblatt einzeln umdrehte und mit spitzen schwarzen Handschuhfingern im Kopfsalat nach versteckten Schnecken blätterte. Anders als die Dienstmädchen, die solche Detektivarbeit den Köchinnen zu Hause überließen und schneller zahlten, was verlangt.

»Deswegen bin ich eben hier«, sagte Witwe Rieter zum einzigen Mann auf dem Markt, dem sie ihr Wort gönnte. Sie hatte ein so starkes Flair für Uniformen, dass sie ihren Stand vergessen konnte und dem Volk in Gestalt Wachtmeister Gerbers ihre Aufmerksamkeit schenkte. »Weil ich meinen Mädchen nicht traue, die kennen kaum den Unterschied zwischen Krautstielen und Mangold. – Aber was hat Er denn für ein artiges Kind an der Hand, das wird nicht sein kleines Töchterchen sein? Sehr proper, außergewöhnlich, apart, apart. Und ruhig, wie es sich gehört. Wie heißt du denn, braves kleines Mädchen? Wie alt bist du denn?«

Olga Gerber, dem Vater wie aus dem Gesicht geschnitten, gab der noblen Dame das Händchen, wie es ihr beigebracht, gab Namen und Alter bekannt. Sie war fünf. Sie war gekommen, um den Henkelkorb nach Hause zu tragen, in dem der Vater die Früchte der Bemühungen der Marktfrauen um einen besseren Standplatz zu deponieren pflegte.

Die gnädige Frau Rieter erkundigte sich nach der Mutter, die ihre Tochter so proper kleidete und zu solchem Anstand erzog. Und fragte, als sie hörte, dass Olga das Jüngste von fünf Kindern war, ob denn alle so gut erzogen und so sauber gekleidet seien. Was die Frau Gemahlin des Wachtmeisters denn für eine sei.

»Eine gute Frau«, antwortete Gerber aus der Ferne seiner Seele. »Eine gute Mutter neben der ganzen Arbeit, die sie als Wäscherin, Büglerin und Weißnäherin hat. Sie näht auch für Frau Professor Bleuler von der Irrenanstalt *Burghölzli.* Sie macht gute Arbeit, aber es ist viel für sie, manchmal fast zu viel, als Stadtpolizist verdiene ich eben auch nicht die Welt.«

»Pfui, jammere Er nicht! Ein Beamter hat sich nirgendwo zu beklagen, in der Schweiz schon gar nicht. Weshalb macht Er auch der armen Frau so viele Kinder!«

Hans Gerber geriet in Verlegenheit, er war es nicht gewohnt, über seinen Kindersegen zu reden. Mit wem auch? Mit Hanna? Darüber sprachen sie nicht, und sie schwiegen auch, wenn die freche Base Sophie aus Rupperswil zu Besuch kam und »Alle Jahre wieder« spöttelte. Es sei nicht einfach, die Frage von Frau Rieter zu beantworten und die angesprochene Sache zu planen, das sei halt die Natur und Gottes Wille.

»Papperlapapp!«, die Rieter stieß ihm die Schirmspitze gegen die Brust. »Mäßige Er sich, junger Mann, sei Er anständig zu seiner Frau. Das ist eine Frau, die Respekt verdient, wenn sie fünf Kinder proper und anständig aufzieht. Das gibt es heute selten mehr, die jungen Frauen gehen lieber in die Fabrik, um Geld zu machen, statt sich um die Familie und den Haushalt zu kümmern. Kein Wunder, gibt es so viele verwahrloste Kinder und Alkoholiker-Väter. Frage Er die Frau Professor Bleuler, was die den Staat und die Fürsorge kosten!«

Die Marktfrauen, die im Rücken des Marktchefs standen, lachten über die Attacke der noblen Dame und die Verlegenheit ihres Chefs. Sie hätten vor Begeisterung fast geknickst, aber das Rheuma verhinderte die Respektbezeugung. Die gnädige Frau Rieter-Bodmer bestieg ungegrüßt ihren *Pic-Pic* und entschwand über den Alpenquai in die Enge, den Korb voll Krautstielen, Mangold und Kopfsalat neben sich auf dem weißen Lederpolster. Die Marktfrauen hinterließ sie Wachtmeister Gerber. Eine von ihnen steckte der kleinen Olga beim Weggehen eine Tüte Erdbeeren zu, und eine zweite, als sie das sah, legte ihr eine Spanschale Himbeeren in den Korb, obwohl da eigentlich gar kein Platz mehr war.

*

Aus dieser ersten Begegnung, die er seiner Jüngsten verdankte, entwickelte sich eine Beziehung zwischen ihm und der Witwe Rieter, die geradezu persönlich wurde, als sie ihn eines Tages zur Seite nahm. Sie wickelte eine Brosche aus einem Seidenfazolett, goldenes filigranes Kranzflechtwerk um einen Granat, dessen Leuchten im Kastanienschatten alle Bernerrosen und Tomaten blendete. »Das ist für seine Frau, die tüchtige Mutter seiner Kinder – solche Frauen, solche Kinder braucht unser Land. Auch wenn es ein Sohn mehr hätte sein dürfen«, sagte die Mutter von Ines, der Schwiegertochter von Oberst Ulrich Wille, der die Manöver des 3. Armeekorps leitete, denen der Besuch des Kaisers galt. Gerbers hatten nur Hans, ihren Ältesten.

Die strenge kleine Frau lächelte über die Sprachlosigkeit, die Gerber vor Überraschung befallen hatte. »Nehme Er es, bevor ich es mir anders überlege!« Sie wickelte die Brosche wieder in das Tuch. »Nein, nein, ich habe es mir gut überlegt, seine Frau hat diese Anerkennung verdient. Wir Frauen müssen zusammenhalten. Stecke Er die Brosche schnell ein, es braucht sie nicht alle Welt zu sehen. Verliere Er sie nicht und grüße Er seine Gattin.«

Sie drückte ihm das Päckchen in die Hand, die Marktfrauen linsten und fragten einander, ob da nicht Bestechung geschehe, aber wofür, wofür denn –?

*

Vielleicht hatte er sich an ihr Lächeln erinnert, als er Hannas Zuspruch folgte, sich eines Freitags, als die Gnädige auf dem Markt erschien, ein Herz fasste, die Hand zum Gruß an den Helm legte und sie fragte – ganz unverbindlich, natürlich, völlig unverbindlich, selbstverständlich, er wolle nicht ungebührlich sein und nichts für ungut –

»Drucksen Sie nicht so herum, kommen Sie zur Sache, Gerber!«, sagte sie streng, aber sie redete ihn mit Sie, nicht mehr mit Er an.

Man wisse, dass Herr Kapellmeister und Direktor des Konservatoriums Hegar, »von dem wir etliche Lieder im Repertoire haben«, gelegentlich Gast auf dem Rietberg sei und dass Herr Dr. Hegar ein guter Freund von Herrn Volkmar Andreae und dieser Chorleiter der *Harmonie* sei und diese zusammen mit dem *Männerchor*, leider nicht mit dem Chor der Stadtpolizei, in dem er selber singe, eingeladen sei, das Ständchen für den deutschen Kaiser Wilhelm zu geben, wenn Seine Majestät da drüben im *Baur au Lac* –

»Hören Sie auf, hören Sie auf!«, die hohe Dame hielt sich lachend die Ohren zu. »Hab schon verstanden, Sie wollen, dass ich ein gutes Wort für Sie bei Hegar einlege, damit Sie bei der *Harmonie* mitsingen können, *ad interim*, nehme ich an.« Sie trat einen Schritt zurück, um ihn zu mustern. »Können Sie überhaupt singen? Einen Sänger stelle ich mir anders vor.« Bertha Rieter-Bodmer war sich von Hause aus Wagnerianer Staturen gewöhnt. »Aber gut, ich will es machen – für Ihre Frau. Und hoffe, sie wird zum Konzert kommen können und auch zugelassen, mein Schwiegersohn Herr Major Wille, Ulrich junior, ist nämlich Kommandant des Wachtbataillons und er ist sehr strikt. Das muss er auch sein – die Anarchisten haben meiner Schwägerin de Chambrier einen Drohbrief geschrieben, weil wir den Kaiser bei uns empfangen. Deswegen muss ich zu Hause bleiben und zum Rechten schauen, wenn der Kaiser vom *Baur au Lac* zurückkommt. Ich werde nicht dabei sein, wenn Sie singen. Aber Sie schaffen das auch allein.« Mit den hundert andern.

Hanna wurde tatsächlich nicht zum Konzert gelassen, die Abriegelung des Hotels gegen das Volk, das mächtig drängte, war strikt wie Preußen. Die Frau des Zuzüger-Baritons stand mit allen fünf Kindern drüben am Rand des Marktplatzes, dick in Mäntel verpackt, es war nieselig und kühl für einen Septemberabend – sie würden den Chor und ihren Vater gut singen hören und vielleicht sogar den deutschen Kaiser oben auf dem Balkon sehen können.

*

Es wurde Hanna warm ums Herz, als jetzt die Erinnerung an die erste Begegnung mit Hans wach wurde. Sie hatte es kaum fassen können, dass der von allen Marktweibern umschwärmte Marktchef gerade auf sie ein Auge warf, ein Dienstmädchen vom Zürichberg, und dass es dank diesem Augenblick zur Ehe mit einem guten Mann kam und zu all den lieben Kindern, eines nach dem andern.

Fräulein Tintoretta Zielchen
dachte sich ein neues Spielchen.
Und sie spielt' es alle Tage
sich, dem Volk, der Stadt zur Plage.
Gute Leute gingen dann zur Polizei,
und es kam Wachtmeister Müller Drei,
holte Fräulein Zielchen, Tintoretta ab.
Fest steht, dass es später eine Hochzeit gab.

Das sang zur Hochzeitsfeier die spöttische Sophie aus Rupperswil, die ihr Leben lang ledig blieb.

*

Pünktlichkeit ist die Höflichkeit der Könige – der Kaiser trat drei Augenblicke vor dem ersten Schlag der Fraumünsterglocke zur neunten Abendstunde mit dem Bundespräsidenten Louis Forrer auf den Balkon über dem Hauptportal, um stehend das Ständchen der beiden Männerchöre entgegenzunehmen.

Chorleiter Volkmar Andreae *solo*: »Seine Majestät der Deutsche Kaiser lebe –«

Chöre *tutti*: »Hoch, hoch, hoch!«

Wie Alpenhall donnerte der Jubelruf dem Kaiser zum Gefallen, den hundert Kehlen zur Befreiung vom Lampenfieber. Nun waren sie offen für die Innigkeit des *Schweizerpsalms*, der *maestoso* und von Bedeutung *grave* das Ständchen eröffnete:

Betet, freie Schweizer, betet:
Kommst im Abendglühn' daher,
Find ich dich im Sternenheer,
Dich, du Menschenfreundlicher, Liebender!
In des Himmels lichten Räumen
Kann ich froh und selig träumen;
Denn die fromme Seele ahnt
Gott im hehren Vaterland!

Der Kaiser nahm es entgegen.

Nach dem Vortrag von fünf Liedern solcher Art ließ sich der Kaiser die beiden Dirigenten Andreae und Fassbänder vorstellen sowie auch die Präsidenten der beiden Vereine, die Herren Thomann und Linke, die zum Empfang dieser Ehre vom Chef de Réception, der sich gab, als wäre er der Flügeladjutant des Kaisers, zum Balkon hinaufgeleitet wurden.

Der Kaiser liebte, förderte und pflegte in seinem Reich den Männergesang. »Was der Männergesang für Preußen und Deutschland gewirkt und erreicht hat, was er meinem Hause, meinen Vorfahren und mir gewesen ist, wird mir und dem deutschen Volke in dankbarer und unvergänglicher Erinnerung bleiben.«

Präsident Linke tat seine Schuldigkeit als Geehrter: »Wir Schweizer haben ein stolzes Selbstbewusstsein gegenüber Königen, Seiner Kaiserlichen Majestät jedoch wollen wir freudig und aufrichtigen Herzens ein schallendes ›Heil, Kaiser, Dir!‹ zurufen –«

Attacca Chor: »Heil Kaiser – hoch, hoch, hoch!«

Der Kaiser verschwand für immer hinter einem Tränenschleier, ob in den Salon des *Baur au Lac* zurück, konnte Hans Gerber nicht ausmachen, die Erschütterung des hohen Augenblicks hatte ihm die Besinnung geraubt. Er musste vom Wachtdienst aus dem Hof gewiesen werden, weil er erstarrt stehen geblieben war, als sich die Sänger der beiden Chöre, die schon nicht mehr seine Kameraden waren, zum Umtrunk in den *Zeughauskeller* entfernten, um Kaiser und Ständchen nachzufeiern, und doch nicht vergaßen, Tells Originalarmbrust zuzuprosten, die über ihren Köpfen an der Wand hing.

Hanna nahm die Erschütterung ihres Mannes wahr, als sie ihn kommen sah, sie schickte ihren Ältesten mit allen seinen Schwestern nach Hause. Die Mädchen weinten, weil sie den Vater weinen sahen: »Warum ist denn Vater traurig, nach dem schönen Ständchen? Die Leute haben alle geklatscht und bravo gerufen, es hat doch allen gefallen, sogar dem Kaiser!«

»Das versteht ihr nicht!«, beschied ihnen der große Bruder, den das Schwächezeichen des Vaters allerdings auch irritierte, doch seinem Verantwortungsbewusstsein tat das keinen Abbruch. »Los jetzt, immer zwei und zwei wie die Soldaten und Abmarsch nach Hause!«

Aufrecht, gemessenen Schrittes, als hätte er es den Gästen des *Baur au Lac* abgeschaut, den rechten Ellbogen ausgestellt, führte Hans Gerber seine Gattin über Quaibrücke und Bellevue und die Schanzengasse hoch nach Hottingen, nach Hause. Die Nacht war still und dunkel, er ging wie im Traum. Der kühlen Temperatur zum Trotz – das Herz wärmte ihn – trug er den Ausgehrock aufgeknöpft, den Daumen der Linken hatte er im Armloch des Gilets eingehängt, mit den andern Fingern trommelte er den Rhythmus der Hymnen nach, die er zum Kaiser hochgesungen hatte, »O mein Heimatland, o mein Vaterland« – taptaptap tataaap, taptaptap tataaap. Hanna ließ den Kaisersänger im Nachhall seiner Herzenssache träumen. Ennet der Hohen Promenade, wo die Schanzengasse gegen den Zeltweg abfällt, entspannte er sich endlich. Sie drückte seinen Arm und blieb stehen. »Schön hast du gesungen, Hans, noch nie habe ich dich so schön singen hören.«

»Ach, Hanneli«, seufzte er, »ich kann es nicht fassen! Habe ich tatsächlich für den Kaiser singen dürfen, wahr und wahrhaftig, oder war es nur ein Traum, ein wunderbarer?«

»Es war wunderschön, Hans, und kein Traum, aber jetzt zeig dich einmal her!« Sie löste sich von seinem Arm, trat vor ihn hin und fasste ihn mit ausgestreckten Armen an beiden Händen. »Schau mich an, ich bin's, deine Hanna, wirklich und wahrhaftig. Komm, gib mir einen Kuss!«

Hans Gerber wurde in die Realität zurückgeholt, die indes nicht weniger wunderbar war als der Traum, denn vor ihm stand die liebste und beste Frau der ganzen Welt und hatte entschieden, dass er sie küssen solle. Er zog sie an sich, um mit zunehmender Begeisterung zu tun, wozu sie ihn eingeladen, was Hanna nun ihrerseits zwang, vom Boden abzuheben, sich jedenfalls auf die Zehen zu stellen, um ihm und sich mitten auf dem Zeltweg Genüge tun zu können. »Heimatland!«, hätte der

Sänger des Vaterlands gerufen, wenn er die beiden auf seinem Heimweg von der *Meisen* überrascht hätte. Aber Gottfried Keller hatte schon vor zwei Jahrzehnten seine letzte Wohnung im *Thaleck*, vor dem sie stehen geblieben waren, für immer verlassen. Damit erübrigte sich die Frage, ob er sich am Tun der jungen Leute auf offener Straße gestört oder gefreut hätte. Dass er sie beneidet hätte, ist allerdings keine Frage.

Die Heimkehr war beschwingt. Lächelnd begrüßte Hanna die Kinder, obwohl sie schon längst hätten im Bett sein sollen. »So seid ihr Feger alle noch wach?« Die Kinder wunderten sich über die Mutter, dass sie nicht schimpfte, und als sie den Vater sahen, kamen sie aus dem Staunen nicht heraus. Am Bürkliplatz unten hatte er noch geweint, nun schmunzelte er wie ein Spitzbub über das ganze Gesicht, verriet aber nicht warum und sagte nur: »Jetzt aber wie der Blitz ab ins Federntheater!«

Als in den Kinderzimmern an der Hofstraße endlich Ruhe eingekehrt war und die ganze Familie in den Betten lag, vergaß der Wachtmeister der Stadtpolizei Zürich und Marktchef alle mahnenden Worte seiner Gönnerin vom Rietberg, er erlag seiner Kaiserbegeisterung und der Wärme seiner lieben Hanna und zeugte das sechste Kind.

*

Die Tochter wurde in der Salemskapelle der Baptistengemeinde an der Steinwiesstraße getauft. Eine kleine Quartierkirche neuesten Stils, ein bisschen englisch, ein bisschen Backstein, nett laufende romanische Bogenreihen. Die Kapelle lag so günstig nahe, dass Hanna Gerber die Kinder am Sonntagmorgen unbesorgt dahin schicken konnte, »um wenigstens einmal die Woche eine Stunde Ruhe zu haben«.

Der Herrgott würde ihr verzeihen, dass sie Seine Kinder nicht in die allein rechtgläubige Landeskirche weit oben am Berg begleitete.

Das Mädchen wurde Hanna getauft, damit es den Namen seiner Mutter weitertrug, was insofern gegeben war, als es als einziges Kind der Familie mit der hohen Stirn aller Schaffnerinnen auf die Welt gekommen war. Hanni, wie es gerufen wurde, sollte das letzte Kind der Eltern Gerber-Schaffner sein. So Gott wollte. Der Herr hatte anderes im Sinn und bescherte der Familie ein Nachwiesel, ein spätes Kind, das die Gerberlinien, die starken Wangenknochen und die tiefen Augenhöhlen, deutlich im Gesicht trug. Die beiden Jüngsten würden als einzige der sieben Geschwister überleben und die Aufgabe übernehmen, den Eltern über den Verlust ihrer ersten fünf Kinder hinwegzuhelfen. Elisabeth würde dem Vater durch ihr bloßes Dasein Trost spenden, Hanni der Mutter durch tatkräftige Mithilfe im Haushalt und seelische Unterstützung beistehen.

Die beiden Schwestern würden trotz ihrer Grundverschiedenheit ihr Leben lang eng verbunden bleiben. Die Verschiedenheit lag darin, dass Elisabeth ihre Mitmenschen, Familienangehörige mit eingeschlossen, nur als Spiegel ihrer selbst wahrnahm, während Hanni sich selbst an alle andern verausgabte.

2.

Der Kaiser war gekommen!

»Hurra, hurra, hurraaa!«

Die deutsche Kolonie auf dem Balkon des Hotels *Royal* an der Westfront des Bahnhofplatzes schrie und jubelte Kaiser Wilhelm II. zu, als wäre Seine Majestät ihretwegen zu Besuch nach Zürich gekommen. Das irritierte Wachtmeister Frauenlob sehr.

Herrgottsackerment, war es nicht *seine* Ehrenkompanie, stellvertretend für die ganze Schweizer Armee, die der Kaiser jetzt abschritt, waren es nicht *seine* Soldaten, die stolz und bolzengerade, wie an der Schnur aufgereiht vor ihm standen, *seine* Soldaten, die sich vom Geschrei nicht aus der Haltung bringen ließen und keinen Mucks machten, weil ihnen der Blick ihres Wachtmeisters wie ein Feuerstrahl im Rücken brannte! *Sein* erster Zug der III. Kompanie des Zürcher Schützenbataillons 6 stand stumm und stolz seinen Mann, wie es sich gehörte, und erwies damit dem Kaiser auf Schweizer Art den geschuldeten Respekt. Mehr nicht.

Major Wille hatte beim Antrittsverlesen von »Kaiserbataillon« und »höchster Ehre« gebrüllt und getönt wie ein Preuße statt wie ein Schweizer Bataillonskommandant. Wachtmeister Frauenlob fühlte sich nicht angesprochen, er gehörte zum Zürcher Schützenbataillon 6 und zu keinem andern, das war Ehre genug. Er war Wachtmeister der Schweizer Armee, kein Anarchist und kein Sozi, und wusste, dass sich Gehorsam gehörte, er hatte den Drill à la Wille nicht nötig. Der Major hatte Laschheit bei der Truppe festgestellt, sah sich veranlasst, »sie schärfer ranzuholen«, und hetzte sie noch eine Stunde vor dem Ehrendienst auf dem Kasernenhof herum. Wenn der Kaiserbesuch bei Kaiserwetter und nicht unter trübem Zürcher

Festhimmel stattgefunden hätte, hätte die Kompanie jetzt bachnass verschwitzt im Ehrenglied stehen müssen.

Aber stramm standen sie, seine Soldaten, das taten sie. »Eine brave Truppe unter der Leitung tüchtiger und schneidiger Offiziere«, würde der Kaiser sagen. Tüchtig und schneidig? Es gab halt solche und andere – und Wachtmeister wie ihn.

»Achtung rechts!«

Tiefer Ernst versteinerte die Züge Seiner Majestät, das Auge des Kaisers blitzte hin über die Tausende der von Ihm – und der Dragonerschwadron 24 – an den Rand des Zürcher Bahnhofplatzes Gebannten.

Der weltberühmte Blitz seines Auges zuckte über die Truppe und schlug, als hätte er ihn gesucht, in Wachtmeister Frauenlob ein. Donnerwetter, jetzt hätte er selbst fast »Hurra« geschrien, dreimal »Hurra«. Aber sein patriotisches Gewissen zügelte ihn, als Republikaner blieb er stumm stehen und als Schweizer wankte er keinen Millimeter, nicht innen, nicht außen, zurückgeblitzt hätte er fast – aber da war der Kaiser schon vorbei. Er hatte die Ehrenkompanie hinter sich gelassen und posierte mit seiner Entourage von Fräcken und Pickelhauben für die vielen Fotografen und eine einzige Filmkamera exakt unter dem Balkon des Hotels *Royal*, der sich unter der Last der Begeisterung seiner deutschen Besatzung zu biegen schien.

Ein letztes Hurra, der Kaiser dankte, Seine Majestät würde den Vertretern der reichsdeutschen Zürchervereine den Jubel vergelten mit

– dem Roten Adler-Orden (Baurat Brüstle vom Generalkonsulat)

– dem Königlichen Kronenorden vierter Klasse (Konsulatssekretäre Thomas und Zumpe sowie Dr. Ferdinand Sauerbruch von der Universität Zürich)

– der Kronenmedaille (Kaleschke, Amtsdiener bei dem Kaiserlichen Generalkonsulat).

Und weil der Kaiserbataillönler als Schweizer Soldat keinen Orden entgegennehmen durfte, kriegte er nur eine Uhr mit dem Bild des Kaisers in Emaille. Wenn es nach Wachtmeister Frauenlob gegangen wäre, hätte er gar nichts verdient.

Von der Gessnerallee her fuhren die Landauer vor. Unter den Hochrufen der Menge und den Klängen des Bataillonsspiels erfolgte der Abmarsch des Cortège um die Ecke des Hotels *National* herum. Vom hohen Sockel herab wies der Schweizer Magnat, Bank- und Bahnpionier Alfred Escher der deutschen Majestät den Weg in Fahnenwald und Blumenmeer der Bahnhofstraße.

Aber an der Spitze der Ehrenkompanie marschierte im Paradeschritt Wachtmeister Frauenlob mit seinem 1. Zug.

Jetzt hätte seine kleine Frau am Straßenrand stehen müssen, dabei sein, um zu sehen, was ein Mann und Schweizer war, statt in einem Hinterhof im Chreis Cheib vor diesem Waschlappen von deutschem Sektenapostel zu knien. Ging heute, an diesem für die Stadt historischen Tag, zur Abendandacht in die *Komeedi*! So schnell würde der deutsche Kaiser nicht mehr zu Besuch kommen. Aber sie sollten ihn noch kennenlernen, die Prediger von der Apostelsekte und seine kleine Martha!

Die Bahnhofstraße war von Zuschauern dicht gesäumt. Zehn Franken hatten sie für die Tribüne, zwanzig für einen Fenster- und fünfzig für einen Balkonplatz bezahlt, um Wachtmeister Frauenlob und den deutschen Kaiser anzuschauen. Der Stolz des Publikums, von einem Kaiser besucht zu werden und Soldaten zu sehen, die so gute Figur machten wie er, weitete sein Herz und erhöhte seine Sinne. Die spitzen Enden seines Schnurrbarts zwirbelten sich höher, es zuckte seine Hand, sie wollte sich wie die lädierte Linke des Kaisers auf den Säbelkorb legen. Jeder Soldat trägt den Marschallstab im Tornister, nur der Kaiser trug ihn offen zur Schau, ohne je eine Schlacht gewonnen zu haben, wie es der militärische Kodex von einem Marschall verlangt hätte. Aber was nicht war, konnte ja noch werden.

Kompanie – rechts schwenkt, marsch!

Ein Beamter mit Gefühl für das Sinnträchtige, was Straßennamen betraf, hatte die kaiserliche Umzugsroute geplant: Vom Alpenquai wurde der Kaiser über Mythenquai, Sternen- und Belvoirstraße auf den Rietberg geleitet, wo Seine Majestät in Heim und Reich der Familien Rieter, Wille, Schwarzenbach einkehrte, bei den Schweizer Gefolgsleuten, die dem Nationaldeutschen unverbrüchlich ewig, über Seinen Tod hinaus treu blieben.

*

Wm. Frauenlob Ernst, Führer rechts des 1. Zugs, stand mit der Ehrenkompanie vor der Villa Rietberg, bis der Kaiser zum Diner im *Baur au Lac* abgefahren war, dann wurden sie bis Mitternacht in den Ausgang entlassen.

Die Zeit reichte knapp für einen geschichtlichen Akt. Der Besuch des Kaisers in Zürich hatte welthistorische Bedeutung. Ernst Frauenlob wollte die Gunst der Stunde nutzen und die Geschichte seiner Familie in die Weltgeschichte einfädeln. Ein Strahl des Segens, den der Kaiser von Zürich aus über die Welt verbreitete, sollte seinen Sohn treffen, den er am heutigen Tag zeugen wollte. Er machte sich *stante pede* gleich vom Rietberg aus auf den Weg nach Wollishofen, im Schatten der Nacht und der exotischen Bäume nahm er die verbotene Abkürzung durch den Park, flankte wie ein Grenadier über den Zaun in die Scheideggstraße, das sparte ihm den Umweg über die Sternenstraße. Jeden, der ihm dann auf dem Weg entgegenkam, blitzte er kaiserlich an, dass die Nacht zum heiterhellen Tag wurde. Die Steigung am Morgental nahm er im Sturmschritt und die Kurve in die Kilchbergstraße hinein mit Schwung, erst vor der Haustür an der Wettsteinstraße machte er halt. Er rückte den Uniformrock zurecht, reckte sich und trat zum Handstreich an. Niemand zu hören. Unter der Schlafzimmertür hervor drang Licht in den Korridor.

Erst ging er links in die Küche, in deren hinterem Teil Badewanne und Waschtisch standen, ein Luxus, den er sich auf eigene Kosten eingerichtet hatte, weil er sehr auf Reinlichkeit hielt. Er legte Sturmpackung, Säbel und Uniform ab. Vor dem Spiegel fixierte er den Schnurrbart mit Ochsenmarkpomade und Schnauzbinde, bändigte das Haar mit dem Netz, spannte die Brust und zog los über den Korridor. Im Unterkleid, leuchtend vor Kaiserstolz, pflanzte er sich vor dem Deckengebirge des Ehebetts auf, in dem die kleine Martha verborgen lag. Sie hatte wohl zu ihrem Apostel gebetet, dass die Ehrenkompanie keinen Ausgang bekomme. Umsonst!

»Jetzt ist ausgebetet, Martheli!«

Mehr war nicht zu sagen. Er war noch nie ein Mann der vielen Worte gewesen, tatsächlich hatte er sich ins Schweigen zurückgezogen, als er realisierte, dass der Frau die Gebote der Sekte, die den Vollzug der Ehe als gotteslästerlich deklarierte, solange sie nicht der Vermehrung ihrer Gläubigen diente, wichtiger waren als ihre Ehe.

Soldatenstolz und Kaiserbegeisterung fegten seine Hemmungen und seinen Widerwillen vor dem Ehebett weg. Ein letztes Mal in seinem Leben.

»Fertig jetzt! Rutsch!«

Und er zeugte auf seiner verlorenen kleinen Frau Martha Frauenlob-Estermann das erste Kind. Es blieb das Einzige, denn es kam nie mehr ein Kaiser zu Besuch nach Zürich, aber es war ein Knabe.

*

Ernst Frauenlob hatte nur sechs Jahre lang die Dorfschule im Klettgau besucht, regelmäßig, falls die Mitarbeit auf dem elterlichen Hof – beim Ernten, Hüten und Heuen – nicht seine Anwesenheit erforderte. Wenn er einmal in der Klasse saß, war er still und fleißig, hielt sich fern von den Störenfrieden, so gut es in den engen Bänken des Sechsklassenzimmers im Gemeindehaus ging. Wie kein anderer führte er den Kreidegriffel ohne Krieksen in runden Bahnen über die Schiefertafel. Er löste fehlerfrei Stöckli um Stöckli die Rechnungen und machte Pfarrer Blocher, der von Hallau zum Religionsunterricht herüberkam, große Freude, denn er las die Bibel Buch für Buch, Prophet um Prophet, alle Evangelien und Apostelbriefe und bekundete keine Mühe, Nachweis über das Gelesene auf Buch und Vers genau zu erbringen. Der Religionslehrer hielt sein Leseinteresse für religiöse Ergriffenheit. Er wusste nicht, dass auf dem Hof der Frauenlobs kein anderes Buch zu finden war.

Er galt als guter Schüler, weil er schnell gelernt hatte, dass es in der Schule keinen Widerspruch gab. Von Charakter ein selbstbewusster Knabe, hatte er dennoch die absolute Autorität des Lehrers fürchten gelernt. Diese Angst wurzelte so stark in ihm, dass sie im erwachsenen Mann ihre Blüten als Ehrfurcht vor jeglicher Autorität trieb. Sie war so groß, dass sie sogar die schlechten Gefühle gegen alles Deutsche verdrängte, die Frauenlob wie jeder gute Schweizer von Geburt an in sich trug – jedenfalls für den kurzen Moment, als er dem Kaiser gegenüberstand.

*

Von sechs Söhnen konnte nur einer den Hof übernehmen, andere Arbeit als auf dem Feld und in den Rebbergen am Schlemmweg gab es im Klettgau nicht. Und der Weltkrieg war noch zu weit entfernt, als dass schon Aussicht auf Arbeitsplätze bei der *SIG* in Neuhausen und in der Schaffhauser Metallindustrie bestanden hätte. Ernst zog nach Zürich, wohin sonst. An der Waffenplatzstraße in der äußeren Enge fand er Anstellung beim Milchhändler Wettstein, *Milch, Butter, Käse, Rahm*, für den er die Milch ausfuhr. Hoch auf dem Bock kutschierte er durchs Quartier, knallte übermütig mit der Peitsche – dem Pferd galt sie nicht, das wusste er als Bauernsohn behutsam zu dirigieren. Der junge Fuhrmann war nicht weniger gestriegelt und geputzt als der brave Eidgenosse, den er lenkte. Die Hausfrauen und Dienstmädchen standen schon unter der Haustür und am Gartentor, wenn er, rassig wie ein Kavallerist, vom Bock sprang. Zu Scherz und Scharmieren war er immer bereit, während er das Litermaß in die Kanne tunkte, heraushob, abtropfen ließ und es aus dem Handgelenk heraus in Krug und Kessel leerte, ohne einen Tropfen zu vergießen. »Und da sagte der Hüppengretler – Sie kennen doch den Hüppengretler von Unterstraß mit seinem Handwagen voll Zürcher Süßigkeiten? Na also, Sie kennen ihn, er ist übrigens ein entfernter Verwandter von mir. Apropos entfernter Verwandter, das kann man auch anders verstehen, he he, ich wüsste wie, aber Damen wie Sie kann ich es nicht verraten. Der Hüppengretler also, wollt' ich sagen, der hält sehr auf gepflegten Umgang mit der Kundschaft vom Zürichberg, das erfordert natürlich auch eine gepflegte Sprache, dem geht es, das nebenbei bemerkt, wie mir, also sagt der Hüppengretler zur Frau Professor, als er einen hellen Faden auf ihrem dunklen Kleid entdeckt: ›Frau Professor, gestattten, Sie haben einen Faden am Feudel.‹«

Wie da seine Kundinnen lachen konnten, dass es bimmelte und klingelte!

Nur eine stand stumm da und staunte über seine Gewandtheit im Reden und gleichzeitigen Schöpfen und Nachführen der Rechnung in den Milchbüchlein – was für ein gescheiter Mann! Nie ein Fehler, kein einziges Verrechnen zu seinen Gunsten, wie es dem alten Wettstein, der auch viel plauderte, öfters passierte, kein Tropfen zu wenig im Krug. Alles korrekt, das stellte sie beim sorgfältigen Nachrechnen und Nachmessen drinnen am Küchentisch fest, wenn kein Gelächter und Geplauder sie störte. Martha Estermann rechnete und maß nach, wie es ihr Herr, bei dem sie in Dienst stand, der Prediger von der Apostelsekte, verlangte. Herr Degele traute allein Gott und seinem Apostel.

Ernst Frauenlob seinerseits bemerkte sehr wohl, wie ihn das kleine Dienstmädchen anhimmelte, eine stille Maus neben den lauten Nachbarinnen. Er wäre kein Frauenlob gewesen, wenn er sich nicht geschmeichelt gefühlt hätte. Auch eine bescheidene Frau war eine Frau, und Mann war Mann, ja gerade eine solche Frau rührte an seinen Beschützerinstinkt. Wozu hatte ihm das Leben seine männliche Stärke gegeben, wenn nicht, um sie zum Schutz des Schwächeren einzusetzen, gerade wenn dieser eine Frau war. »Lassen Sie mich das machen, der ist viel zu schwer für sie!« Und er trug den vollen Dreiliterkrug für das kleine Dienstmädchen bis zur Türschwelle, keinen Schritt darüber hinaus, man wusste, was sich ziemte. »Wer trinkt denn all die Milch in einem Tag, haben Sie so viele Katzen im Haus?«

»Nein, nein, das meiste ist für Herrn Degele, er trinkt nur Milch.«

»Wie es sich für einen Herrn Prediger auch gehört, es gibt genug andere, die den Leuten Wasser predigen und selber Wein sau –«

»Aber Herr Frauenlob!« Der Mund blieb dem Mädchen vor Schreck offen stehen.

Er lachte laut: »Ah bah, so einer ist Herr Degele nun ja nicht – und das …«, fügte er leise hinzu und steckte ihr einen kleinen Ballen Butter, in dickes Papier gewickelt, in die Schürzentasche.

»Aber Herr Frauenlob!« Das Mädchen brauchte beide Hände, um den schweren Krug zu halten, es konnte die Gabe nicht verweigern.

»… das ist für Sie ganz allein, das ist noch gesünder als Milch, das gibt Kraft, und Kraft braucht eine wie Sie, so schmächtig wie Sie sind. Aber nicht in der Tasche vergessen!«

Für ihn war damit das Thema Prediger erledigt. Er sollte sich getäuscht haben. Er kannte zwar die Bibel sehr gut, aber er hatte keine Ahnung von der Lehre, die Prediger Degeles Sekte daraus zog. Ahnungslos und guten Glaubens ging er eine Beziehung mit Martha ein.

Die Nachbarinnen sahen nicht genau, was vor sich ging, sie registrierten aber, dass sich etwas tat zwischen dem unscheinbaren Mädchen und dem galanten jungen Milchmann, und verstanden nicht, was er an der gefressen haben konnte. Ernst dagegen war sich bewusst, dass er diesen Frauen, die sich so nobel gaben, zur Unterhaltung diente, indem er durch sein Auftreten und Reden einen kurzen spielerischen Reiz auslöste, der ihrem Eheleben verloren gegangen war. Begegneten sie ihm außer Dienst, verloren sie keinen Blick an ihn, obwohl er dann nicht die blauweiß gestreifte Drillichjoppe, sondern Anzug und Krawatte trug. Martha war nicht wie diese Hausfrauen, sie spielte nichts vor, das war es, was ihn zu ihr hinzog. Hätten die Nachbarinnen die Pulswärmer gesehen, die Martha für ihn gestrickt hatte, »für wenn der Winter kommt«, und erfahren, dass er sie zum Dank dafür an einem schönen Altweibersommersonntag ins *Muggenbühl* über der Allmend Brunau eingeladen hatte, sie hätten die Welt nicht mehr verstanden.

»Da drüben am Rand der Ziegelei steht die Tambouren-Eiche, seit vierhundert Jahren steht sie da, und seit vierhundert Jahren üben unter der Eiche unsere Militärtambouren.« Ernst dachte sich seinen Sohn, wie er dereinst da drüben trommeln würde – *Pmülleri hätt sie hätt, Pmülleri hätt sie hätt.* Dann wandte er sich wieder Martha zu und führte ihr auf einem Bierdeckel seine Schnellrechenkünste vor, als gäbe es nichts Leichteres auf der Welt als Zusammenzählen. »Milchmädchenrechnung!«, er warf lachend den vollgeschriebenen Karton vor Martha auf den Tisch. »Aber stimmen muss sie am Schluss, das muss sie! Dafür garantiere ich aber auch, denn gelernt ist gelernt.«

Martha langte nach dem kostbaren Schriftstück, wie zur Bekräftigung legte er seine Hand auf ihre und drückte sie, dann gab er sie frei, damit sie den Bierdeckel in ihre Handtasche stecken konnte. Martha fehlten die Worte, um ihren Gefühlen Ausdruck zu geben. Aber als sie die Gartenwirtschaft verließen und er ihr seinen Arm bot, wie es ein Gentleman zu tun pflegt, hängte sie sich ohne Zögern bei ihm ein. Sie stellte sich vor, dass alle Gäste in ihrem Rücken sie für ein richtiges Paar hielten, und schämte sich nicht über diesen verwegenen Gedanken, denn in diesem Augenblick dachte sie nicht an Herrn Degele, ihren sittenstrengen Herrn, ganz und gar nicht. Hätte sie es bloß getan. – Die Geschichte zwischen der kleinen Martha Estermann aus dem Luzernischen und dem stattlichen Ernst Frauenlob aus dem Klettgau nahm ihren Lauf. Es wurde geheiratet, als der alte Wettstein starb und der junge Bräutigam den Laden samt Ross und Wagen übernehmen konnte. Die Existenz schien gesichert, das Recht, eine Familie zu gründen, erworben, die Zukunft schien rosig, zusammen mit seiner kleinen Martha glaubte Ernst, ihr getrost entgegengehen zu können.

Aber er hatte die Rechnung ohne den Dienstherrn seiner Braut gemacht. Herr Degele weigerte sich, der Ehe seines Dienstmädchens mit einem Ketzer den Segen zu geben, einem Mann, der seine Gemeinde in seinem nölenden Schaffhauserdeutsch als Sekte, als *Komeedi* diffamierte. Ernst Frauenlobs Widerstandsgeist war geweckt. Liebe deinen Nächsten wie dich selbst, stand in der Bibel – was erlaubten sich diese Kerle, ihre Lehre über das Wort der Bibel zu stellen und ihm in die Ehe zu pfuschen. Auf ihren Segen verzichtete er gern, geheiratet wurde ohnedies in der Landeskirche, das bestimmte er und kein anderer. Und Martha hatte ihm zu folgen, sie waren einander versprochen, und ein Versprechen brach man nicht.

Martha folgte ihrer Liebe, es war ihre erste und einzige. Aber sie tat es schweren Herzens, sie wurde die Last des Glaubens nicht los. Sie hätte so gern ihren Ehemann in die Gemeinde eingeführt, auf den sie so stolz war, nicht nur weil er so stramm und tüchtig war, das auch, das schon, aber er war auch bibelkundig wie kein anderer, er hätte etwas zu sagen gehabt in der Gemeinde. Wenn er nur gewollt hätte. Er hatte nie etwas Schlechtes über ihren Glauben gesagt, hatte nie von ihr verlangt, dass sie sich entscheide zwischen ihm und der Gemeinde. Und ging nun so grob mit ihren Leuten um! Der Herrgott mochte wissen, warum er so wild gegen den Apostel tat – nur weil dieser ein Deutscher war? Waren die denn keine Menschen, Gottes Kinder wie alle? Prediger Degele seinerseits fühlte sich von Marthas Ungehorsam beleidigt, den sie durch ihre Ketzerheirat bewies, und verweigerte der geplagten jungen Ehefrau Beistand. Er mahnte strikte Glaubenstreue an, Treue der Gemeinde gegenüber, in die sie *vor* der Ehe getreten sei, Treue, die sie *vor* der ehelichen geschworen habe. »Bete, Martha!«, sagte er und warnte sie vor der Vergeltung des Herrn. Martha war als Kind noch in Degeles Haushalt gegeben worden, weil zu

Hause kein Platz mehr war neben den Stiefgeschwistern, und sie wurde im unerbittlichen Glauben an den apostolischen Herrn erzogen, es war für sie ein Ding der Unmöglichkeit, mit der Sekte zu brechen. Ebenso wenig mochte sie sich von Ernst Frauenlob trennen, der ihr zum ersten Mal in ihrem Leben zu Bewusstsein brachte, dass sie eine junge Frau und liebenswert war. Die Furcht vor der Vergeltung des Herrn in den Gestalten des Apostels und des Ehemanns begleitete sie durchs Leben.

*

Gegen den Widerstand der Sektenprediger, die seinen Sohn unbedingt in den Kreis der Apostelgläubigen aufnehmen wollten, ließ Ernst Frauenlob ihn evangelisch-reformiert taufen.

Nicht in der kleinen Kirche von Wollishofen, wie es der Brauch gewesen wäre, die war ihm zu unbedeutend für seinen Stammhalter, sondern im Großmünster, der Hauptkirche der Stadt, dem zivilen Wirkungsort des Herrn Hauptmann Feldprediger des Kaiserbataillons. Der junge Pfarrer von Grebel aus altem Zürcher Patriziat regelte die Ausnahme schnell und ohne Widerspruch seines Amtsbruders in Wollishofen, der aus einer Wirkerfamilie aus dem Sihltal stammte. Von Grebel tat den Gefallen gern und taufte den Sohn des Wachtmeisters auf den Namen Walter Ernst. Taufpate war Ernsts ältester Bruder Johann, der sich James nannte und einen lächerlich zerzausten englischroten Schnurrbart trug, eine eher zufällige Wahl. Eine engere Beziehung zu ihm bestand nicht, für ihn sprach die einfache Tatsache, dass er als Einziger von allen seinen Brüdern auch in Zürich lebte und am Taufsonntag verfügbar war. Dass James nämlich einmal seinen Dienst als Vaterersatz antreten sollte, war nicht zu hoffen und nicht zu erwarten, Ernst gedachte seine Zeit auf Erden bis in ein hohes

Alter zu erstrecken. Entsprechend notgedrungen war die Wahl der Patin Anna Fehr, einer früheren Nachbarin Marthas in der äußeren Enge, damals Dienstmädchen wie sie. Anna Fehr, immer noch ledig, war die einzige Frau außerhalb der Apostelsekte, zu der Martha nach ihrem Umzug nach Wollishofen engeren Kontakt pflegte.

Die Taufe wurde vollzogen am 31. Oktober, dem Reformationssonntag 1913, im für lange Zeit letzten Jahr des neuen Jahrhunderts, in dem die Welt noch in Frieden lag.

»Walterli«, würde Ernst Frauenlob später einmal zu seinem Sohn sagen, »du bist auf einen guten Namen getauft, einer von den ersten drei Eidgenossen hat Walter geheißen, Walter Fürst, das verpflichtet.« Evangelisch-reformierte Taufe, Pflichtbewusstsein dem Vaterland gegenüber und ein redlicher Charakter – er hatte seinem Sohn eine sittliche Basis vermittelt, auf der sich ein anständiges Leben aufbauen ließ. Er war sich sicher, dass ihn sein Sohn nicht enttäuschen würde, *sein* Sohn nicht.

*

Der Krieg brach aus. Die Kaiserseligkeit war Vergangenheit. Die Schweizer Armee, weniger die Generalität aus dem Hause Rietberg als das Fußvolk, machte mobil, nicht mehr für, sondern gegen den Kaiser. Der braune Eidgenosse, ein kräftiger Freiberger mit glänzendem Fell, der noch jahrelang den Milchwagen über die Scheidegg und den Rietberg gezogen hätte, wurde getrennt von seinem Halter für den Fuhrdienst am Vaterland eingezogen – Kanonen statt Milchkannen. Wie würde er aus dem Krieg zurückkehren? Würde Ernst seinen Traum vom erfolgreichen Milchhändler verwirklichen können? Martha tat alles, was in ihren Kräften stand – und die waren erstaunlich groß für die zarte kleine Frau –, um das Geschäft weiterzuführen. Ohne Pferd und Wagen war sie aber darauf angewiesen, dass die Kundinnen den Weg zum Ladengeschäft nicht scheuten und selbst, mit dem Kessel in der Hand, die Milch holten. Sie hatte eigentlich mit der Treue der alten Kundinnen gerechnet – nicht mit deren Schäbigkeit. »Nun soll er schauen, was er an seinem kleinen Dienstmädchen hat! Ohne uns!« Zeit hatten sie genug, darum konnten sie den weiteren Weg zum Milchladen im Morgental in Kauf nehmen, um sich für den Verrat zu rächen, den der junge Frauenlob durch seine Liaison mit der kleinen Magd an ihnen begangen hatte. Und als der Krieg zu Ende war, hatte er weder Pferd noch Wagen mehr, um neu anzufangen, Kundschaft war zu wenig da, um zu überleben, er musste die Milchhandlung schließen, stand als Familienvater ohne Beruf und Einkommen da.

In der Not bewies sich die Liebe. Die kleine Martha lief in ihrer Gemeinde von Pontius zu Pilatus, um eine Stelle für ihren Ernst zu finden. »Für einen Ketzer, der uns schmäht, der lästert, das Bibelwort verdreht, der dich, Schwester, uns wegstehlen will, samt deinem Kind, unserem Sohn?«

»Ich werde bei euch bleiben, glaubt mir, ich glaube an euch – aber er ist mein Mann, die Ehe ist heilig, wir sind eine Familie, und er ist der Vater meines Sohns. Er wird anders werden, wenn er einmal eine Stelle hat, alles wird besser werden. Ihr seid so viele, die nicht im Aktivdienst wart, ihr habt eure Arbeit behalten können, ihr findet doch irgendwo ein Unterkommen für ihn. Er will arbeiten, er kann arbeiten, und wie er das kann! Wenn der Krieg nicht gewesen wäre, dann –« Martha zupfte ein Taschentuch aus der Schürzentasche und tupfte sich die Tränen ab. »Ernst ist ein schwieriger Mensch, aber nicht ungrad – Gott helfe mir, er ist kein Böser, glaubt mir doch!« Es war die längste Rede in Marthas Leben und die letzte, die sie für ihn oder einen anderen hielt. Für ihn? Für sich selber zu reden war nicht ihre Sache, aber jetzt redete sie um ihr Leben, sie konnte sich ihn unmöglich ohne Arbeit vorstellen – den ganzen Tag zu Hause.

Der Erfolg ihrer Anstrengungen blieb nicht aus. Es fand sich eine Stelle für ihn als Schaffner bei der *Städtischen Straßenbahn*. Die Vertrauensstelle als *Syro-Geldwechsler*-Träger und Verwalter der öffentlichen Ordnung in den Tramwagen verdankte er nicht nur einem gutmütigen Mitglied der Sekte, sondern auch seinem forschen Auftreten, das für die Sicherheit der Fahrgäste stand – *Beim Aussteigen linke Hand am linken Griff* – und seiner gepflegten Erscheinung, die Kundinnenfreundlichkeit garantierte – *Jede Unterhaltung mit dem Wagenführer während der Fahrt ist verboten*, mit dem Schaffner jedoch erwünscht. Dennoch: Er würde nie vergessen können, nie würde er es den Sektenbrüdern vergessen, dass sie ihn in eine Dankesschuld versetzt hatten. Ausgerechnet sie, ausgerechnet ihn!

Vergesslichkeit war nicht seine Sache. Es gehörte zur Seelenhygiene, dass man nichts vergaß, man musste sauber bleiben übers Nierstück. Er wusste, wem er seine Lebensstelle schuldete, er brach sein Schweigen der kleinen Martha gegenüber. Als er das erste Mal in der Uniform des städtischen Beamten nach Hause kam und gelassenen Schrittes in die Küche trat, wo Martha am Herd stand, legte er lächelnd die Hand an das Käppi und sagte: »Danke, Martheli.« Dann kniete er sich zu seinem kleinen Walter nieder, der auf dem Boden mit Ross und Wagen fuhrwerkte, Spielzeug, das er während des langen arbeitslosen Herumhockens geschnitzt hatte, und demonstrierte ihm an einer Seite aus dem *Nebelspalter*, wie eine städtische Knipszange funktionierte: »So, jetzt kannst du bis nach Amerika reisen. Alles einsteigen – hinten fertig – vorn abfahren!!«

Martha Frauenlob schaute zu und dankte – im Stillen – dem Herrgott und Bruder Arthur Brendl, der Adjunkt bei der

Städtischen Straßenbahn war. Sie drehte sich abrupt dem Herd zu, wischte sich die Augen, Ernst sollte sich nicht über zu viel Salz in der Suppe zu beklagen haben. Er mochte Fleischsuppe über alles, mit einem schönen abgedeckten Federstück drin. Das konnten sie sich nun wieder leisten –

*

Das Ringen der Sektenprediger mit Ernst Frauenlob um seine Familie war ausdauernd hart. Noch und noch suchten sie ihn heim, weil es seine kleine Frau Martha nicht allein schaffte, ihn weichzuklopfen. Es gelang auch ihnen nicht, er schlug sie mit ihrer eigenen Waffe, dem Bibelwort, wie es in Glaubensstreitigkeiten seit Luthers Zeiten zu geschehen pflegt. Zeile um Zeile, Wort um Wort. Sie hatten zahllose Bibelzitate im Köcher, er zog immer einen Pfeil mehr aus dem Göller. »Ihr Brüder habt mir meine Frau gestohlen, kennt ihr 2. Moses 20, Vers 14 nicht? Ihr kennt die Stelle nicht! Und kennt ihr sie, handelt ihr wider Gottes Gebot: Du sollst nicht ehebrechen. Aber ihr, sage ich euch, habt unsere Ehe zerbrochen, und gegen das fünfte Gebot habt ihr euch auch vergangen – ihr habt Vater und Mutter meines Sohnes nicht geehrt, wie es in der Bibel steht, dass ihr sollt, Vers 12, ihr habt dem Sohn die Mutter weggenommen.«

Seine Tirade hatte ihnen für kurze Zeit den Schnauf genommen, aber im Atemholen schöpften sie neue Kraft, so schnell ließen sich die Streiter für die Sache ihres apostolischen Herrn nicht schlagen: »Martha ist unsere Schwester, sie gehört zur Familie unserer Gemeinde. Wir geben dem Kind die Mutter zurück, wenn wir es in unsere Gemeinde aufnehmen. Der Apostel wird ihn mit dem Heiligen Geist versiegeln, den Gott ihm verliehen hat. Gott hat ihm klargemacht, dass wir das auserwählte Volk sind.«

Die Anmaßung dieser schmalbrüstigen Kerlchen, die ohne Jacke und Krawatte, in schweißtriefenden weißen Hemden daherkamen, ihm die Küche verstanken und ihm kaum bis zur Schulter reichten, sprengte das Maß seiner Geduld. Er sprang vom Küchentisch auf: »Diebe und Räuber seid ihr!« Er schob die verdatterten Missionare des obersten Versieglers vor sich her zur Küche hinaus, riss die Haustür auf und schrie: »Zum Tempel hinaus! Matthäus, Markus, Lukas, Johannes – los, wählt, wen ihr wollt, aber haut ab, bevor ich mich vergesse und euch hinausgeißle, zum Teufel mit euch oder zum Apostel, ist mir egal! Und kommt mir nie wieder in dieses Haus! Mit euresgleichen rede ich nicht mehr, mit keinem von euch und eurer Gemeinde!«

Zur Gemeinde gehörte zum Schaden der Familie Frauenlob-Estermann auch Martha. Sie blieb fast ihr ganzes Leben lang dabei, als suchte sie Schutz vor dem ihr unbegreiflichen Zorn ihres Gatten. Was hatte sie ihm Böses getan? Sie ahnte nicht und erfuhr es nie, dass seine Ausbrüche weniger gegen die Gemeinde und sie als vielmehr gegen ihn selbst gerichtet waren. Wie konnte er so dumm gewesen sein und nicht gesehen haben, worauf er sich mit dieser Frau einließ. Ihr Schutz und Retter wollte er sein – kein Bedürfnis ihrerseits, sie hielt sich lieber an die armseligen Betbrüder! Liebe, ah bah! Jeden Sonntagmorgen stand sie auf, sobald er Bett und Schlafzimmer, nicht eben geräuschlos, verlassen hatte. Sie kleidete sich in ein dunkelgraues Schneiderkostüm, eine schmucklose weiße Bluse mit Rundkragen. Im Korridor hängte sie die schwarze Lederhandtasche mit dem Gebetbuch drin an die Haustürklinke, dann kam sie in die Küche, nahm die Schürze vom Türhaken und band sie sich um. Hinter dem Vorhang, der das Bad abtrennte, war er mit der Morgentoilette, mit Haarnetz, Schnauzbinde, Pomade und Rasiermesser beschäftigt, um sich sonntäglichen Schliff zu geben. Sie deckte für ihn, jedes Geräusch vermeidend, den Frühstückstisch, nur die Gasflamme und sein Prusten waren zu hören. Ein Teller mit zwei Marmeladeschnitten, Aprikose musste es sein, und eine Tasse Zichorienkaffee. Das Sonntagsblatt lag schon auf dem Tisch, er hatte es vom Türvorleger hereingeholt. Sie tat, was eine Ehefrau zu tun hatte, nie sollte er ihr den Vorwurf machen können, ihre eheliche Pflicht zu vernachlässigen, außer der einen, auf die er selbst keinen Wert mehr legte. Dann setzte sie den Kapotthut auf, verließ ohne Gruß die Küche, nahm die Tasche von der Klinke, zog die Tür geräuschlos ins Schloss und machte sich auf den halbstündigen Fußweg zum Versammlungslokal ihrer Gemeinde in Außersihl.

Als Walter ins Sonntagsschulalter kam, gingen sie zu zweit, ohne dass Ernst als Erziehungsberechtigter sich dagegen ausgesprochen hätte, im Gegenteil. »Sonntagsschule gehört sich, da ist es nur recht, dass du das Kind mitnimmst, wenn du schon dauernd in die *Komeedi* weibeln musst.« Zu den regelmäßigen Besuchern des evangelisch-reformierten Gottesdiensts gehörte er nicht. »Es reicht, wenn einer, der sich bemüht, ein anständiges Leben zu führen, an den hohen Feiertagen hingeht. Der Herrgott hat auch außerhalb der Kirche ein Auge auf seine Geschöpfe. Falls er überhaupt Zeit findet, sich für einen Ernst Frauenlob zu interessieren, wo er doch dauernd bei euch hockt, he he.« Er machte sich einen Spaß daraus, gelegentlich, vor allem an Sonntagen, Martha mit gotteslästerlichen Bemerkungen zu erschrecken, weil er annehmen konnte, dass sie beides, Bemerkung und Schrecken, zu ihrem Apostel weitertragen würde. Erschöpft vom weiten Fußmarsch der Sohn, wieder erstarkt im apostolischen Glauben die Mutter, kehrten die beiden am Mittag zurück, um rechtzeitig das Essen auf den Tisch zu bringen, den der kleine Walter um den Vater herum deckte. Der saß am Tisch und ließ sich nicht in der Sonntagslektüre stören. Sie hatten es ihm hoch anzurechnen, dass er das Frühstücksgeschirr weggeräumt hatte.

Sie hatte es so gewollt, sagte er jedem, der es hören wollte. Für den Rest ihres Lebens schwieg sie ihn an, mit sporadischen Unterbrüchen, sie tat es aus dem kleinen Trotz derer heraus, die sich im Glauben stark fühlen. Martha bekam von den Aposteln sexuelles Schweigen auferlegt, um Ketzernachwuchs zu verhüten.

Beide sagten sie nichts mehr und beide litten sie viel.

*

Ernst Frauenlobs Selbstbewusstsein, das während der arbeitslosen Zeit stark gelitten hatte, kehrte zurück dank der festen Anstellung und dem Umstand, dass sich diese in der Uniform aus dickem, schwarzem Tuch mit perlengesäumtem Stehkragen und blitzblanken Messingknöpfen zeigte. Man war wer, wenn man Uniform trug – glaubte er, bis er zusammen mit seinem Sohn zu Lehrer Pfenninger zitiert wurde. Schon bevor ihm dieser sagte, worum es ging, erwachte seine tief schlummernde Angst vor der absoluten Autorität.

Lehrer Pfenninger mit seinem hartknochigen Gesicht sprach vom Katheder herunter ein Machtwort, dem nicht zu widersprechen war: »Es gehört sich nicht, dass ein Schüler seiner Herkunft daran denkt, das Lehrerseminar zu besuchen. Wie kommt er überhaupt auf eine solche Idee? Was meinen Sie eigentlich, wer Sie sind?« Der Lehrer schlug mit der flachen Hand auf das Pult, vor dem Vater und Sohn, kleinlaut wie Schüler, standen. Wo war der Stolz von Ernst Frauenlob geblieben, wo seine Wortgewalt, die er gegenüber den Sektenbrüdern anzuwenden pflegte? Wieso stand er stumm und schwieg? – Nicht das Gedonner Pfenningers hatte ihn erschreckt, sondern der Schlag aufs Pult. Auf den Tisch hauen, ja, mit Worten konnte man das, das machte sogar Vergnügen, aber doch nicht mit der Hand! Ein Lehrer, der aufs Pult schlug, schlug auch Schüler, das war kein Erzieher! So aufbrausend heftig er selbst werden konnte, Körperkontakt scheute er wie der Teufel das Weihwasser. Weder sein Sohn noch seine Frau hatten je seine Hand zu spüren bekommen, was ihm, wenn es unter Freunden und Berufskollegen bekannt geworden wäre, den Ruf eines seltsam schlappen Zeitgenossen eingetragen hätte. Aber so war er nun mal, für ihn stand fest: Wer schlug, missbrauchte seine körperliche Überlegenheit, mit einem solchen Menschen war nicht zu reden.

Walter hatte tatsächlich frank und frei in einem Aufsatz mit dem Titel *Ein Wunsch* davon geschrieben, Lehrer werden zu wollen. Denn es ist eine Tatsache, dass eigene Erfahrung die Motivation der Kinder beflügelt, es als Erwachsene einmal besser zu machen, ob als Eltern oder Lehrer.

Lehrer Pfenninger hatte sich nicht daran gestoßen, dass der Schüler keinen Unterschied zwischen Wunsch und Wille machte. Entweder hatte er es aus pädagogischer Rücksicht auf die Unschärfe kindlichen Denkens übersehen, oder ihm war ein solcher Unterschied wesensmäßig fremd. Sein Missmut galt der Anmaßung des Jungen und seiner Familie. Es war nur nicht auszumachen, ob Lehrer Pfenninger sich mehr als Angehöriger seines Berufsstandes oder seiner Familie beleidigt fühlte, dass der Sohn eines Straßenbahnschaffners, Trämlers, Lehrer wie er werden wollte. – Er hatte Vater Frauenlob zum Gespräch aufgeboten, samt Sohn Walter, um den beiden klarzumachen, wie irrig die Absichten waren, die da gehegt wurden. Absichten, von denen der Vater keine Ahnung hatte, weil bei Frauenlobs zu Hause generell nicht geredet wurde und von der Schule im Besonderen nicht, solange die Zeugnisnoten für den Sohn sprachen. Und das taten sie.

Wenn er eine Ahnung vom Berufswunsch seines Sohnes gehabt hätte, hätte er ihn sicher darin bekräftigt. Alle Eltern wollen, dass es ihre Kinder einmal besser haben sollen. Das ist auch eine Tatsache. Aber es war nun einmal nicht seine Sache, das zu entscheiden.

Denn Heinrich Pfenninger war nicht irgendwer. »Pfenninger schreibt man, aber ein richtiger Zürcher sagt Pfenniger, ohne N!«, hatte er ihn korrigiert, als er ihn mit »Herr Pfenninger« begrüßte. »Pfenniger« war echtes Zürichdeutsch und Pfenningers waren eine echte alte Zürcher Familie. Nicht aus dem städtischen Patriziat wie Pfarrer von Grebel, mit dem Ernst Frauenlob der Umgang leichter fiel. Pfenningers kamen von der Landschaft, die ein trotziges Selbstbewusstsein gegen die Stadt behauptete. Von Stäfa kamen sie, dem Hauptort der Landschaft, die vor zweihundert Jahren den Aufstand gegen die ausbeuterische Stadt probte – Aufführung von der städtischen Direktion abgesagt. Da saßen die Pfenningers seit Hunderten von Jahren und bildeten sich ein, damit die Lizenz zur Selbsterhebung in eine höhere Bürgerklasse abgesessen zu haben. Sie lebten im Wahn ihrer Besonderheit und im Trotz gegen die Stadt.

Einzig die Tatsache, dass sein Namensvetter Heinrich Pestalozzi vorübergehend im selben Schulhaus gewirkt hatte, hatte Heinrich Pfenninger bewegen können, eine Stelle in der Stadt anzunehmen. Nach Amtsantritt ließ er auf eigene Kosten eine Tafel über der Schulhaustür anbringen, die an seinen Vorgänger erinnerte. Sie war aus grauem Sandstein, weil Marmor, wie Pfenninger meinte, zu pompös für einen Volkserzieher war. Sandstein war auch nicht so teuer. Es mochte Zufall oder das gestalterische Ungeschick des Steinmetzen gewesen sein, dass am unteren Rand der Tafel Raum für einen zweiten Namen samt Jahreszahlen frei geblieben war.

Ernst Frauenlob war zur selben Zeit wie Lehrer Pfenninger in die Stadt gezogen. Und er wusste: Er hätte seinen Weg so gut gemacht wie der Herr Lehrer, der so nobel tat, auch wenn er nur aus dem braven Klettgau kam. Da hatten auch die Frauenlobs seit vierhundert Jahren gesessen, seit sie aus dem Schwabenland zugewandert waren. Irgendwo musste doch gelebt und gewohnt werden. Was gab es für einen vernünftigen Grund, sich auf Sesshaftigkeit etwas einzubilden, was hatte Hockenbleiben mit Tradition zu tun? Herrgottsackerment, er wusste es: Er hätte es als Familienvater und Milchhändler geschafft. Wenn ihm nur nicht von den Brüdern der *Komeedi* ein Bein gestellt worden wäre – und ein zweites vom Lauf der Geschichte.

Nach der Unterredung gingen Vater und Sohn schweigend nach Hause. Ein Wort war ein Wort, es gab nichts mehr zu diskutieren. Der Vater fragte nicht nach den Gründen für den Berufswunsch seines Sohns, der Sohn äußerte nicht sein Befremden über die untertänige Art, wie der Vater die Beleidigung seiner Person und Familie geschluckt hatte. Hatte der Lehrer sie nicht beleidigt? Walter wusste doch, wie laut der Vater werden, wie er sich wehren konnte, bei der Vertreibung der religiösen Wucherer aus seinem Tempel war er bis in die Dachkammer hinauf zu hören. Warum jetzt nicht? Sie waren doch auch wer! Ein Straßenbahnschaffner war so gut ein städtischer Beamter wie ein Lehrer. Vater war gut genug, es gab keinen Besseren. Hätte er Zweifel an der Richtigkeit des Verhaltens seines Vaters geäußert, hätte er ihn auch beleidigt. Das konnte er ihm nicht antun, das wollte er nicht, das gehörte sich nicht, darum musste er schweigen.

Es gehörte sich so wenig, wie auf dem Berufswunsch zu beharren. In dieser pädagogischen Angelegenheit wurde Walters

Wille vom Machtwort seines Lehrers und von der Autoritätsgläubigkeit seines Vaters gebrochen. Im Falle seiner religiösen Erziehung jedoch bewies er eine für sein jugendliches Alter erstaunliche Unbeirrbarkeit, sehr zur Freude seines Vaters.

*

Die Prediger von der Apostelsekte hatten zwar damals die Schlacht um den Täufling verloren, aber sie gaben nicht auf, der Krieg ging weiter um die Seele des Konfirmanden Walter. Der Vater hatte damals, als es um den Sonntagsschulbesuch ging, eingewilligt, dass der Sohn in der *Komeedi* eingeschult wurde, nicht zuletzt aus Gründen der Bequemlichkeit. Es war das gute Recht der Mutter, die der religiösen Praxis mehr verpflichtet war als er, dass sie Walterli zur Schulung in ihre Gemeinde führte, Sonntag für Sonntag, dieses Recht behaupteten jedenfalls die Prediger, und er gestand es ihnen sogar widerspruchslos zu. Die Zeit würde das Ihre tun, um seinen Sohn zur Vernunft zu bringen, und er, Ernst Frauenlob, das Seine.

Eines Sonntagmorgens, als Martha mit Walter eben still verschwinden wollte, trat er geputzt und gekämmt, den Mantel über dem Arm, den Sonntagshut in der Hand, hinter dem Badvorhang hervor und verkündete: »Ich komme mit!«

Wäre Stillschweigen nicht schon lange ihre Lebensart gewesen, Martha hätte vor Überraschung kein Wort hervorgebracht. Sie konnte nicht glauben, was sie hörte, sie wollte sich nicht vorstellen, was passierte, wenn er tatsächlich in der Kirche erschien. Zu widersprechen wagte sie nicht, sie hatte sich ihr Leben lang in Duldsamkeit geübt, wie hätte sie streiten können. »Dann gehen wir halt, es ist Zeit.«

Zu dritt machten sie sich auf den Weg zum Heil, gemeinsam wie eine richtige Familie – bis ins Selnau, wo die Sihl das bürgerliche Zürich vom werktätigen trennte. Da nahm er den Sohn an seine Hand, die das Führen gewohnt war, und beschied der Mutter: »Heute kommt er mit mir, am nächsten Sonntag nimmst du ihn wieder mit in deine *Komeedi* – wenn er dann noch will. Zum Mittagessen sind wir pünktlich zu Hause.« Es tönte wie die Drohung: »Wehe, wenn das Essen nicht auf dem Tisch steht.« Er drehte Martha den Rücken zu. »Komm, Walter.« Und stadteinwärts zog er mit seinem Sohn in die Klangwolke der Kirchenglocken, die zum Sonntagsgottesdienst riefen. Die kleine Martha Frauenlob, um eine schnell verblühte Hoffnung betrogen, lenkte weinend ihre Schritte brüderwärts.

Die Folgen des ersten Weltkriegs lasteten auf der Bevölkerung, es waren viele Leute zu den Kirchen unterwegs. »Sonntag ist der Tag des Herrn, so steht's in der Bibel, so soll es sein«, belehrte der Vater seinen Sohn. »Aber schau hin, was siehst du an diesem Sonntagmorgen? Du siehst die Leute – Männlein und Weiblein, Familien groß und klein – aus ihren Häusern kommen und zur Andacht gehen, einträchtig scheint's – bis sich ihre Wege trennen, schon vor der Sihl. Und sie gehen in alle Richtungen auseinander, die Katholiken in ihre Kirchen, die Baptisten dahin, die Methodisten dorthin, die Neuapostolen in ihre Tempel, die Evangelischen Brüder in ihren Saal, die Zeugen Jehovas in ihren Betschopf und die vielen andern in ihre separaten Betstuben zu ihrem einzig wahren Gott. Siehst du das? Und was ist dazu zu sagen? Ja, Herrgottsackerment, Walter, wo hockt denn nun Gott, wo wird denn nun der richtige angebetet, da es doch, wie es in der Bibel steht, nur einen gibt? Das soll mir einmal einer von diesen Priestern und Betbrüdern erklären! Sie können die Frage nicht beantworten, weil sie lügen müssten, es geht doch allen nur um das Eine, und das ist nicht der liebe Gott, sondern das liebe Geld! Lass dir da nichts vormachen, je mehr Brüder, desto mehr Geld! Für die ist das Geld Gott. Für alle. Aber ich sage dir, die Bibel hat doch recht, es gibt nur einen Gott, und darum gibt es nur eine Kirche, die diesem Gott dient, und das ist die evangelisch-reformierte Landeskirche, zu der wir Frauenlobs gehören.« Er sah von der Reformation als Sektenbewegung ab, ebenso davon, dass die Christen sich einst von den Juden abspalteten, das lag für seine Betrachtungsweise zu weit zurück, zumal »die Juden nicht einmal den Sonntag heiligen«, und den Jungen durfte er auch nicht überfordern. Von der allumfassenden römisch-katholischen Kirche wollte er schon gar nicht reden, die hatte sich in seinen Augen selbst erledigt, als er auf einer Italienreise mit den Straßenbahnern in Pisa zuschauen musste, wie Schwarzröcke mit einem Menschenschädel Fußball spielten. »In das Land dieser Kuttenbrünzler bringen mich mein Leben lang keine zehn Pferde mehr.«

Das Problem der wahren Kirche war für ihn theoretisch gelöst, der praktischen Umsetzung diente er sonntagmorgens weder in der kleinen Kirche Wollishofen noch im Großmünster, er setzte sich, wenn Martha mit Walter weg war, an den Küchentisch und beschäftigte sich nach dem Frühstück mit dem Kreuzworträtsel im Sonntagsblatt. Das war aber seine ganz persönliche Sache, und die ging niemanden etwas an.

Er kehrte mit seinem Sohn auch an diesem Sonntagmorgen in keiner der zahlreichen Kirchen ein, die sich anboten, auch der evangelisch-reformierten nicht. Er wartete auf das Ausklingen der Sonntagsglocken, bis sich die Türen hinter den letzten Gottesdienstbesuchern schlossen, dann machten sie sich auf den langen Weg nach Wollishofen heim, schweigend, der Worte waren genug gewechselt. Seine Zuversicht war groß, dass sein Sohn, wenn er in das richtige Alter kam, seinem heutigen Wort zum Sonntag Taten folgen lassen würde. Als Walter sechzehn war, geschah es auch.

*

Frauenlob junior nahm den Weg von Wollishofen zum Großmünster allein unter die Füße, er ging nicht im Sturm- und nicht im Paradeschritt, aber entschlossen, sein Schicksal selbst in die Hand zu nehmen. Er hatte nicht vergessen, wer ihn getauft hatte.

»Herr Pfarrer, wir sind keine Familie, meine Eltern führen keine Ehe, sie führen Krieg, sie streiten nur um mich und um die Religion, ich spüre das, ohne den Streit zu hören. Was nicht ist, muss nicht gerettet werden. Aber mich können Sie retten, Herr Pfarrer, ich bitte Sie. Mein Vater ist stur wie nur was, ein Schaffhauser eben, aber selbst wenn er nachgiebiger wäre, könnte er nicht aufkommen gegen die Hinterhältigkeit dieser Leute, die sich meiner schwachen Mutter bedienen, um mich in ihre Kirche zu zwingen. Gnadenlos. Ich will aber nicht, ich will von Ihnen konfirmiert werden, Herr Pfarrer, ich bin ein Schweizer, ich gehöre zur Landeskirche!« Er saß aufrecht vor dem Pfarrer auf der Kante des Besucherstuhls, im Sonntagsanzug – Knickerbockers, Jacke und Gilet aus grauem englischen Tuch, eine weißgepunktete blaue Fliege im hohen Kragen, die englische Schirmmütze mit beiden Händen auf den Knien haltend.

Es wäre schwierig gewesen, einem so anständigen jungen Mann eine Bitte abzuschlagen. Jeder Hirte zählt seine Schafe – Pfarrer von Grebel ließ sich nicht zweimal bitten. Walter tat die Bitte weniger um des rechten Glaubens willen, das zeigte sich in der abnehmenden Frequenz seiner Kirchenbesuche nach der Konfirmation, die Null erreichte, als er zwanzig wurde; er kehrte in die protestantische Nüchternheit zurück, weil er die Salbadereien in der Sekte nicht mehr ertrug und seinen Vater ehrte. Ja. Vom Vater, der viel auf sein Äußeres gab, hatte er die Pflege der Sauberkeit im Inneren und am Äußeren gelernt, die Sektenleute waren ihm zu schmierig, innen wie außen. Über den Verlust der Mutter, den er mit seinem Schritt in Kauf nahm, konnte er, wenn er allein war, nur weinen. Verlust – hatte er sie denn je gehabt? An die Sorglichkeit konnte er sich erinnern, mit der sie ihn als Kind behandelt hatte, an Liebkosungen nicht, weder ihm noch dem Vater gegenüber. Und die Sorglichkeit war auch nur die, mit der sie alles behandelte, was sie in die Hände bekam, sie war so groß, dass sie weinte, als sie, ein einziges Mal, beim Schöpfen Suppe auf die saubere Tischdecke vergoss, daran erinnerte er sich. Er glaubte zu spüren, dass sie ihn als Sohn seines Vaters, nicht als ihr eigenes Kind betrachtete und sich deshalb hütete, ihm gegenüber Gefühle zu zeigen. Das schmerzte ihn; liebend gern hätte er die Gründe für ihr Verhalten gekannt, ein utopischer Wunsch. Die Vorgeschichte der Eltern zu seiner Geburt bleibt das größte Geheimnis im Leben jedes Menschen.

»Es sind Menschen wie wir.« Pfarrer von Grebel lehnte sich im Sessel zurück und faltete die Hände über dem Bauch, er oblag seiner christlichen Pflicht, wenn er das zugab. »Nur irren sie im Glauben, und es freut mich darum von Herzen, dass du das von dir aus eingesehen hast und zu uns zurückkommen willst. Du kommst zu dir selber zurück, du bist hier in meiner Kirche getauft worden, und ich werde dich hier konfirmieren. Auf eigene Art ein Beispiel weiterführen, das ist Tradition. Mit dem ersten Sohn fängt das große Werkzeug an, wirksam zu werden, das Werkzeug, durch welches das ganze Menschengeschlecht seine Bildung erhalten hat und fortfahren wird zu erhalten, nämlich die Tradition. Es wird deinen Vater hoch erfreuen, dass du die Familientradition weiterpflegen willst, die er mit deiner Taufe im Großmünster begründet hat. Denn eine Familie seid ihr, seit du auf der Welt bist, und werdet es bleiben, solange du lebst. Es gibt kein Entrinnen. Was Gottes Fügung ist, kann ein Mensch nicht trennen, auch wenn er irrt, sie währet ewiglich.«

»Amen.« So sollte geschehen, was sein musste. Walter stand auf, wischte sich die feuchte Hand an der Hose ab und reichte sie dem Pfarrer wie zu einem Männerbündnis, das vorerst einmal zum Besuch des Konfirmationsunterrichts verpflichtete, was ihm angesichts seiner neuen Glaubensfreiheit leichtfiel. Er lernte viel, aber erst als er bei der Konfirmationsfeier vor der Gemeinde stand, gingen ihm die Worte des Pfarrers über die Familie auf, es war eine Erleuchtung, wie sie Pubertierende zu erleben glauben. Ihm war, als lichteten sich die schweren Jochbögen des Großmünsters und sprengten das Gewölbe, so dass das Himmelslicht über ihn kam und er in Zungen zu sich redete: »Ja, eine Familie will ich gründen, wie es mein Vater tat, und ich werde sie von keinem Irrgläubigen trennen lassen. Amen! Amen!« Von Natur aus nicht sehr musikalisch, stimmte er doch aus voller Brust ins Konfirmationslied ein:

Einem Herrn nur sollt ihr dienen,
Der euch teuer hat erkauft,
Ihm nur, der auch euch erschienen,
Und auf den ihr seid getauft,
Der den Bund mit euch erneuert,
Euch mit seinem Kelch erfreuet.
Dient dem Herrn allein fortan,
Zweien niemand dienen kann.

Vielleicht war es auch gar keine Erleuchtung, sondern lediglich der Wunsch aller zukünftigen Väter, den eigenen Kindern einmal zu bieten, was sie selber entbehrt haben.

Der *genius loci*, einer von den lateinischen Ausdrücken, die er im Konfirmationsunterricht gelernt hatte, trug das Seine zur Hochstimmung bei. Sein Bewusstsein vom Wert der Tradition, das ihm der Vater mitgegeben hatte, veranlasste ihn, das Großmünster als Weihestätte der Familie Frauenlob vorzusehen und den Tag seiner Taufe zum Feiertag der Familie zu erheben.

Am Tag seiner Konfirmation legte Walter als angehender *pater familias* quasi den Grundstein für Heim und Gut der Frauenlobs.

1918–1933

Juli 1918 – In Europa bricht die spanische Grippe aus, sie fordert bis im Frühjahr 1919 zwanzig Millionen Tote. In der Schweiz sterben fünfundzwanzigtausend, davon eintausendachthundert Soldaten im Aktiv- und Ordnungsdienst.

Im Jahre 1920 treten die ersten drei Mädchen in die Kantonsschule Zürich ein, von denen eines später die Maturitätsprüfung besteht.

Was Grippe und Schule in den Familien Gerber und Frauenlob für Opfer fordern.

1.

Der alte Gevatter Tod hielt reiche Ernte in der jungen Familie Gerber-Schaffner.

Zuerst starb Martha, ein gesundes und kräftiges Mädchen, das außer Mumps und Masern noch keine Krankheiten gekannt hatte.

Saminigginäggi
hinder em Ofe stäggi
gimer Nuss und Bire
so chumi hindefüre.

Apfel, Nuss und Birne lagen auf dem Tisch, um den die Familie saß und feierte, aber Tirggel, Schokoladebatzen, Mandarinen, Lebkuchen, Pfefferkuchen, Datteln und Feigen fehlten. Es war mitten im Krieg, der Sack war leicht gewesen, den der Samichlaus leerte.

»De Götti isch es gsii, er hät mer Schatzeli gseit, nur de Götti seit mer Schatzeli!« Die kleine Olga schaute sich nach Bestätigung um: Wollte ihr niemand recht geben und sich wundern, wie schlau sie war? Sie lebte noch im Grenzbereich von Mythos und Wirklichkeit. Samichlaus, Storch und Engel, sie ahnte es schon, waren Erfindungen der Erwachsenen, nur wollte es keiner bestätigen. Man ließ es werden in der Familie Gerber-Schaffner, man gewährte den Kindern ihre Zeit.

Die Schwestern lachten. »Und wer war der Esel?«

»Das weiß ich doch nöd, er hätt vor em Huus gwartet, hätt de Samichlaus gseit – de Götti.«

»Ja, ja!«, lachten die Schwestern. »J-a, j-a!«

»Hans, gäll, er isch es gsii!« Der große Bruder wenigstens sollte ihr recht geben, er wusste immer alles.

»Ich war leider noch nicht zu Hause, als der Samichlaus kam. Aber ob er wissen kann, dass du ein Schatzeli bist – da bin ich mir nicht so sicher.«

»De Samichlaus weiß alles!«

Hans, der große Bruder, strich der kleinen Schwester übers Haar. »Aber sicher, Olgeli, recht hast du.«

Es war, trotz düsterer Weltlage draußen, ein heiterer 6. Dezember 1914 im Haus an der Hofstraße.

Nach dem Essen wurde Martha sterbensübel, das Stechen im Unterleib wurde immer heftiger. Sie bekam Kamillentee zu trinken und einen warmen Steinsack ins Bett gelegt. Olga, die mit ihr das Bett teilte, wurde zu Trudi und Hanna umplatziert.

»Für eine Nacht wird das ja wohl möglich sein!«, sagte der Bruder, als er Olga auf seinen starken Armen in die Kammer trug. »Da kannst du dem Samichlaus zeigen, wie schön brav du bist.«

»Das weiß er doch scho.«

Es half alles nichts, Martha war tapfer und litt stumm, aber die Schmerzen wurden unerträglich, sie vermochte nicht mehr zu liegen, zu sitzen oder zu stehen. Durfte man den Doktor rufen wegen Bauchschmerzen? Man hatte in der Familie Gerber-Schaffner mit dem Doktor nicht viel zu tun, man vertraute dem Herrgott und blieb gesund. Um Mitternacht war es genug. Die Mutter wickelte die Tochter dick in eine Decke ein, und der Vater trug sie durch das Schneegestöber die paar Dutzend Schritte zum Kinderspital hinauf.

Über dem Eingang brannte ein schwaches Außenlicht, die Empfangshalle war düster, Sparbeleuchtung, es war Krieg. Der Korridor links führte ins endlose Dunkel, im rechten Korridor schimmerte es hinten wie ein Irrlicht. Martha wimmerte, Hans Gerber drückte die Notklingel. Es dauerte eine ganze Weile, bis Schritte aus dem Korridor zur Rechten nahten und schließlich eine bleiche Gestalt aus dem Dunkel in den Dämmerschein trat. Die Nachtschwester war geweckt worden. Das sei nicht die Art, einen Patienten ins Spital einzuliefern, raunzte sie, nur wegen Bauchkrämpfen werde sie den Herrn Professor nicht zu Hause stören, er brauche wie jeder Mensch seinen Schlaf, man werde morgen sehen, was mit dem Kind sei. Sie drehte sich um und schlurfte ohne ein weiteres Wort zurück auf das Irrlicht zu. Hans Gerber folgte zögerlich bis vor die Tür zur Notfallstation. »Nun, kommen Sie schon!«, sagte sie, nicht überaus leise, denn die Kojen waren leer. Sie zog einen Vorhang auf: Hier könne er das Kind auf das Bett legen, es bekomme ein *Aspirin*, das werde die Schmerzen dämpfen, und er könne die Nacht über bei der Tochter bleiben, da stehe ein Stuhl.

Das Kind war Medizin nicht gewohnt, das *Aspirin* tat schnell seine Wirkung. Martha wurde ruhiger und mit ihr der bedrückte Vater. – Am Morgen, als Hans Gerber von der Tagschwester geweckt wurde, war seine Tochter für immer eingeschlafen. Der Professor kam zu seiner gewohnten Stunde und stellte fest, dass Martha Gerber in ihrem zwölften Lebensjahr an den Folgen eines perforierten Blinddarms und akuter Peritonitis gestorben war. Er unterließ es nicht, dem Vater stumm mit einem Händedruck zu kondolieren, unter Männern zwar, aber nicht von Gleich zu Gleich und sehr kurz, denn die ärztliche Pflicht rief den Vielbeschäftigten.

Hans Gerber kehrte allein an die Hofstraße zurück. Hanna saß mit Marthas Schwestern am Frühstückstisch vor den Milchkacheln mit den Brotbrocken. Der Sohn war schon zur Schule gegangen, er hatte den weitesten Weg von allen. Appetit hatten sie nicht. Keine, nicht einmal Olga, sprach ein Wort, nur das Schlagen der Löffel gegen die Kacheln war zu hören. Sie hielten inne, als der Vater unter der Küchentür erschien, weinend, unter dem Arm die Decke, in der er Martha zum Spital getragen hatte, in der Hand ein großes weißes Taschentuch, schlapp wie eine Fahne im Regen.

Hanna stand vom Tisch auf, strich die Schürze glatt, trat vor den traurigen Vater. Sie schaute ihm fest in die Augen, bis sie seinen Blick fand, dann nahm sie ihm wortlos die Decke ab, als läge das Kind noch drin, und legte sie auf den freien Stuhl zwischen Ida und Trudi. Sie kehrte zurück und wartete, bis er sich die Augen trockengewischt hatte. Dann nahm sie ihn bei der Hand und führte ihn zum Stuhl am oberen Ende des Tischs, wo Ida unaufgefordert eine Ohrenkachel voll warmer Milch und eine Scheibe Brot aufgetragen hatte. Nun ging sie zu ihrem Platz am unteren Tischende zurück und setzte sich.

»Kinder, wir wollen beten. Ida, sei so gut.«

Sie legten die gefalteten Hände auf den Tisch, in den Schoß oder pressten sie zwischen die Knie. Ida betete das Vaterunser mit ihrer ruhigen und weichen Stimme, welche die Beklemmung löste und die Tränen befreite, sie flossen ohne Heulen, ohne Schluchzen. Und die Kraft und die Herrlichkeit in Ewigkeit. Amen.

»Kinder, Hans, der Herrgott hat es so gewollt. Er will aber auch, dass wir weiterleben, also wollen wir Ihm folgen. Und Martha geht es jetzt gewiss gut.«

»Tuet's ere nüme weh?«, fragte Olga.

»Ganz sicher nicht, Olgeli.«

»Han i jetz s Bett für mich ganz elei?«

»Das werden wir sehen.«

Nachdem Martha beerdigt war, ließ Hanna bei Boissonnas am Baschligplatz eine Fotografie rahmen: Der Vater mit seinen drei ältesten Töchtern Ida, Martha und Trudi im Ruderboot vor dem Utoquai. Alle vier im Sonntagskleid. Der Vater im dunklen Anzug mit Schlips und Melone aufrecht am Stehruder, Ida und Trudi auf der Sitzbank vor ihm, die Hände in den Schoß gelegt, in die Kamera lachend. Martha, die Kräftige, am Sitzruder, den Blick auf den Vater gerichtet. Alle drei im Matrosenkleid, mit Gondoliere-Hüten. Was für ein schönes Andenken an Martha!

Doch als das Bild, auf schwarzem Grund und im Silberrahmen, an seinem Platz auf der Anrichte stand, erschrak Hanna. Es erinnerte sie an die *Toteninsel* von Böcklin, die sie in der *Gartenlaube* abgebildet gesehen hatte. Sie nahm das Bild schnell wieder weg und legte es zu den Familiendokumenten in die Kommode auf dem Estrich. Was brauchte sie ein Bild, sie trug ihre Tochter im Herzen.

Im selben Jahr noch zeugte Hans Gerber sein letztes Kind, Elisabeth, die sich später einmal, nach ihrem Englandjahr, Betty nennen würde. Hatte er nun Hanna beim Wort genommen, dem Herrgott zu gehorchen und weiter das Leben zu feiern, das Er gab und nahm, wie es Ihm beliebte? Oder hatte er gegen Gott getrotzt?

Er hatte getrotzt, das lehrte ihn der Herrgott im Grippejahr 1918, als das neue Leben kaum ein Jahr alt war.

*

Der große Bruder Hans nahm für seine Schwestern allmählich die Stelle des Vaters ein, der bei aller Liebe Hannas nicht aus dem Seelentief herausfand, in das ihn Marthas Tod gestürzt hatte. Er fühlte sich schuldig, weil er geschlafen hatte, als seine Tochter starb. Der Sohn wurde zur männlichen Stütze des Haushalts. Von der Mutter hatte er die starke Seele geerbt, dazu die robuste Gestalt und, eher klein gewachsen, die aufrechte Haltung der Schaffners. Einen Körper hatte er wie ein Kranzturner. Seinen jungen Jahren zum Trotz war er ein aufgeschlossener Mann, der den Elan der weiten Welt, mit der er in einer Import/Export-Firma korrespondierte, unter das tiefe Dach an der Hofstraße brachte. Er trank sein Bier bei den Pragers im *Elite* an der Bahnhofstraße, rauchte *Virginias,* war ein für Frauen sehr ansehnliches Mitglied des *Kaufmännischen Vereins*, ging auf den Jahresball im *Grandhotel Dolder*, frequentierte das öffentliche Bad und hatte für sein starkes blondes Haar ein Abonnement beim Friseur Matrahazy am Central, der ihm eine englisch anmutende Welle über die Stirn legte. In der Scheune neben dem ehemaligen Bauernhaus an der Hofstraße betrieb er zusammen mit Anton Kramer den *Boxring Zürich*, als das Boxen in Zürich noch verboten war und der Vater keine Ahnung hatte, was Sport und was für eine Art Sport Boxen war.

Das öffentliche Leben außerhalb von Familie und Marktplatz interessierte den Vater wenig. »Ich bin kein politischer Mensch, ich weiß nur eines: Man kann nicht von Vaterland reden, wenn der Vater kein Land hat.« Mehr, Verbindlicheres, hatte er nie über sein Verhältnis zur Schweiz verraten, außer: »Meine Heimat ist Langnau im Emmental, wo ich aufwuchs und Schmied gelernt habe, weil es nichts anderes zu lernen gab. Wäre der Beruf für meine schwachen Knochen nicht zu viel gewesen, hätte der Rauch meine Lungen nicht beschädigt, wäre ich geblieben. Nun bin ich aus meiner Heimat in die Stadt vertrieben. Langnau ist Langnau und Zürich ist Zürich – was ist die Schweiz? Ich sehe wenig Gemeinsames.«

Die Schweiz war aber vom Krieg bedroht, Vaterland hin oder her, sie brauchte Soldaten. Hans Gerber junior meldete sich vorzeitig zur Rekrutenschule und schaffte es gerade noch, im letzten Kriegsjahr zu seiner Truppe im äußersten Jurazipfel zu stoßen. Da wollte er sich bis zum Offizier hochdienen, was bei der Infanterie auch für mittelständische Armeeangehörige möglich war, im Falle baldigen Friedens auch nach dem Krieg noch. Soldaten braucht es, solange es Vaterländer gibt. Aber im Juni 1918 gehörte er zu den Tausenden von Wehrmännern, denen alle Truppenärzte nicht mehr helfen konnten. Er zeigte dasselbe Krankenbild wie alle: verdächtige Lungengeräusche, graublaue Verfärbungen der Haut, ein unerklärliches Missverhältnis zwischen Puls und Fieber, blutige Auswürfe und eitrige Abszessbildung. Er bekam *Aspirin*, *Phenacetin* und *Pyramidon* verabreicht wie alle. Er lag wie die meisten auf einer Matratze im Korridor eines Bezirksspitals, zwei Tage, vier Tage – am sechsten, als ein ordentliches Bett frei wurde, brauchte er es nicht mehr. Wie Tausende andere Zivile und Militärs wurde er außerhalb des Spitals für immer und ewig zur Ruhe gebettet.

*

Hätten Trudi, Olga und Ida ihren Bruder nicht im Lazarett besuchen sollen, ihm keine frische Wäsche, keine Äpfel vom Markt und etwas zu lesen bringen dürfen? – Zu spät gefragt, lachte der alte Schnitter, als er die Sense wetzte, um sie an Trudi und Olga anzusetzen. Drei Grippeopfer insgesamt hatte die Familie Gerber-Schaffner innerhalb eines Jahres zu beklagen. Vater und Mutter glaubten an eine Fügung Gottes, dass Er wenigstens Ida so gesund, wie sie zum todkranken Bruder gefahren war, nach Hause zurückkehren ließ. Voreilig gelobt, zu früh gedankt.

*

Ida war ein stiller Mensch, eine sanfte, weiche Person. Das Gesicht bleich und oval, gerahmt von schwarzem Haar, das in einem langen Zopf über den Rücken fiel, geprägt von Augen wie Moorseen. Sie tat still und bescheiden, was ihr von Leuten und Leben aufgetragen. Zuverlässig besorgte sie mit einem hohen zweirädrigen Korbwagen den Wäscheverkehr zwischen Hofstraße und der Irrenanstalt *Burghölzli*, zwischen Frau Professor Hedwig Bleuler-Waser, der Frau des Direktors, und der Mutter. Die Steigung von der Burgwies in den Balgrist hinauf war anstrengend, im Sommer heiß und steil, im Winter rutschig. Aber sie nahm sie gern in Kauf, weil oben Hugo Kestenholz, der Gärtnermeister der Klinik, am Zaun mit einem Blumenstrauß wartete – Maiglöckchen im Frühling, Sonnenblumen im Sommer und Astern im Herbst, vor Weihnachten einen Tannenzweig mit Zapfen dran. Still war die Freude und ruhig die Verlobungszeit, die Hochzeitsfeier in der Salemskapelle bescheiden. Ida war bei den Baptisten geblieben, auch nachdem die Mutter ihre Kinder aus der kirchlichen Besucherpflicht entlassen hatte, sie mochte das Geschwisterliche der Gläubigen im Umgang miteinander.

Still war die Vorfreude der jungen Eltern auf ihr erstes Kind, ein Licht in düsterer Umgebung. Kind und Mutter starben nach einem vierundzwanzigstündigen Kampf ums Leben, die Nabelschnur erdrosselte das Kind, Erschöpfung und innere Blutung töteten die Mutter.

*

Wenn Hans Gerber jetzt über den Markt ging, die Daumen in den Ceinturon eingehakt, und hörte, wie die Marktweiber über die schlechten Zeiten schimpften, sagte er nur: »Ja, ja –« und ging weiter. Bei so wenig Anteilnahme an ihrem traurigen

Los sahen sich die Weiber nicht mehr veranlasst, von dem Spärlichen, das sie zum Verkauf anbieten konnten, etwas für den Korb des Marktchefs abzuzweigen. Zumal sie auch gehört hatten, er rede von ihnen jetzt als Weiber. Was hätte es auch für Nutzen bringen können, wo die Mädchen vom Zürichberg nur noch einmal in der Woche kamen, weil ihre Herrschaften sparten, als ob Leute ihrer Art je zu wenig haben könnten.

Aber er brachte schon gar keinen Korb mehr mit, wenn er zum Dienst kam. Für wen auch sollte er ihn sich füllen lassen? Was die kleine Familie noch brauchte, wuchs vor den Fenstern an der Hofstraße. Das reichte zur Genüge, davon hätte er sogar den Marktfrauen etwas abgeben können. Frau Rieter-Bodmer kam auch nicht mehr persönlich auf den Markt, sie schickte ihren Chauffeur. Der gab zwar gleich viel wie seine Herrschaft auf Uniformen, hielt aber seine Breeches, Tellermütze und Handschuhe für etwas Besseres als die Uniform eines Stadtpolizisten und wahrte deshalb strikte Distanz.

Bertha Rieter-Bodmer war in der Tat zu sehr damit beschäftigt, Niederlage, Abdankung und Exil des deutschen Kaisers zu verarbeiten, als dass sie Muße gefunden hätte, auf den Markt zu gehen. Wie sollte es mit dem deutschen Reich weitergehen, dem ihre Familie so tief verbunden war? Noch war keine neue Lichtgestalt am dunklen Horizont der Zeit in Sicht, Sohn Fritz hatte noch gute fünfzehn Jahre auf den deutschen Hoffnungsträger zu warten, dem er stramm huldigen konnte. Zudem brauchte die Schwiegermutter ihrer Tochter Ines dringend Unterstützung. Ihr »alter dummer Ulrich«, der General, war so krank und abgemagert aus dem Krieg nach Feldmeilen heimgekommen, dass er dringend Pflege benötigte. Schlimme Zeiten! Wachtmeister Gerber von der Zürcher Stadtpolizei mit seiner unbekannten sympathischen Gattin war schon lange vergessen.

Und hätte sich Frau Rieter-Bodmer an ihn erinnert und wäre sie am Bürkliplatz erschienen, Hans Gerber hätte »Ja, ja –« gesagt und sie so wenig gesehen wie die Marktweiber, er schaute nur immer tiefer in den Spiegel seiner Seele, und der drohte zu erblinden.

War er, jung wie das Jahrhundert, voller Hoffnung auf gesunde Arbeit und ein neues Leben vom Emmental in diese Stadt gezogen, bloß um ihr seine Familie zu opfern? Ein Moloch war die Stadt! Wozu das Opfer, was wollte die Stadt von ihm, was wollte er von ihr und vom Leben noch?

O Morgerot, o Morgerot,
de Vatter schlaat en Chüngel z Tod.
Er nimmt e chliises Hämmerli,
de Chüngel juuchzet jämmerli.
O Morgerot, o Morgerot,
de Vatter schlaat en Chüngel z Tod.

Hart strafte ihn der Herrgott, dass er es gewagt hatte, Ihm ein neues Leben abzutrotzen. Ja, Trotz, jetzt erst recht, er nahm zwar das Kreuz auf sich, aber Elisabeth ließ er sich auf keinen Fall mehr nehmen. Die jüngste Tochter erhielt Hans Gerber-Schaffner am Leben. Sein blondlockiger blauer Augenstern, ein fröhliches Menschenkind, unbeschwert von der lieben Not, die der Vater seinetwegen mit dem grausam gerechten Herrn über Leben und Tod hatte. Elisabeth war sein Leben, seine Freude.

Wenn er nun allein mit Elisabeth, zu der er »mein Betteli« sagte, am Utoquai spazieren ging, verwandelte er sich in einen anderen Menschen. Er schien die Spaziergänge mit den älteren Töchtern vergessen zu haben, die Fahrten im Ruderboot, den Vaterstolz auf gutgeratene junge Frauen, die man auch zeigen durfte. Er wurde zum Kind, das mit dem Kind spielte. S isch mer alles eis Ding, öb i lach oder sing! Er warf Steine ins Wasser und zählte mit Betteli die Ringe. Er sprang mit ihr mitten in die Taubenschar, die im Kies an Zigarettenstummeln pickte, und jauchzte wie die Kleine über das erschreckte Geflatter. Er warf den Entchen Brotbrocken zu, zog schreiend den Kopf ein vor den kreischenden Möwen im Sturzflug. Er lutschte Eis mit einer Andacht wie Betteli. Alles wie sie, alles für Elisabeth, seinen Augenstern. O du liebs Ängeli, Rosmarinstängeli. Aber am Abend an der Hofstraße war er wieder der betrübte Vater, der die Seinen zählte, die ihm verblieben, und dabei auf nicht mehr als drei kam.

Hanni, die zweite überlebende Tochter, war das Abbild seiner Ehefrau, und liebte er sie nicht? Sie hatte die hohe Stirn ihrer Mutter, das starke Haar nach hinten gekämmt und in einen Knoten gefasst, ihre skeptischen Augen und ihre bodenständige Gestalt. Eine echte Schaffnerin! Die überlebte ohne seine Aufmerksamkeit.

Hanni war neun, als Ida starb. Erst half sie der Mutter aus kindlicher Anhänglichkeit, aus naivem Wahrnehmen, dass diese Hilfe brauchte. Als sie in die Pubertät kam und Fragen nach Grundsätzlichem auftauchten, glaubte sie es als ihr Schicksal zu erkennen, der Mutter zur Seite zu stehen, wenn es galt, die Depression des Vaters aufzufangen. Dazu gehörte, dass sein Liebling Elisabeth bei Laune gehalten werden musste, was viel Aufwand erforderte. Dass Elisabeth rein durch ihre Existenz zum Wohl des Vaters beitrug, rechtfertigte ihren nie bezweifelten Anspruch auf totale Aufmerksamkeit. Dass Hanni sich abzufinden hatte, brauchte ihr niemand zu sagen, sie tat es ganz von selbst. Eigenliebe und Stolz, der überhöhte Anspruch auf die eigene Person waren ihr so fremd wie ihrer Mutter.

Hanni übernahm auch Idas Stelle als Wäschevermittlerin und schob den hohen Korbwagen zwischen Hottingen und Hirslanden hin und her.

*

Die erste Annäherung an das *Burghölzli*, die kantonale Irrenanstalt, fiel ihr nicht leicht. Der freundliche Schwager Kestenholz stand nicht mehr am Zaun, er war nach dem Unglück heim ins Solothurnische gezogen. Unheimlich die Vorstellung, was in der Anstalt geschehen mochte, unheimlich schon das Äußere. Im freien Feld, abseits aller Wohnhäuser, umgeben von einer übermannshohen Mauer, breitete sich ein Gebäudekomplex aus, mit Seitenflügeln wie ein Schloss, mit hundert schwarzen Fenstern in der grauen Mauer. Die Anlage, zu der ein Landwirtschaftsbetrieb, Wald und Wiesen gehörten, erstreckte sich über die ganze Lengg bis an den Geländeabbruch des Wehrenbachtobel.

»Da leben Menschen wie wir, Hanni, wie du und ich und Elisabeth und Vater.« Die Mutter beugte sich über den Wagen und zeigte Hanni, wie sie die Wäsche zu stapeln hatte, damit sie so akkurat gebügelt abgeliefert wurde, wie sie in Packpapier eingewickelt worden war.

»Wieso leben wir dann getrennt, sie drinnen, wir draußen?«

»Ach Hanneli!« Hanna richtete sich auf, stützte die Hand ins Kreuz und schaute traurig ihre kleine Tochter an, die ihr eine so große Hilfe war. »Wer das wüsste. Es ist eine schlimme Sache, dass es so ist. Ich würde dich da auch nicht hinschicken, aber schau, wir brauchen das Geld von Frau Professor Bleuler. Ich weiß nicht, was ich ohne dich …«

Hanni streichelte die Mutter am Arm. »Ist doch gut, nicht weinen, Mutter, ich gehe schon!«

Sie hatte ein schlechtes Gewissen, dass sie die Mutter zum Weinen gebracht hatte. Zweimal hielt sie an, um zurückzuwinken, beim ersten Mal tupfte die Mutter die Tränen mit dem Schürzenzipfel ab, das zweite Mal winkte sie zurück, deutete mit dem Finger, sie solle jetzt aufpassen und schauen, wohin sie den Wagen stieß. Beruhigt bog Hanni in die Asylstraße ein und ging tapfer den weiten Weg der Anstalt entgegen.

*

Für Schlosskutscher schien die Einfahrt zum Haupteingang geschaffen, nicht für den Korbwagen, den Hanni über das Steinpflaster stieß, besorgt, dass die Wäsche durcheinandergerüttelt wurde. Sie parkte ihn neben dem hohen Eingangstor. Die Wäschepakete in beiden Händen, drückte sie mit Ellbogen und Hüfte die schwere Tür auf. Kein Mensch zu sehen, kein Ton zu hören. Doch: im Fenster des Kabäuschens, das auf einem Seitenpodest der Eingangshalle thronte, sah sie einen schnauzbärtigen Portier, der sie mit schwarzen Knopfaugen fixierte. Er hatte ihr Eintreten bewegungslos verfolgt, rührte sich erst, als sie die Treppe hochzusteigen begann, da trat er ihr in den Weg, die Arme über der Brust gekreuzt: »Du willst?«

Hanni gab das Passwort: »Die Wäsche für Frau Professor Bleuler.«

Er hatte die Freundlichkeit, wohl eher die Pflicht, sie über Treppen und durch Korridore zur Dienstwohnung des Direktors zu führen. Wo innerhalb des ganzen Komplexes die lag, war unmöglich auszumachen, weil der Weg dahin um hundert Ecken und durch ein Dutzend Eisentüren ging, die auf- und zugeriegelt werden mussten, was mit den Schlüsseln geschah, die der Portier in einem Bund am Gurt seiner Uniformjacke trug. Hanni hatte sich ausgemalt, dass sie Schreie und Lärm hören würde, und zum lieben Gott gebetet, dass er ihr den Mut gebe, das zu ertragen. Nun ging sie hinter dem Portier her durch eine absolute Stille, die viel schrecklicher war als alles, was sie sich vorgestellt hatte. Auf das Klingeln des Portiers öffnete eine zierliche Frau mit grauen Locken die Wohnungstür, sie hätte ihre Großmutter sein können. Sie hatte aber nichts Altes an sich, sie war flink in ihren Bewegungen, ihre Augen blitzten jugendlich.

»Guten Tag, Frau Doktor – das Mädchen sagt, es will zu Ihnen.« Der Mann tat, als hätte er eine Attentäterin überführt.

»Guten Tag, Frau Professor, ich bin Hanni Gerber, die Schwester von Ida!«, grüßte Hanni laut und deutlich, als wollte sie dem Mann zu verstehen geben, wie Frau Bleuler anzureden sei.

»Ich weiß, Herr Kubli, danke.« Frau Bleuler entließ den Portier und führte das Mädchen am Arm in die Wohnung. »Komm, Kind. Und sag einfach Frau Doktor wie alle hier im Haus, Professor ist mein Mann. Du weißt, was ein Professor ist? Ein Lehrer an der Universität, ich sehe, du weißt es. So, dann gib mir die Last.«

Der Korridor, in den sie traten, war lang und düster, zur Seite gingen links und rechts mehrere Türen ab, die Decke war so hoch, dass der Hirschgeweihleuchter nur spärliches Licht verbreitete. Frau Bleuler deponierte die Wäschepakete auf einer Mahagonitruhe zwischen einer silbernen Briefschale und einem Majolika-Früchteteller. »Komm!« Sie betraten ein Zimmer, in dem es nicht viel heller war als im Korridor. In der Mitte stand ein ovaler Tisch, bedeckt mit einem Teppich, umgeben von vier Louis-Philippe-Sesseln mit Gobelin-Sitzpolstern. Auf dem Tisch stand ein goldgerahmter Porzellanteller voll trockenem Kuchen, daneben ein Glas mit tiefblauer Flüssigkeit. Über dem Tisch hing eine Zuglampe mit weißem Glasschirm samt buntem Perlenschnurkranz und einem Delfter Porzellangewicht. Links an der Wand auf gleicher Höhe nebeneinander zwei Bilder in wuchtigen Goldrahmen, eine im Grünen neben der Wiege liegende Mutter und eine Kopie der *Toteninsel.*

»Hat dir die Mutter schon von Maler Böcklin erzählt, der hatte ganz in eurer Nähe sein Atelier? Die Bilder habe ich aufgehängt – Geburt und Tod. Mein Mann hält nicht viel von Kunst, er sagt, sie sei zu persönlich, zu wenig wissenschaftlich – wer weiß.«

Nach rechts ging der Blick zwischen schweren Portieren in die Bibliothek. »Das ist mein Reich, da arbeite ich.« Hedwig Bleuler-Waser war eine fleißige Lokalautorin, die kein Jubiläum, keinen offiziellen Festakt vorbeigehen ließ, ohne ihm ihr Lied zu singen. Sie betätigte sich auch als Kämpferin gegen den Alkohol und für den Schutz der Frauen und Familien vor Ausbeutung, sie gehörte zu den Gründerinnen der *Frauenzentrale* und des *Inselhof*-Spitals für Frauen.

Das einzige helle Licht kam vom Fenster der Zimmertür gegenüber. Die schweren Gardinen waren zur Seite gezogen, um ein Bild freizugeben, das in seiner direkten Natürlichkeit als Fremdkörper im Raum wirkte. Der Blick durchs Fenster ging ins Freie hinaus, über ein Maisfeld und durch Baumgärten bis zur Kirche Zollikon.

»Setz dich, nimm und trink. Es ist *Agis*-Sirup aus unserer eigenen Safterei im Wehrenbachtobel unten, das ist unser Beitrag zum Kampf gegen den Alkoholismus. Wie viel Leid würde den Frauen und Familien erspart, wenn die Männer Saft statt Alkohol trinken würden. Oh, wir kennen das Elend des Alkohols, wir haben es hier jeden Tag vor Augen. Mein

Mann und ich. Aber dein Vater trinkt ja keinen Alkohol, hat Ida gesagt, das ist gut so. – Du bist also Hanni, die Zweitjüngste. Ida hat mir viel von euch erzählt. Erzählst du auch gern?«

Erzählen? *Gesagt* hätte Hanni gerne: »Nein, ich bin nicht mehr die Zweitjüngste, ich bin jetzt die Älteste. Und sorge zusammen mit der Mutter für Vater und die kleine Schwester, Elisabeth heißt sie.« Sie tat es nicht, es war zu traurig, man durfte auch einer Frau Doktor nicht widersprechen, obwohl diese hier vielleicht nichts dagegen gehabt hätte. Sie war nicht von der Frau eingeschüchtert, die schien auf ihre Art so wenig in diese Umgebung zu passen wie sie selbst, es war das Gefühl, verloren und gefangen zugleich zu sein in diesem Anstaltsgebäude, ausgeliefert einer bedrohlichen, weil unbekannten Macht. Dazu die Wohnung voller kostbarer Möbel und Kunst, die vielen Bücher im Nebenzimmer. Da war Stoff genug – was sollte sie Frau Dr. Bleuler, die inmitten dieser Bücher arbeiten durfte, von der Hofstraße zu erzählen wissen.

»Der Sirup ist gut, aber ein bisschen blau.«

»Blau ist die Farbe der Treue zum gesunden Leben. Willst du keinen Kuchen? Nimm!«

Hanni bediente sich und kostete und legte allmählich ihre Befangenheit ab, verlor die Scheu vor der noblen Frau und verriet, dass es ihr Traum war, so viele Bücher wie Frau Dr. Bleuler zu haben. Sie lese schon, was ihr in die Finger komme, viel sei es nicht zu Hause. Die *Gartenlaube* hie und da, die Frau Enzler, eine Kundin der Mutter, bringe, aber sie verstehe lange nicht alles, was da drin zu lesen sei, es gefalle ihr auch nicht alles. Gedichte liebe sie am meisten, aber es gebe welche, die seien so süß und rosarot wie Frau Enzler. »Ich mag Granatrot lieber.« Sie warte darauf, dass sie das erste dicke Buch wie eines von denen da drüben lesen könne, darum gehe sie auch so gern zur Schule.

Hanni ging richtig aus sich heraus, die Aufmerksamkeit ihrer Zuhörerin ermunterte sie dazu. Es verschlug ihr erst die Sprache, als Frau Dr. Bleuler sagte: »Ich schreibe auch Bücher. Siehst du das Regal mit den blauen Buchrücken? Das ist mein Regal, das sind alles meine Schriften.«

Fassungslos starrte Hanni auf das Regal, sie drehte sich um und schaute immer noch fassungslos auf die Frau, die Bücher schreiben konnte. Hedwig Bleuler-Waser war es, als schauten sie ihre eigenen Mädchenaugen an. »Warte!«, sie ging in die Bibliothek, zog eine dünne Broschüre aus dem Regal, legte sie Hanni in die Hände, die das Mädchen flach vor sich ausstreckte, als dürfte sie das Geheimnis des Lebens in Empfang nehmen. »*Ein neues Stück vom alten Kasperl*, das wirst du lesen können, da bin ich mir sicher. Und wenn du es gelesen hast, bringst du es mir zurück – ohne Eselsohren und Flecken, dann tauschen wir es gegen ein neues. Das Nächste wird heißen *Die Weiblein am Himmelstor*, ein lustiges Spiel, du kannst dich drauf freuen, du wirst viel zu lachen haben.«

So fing die Einführung von Hanni Gerber ins Bücherlesen an. Behutsam geleitete die Mentorin sie über die Jahre vom eigenen Regal weg zur weitergehenden Literatur, die den Raum bis zur Decke füllte und Hanni in die Gefilde hoher Ahnen entführte, wie Frau Dr. Bleuler sagte.

Hanni war am Ende ihres ersten Besuchs bei Hedwig Bleuler außer sich, dass sie eine Frau kennengelernt hatte, die Bücher schrieb. Sie war allerdings zu bescheiden, um der Versuchung nachzugeben, auch selber schreiben zu wollen, wie es andere Mädchen in ihrem Fall getan hätten. Es genügte ihr vollkommen, dass sie ein Buch von dieser Frau zum Lesen mit nach Hause nehmen durfte, dass sie zu ihr zurückkehren konnte, immer wieder, solange diese saubere Wäsche brauchte.

Hanni schwebte im Himmel ihrer Begeisterung, für ihre Umgebung hatte sie keine Augen. Das hätte an der Burgwies unten fast zu einem Zusammenstoß ihres Wäschewagens mit einem *Einser* geführt, der ins Depot rangiert wurde. Der schnauzbärtige Schaffner, der auf der hintern Plattform der Straßenbahn an der Bremskurbel stand, holte sie mit seinem Brüllen in die Wirklichkeit zurück: »Herrgottsackerment, kannst nicht schauen, wo du gehst! Willst du tot nach Hause fahren mit deinem Wagen!«

*

»Ein spezielles Kind.«

Hedwig Bleuler erzählte ihrem Mann beim Abendessen von der neuen Wäschelieferantin. »Ein kluges Kind, Eugen, über sein Alter weit hinaus – sie hat auch eine außerordentlich hohe Stirn, außerordentlich schön geschwungen, nichts bäurisch Flachköpfiges, dahinter tut sich viel, viel mehr, als zur Sprache kommt.«

»Hedwig, ich bitte dich, diese Wertung! Was soll das: bäurisch flachköpfig? Das mir, ausgerechnet mir!« Eugen Bleuler lachte, was selten war und darum seine Frau unangenehm überraschte. Wenn ernste Leute lachen, spotten sie. »Und dazu noch die hohe Stirn! Was ist das für Populärphysiognomik, die du betreibst? Der liebe Lavater lässt grüßen. Was sind das für Anwandlungen, die dich in sein Fahrwasser treiben? An ihren Schädelformen sollt ihr sie erkennen! Das haben wir doch seit hundert Jahren hinter uns.« Er lachte immer noch.

»Ich habe von der Ästhetik der Kinderstirn gesprochen und von meiner Wahrnehmung der Intelligenz des Mädchens, wie sie sich in seinen Reden äußert. Von meiner Vermutung, dass bei dem Mädchen etwas blockiert ist, intern oder extern bedingt, habe ich noch nichts gesagt: Es ist zu bescheiden für seine Intelligenz. Die Verbindung zwischen Schädelform und Verhalten hast du hergestellt. Lach über die Physiognomie und die Religion, wie du über die Kunst lachst, aber lass mir meinen Lavater! Er war so gut oder so schlecht wie alle Physiognomen ...«

»Du gestattest, dass ich dich unterbreche, verzeih, aber Lavater war Pfarrer, Pietistenprediger und ein Autist grotesker Art.«

»... aber er war ein lieber Mensch. Und als solchen lasse ich ihn mir nicht lächerlich machen. Bitte sehr, Herr Professor.« Hedwig Bleuler zog am Klingelband, das Dienstmädchen trug Kräutertee auf. »Danke, Frieda, und haben Sie die Wäsche weggeräumt – müßige Frage, Sie haben es getan und auch das Packpapier schön gefaltet und die Packschnur aufgerollt für die Rückgabe, wie es Ida gern hat. Danke, Frieda.«

»Hanni heißt sie jetzt, Frau Doktor.« Frieda, die etwa gleich alt wie Hedwig Bleuler war, lächelte. Sie hatte Verständnis für beides, das schwache Namengedächtnis ihrer Herrin und deren Schwärmerei für Lavater. Sie hatte hinter der Tür gelauscht, auf der Seite ihrer Herrin stand sie aus prinzipieller Solidarität mit dem eigenen Geschlecht und im besprochenen Fall als Angehörige der Pietistengemeinde Hinwil im Zürcher Oberland.

»Wo der Herr will, dass man *hinwill*!«, hatte der Professor einmal gelacht. Jetzt war ihm nicht mehr ums Lachen, er trank schnell seinen Kräutertee, genug geplaudert, die Arbeit rief. Eugen Bleuler erschien seinen Mitarbeitern als knorriger, kleiner, zäher Bauer. Der nicht zögerte, bei Gelegenheit im Gärtnereibetrieb zu Rechen und Spaten zu greifen, um seine Herkunft aus dem bäuerlichen Zollikon zu beweisen, wo er in der Villa seines Vaters aufgewachsen, der im Seidenhandel reich geworden war.

*

Mit Ida war Hedwig Bleuler nie recht warm geworden, sie war ihr zu melancholisch, ein Fall für Eugen, nicht für sie. Hanni hatte sie in dem Moment für sich eingenommen, in dem sie ihren Lesetraum verriet. Sie sah sich in dem wissenshungrigen Mädchen selbst gespiegelt: naiv, lebhaft, neugierig, ungebrochen, ein Mädchen, das dankbar war für jede Anregung. Während all der Jahre ihrer Bekanntschaft ließ sein Interesse an allem, was sie ihm zu lesen gab, nicht nach. Oh, wenn alle ihre Schülerinnen an der *Höheren Töchterschule* so gewesen wären.

Hedwig ging geradenwegs durchs Leben, Herkunft und Stand im städtischen Patriziat, das immer noch den Lauf der kleinen Zürcher Welt regierte, bewahrten sie vor Brüchen. Umso mehr wunderte sie sich, dass ein Mädchen aus kleinbürgerlichem Milieu wie Hanni ein genuines Interesse an Literatur entwickeln konnte. Wie die sie angestaunt hatte, als sie sich als Autorin vorstellte, diese wasserblauen Augen, keine feurig heißen, aber voll Glut. Da kam eine Aufgabe auf sie zu. Sie musste dringend die Bekanntschaft mit der Mutter dieses Kindes machen, sie musste die Quelle sehen, aus der Hanni schöpfte.

»Wieso nur die Mutter, hat der Vater nichts zu sagen?«

Hanni war mit der Zeit zum festen Bestandteil des Tischgesprächs geworden. Eugen Bleuler verfolgte mit Interesse das Engagement seiner Gattin für Frauen, umso mehr als es in der Hauptsache dem Schutz vor dem Alkoholismus ihrer Männer diente, was auch sein großes Anliegen war. Er fragte nicht als Mann, er fragte als Psychiater.

»Ich zweifle, dass er kommt. Aus den Erzählungen des Mädchens schließe ich, dass er depressiv veranlagt ist.«

»Wieso kommt er dann nicht zu mir?«

»Ich weiß nicht, ob er krank, ob es Veranlagung ist oder ob es nicht eher die Umstände sind, die ihn plagen, was kein Wunder wäre.« Sie resümierte die Familiengeschichte der Gerber-Schaffners.

»Ist der Mann Alkoholiker?«

»Nein, er hält sich fern von Alkohol, er tendiert eher dazu, Heilung im Gottglauben zu suchen – jedenfalls Trost und Stütze.«

Eugen Bleuler seufzte: »Dann lass die Frau allein kommen.«

*

»Die schauen aber lustig aus! Was ist denn das?« Hanna Gerber-Schaffner bediente sich von dem knusprigen Gebäck, das hoch geschichtet auf der Kuchenplatte lag. Die Platte stand neben dem Kaffeegeschirr auf dem Tisch, an dem auch Hanni bei ihrem ersten Besuch gesessen hatte.

»Müüslichüechli, Mäuschen, ein uraltes Rezept aus unserem Familienkochbuch. Frieda hat sie gebacken. Sie nimmt eine tüchtige Handvoll Salbeiblätter, taucht sie in einen Eierteig und bäckt sie in heißer Butter. Mäuschen heißen sie, weil die Stiele wie Mausschwänze aussehen – stimmt, nicht wahr? Ich staune, Frau Gerber, dass Sie die Mäuschen nicht kennen, wo Sie in einer so schönen Zürcher Tracht dasitzen.«

»Eine Landfrauentracht ist es«, sagte Hanna Gerber. Wie immer, wenn sie auf Visite ging, hatte sie ihr Sonntagskleid angezogen und das Brusttuch mit der Brosche von Frau Rieter fixiert.

Überrascht war sie gewesen und geehrt, als Hanni den Brief mit dem Absender *Dr. phil. Hedwig Bleuler-Waser, In der Lengg* von der Wäschetour zurückbrachte. Hanni fuhr nun schon sechs Jahre zum *Burghölzli*, ohne dass je eine Klage eingetroffen wäre. Ja, auf jeden 21. August, den Tag der heiligen Johanna, bekam Hanni einen Batzen geschenkt, das würde Frau Bleuler nicht machen, wenn sie mit ihr nicht zufrieden wäre. Hannas Befürchtungen, dass etwas Ungerades geschehen sei, verpufften, als sie die Karte mit der freundlichen Einladung las, um »nach so vielen guten Jahren endlich einmal von Frau zu Frau miteinander zu reden«. Selbstverständlich folgte sie der Einladung, die Scheu ihrer Tochter vor »besseren Leuten« war ihr fremd. Wenn man die Leute einmal kennengelernt hat, ist schwer zwischen besser und schlechter zu unterscheiden. Sie wollte den genauen Grund für die Einladung erfahren, es musste einen geben, in die Kreise der Bleulers und Wasers wurden keine Gerbers und Schaffners einfach so eingelassen.

»Sie sieht nur aus wie eine Zürcher Tracht, weil der Leinenrock blau und das Spitzentuch weiß ist, das Fürtuch ist aber aargauisch, das sehen Sie am Strohblumenmuster. Ich selber bin Aargauerin, mit oder ohne Blumen, darum sind mir Mäuschen fremd – gewesen, darf ich jetzt wohl sagen. Ich nehme das Rezept gerne mit, es ist einfach im Kopf zu behalten. Sie schmecken wie ein Luxus und sind doch einfach zu machen – ein großes Vergnügen und kostet wenig.«

»Gut zürcherisch«, meinte die Gastgeberin und lachte nicht. »Aus dem Aargau sind Sie?«

Von Rupperswil, da geboren als eines von acht Kindern, da aufgewachsen, zur Dorfschule gegangen und anschließend, als eine von wenigen, in die Sekundarschule nach Aarau. Aarau, die Stadt am andern Rand des Rohrer Waldes. Ein langer Schulweg, eine Stunde hin, eine zurück, ein unheimlicher Gang in der eisigen Wintermorgenfrühe. »Aber ich bin gern zur Schule gegangen. Lesen und Aufsatzschreiben habe ich am liebsten gehabt – und am besten gemacht, die Noten immer zwischen 1 und 1–2. Nach der Sekundarschule war aus und vorbei, fertig lustig. Lehrer Spillmann, ein guter Mann, hat es bedauert und der Mutter zugeredet, mich in die Bezirksschule zu schicken. Nichts zu wollen, zu viele Kinder im Haus. Den Rest können Sie sich denken – meine erste Stelle hatte ich im Pfarrhaus von Sternenberg im Zürcher Oberland, weitab von Bücherlesen und Schreiben, der Pfarrer war ein halber Bauer – Singen, Heuen, Seitenstechen heißt's dort oben. Ich könnte Hanni beneiden, sie liest, wann immer sie kann, es ist wenig genug. Es tut mir in der Seele weh, dass ich das Mädchen so in meinen Haushalt einspannen muss und ihm so wenig Zeit lassen kann für seine bescheidenen Freuden. Es geht nicht anders.«

»Und ob!«, rief Hedwig Bleuler. »Jetzt sind wir beim Thema. Meine Mutter pflegte zu sagen: Die beste Erzieherin, die ich kenne und die jeder haben kann, wenn er will, heißt Frau Arbeit. Ich bin auch der Meinung, dass Kinder sich nur bei natürlicher und nützlicher Arbeit recht erziehen lassen. Arbeiten hat Hanni gelernt. Sie haben sie gut erzogen, man sieht nicht oft ein Mädchen seiner Herkunft, das im Gemüt so weit entwickelt und so anständig und so proper gekleidet ist.«

Hätte Hanna Gerber Stolz gekannt –

»Aber was rede ich da, ich bin sicher nicht die Erste, die Ihnen das sagt.«

Die Granatbrosche an Hannas Brusttuch leuchtete, als wäre sie ein Orden.

»Arbeiten kann das Mädchen, also ist jetzt höchste Zeit fürs Lernen. Eine Schande wär's, wenn ein so intelligentes

Mädchen nicht eine höhere Schule besuchte. Schauen Sie sich um da unten in Hottingen, um den Pfauen herum, was sind da für großartige Schulhausbauten entstanden und wie viele, da wird doch in irgendeinem ein Plätzchen für Hanni sein!

Hanni wird in die Handelsschule am Großmünster gehen, da herrscht eine gute Atmosphäre. Da geht der Geist meiner lieben guten Ricarda Huch um. Bevor es in den Neubau auf die Hohe Promenade umzog, war das Töchtergymnasium auch da untergebracht, an dem Ricarda und ich Deutsch unterrichtet haben – Lesen und Schreiben. Das war vor – mein Gott, vor einem Vierteljahrhundert war das. Zwei Jahre lang waren wir Kolleginnen, dann zog sie heim nach Deutschland. Sie ist eine Norddeutsche, aber keine von denen, die sich bei uns allzu oft in der degenerierten Gestalt blasierter Reiseberliner bemerkbar machen, wie sie selber sagte. Sie liebte auf ihre besondere Art die Schweiz und die Schweizer. Mein Gott, sagte sie, sie mögen doch bleiben, wie sie sind, diese lieben prächtigen Klötze von Schweizern – wenn man die nun auch noch abhobeln wollte zu glatten langweiligen Gesellschaftsmenschen, deren wir in Deutschland schon zu viele haben! Sagte sie als Deutsche!

Es war ein Verlust für mich und unsere Schule, als sie ging. Sie war die erste diplomierte Mittelschullehrerin der Schweiz, was die Prüfungskommission, lauter Männer, in ein gutes und ein schlechtes Licht rückt. Schlecht: Sie haben nicht gemerkt, dass Ricarda das Lehren überhaupt nicht gegeben war. Durch ihr pädagogisches Talent hat sie ihre Schülerinnen sicher nicht gewonnen, sondern durch ihr liebevolles Herz und ihre eigenartige Persönlichkeit. Gut: Das haben die Männer von der Kommission offenbar erkannt. Was sonst macht einen guten Lehrer aus? Die Schülerinnen liebten sie.

Sie war damals schon eine Dichterin und sie ging, weil sie Angst hatte, in einem Beruf zu ergrauen, der nicht ihrer war, und dereinst als höchst unromantisches Gespenst ihres eigenen Selbst durch den romanischen Kreuzgang zu spuken. Das allerdings hat sie falsch gesehen: Nicht als graues Gespenst, sondern als guter Geist geht sie heute noch um – und ihretwegen wollen wir Hanni dahin zur Schule schicken, das Mädchen hat ein gutes Gespür für Geistiges.«

Hanna Gerber seufzte. Was für glückliche Frauen es gab – wenn ihre Tochter auch nur halbwegs so eine werden könnte.

»Machen Sie sich keine Sorgen. Die *Frauenzentrale*, die ich gegründet habe, vergibt Stipendien, für Hanni wird gesorgt. Und für Sie wird Frieda im Oberland ein Mädchen finden, das Ihnen um Gotteslohn zur Hand gehen wird.« Hedwig Bleuler-Waser hatte auf ihrem weiten Arbeitsfeld ein neues Terrain gefunden.

»Auf einem Kalenderblatt habe ich den Spruch gelesen: Als eine Frau lesen lernte, trat die Frauenfrage in die Welt. Er stammt, wenn ich mich recht erinnere, von einer deutschen Dichterin, den Namen habe ich vergessen. Meinen Sie, er könnte von Ihrer Freundin sein?«

»Was haben Sie denn für einen Kalender bei sich hängen!« Hedwig Bleuler lachte wie ein Mädchen. »Ich denke nicht, dass der Spruch von Ricarda ist, er ist politisch, und sie ist keine Politikerin, sie ist Historikerin. Er tönt auch zu kämpferisch für sie. – Wenn Sie sie gesehen hätten! Die hoheitsvolle Haltung ihres Kopfes, die hochgewachsene Gestalt mit den sanften Bewegungen, die schweren Augenlider, die lässige Würde – oh, die Erinnerung macht mich schwärmen und die Vorfreude, dass Hanni in das Schulhaus kommt, wo sie gewirkt hat.«

*

Hanna Gerber hatte Überzeugungsarbeit zu leisten. Die Zweifel ihres Gatten am Gelingen jeder Unternehmung war sie gewohnt, damit wurde sie schnell fertig, aber seine ökonomischen Bedenken, wie sie es ohne Mithilfe Hannis und mit dem anfallenden Schulgeld schaffen sollten, waren schwieriger zu bekämpfen, weil Hanna eigene Zweifel überwinden musste. Sie schwanden, als Barbara Egli ins Haus kam, Friedas Nichte aus dem Zürcher Oberland. Eine robuste Sechzehnjährige mit grobgeschnittenem Gesicht und Stahlwollehaar, starken Armen, breitbeinigem Stand und einer sehr lauten Stimme, unbeirrbar in ihrer Meinung, das Land sei gesund, die Stadt krank, und in ihrem unerschütterlichen Glauben an den guten Hirten, der sie auf rechter Straße führte. Um Gotteslohn tat sie allerdings ihren Dienst nicht, die Frau Direktor hatte sie *pro forma* als Hilfe ihrer Tante Frieda im *Burghölzli* angestellt, wo sie unter dem Dach ein Zimmer bewohnte, von wo sie jeden Morgen zu den Gerbers kam, wenn Hanni in der Schule war.

*

Drei Jahre lang besuchte Hanni die Töchterhandelsschule im Großmünster-Schulhaus. Sie hatte ihrer Gönnerin versprechen müssen, regelmäßig Bericht zu erstatten. Hanni erfüllte die Pflicht mit Freude: Zu jedem Semesterende erhielt Hedwig Bleuler-Waser einen langen Brief, der voll Begeisterung und Freude über alles war, was mit der Schule zu tun hatte, entsprechend fielen auch die Noten aus.

*

Die Mutter hatte die Einwilligung des Vaters zu Hannis Bildungsgang mit dem Versprechen erreicht, Elisabeth denselben Weg zu öffnen. Zwei Jahre vor Hannis Diplom trat ihre kleine Schwester in die Schule ein. Als Hanni die Schlussprüfung bestand, bekam Elisabeth den Schulverleider: Wieso war Hanni schon fertig mit der Schule und sie nicht? Sie hatte nie auf etwas warten gelernt, worauf sie selbstverständlichen Anspruch zu haben glaubte.

Oder dann war es der junge Seidenkaufmann André Bizzi, der ihr zu einem Englandaufenthalt riet. Kosten kein Problem, die würde, das wusste er mit Sicherheit, jede Bank gern übernehmen – junge hübsche Sekretärinnen seien auch heute in der Krise gesucht, große blonde wie sie eigentlich immer. Er helfe gern, bei seinen Beziehungen kein Problem. – André Bizzi war als Vertreter der Jugendsektion des *Kaufmännischen Vereins* an Hannis Diplomball gekommen und mit Elisabeth Gerber am Arm weggegangen.

Bizzi half, und Elisabeth wurde von der *Schweizerischen Kreditanstalt SKA* zu einem Sprachaufenthalt mit Familienanschluss nach Newquay in Cornwall geschickt.

Es war alles sehr schnell gegangen, und die wohlbehütete Elisabeth überfiel plötzlich Angst vor der Fremde und dem Alleinsein. Hanni blieb keine Zeit, für sich selbst eine Stelle zu suchen, sie musste die ängstliche Schwester nach England begleiten.

»Hanni, sei so gut, es ist nur für ein Jahr.« Hanna Gerber weinte selten, jetzt waren ihre Augen feucht. Sie wusste, welches Opfer sie von ihrer älteren Tochter verlangte, aber sie wusste sich nicht anders zu helfen, der Vater hätte seinen Augenstern nie allein in die Fremde ziehen lassen. Sie wickelte die Granatbrosche aus dem Seidenfazolett der Frau Rieter, in dem sie sie in der Familienkommode aufbewahrte. »Die

Brosche hätte ich ohne deinen Vater nicht von Frau Rieter geschenkt bekommen, sie ist mir sehr kostbar, sie verbindet. Trag du sie von jetzt an, du übernimmst bei Elisabeth meine Stelle.«

*

Hans Gerber ertrug die Abwesenheit seiner geliebten Tochter und ihrer Begleiterin nur schwer. »Alle weg, ja, ja – nun sind alle weg. Was machen wir bloß?« Das fragte er beim Frühstück, mit dieser Frage im Kopf ging er zum Dienst und kehrte am Abend mit ihr nach Hause zurück. Hanna begann um seinen Verstand zu fürchten. Frau Professor Bleuler getraute sie sich nicht um Rat zu fragen, empfindlich für Zurücksetzungen, spürte sie zu stark den gesellschaftlichen Vorbehalt, den die im Übrigen freundliche Frau, ob sie wollte oder nicht, in ihrem Umgang machte. Aber allein wurde sie nicht mehr fertig mit dem Gemütszustand ihres Gatten. Sie bat Frau Enzler um Hilfe.

Margarete Enzler war eine von Hannas Weißwäsche-Kundinnen, eine von den wenigen, die bei sich zu Hause keine *Toteninsel* hängen hatten. Das hatte mit ihrem Glauben zu tun, dass es keinen Tod gebe. Die Dame mit den rosaroten Wangen und der modernen lila Dauerwelle unter dem kecken roten Samtbarett war *Praktizierende* einer amerikanischen *Wissenschaftlichen Christengemeinde*, sie konnte dank ihrer wissenschaftlich erworbenen Befähigung die Hilfe Gottes an leidende Mitmenschen vermitteln. Sie war eine freundliche Person, die ungekünstelt ihre religiös abgesicherte Freude am Leben zum Ausdruck brachte; an ihr war kein Vorbehalt wahrzunehmen, vor Gott waren alle Menschen gleich. Hanna fragte sie um Rat und Hilfe. Frau Enzler nahm Hans Gerber in ihr Gebet auf.

Das seelische Wohl von Hans konnte Hanna also getrost den Bemühungen Frau Enzlers anvertrauen. Aber die Sorge um ihn und die Last des ganzen Haushalts, den sie allein trug, seit Barbara Egli nach Hannis Diplom in ihr Oberland heimgekehrt war, diese Anstrengungen hatten auch sie körperlich und seelisch überfordert. Sie brauchte dringend eine Haushalthilfe und konnte sie sich gar nicht leisten. Es lag daher nahe, dass sie Hanni in die Pflicht nahm, als die beiden Schwestern aus England zurückkehrten, Hanni war frei, sie hatte noch keine Stelle.

Elisabeth, die sich jetzt Betty nannte, trat die Stelle bei der *SKA* an, die André Bizzi ihr vermittelt hatte. Neben ihrem neuen Namen brachte Betty die Redeweise »come on!« als Ausdruck ihrer Ungeduld mit, und beide Schwestern zusammen ihre Begeisterung für das Landhockey-Spiel. Betty groß, schlank, langbeinig, schnell, Hanni kleiner, kompakt und flink – sie waren ein Läuferpaar, das die Briten begeistert hatte. Über den Sportclub der *SKA* fanden sie schnell Aufnahme im Zürcher *Red Sox Hockeyclub*, wo man sie für ihren »english style« bewunderte.

Die Filiale, in der Betty arbeitete, lag zwar am andern Ende der Stadt, hatte aber den Vorteil, dass sie beim Bahnhof Enge war. Da machte der Zug von Thalwil halt und gab André Bizzi Gelegenheit, seinen Teil der Bankgeschäfte für die Firma *Schwarzenbach Seide Thalwil* bequem zu tätigen und dabei diskret, wie es zum Bankenwesen gehört, seine Beziehung zu Fräulein Betty Gerber zu pflegen.

Hanni fühlte sich, vielleicht als Trägerin der Granatbrosche, verpflichtet, der Mutter beizustehen, statt eine Erwerbsstelle und Eigenständigkeit zu suchen, was bei ihrer Ausbildung und Intelligenz ein Leichtes gewesen wäre, auch ohne die Hilfe eines verliebten jungen Mannes. Schlechte Aussichten, was ihre berufliche Entwicklung betraf. Kein Grund zum Verzweifeln, sie hielt sich ans Lesen, umso mehr seit sich ihre Lesewelt um den angelsächsischen Raum erweitert hatte, in dem sie sich mit Begeisterung über die fröhlich-traurigen Geschichten bewegte. Sie liebte noch immer deutsche Gedichte wie zur *Gartenlaube*-Zeit, weil ihre Bedeutung so geheimnisvoll war, vor den Abgründen von Bedeutung jedoch, die sich in den deutschen Romanen auftaten, graute ihr. Und hätte es ihr nicht gegraut, hätte sie die armen Dichter bedauert, die sich mit sich selbst quälten, ohne dass ein Leser sie dazu gezwungen hätte. Sie dankte Gott, dass Er sie nach England geführt hatte, wo die Literatur unterhaltend war, weil sie von lebendigen Menschen handelte und selten die Bodenhaftung verlor.

Abheben war nicht Hannis Art. Sie tummelte sich ebenso gern in der neu entdeckten englischen Literatur wie auf dem Rasen der Allmend Fluntern beim Hockeyspiel; sie und Betty – *come on,* Hanni, was wie *Honey* klang – waren auch in Zürich ein starkes Paar.

Mit Betty und dem *Red Sox Hockeyclub* würde sie auf Einladung des *Servette HC* im Juni 1936 nach Genf fahren. Vermittler der Einladung war André Bizzi, der im Auftrag von *Schwarzenbach* in der Rhonestadt tätig war und zusammen mit Walter Frauenlob bei den Amateuren des *Servette FC* spielte –

2.

Walter Frauenlob absolvierte eine kaufmännische Lehre bei *Pestalozzi* hinter dem Paradeplatz, wo sein Patenonkel Johann, der sich James nannte, Chefmagaziner war. Es war eine Eisenwarenhandlung, wo Wände, Böden und Regale imprägniert waren mit Metallstaub und Ölgeruch, wo kein Tageslicht hereingelangte, wo er neben dem Prokuristen der einzige Angestellte war, der nicht in blauem Drillich ging. »Jedem sein Pestalozzi«, hätte Lehrer Pfenninger gesagt, wenn er sich je für einen Schüler über das Klassendasein hinaus interessiert und es erfahren hätte.

Aber Walter lernte seinen Beruf nicht vorne im Verkaufsraum, er stand nicht in Holzpantinen auf dem schwarzen Plankenboden, zählte am Tresen nicht Schrauben in Papiertüten ab, klingelte nicht mit Metallröhren, kesselte nicht mit Nagelbüchsen. Das war nichts für den Sohn seines Vaters: Der elegante kleine junge Mann saß hinter Milchglas an einem Pult im Kontor; er hatte weißes Papier vor sich und hantierte mit Zahlen, Lineal und Schreibmaschine. Am Metall, mit dem er in Berührung kam, beschmutzte er sich die Finger nicht, und der Staub war weiß. Er arbeitete abgeschottet, aber er scheute den Kontakt mit den Leuten draußen nicht. Er kam gut aus mit den Magazinern und Verkäufern und sie mit ihm, weil er keiner von den Bürolisten war, die es ängstlich mieden, Handwerkern die Hand zu geben. Sie brauchten ja nicht zu sehen, dass er, wenn er das in aller Höflichkeit getan hatte, sich im Kontor die Hände mit Seife wusch und die Fingernägel schrubbte. Nur sein Onkel schaute ihm, den roten Schnurrbart zupfend, prüfend nach, wenn er im Büro verschwand. Er vermutete es, weil er seinen Bruder schon immer für einen Lackaffen gehalten hatte und der Sohn nach seinem

Vater geraten schien. Walter spürte den Vorbehalt des Onkels und nahm sich vor, ihn von seiner Ehrlichkeit zu überzeugen, das war er dem Vater schuldig. Wenn er am Morgen zur Arbeit kam, blieb er unter der Klingeltür stehen, lüftete die graue Melone und rief: »Guten Morgen, die Herren!« Im Sinne einer Respektbezeugung machte er einen Zungenschlag Pause zwischen »Morgen« und »die Herren«. Das gefiel den Magazinern so, dass sie ihm zwei Garderobehaken hinter seinem Pult montierten, einen für die Melone und einen für seine Jacke aus feinem *Dormeuil*, die Walter zweimal am Tag mit dem weißen Bürokittel vertauschte.

Für den Anzug hatte ihn der Vater zu *Pregowski* ins Niederdorf geschickt: »Ein Kaufmann muss etwas darstellen, das ist nicht irgendwer. Was die Uniform für mich als Schaffner, sind Anzug und Melone für dich als Kaufmann. Kein Grund zur Aufregung, das geht auf meine Kosten. Es hat alles seinen Preis, Pregowski hat mal schwarzfahren wollen.«

Es hat alles seinen Preis – Walter übernahm die Sprüche, die der Vater reichlich streute, nicht nur im Wortlaut, sondern befolgte sie, wann immer es sich gab. Er lud die Magaziner auf ein Feierabendbier in den *Zeughauskeller* gleich um die Ecke ein.

»Mit deinem kleinen Lehrlingslohn!«, riefen sie, aber alle kamen.

»Es hat alles seinen Preis, wie mein Vater zu sagen pflegt. Es ist doch nur ein Becher.« Er hob das Glas. »Meine Herren, ich bin Ihnen zu Dank verpflichtet.« Gehobenes Glas, gehobene Rede. »Ich bedanke mich für die wunderschönen Kleiderhaken – *Messing, geschweift, mit Dreieckbohrung für sichere Halterung, Katalognummer 217, Preis auf Anfrage*. Was würde ich machen ohne diese Haken, wo käme meine schöne Melone hin! Zum Wohl und Gesundheit!« Als er sah, wie die anderen mit dem Daumen über den Glasrand fuhren, bevor sie tranken, obwohl noch Spuren der Arbeit am Finger hafteten, tat er es beim zweiten Becher auch. Er liebte Rituale, große und kleine, umso mehr als sein Daumen sauber gepflegt war wie immer.

Es war kein übler Anblick, den er an seinem Arbeitsplatz bot. Er trug den Büromantel offen, was ihm eine gewisse Lässigkeit verlieh und gleichzeitig gutes Tuch, Hemd und Krawatte offenbarte, was auf Seriosität schließen ließ. Das war nicht eitler Schein, Onkel James täuschte sich, er wäre nicht der Sohn seines Vaters gewesen, wenn seine Leistung nicht mit seinem Äußeren korrespondiert hätte: Die Abschlussprüfung seiner Lehrlingsausbildung bestand er mit Auszeichnung, Bester seines Jahrgangs. Das Tor zu den bunten Luftschlössern stand offen, die er sich im Laufe der Lehrlingsjahre gebaut hatte.

*

»Sumatra?!«

»Schütz Frauenlob, zu Befehl Herr Oberst, jawoll, Sumatra, Kolonialwarenhandel.« Meldung ohne zu stocken.

»Es wird nicht gehurt in Sumatra!« Bei der großen Inspektion am Ende der Rekrutenschule pflegten die Schulkommandanten an einzelnen Rekruten, die in Habachtstellung befohlen waren, ihre menschliche Seite zu exerzieren, indem sie Interesse an deren Berufswünschen zeigten, anderes zu fragen kam ihnen nicht in den Sinn. Oberst Fritz Rieter war der Sohn der gnädigen Frau Rieter-Bodmer, die den Kaiser beherbergt hatte. Sie war eine tief religiöse Dame, sie empfing nicht nur den Herrscher, sondern auch die Diakonissen von Gottes Gnaden bei sich auf dem Rietberg, die sich im Park ihrer Gönnerin von der Missionsarbeit in Afrika erholen durften. Fritz wusste, was in den Kolonien für Gefahren lauerten, sein angeheirateter Cousin Hans Arnold lag in Sumatra begraben. »Es wird nicht gehurt!«

Noch einmal und vor der ganzen Mannschaft, als hätte Walter auf Sumatra nichts anderes im Sinn gehabt. Vor Scham wäre er am liebsten im Boden versunken, der Weg dahin war kurz, er stand immer am Ende der Formation, er war mit Abstand der kleinste aller Rekruten.

»Wie hat er es überhaupt geschafft, ausgehoben zu werden? Wie groß ist der Mann?«

Die subalterne Entourage wollte sofort nach dem Platzarzt schicken.

»Nichts da, stehen geblieben, habe selber Augen im Kopf. Tragen und schlagen kann auch ein kleiner Infanterist. Ruhn!«

Selbst wenn Walter es gewollt hätte, es wurde nichts mit Hurerei. Die Lage in Südostasien war instabil, die indonesische Nationalpartei *INP* unter Sukarno kämpfte um die Macht. Die Beendigung der niederländischen Herrschaft ging so wenig ohne Gewalt vor sich wie deren Einrichtung. Walter blieb in der Schweiz. Und weil er, ohne dass er etwas dafür getan hätte, ins Schützenbataillon 6 eingeteilt wurde, fasste er das als schicksalhafte Verpflichtung zur Traditionspflege auf und machte weiter bis zum Wachtmeister wie sein Vater. Zur Erinnerung an den verflogenen Traum von Sumatra ließ er dann täglich eine *de Huifkar La Romana Sumatra* in Rauch aufgehen. Er eignete sich dabei eine elegante Pose an, die er lebenslang beibehielt, auch nachdem er schon lange mit dem Rauchen aufgehört hatte: den Kopf schräg gehalten, das Kinn gereckt, die Augen zusammengekniffen, als lauschte er dem blauen Dunst nach und hörte ferne Trommeln schlagen.

Während des Beförderungsdienstes zum Wachtmeister erfasste ihn ein nachpubertärer Wachstumsschub, der den Waffenplatzarzt als Mediziner und die Zeughäusler, bei denen er alle drei Wochen die Uniformjacke austauschen ging, gleichermaßen aus dem Häuschen brachte. Das beschäftigte Walter weniger, als ihn die Tatsache erfreute, dass er am Ende seinem Vater an Statur in nichts mehr nachstand, ihm aber dank seinen Sumatra-Träumen an Weltgewandtheit einen eleganten Schritt voraus war. Lehrer Pfenninger hatte festgestellt: »Und abgesehen von seiner Herkunft – der Junge ist für einen Lehrer viel zu klein – wie sollte er dergestalt Autorität ausstrahlen können.«

Autorität, die irren konnte wie alle Sterblichen.

*

Walters Drang, aus der Enge der Zwinglistadt auszubrechen und in die Welt hinauszuziehen, blieb lebendig. Er folgte – wie so viele Zürcher vor ihm seit Jahrhunderten – dem Ruf der Weltstadt Genf.

Es war das Jahr 1933, keine Zeit, zuversichtlich in die Zukunft zu schauen. Und doch sollte in Genf der Traum von Familie Gestalt annehmen, der in Walter seit der Konfirmation geschlummert hatte. In Genf nämlich sollte er Hanni Gerber kennenlernen, die mit ihrer Schwester Betty und dem *Red Sox Hockeyclub* zu einem Gastspiel beim *Servette HC* kommen würde –

1933–1937

9. November 1932 – Genf ist Schauplatz heftiger Zusammenstöße zwischen links- und rechtsextremen Demonstranten. Rekruten der Schweizer Armee werden zum Ordnungsdienst aufgeboten: Dreizehn Schweizer tot, fünfundsechzig verletzt.

Am 30. Januar 1933 wird Adolf Hitler zum deutschen Reichskanzler gewählt.

Wie Walter Frauenlob in Genf arbeitet und sein Glück in der Person Hanni Gerbers findet.

1.

Weltstadt?

Wollishofen, von wo er ausgezogen war, um die Welt zu erobern, war noch kein halbes Jahrhundert in die Stadt eingemeindet. Zu wenig Zeit, um die Spuren des einstigen Bauerndorfs zwischen Möösli und Morgental zu tilgen: unverbautes Wiesland, Maisfelder, Äcker, Naturstraßen, Riegelhäuser, Scheunen, Heuschober. Ganz zu schweigen von der Mentalität der Wollishofer, die der Verstädterung bis zum Ende des 20. Jahrhunderts trotzen würde.

Le Pâquis zwischen See und Bahnhof *Genève-Cornavin*, wohin er kam, war bis zur Jahrhundertwende noch un faubourg d'aspect très rural gewesen, eine Bauernvorstadt. Die hohen Mietshäuser, die jetzt ihren Schatten über die Straßen warfen, und die Straßenbahn, die von der *place des Alpes* in die *rue de Pâquis* breitspurig einfuhr, waren erst die Vorboten der Weltstadt Genf.

Walter fühlte sich in der Drittetage-Wohnung an der *rue de Pâquis*, Ecke *rue de Zurich* wie zu Hause. Er hatte bei Madame Schallbetter Logis gefunden, der Witwe des letzten Postillons vom Simplon. Den Duft einer neuen Welt lernte er bei ihr kennen, als sie ihn in die Kunst des Fondues einführte. Und das war schon mal gut.

Madame Schallbetter war klein und schlank, zwei von ihrer Gestalt hätten auf dem Bock der Simplonpost neben dem Kutscher Platz gefunden, aber bei ihrer Ausstrahlung hätte vielleicht sogar Armand Schallbetter zur Seite rutschen müssen. Sie hielt sich stolz und aufrecht, hatte dickes schwarzes Haar ohne eine Spur von Grau, im Nacken geknotet, dunkle Augen, schwarze Brauen, hohe Stirn und starke Backenknochen, die Haut braun von Geburt – insgesamt eine Erscheinung, als käme sie nicht vom Oberlauf des Rotten, sondern direkt von der *Bouche du Rhône*, wo van Gogh die schönen Provenzalinnen malte.

Stofifre, Stockpfeifer, hänselten die Welschen die stocksteifen Deutschschweizer. Madame Schallbetter war überrascht, dass Walter so gute Manieren zeigte und großen Wert auf sein Äußeres legte. Sie fand Gefallen an ihm. Es war ihr, ohne Mann und ohne Kinder, ein Vergnügen, ihn zu bemuttern; er ließ sie machen, obwohl er un peu gêné war, ihm war das fremd.

Er sprach bald fließend Französisch, schnell und gern, allerdings mit einem rollenden Akzent, der dem oberwallisisch getönten Singsang von Madame in nichts nachstand. Das klang ihr immer noch angenehmer in den Ohren als das Deutsch der Grüezeni, wie die Walliser ihrerseits die Deutschschweizer schimpften. Sie hatten beide bald realisiert, dass sie einander auf Französisch am besten verstanden.

»Frauenlob – quel drôle de nom!« Wenn sie bei Laune war, neckte sie ihn mit allem, was an ihm deutsch war. »Was für ein lustiger Name!«

»Un nom de guerrre, peut-êtrrre, Spitzname«, lachte er, als hätte er schon viele Frauenaffären hinter sich, er blieb ihr, bei allem Anstand, nichts schuldig.

»Drôle de guerre, je dirais mieux!« Madame lachte bloß.

»Quand même!«, dieses Wort der eleganten Rechthaberei hatte er von André Bizzi übernommen, der, drei Jahre älter und schon länger in Genf als er, ihm einen Schritt an Weltläufigkeit voraus war – noch.

Walter sah während seiner ganzen Genfer Zeit nie einen Anlass, das Logis zu wechseln. Umso weniger, als es bequem in der Mitte zwischen Arbeitsort und Sportplatz lag.

*

Walter Frauenlob hatte es gut, dass er nicht zu den über hunderttausend Arbeitslosen in der Schweiz gehörte, zu den Langzeitopfern des Schwarzen Freitag. *Pestalozzi Metallwaren* hatten ihm eine Stelle bei *Motosacoche S. A. Dufaux et Cie* vermittelt. *Motosacoche* war ein Motor, der sich bequem an jedes Fahrrad montieren ließ. Er stak in einem Gehäuse von der Größe jener Taschen, die kleine Beamte zur Arbeit trugen. Es war die einzige erschwingliche Möglichkeit für kleine Beamte und Bürolisten, sich zu motorisieren, und verschaffte ihnen das höchste der Gefühle: aufrecht im Sattel zu sitzen, die Beine hängen zu lassen und trotzdem vorwärtszukommen.

Als Walter in die Firma eintrat, hatte sie die große Zeit hinter sich. Ihre Gründer, die Gebrüder Dufaux, hatten in die Flugzeugindustrie gewechselt, das Renommee der Firma als Produzentin des Taschenmotors war verblasst, die kleinen Beamten und Bürolisten konnten sich keine Extravaganzen mehr leisten. Die Weltwirtschaftskrise bremste die Nachfrage der höheren Beamten nach dem Standard-Motorrad *Tourisme*, und die Rennmaschine *A50* bekam harte Konkurrenz von der englischen *Norton*. – *Motosacoche* war auch Lieferant der Schweizer Armee, aber da tat sich noch nicht so viel an Aufrüstung wie im Deutschen draußen. Noch war es zu früh, mit dem großen Geschäft zu rechnen. Die Firmenleitung war deshalb auf einen Bürolisten mit bescheidenen Lohnforderungen angewiesen. In Walter fand sie ihren Mann. Sein Verständnis für Technik und Motoren war gering, seine Kompetenz in Metallurgie dank *Pestalozzi* gerade genügend für einen Motorradbetrieb, seine Arbeitshaltung jedoch war alémanique, also ausgezeichnet. Im Übrigen ging er aus sportlichen Gründen zu Fuß zur Arbeit.

*

Welterfahrung in Genf?

Seine Kontakte mit der Welt liefen über die Korrespondenz mit *Peugeot, Raleigh, Auto Union, Steyr* und *Fiat,* denen seine Firma die Motortaschen zur Montage an die eigenen Fahrräder lieferte, nach Frankreich, England, Deutschland, Österreich und Italien. Die Geschäftsbewegungen mit dem Ausland beschäftigten ihn, die politischen Bewegungen, die in engeren und weiteren Kreisen um ihn herum in Gang gesetzt wurden und sich verheerend beschleunigten, berührten ihn zu der Zeit noch nicht so sehr. Nur einmal fühlte er sich unangenehm betroffen, weil eingeschränkt in seiner persönlichen Bewegungsfreiheit. Wie hatte der Vater gesagt? »Walterli, einer von den Gründern der freien Schweiz hat Walter geheißen, der Name verpflichtet zur Freiheit.« Er war noch kein Jahr in Genf, als er vom Ordnungsdienst der Armee auf dem Weg zur Arbeit angehalten und auf einen Umweg über den *pont de Carouge* geleitet wurde. Eine deutschfeindliche Kundgebung gab der Regierung der freien Genfer Republik Anlass, eine Mitrailleur-Kompanie vor der Kaserne, an der er auf dem Weg in die *rue des Acacias* vorbeigehen musste, in Stellung zu bringen. Der Umweg, den er gehen musste, war beträchtlich, und hätte er ihn am Schluss nicht im Laufschritt zurückgelegt, wäre er zu spät gekommen. Er? Er kam nie zu spät. Jamais!

Er ärgerte sich nicht über das Militär, das ihm den Weg verstellte, die taten nur ihre Pflicht, sondern über die, die ihren Einsatz provoziert hatten, »die linken Brüder«, mit den »Sektenbrüdern« zusammen die Lieblingsfeinde seines Vaters wie auch die seinen.

Er hörte ihn noch heute, gerade heute. Aufs Äußerste erregt war er am 11. November 1918 nach Hause gekommen, hatte ein Flugblatt in der Hand geschwenkt und über »die Brüder«, die doch nicht die seinen waren, gewettert. »Da sind wir vor einem Jahr endlich dieses saubere Pärchen Uljanow losgeworden, den kleinen Glatzkopf Lenin mit seiner Alten, und nun kommen seine gelehrigen Schüler aus Moskau zurück, um Generalstreik zu machen, und werden von unseren Schweizer Sozis mit offenen Armen empfangen. Herrgottsackerment, was für eine Schamlosigkeit! Aber kein Wunder, die Brüder haben auch keine Hemmungen gehabt, den Umstürzler auf demselben Bahnsteig zu verabschieden, auf den der Kaiser nur fünf Jahre zuvor seinen Fuß gesetzt hat. Stell dir das vor! – Da, dieses Blatt hebe ich dir auf, bis du es selber einmal lesen kannst, dann siehst du, wie weit es die Linken mit unserer Stadt gebracht haben.« Nämlich so weit, dass der Kommandant der Ordnungstruppen für Zürich das Handgranatenwerfen gegen aufständische Schweizer Zivilisten zur Pflicht seiner Schweizer Soldaten erklären musste.

Als Kindergärtner hatte der kleine Walterli den Grund für Vaters Erregung nicht verstanden, als er dann selber lesen konnte, sah er keinen Anlass, Vaters politische Meinung nicht zu teilen. Es war ein Irrtum anzunehmen, alle Schweizer seien gleich und nichts als Schweizer, also musste man sich an die rechten halten.

*

Das kurze Rencontre am *pont des Acacias* blieb die einzige aktive Auseinandersetzung mit der Politik zeit seines Aufenthalts in der Stadt des Völkerbunds. Er konzentrierte sich auf den Sport. Er war mit Leib und Seele *Servettien*. Nachdem er sich bei Madame Schallbetter und bei *Motosacoche* etabliert hatte, hatte er seine ganze fußballerische Begeisterung und Erfahrung, die er als *Blue-Stars*-Junior in Zürich gesammelt hatte, samt Stollenschuhen und »kölnisch Eau-de-Cologne-Wasser«

in sein Lederköfferchen gepackt und beim *Servette FC* angeklopft. Klar war er als Junior den *Blue Stars* beigetreten – »blüü« ausgesprochen, blau wie Zürich –, nicht den linken roten Socken des *Red Star Club.*

Beim *Servette FC* erkannte man sofort sein Talent als Keeper und stellte ihn als Nummer zwei hinter das Tor von Franky Séchehaye. Als dieser von *Lausanne Sports* in einem Akt mangelnder Fairness weggekauft wurde, hätte das Tor in die erste Mannschaft weit offen gestanden. Walter hätte die einmalige Chance gehabt, nicht nur ersatzweise, sondern immer hinter dem Österreicher Karl Rappan, dem linken Verteidiger, zu spielen, der später als Nationaltrainer den Schweizern den *Riegel* beibrachte, mit dem sie so erfolgreich alle gegnerischen Stürmer blockierten – Rappan hatte ein feines Gespür für schweizerische Eigenart. Im Sturm hätte er Trello Abegglen, Aeby Georges und Walaschek vor sich gehabt – wenn er Berufsfußballer geworden wäre. Er lehnte ab. Sport war Sport, Beruf war Beruf. Sport war zum Vergnügen, Arbeit das Leben. Sein Beruf war kaufmännischer Angestellter, nicht Fußballer. Man musste sauber übers Nierstück bleiben – was immer das genau meinte. Feuz wurde Séchehayes Nachfolger, von Franky blieb nur die Erinnerung an das formidable Eis, das es in der Konditorei seiner Mutter an der *rue de Lausanne* oben gab – Vanille, Pistache, Abricot. Nie mehr in seinem Leben würde Walter einen anders komponierten Eisbecher genießen.

Er wechselte als Spielertrainer in die B-Mannschaft und wurde bald von allen geschätzt und respektiert. Endlich konnte er sein Talent, Menschen zu begeistern und zu führen, nutzen, das der Pädagoge Pfenninger brachgelegt hatte, als er ihm den Zugang zum Lehrerberuf verbaute. »Messieurs, wir Servettiens sind anständige Sieger und gute Verlierer.« Sport war englisch, eine Sache der Fairness – und der Disziplin. Er hatte kein leichtes Spiel mit den leichtlebigen Welschen, die gelegentlich gegen seine »preußischen Trainingsmethoden« aufmuckten. Sie machten trotzdem mit, weil er sie mit Gastspielen im Savoyischen belohnte, bei denen das Bankett auf dem Dorfplatz von Albertville so wichtig war wie das Spiel auf dem Allmendacker vorher.

In der B-Mannschaft spielte auch André Bizzi.

2.

»Das Leben ist elegant. Täglich kommen neue Krawattenmuster heraus!« André Bizzi war ein begnadeter Patronneur, sonst hätte er seine Stelle bei der Firma *Schwarzenbach Seide Thalwil* nicht halten können. Die Zürcher Seidenindustrie, vom Export abhängig, seit es sie gab, war von allen Branchen am stärksten von der Krise betroffen, vor allem was die Arbeiter und Angestellten betraf. Fabrikherren sind krisenfest. André aber stand in der Gunst des Fabrikherrn Alfred Schwarzenbach, der mit dem jungen Mann längerfristig rechnete. Angesichts der Beschäftigungskrise in der Thalwiler Fabrik schickte er ihn nach Genf mit dem Auftrag, reißfeste Kontakte zur Seidenstadt Lyon zu knüpfen. Er sollte den Türspalt zum Markt im Westen offen halten, bis die Welt vom Norden, auf den man setzte, saniert wäre. Umsonst wollte man Hitlers Wahlkampf nicht mit Geld, das man unter den Verwandten auf dem Rietberg sammelte, und den Stimmen der deutschen Arbeiter unterstützt haben, die man zu den Wahlen über die Grenze nach Konstanz karrte.

André Bizzi war erfolgreich in Lyon, nicht zuletzt weil es ihm gelang, jeden teutonischen Anschein zu vermeiden. Er spielte den Franzosen nichts vor. Im Gegensatz zu seinem Förderer mochte er die Deutschen ganz und gar nicht. Es war bei ihm mehr als das übliche Ressentiment, das die Deutschschweizer dem »großen Kanton« gegenüber haben, weil sie an einem Gefühl der Minderwertigkeit leiden. Bizzi mochte seine Antipathie von der Mutter vererbt bekommen haben, die aus dem ehemals preußischen Neuchâtel stammte und nie verstehen wollte, was »les sales Prussiens« in der Romandie zu suchen hatten. »Was meine Mutter über die schmutzigen Preußen sagt, brauche ich dem Patron nicht unter die Nase zu reiben, der Platz da ist ohnehin von einer schwarzen Fliege besetzt!« Bizzi liebte diesen Scherz so, dass er ihn nicht genug wiederholen konnte – bis Frühling 1945.

Aber auch die Natur begünstigte André Bizzi in seiner Geschäftstätigkeit. Er war mittelgroß und neigte zu Rundlichkeit, die einem Gourmet wie ihm gut anstand. Die Rundung seines Embonpoints war nur eine leise Andeutung, nicht im Entferntesten mit dem ausladenden Faltenwurf eines deutschen Bierbauchs zu vergleichen. Jovial war die Art, wie Bizzi des Öfteren sagte: »Die Franzosen pflegen zu essen, die Deutschen ernähren sich«, aber er meinte es ernst. Die einzige eigenmächtige Gestaltung seines Erscheinungsbildes erlaubte er sich beim Haar. Er hatte strahlend blaue Augen und von Natur aus strohblondes gewelltes Haar, er befürchtete, das würde den menschlichen Kontakt zu seinen französischen Partnern kompromittieren. Die Augenfarbe war nicht zu ändern, doch vor seiner ersten Reise nach Lyon färbte André Bizzi sich die Haare zu *Noix de Grenoble.*

Er liebte das Leben und dessen Unwägbarkeit, Geradlinigkeit war nicht seine Sache. Insofern war er das exakte Gegenteil von Walter Frauenlob, der das Leben sehr ernst nahm und dessen kulinarischem Anspruch *Steaketfrites* vollauf genügte, weil es ihm schmeckte. Trotzdem: sie waren die beiden einzigen Deutschschweizer im B-Team des *Servette FC*, und das kittete so gut wie der gemeinsame Hang zur eleganten Gestaltung ihres Äußeren, was sie dem weltstädtischen Savoir vivre schuldig zu sein glaubten. Insofern frönte sogar Walter dem Luxus, als er Bizzis Angebot reichlich nutzte und eine Krawattensammlung anlegte, die Madame Schallbetter in ihrer Überzeugung bestärkte, in seiner Person einen wahrhaft extraordinären Deutschschweizer zu beherbergen.

Die engere Landsmannschaft hielt die beiden auch dann noch zusammen, als André nach einem Beinbruch aus der Fußballmannschaft ausschied. Sein Bedauern über die Folgen des Unfalls hielt sich in Grenzen: »Walti, du bist ja ein lieber Kerl, kein Wort gegen dich, aber, quand-même, bei dir muss man dauernd in Bewegung sein; wenn man nicht wie ein Affe auf dem Feld herumrennt, schreist du sofort: Lauf, André, lauf, allez, gopfertammi, du bist Läufer, nicht Steher! Schreist und stehst und stehst und stehst in deinem Tor.«

Walter lachte bloß. In Sachen Seide war André ein Experte, aber von Fußball hatte er wenig Ahnung.

André hatte sich den Bruch im Match gegen den *Cruseilles FC* zugezogen, dessen Spieler meinten, sich auf dem Feld wie die Wildschweine umtun zu müssen, die sie nach dem Spiel zum Bankett auftischten.

Gemeinsame Lebenslage und gegensätzlicher Charakter festigten ihre Freundschaft. Es war darum selbstverständlich, dass Bizzi ihn als seinen Compatriote in den Plan einweihte, die Damen des Zürcher *Red Sox* Landhockeyclubs zu einem Gastspiel auf der *Charmilles* einzuladen, wobei er nicht verschwieg, dass Betty Gerber die Mutter seines Gedankens war. »Mutter –? Eh bien, du weißt, wie ich das meine, ja? Sie bringt jedenfalls eine Schwester mit – Hanni. Wenn die nur halb so hübsch wie Betty ist!«

*

Und ob sie das war, mindestens so hübsch wie alle die andern Spielerinnen des Hockeyclubs, die nicht im Panzer des Goalkeepers steckten.

Die roten Socken der *Red Sox* hatten nichts mit Politik zu tun. Sie kleideten links wie rechts die Beine der Misses. Sie verhüllten teils züchtig, teils gnädig auch mancherlei Formung, bis der schwarze Faltenjupe im Wind des Sturmlaufs flatternd ein blankes Knie freigab – ein leuchtendes Versprechen. Eine Verheißung wie auch die tiefe Studentengasse, die sich dem kühnen Blick des Bürolisten im offenen Kragen der weißen Blusen auftat, wenn die Misses den kurzen Krummstock ausladend führten. Nein, Blaustrümpfe waren sie nicht, selbst wenn gelegentlich ein Stirnband statt einer Haarschleife männlich wilde Locken bändigte.

O nein, Hanni machte gar keine schlechte Figur neben Betty, und zusammen waren sie die Leaderinnen des Teams, ihr Sieg war folgerichtig und gerecht.

Die Damen beider Clubs feierten mit einer Bootsfahrt auf dem See, unter Ausschluss der Männlichkeit. Bizzi und Walter gesellten sich erst am frühen Abend zu den einheimischen Supportern des *Servette HC*, die am *Quai Turretini* an der Rhone auf ihre Freundinnen und Frauen warteten. Sie standen da, stützten die Ellbogen auf das Geländer, starrten zur Schiffstation auf der Insel hinüber, schnippten gelegentlich einen Zigarettenstummel ins Wasser. Sich aufrichtend, stießen sie mit dem letzten Rauch ein Wort aus, das – wenn die Rhone an dieser Stelle nicht so stark gerauscht hätte – als zut alors, un comble oder ça dure hätte verstanden werden können. Galant waren die Worte nicht. André Bizzi trug sein quand-même just in dem Moment zur Unterhaltung bei, als die *Mouette* anlegte und die Sportlerinnen vergnügt und verschwistert auf festes Land entließ. Ihre Stimmung war hörbar ausgezeichnet. Die Männer setzten sich in Bewegung.

»Du wirst Hanni ja nun zu Vanille, Pistache, Abricot ausführen wollen, da können wir euch nicht im Wege stehen – was, Bettylein?« Bizzi zwinkerte seiner Begleiterin zu und musste bemerken, wie sie seinen Freund intensiv begutachtete.

Da geriet seine Galanterie kurz ins Wanken, stabilisierte sich sofort wieder, als Betty von diesem absah.

»Keinesfalls!«, lachte sie und wuschelte André das braune Haar. »Come on, let's go! Bye bye, Honey-Hanni dear!« Und weg zogen die beiden Arm in Arm und Hüfte an Hüfte.

Natürlich hatte Walter sich von Bettys Musterung geschmeichelt gefühlt. Eitelkeit, musste er eingestehen, war ihm nicht fremd, ohne Anlass war sie nicht. Betty war mit ihrer schlanken Figur und dem langen gelockten Haar eine sehr elegante Erscheinung, in deren Begleitung er sich wie jeder Mann gern hätte sehen lassen. Hanni dagegen verkörperte eine Frau, von der man gern im Arm gehalten würde. Wenn er sie sah, verspürte er ein Bedürfnis, das in seiner Kindheit nicht geweckt worden war. So war es mit Hanni, und darum konnte er die Rollenverteilung akzeptieren. Bizzi war sein Freund, und er gönnte ihm sein Glück. Es war Andrés Idee gewesen, die *Red Sox* einzuladen – Betty hatte ihn dazu animiert –, und er kannte sie schon längere Zeit – es war darum ein Gebot der Fairness, mit ihm nicht in Konkurrenz um Betty zu treten, um das schäbige Wort »ausspannen« nicht zu verwenden. Hätte er überhaupt Chancen gehabt? Bizzi wohnte nicht zu Untermiete bei Madame Schallbetter, die moralisch strikt wie der Bischof von Sitten war, er residierte in der Pension *Luserna*, nicht sehr nobel, aber bestimmt kundenfreundlich. – Hübsch war auch Hanni, und genau besehen hatte sie eine herzlichere Ausstrahlung als ihre große kleine Schwester, die etwas von einem Glamourgirl hatte, was beängstigend wirken konnte, wenn sie zu lachen vergaß.

Er bot seiner Hanni den Arm: »Dann wollen wir mal, wenn André meint.«

»Wie *du* willst. Was hat er denn gemeint mit Vanille und dem andern?«

»Das sind Eissorten.«

»Ich mag Eis sehr gerne – wie heißt die ganze Kombination?«

»Vanille, Pistache, Abricot – meine Lieblingskombination, die hat André durch mich kennengelernt. Ich kenne sie von Madame Séchehaye, aber die hat jetzt Feierabend. Wir gehen zu Madame Ita am See, dazu ist es noch nicht zu spät. Du wirst den Montblanc im Abendrot sehen – extra für dich bei Ferdinand Hodler bestellt.«

»Hodler? Wieso ausgerechnet der, findest du den gut? Für mich ist er nichts als ein moderner Schmierer. Ich hoffe schon, der Montblanc ist schöner als seine Bilder.«

»Kein Grund zur Aufregung, er ist es bestimmt. Ich dachte, wenn du so viel liest, ist dir Hodler ein Begriff, mir sind andere Genfer Maler auch lieber. Die älteren. Wir gehen an den *Quai Montblanc*, da wirst du ihn selbst sehen, den Montblanc, meine ich.«

»Wenn wir nur endlich gehen.« Hanni war es an Walters Arm nicht nur wegen Hodler recht warm geworden. »Ich kenne nur das Zitronen-Eis von *Berner* am Hottingerplatz, Wassereis mit Knollen drin, aber auch nicht schlecht. Hie und da und selten genug geh ich dahin, ich komme kaum von zu Hause weg.«

3.

Das Eis allein war es kaum, was Hanni – zunehmend häufiger – nach Genf zurückbrachte. Auch der Sport nicht, sie kam außerspielplanmäßig, aber immer mit Betty. Die Frage, wer wen als Chaperonne begleitete, spielte ab Bahnhof *Cornavin* keine Rolle mehr. Da stand André Bizzi mit einer bordeauxroten Rose in der Hand. Betty lachte, brach den Stiel ab und steckte sich die Blüte hinter das Ohr, damit André daran riechen konnte, wenn sie ihn am Arm hatte. Walter überreichte Hanni mit einer galanten Verbeugung drei gelbe Nelken, die sie lächelnd mit einem Knicks entgegennahm. Dann führten die Herren ihre Damen auf getrennten Wegen durch das kurze Wochenende. Am Sonntagabend würden sie sich wieder auf dem Bahnsteig treffen.

»Ich habe Madame Schallbetter von dir erzählt.« Es war für Walter sehr wichtig, seine Schlummermutter auf dem Laufenden zu halten, er wollte ihr das Vertrauen vergelten, das sie ihm von Anfang an entgegengebracht hatte. »Sie freut sich, dich kennenzulernen.« Beim dritten Besuch konnte er Hanni mit einer weiteren freudigen Mitteilung überraschen: »Madame Schallbetter hat zu mir gesagt: Vous avez bien choisi, jeune homme! Eine gute Wahl hätte ich getroffen, sagte sie, bonne chance! Du brauchst nicht mehr in der *Mission catholique* zu übernachten, sie hat dir ein Zimmer bei der Nachbarin auf der gleichen Etage besorgt.«

*

Madame Schallbetters Urteil war für Walter der Auslöser für einen Besuch bei den Eltern, um sie auf Hanni vorzubereiten und seine Absicht bekanntzugeben, Wachtmeister Gerber von der Stadtpolizei um die Hand seiner Tochter zu bitten. Er geriet ins Schwärmen wie ein Handelsreisender und berichtete, stolz auf seine gebildete Braut, sie habe ihn sogar zum Lesen animiert.

»Doch nicht die Bibel?« Der Vater reagierte misstrauisch, als säße ihm nicht sein Sohn, sondern ein Sektenbruder am Küchentisch gegenüber, er schien Konkurrenz zu befürchten. »Was kann sie dir sonst zu lesen geben?«

Hätte sie ihm nur die Bibel gegeben! Der Vater brüllte wie ehedem bei den Tempelsäuberungen: »So eine ist das also!« Da solle er sich aber hüten und sich die Sache noch einmal überlegen, und zwar gründlich, in Acht solle er sich nehmen vor der Kommunistenbraut, ob er denn gar nichts gelernt habe. »Wird einem so die ganze Erziehung vergolten? Man kann machen, was man will, man macht immer etwas falsch!«

Er war, gelinde gesagt, irritiert vom Ausbruch des Vaters, es war der erste, den er in eigener Person erfuhr, und er überraschte ihn, weil er sich politisch immer einig mit dem Vater gefühlt hatte. Ihm fehlten die Worte, angemessen zu reagieren, dem Frieden zuliebe schwieg er.

Hanni gegenüber beschränkte er sich auf ein paar Andeutungen, als er sie bat, in Gegenwart seines Vaters Literatur und Politik nicht zur Sprache zu bringen, um ihrer Liebe willen.

»Aber worüber soll ich dann reden mit ihm, soll ich mit ihm Rezepte austauschen?«

»Schatz, ich bitte dich, mach keine Scherze. Ich habe guten Grund, dich um diese Gefälligkeit zu bitten, ehrlich.«

»Was quälst du dich so, warum sagst du nicht einfach, dass es um Remarques Roman geht?«

»Du sagst es.« Allen Leuten recht getan – er hatte sich im Bemühen verheddert, Hanni nicht zu verletzen und den Vater nicht bloßzustellen, nun erlöste ihn ihre direkte Frage und brachte ihn zum Lachen: »Eine Kommunistenbraut, hat er gesagt, du seiest eine Kommunistenbraut, weil du mir *Im Westen nichts Neues* zu lesen gegeben hast!«

Hanni sah ihn mit großen Augen an: »Was hat dieser Roman mit Kommunismus zu tun, es geht um Krieg und Militär und nicht um Politik, seit zehn Jahren liest die ganze Welt den Roman, ohne dass sich seinetwegen in der Politik etwas geändert hätte!«

»Das schon, aber es gibt eben zwei verschiedene Arten von Militär, das ist es, was Vater meint, ich übrigens auch, es kann ja wohl nichts Schlechtes daran sein, wenn wir unser Vaterland militärisch verteidigen wollen –«

»Das sagen die Kriegsminister aller Vaterländer.«

»Wie meinst du das? Wir Schweizer haben keinen Kriegsminister.« Er war ein bisschen irritiert, es durfte doch nicht sein, dass der Vater recht hatte mit seinem Verdacht.

»Ach, Schatz, lassen wir das, darüber können wir später einmal diskutieren, jetzt haben wir eigentlich wichtigere Dinge zu besprechen. Wann willst du mich nun deinen Eltern als Braut und nicht als Kommunistin vorstellen?«

»Das lässt sich hören, komm, gib mir einen Kuss!« Er war erleichtert, wahrhaftig. »Wenn ich dich nicht hätte!«

Solange Hannis Liebe und der Vater lebten, hielten sie sich an die Abmachung, Politik und Familienleben zu trennen.

*

Als Walter Hanni für einen Besuch zu Hause genügend vorbereitet glaubte und seinerseits sicher wusste, er würde sich nie mehr von Betty oder einer anderen langbeinigen Blonden ablenken lassen, schrieb er dem Vater einen Brief:

Werther Vater,

Es ist nun so weit, dass Hanni und ich uns einig sind. Aus diesem Anlass möchte ich Dir meine Absicht mitteilen, sie als meine Frau heimzuführen, was bedeutet, dass ich Herrn Gerber, Wachtmeister bei der Zürcher Stadtpolizei und Marktchef vom Bürkliplatz, um die Hand seiner Tochter bitten werde. Wie ich es Dir anlässlich meines kürzlichen Besuches in Zürich vorangekündigt habe.

Jener Besuch hat ein etwas aufgeregtes Ende genommen, was ich sehr bedaure, ich möchte mich auch für meinen Teil Verantwortung an demselben entschuldigen. Darum ist es mir jetzt ein großes Bedürfnis, in aller Ruhe die Dinge um Hanni Gerber klarzustellen, damit Du sehen kannst, dass ich eine liebe und gute Frau im Sinn habe.

In der Tat, Hanni gibt mir Bücher wie das »nicht mehr genannt sein Wollende« zu lesen, auch andere dieser Art, ich meine natürlich Romane. Meine Zeit ist knapp, ich werde nie ein fleißiger Leser werden, aber ich lese, was ich kann, Hanni zuliebe und sicher ohne Schaden zu nehmen. Denn eines ist Hanni sicher nicht: eine Kommunistenbraut, wäre sie es, müsste ich, so logisch wie unvorstellbar, Kommunist sein. Sie ist nicht einmal ein Sozi, sie ist schließlich auch die Tochter eines Ordnungshüters unserer Stadt …

Scherz beiseite: Ich sagte es, Hanni ist ein lieber Mensch und meint es gut, wenn sie meint, die Welt müsste Frieden suchen und nicht den Krieg. Wollen wir das nicht alle? Jeder auf seine Art, Du und ich halt notfalls mit den Waffen, das dürfen wir, weil es die Waffen der Gerechten sind – und sollte diese Waffe ein Suppentopf wie die Marmitte sein, um ein hiesiges, genferisches Beispiel zu zitieren. Hanni kämpft nicht mit Topf und Waffen für den Frieden, obwohl sie eine gute Suppenköchin ist, sie versucht es mit der Literatur, auch das kann einen Sinn haben.

Und damit das auch noch gesagt sei, um spätere neue Unruhe zu vermeiden: Hannis Vater hat wegen einer gesundheitlichen Indisposition Kontakt zu einer amerikanischen religiösen Gemeinde (um das Reizwort S… nicht zu verwenden), die durch Glauben heilen will, aber von Hanni, scheint es, ist diesbezüglich nichts zu befürchten. Sie liebt ihren Vater, wie man soll, aber auf diesem Weg ist sie ihm noch nicht gefolgt, also wie Du sagen würdest: Wo nichts ist, kann nichts werden. Oder: Wo kein Rauch, ist keine Feuerwehr.

Wir freuen uns auf den Besuch bei Euch – ja, bitte, zeige diesen Brief auch Mutter oder lies ihn ihr vor. Ich bin sicher, die beiden Frauen werden sich gut verstehen, eben weil beide das Gute im Sinne haben – jede halt auf ihre Art.

Es grüßt Dich und Mutter mit aller Dankbarkeit und Liebe
Dein Sohn Walter, Euer Erster und Einziger.
Genève le 22 mars 1936

*

So kurz die Antwort des Vaters ausfiel, so bedeutsam war sie für den Sohn, weil es der erste Brief in seinem Leben war, den er aus dem Elternhaus erhielt. Die Handschrift des Vaters war eine gestochen scharfe *Sütterlin*:

Mein Sohn,

In der Bibel steht im 2. Mose, Vers 21 und 22: »Da ließ Gott der Herr einen tiefen Schlaf fallen auf den Menschen, und er schlief ein. Und er nahm seiner Rippen eine und schloss die Stätte zu mit Fleisch. Und Gott der Herr baute ein Weib aus der Rippe, die er von dem Menschen nahm, und brachte sie zu ihm.«

Wenn Du an der besagten »Stätte« ein Ziehen verspürst, als ob Dir da etwas fehlte, dann hast Du die Richtige gewählt.

Dem ist weiter nichts beizufügen, auch von Mutterseite nicht.

Wir schauen Eurem Besuch entgegen. Empfange meinen und Deiner Mutter Gruß

Ernst Frauenlob sen.

Postskriptum: Wo wird das Heim stehen, in das Du Deine Braut führen willst?

Zürich-Wollishofen, den 1. April 1936

*

Hannis Antrittsbesuch in Wollishofen verlief allseits zufriedenstellend. Sie verkörperte für den Vater eine Weiblichkeit von rundem Leib und weicher Seele, die er an seiner eigenen spröden Frau, die nur aus Haut und Knochen bestand, vermisste. Die Mutter ihrerseits genoss die Anwesenheit eines Menschen im Haus, der überhaupt zu ihr und mit ihr von Gleich zu Gleich redete.

Zur Feier des Tages hatte Walter eine Fondue-Garnitur samt einer Käsemischung von einem Drittel rezenten Greyerzer, einem Drittel Freiburger Vacherin und, weil es den Obergommer in Zürich nicht zu kaufen gab – Madame Schallbetter mochte ihm verzeihen –, einem Drittel rezenten Appenzeller mitgebracht. Weißbrot, Knoblauch und zwei Flaschen *Saint Saphorin* dazu, »Saintsaph« sagte er, als wäre er am *Lac Léman* aufgewachsen.

»Kalter Wein und heißer Käse, das wird klumpen im Bauch!«, der Vater hatte einen diffizilen Magen. »Wenn das nur gutgeht.«

»Was der Bauer nid kennt, das frisst er nid – und von Knoblauch wirst du auch stinken!« Friede und Freude, seltene Gäste im Hause Frauenlob-Estermann, animierten die kleine angehende Schwiegermutter zu einer Keckheit, mit der sie sich selbst geschreckt hätte, wenn Hanni nicht am Tisch gesessen und gelacht hätte.

»Wieso nur ich?«, der Vater mochte seiner verirrten Frau die Laune gönnen, wollte nicht Spielverderber sein und zog mit. »Wie lautet der Bibelspruch: Der kluge Mann baut vor. Mit Kirschwasser sage ich.«

»Und denkt an sich selbst zuletzt!« Zumindest was die Spruchfertigkeit betraf, war Walter auf gutem Weg, seinen Vater als Familienoberhaupt abzulösen, als solches durfte er sich erlauben, auch den Frauen ein *Gobelet* Kirsch zu servieren. »À votre santé, Gesundheit allen, à l'avenir, auf die Zukunft!« Vorsorglicherweise hatte er ein Paar Verlobungsringe mitgebracht, die er in Anbetracht der geradezu familiären Atmosphäre, wie er sie noch nie erlebt hatte, feierlich ihrem Zweck übergab – Ring um Ring und Finger um Finger.

Dann stellte er mit feierlichem Aplomb eine *Marmitte*, einen Topf aus Schokolade, gefüllt mit Marzipangemüse, auf den Tisch, den Hanni vom Fonduegeschirr frei geräumt hatte. »Liebe Eltern – das sage ich heute gern und aus tiefer Überzeugung: liebe Eltern – und liebstes Hanni. Wir haben jetzt alle Fondue gekostet, wir werden es auch noch lange riechen. Fondue ist sehr welsch, aber genferisch ist es nicht. Madame Schallbetter hat es aus dem Wallis mitgebracht. Das muss ich ehrlich sagen, wenn ich bei der Wahrheit bleiben will.

Dieser Schokolade-Topf hier jedoch ist reinstes Genf, Genève, wie es leibt und lebt, wie wir, du liebes Geliebtes, es lieben und leben. Er soll an den Suppentopf erinnern, mit dem Madame Royaume in die Geschichte eingegangen ist, weil sie ihn, voll heißer Suppe, von der Stadtmauer herab über die Köpfe der Savoyarden ausgoss, die über Leitern die Stadt erobern wollten. Auf den Tag genau heute vor dreihundertdreißig Jahren. Wir wollen nicht fragen, wie der Topf von Madame nachts um zwei Uhr dazu kam, heiß zu brodeln – das wäre zu kleinlich gefragt, zu alemannisch. Die Tradition will es so, also hat sie recht, und sie will, dass es Gemüsesuppe war. Es ist ein alter Genfer Brauch, an diesem Tag eine Schokolade-Marmitte voll Marzipangemüse mit einem Säbel zu zerschlagen – so wie mit Hilfe von Madame Royaume der Anschlag der fremden Söldner auf die Genfer Freiheit abgeschlagen wurde.

Ich darf dich, Vater, nun also bitten, deinen Wachtmeistersäbel von der Wand zu nehmen und uns für den feierlichen Akt zur Verfügung zu stellen.«

Der Vater, erstaunt von der akribischen Wortführung seines Juniors, tat wie befohlen. Dieser zog den Säbel blank: »Fass mit an, Vater, es ist Tradition, dass wir es gemeinsam tun, der Jüngste und der Älteste in der Familie – Achtung jetzt, attention!« Gemeinsam führten sie den Hieb, der den Schokolade-Topf in weiche Scherben schlug. »Qu'ainsi périssent les ennemis de la République!«, schrie Walter.

Der Vater, von jedem soldatischen Vollzug begeistert, sekundierte: »So sollen die Feinde der Republik verderben!«

Die beiden Frauen waren geblendet vom kriegerischen Blitzen in den Augen der Exekutanten.

So fand die Verlobungsfeier ein süßes Ende.

4.

Am 26. April 1937 läuteten die Glocken des Großmünsters. Kein Trauergeläut – Guernica, das die *Legion Condor* an diesem Tag mit einem Teppich von tausenden Brandbomben belegte, war zu weit weg. Und die Zürcher, die da unten in Spanien mit den Kommunisten kämpften, waren mit Sicherheit keine Mitglieder der Großmünstergemeinde. Die hellen Glocken kündeten von Eheglück, das unter dem Schirm und im Schatten der höchsten Landeskirche gestiftet wurde. André Bizzi und Elisabeth Gerber waren zwar auch keine Mitglieder der Großmünster-Gemeinde, aber vom Pfarrer herzlich willkommen geheißen, weil sie zusammen mit Walter und Hanni Frauenlob seinen Segen wollten. Doppelhochzeit, eine hübsche Idee hatte sein Zögling Walter gehabt, wieso denn nicht, wenn es Schwestern und Töchter eines städtischen Beamten waren. Pfarrer von Grebel gab den Segen gern.

Das Geläut war in der ganzen Innenstadt zu vernehmen, die Gemeinde, die sich versammelte, blieb klein. André und Walter waren gesellige Leute, hatten aber in den vergangenen Jahren die meisten Freundschaften in Genf geknüpft, und die Zeiten waren nicht so, dass man sich eine Bahnreise quer durch die Schweiz hätte leisten können. Immerhin hatte der *Servette FC* Aeby Georges und Walaschek von der A-Mannschaft delegiert, die einen großen Strauß Rosen in der Clubfarbe Granat mitbrachten und nicht recht wussten, in wessen Arm sie ihn legen sollten. Die Glückwünsche von *Schwarzenbach Seide Thalwil* überbrachte die alte Sekretärin Hedi Streuli, unter deren Fittichen André Bizzi in der Firma flügge geworden war. Sie weinte warme Tränen über den Verlust des Mannes, den sie sich liebend gern als eigenen vorgestellt hätte, wenn ihre Zeit nicht schon abgelaufen gewesen wäre. Die

Schwestern Gerber hatten ihre Eltern mitgebracht, Walter die seinen. Bizzis Vater war gestorben, als André noch ein Knabe war, seine welsche Mutter weigerte sich strikt, an einer Hochzeit in der Deutschschweiz teilzunehmen – »là, ils ne parlent même pas le français!« Was sollte sie da, wo nicht Französisch gesprochen wurde? Sie verharrte in Neuchâtel und erwies sich als nicht weniger stur als die Preußen, die sie schmähte. Dinkel, Graf, Kramer, Kuhn vom *Boxring Zürich* kamen, Trauzeugen eines Glücks, das dem Bruder der beiden Gerber-Schwestern nicht beschert war, dem Gründer und Präsidenten zu Ehren und treuem Gedenken waren sie gekommen. Dazu saßen wie alle Sonn- und allgemeinen Feiertage die kirchentreuen Witwen und Altledigen in den Bänken, weit auseinander, jede für sich an ihrem gewohnten Platz. Sie wussten genau, wie es nach dem Honigmond zu gehen pflegt, noch vor dem siebten Jahr meistens. Doch konnten sie es nicht lassen, dabei zu sein, wenn der Lauf eines Ehelebens seinen Anfang nahm, nur schon aus Solidarität mit dem netten Pfarrer, dem sie dünne stimmliche Unterstützung beim Absingen der Hymnen gaben.

Heute allerdings wurden beide, Pfarrer und treues Gefolge, selbst getragen von dem Dutzend Stimmen des Chors der Stadtpolizei – das Hochzeitsgeschenk des Vaters der Bräute. Ein Geschenk, das ihn selbst, als es jetzt von der Empore herabschallte, zu Tränen rührte, Tränen der Trauer um den Verlust seiner Töchter oder der Erinnerung an das Kaiserständchen, den letzten feierlichen Sänger-Einsatz, den er geleistet hatte. Nach dem 3. September 1912 hatte er sich umgehend vom Chor der Stadtpolizei verabschiedet. »Ich habe für einen Kaiser gesungen – für wen kann ich jetzt noch singen!« Es war vielleicht die einzige Entscheidung in seinem Leben, die er selbst und von sich aus fällte. Seine ehemaligen Kollegen vom Polizeichor hatten nicht für Kaiser und Vaterland singen dürfen, sie taten es jetzt für ihn und seine Töchter, stimmstark und innig.

Im Gefolge des letzten deutschen Kaisers waren Hanni und Walter auf den Lebensweg gebracht worden, unter den Augen des ersten Kaisers aller Deutschen begaben sie sich jetzt ins Eheleben: friedlich sitzend, das Schwert über die Knie gelegt, verfolgte Karl der Große wohlgefällig vom Turm des Münsters herab, dessen Patron er war, wie die Hochzeitsgesellschaft die Treppe zum Limmatquai hinunterstieg.

Die Flotte der *Städtischen Straßenbahn* hatte sich vergrößert und modernisiert. Es musste nicht derselbe *Einser* sein, der vor dem Depot Burgwies Hanni samt ihrem Wäschewagen fast überfahren hatte, aber es war derselbe Schaffner, der »im Vollwichs«, wie er zu sagen pflegte, auf der Plattform des Trams stand, das den Limmatquai bimmelnd herabzockelte, und die Hochzeitsgesellschaft zu einer Stadtrundfahrt einlud. Das war das Hochzeitsgeschenk des Bräutigam-Vaters inklusive der Blauburgunder Hochzeitswein, ein *Schlemmweg* aus dem heimatlichen Klettgau.

Es hatte der ganzen jovialen Redekunst André Bizzis bedurft, Ernst Frauenlob davon zu überzeugen, dass der Karton Weißwein, der plötzlich aufgetaucht war, nicht als Beleidigung gedacht, sondern das Hochzeitsgeschenk seiner Mutter war. Die Begleitkarte zum Geschenk ließ er als Argument beiseite und zeigte sie nur Walter, denn Madame Bizzi schrieb, sie dürfe nicht daran denken, dass die Hochzeit ihres Sohnes, le fils de son pauvre père Jacques, mit germanischem Wein begossen werde, echter Neuenburger, der beste Wein müsse es sein.

Alpkäse und Roggenbrot waren via Genf aus dem Obergoms gekommen, das Packpapier, das Madame Schallbetter zum Einpacken verwendet hatte, zeigte allerfeinste tropfenförmige Salzspuren, die nicht vom Käse stammten.

Als der Tramwagen vor dem Hauptbahnhof in die Bahnhofstraße einbog, legte Ernst Frauenlob seiner kleinen Martha die Rechte auf die rechte Schulter, mit der Linken zog er eine schnurgerade Luftlinie vom Escher-Denkmal zum Hotel *Royal,* dann ließ er seine Hände fallen und zuckte mit den Schultern, als hätte alles keinen Sinn. – Und als der Wagen die Kurve von der Bahnhofstraße in den Bürkliplatz gegen die Quaibrücke hin nahm, drehte Hans Gerber den Kopf weg vom Hotel *Baur au Lac* dem Marktplatz zu und küsste die Mutter der Bräute auf den Scheitel.

*

Hanni berichtete Walter von der rührenden Szene, die sich bei ihrem ersten Besuch nach der Hochzeit an der Hofstraße abgespielt hatte –

»Ja, ja – wenigstens so haben wir nun beide wieder«, sagte Hans Gerber, als er das goldgerahmte Bild der beiden Hochzeitspaare auf der Anrichte stehen sah. »Es wäre hier im Haus sonst gar einsam geworden.«

»Vier sind es jetzt, Hans, und bald noch mehr, wollen wir hoffen.« Hanna hielt den Blick aufs Bild geheftet. Die vier gaben eine merkwürdige Formation ab: die zwei kleinen runden Gestalten von Hanni und André in der Mitte, flankiert von zwei hohen schlanken, Betty und Walter. Was war davon zu halten? Es machte einen merkwürdigen Eindruck wie auch die Tatsache, dass drei dunkle Figuren neben der strahlend weißen Braut Betty standen. Wieso nur Betty in Weiß? –

Hanna musste an den Tag der Verlobung denken, zu der

sie als Brauteltern nicht eingeladen waren, an das Gespräch mit Hanni, nachdem Walter sie nach Hause gebracht hatte und schnell wieder gegangen war, um den letzten Zug nach Genf zu erreichen. »Willst du ihn wirklich heiraten?«

»Aber Mutter, wie kannst du jetzt noch fragen! Wie kommst du auf die Idee, du kennst ihn fast so lange wie ich, und ich habe dir immer alles von ihm erzählt, und vorgestellt hat er sich bei euch auch, als wir uns einig waren.« Hanni begann zu weinen. »Soll ich denn ledig bleiben?«

»Ach Kind, das will ich doch nicht gesagt haben, ich finde es nur merkwürdig, dass wir nicht zur Verlobung eingeladen worden sind, da fühle ich mich schon ein bisschen betupft, sind wir den Frauenlobs etwa zu wenig? Vorstellen könnte ich es mir, er hat mit seiner Kleidung und seiner welschen Galanterie in unserer niederen Stube eher fehl am Platz gewirkt.«

Hanni wischte die Tränen ab. »Sicher nicht! Er ist ein ganz bescheidener Mann, er bemüht sich nur, anständig zu sein, im Benehmen und im Aussehen. Es war bestimmt nicht Absicht, dass er euch nicht eingeladen hat, ich habe es auch nur geahnt, dass es so weit kommen könnte. Ich glaube, er hat die Verlobung nicht geplant, es hat sich einfach so ergeben, weil die Stimmung so friedlich war wie nie sonst bei seinen Eltern, hat er gesagt. Das war nicht gegen euch gerichtet.«

»Und die Ringe hatte er ganz zufällig mit dabei.«

Hanni lachte erleichtert: »Siehst du, nun lachst du selber, er meint es doch nur gut mit mir und mit euch auch.«

Die Zweifel der Brautmutter waren nicht alle ausgeräumt. »Aber muss es denn unbedingt in Schwarz sein?«

»Schwarz ist gute evangelisch-reformierte Tradition, hat Frau Doktor Bleuler gesagt, ich habe das Kleid Walter zuliebe gewählt. Weiß ist nur der Myrtenkranz – und das ist doch das Entscheidende am Brautkleid. Und die Brosche.«

Die so gar nicht zum schlichten Hochzeitskleid passte. Hanna fuhr mit dem Zipfel ihrer Schürze über das Glas, als läge Staub auf dem Bild, dann nahm sie Hans bei der Hand: »Einsam, was redest du denn! Wir sind doch zu zweit und Hanni ist auch da, wie kannst du von Einsamkeit reden, kommt jetzt essen, es gibt Speck und Bohnen –«

»– und Ziger und Anke, macht grad en Franke.« Das musste gesagt sein, wenn Hans Gerbers Leibspeise auf den Tisch kam.

1938–1947

März 1938 – Österreich »kehrt heim ins Reich«. Am 1. September 1939 beginnt Deutschland den Zweiten Weltkrieg. Am 7. Mai 1945 beenden die Alliierten den Krieg in Europa.

Die Schweiz überlebt den Krieg schadlos – nach lange vorherrschender Meinung dank der Wehrbereitschaft ihrer Armee.

Welchen Einfluss der Aktivdienst auf die Familiengründung von Walter Frauenlob hat.

1.

Ungeachtet der angespannten Weltlage schien alles auf gutem Weg, Walter Frauenlobs Traum von Heim und Familie nahm Gestalt an.

Im Haus *auf der Schanze*, mitten in Zürich, fand er sein Heim. Wenn er am Samstagabend mit Hanni auf dem Balkon hoch über Stadt und Seebecken stand und die Altstadtkirchen den Sonntag mächtig einläuteten, wenn der späte Schein der Semptembersonne auf den Großmünstertürmen leuchtete, wenn er den Arm um Hannis runde Schultern legte und mit der Hand zärtlich über ihren gewölbten Bauch strich – dann wusste er: Er war auf dem rechten Weg. Die Wohnung war herrschaftlich groß, sie würden sie zu füllen wissen mit Gattenliebe, Kinder- und Familienleben. Der erste Schritt war getan.

Wie in Genf lag die Wohnung im dritten Stock, zuoberst im Haus, was Walter Frauenlob für ein gutes Omen nahm. War er nicht glücklich gewesen in Genf, hatte er in Genf nicht sein Glück gefunden? Die Räume waren hoch, die Decken mit Stuck verziert, die Wände mit Nussbaum paneeliert. Es war Platz für Bilder, wie Hanni es bei Frau Dr. Bleuler gesehen hatte, keine *Toteninsel*, kein Hodler. Ein Genfer wie Calame oder Menn, das wäre es gewesen. Die Mittel der jungen Eheleute reichten für *Cépages à Collonges*, ein Genfer Heimwehbild eines zeitgenössischen Kleinmeisters. Das Parkett knarrte, wie es sich gehörte. Die Wohnungstür war unten aus gestemmtem Holz, oben aus Glas, grau ziseliert mit Rauten und Ranken, auf denen Vögel sangen; wer vor der Tür stand, erschien als Schatten.

Im zweiten Stock hatte der Zahnarzt Dr. Otto Schellenberg Wohnung und Praxis. Ein Geizkragen. Um Heizkosten zu sparen und die dunkle Eichen-Innenausstattung, die seine Mutter viele Reichsmark gekostet hatte, vor Licht zu schützen, ließ er die Rouleaus sommers und winters unten. Er lebte und arbeitete im Dämmer, seine Arbeitslampe war nicht heller als eine einsame Kerze. Nebst dem Wagemut des fanatischen Bergsteigers war es wohl auch der Geiz, der ihn dazu trieb, sich die Zähne selbst zu reparieren. Das war ein Kunststück. Mit der einen Hand führte er den Bohrer nach Vorgabe des Spiegels, den er in der anderen Hand hielt, und bediente dabei mit dem Fuß das Pedal des Bohrermotors. Schellenberg war ein intensiver Pfeifenraucher, ein sparsamer insofern, als er einen billigen ätzenden Knaster paffte, der sich tief in den Zahnschmelz eingefressen hatte. Es grenzte an ein Wunder, dass er sich in der verwitterten Basalthöhle seines Mundes überhaupt zurechtfand. Zur Anästhesie verwendete er Kirschwasser.

Seinen Haushalt besorgte Waltraud Scholz, ein ledriges Nichts von Figürchen, Stirnrunzeln tief und unergründlich wie der Berliner Landwehrkanal, eine störrische Haarsträhne über dem Ohr, die sich nie in den Nackenknoten einbinden ließ, Kinn und Oberlippe hatten Tendenz zum Bartwuchs. Sie war noch im letzten Jahrhundert von Hohenschönhausen im Norden der Reichshauptstadt Berlin als Dienstmädchen zu Schellenbergs Mutter gekommen, die als Rittmeisterswitwe in der damals mondänen Neubauwohnung der Beletage *auf der Schanze* wohnte. Waltraud Scholz schlief im Mädchenzimmer, das Direktzugang vom Treppenhaus hatte. Kein anderer Mensch als sie hatte in all den Jahren, die sie hier lebte, die Schwelle der ledergepolsterten, mit weißen Porzellannägeln beschlagenen Tür überschritten.

Der Umgang der beiden Bewohner des zweiten Stocks war klar geregelt. Er beklagte sich über sie: »Nun hat mir der Scholz wieder das Besteck verhühnert, dem werde ich noch den Hals umdrehen, das werde ich!« Sie beklagte sich in ihrem vom hiesigen Deutsch korrumpierten Berlinerisch über ihn und die Staubwolle unter seinem Bett: »Igitt, igitt – die Katzen under sin Furzmolle, dat gloobt mir keener nich, wie dicke die sinn, da mecht ein ganzer Hammel sein Fell von haben.« Und beide konnten ohne einander nicht leben.

Witwe Ottilie Gugler im ersten Stock zeigte sich, selten genug, nur durch den Türspalt, um mit Bassetaugen nach oben zu deuten, wo Schellenberg und Scholz lärmten. Oder sie entschwand lautlos, massig, tonnenrund im umfangreichen Sonntagskleid zur Tür hinaus, um in der St. Antoniuskirche am Kreuzplatz für das Heil ihres Sohnes Toni zu beten, der eine Hasenscharte hatte.

Es war ein friedliches Haus in einem friedlichen Quartier einer friedlichen Stadt.

Hanni war guter Hoffnung und Walter auf seine Art mit ihr. Es machte ihm nichts aus, dass sein Arbeitsplatz am entfernten Ende der Stadt, im Industriequartier, und im ätzenden Dunstkreis der benachbarten *Galvanisier-Anstalt* lag. »Mein Hauptsitz ist hier«, verkündete er mit großer Geste, als stünde er auf *seines* Daches Zinnen. »Ich arbeite, um uns ein standesgemäßes Leben zu ermöglichen, ich lebe nicht, um zu arbeiten, Zwingli hin, Calvin her. Was ist denn Leben? Ein Heim haben, eine Frau wie dich, Schatz, die belesen ist, und Kinder – eine Familie. Dafür lebe ich, dafür fahre ich so weit zur Arbeit. Und bedeutet es nichts, dass ich mit dem *Einser* zur Arbeit fahre, ohne Umsteigen, auf derselben Linie, die uns ins Eheglück gefahren hat?«

»Ja gewiss, der *Einser*, der mich in der Burgwies fast zu Tode gefahren hätte, was weniger bedeutungsvoll gewesen wäre.« Hanni verspürte immer ein leises Unbehagen, wenn Walter nach familiärer Bedeutungsträchtigkeit forschte. Wer waren sie denn, auch wenn sie das Glück hatten, in einer herrschaftlichen Wohnung am unteren Rand des Zürichbergs zur

Miete zu wohnen? Sie würden ewig die Frauenlob-Gerbers ohne Bedeutung und Geschichte bleiben. Man lief Gefahr, sich lächerlich zu machen, wenn man anderes träumte.

Trotz bestem Arbeitszeugnis von *Motosacoche* war es für Walter Frauenlob nicht einfach gewesen, eine Stelle zu finden. Abgesehen von den Zweifeln, die ein Arbeitszeugnis in Französisch generell in der Deutschschweiz weckte – »Man weiß doch, was die Welschen so daherschwatzen können!« –, war die Wirtschaftskrise noch nicht ausgestanden. Erst in der Metallbranche gab es einen Silberstreif am Horizont, der sich in absehbarer Zeit zum Himmelsbrand ausweiten würde. Bei *Acifer et Cie* fand er eine Stelle als Buchhalter. Dank seinen Französischkenntnissen, meinte er. Dank der Fürbeterin Enzler, die sie in Sorge um die sichere Existenz ihrer Tochter engagiert hatte, glaubte Hanna Gerber-Schaffner. Fakt war, dass Onkel James die Stelle vermittelt hatte, weil er zur Einsicht gelangt war, dass der Neffe ganz anders als sein Vater war, dass hinter dem eitlen Äußeren ein seriöser junger Mann steckte, den er guten Gewissens einem Stahl-Lieferanten empfehlen konnte. »Nichts zu danken«, sagte er zu Walter, als dieser mit einer Flasche *Schlemmweg* bei *Pestalozzi* vorbeikam. »Ein junger Mann wie du hat Zukunft verdient.«

Walter war erleichtert, dass er die Stelle nicht Frau Enzler zu verdanken hatte. Nie wollte er wie sein Vater einer Sekte etwas schuldig sein, er hatte am eigenen Leib erlebt, wie eine solche Bindung die Familie belastete.

Hanni ließ ihm seine Meinung. Sie selbst empfand die Beziehung ihres eigenen Vaters zur *Wissenschaftlichen Christengemeinde* nicht als Belastung, im Gegenteil. Er war zwar nicht Mitglied geworden, hatte auch nur ein paar wenige Male den Gottesdienst besucht – »Es sind mir zu viele Leute da drinnen, mir fehlt die Luft zum Atmen«, erklärte er –, aber er hatte sich so sehr in die Lehre der *Wissenschaftlichen Christengemeinde* vertieft, dass er fest daran glaubte, durch sie Heilung zu finden. Manches Mal schon hatte sie tatsächlich geglaubt, feststellen zu können, dass der Vater locker und gelöst war, wenn er von Frau Enzler kam. Hanni wollte diesen Eindruck wachhalten für den Fall, dass sie selber einmal Hilfe brauchen sollte.

»Nicht glauben, wissen muss man«, sagte Walter dazu. »Aber wenn du meinst, dass Beten hilft, will ich dich nicht davon abhalten, niemanden will ich vom Glauben abbringen. Geschadet hat Beten noch nie – vorausgesetzt, man tut auch etwas. Bete und arbeite, das habe ich in der Sonntagsschule oft genug gehört, *ora et labora.* Siehst du, ich lese zwar keine Bücher, wenn du mir keine gibst, dafür kann ich Latein von Pfarrer von Grebels Gnaden.«

Beide lachten. »Hör auf!«, rief Hanni. »Mein Bauch!«

Alle Umstände berücksichtigt, konnte Walter Frauenlob froh sein, eine Lebensstelle gefunden zu haben. Das Leben gab ihm, was er verdiente. Die *Acifer* war die letzte der Firmen, die sich am äußersten Stadtrand niedergelassen hatten, wo der Eisenbahnanschluss an die internationale Verbindung westwärts gewährleistet war. Güterzüge, beladen mit Gütern welcher Art auch immer in Kriegszeiten, waren bis zu fünfzig Waggons lang, Walter Frauenlob hatte Gelegenheit, sie von seinem Fenster aus zu zählen. Er hatte sich behaglich in seinem Büro eingerichtet, hielt das Fenster geschlossen, hörte die Züge nur gedämpft in die Ferne rattern, ließ sie fahren, verfolgte sie nicht einmal in Gedanken. Wenn er nicht mit seiner Arbeit beschäftigt war, dachte er nicht ins Weite, sondern an Hanni, wie es ihr wohl gehe. Ferne und Vergangenheit hingen in Form eines Stichs *Vue de la cité de Genève* und der beiden Kleiderhaken, des Geschenks der *Pestalozzi*-Magaziner, an der Wand in seinem Rücken. Statt dem Bowler trug er neuerdings einen weichen Filzhut und orangefarbenen *Harris Tweed* statt grüngrauen *Dormeuil*, er hängte beides in die Gemeinschaftsgarderobe, um sie vor dem Zigarrenrauch im Büro zu schützen. Vom ersten Tag an begann er die Arbeit mit einer *de Huifkar La Romana Sumatra*, was ihn beschwingte und den Mitarbeitern, die in den Nebel seines Büros traten, Tränen in die Augen trieb.

2.

Es ließ sich alles gut an – der Militärdienst, den Wachtmeister Frauenlob Walter im Frühjahr 1938 leistete, war Grenzdienst in Basel, trotz angespannter Weltlage ein ganz regulärer Wiederholungskurs. Es gab für den Kompaniekommandanten keinen Grund, dem bei der Mannschaft wegen seiner Korrektheit, den Vorgesetzten wegen seines Pflichtbewusstseins beliebten Unteroffizier nicht zwei Tage Urlaub zu gewähren, damit er bei der Geburt seines ersten Kindes dabei sein konnte.

»Was soll's denn werden, Wachtmeister?«

»Zu Befehl, Herr Hauptmann, ein Kind am besten, ein Mädchen, wenn's der Mutter nachschlägt, ein Stammhalter wäre auch nicht unwillkommen.«

»Und künftiger Schweizer Soldat!«

»Aber sicher, Herr Hauptmann, zu Befehl! Ganz der Vater.« Dass sein Sohn das werden würde, daran hatte Wachtmeister Frauenlob keinerlei Zweifel.

Die Begründung seines Urlaubsgesuchs war ungewohnt. Im Allgemeinen zogen es die Wehrmänner vor, erst nach dem Geburtsakt ihr stolzes Vaterdasein anzutreten. Sie waren für klare Gewaltenteilung, was Zeugen und Gebären betraf, es bedurfte ihrer Teilnahme nicht an einem Vorgang, den sie sich im Lichte des Gebärsaals besehen peinlich vorstellten. – Anders Walter Frauenlob. Es war nie sein Bestreben, zu tun wie die andern. Wer sich der Richtigkeit seines Handelns bewusst war, weil er nicht seine Person, sondern die Sache zum Maßstab hatte, der brauchte bei keinem andern um Richtlinien nachzufragen. Üb immer Treu und Redlichkeit, dann handelst du recht. Als Infanterist hätte er gesagt: Gemeinsam tragen, gemeinsam schlagen. Als Soldat im Urlaub und angehender Vater sagte er: »Es ist unser gemeinsames Kind, wir haben es zusammen gemacht, wir haben zusammen sein Werden erlebt, es zusammen zu lieben angefangen – wie sollten wir nicht beide dabei sein, wenn es zu uns in die Welt kommt! Ich liebe Hanni.«

Vom Bahnhof stürmte er im Eilmarsch zum *Bethanienheim* hoch. Er hatte nicht die Geduld, auf eine Straßenbahn zu warten, um sich gemächlich den steilen Zürichberg hochschaukeln zu lassen. Die Diakonisse am Empfang wusste nicht, ob sie sich über das überfallartige Eindringen des Uniformierten mit dem Nelkenstrauß in der Hand ärgern oder am rotköpfigen Ungestüm eines werdenden Vaters ihre Freude haben sollte. Sie entschied sich für Letzteres, weil Menschenliebe zu ihrer Art und Lebensweise gehörte, nur ein hauchzarter Flügelschlag ihrer weißen Haube signalisierte ihre kurze Irritation. Sie bat Walter Frauenlob in das Wartezimmer.

Wieso nicht in Hannis Zimmer?

»Der Herr Doktor wird jeden Augenblick hier sein. Ihre Frau schläft jetzt, bitte, Herr Frauenlob, Ihre Schwiegermutter wartet drinnen.«

Hanna Gerber-Schaffner, in Sonntagstracht, saß als Einzige im Warteraum und, die Brille auf der Nasenspitze, strickte mit hellblauer Wolle. Sie schaute zum Eintretenden hoch, legte das Strickzeug in den Schoß und streckte ihre Hand aus: »Komm, setz dich zu mir, Walter.«

Er blieb stehen. »Mutter, was ist los, wieso lässt man mich nicht zu Hanni, was machst du hier, wieso kommt der Doktor? Wann kommt er denn?«

»Es geht schwer mit Hanni. Komm, setz dich zu mir!« Angefangen hatte alles gut und pünktlich, wie erwartet und abgemacht. Hanni hatte sie angerufen, als die Wehen kamen, zusammen waren sie mit dem Taxi zum Krankenhaus gefahren. »Aber dann ist einfach nichts mehr passiert. Hanni hat sich total verkrampft, kein Schnaufen, kein Pressen, keine Spritze hat geholfen. Vor Erschöpfung ist sie jetzt eingeschlafen. Ich wollte bleiben, bis du kommst und mich ablöst, das haben wir so abgemacht, nicht wahr.«

Ja, ja, das schon, aber mit Komplikationen hatte er nicht gerechnet. Er rechnete nie im Leben mit Komplikationen, weil er sie als Folge unüberlegten Handelns sah, was nicht seine Art war. Er führte ein wohlbedachtes Leben und durfte erwarten, dass ihm das auch honoriert wurde – von wem auch immer. So hatte Walter Frauenlob sich das Glück der Geburt nicht vorgestellt.

Schweigend warteten sie. Hanna Gerber hob das Strickzeug wieder hoch, nahm eine Masche auf, hielt inne, ließ die Hände in den Schoß fallen, als fürchtete sie den Lärm der Stricknadeln. Der Herr Doktor ließ sich Zeit –

»Denkst du an Ida?«

»Das darfst du nicht fragen, Walter!« Hanna erschrak, Walter hatte sie ertappt. »Natürlich denke ich an Ida – und an Martha und den Professor, der sich zu lange Zeit genommen hat.«

»Das ist doch normal, dass du an sie denkst. Man kann sich den Erinnerungen nicht entziehen; sie überfallen dich und lassen dich nie mehr los, das habe ich in einem Buch von Hanni gelesen.« Es schnürte ihm die Kehle zu, als er den Namen seiner Frau aussprach, die so leiden musste.

Hanna legte ihm die Hand aufs Knie. »Wir dürfen uns von den Erinnerungen nicht beherrschen lassen, Walter – Walter«, plötzlich lächelte sie. »Sieh vorwärts, Walter, und nicht hinter dich! Hat dir das der Vater nicht beigebracht? Wir wollen nichts beschwören, die Vergangenheit soll sich nicht wiederholen, nur weil wir uns an sie erinnern. Dagegen wollen wir uns wehren. Ich habe Martha und Ida verloren und Trudi,

Olga und Hans, Hanni werde ich behalten und euer Kind mit ihr. – Ich habe Hans zu Frau Enzler geschickt, sie wird uns in ihr Gebet aufnehmen, der Herrgott wird es richten.«

Walter Frauenlob reagierte nicht wie gewohnt, wenn die Rede auf Frau Enzler kam, es war nicht der Moment für Spott, er wollte jede Hilfe dieser Welt annehmen, wenn sie Mutter und Kind heil durch die Geburt brachte.

*

Vor der Tür zum Kreißsaal nahm die Diakonisse Walter den Nelkenstrauß ab: »Der braucht ein bisschen Wasser. Nun, machen Sie es gut, Gott helfe Ihnen und Ihrer lieben tapferen Frau.«

Hanni lag in der Gebärmaschine, Schoß und gespreizte Beine mit einem weißen Leintuch halb zugedeckt. Der Doktor hockte breitbeinig da und fingerte wie ein Mechaniker unter dem Tuch. Walter wandte sich von ihm ab und Hanni zu, er lächelte, ohne es zu wollen. Sie lächelte nicht zurück, sie sagte nichts, streckte die Hand nach ihm aus, schaute ihn an, als wollte sie sagen: »Hast du mich lieb – auf alle Fälle?« Er konnte nicht reden, es würgte ihn im Hals, er nickte. Hanni schloss die Augen. Ihre Hand war schweißnass. Er zog ein frisches grünes Tuch aus der Hosentasche, entfaltete es und trocknete die Hand.

Die OP-Schwester führte ihn in die Handlangereien ein, mit denen hilf- und nutzlose Väter beschäftigt wurden, damit sie das Fachpersonal bei der Arbeit nicht stören konnten. Er sollte – auf ihren Befehl hin – Hanni die Lachgasmaske aufsetzen – aber doch nicht so fest draufdrücken! – er sollte sie beim Pressen unterstützen – ja, um Himmels willen, da unten stützen! – sollte mitzählen beim Schnaufen. Und ansonsten sollte er die Hand seiner Frau nehmen und sich ruhig verhalten. Auch Krankenschwestern gewöhnten sich nur schwer an die Anwesenheit von Männern bei dem intimsten Akt in einem Frauenleben. Von der Zeugung war im *Bethanienheim* zu schweigen.

Der Kampf, das Kind lebend auf die Welt zu bringen und das Leben seiner Mutter zu erhalten, dauerte bis tief in die Nacht hinein, bis Walter Frauenlob erschöpft wie seine Frau war, die sich heftig gegen den Eintritt des Kinds in die Welt zu wehren schien. Welche lebensfeindliche Macht verlieh Hanni die Kraft, diesen Widerstand zu leisten? Die Zeit drängte, Kind und Mutter waren nur durch eine Zangengeburt zu retten – Walter wurde vor die Tür gesetzt.

Der Warteraum war leer, das Nachtlicht brannte, der Nelkenstrauß auf dem Zeitschriftentisch schien braun und grau. Neben der Vase lag die kleine Jacke, fertig gestrickt – rosarot, blau? Walter schluchzte laut auf, warf sich vor dem Tisch auf die Knie, legte den Kopf auf das Wolljäckchen, netzte es mit seinen Tränen. Aber in all der Verzweiflung und Enttäuschung, dass die Realität seine Vorstellung derart brutal zerstört hatte, und in all dem Schmerz über Hannis Schmerz, der in seinem Schluchzen laut wurde, war auch etwas Hoffnung zu vernehmen. Hanna Gerber hatte die Jacke fertig gestrickt, während drinnen um das Leben seiner Lieben gekämpft wurde, sie hatte die Jacke auf dem Tisch liegen lassen, damit sie gebraucht werden sollte –

Walter betete zu Gott, ihm einen Beweis Seiner großen Liebe und Güte zu geben, und er empfahl Hanni und das Kind Seiner Obhut. Ruhe überkam ihn, gefasst sah er dem Kommenden entgegen, er wusste, dass es gut ausgehen würde. – Der Schrei seines Kindes rief ihn ins Leben zurück, ins Leben seiner Hanni und sein eigenes, in das Leben seiner Familie, die es ab heute gab. Ja.

Die Schwester stand in der Tür mit einem Bündel im Arm. Er stand auf und trat näher. »Es ist ja ganz blau im Gesicht!«

»Das wird sich geben«, sagte sie streng. »Reklamieren Sie nicht, danken Sie dem Herrgott, dass beide am Leben und gesund sind!«

»Das will ich, aber sicher will ich das! Wenn ich vorhin nicht gebetet hätte –«

Die Schwester schaute skeptisch auf den zerknitterten Krieger: »Gehen Sie jetzt, Ihre Frau braucht Ruhe, und der Kleine auch.«

»Es ist ein Sohn?«, rief Walter Frauenlob, der in der ganzen Aufregung vergessen hatte, das Wichtigste zu fragen.

»Pscht, nun schreien Sie doch nicht so! Haben Sie denn etwas anderes erwartet?« Die Schwester kannte sich mit Männern in dieser Situation aus.

Er? Ja, nein, doch, eigentlich schon, aber – ach was!

*

»Mutter, es ist ein Sohn! Er lebt! Du hast es gewusst, er wird deine Jacke tragen, und Hanni wird sie ihm anziehen können!« Walter Frauenlob verkündete die Frohbotschaft per Telefon vom Hauptbahnhof aus, bevor er den Zug zurück zu seiner Einheit bestieg. Er hatte Hanni in tiefem Schlaf zurücklassen müssen, um sich pünktlich bei seiner Truppe zurückzumelden. Sein Urlaub war um. Zu Hannis Erwachen schrieb er einen Brief:

Liebes Geliebtes,

nachdem ich mich nun nach all dem Geschehenen und Erlebten wieder einigermaßen erholt habe, möchte ich es nicht unterlassen, Dir zu Deiner großen Tat zu gratulieren und meiner Bewunderung Ausdruck zu geben, wie mutig Du ausgehalten hast und mit wie viel heldenhafter Ausdauer Du unserer Maus das Leben geschenkt hast. Schatz, wenn auch meine Sätze noch konfus durcheinanderwirbeln, so geschieht es doch aus dem tiefsten Herzen heraus, und damit möchte ich Dir die langen Stunden der Genesung abkürzen helfen.

Liebes, die Nacht bleibt mir wie ein schwerer Traum in Erinnerung, der in das seligste Erwachen übergeht und, hoffen wir es bestimmt, auch in ein seliges Leben. Ich will Dir jetzt, wo Du Besseres nötig hast, nicht die Vorgänge jener Nacht schildern, die eigentlich die schönste aller bisherigen hätte werden sollen, Dir aber zum wichtigsten Teil vorenthalten werden musste. Ich möchte, dass wir fortan stets eingedenk seien, unter was für Umständen der liebe Kleine wurde, denn als es so weit war, dass der Arzt auch mich fortschickte, um die entscheidende Handlung vorzunehmen, und ich nicht wusste, ob ich Dich je wiedersehen würde, da habe ich drüben in dem kleinen Raum zu Gott gebetet. Und als nach langen Minuten das Weinen des Kleinen herüberklang, das für mich wie das Gebrüll eines jungen starken Löwen tönte, dankte ich dem Allmächtigen für die erhörte Bitte und gelobte, dem Jungen ebenso große Liebe entgegenzubringen, wie sein Werden Schmerz gekostet hat. Auch uns beide soll neue, alles überbrückende Liebe zusammenhalten und groß machen, dass wir allen denjenigen davon geben können, die daran mangeln. Es ist das köstlichste Gut auf Erden.

Ich wünsche Dir von Herzen gute und baldige Genesung und bleibe mit tausend Küssen und ebenso vielen für den Kleinen
immer

Dein Glücklicher
den 30. Mai 1938

*

Walters militärisch bedingte Abwesenheit während des Wochenbetts und der bald darauf folgenden Aktivdienstzeit brachte es mit sich, dass Hanna Gerber seine Stelle bei Mutter und Kind einzunehmen begann. Die große Sorge um das Leben ihrer Tochter und das tiefste Mitleid mit dem kleinen Knaben, der es so schwer gehabt hatte, auf die Welt zu kommen, verliehen ihr die Gewissheit, richtig zu handeln. Der Kleine musste geschützt werden vor dieser Welt, die es nicht gut mit ihm meinte; er musste es geahnt haben, sonst hätte er nicht so lange mit seinem Eintritt in diese gewartet. Hanna Gerber-Schaffner füllte mit solcher Resolutheit die Leerstelle des Familiengefüges ihrer Tochter, dass für den Vater kein Platz mehr war, als er heimkehrte.

Das hinderte Walter Frauenlob-Gerber allerdings nicht, seinen Erstgeborenen wie vorgenommen in die Familientradition einzuführen. In der kurzen Zeit zwischen dem letzten Dienst zu Friedenszeiten und dem Aktivdienst fand die Taufe im Großmünster statt – am 31. Oktober 1938, dem 421. Jubiläum der Reformation. Das geschah nun im Gegensatz zur Geburt des Kleinen genau so, wie Walter Frauenlob es sich vorgestellt hatte.

3.

»Wer unter dem Schirm des Höchsten sitzt und unter dem Schatten des Allmächtigen bleibt, der spricht zu dem Herrn: Meine Zuversicht und meine Burg, mein Gott, auf den ich hoffe.«

Walter war, als redete Pfarrer von Grebel zu ihm persönlich, und hätte der Taufspruch für seinen Sohn beim Wort »Burg« geendet, er hätte laut dreimal »Amen, Amen, Amen« gerufen. Worte wie »der Höchste«, »der Allmächtige«, »feste Burg« benannten seiner Ansicht nach am besten das, was über das menschliche Maß hinausging, an dessen Sein und Sinn er glaubte. Das Wort »Gott« hingegen tönte in seinen Ohren zu sehr nach Religion – und wusste man denn nicht, was die Religionen in ihres Gottes Namen auf der ganzen Welt, im Großen wie im Kleinen, alles anrichteten? Religion sollte in den Kirchen als Ritual abgefeiert werden, um den Gläubigen eine Struktur zu vermitteln, und sie sollte sich auf die Verkündigung des unverfälschten Gottesworts, wie es in der Bibel stand, konzentrieren. Dann erfüllte sie ihren Sinn und Zweck zur Genüge. Er argumentierte, als hätte er nicht vor kurzem noch weinend vor seinem Gott gelegen.

Hanni drückte seinen Arm: »Aufwachen, Schatz, was machst du für ein ernstes Gesicht? Unser Felix wird getauft, lach und sei fröhlich, es ist Taufsonntag.«

Orgelbrausen enthob Walter einer Erklärung, er legte seine Hand, eine starke, ebenmäßig gegliederte, auf Hannis polsterweiche. »Ja, unser Felix.«

*

»Wie kannst du bloß!« Betty Bizzi war empört, als Hanni ihr den Namen verriet, auf den ihr Patenkind getauft werden sollte, wie es sein Vater wünschte. Sie sah die Familie Gerber an die Frauenlobs verraten. »Es wäre das Allermindeste gewesen, den Erstgeborenen einer Gerber-Tochter nach dem Vater und dem einzigen Sohn unserer Eltern, ihrem Erstgeborenen und unserem wunderbaren Bruder, zu taufen. Ich jedenfalls werde unseren Ersten Hans taufen lassen, das hat André mir versprechen müssen, das hat er auch getan, der ist nicht so selbstherrlich wie Deiner. Felix – das ist doch katholisch.«

»Felix heißt der Glückliche – nicht wahr, Schatz, ist er nicht unser Glück?«

»Aber sicher doch, sicher ist er als Frauenlob ein Glücklicher.«

»Und ob«, André Bizzi schmunzelte über Walters Angeberei, die ihm seit langem als harmlos bekannt war, und schenkte vom Neuenburger Weißen nach.

Die zwei Paare hatten sich zusammengesetzt, um die Taufzeremonie zu besprechen. Sie saßen in der Polstergarnitur – neuester *Möbel-Pfister*-Schick –, eine wohl abgestimmte Kombination von bordeauxrotem Velourspolster und dunkel lackiertem Holz, im Honigschein des faltenreichen Seidenschirms einer gedrechselten Stehlampe und sahen sich mit *Rosenthal*-Nippes in den Schiebetüren der Vitrine gespiegelt.

Betty und André hatten sich in einem Reiheneinfamilienhaus in Wiedikon eingerichtet. Man konnte sich das leisten, weil Andrés Arbeit in Lyon Anerkennung in Thalwil gefunden hatte, was sich in einer gutbesoldeten Anstellung im Außendienst niederschlug. Sobald sich die Weltlage stabilisiert haben würde – »peace for our time«, hatte Lord Chamberlain eben in München mit Hitler ausgehandelt –, wäre er der Erste, der in die USA fahren würde, um den Cowboys da drüben

Kultur zu vermitteln und den sichtbaren Beweis zu erbringen, dass es neben Lasso und Lynchschlinge noch etwas anderes gab, das man einem Mann um den Hals legen konnte.

»Es gibt schon etwas mehr her, ein ganzes Haus zu haben«, meinte Betty im Hinblick auf die Wohnverhältnisse ihrer Schwester. Selbst wenn das schmale Reihenhäuschen in einem Stadtteil stand, in dem sich die ganze Kleinbürgerschaft der Stadt Zürich versammelt hatte. Dazu kam noch, dass ihnen der Herrgott – Er mochte wissen warum und es vor sich selbst verantworten – die Juden beigesellt hatte. Mit ihrem fremdartigen Aussehen – Männer mit Schläfenlocken, die bis zu den Schultern hingen, die Frauen mit Perücken, weißen Blusen und dunklen Jupes, die wie Säcke an ihnen hingen, ihr lautes, auffälliges Verhalten. Die zahllosen Pfannen und Töpfe auf den Küchenbalkonen, du sollst das Böcklein nicht kochen in seiner Mutter Milch. Und dann die vielen Kinder – geradezu peinlich in einem gut evangelisch-reformierten Quartier!

»Die Juden tun euch ganz gut. Ihr wohnt zu nah am Üetliberg, die Wand vor dem Kopf ist zu hoch, die Juden erweitern euren Horizont.«

»Come on, Walti, spar dir deine Sprüche! Und erkläre mir, warum sie dauernd im Familienpulk unterwegs sind und die ganze Trottoirbreite einnehmen und unsereins immer auf die Straße ausweichen muss!«

»Du lebst erst ein Jahr in Wiedikon und redest schon wie eine Alteingesessene!«, lachte Walter, der unfreundliche Gefühle gegen Kleinbürger hegte, seit er sie gehäuft in der *Komeedi* kennengelernt hatte.

André Bizzi war ein friedliebender Mensch, den als enthusiastischen Autofahrer die Verkehrsverhältnisse auf den Straßen mehr interessierten als die auf dem Bürgersteig, er hob sein böhmisches Kristallglas: »Aux enfants et la patrie!«

Die Gläser klingelten zuversichtlich. Walter beugte sich vor, stellte sein Glas sorgfältig auf den makellosen Silberuntersatz, lehnte sich im Fauteuil zurück, stützte die Ellbogen auf die Armlehne, legte die Fingerspitzen aneinander und hob an: »Nun denn also, um auf das Thema zurückzukommen, die Namensfrage. Hans – es kann doch gar nicht um Hans gehen, dem ich unbekannterweise ewig Respekt zolle, weil er Hannis Bruder ist. *De mortuis nil nisi bene* – Entschuldigung, André, dass ich mit Latein daherkomme, ich meine, was gäbe es über Hans Gerber junior Schlechtes zu sagen, außer dass er nicht mehr unter uns weilt.«

»Respekt – wer sagt denn, dass du ihn unserem Bruder zollen sollst – zollen, was für ein tolles Wort! Um unsere Eltern, um unseren Vater geht es, ihm muss man die Ehre antun, zum Gedenken an seinen einzigen und einzigartigen Sohn. Das denn doch!«

»Das schon«, André wiegte den Kopf, als schiene ihm diese Art, die Namengebung zu rechtfertigen, durchaus bedenkenswert, zumal sie von Betty vorgebracht wurde.

»Wir dürfen uns von den Erinnerungen nicht beherrschen lassen, die Vergangenheit muss man nicht wiederholen wollen, nur weil man sich an sie erinnert – das, du erlaubst, Betty, hat deine Mutter gesagt, zu mir persönlich, in einem wichtigen Moment meines Lebens.« Walter öffnete die Handflächen. »Wir fangen neu an, Hanni und ich haben das abgesprochen. Felix soll das Kind heißen, weil er Zürcher ist und im Großmünster getauft wird, weil es die Tradition so will, die Tradition Zürichs, die Tradition der Frauenlobs. Der Stadtheilige Felix, wenn ich kurz rekapitulieren darf, war ein Märtyrer, ein Opfer der römischen Christenverfolger, er wurde in einen Topf mit siedendem Öl gesteckt, mit heißem Öl getränkt, Prost, kann man da nur sagen, er wurde gerädert und, weil er noch immer nicht abschwor, enthauptet. Seinen Kopf hat er selbst zu Grabe getragen. Das ist die Geschichte des Stadtheiligen, unser Felix soll nur seinen Namen tragen, sicher nicht als Märtyrer irgendeines Glaubens durchs Leben gehen, und seinen Kopf soll er nicht unter dem Arm, sondern immer hoch tragen. Oder nicht, Schatz?«

»Ich denke schon, dass er das sollte.« Es klang mehr nach Ermutigung als nach Bestätigung. Hanni befürchtete, dass Felix gerade das nicht tun könnte. Konnte sie denn sicher sein, dass ihn die Anstrengung bei der Geburt nicht zu viel Kraft fürs Leben gekostet hatte?

»Wie ein echter Frauenlob – au fier Félix!« André Bizzi liebte es, das Glas für einen Trinkspruch zu heben und zu leeren.

»Danke, André, wie ein echter Frauenlob, du sagst es, und, liebe Betty!«, Walter fasste die Armlehne mit beiden Händen. »Gibt es, wenn man nur das leiseste Gespür für Sinnträchtiges hat – lache nicht, Hanni!«

Hanni ganz im Ernst: »Ich werde mich hüten, über Sinnträchtiges zu lachen.«

»Danke Schatz, gibt es, frage ich dich, liebe Schwägerin, überhaupt einen andern Namen als Felix für einen Täufling im Großmünster?« Des Erfolgs seiner Überzeugungsarbeit sicher, lehnte Walter sich entspannt zurück, ein kurzes Augenblitzen des Triumphs konnte er sich nicht verkneifen.

»Regula – soviel ich weiß!«, antwortete Betty und hielt sich den Bauch, weil sich ihr eigener Nachwuchs regte.

*

Großmutter Hanna Gerber-Schaffner trug den Täufling auf dem Kissen vom Haus *auf der Schanze* bis vor die Kirchentür, hier übergab sie ihn seiner Mutter, die mit ihm auf dem Arm das Gotteshaus betrat. Als es ans Taufen ging, wurde er an

Betty weitergereicht, die zusammen mit André und den Eltern vortrat. Halb getragen, halb gelagert auf der Wölbung des dicken Bauchs seiner Patin wurde der Stammhalter des Hauses Frauenlob Pfarrer von Grebel präsentiert.

»Wer unter dem Schirm des Höchsten sitzt und unter dem Schatten des Allmächtigen bleibt, der spricht zu dem Herrn: meine Zuversicht und meine Burg, mein Gott, auf den ich hoffe.«

Der Täufling machte keinen Mucks, als der Pfarrer ihn mit Taufwasser betupfte, er hatte schon Schlimmeres in seinem kurzen Dasein erlebt. Ein sonniges Lächeln über ein so braves Kind ging auf in der Gemeinde, die zur Feier des Tages und angesichts der bedrohlicher werdenden Weltlage die Bänke restlos füllte. Ob aus Pflichtbewusstsein oder Gewohnheit, auch Pfarrer von Grebel lächelte, und als er Paten, Eltern und das Christenkind an ihre Plätze entließ, schien es Walter Frauenlob sogar, als ob er ihm zuzwinkerte: »Mein lieber Walter, das war jetzt schon der zweite Täufling Frauenlob – mach weiter so, in Gottes Namen!«

*

Ein Umzug bewegte sich bei hellem Sonnenschein durch das Oberdorf dem Stadelhofen zu. Die Taufsonntagsglocken gaben Ton und Takt an. An der Spitze schritt Hanna Gerber-Schaffner, Großmutter jetzt, in Sonntagstracht, den Täufling auf dem Kissen sicher in ihren starken Armen, behutsam sein Häubchen zupfend mit feiertäglich weißen Häkelhandschuhen. Sie hielt den Blick auf den Enkel, die kostbare Fracht, geheftet und ging doch festen Schritts und sicheren Tritts und achtete derer nicht, die ihr folgten. Es wäre keinem in den Sinn gekommen, zu ihr aufzuschließen oder sie gar zu überholen, auch der leiblichen Mutter nicht, nach deren Milch der Säugling wimmerte. Vortritt wem Vortritt gebührt. Der Großvater mütterlicherseits, Hans Gerber-Schaffner, ging schräg hinter ihr, trug seiner Frau Schirm und Tasche nach und machte wie immer ein ernstes Gesicht.

Es folgte das glückliche Elternpaar, Hanni bei Walter eingehakt. Es hatte sie Mühe gekostet, ihn davon abzuhalten, sich schon beim Fototermin vor der Kirche eine *Sumatra* anzuzünden. »Doch nicht vor der Kirche, Schatz Gottes! Wie willst du den Kleinen halten mit einer Zigarre in der Hand, ihm vielleicht auch noch den Rauch ins Gesicht blasen?«

So viel zu halten gab es für Walter nicht, weil Hanna den Täufling nur für ein einziges Bild freigab, er schrieb die schwiegermütterliche Usurpation ihrer freudigen Aufregung zu und nahm es so gelassen wie ihre Spitzenposition im Festumzug. Sie gab ihm die Gelegenheit, sein Glück vor sich hergetragen zu sehen und es gleichzeitig an seinem Arm zu führen. Sahen das nicht alle?

Betty zumindest beachtete ihn nicht, sie war damit beschäftigt, ihren Gang so zu gestalten, dass deutlich zum Ausdruck kam, wie viel bedeutender eine werdende Mutter als die eines Täuflings war. Wer konnte einer Mutter schon die Taufe ihres Kindes ansehen! Trotzdem, von ihrer Eleganz hatte sie nichts eingebüßt. Ein weiter langer grauer Seidenmantel umschmeichelte sie, die blonden Locken quollen unter einem lindgrünen Hut hervor, eine Krempe war hochgeschlagen und hielt eine wippende Feder wie einen Bersagliere-Busch. André rundete ihre Erscheinung ideal ab, eine Seidenkrawatte eigenen Entwurfs in gleicher Farbe wie Bettys Hut machte Verbundenheit sichtbar.

Am Schluss des Zugs folgten Frauenlob senior, der als Schaffner an der Kurbel diese Position gewohnt war, und seine Frau Martha hinter ihm, wie sich für sie gehörte.

Vor dem Hauseingang *auf der Schanze* standen Dr. Schellenberg und Witwe Gugler spärliches Spalier und waren erleichtert, als die Taufgesellschaft in Sicht kam. Der Zufall hatte es gewollt, dass sie an der Haustür aufeinandertrafen, der Zahnarzt von drinnen, die Witwe vom Gottesdienst kommend.

»Muss doch dem Balg die Ehre antun, wird nicht alle Tage ein gesunder Mensch in diesem Haus getauft. Wo ist der Toni?« Schellenbergs Art war nicht die diskreteste.

Witwe Gugler ließ die Wangen hängen und schwieg. So standen sie und warteten und wussten sich nichts Weiteres zu sagen.

Wenn Ottilie Gugler etwas gesagt hätte, wäre es etwas Heftiges gegen die Knasterwolken gewesen, mit denen der Herr Nachbar sie von oben herab eindeckte. Aber es war Sonntag, es war Taufe bei den netten Nachbarn, sie schwieg, bis Hanni zur Haustür kam. Bevor die Großmutter das Taufkissen an die Tochter übergab, weil ihr das Treppensteigen aufs Herz schlug, drängte sich die Witwe vor und steckte Hanni einen frisch geweihten Rosenkranz zu und wünschte dem Kind alles Gute, indem sie meinte, schaden könne ein Rosenkranz nie, auch einem – das Wort »Ungläubiger« verlor sich im Vorarlberger Genuschel.

Man stieg die Treppen hoch. Je höher man kam, desto mehr verdichtete sich die Luft zu einem appetitlichen Schwall von Kohl und Fleisch.

Waltraud Scholz – »Der Scholz ist mein Taufgeschenk, eine Leihgabe«, sagte Dr. Schellenberg – hatte in Hannis Küche das Taufessen vorbereitet. Sie tat es nicht nur, um die nette junge Frau Frauenlob zu entlasten, sondern auch um den Kirchgang zu vermeiden. Ihr als Lutherischer war die zwinglianische Art von Gottesdienst zu lasch. »Det is nüscht für Waltraud Scholz, ist keine Regulation und keine Ordnung drin, ohne mir, wie der Berliner sagt. Da nehm ick lieber die spansche Suppe int Jebet.«

*

Rhone- und Limmatstadt waren sich in vielem gleich, unterschiedlich nur in Nuancen; es war wie mit Calvin und Zwingli: Der Teufel liegt im Detail. Was den Genfern die Marmitte, war den Zürchern der spanische Suppentopf. Eiserne Tradition, auch was das Material betraf, aus dem das Gefäß geformt war. Spanisch insofern beide, als die Suppe in Genf über die Köpfe spanischer Söldner geschüttet wurde, während die Zürcher Seidenhändler den Eintopf, Gefäß und Inhalt, in Sevilla kennengelernt hatten. Es mochte an diesem unterschiedlichen Ursprung oder an der Sparsamkeit liegen, dass die Zürcher die Suppe auszulöffeln und nicht auszuschütten pflegten. Oder daran, dass es nicht eine einfache Gemüsesuppe wie die von Madame Royaume, sondern ein Fleischeintopf war, was die Hemmung der Zürcher, sie auszuschütten, weiter gerechtfertigt hätte. Abgesehen davon hatte auch der Anlass, freigiebig wie die Genfer zu sein, gefehlt, denn noch hatte kein spanischer Söldner je nächtens und in böser Absicht die Mauern von Zürich erklimmen wollen. War ja auch keine Weltstadt.

Vor der Küchentür endeten Herrschafts- und Interessenbereich Walter Frauenlobs. Hanni war eine gute Köchin, als Suppenköchin ausgezeichnet, das hatte sie in den Jahren als Haushalthilfe ihrer Mutter gelernt: Kochen und sparen, die Suppe machte es möglich. Walter pflegte ohne Widerspruch und mit Genuss zu essen, was Hanni auf den Tisch brachte, außer Kartoffeln, »weil die Kopfweh verursachen«, was medizinisch gesehen ein Unsinn war und seinen Grund eher in der einfachen Küche Martha Frauenlobs hatte, die täglich Salzkartoffeln aufzutischen pflegte. Als ihm jedoch die topfmäßige Verwandtschaft von Genf und Zürich aufging, war sein Entschluss schnell und unumstößlich gefasst, dass die spanische Suppe das Taufmahl werden sollte.

Um an ein Rezept zu kommen, fuhr Hanni nach Zollikon,

wo Frau Dr. Bleuler-Waser jetzt in der Villa ihres Schwiegervaters wohnte. Die alte Dame lächelte nachsichtig über die kleinbürgerlichen Ambitionen, sich patrizialische Esskultur anzueignen. Die Erinnerung an das lesehungrige Mädchen stimmte sie aber milde. »Zum Lesen kommen Sie wohl nicht mehr viel, bei all der Arbeit als Hausfrau und Mutter?«

»Doch, doch, dafür nehme ich mir immer Zeit, mein Mann lässt mich auch, solange der Tisch gedeckt ist, wenn er nach Hause kommt. Er ist sogar stolz auf seine Frau, die liest. Zollinger ist es im Moment, stellen Sie sich vor, ich lese Gedichte. Sie sind selbstverständlich ganz anders als die *Gartenlaube*-Gedichte von früher. Albin Zollinger – kennen Sie ihn?«

»Gehört habe ich schon von ihm.« Also nicht gelesen.

Hanni notierte sich aus dem uralten Kochbuch der Familie Waser das Rezept für spanische Suppe nach Zürcher Art:

2 1/2 kg Spitzkabis auseinander tun und abschwellen, 3 Pfd. Rohe Bratwürstli, 750 gr. Geräucherte Rippli ohne Bein, Magerspeck in dünnen Scheiben und ca. 1 Pfd. Rindfleischplätzli. Zuunterst in die Spanischsuppenschüssel oder eiserner Bratpfanne eine Lage Speckscheiben, um das Anbrennen zu verhüten. Dann eine Lage Kabisblätter, dann eine Lage Bratwürstli, dann wieder Kabis, dann Rippli, wieder Kabis und so fort bis die Schüssel oder Pfanne gefüllt ist. Zuoberst Kabis, dann zudecken und ganz langsam im Ofen mindestens 4 Stunden kochen lassen. Wenn zu viel Brühe sich bilden sollte, diese abschöpfen und später nachfüllen. Nicht salzen, sonst wird das Gericht zu räß. Wenn die Spanischsuppe in einer Bratenpfanne gekocht wird, dieselbe zum Servieren auf eine Platte stürzen, Härdöpfeldampf dazu reichen.

*

Hanni war überrascht und erleichtert, als Fräulein Scholz ihre Hilfe für den Taufsonntag anbot, Kirche, das Kind und die Küche, sie konnte nicht überall sein. Fräulein Scholz selbst war es, die sich als Köchin offerierte, gar nicht Dr. Schellenberg, der alte Geizkragen hatte sich einzig um ein Taufgeschenk gedrückt.

»Nu lassen Se man, Frau Frauenlob, das machen wir doch gern. Das Kind wern wer schon schaukeln – wenn das heutigentags überhaupt so gesagt werden darf. Nur eine Frage noch, wenn Se gestatten: Muss es denn unbedingterweise Spaniolensuppe sein? So mittemang in der Schweiz. Da möchts auch grad echte Berliner Erbs mit Wurscht tun.«

»Es muss so sein, liebes Fräulein Scholz, mein Mann wünscht es so.«

»Nu ja – was das Mannsvolk so alles möcht. Das is nu mal so. Und nu wolln wer mal. Klocker zwölf steht der Topf auf dem Tisch.« Das Murren wich dem Vergnügen, als Waltraud Scholz das erste Stück Rindfleisch aus dem Papier wickelte. Wann hatte sie dergleichen letztmals in den Fingern gehabt, es musste zu Frau Rittmeisters Zeit gewesen sein, als der Otto noch keine Knie hatte, wie die Hohenschönhausener sagen. Das Vergnügen nahm zu mit jeder Schicht, die sie legte, und als die ersten Duftschwaden dem Backofen entwichen, war sie mit dem seltsamen Gericht versöhnt. Umso mehr als der Duft sie an die Sonntage erinnerte, die sie als kleines Mädchen in Neurubbelin bei ihren Mecklenburger Verwandten verbrachte.

Die Familie langte kräftig zu. Es war reichlich da, am Schluss blieb noch eine ganze Portion im Topf.

»Das ist exakt die für deine Mutter, André.« Der Großvater väterlicherseits wischte sich mit der Leinenserviette Mund und Bart und knöpfte sich das Gilet auf. »Wieso ist eigentlich deine Mutter nicht aufgetaucht, zum zweiten Mal schon bei unseren Familienfeiern. Ich darf doch annehmen, dass ihr sie auch eingeladen habt – nur schon wegen des Neuenburger Weißen, n'est-ce pas, wie der Franzose sagt. Wäre doch schön, wenn wir einmal alle wären.«

Hanna Gerber meinte: »Aber sicher werden wir das sein, nicht wahr, André, an der nächsten Taufe in unserem Kreis ist Frieda bestimmt dabei. So lange müssen wir gar nicht mehr warten.«

»Ja, Mutter, vielleicht«, sagte Betty. »Wenn wir nicht in der Kathedrale von Neuchâtel taufen lassen, die macht da oben auf dem Schlossberg schon einiges her.«

»Ist die denn auch evangelisch?« Für Ernst Frauenlob gehörten Katholiken in dieselbe Schublade wie Sekten und Sozis.

Sein Sohn fühlte sich als Hausherr verpflichtet zu verhindern, dass das Gespräch ins Politische abglitt. »Was denkst du denn, Vater, sicher sind die Neuenburger nicht katholisch, die sind so gut evangelisch-reformiert wie wir, im allerschlimmsten Falle lutherisch, das wäre historisch bedingt.«

»Alles ist historisch bedingt, was will man dagegen tun!« Damit war für Frauenlob senior die Frage beantwortet, das Problem erledigt, das ihn eigentlich gar nicht betraf, weil er nur ein angeheirateter Verwandter der Bizzis war.

André war Walter dankbar für seine Intervention und steuerte seinen Teil bei: »Maman neigt zur Migräne, wie meine liebe Betty auch. Es ist, als hätte sie sie von ihr vererbt bekommen. Der Weg von Neuchâtel nach Zürich ist ihr auch ein bisschen zu lang. Aber«, André hob das Glas, »wir wollen auf die Gesundheit aller Mütter anstoßen, der anwesenden, der abwesenden und der werdenden! Was rufen die Genfer? Qu'ainsi guérissent les mères de la république!« Und er spülte die Schreckensvorstellung hinunter, er hätte seine Mutter dazu bringen müssen, ein alemannisches Gericht zu kosten, das von einer Preußin zubereitet war. »Wir wollen die letzte Portion, wie es der Brauch ist, der Küche überlassen, die kann gut noch ein Stück Fleisch am Knochen vertragen.«

»Nicht doch, André!« Betty hielt sich den Bauch. »Wenn ich so lachen muss, wecke ich den Kleinen.« Sie meinte nicht Felix Frauenlob, sondern ihr eigenes Kind, von dem sie sicher war, dass es ein Knabe würde, wie die Schwester einen hatte. Felix Frauenlob schlief im Korbwagen, den Hanna wiegte.

Als hätte sie Andrés Stichwort gehört, trat Fräulein Scholz auf, um abzuräumen. André nahm die Gelegenheit zur Wiedergutmachung seiner unbedachten Äußerung wahr, das Glas gegen die Suppenköchin erhebend, rief er: »Von allen Bergen schollt's: Wir sind auf Fräulein Waltraud stolz!«

»Jott, was für dummet Zeugs!«, brummte die laut Gepriesene verlegen und verschwand schnellstens wieder in die Küche.

Die Nachspeise trug sie auf, als wären die Bleulerschen Mäuschen auf der Platte noch alle lebendig und winkten mit den Schwänzen. »Ne, ne und wenn die Zürcher das vor tausend Jahren schon gegessen haben, ohne mir! Igitt igitt – da sind die Katzen vom Doktor noch appetitlich gegen.« Es hatte Hanni große Anstrengung gekostet, sie dazu zu bringen, die Mäuseküchlein zu backen. Erst nachdem Fräulein Scholz selbst eines gekostet hatte, zeigte sie sich bereit. »Nu – watten det? Kaum zu glauben, wenn Se die Dingerchen kosten, schmecken se auch noch!«

Sie schmeckten allen bis auf den letzten Schwanz. Rund und satt beendeten sie die Feier, was für die Altgetauften von Anfang an das Ziel des Tages gewesen war. Nur der Täufling hatte sein Ziel noch nicht erreicht: Er erwachte und schrie nach Milch.

4.

Die Landesausstellung 1939, »Eines Volkes Sein und Schaffen zum inneren Halt und nach außen ein Schild«, trug wesentlich zum kollektiven und individuellen Selbstbewusstsein der Schweizer als Volk bei. Bei Kriegsbeginn wurde sie nur für knappe drei Tage geschlossen, dann wurden ihre Tore wieder geöffnet. »Jetzt erst recht!« Das ist die geistige Offensive, die Mission der Schweiz in der Welt. Am zweiten Sonntag im Oktober, dem ersten großen Urlaub nach der Mobilmachung, war Wehrmännertag, 160 000 Besucher kamen, die halbe Stadt Zürich.

*

Die Freude Walter Frauenlobs, seine Familie so bald nach dem Einrücken in den Aktivdienst wiederzusehen und mit ihr die *Landi* zu besuchen, bekam einen argen Dämpfer, als er nach Hause kam. Zu seinem Empfang stand die Schwiegermutter mit Felix auf dem Arm unter der Wohnungstür. Als der Kleine den Vater in Uniform sah, begann er aus Leibeskräften zu schreien. Hanni kam zu Hilfe gelaufen, trat zu Walter und küsste ihn. »Schau, Felix, es ist der Papi! Komm!« Sie streckte die Arme aus.

Ihre Mutter sagte: »Lass nur!« und wiegte Felix auf dem Arm, bis er sich beruhigte.

Aber er luchste weiterhin misstrauisch zum Uniformierten hinüber, sein Blick sagte: »Lass mir Zeit, wenn du zu rasch näher kommst, schreie ich, dann hilft Grosi mir.«

So hatte Walter Frauenlob sich seine Heimkehr nicht vorgestellt. Hanni spürte seine Enttäuschung, er tat ihr leid. »Wir haben auf dich gewartet, um zur *Landi* zu gehen, alle sind schon parat. Kommt, gehen wir, die Sonne scheint, die *Landi* wartet – der Schifflibach, Felix, wir gehen Schiff fahren, Schiffli faare uf em See, han i schöni Sache gsee!«

»Chunnt en Wind und chunnt en Sturm, gheit das schöne Schiffli um – nichts mit Schiff fahren, das ist für den kleinen Mann hier zu gefährlich«, bestimmte die Großmutter.

»Aber die Schwebebahn über den See zum Landidörfli, mit der müssen wir unbedingt fahren, das wird er nie vergessen.«

»Das werden wir dann sehen!« Schlusswort der Verantwortlichen. »Also, gehen wir.«

Der Vater stand und staunte, wie sehr sich die Frauen um das Wohl seines Sohnes kümmerten. Zu sehr, meinte er. So verzärtelt würde Felix nie ein richtiger Mann werden. Was war am Schiff- und Schwebebahnfahren gefährlich? An der *Landi* war überhaupt nichts gefährlich, sie war eine einzige große, mächtige Demonstration der Sicherheit des ganzen Landes.

Bei der Fahnenburg am Bürkliplatz, wo das Schweizerkreuz im Kreis der Kantonsfahnen hoch am Himmel flatterte, kamen alle zusammen: Walter und seine Familie, die Eltern Gerber und Frauenlob. Die Bizzis hatten sich entschuldigen lassen. »Stell dir vor«, hatte Betty am Telefon gesagt, »Frieda ist aus Neuchâtel angereist, André hat sie überreden können, er hat gesagt, der Besuch sei eine patriotische Pflicht, weil die *Landi* nicht zuletzt gegen die Preußen gerichtet sei, besser hätte er es nicht sagen können, typisch André. Aber zu viel Deutschschweiz wollen wir ihr auch nicht zumuten. Nichts gegen deinen Schwiegervater, Hanni, aber wenn der mit seinen Sprüchen loslegt, die immer sehr direkt sind, dann ist bald Feuer im Dach. Frieda ist als Welsche auch nicht aufs Maul gefallen, wenn sie gereizt wird. Wäre schade um die *Landi*, nicht?«

Der geschmähte Ernst Frauenlob hatte sich zur Feier des Tages in den alten blauen Schützenrock mit schwarzem Besatz und Vorstößen gezwängt, um seinen Sohn im modernen Feldgrau zu begleiten, sichtbare Tradition, wehrhafte Schweiz! Das Geschrei des Kleinen angesichts der Uniform amüsierte ihn: »Braves Kerlchen, gut so, recht hast, wenn du Respekt vor Uniformen zeigst. Du wirst ein guter Schweizer werden, von den andern Halunkenbrüdern haben wir mehr als genug.«

Felix musste dem Wortlaut zum Trotz die Zärtlichkeit gespürt haben, mit der der Großvater zu ihm sprach, er beruhigte sich schnell.

»Nun will uns Felix aber zeigen, was er schon alles kann«, sagte die Großmutter stolz. »Wo gehen wir alle hin, mein Schatzeli, zum –?«

»Igangängi, Igangängi!«, schrie der Kleine. Und wie befohlen zogen sie zum »Eingang Enge« der Landesausstellung. Sie ließen die Kistenschiffe im Kanal vorbeirumpeln und stellten sich in der Menge an, die am Eingang zur Höhenstraße drängte, über dem eine schwebende, strahlend weiße geschlechtslose Figur Arme und Beine zum Empfang spreizte. Das Gedränge hatte zur Folge, dass Walter Frauenlob endlich dazu kam, seine Vaterpflichten, Vaterfreuden wahrzunehmen und Felix auf den Schultern durch die Ausstellung zu tragen. Hoppe, hoppe, Reiter –

»Nicht so heftig, Walter, dem Kleinen wird sonst schlecht!« Die Sorge der Großmutter um ihren Schützling währte ewiglich.

Von Halle zu Halle wurden die Besucher durch *Dasein und Geschichte der Schweiz* geführt bis hin zur *Halle der Ehrung* der hundertundsechzig Schweizer, die im In- und Ausland Bedeutendes zum *Sein und Wirken der Schweiz* beigetragen hatten. Darunter elf Frauen.

Rufst du, mein Vaterland – die Nationalhymne begleitete die Besucher hinaus unter den Fahnenhimmel der dreitausend Gemeindefahnen.

»Herrgottsackerment, ist es schön, Schweizer zu sein!« Ernst Frauenlob brauchte sich seiner Tränen nicht zu schämen, er war am Ende nur einer von zehn Millionen Ausstellungsbesuchern, denen der Patriotismus durch Mark und Bein ging.

5.

Was nützt es, sich über das Wenn und Aber den Kopf zu zerbrechen, das Leben nimmt seinen Lauf nach eigenen Gesetzen, unbeeinflusst vom Menschen. Es hat alles seine Ursache, und mag diese im Vergleich zu ihrer verheerenden Wirkung noch so geringfügig sein, lachhaft sogar wie im Fall des Wachtmeisters und Familienvaters Walter Frauenlob.

*

Er hatte die soldatische Grüßpflicht vernachlässigt, zugegeben nicht unabsichtlich. Sie waren einander auf dem Bahnsteig begegnet, wo sie auf den Zug in den Urlaub warteten: ein feldgrauer Unteroffizier und zwei Offiziere in Luftschutzblau. Das waren nicht einfach Vertreter von zwei Dienstzweigen derselben Armee, das waren Welten, die einander gegenüberstanden, eine bessere, die Waffen trug, und eine, die ein echter Schweizer Wehrmann nicht ernst zu nehmen hatte. Deren Vertreter grüßte er nicht, wenn er etwas auf seine soldatische Ehre gab. Doch die beiden Luftschützler lauerten auf einen Gruß. Er kannte seine Pflicht, aber empfindlich auch als Zivilperson gegenüber Wichtigtuerei, verweigerte er ihn. Gruß war Ehrerweis – wo war Ehre an einem Wehrmann ohne Waffe?

Ob er nicht grüßen könne, schnauzte ihn der Luftschützler an.

»O gewiss, aber –«, Walter musterte die Uniform des Schnauzers von oben bis unten und von unten bis oben und wieder zurück, »aber sicher, nur, bitte, wollen Sie mir nicht verraten, von welchem Musikverein Sie sind?«

Diese insubordinative Frechheit führte zur ersten Beschwerde beim Kommando des Schützenbataillons 6. Wachtmeister Frauenlob hatte in Ausgangsuniform, Helm auf, vor dem Bataillonskommandanten, ebenfalls behelmt, zu einer dienstlichen Unterredung anzutreten. Beider Augen lagen im Schatten des Helmvisiers, das Funkeln des Einverständnisses war nicht zu erkennen und stand im Gegensatz zu den harten Worten des Majors, die er seinem Rang schuldete – Offizier war Offizier, welcher Farbe auch immer, und als solcher war er von jedem Unteroffizier zu grüßen, auch und gerade von einem verdienten wie Frauenlob war das zu erwarten.

»Verstanden?«

»Zu Befehl, Herr Major, verstanden!«

Weitere Maßnahmen erübrigten sich in Anbetracht von Walters Qualifikationen.

Im zweiten Fall nützten auch diese nichts mehr. Es war auch kein Bagatellfall, sondern eine Strafmaßnahme, die Wachtmeister Frauenlobs Entfernung aus der Zürcher Elitetruppe verursachte. Zu seinem Unglück war der Denunziant ein Offizier der regulären Truppe, sein eigener Kompaniekommandant Hauptmann Stelzner, ein hektisches Männchen, das dauernd Gefahr lief, über seinen Säbel zu stolpern, mit einer Fistelstimme, die zum Überschlagen neigte, ein Soldat, dessen einzige Waffe das Dienstreglement in seiner buchstäblichen Auslegung war. Er gehörte zu den Offizieren, die Angst haben mussten, bei Ausbruch der Feindseligkeiten nicht von den Deutschen, sondern von den eigenen Soldaten erschossen zu werden.

»Angst haben diese arroganten Herren zu Recht«, sagte Walter Frauenlob zu Hanni, als er auf Urlaub kam, um den Seelenballast des Aktivdienstes abzuladen. »Logischerweise hat man vor, die umzulegen, bevor noch ein Schuss auf den äußeren Feind abgefeuert wird.«

»Pass auf, Walter!« Hanni fürchtete seine Unerbittlichkeit,

wenn es um den »menschlichen Anstand geht, der auch im Militär zählt«, wie er zu sagen pflegte.

»Schießen werde ich nur im Notfall.«

Geschossen hatte er nicht, aber vielleicht gestoßen, denn der kleine Hauptmann Stelzner fiel im Dunkel der Nacht in einen Brunnentrog, ohne dass er über seinen Säbel gestolpert wäre. Es geschah auf einem Ausmarsch, den Stelzner der Kompanie zur Strafe für eine nicht versperrte Materialmagazin-Tür befohlen hatte.

»Taschenlampe, eine Taschenlampe her!« Er schrie wie ein verängstigtes Kind.

Zufall oder nicht – Wachtmeister Frauenlob stand in der Nähe und reichte ihm stumm seine Taschenlampe, obwohl er ihn gern gefragt hätte, was er so dringend zu sehen wünsche, eine trockene Stelle an seiner Uniform werde er wohl kaum finden. Kein Zufall war es, dass der Strahl der Taschenlampe Frauenlobs Gesicht und mittendrin sein Lächeln traf.

»Sie!«, schrie Stelzner. »Sie, Sie – Sie werden noch von mir hören, Sie Wachtmeister, Sie! Ich werde dafür sorgen, dass Sie mich nicht vergessen werden!«

Dass er von keinem seiner Soldaten je vergessen würde, dafür hatte der Häuptling schon lange gesorgt. Wie ein Mann standen sie hinter ihrem Wachtmeister. Sie konnten es nicht mehr lange tun, Walter Frauenlob wurde zu den gewöhnlichen Füsilieren strafversetzt. Der Sohn des stolzen Wachtmeisters des Kaiserbataillons wurde degradiert zum Festungsbauarbeiter im Dienste der nach dem Mai 1940 forcierten Landesverteidigung.

*

Im Mai 1940 wurde der deutsche Überfall auf die Schweiz erwartet. Was würde mit der Stadt Zürich geschehen? Eine Evakuation stand nicht zur Debatte, sie war nicht geordnet durchführbar. Zürich zur offenen Stadt zu erklären und den Feind zur Eroberung geradezu einzuladen, eine solche Strategie widersprach jahrhundertealter wehrhafter Tradition. Die Schweizer Armeeleitung veranlasste den Bau der Limmat-Befestigung. Bis hierher und nicht weiter. Hinter dieser Verteidigungslinie, auf der linken Seite der Limmat, würde Wachtmeister Frauenlob sein Leben einsetzen für Heimat, Vaterland und seine Familie, die auf der rechten Seite der Limmat wohnte, welche schutzlos dem Angriff der Deutschen ausgeliefert wurde. Die Schweiz war ein Land der Väter, Mutter Helvetia fungierte nur als Münzprägung.

Walter Frauenlob war ein guter Soldat wie sein Vater, überzeugt davon, dass er als einzelner kleiner Wachtmeister der Schweizer Armee zum Erhalt des Vaterlands beitrug, wenn er seiner Pflicht nachkam, die gegenwärtig in Festungsbau bestand. Befehl war Befehl, es wurden Bunker betoniert. Am Westende der Stadt, am linken Limmatufer, hinter einer Arbeiterwohnkolonie stand seit dem 13. Jahrhundert der Hardturm, von dem die Besucher des Hardturm-Fußballstadions auf der Frontseite der Wohnkolonie keine Ahnung hatten. Von hier aus führte im Mittelalter die Letzimauer als Festungsriegel quer durch die Limmatebene bis zur Üetliburg. Der Riegel hat in der Schweiz seine Tradition in Festung, Fußball und Schokoladefeinkost. Im Schatten dieses Hardturms baute Wachtmeister Frauenlob auf Befehl der Armeeleitung am Bunker, der dem deutschen Einfall die Spitze brechen sollte.

Die akute Bedrohung verflüchtigte sich, die Eroberung der Schweiz wurde auf später verschoben – die Schweiz, das kleine Stachelschwein, das nehmen wir im Rückweg ein –, der Krieg wurde ennet dem Rhein fortgesetzt, der Festungsbau diesseits, am linken Limmatufer. Die Lage entspannte, die Laune lockerte sich. Es wurde gelacht, als Wm. Frauenlob vom Gastspiel des *Servette FC* im Hardturmstadion berichtete, wo er das erste und einzige Mal als Torhüter im A-Team zum Einsatz kam und Fredy Bickel von den *Grasshoppers* ihm zwischen den Hosenträgern durch einschoss. Und es wurde gesungen.

Am Rheine, am Rheine,
da gab es eine Schlacht,
da haben die Schwaben
die Schweizer ausgelacht.
Da kam der Berner Schmutzli
und haut ene eis an Grind,
dass siebetuusig Schwabe
im Rhii versoffe sind.

Gelacht und gesungen und doch: Der Bunker war fertig gebaut und stand auf seine moderne, in den Boden geduckte Art an Trutzhaftigkeit seinem aufrechten mittelalterlichen Vorbild in nichts nach. Und niemand konnte wissen, ob er noch benötigt würde. Als Walter Frauenlob das erste Mal ins Innere des fertiggestellten Bauwerks trat, überfiel ihn im feuchten Dunkel nicht Angst vor dem Eingeschlossensein, wie er befürchtet hatte, sondern ein überaus wohliges Gefühl der Geborgenheit. Es wurde allerdings bald abgelöst von einer starken Sehnsucht nach Hanni und Felix, die draußen, weit weg von ihm waren. Wären die Zeiten friedlich gewesen, hätte er keinen Bunker gebraucht, dann hätte er die Geborgenheit in seiner eigenen Familie genossen, wie er es sich als Knabe erträumt hatte. Nun war Krieg, und das Vaterland verlangte Abstand von Frau und Kind. Und wenn Walter Frauenlob im Urlaub ans andere Limmatufer nach Hause kam, traf er die Schwiegermutter an, die seine Stelle in der Familie eingenommen hatte.

6.

Der Krieg war eine Männersache, das war Hannis Meinung, aber die Männer sollten nicht so tun, als ob er sie allein anginge, die Frauen waren von ihrer Art Dienst genauso gefordert. Sie leistete den Eltern Beistand im Garten an der Hofstraße, der auf jedem verfügbaren Quadratmeter ausgelegt worden war, um die Lebensmittelrationierung erträglich zu machen. Dienstags und freitags begleitete sie mit dem Kleinen im Sportwagen den Vater zum Marktplatz, am Kartoffelacker auf dem alten Tonhalleplatz vorbei. Er war unter den Pflug genommen worden für die Anbauschlacht von Professor Wahlen und trug den Geruch von Landwirtschaft mitten in die Stadt hinein und mit ihm die wachsende Hoffnung auf Überleben. Die Furchen des Ackers waren die Schützengräben des Friedens. Sie passierten die Stacheldrahtverhaue und den Bunkerbau an der Limmat und gingen auf der Quaibrücke gegen den Bürkliplatz.

Mitten auf der Brücke blieb Hans Gerber stehen und schaute zum Ufer, wo mit großem Einsatz an der Verteidigung der westlichen Stadtseite gearbeitet wurde. Die Wehrmänner pickelten, hämmerten, schaufelten unter Aufsicht eleganter Offiziere in Reitstiefeln. Stiefel und nackte Oberkörper glänzten gleichermaßen im Licht der Morgensonne. Das liebe Vaterland mochte ruhig sein, kein Wölkchen trübte den Himmel. »Man kann nicht von Vaterland –« Hans Gerber drehte sich ab.

Hanni seufzte. »Ich weiß, Vater, das sagst du immer, ich kenne den Spruch, aber er hilft mir auch nicht weiter. Es ist nun mal so, dass mir lieber wäre, ich hätte den Vater meines Sohns zu Hause, wie es sich für eine richtige Ehe und Familie gehört.«

»Ja, ja, dein Mann –« Gerbers Blick ging über den Geiser-Brunnen mit dem granitstarken Jüngling, der mit bloßer

Hand einen Stier bändigte, hinweg zu den Kastanien auf dem Markt. »Schau dir die Marktfrauen an, meine alten Weiber und ihre Töchter, die die Stände ihrer Mütter übernommen haben – geht es denen besser?«

»Ist das dein Ernst? Bei den unverschämten Preisen, die sie für ihren Ramsch verlangen? Denen geht es so gut wie allen Kriegsgewinnlern, die wissen, wie man's macht, das ist ihre Natur und die ist mir von Herzen zuwider. Sie erinnern mich an Mutter Courage –«, Hanni blieb am Eingang zum Markt stehen, sie weigerte sich, den Einflussbereich dieser Weiber zu betreten, kaufen würde sie auf keinen Fall etwas, selbst wenn sie das Geld gehabt hätte. »Wir müssen zurück.«

»So, so? Ja, ja –« Hans Gerber bückte sich, tätschelte dem Kleinen die Wange, »ja, du, du hast es schön –«, er richtete sich auf, als schmerzte ihn der Rücken. Grüßend legte er die Hand an den Helm. Er steckte die Daumen in den Leibgurt und betrat den Markt und kehrte nach dem kurzen Ausflug in die Außenwelt wieder bei sich selbst ein.

Für den Weg nach Hause nahm Hanni sich Zeit. Krieg hin oder her, der Himmel war blau und die Sonne schien, wieso sollte sie sich keinen Spaziergang gönnen. Frische Luft tat dem Kleinen gut und ihr eine kurze Pause im dauernden Hin und Her zwischen *auf der Schanze*, Hofstraße und Bürkliplatz. Betty in Wiedikon machte es sich leicht wie gewohnt, sie tat, als wäre die Limmat-Befestigung schon fertiggebaut und absolut kein Durchkommen mehr auf die andere Stadtseite, wo ihre Hilfe gern gesehen worden wäre. Hanni setzte sich bei der Klausstud draußen an den See, ließ Felix nackt im seichten Wasser planschen, mit Steinen werfen, dass es spritzte. Sie nahm selber etwas Kies in die Hand und warf die Steine einzeln ins Wasser, verfolgte die Ringe bis zu ihrer Auflösung. Sie genoss es, mit Felix allein zu sein, ihn ganz für sich zu haben, ihn glücklich spielen zu sehen, ihm nichts erklären zu müssen, weder wo der Papa war noch warum Grosi nicht bei ihm war. Ja, vielleicht zog sie ihre dienstmädchenhafte Freistunde in der Absicht hinaus, mehr Zeit für sich als Mutter mit ihrem Kind zu gewinnen, zu Hause *auf der Schanze* würde sie ihn wieder mit der Großmutter teilen müssen.

Hannis eigener Haushalt war klein, für das leibliche Wohl war trotz Rationierung gut gesorgt. Wenn Walter auf Urlaub kam, hatten sich genug Fleischmarken angesammelt, nicht zuletzt deshalb, weil Witwe Gugler ihre Marken gern gegen frischen Fenchel von der Hofstraße tauschte. »Sie wissen net, wie deer gesond ischt für mein Rheuma! Aber die Männer, die brauchen halt ihr Fleisch, ich danke dem Herrgott, dass der Toni net so ischt.«

Wenn Hanna Gerber mit dem Korb voll Gemüse zu ihrer Tochter kam, blieb sie gleich bis zum nächsten Morgen, vorausgesetzt ihr Mann war in einer seelisch stabilen Phase oder seinen Liebling Betty besuchen gegangen. Zimmer gab es genug, sie hatte ihr eigenes mit Strickstuhl und Liegesofa. War sie da, widmete sie sich ganz der Betreuung des kleinen Felix. An ihrer Hand tat er die ersten Schritte, ihr Mund lehrte ihn das erste Wort – »Mama« selbstverständlich, zu wem hätte er »Papa« sagen können? Zu ihrer Tochter sagte sie: »Geh du nur, nimm dir einmal Zeit für dich – für den hier ist gesorgt.« Wie um zwei Kinder kümmerte sie sich und dachte an sich selbst zuletzt, aber den kleinen Felix gab sie nicht aus der Hand.

Hanni nutzte die freie Zeit von Mutters Gnaden zum Lesen, was die *Büchergilde* hergab, und, wenn die Mutter über Nacht blieb, zum Besuch des Schauspielhauses. Sie wurde Mitglied der *Schauspielunion* und genoss *Theater zu Kinopreisen*, gehobenes Niveau zum Preis von tiefem. Kino oder Theater, Hanni war es egal, Hauptsache erschwinglich, Kulturhochmut war ihr fremd. Sie liebte das große Theater, das die deutschen Emigranten in Zusammenarbeit mit ein paar Schweizer Kollegen auf der Pfauenbühne spielten, darunter erste Kräfte. Sie nahm es persönlich, was diese spielten, nicht patriotisch, trotzdem und deshalb war sie tief bewegt von Heinrich Gretler, der eine väterliche Art hatte und den Tell in einer Art verkörperte, die schweizerischer nicht hätte sein können, ehrlich, widerborstig gegen die Eigenen, verschlagen Fremden gegenüber. Bei seinem Spiel überkam Hanni eine Ahnung, was Vaterland auch für Besitzlose hätte bedeuten können, aber sie konnte den Preis nicht vergessen, den die Wehrmänner und ihre Ehefrauen dafür bezahlten.

Am meisten hatte Therese Giehse es ihr angetan, die wenig Vaterländisches verkörperte, aber die Bodenständigkeit in Person war. Hanni sah sich selbst in ihr, wie sie hätte sein wollen, wenn man sie gelassen hätte, aber dafür war es zu spät, sie musste sich in den Träumen finden, die ihr auf der Bühne vorgespielt wurden. Ob *Faust, Tell* oder *Mutter Courage* – es war hohe Kunst und, als Ausdruck von Gedankenfreiheit, gleichzeitig politisches Theater. Hanni wollte dem Gerücht nicht trauen, dass einer der von ihr verehrten Schauspieler, Wolfgang Langhoff, russischer Agent sei. Das mussten infame Verleumdungen sein.

Tell war die einzige Aufführung, die Walter Frauenlob je im Schauspielhaus besuchte, weil der Bautrupp an der Limmat zu einem Besuch kommandiert worden war. Die Wehrmänner sollten zu sehen bekommen, welchen Geist sie mit Schaufel und Waffe in der Hand verteidigten. Seine Theaterkritik schickte er per Feldpost nach Hause:

Schatz,

Jetzt bin ich doch auch einmal im Schauspielhaus gewesen. Kommandierte Kultur, sagt man dem. Eine lustige Truppe ist da unter triefnassen Plachen anmarschiert und hat die noblen Damen vom Zürichberg erschreckt, die um Pelz und Seide bangten. Reklamieren über die Soldaten durften sie natürlich nicht. Waren ja auch nicht mehr viele da von den Herrschaften – nach dem 10. Mai, als wir den Durchmarsch der Deutschen auf dem Weg nach Frankreich erwarteten! Wir haben sie gesehen (ich darf nicht sagen wo), wie sie mit vollbepackten Autos Richtung Innerschweiz in ihre privaten Réduits abgehauen sind, ganze Wagenkolonnen waren es, die von Basel her anrollten. Nun habe ich also auch den Tell *gesehen. Weißt Du, wie nach dem Rütlischwur die Sonne an den beiden Mythen aufgegangen ist, da hat es mich schon gepackt, obwohl alles Kulisse war, da habe ich gespürt, wofür wir bereit sind, unser Leben hinzugeben. Denkst Du jetzt nach Deinem Besuch nicht auch so?*

Als Gretler aufgetreten ist, ist es totenstill geworden im Publikum, das ist so ernst gewesen, dass einem fast zum Heulen wurde. Zum Lachen ist jedoch, wenn der Rösselmann vergessen hat, die Armbanduhr abzuziehen – da bin ich fast versucht zu sagen: typisch Pfarrer!

Gib auch unserem Kleinen einen dicken Kuss von mir und frag ihn, ob er überhaupt noch weiß, dass er einen Vater hat und dass ich es bin …

Immer Dein Walter

7.

Abgesehen von den Schwielen an den Händen hätte Wachtmeister Frauenlob die ersten Kriegsjahre unversehrt überstanden, wenn nicht im April 1941 in den Reihen seiner eigenen Truppe ein Landesverräter entdeckt worden wäre, der zum Tod durch Erschießen verurteilt wurde. Walter Frauenlob gehörte zu den zwanzig Mann des Pelotons, das zur Exekution abkommandiert wurde.

Die Richtstätte befand sich in einem Tannenwald, unmittelbar an einem fahrbaren Waldweg. Der Platz war abgelegen, bot einen guten Kugelfang und ließ sich allseitig leicht absperren. Die Straße war vereist, im Wald lag kniehoch verharschter Schnee. Der Himmel war bedeckt; unmittelbar vor der Exekution ging ein starker Regen nieder, im Wald begann es zu dunkeln, doch bestand noch genügend Helligkeit für die Durchführung des Erschießens.

Der Delinquent wurde bei der Ankunft sofort abseits geführt und blieb bis zum letzten Augenblick den Urkundspersonen und der Truppe verborgen. Bei ihm befanden sich der Feldprediger und die Heerespolizei.

Die Besammlung gute fünfhundert Meter von der Richtstätte entfernt erfolgte in jeder Hinsicht programmgemäß und ohne irgendwelche Störung. Der Regimentskommandant ließ die Truppe vom Camion absitzen und orientierte sie erst in diesem Augenblick über ihre Aufgabe; dabei erklärte er in Kürze, warum der Delinquent zum Tode verurteilt worden sei und warum sie, seine Kameraden, das Urteil zu vollstrecken hätten. Dann instruierte er sie über den Gang der Vollstreckung und erteilte ihnen genaue Instruktion über ihre Schussabgabe. »Macht euch nichts vor, es hat keinen Sinn danebenzuzielen, wenn ihr nicht trefft, verlängert ihr die

Todesqualen eures Kameraden, erschossen muss er werden, beim ersten oder zweiten Mal.«

Daraufhin begab sich der Regimentskommandant zur Gruppe der Urkundspersonen und führte dieselbe zur Richtstätte. Hinterher folgte mit einem Abstand von dreihundert Metern die Truppe. Um 18.30 Uhr befanden sich der Regimentskommandant, die Urkundspersonen und die Truppe an der Hinrichtungsstätte, die Truppe mit dem Rücken gegen den Baum, an welchem der Verurteilte festzubinden war.

18.31 Uhr – der Regimentskommandant befiehlt dem Oberleutnant der Heerespolizei, den Delinquenten vorzuführen.

18.33 Uhr – der Delinquent ist mit verbundenen Augen, aber ohne sonstige Fesselung, zum Baum gebracht, der Regimentskommandant lässt durch den Zugführer die Truppe in Achtungsstellung stehen und gibt dem Großrichter den Befehl zum Verlesen des Urteilsdispositivs.

18.35 Uhr – der Großrichter ermächtigt den Regimentskommandanten zum Vollzug des Urteils. Heerespolizisten binden den Verurteilten am Baum fest und treten aus der Schusslinie. Der Regimentskommandant weist den Feldprediger an, den letzten Zuspruch an den Verurteilten zu geben.

18.37 Uhr – der Zuspruch ist geschehen.

18.38 Uhr – der Regimentskommandant erteilt dem Leutnant den Befehl, das Urteil durch Erschießen zu vollstrecken. Der Zugführer befiehlt:

»Rechtsumkehrt – vorderes Glied knien – zum Schuss fertig – legt an – Feuer!«

18.39 Uhr – der Verurteilte ist zusammengesunken.

18.40 Uhr – alle Schüsse sind rechts vom Herzen eingedrungen, der Leutnant gibt dem Delinquenten zur Sicherheit den Fangschuss.

Die Leiche wies vorn bleistiftgroße Einschusslöcher auf, hinten war sie jedoch ganz zerfetzt.

*

Der Kompaniekommandant hatte Soldaten für das Erschießungskommando ausgesucht, die in einer gefestigten Ehe lebten. Nach der Hinrichtung entließ er sie für zwei Tage in den Urlaub nach Hause.

Diese Maßnahme wurde vom Feldprediger, der den Delinquenten bis an die Schwelle des Todes begleitet und dann schnell Retraite gemacht hatte, heftigst kritisiert. »Zur Arbeit, sofort zur Arbeit zurück, das weiß man von den RAF-Piloten, die müssen alle sofort in die Luft, wenn die Meldung vom Abschuss eines Kameraden kommt. Das ist das einzig richtige Mittel, dass die Leute den Schock verarbeiten können – hören Sie, Herr Kamerad: ver-arbeit-en. Kein falsches Mitleid, wir brauchen harte Männer. Gott sei's geklagt, wozu bin ich Hauptmann, wenn ich keine Befehlsgewalt habe. Keinen Einzigen hätte ich nach Hause gehen lassen.«

Er hätte sie in seiner Obhut behalten, betreuen und dadurch sein Mitmachen bei der Erschießung vor Gott und den Menschen rechtfertigen wollen. Sein Bemühen um militärische Daseinsberechtigung war verständlich, was hatte ein Verwalter des göttlichen Worts, ein Verkünder der christlichen Nächstenliebe überhaupt im Kriegsdienst zu suchen?

»Gibt es falsches Mitleid?«, fragte der Kompaniekommandant, der seinen Grad militärisch abverdient hatte, im Gegensatz zum Feldprediger, der seinen als Nimbus geschenkt bekommen hatte.

*

»Nein, Hanni, so habe ich mir den Krieg nicht vorgestellt.« Vorgebeugt, die Ellbogen auf den Knien, die Finger ineinanderverkrampft, starrte Walter Hanni an, als bettelte er um Gnade. »Einen Kameraden erschießen – auch wenn er ein Sauhund ist –, ein Schweizer wie ich, wie wir – ich würde nicht einmal auf Stelzner schießen. Jetzt nicht mehr. Nie mehr. Immer werde ich ihn sehen, am Baum festgebunden. Einen Wehrlosen. Auch wenn alles nach Recht und Gesetz ging, ich habe die *Verordnung über das Erschießen* und das Erschießungsprotokoll gesehen. Ein Sauhund war er, ein Landesverräter, aber zivil war das ein armer Hund, der hat kein Leben gehabt wie wir. Wie du und ich, Hanni. Wer weiß, was ich in seinem Fall gemacht hätte. Was habe ich bloß getan? Hätte ich nur den Lackaffen von Luftschützler gegrüßt –«, er hielt ihren Blick nicht mehr aus, barg sein Gesicht in den Händen.

Ein fremder Mann saß Hanni gegenüber, einer, der aus der Welt des Tötens in ihre Frauenwelt einbrach.

Sie konnte es nicht fassen, dass Walter, der weiß Gott ein friedlicher Mensch war, dass ihr Ehemann einen Menschen erschossen hatte.

Nicht begeistert, aber voll Zuversicht war er in den Aktivdienst gezogen, hatte ihre Angst um ihn und die Familie beschwichtigt, er war sicher gewesen, dass allein schon die Bereitschaft, für die Heimat zu sterben, genügen würde, das Schlimmste abzuwenden und unversehrt, ohne einen Schuss auf den Feind abgegeben zu haben, zu Frau und Kind heimzukehren. Das war kein Zweckoptimismus, kein leichtfertiges Beschwichtigen, es war sein Glaube. Wenn es eine Armee auf Erden gab, deren Daseinsberechtigung nicht bestritten werden konnte, dann war es die Schweizer Armee. Sie diente dem Vaterland und nichts anderem, und das war gut so. Sie hatte ihm geglaubt, sie hatte gehofft und gebetet, dass es so kommen würde. Vergebens. Ihre Zuversicht war der bodenlosen Verzweiflung gewichen. Sie hatte heftiges Mitleid mit Walter, wie er da vor ihr saß und nicht zu Rande kam mit dem, was er hinter sich hatte. Sie konnte gleichzeitig ihren tiefsten Abscheu nicht verbergen vor dem, was er getan hatte, sie scheute sich, ihn zu berühren, fürchtete, dass er sie mit der Hand anfasste, die geschossen hatte. Er hatte nicht um sein Leben gekämpft, es war keine kriegerische Handlung, an der er beteiligt war, darauf hätte eine Soldatengattin gefasst sein müssen, nein, es war befohlener zwanzigfacher Mord. Die Offiziere, die für den Mord verantwortlich waren, hatten die Soldaten missbraucht, sie hatten ihnen das Töten nicht einfach befohlen, sie hatten sie moralisch unter Druck gesetzt. Hass überkam sie auf diese Männer, die Walter zum Mörder machten. »Ich hasse diese Männer!«, schluchzte sie.

Walter richtete sich überrascht auf. Als er ihre Hand fassen wollte, zog sie sie erschrocken zurück und verschränkte die Arme vor der Brust. »Aber Hanni, Liebes, wie redest du denn! Du und hassen! Welche Männer willst du denn hassen – mich, meine Kameraden? Wir können doch nichts dafür, Befehl ist Befehl, wir konnten nicht anders!«

»Du sagst es, ihr Männer könnt nicht anders, weil ihr in den Köpfen Militärs seid und kein Menschenherz habt, noch schlimmer, ihr wollt gar nicht anders.«

Damit hatte Hanni ihn im Innersten getroffen, das er abgeschirmt hatte gegen die bedrohlich aufkommenden Zweifel an der Schweizer Armee. Er musste sich wehren, wenn er seinen Glauben nicht verlieren wollte: »Du bist ungerecht, Hanni, ja, das bist du! Ja, wir wollen unser Land, auch dich und Felix, verteidigen, in jedem Fall, auch in dem Fall eines Landesverräters. Ich muss bereit zum Opfer sein.«

Sie sprang auf, stemmte die Hände in die Hüften, schrie:

»So, opfern willst du dich! Für wen denn? Für den armen Landesverräter? Wie kannst du jetzt noch so reden? Siehst du nicht, für wen du geschossen hast, schau dich an, was sie aus dir gemacht haben, aus uns! Willst du denn gar nie lernen!« Um zur Besinnung zu kommen, machte sie eine Pause, setzte sich wieder auf Augenhöhe mit ihm, redete ruhiger, aber dringlich: »Und was werden Felix und ich machen, wenn du dich geopfert hast? Was werden alle Frauen und Kinder dieser Welt machen in einem Vaterland ohne Väter! Du bist nicht anders als die andern, bist wie alle Männer! Wenn du mir beweisen willst, dass du nicht wie alle andern bist, dann bleib zu Hause! Geh nie wieder hin, beweise mir, dass du deinen Sohn und deine Frau liebst!« Sie warf sich schluchzend vor ihm auf die Knie. Irre Forderung, keine Hoffnung.

Walter hob sie auf, schlang die Arme um sie, zog sie heftig an sich. »Ach Hanni, Liebes, wie redest du denn! Mach es uns nicht noch schwerer.«

Zwei Menschen, die sich verloren hatten, flüchteten sich ins Bett.

*

Hanni hatte einen guten Mann gehabt, aber man hatte ihn ihr weggenommen.

Seit der ersten Mobilmachung im September 1939 gingen Walter und sie auf getrennten Wegen durchs Leben, ohne dass sie es gewollt hätten. Erst zwei Jahre verheiratet, hatte sie sich in der ganzen Unsicherheit einer alleinstehenden Frau und Mutter einrichten müssen. Sie hatte sich nicht darauf verlassen können, dass Walter zurückkommen würde. Gelegentlich, wenn er auf Urlaub kam, kreuzten sich ihre Wege. Wenn der Urlaub länger dauerte, gingen sie für eine kurze

Strecke zusammen und waren doch nicht beieinander. Er hatte Präsenz am zivilen Arbeitsplatz zu markieren, um die Stelle für die Zeit danach zu behalten, sie war neben dem Alltagshaushalt mit Waschen und Ausbessern seiner Wäsche beschäftigt. Ehe- und Familienleben liefen ab, weil die Zeit verging, aber sie entwickelten sich nicht.

Hanni schämte sich für die Erleichterung, die sie verspürte, wenn Walter wieder einrückte und mit dem sauberen Wäschesack auch ihre trüben Gedanken davontrug. Aber sie wusste, es war nützlicher, die Gedanken auf ihre Aufgaben als Mutter von Felix und Tochter ihrer Eltern zu konzentrieren.

Nach diesem verhängnisvollen Sonderurlaub wusste sie nun, dass Walter nicht mehr der war, den sie glaubte geheiratet zu haben, er unterhielt eine Beziehung, die nicht die ihre war, die sie hasste, weil sie zerstörerisch war. Das Bewusstsein, dass Walter getötet hatte, verdrängte die vernünftige Einsicht, dass er gar nicht anders hatte handeln können. Sie ängstigte sich mit der Frage, ob er es je schaffen würde, in ihre Welt zurückzufinden, ob sie es schaffte, ihn wieder aufzunehmen.

8.

»Mutter, ich bin schwanger – was mach ich bloß, was mach ich bloß!«

»Dummerchen, du, Hannikind, was meinst du denn? Du wirst das Kind austragen und zur Welt bringen, gesund und stark, das muss es heute sein.« Hanna war die Letzte, die ihrer Tochter einen Vorwurf gemacht hätte, ungewollt ein Kind zu kriegen. Alle ihre Kinder waren ihr lieb, wenn sie einmal auf der Welt waren, aber geplant war keines gewesen. »Wenn die Männer so wenig Urlaub haben, ist es kein Wunder, dass es passiert. Sei froh, dass er es zu Hause macht. – Wann ist es denn geschehen, doch nicht beim letzten Urlaub, von dem du nichts erzählen darfst?«

»Doch eben.« Hanni zupfte das Taschentuch unter dem BH-Träger hervor und rieb sich die Augen trocken. »Du hast nicht gesehen, in welcher Verfassung Walter nach Hause gekommen ist. Das ist es, was mir Angst macht. An einem solchen Tag ein Kind zu machen, in einer solchen Atmosphäre –«

»Jetzt beruhige dich doch. Wir wollen Felix auf sein Schwesterchen vorbereiten, ja, ich sehe es jetzt schon, dein Bauch wird rund, nicht spitzig wie bei Buben, es wird ein Mädchen.«

Bei Felix war nicht viel vorzubereiten, er würde nie eifersüchtig werden. Er war sich seiner Vorzugsbehandlung sicher, die Schwester mochte kommen oder nicht, auch ein Bruder, wenn einer kommen wollte, das würde keinen Einfluss auf seine Stellung in der Familie haben.

Hannas Zuversicht und Nüchternheit beruhigten die Tochter nicht. Sie wurde heimgesucht von der Erinnerung an die traurige Nacht der Zeugung und der nicht minder schrecklichen Erinnerung an ihre erste Geburt.

Hanna sah die Tochter plötzlich gemütskrank wie ihren Vater, dem konnte sie nicht tatenlos zusehen. »Lies das, Hanni, es kann dir nicht schaden!« und gab ihr das Buch, aus dem Hans Gerber Hoffnung schöpfte, *Das wissenschaftliche Christheilen.* Verfasst hatte das *Leitbuch*, nach dem Diktat Gottes, die Gründerin der *Wissenschaftlichen Christengemeinde* Maggie Bleaker Addington in Henniker, einem stillen Dorf in den grünen Hügeln New Hampshires, in dem sie aufgewachsen war und das sie zum Zentrum des neuen und endgültigen Geistglaubens erhoben hatte. Henniker trug, wie für amerikanische Orte üblich, einen Beinamen, *The only one on Earth* lautete er. Nach der Erleuchtung Maggie Bleaker Addingtons wurde er mit *and in Heaven* ergänzt von allen Spöttern unter den Altgläubigen, den Presbyteranern, den Unitariern und den Methodisten, von den irischen Katholiken in Boston ganz zu schweigen. Der Spott zerbrach am Erfolg der neuen Heilslehre, Erfolg war das amerikanische Grundmaß, die neue Kirche musste ernst genommen werden.

Hanna war keine dumme Frau, sie nutzte das Leseinteresse ihrer Tochter und deren nur lockere Bindung an die Landeskirche aus. Die Grundschule in der Baptistenkirche hatte eine engere Bindung Hannis an die evangelisch-reformierte Glaubenspraxis verhindert. Daran änderte auch der Konfirmationsunterricht nichts, den sie in der Landeskirche besuchte. Im Gegenteil. Die Tatsache, dass den Pfarrern allzu deutlich anzuhören war, dass sie Männer und nichts als Männer waren, irritierte sie. Das irritierte sie heute noch: »Sie sind alle weg, alle beim Militär, ich sehe keinen in Zivil, an den ich mich wenden könnte. Ich brauche einen Berg-, keinen Feldprediger. Seelsorger? Haben Frauen und Mütter keine Seele, für die zu sorgen wäre?«

Maggie Bleaker Addington war eine Frau, die ihr Frausein

sehr wohl in ihre Lehre einbrachte. »Herr Gott Zebaoth – Herrgott der Heerscharen, oh, wie wahr, von dem allein predigen gegenwärtig die Herren Hauptleute des Herrn! Wie anders ist Maggie Bleaker Addington, sie nennt das höchste Wesen Vater-MUTTER-Gott. Das erste Erscheinen Christi in Jesus zeugt von der göttlichen Vaterschaft; das zweite Erscheinen Christi im *wissenschaftlichen Christheilen* Maggie Bleaker Addingtons zeugt von der göttlichen Mutterschaft. Das ist mir sympathisch, die Frau überzeugt mich.«

Hanni versuchte mit dem Vater über seine Erfahrungen mit dem *wissenschaftlichen Christheilen* zu reden, aber Hans Gerber war ein stiller Mensch: »Ja, ja – glauben muss man, dann wird es gut.« Mehr hatte er der Tochter nicht zu sagen, er war zu sehr damit beschäftigt, sich selbst in seinem Glauben zu bestärken.

Hanni versuchte es bei der Praktizierenden. Frau Enzler redete viel mehr als der Vater, aber sie war nicht gewohnt zuzuhören, sie machte nicht einmal eine Pause, um das Schäumchen Speichel wegzutupfen, das an ihrer Unterlippe klebte.

Hanna erkannte das Bedürfnis ihrer Tochter, über ihre Lektüre zu reden. »Komm, erzähl mir, was du gelesen hast, dann können wir darüber reden. Gesunder Menschenverstand müsste genügen, eine Religion zu verstehen – vorausgesetzt ich habe ihn.«

»Zweifelst du daran?«

An schönen Tagen gingen sie auf die Hohe Promenade, wo Felix im Sandkasten spielte und sie in Ruhe auf der Parkbank sitzen konnten. Jetzt war die kleine Parkanlage hoch über der Stadt eine Insel heiteren Friedens, nicht mehr der Ort dumpfen Schreckens, vor dem Hanni als Mädchen gewarnt worden war. Damals trieben da oben Exhibitionisten, Blüttler und Zopfabschneider nächtens ihr Unwesen. Während Hanna für den weiteren Nachwuchs strickte, überzeugt rosarot, las Hanni ihr aus dem *Leitbuch* vor und versuchte sich mit ihr zusammen über das Gelesene klarzuwerden.

»›Gott ist Geist‹, das ist nicht neu«, stellte die Mutter fest. »Wenn er einen Leib hätte, wäre er zu sehen, also kein Gott mehr. ›Gott ist gut‹ – das überzeugt mich, das sagt sein Name schon. Also muss der feste Glaube an diesen guten Geist Heilkraft haben, wie es das *Leitbuch* verspricht. Was kannst du daran nicht verstehen?«, fragte sie ihre Tochter.

»Schön wär's, wenn das so sicher wäre und man sich auch hundertprozentig darauf verlassen könnte, dass es wirkt.« Hanni wollte Gott und was Er wirkte nicht verstehen, sondern spüren, im Kopf war alles klar, aber im Herzen, im Herzen –

Hanna legte das Strickzeug in den Schoß und schaute die Tochter über den Brillenrand hinweg an. »Hundertprozentig? Du verlangst ein bisschen sehr viel, hundertprozentige Wirksamkeit hat kein Glauben. Wir wollen froh und glücklich sein, wenn Frau Enzler mit Maggie Bleaker Addingtons Hilfe Vater helfen kann, mit dem Alltag fertig zu werden, und wenn du eine Idee von dieser Art Hilfe bekommst und sie anwenden kannst.«

»Schön wär's – ja.« Hanni legte das *Leitbuch* in den Strickkorb der Mutter zurück, Felix rief nach ihr, sie stand auf. »Schön wär's –«, sagte sie und ging Sandkuchen kosten.

*

Die Geburt verlief problemlos, das Kind kam in einem einzigen Schwall zur Welt; es war, als wollte die Natur die Schmerzen der ersten Geburt gutmachen. Oder war es der professionellen Fürbitte der Praktizierenden Enzler zu verdanken, die von der Familie Gerber-Schaffner in schwierigen Situationen immer beigezogen wurde? Vielleicht war aber schon so viel Gedankengut von Maggie Bleaker Addington in Hanni eingeflossen, dass sich jede körperliche Verkrampfung löste. Auch beim Stillen verspürte Hanni eine Innigkeit mit ihrer Tochter, die sie bei Felix nie gehabt hatte. Mit Felix hatte sie Mitleid gehabt, mit Regula fühlte sie sich eins. Ja, ein Mädchen, eine Tochter war's, die Hanna ihrem Schwiegersohn in die Arme legte, als er tags darauf kam; er hatte auch bei der Geburt seines zweiten Kindes nicht dabei sein können. Der Militärdienst ging vor.

*

»Aber ich bitte dich, doch nicht Regula! Muss es immer der Frauenlob sein, der deinen Kindern den Namen gibt? Ist ihm Hanna zu wenig nobel?« Betty war wieder empört.

»Hast nicht du selbst damals den Namen vorgeschlagen für ein Mädchen, das im Großmünster getauft werden soll? Und da wird auch Regula getauft wie alle Frauenlobs.«

»Das war doch ein Scherz, versteht ihr Frauenlobs denn gar keinen Spaß!«

Die Tochter von Hanni und Walter Frauenlob-Gerber wurde mit allem gebührenden Ernst im Großmünster auf den Namen Regula Hanna getauft. Die Taufpaten waren wieder Betty und André Bizzi, die die Mehrbelastung gelassen auf sich nahmen: »Tafelsilber ist nur bei Mädchen Tradition, das kostet uns ein Löffelchen pro Jahr, Löffeli, Pantöffeli, ist doch ein Klacks, wir machen auch noch beim Dritten mit, wenn's ein Bub ist.«

Der Vater des Täuflings hatte die Anspielung des Paten sehr wohl mitbekommen, aber in Hinsicht auf ein drittes Kind fühlte er sich verunsichert. Bei Felix' Taufe hatte Pfarrer von Grebel ihm zugezwinkert: »Weiter so!« Heute hatte er kein Zeichen gegeben. Wie weiter also?

Als seine Schwester bei der Taufe alle Aufmerksamkeit auf sich zog, wurde der vierjährige Felix nun doch etwas quengelig. Nach dem Gottesdienst, den Pfarrer von Grebel uniformiert und gestiefelt feierte, nahm Hanna Gerber den Kleinen in ihre Obhut und ging mit ihm und den Bizzi-Zwillingen an die Limmat Enten füttern. Vor zwei Tagen war innerhalb von vierundzwanzig Stunden sechsmal Flieger-alarm gewesen, da würden die Amerikaner heute wohl einmal Pause machen.

Betty hatte kurz nach Felix' Taufe ihren Hans bekommen und – immer im Bestreben, ihre große Schwester zu übertrumpfen – obendrein noch den Zwillingsbruder André, den sie später Andrew rufen würde. Auch jetzt war sie wieder schwanger. Ihren dicken Bauch stellte sie so selbstbewusst zur Schau wie ihren Gatten im feinen Tuch eines Offiziers, der sie am Arm führte. Ja, die Bizzis waren feine Leute geworden. André genoss die Protektion des jungen Dr. Hans Schwarzenbach, der sein Chef geworden war. Er hatte veranlasst, dass André eine kriegsbedingte Schnellausbildung zum Offizier des Sekretariatsdiensts absolvieren konnte, um ihn im Büro der Schwadron einsetzen zu können, die er befehligte.

Diese Beförderung machte Walter Frauenlob nicht wenig zu schaffen. Der Schwager, der in Uniform immer dieses mokante welsche Lächeln zur Schau trug, als ginge es um einen Männerspaß und nicht um eine todernste Sache. Einer, der sich über die preußisch zackige Art der Deutschschweizer lustig machte, wurde Offizier! Er dagegen, der mit Leib und Seele, ja mit ganzer Schweizer Seele, seinen Dienst leistete, war im Rang eines Unteroffiziers verblieben. »Oberleutnant Sekretariatsdienst! Das ist doch nichts als eine bessere Büro-Ordonnanz!«, meinte Wachtmeister Frauenlob. »Ist ja fast ein Luftschützler.«

Hanni drückte seinen in groben Uniformstoff gekleideten Arm und lächelte über seine Eifersucht. Ja, in dem Moment konnte sie über Soldatisches lächeln, die glückliche Geburt und die Aussicht, ein Mädchen aufziehen zu dürfen, machten für diesen einen Tag den zerstörerischen Sonderurlaub vergessen. Hanni lächelte, als lächelte sie über eine andere Frau. »Immerhin kein Blauer! Komm, Wachtmeisterchen, trag deine Tochter auch einmal, sie ist ein schwerer Mocken.«

Hanni und Walter mit ihrer teuren Last vorneweg, die Bizzis, die Großeltern Frauenlob-Estermann in lockerer Formation hintendrein und ganz am Schluss, ziemlich verloren ohne Hanna, Hans Gerber, Schirm und Tasche seiner Frau tragend.

*

Das Taufessen war trotz Rationierung reichlich. Hans Gerber hatte schweren Herzens Hannas Zureden nachgegeben und das Hausschwein geschlachtet, das er für Zeiten größerer Not hatte aufsparen wollen. Zartes Rindfleisch kam vom *Bockengut* ob Horgen, wo die Familie Schwarzenbach residierte. Dr. Hans hatte Verständnis gezeigt für André Bizzis Absicht, dem Schwager ein Beispiel feinerer Lebensart zu geben. Seiner standesbewussten Mutter Renée Schwarzenbach getraute Dr. Hans sich nicht, Mitteilung zu machen, dass er eigenmächtig den hauseigenen Rindfleischbestand vermindert hatte, sie hätte die Anbiederung eines Schwarzenbach an Unterständische schärfstens missbilligt und Häsi sogar mit ihrer Reitgerte eins auf die Finger gepfitzt.

Witwe Gugler brachte wie gewohnt »das Gschenkle« – ein Rosenkranz. Nützte der Rosenkranz nicht, so schadete er nicht. Dr. Schellenberg hatte sich von seiner Küchen-Delegierten Scholz entschuldigen lassen, es war so herrliches Bergwetter, außerordentlich für die späte Jahreszeit, es war zu nutzen, ehe es in Winterwetter umschlug. »Dem Balg alles Gute – alles Gute können wir heute alle brauchen, mehr als einen neuen Balg.« Ließ er ausrichten. So feierte die übliche Gesellschaft, vermehrt um den vierfachen Nachwuchs, den Frauenlobschen Taufsonntag des Jahres 1942, in Minne vereint, als hätte der Weltfrieden einen übereifrigen Vorboten geschickt.

Es gab nur einen kritischen Moment, als Ernst Frauenlob in seinem Bibelzitatenschatz zu kramen begann. Da drohte der Hausfrieden in Schieflage zu geraten. »Wenn es nach der Bibel ginge, gehörte heute eigentlich Kalbfleisch auf den Tisch – auch wenn ich nichts gegen die spanische Suppe von unserem Berliner Napoleon gesagt haben möchte.« Er beglaubigte sein herbes Kompliment an Waltraud Scholz, indem er sich das Gilet aufknöpfte. »Das nicht. Aber, frage ich euch, hat der Vater nicht ein Kalb geschlachtet für den verlorenen Sohn? Er hat das getan – die Geschichte steht in Lukas 15.«

»Mir ist die Bibel nicht ganz fremd geblieben, Vater, aber bitte, was soll die Taufe unserer Regula mit der Geschichte vom verlorenen Sohn zu tun haben?«

»Jede Tochter, das sage ich als alter Soldat, ist ein verlorener Sohn.«

»Pfui, Ernst! Schäme dich, das ist Gott gelästert!« Noch nie hatte man die kleine Martha Frauenlob-Estermann so laut vernommen, selbst der Gescholtene war überrascht, unangenehm, er war sich Schelte von seiner Frau nicht gewohnt. Pikiert war er, dass man seinen Spaß nicht verstehen wollte. »Ah bah – hast du je einen Scherz von mir verstanden, Martheli?«

»Das arme Geschöpfchen, das einen solchen Großvater hat, der Herrgott stehe ihm bei.« Martha Frauenlob zupfte das Spitzentaschentuch aus der Manschette ihrer Seidenbluse, um die Tränen zu trocknen.

»Von mir redet kein Mensch«, dachte Hans Gerber, er legte die Serviette, zweimal gefaltet, auf den Tisch und stand auf. Alle waren überrascht, dass der stille Großvater Gerber eine Tischrede halten wollte.

»Aber Vater –!«, rief Hanni, sie dachte an sein schwaches Herz.

»O nein«, Hans Gerber realisierte, dass sein Aufstehen missverständlich war. »Ich brauche nur etwas frische Luft«, sagte er und trat auf den Balkon hinaus.

Hanna kannte die Empfindlichkeit ihres Mannes gut genug, sie folgte ihm – »wenn ihr erlaubt«.

Da standen plötzlich zwei Schattengestalten vor dem brennenden Abendhimmel, eine hohe dünne und eine kleine feste, und bildeten eine Einheit. Die Tischgesellschaft verstummte, Hanni zupfte nach dem Taschentuch unter dem BH-Träger. In die Stille hinein meldete sich das Leben zurück, Regula schrie nach Nahrung, sie wollte gesund und stark werden, wie ihre Großmutter es verlangt hatte.

9.

»Ich hätte es wissen müssen!«

Nach Regulas Taufe begann Ernst Frauenlob zu kränkeln. Schwitzen, Frösteln, Atemnot, Müdigkeit, Fieberanfälle wechselten in immer schnellerem Rhythmus. Der Zustand war ihm ungewohnt und machte ihn ungeduldig, er hatte ein gesundes Leben geführt, hatte sich immer stark gefühlt, war nie krank gewesen und sollte nun dahinsiechen? »Es war dieser gottverdammte Durchzug, die Kaltluft von der Balkontür her, wo die Gerbers standen. Wozu sage ich mein Leben lang: Die Löcher zu!«

»Du hättest nicht im Gilet ohne Jacke am Tisch sitzen sollen, so wie du immer schwitzt, wenn du getrunken hast.«

»Ah bah, Martheli – willst du mich auf mein Ende hin noch Mores lehren! Ich hätte es den beiden alten Romantikern sagen sollen, sie sollten, Herrgottsackerment, die Tür schließen. Wie kann man Anfang November alle Löcher offen stehen lassen! Das hätte ich sagen sollen. Aber man ist ja nicht so, man muss freundlich tun mit den lieben alten Leutchen. Das hat man nun davon. Lieber reich und gesund als arm und krank.« Ein Hustenanfall erstickte weitere Tiraden.

Ärger kannte Ernst Frauenlob, aber keine Angst. Er beruhigte sich, nachdem er ein für alle Mal Ursache und Wirkung klargestellt hatte, und sah gefasst seinem Ende entgegen, das abzusehen war, als sich sein Zustand, nach einer kurzen Erholungsphase, wieder verschlechterte. »Was sein muss, muss sein – nun sind wir halt dran.« Wie immer bemüht um Fassung und Stil, wollte er auch im Abgang von dieser Welt Form und Haltung wahren und eine Abschiedsfeier abhalten. Auf seine Frau war in dieser Sache kein Verlass, für Rituale außerhalb der *Komeedi* hatte sie weder Sinn noch Verständnis. Nur kein

Aufhebens machen, nur kein Aufsehen erregen war ihre Devise – wer wollte, mochte das Bescheidenheit nennen, er, Ernst Frauenlob, wusste, wer hinter diesem Getue stand. Er sah das anders. Item, für die Inszenierung seiner Abschiedsvorstellung setzte er auf Sohn und Schwiegertochter, ja, auch auf Hanni, sie hatte es verdient, mit einbezogen zu werden. Walter hatte damals recht gehabt, als er sie eine Gute nannte, das hatte man in all den Jahren doch erfahren dürfen, dass es auch solche Frauen gab. Lesen mochte sie, was sie wollte, wenn sie nur Walter damit in Ruhe ließ. Was sie offenbar auch tat.

»In ein Spital bringen mich keine zehn Pferde. Abschied wird zu Hause gefeiert.« Sohn und Schwiegertochter lösten die Ehebettgemeinschaft im Schlafzimmer auf und stellten das Bett des Vaters ins Wohnzimmer, das für die Besucher hergerichtet wurde. Die Möbel aus diesem Zimmer wurden neben Marthas Bett gestapelt. Wenn er nicht von einem Hustenanfall geplagt wurde, dirigierte Ernst mit starker Stimme den Umzug, als wäre er aufs Alter noch zum Feldweibel befördert worden.

Er ließ sich in seidene Schlafanzughosen und sein Sonntagshemd kleiden, ohne Kragen, damit er genug Luft zum Atmen hatte. Mit der Ochsenmarkpomade wichste er zum letzten Mal seinen Bart und fixierte sein dichtes graues Haar, und er sah im Handspiegel, den Hanni ihm vorhielt, dass er elegant ausschaute. Die Glasdose mit dem bernsteingelben Schmiermittel wischte er mit dem Taschentuch sauber und gab sie Hanni: »Die hinterlasse ich Felix, mir scheint, der junge Mann hat Sinn für solches.« Nun war er für die Lagerung gerüstet. Sohn und Schwiegertochter halfen ihm aufs Bett hoch, schoben ihm Feder- und Kopfkissen in den Rücken, damit er aufrecht sitzen und frei atmen konnte, über die Beine legten sie ihm eine Wolldecke. »Nicht hochziehen, Herrgottsackerment!« Die Angst, zugedeckt zu werden, führte zu einem Ausbruch. Als alles so war, wie er wollte, beruhigte er sich schnell wieder. »Sind alle Löcher zu?« Er war bereit.

Martha ließ die Besucher ein, als der Regulator metallharmonisch drei Uhr schlug.

Die Bizzi-Zwillinge, weizenblonde Lockenköpfe, als hätte der Himmel sie zum Empfang gesandt, drängten vor, bis sie den alten Mann auf dem hohen Bett sahen, da erschraken sie, wichen zurück und drückten sich fest an Vater und Mutter, die Jacques auf dem Arm hielt wie Hanni ihre Regula. Felix ging geradewegs zum Bett, um den Großvater zu begrüßen.

Der Ärmel am Sonntagshemd war nicht zugeknöpft, um jedes Engegefühl vom Kranken fernzuhalten, er verschob sich, als Ernst seinem Enkel die Hand reichte. Eine blaue Anker-Tätowierung zeigte sich, die Felix noch nie gesehen hatte. Als Ernst Frauenlob dem starren Blick seines Enkels folgte, zog er schnell am Ärmel, als wollte er mehr als die Tätowierung verdecken. Er legte Felix die Hand auf den Scheitel: »Deine Mutter hat etwas für dich, nutze es sparsam, aber nutze es, ein Mann braucht das.«

»Danke, Großvater.«

Walter Frauenlob bemühte sich, die Feierlichkeit nicht zu stören und die Tränen zurückzuhalten. Er räusperte sich. »Vater!«

»Keine Sentimentalitäten jetzt, Walterli, benimm dich wie ein Mann!« Die Worte des Kranken waren markiger als die Stimme, denn die war doch stark vom Husten mitgenommen. »Aber wo ist der Napoleon? Martheli, ich kann Fräulein Scholz nicht sehen! Wo ist sie? Fräulein Scholz muss her!« Die plötzliche Aufregung verursachte beim Kranken einen heftigen Hustenanfall, der die Kinder erschreckte und die Erwachsenen in ihrer Befürchtung bestätigte, dass es dem Ende zuging. Martha reichte ihm ein Handtuch, mit dem er den Auswurf auffing. Ernst Frauenlob hatte bei den Taufsonntagen, die sein Sohn zelebriert hatte, eine Zuneigung besonderer Art zu Waltraud Scholz entwickelt. Er hatte an der preußisch forschen Art dieser kleinen Person Gefallen gefunden, obwohl er sie dafür geneckt hatte – »aber immer mit Respekt«. Sie hatte Anstand alter Schule und wusste ihn energisch einzufordern, wenn sie es für erforderlich hielt, gerade Männern wie Ernst Frauenlob gegenüber. Das vermisste er an seiner bescheidenen Martha, die Fräulein Scholz im Übrigen bis auf den grauen Haarknoten glich, außer dass bei ihr, anders als bei Waltraud Scholz, keine Strähne unbezähmt blieb.

Martha führte Fräulein Scholz, die draußen wie eine vom Personal gewartet hatte, an der Hand vors Bett.

»Na also, da sind Sie endlich! Ohne Sie hätte ich nicht anfangen können – und nicht aufhören, he he!« Ernst Frauenlob beruhigte sich. »Dann sind nun meine Kinder alle hier.«

»Wenn man das nu so sicher wüsste!« Da war aber die Berliner Schnauze mit der armen Waltraud Scholz durchgegangen. »Jottojott, was ist mir denn da Dummet rausgerutscht. Ach, du mein Gott, Herr Frauenlob –«, sie begann zu weinen.

»Nicht heulen, Fräulein Scholz! So ist's recht, keine Sentimentalitäten, tapfer sein, aber brav bei den Fakten bleiben: Meine Kinder sind wahr und wahrhaftig alle hier, alle, sage ich, keines zu viel, keines zu wenig, das kann ich beschwören, allen Erbberechtigten zur Beruhigung, wenn denn viel zu erben wäre.« Er ließ seinen Blick über die leiblichen und angeheirateten Kinder gehen – plötzlich schien er sich innerlich zu entfernen, immer weiter, er folgte seinem Blick, der über alle hinaus in die Ferne ging. »Alle meine Kinder«, sagte er leise. Er schloss die Augen und legte sich zurück.

Seine großen und kleinen Kinder verabschiedeten sich still und stumm, jedes mit einem eigenen Blick auf den Schlafenden.

*

Martha Frauenlob meldete ihrem Sohn am andern Morgen telefonisch, sein Vater sei nach einem letzten kurzen Aufwachen um Mitternacht für immer eingeschlafen.

»Hast du den Regulator angehalten?«

»Das war es doch, was er mir beim letzten Aufwachen befohlen hat«, antwortete Martha, »dass ich das tun soll, ich dürfe es keinesfalls vergessen. – Bist du noch dran, hörst du zu? – Ich habe auch seine letzte Anweisung befolgt.«

»Das ist recht so«, sagte Walter. »Gewisse Sachen gehören sich halt, man muss Zeichen setzen, damit alles seinen Sinn bekommt.«

Er legte auf und weinte.

10.

Im Frühjahr dann veränderte auch Hans Gerber seine Situation, wie es bei der *Wissenschaftlichen Christengemeinde* hieß, und verließ diese Welt. Tod, wo ist dein Sieg? Krankheit und Tod gab es für die *Wissenschaftliche Christengemeinde* nicht.

Krankheit? Hans Gerber hatte sich schon lange vor der Welt in die Tiefe seines Gemüts gerettet, sich da verlaufen und den Ausweg nicht mehr gefunden. Ein Herzanfall, ein Herzinfarkt, ein Herzschlag – es war sein Herz, das nicht mehr wollte.

Tod? Hans Gerber fand den ewigen Frieden zwei Jahre bevor der Krieg in Europa zu einem Ende gebracht wurde, am frühen Morgen des 1. Mai 1943 ging er in den endlosen Schlaf über, still und leise, wie er gelebt hatte. Um Mitternacht hatte er noch wie jedes Jahr an Hannas Arm auf dem Lindenhof gestanden und dem Maisingen der Zürcher Singstudenten zugehört; er musste beim Einschlafen ihren Gesang im Ohr gehabt haben, der alte Kaisersänger:

Der Mai ist gekommen,
Die Bäume schlagen aus,
Da bleibe, wer Lust hat,
Mit Sorgen zu Haus!
Wie die Wolken wandern
Am himmlischen Zelt,
So steht auch mir der Sinn
In die weite, weite Welt.

Hans Gerbers Welt lag anderswo.

11.

Hanna Gerber-Schaffner wurde es eng ums Herz, so allein, ohne Hans, an der Hofstraße. Vier Jahre war er nun schon tot, aber sie hatte sich nicht an seine Abwesenheit gewöhnt. Was suchte sie ohne ihn auf der Welt? Die Töchter brauchten sie nicht mehr. Betty hatte ein Kindermädchen und einen gutmütigen Mann, der im Haushalt half, wenn sie Migräne hatte. Felix bekam von Hanni die Aufmerksamkeit, die er brauchte. Regula war ein Herz und eine Seele mit ihrer Mutter, was beiden sichtlich guttat. Und wenn der Kleine, der jetzt noch dazugekommen war, so leicht durchs Leben ging, wie er auf die Welt gekommen war, dann würde Hanni bald verkraften, dass er nicht nach Plan gekommen war. Für alle war gesorgt, allen ging es gut.

Hanna Gerber-Schaffner hatte ihre Schuldigkeit getan, sie hatte zum Wohl und zur Zufriedenheit aller gelebt, solange sie sie brauchten. Nun war es Zeit zum Ausruhen. Knappe vier Jahre nach ihrem geliebten Mann beendete sie ihr Leben im Schlaf, von dem sie zeitlebens immer zu wenig gehabt hatte.

*

Hanni und Walter hatten innert vier kurzen Jahren drei Elternteile verloren, alle erst gute sechzig, noch frei von Anzeichen des Alterszerfalls – es schien, als hätten die zwei Weltkriege und die Krise dazwischen ihre Energie vorzeitig verbraucht. Die Kleinste und Unscheinbarste von allen, deren zierliche Erscheinung Mitleid erregte, Martha Frauenlob allein weigerte sich, ihrem Gatten in gebührendem Abstand zu folgen, wie sie es ihr Eheleben lang getan hatte. Der Mann, vor dem sie in die *Komeedi* geflüchtet war, war nicht mehr. Sie hätte es nie laut gesagt, aber sie fühlte sich befreit. Und das neue, noch nie erlebte Gefühl von Freiheit war so stark, dass es auch die Fesseln endlich löste, die sie an die Apostelsekte gebunden hatten. Sie empfing noch ein letztes Mal die drei Brüder vom Ältestenrat, denen die Trauerbesuche oblagen, zum obligaten Münzentee und Kuchen. Als der Gemeindeevangelist beim Abschied auf sie zutrat und ihre Hand in seine mit Schweiß gesalbten Hände nehmen wollte, wich sie einen Schritt zurück und verschränkte die Arme. »Ich danke euch für euren Besuch, nun geht aber und lebt wohl und sagt dem Apostel, dass ich euch nicht mehr brauche, und ihn auch nicht mehr.« Die frommen Männer trauten ihren Ohren nicht. Bis sie begriffen hatten, was Martha Frauenlob gesagt hatte, war die Tür hinter ihnen verriegelt. Auf dem Rückweg berieten sie, wie sie dem Apostel den Verlust dieses treuesten Mitglieds der Gemeinde beibringen sollten. Und sie begannen unter den weißen Nylonhemden heftig zu schwitzen.

Walter kam zu Besuch, um sie einzuladen, *auf der Schanze* vorbeizukommen, wann immer ihr darnach sei. Sie antwortete: »Ich danke dir, ich danke auch Hanni. Vielleicht komme ich einmal, aber erwartet mich nicht, ich finde mich allein zurecht. Übrigens kannst du den Regulator und die Hausbibel mit nach Hause nehmen.«

Er zeigte Verständnis für ihren Wunsch, erst einmal in Ruhe gelassen zu werden, um sich ihr Leben als Witwe einzurichten. Den Regulator nahm er gern als Erinnerung an den Vater mit, die Hausbibel wollte er jedoch vorläufig in ihrem Besitz lassen. »Wer weiß, ob du nicht gelegentlich darin Trost suchen möchtest.«

»Wie du meinst, dann lass sie da«, sagte sie.

Die Uhr, die sehr exakt lief, montierte er im Taufzimmer,

der Balkontür gegenüber, und setzte das Pendel mit einem sanften Stups wieder in Bewegung.

Es war, als hätte er damit das Leben seiner Mutter in neuen Gang gebracht. Wenn er versuchte, sie telefonisch zu erreichen, um sie zum Essen oder auf einen Ausflug einzuladen, schien sie nicht zu Hause zu sein, was so häufig geschah, dass der Verdacht aufkam, sie nehme das Telefon einfach nicht ab. Oder sie dankte kurz für den Anruf und sagte, sie sei gerade am Gehen und müsse nun auflegen, sie werde gelegentlich zurückrufen, was sie aber nie tat. Ein einziges Mal hatte Hanni den schüchternen Versuch gestartet, sie zu fragen, ob sie die Kinder hüten könnte. Martha hatte höflich und leise, wie es ihre Art war, aber mit ungewohnter Entschiedenheit geantwortet, dafür habe sie keine Zeit, nie. Sie brachte zwar jedes Mal den Kindern *Frigor*-Schokolade mit, wenn sie zu einem ihrer raren Besuche kam. Weiter kümmerte sie sich aber nicht um sie, fragte sie nichts, spielte nicht mit ihnen. Sie schaute Hanni eine Weile beim Kochen zu, hütete sich in die Küche einzutreten, setzte sich auf den Balkon, legte die Hände in den Schoß und schaute über die Stadt hin. Stand das Essen auf dem Tisch, trat sie ins Zimmer, setzte sich und begann zu essen, ohne wie früher erst zu beten. Sie aß nicht viel, aber mit gesundem Appetit. Nach dem Essen ging sie gleich. »Den Abwasch werden ja die Kinder machen« – ob sie alt genug dafür waren, kümmerte sie nicht, es war ihr Abschiedsgruß, dann ließ sie sich von allen auf die Wange küssen und verschwand die Treppe hinab. »Lass nur!«, sagte sie zu ihrem Sohn, der sie begleiten wollte, »das schaffe ich allein.«

*

Nach dem Tod der Eltern und dem Rückzug der Schwiegermutter war es Hanni, als müsste sie nun die Stellung ihrer Mutter in der Familie einnehmen. Ein schweres Erbe. Hatte sie die Kraft und den Willen ihrer Mutter?

Walter seinerseits zweifelte nicht daran, dass er die Geschicke der Familie Frauenlob ganz im Sinne seines Vaters weiter leiten würde. Seine bisherigen Bemühungen um den Taufsonntag garantierten das.

Der feierliche Abschied, den sein Vater vom Leben genommen hatte, hatte ihn stark beeindruckt. Noch war er zu jung, um sich vorzustellen, wie er diese Gelassenheit aufbringen könnte. Aber das Ziel war gesetzt: Wenn einmal seine Zeit gekommen war, dann wollte er sich ebenso würdevoll verabschieden. Vom Intermezzo mit Waltraud Scholz war abzusehen; der Vater hatte es zeitlebens geliebt, mit Frauen zu scherzen – das war Charaktersache, das hatte mit Stil nichts zu tun. Und dereinst, wenn die Reihe an ihn kam, würde Fräulein Scholz aller Wahrscheinlichkeit nach nicht mehr zu den Besuchern gehören.

Der Plan hatte noch zwanzig Jahre Zeit zu reifen. Erst dann würde Walter Frauenlob einen ersten Schritt hin zur Inszenierung seines Ablebens tun: Er würde sich zu seinem fünfzigsten Geburtstag ein Grab auf dem Friedhof Hohe Promenade kaufen. Das war seit alters her kein einfaches Geschäft. Auf dem Friedhof zu Füßen des Zürichbergs ließen sich die Leute zur ewigen Ruhe betten, die es sich leisten konnten, an dessen Hängen zu leben. Walter war dieses Privileg bekannt, er wusste, dass er, wohl zum letzten Mal, auf die Dienste Pfarrer von Grebels angewiesen war, um dieses Grab zu kaufen. In einer langen Unterredung legte er dem Pfarrer seine Gründe für den Kauf dar. Überzeugend offenbar, denn Pfarrer von Grebel nutzte seine Beziehungen und vermittelte den in jeder Hinsicht kostbaren Grabplatz. Das positive Resultat seiner Bemühungen teilte er Walter mit einem zwinkernden Auge mit, aber das Zwinkern war nicht durch die Situation gegeben, dazu war sie doch zu ernst, sondern es war im Lauf der Jahre chronisch geworden.

Nicht nur die Gesellschaft auf diesem Friedhof war attraktiv wie sonst nirgendwo in Zürich, es war auch die Erde, in die man gebettet wurde. Sie hatte eine chemische Zusammensetzung, die die Leichen mumifizierte, insofern also dem zukünftigen Bewohner nachweisbare Sicherheit gab, in seiner gewohnten Gestalt weiterzuexistieren. Eine Sicherheit, die geistliche Vertröstung auf das ewige Leben der Seele nicht zu geben imstande war.

Noch war es mit Walter Frauenlob nicht so weit.

12.

Max – wieso Max?

Am 8. Mai 1945 war der Krieg zu Ende. Friede auf Erden! Die Kirchenglocken läuteten, Menschen weinten auf offener Straße, umarmten sich, tanzten, die Jungen lachten, schwenkten Fahnen, die Schweizerfahne und die Fahnen der Westalliierten, die Älteren, die den Ersten Weltkrieg erlebt hatten, machten ernste Gesichter. Nie mehr Krieg!

Kaum ein Jahr später wurde Walter Frauenlob wieder zu einem regulären militärischen Wiederholungskurs aufgeboten. Genug war nie genug. Verglichen mit dem Aktivdienst war es wieder das alte Spiel: hocken und warten, SOS – Singe oder Seckle.

Das war nicht Dienst in Walters Sinn, zu dem Zweck hatte er nicht seine liebe Frau und die beiden Kinder nach so kurzer Zeit schon wieder verlassen. Sie hatten einen dicken Schlussstrich gezogen und sich so schön als Familie eingerichtet, wie er es sich während der ganzen Dienstzeit erträumt hatte. Ihre Ehe schien dadurch gefestigt, dass Hanni und er allmählich in die Rolle der Familienältesten hineinwuchsen. Ende der zweiten Woche, ohne Aussicht auf Urlaub, verschaffte er sich auf dem Kompaniebüro einen Auftrag, der ihn ins Zeughaus mitten in der Stadt führte. Der junge Hauptmann, dem nach Kriegsende eine Schnellausbildung verabreicht worden war, um den Generationenwechsel im Offizierskorps aufzufangen, versäumte es, die Zeit für die Rückmeldung festzulegen. Der altgediente Wachtmeister schwang sich aufs Rad und pedalte munter in den Auftragsrayon. Seine Schuld war es nicht, dass *auf der Schanze* in diesem Rayon lag.

Wovon lebte der Soldat im Dienst? Von Kartoffeln. Walter, ein notorischer Verächter der Knolle, wenn sie nicht als *Steak-*

etfrites aufgetragen wurde, kam voller Lust auf ein gutes Stück Fleisch nach Hause. Hanni hatte den Besuch nicht erwartet und darum auch kein Fleisch eingekauft. Unglücklich war sie deswegen nicht, sie glaubte sich auf die Wirkung der Kartoffeln verlassen zu können – sie bereiteten ihm Kopfschmerzen. Und pflegten zuverlässig die Fleischeslust des Soldaten, der auf Urlaub kam, zu dämpfen. Kartoffeln waren immer im Haus, Hanni machte sich daran, eine Rösti zu braten.

Empfängnisverhütung, das Wort war ihnen nicht unbekannt, das Mittel dazu auch nicht, es lag in der Nachttischschublade, aber der Einsatz des Gummis war nach einem ersten misslungenen Versuch vertagt worden. Die Fingerfertigkeit, die er voraussetzte, war Walter in dem Moment abgegangen, wo er angebracht war. Das Hantieren im Zustand der Erregung war ihm so peinlich wie Hanni, die helfend eingreifen wollte. Ohne Erfolg.

Walter hatte sich danach immer auf Hanni und ihre Berechnungskunst verlassen, er durfte doch wohl annehmen, dass sie das Innenleben ihres Körpers besser kannte als er. Hatte sie nicht den Verkehr nach Regulas Geburt bislang pannenfrei geregelt? Sie hatte einmal versucht, Walter in die Verantwortung mit einzubeziehen, und ihm Hendrik van de Veldes *Die vollkommene Ehe* auf den Nachttisch gelegt. Hatte sie vergessen, dass Walter ein schlechter Leser war? Schon gar kein Leser einer *Studie über Physiologie und Technik* der Ehe? Das sexuelle Leitbuch ihrer Generation verschwand so diskret, wie es hingelegt worden war, in der Nachttischschublade zum Gummi, wo beide vergeblich auf ihren Gebrauch warteten und verstaubten. Und wären sie überhaupt in Betracht gekommen, die Zeit nahte, wo ihre Dienste weder theoretisch noch praktisch mehr gefragt waren.

Heute aber hätte auch van de Velde nicht verhüten können. Beim Röstibraten überkam Hanni ein fast vergessenes, wenig vermisstes wohliges Gefühl, das sich breit und breiter machte und alle hemmenden Gedanken aus dem Kopf drängte, sich frech und frei im ganzen Körper bis in den Unterleib vertiefte. Walter saß drinnen am Tisch und wartete auf sie! Ein fröhlicher Soldat, der verschmitzt von seinem Streich erzählt hatte. Über den jungen Hauptmann hatten sie beide gelacht wie schon lange nicht mehr. Kein Schimmer von jener schwarzen Nacht des Sonderurlaubs. Ein Mann wartete auf sie, ein Mann! Alle Erinnerungen, Enttäuschungen und Entbehrungen schlugen in Erregung um.

Hanni war die beste Röstibraterin der schweizerischen Welt, eine große Essenslust überkam Walter beim Anblick der goldenen Röstiplatte, die sie auftrug. Und mit ihr ein tiefgehendes Wohlbehagen. Er erlag dem Goldschimmer, der über Hannis Gesicht lag und leuchtete und leuchtete. Im Goldglanz gingen die Kopfschmerzen unter, noch bevor sie aus dem Magen aufsteigen konnten.

Regula schlief den Mittagsschlaf, Felix war in der Schule, Max wurde gezeugt.

*

Wieso Max?

Sie hatten nicht mit ihm gerechnet. Und auch wenn Hanni ihre Tage richtig errechnet gehabt hätte, hätte das der lustvollen Röstilaune nichts anhaben können. Das Kind kam, Felix und Regula hatten einen Bruder. Felix war alt genug, um sich seiner Privilegien bewusst zu sein, und fühlte sich durch den Neuankömmling nicht konkurrenziert, er war ihm gleichgültig. Regula dagegen freute sich sehr über ihren kleinen Bruder: »Ich werde ihn einmal heiraten.«

»Ja, wahrscheinlich!« Hanni lachte über die Entschiedenheit, mit der die Fünfjährige ihren Entschluss bekanntgab.

Die Kleine nahm das Lachen der Mutter als Zustimmung. Umso mehr erschrak sie, als sie eines Tages, noch ganz verschlafen, leise das Zimmer betrat, wo Hanni Max stillte. Die Mutter saß dem Fenster zugewandt und weinte: »Warum nur, warum nur?« Der Schrecken lähmte die Kleine, sollte sie hinlaufen und sich an Mutter hängen oder weglaufen? Bevor sie sich entschieden hatte, nahm die Mutter den Säugling von der Brust. Nun glotzte er über die Schulter der Mutter, voll auf seine Verdauung konzentriert, welche sie durch leichtes Klopfen auf seinen Rücken förderte. Das Bäuerchen, das er schließlich von sich gab, war fast schon ein ausgewachsener Bauer. Gleich würde er schlafen. Hanni stand auf und drehte sich Regula zu, sie hatte keine Hand frei, sich die Tränen abzuwischen: »Ist er nicht ein süßer Mocken, unser Max?«

*

Walter Frauenlob hatte endlich einen Sohn ganz für sich, den ihm niemand streitig machen konnte – von Regulas Ambitionen hatte er keine Ahnung. Er war bei Max' Geburt von Anfang bis Ende dabei gewesen, wie er es sich immer vorgestellt hatte, allerdings nicht ganz so blutig und schleimig. Aber sie verlief problemlos für alle Beteiligten. Der Vater durfte seinen stimmgewaltigen Sohn aus der Hand der Hebamme entgegennehmen und ihn unter ihrer Aufsicht in sein erstes Bad tauchen. Gewaschen und gebündelt legte er ihn der Mutter an die Brust. Er sah nicht, wie Hanni über ihn lächelte, Tränen raubten ihm die Sicht. »Geht's?«, fragte er. »Er ist schwer, unser Jüngster – schwer wie ein Konfirmand, hat die Hebamme gesagt.« Womit die Rührseligkeit ein Ende nahm.

*

Wieso *Max*?

Hatten die Stadtheiligen einen Bruder gehabt? Sie hatten einen Diener gehabt, einen alten Mann, der sie – Kopf unter dem Arm wie seine Herrschaft – zum Grab begleitete: Exuperantius.

Mit Felix und Regula war alles so schön aufgegangen, was Namen betraf, und der Tradition war Genüge getan. Mit einem Exuperantius hatte Walter nicht gerechnet. Exuperantius Frauenlob. »Wie das klingt! Das geht doch nicht, das ist zum Lachen, wenn's nicht zum Weinen wäre. Ein solcher Name macht meine ganze Familienplanung lächerlich. Was wird Pfarrer von Grebel dazu sagen? Der wird sich weigern, diesen Namen abzusegnen.«

»Familienplanung? Was für eine Familienplanung? *Das* ist zum Lachen! Und was die Meinung von Pfarrer von Grebel anbelangt – du hast vergessen, dass er pensioniert ist und dass der Name auf dem Stadthaus sanktioniert wird, nicht im Pfarrhaus. Aber noch ist Polen nicht verloren, und deine geliebte Tradition darf weiterleben: Auf gut Zürichdeutsch heißt der Diener nämlich Häxebränz.« Hanni lachte spöttisch. »Wollen wir nicht einen Häxebränz in unserer Familie haben – Häxebränz Frauenlob. In einem solchen Namen kommt verdächtig viel Bedeutsames zusammen, findest du nicht auch?«

Walter hatte für Hannis Spott kein Ohr. »Für einen Knaben klingt das leicht weiblich, zu sehr weiblich, würde ich meinen, bei allem Respekt ...«

»Es hat halt alles seine Tücken!« Hanni weidete sich an seiner Ratlosigkeit. Seine Verlegenheit offenbarte einmal mehr, in welch seichtem Gewässer er manövrierte, wenn er sein Traumschiff von Familientradition in den Strom der Geschichte einzuschleusen versuchte, da musste er auf Grund laufen. »Walter, besinn dich doch! Wer sind wir denn?«

»Genau das sage ich doch immer: Wir Frauenlobs sind auch wer!«

»Du hast das schon so oft gesagt, nur geht es jetzt nicht um die Frauenlobs. Es geht um die Namen Regula und Felix, die eine Bedeutung haben – ich wünschte nur, die beiden könnten ihr Leben lang ›die kleine Königin‹ und ›der Glückliche‹ bleiben, nebenbei bemerkt. Bei Exuperantius jedoch weiß kein Mensch, was der Name bedeutet, darum und weil er ein Diener war, wird er auch immer vergessen. Typisch Großmünster.«

»Ist das wahr, weiß man's wirklich nicht?« Walter überhörte die politische Spitze, er witterte die Möglichkeit, sich vom Namenszwang zu befreien, ungestraft die Tradition zu brechen. »Woher hast du das?«

»Alles gelesen, alles wahr.«

»Dann Max, dann einfach Max – Max Frauenlob tönt ganz gut, nicht?«

»Wie kommst du darauf?«

Walter war selbst überrascht: »Wenn ich das wüsste, der kam einfach so – wie der Kleine selbst.« Er lachte zufrieden, und damit war die Diskussion beendet.

*

Für die Kirchgemeinde Großmünster bedeutete eine Taufe die Aufnahme eines göttlichen Geschöpfs in den Schoß der evangelisch-reformierten Christusgläubigen, für den Vater des Täuflings Max war die Taufe im Großmünster gleichbedeutend mit der feierlichen Aufnahme seines Sohnes in die Familie Frauenlob. Der Anlass fiel allerdings dieses Mal bescheiden aus, sogar ein kleines bisschen enttäuschend.

Die Zeit der großen Not war vorüber. Der Mensch konnte sich wieder selbst helfen. Neben den Familienangehörigen saßen heute, wie vor dem Krieg, nur die paar alten lokalen Parzen verstreut in den Kirchenbänken. Nach dem altersbedingten Rücktritt Pfarrer von Grebels bewarben sich zu viele Kandidaten um seine Nachfolge und den Zutritt auf die Kanzel des großen Reformators, als dass schon einer hätte gewählt werden können. Gottes Mühlen mahlen langsam. Der Verweser, ein strebsamer junger Privatdozent der Theologie mit schwäbischem Akzent, richtete seine Tätigkeit mehr auf die Erforschung des Aramäischen als auf die Verkündigung des göttlichen Worts aus. Ihm fehlte der emotionale Bezug zu seinem Auftrag als Kirchenmann, abgesehen davon, dass er Mühe hatte, seinen Blick von Max' Patin abzuwenden, die auch bei ihrem dritten Auftritt am Taufstein des Großmünsters nichts von ihrer Attraktivität eingebüßt hatte. Seine Stimmkraft als Sänger vor dem Herrn reichte auch nicht aus, um den dünnen Gesang seiner treuen Gefolgsfrauen zum Hymnus zu erheben. Von der anhaltenden Treue der Familie Frauenlob dem Großmünster gegenüber hatte er so wenig Ahnung wie vom Zwinkern beim Abschied. – Walter hätte sich mehr Engagement des Theologen gewünscht, sein Sohn hätte mehr Würde, mehr Feierlichkeit verdient. Es hatte nicht sein sollen.

Draußen auf dem Zwingliplatz betätigte André Bizzi sich mit seiner *Leica* als Familienfotograf. Walter Frauenlob zündete seine *Sumatra* an und verpuffte sie auf dem Weg zwischen Großmünster und *auf der Schanze* mit Genuss.

»Bin ich froh, dass du nicht rauchst wie Walti! Stell dir vor, wie lange Hanni braucht, bis der Gestank aus seinen Kleidern ist. Was der nur vom Rauchen hat?« Betty küsste André auf die runde Wange. »Oh, ich liebe *Pitralon*!«

»Mhm.«

*

Es war nicht mehr wie früher.

»Nu, sehen Se, liebe Frau Hanni«, Waltraud Scholz hatte ihre Stirn in kanaltiefe Furchen gelegt, »ich bin ja kein heuriges Häschen nicht mehr, und wer weiß, was der Russe da in Mecklenburg noch in petto hat, und weil Neurubbelin nun mal in die Zone liegt und ich von der Familie eingeladen bin, was eine Außerordentlichkeit ist, ich meine, dass der Brief überhaupt herübergekommen ist, dann wär's dem Herrgott vor die Füße gespuckt, wenn ich da nicht hinginge. – Also, was ich sagen möchte, Sie verstehen, dass ich zur Familie fahren und die spanische Suppe für dieses Mal gern in Ihren Händen belassen möcht. Das nächste Mal werde ich dann ganz gewiss ooch –«

»Um Himmels willen, Fräulein Scholz, sagen Sie das nicht! Kein nächstes Mal, nie wieder eine Taufe, was sagen Sie denn da!« Hanni lachte, als wär's im Scherz.

»Nu, sagen Sie bloß! Den Taufsonntag feiern Sie doch jedes Jahr, seit bald zehn Jahren, und ist nicht jedes Mal ein neues Kind dazugekommen. Der Taufsonntag ist Ihre Familienfeier, Frau Hanni. Ein Ding der Unmöglichkeit ist es, dass Ihr Herr Angetrauter diese Tradition aufgeben möcht!«

»Das allerdings – aber gehen Sie nur, wenn Ihre Familie ruft.«

So stand Hanni an diesem 31. Oktober 1947 am Herd, während die altgediente Köchin Waltraud Scholz im Kreis ihrer Lieben drüben in der Ostzone weilte und, als sie die *Soljanka* löffelte, von der spanischen Suppe und den knusprigen Bleuler-Mäuschen träumte.

Es war nicht mehr wie früher.

Von den Großeltern saß nur noch Martha am Tisch, stumm wie eh und je und mit einem Ausdruck im Gesicht, als gehörte sie nicht dazu. Max würde ohne Großeltern aufwachsen, und ein Kind ohne Großeltern war wie ein Baum ohne Wurzeln.

Die Bizzis waren zu zweit gekommen. »Einmal ein paar Stunden Ruhe haben, Hanni! Weißt du noch, wie Mutter seufzte? Ich wüsste nicht, was ich ohne die Bonne aus Neuchâtel machen würde, ich staune, wie du das ohne Hilfe schaffst, Schwesterherz, und ich hoffe für dich, dass Max euer Letzter bleiben wird. Sollte es bei uns noch eines geben, man weiß ja nie, dann wird es das Letzte sein.« Dann hätte sie nämlich eines mehr als Hanni, und das war die Hauptsache. »Gehen wir, Schatz, wir müssen – man kann doch nie sicher sein, wie's zu Hause läuft, wenn man weg ist. Hast du die Autoschlüssel?« Bizzis fuhren seit neuestem nämlich einen mächtig eleganten *Chevrolet Fleetline*.

Man verabschiedete sich.

Der Täufling verschlief seinen Festtag, Felix war in seinem Zimmer damit beschäftigt, *Meccano*-Plättchen zum Eiffelturm zusammenzuschrauben, Hanni räumte mit Regulas Hilfe die Küche auf, die Kleine ging so sorgfältig mit allen Dingen um, dass sie ihr das Hutschenreuther Porzellan mit dem Zwiebelmuster anvertrauen und sicher sein konnte, es würde, Teller für Teller, unversehrt in die Tiefen des Buffets im Taufzimmer gelangen. Walter Frauenlob blieb am Tisch sitzen und dachte über die Zukunft nach. Es mochte nicht mehr wie früher sein, das war der Lauf der Welt. Aber die Familie war es wert, auch ohne weiteren Täufling einmal im Jahr gefeiert zu werden. Mit dem obligaten Kirchgang, sobald die Großmünstergemeinde wieder einen richtigen Pfarrer hatte – ja, er würde am Taufsonntag festhalten, solange er lebte.

13.

Wenn Hanni Rock und Pullover, beide dunkelgrau, über Korsett und Unterrock zog, sich die Granatbrosche über der linken Brust ansteckte, den schwarzen Topfhut aufsetzte und in den dunklen Mantel schlüpfte, dann ging sie »aufs Grab« ihre Eltern besuchen und mit ihrer Mutter reden. Regula nahm sie immer mit.

Der Friedhof Enzenbühl am oberen Ende der Stadt war angelegt worden, als Hannis Eltern geboren wurden, in einer Weitläufigkeit, als sollte sich die ganze Stadtbevölkerung an einem einzigen Tag hier zur Ruhe legen können. Nicht alle taten das, aber viele Berühmte und Bedeutende, deren Gedenken mit pompösen Grabmälern gefeiert wurde. Sie standen im Widerspruch zur kirchlichen Verkündigung, dass im Tod alle gleich sind. Vielleicht sind sie das tatsächlich, aber zugeben wollen das einige bis zuletzt und noch darüber hinaus nicht.

Hans und Hanni Gerber-Schaffner lagen wie die Mehrheit in einem Reihengrab, unter einem ungeschliffenen Granitstein, beschriftet mit schmiedeeisernen Lettern.

»Da unten liegt Grosi? Und Großvater auch?«

»Ihre Asche liegt in einem Topf begraben.«

Regula erschrak: »Ist Grosi verbrannt?«

»Nicht weinen, Liebes, es hat ihr nicht weh getan. Der liebe Gott hat uns einen Körper gegeben, damit wir einander sehen können, ein Wunder wie die ganze Natur – die hohen Bäume hier, die Vögel, hörst du den Specht, die Blumen da auf dem Grab. Aber wenn der Körper alt wird und so viel gebraucht worden ist wie der von Grosi und Großvater, dann wird es Zeit für die Menschen, ihn zu verlassen. Ohne Mensch ist der Körper nichts mehr wert, deshalb darf man ihn auch verbrennen und vergraben. Aber ein Grabstein steht da, damit wir nicht vergessen, dass Grosi und Großvater einmal mit uns gelebt haben.«

»Nie werde ich Grosi vergessen, nie!«, rief Regula. »Darf ich jetzt die Blumen gießen?«

Sie hatte ihre Kinderspritzkanne mitgebracht, mit der sie nun zwischen Grab und Brunnen eifrig hin und her ging und die Immortellen auf dem Grab begoss, fast jede Blüte für sich, damit sie viele, viele Male laufen konnte. Für Grosi.

Hanni redete währenddessen mit ihrer Mutter. »Mutter, wieso, wieso? Ich kann nicht mehr! Wie kann ich mit einem Dritten fertig werden? – Ja, Felix macht sich gut in der Schule, ein gescheites Kerlchen, wie du immer gesagt hast. Recht hast du gehabt. Manchmal redet er so altklug daher. ›Wie ein Altlediger!‹, sagt Witwe Gugler. Ja, ja, sie lebt noch, aber man sieht sie immer weniger, seit ihr Toni aus dem Hause ist. Aber Felix ist verzärtelt und wird es bleiben sein Leben lang. Wenn ich seine gesunden robusten Schulkameraden sehe und sie so grob reden höre, muss ich immer daran denken, wie er war, als er auf die Welt gekommen ist, und wie lange es gedauert hat bis zum ersten Schrei. Ich meine, ich müsste ihn beschützen bis ans Lebensende, er sieht so hilflos aus, wenn er unter fremden Leuten ist. Ja, ich glaube, selbst seine Schulkameraden sind für ihn Fremde. Doch, doch, ich weiß, dass ich ihn gehen lassen muss, aber es macht mir Angst, ihn in der Welt draußen allein zu wissen. Ohne uns beide, Mutter, dich und mich, was wäre aus ihm geworden? Schau dir Regula an, wie die sich durch die Welt bewegt, die weiß, was sie will, um sie brauche ich keine Angst zu haben, außer dass sie vielleicht einen zu starken Willen hat. Ach, wenn ich meine Regula nicht hätte – du weißt nicht, wie ich das kleine Ding brauche, jetzt erst recht. Ich schäme mich fast, es zu sagen, aber von ihr müsste ich lernen, mit dem kleinen Max umzugehen. Sie liebt ihn über alles, manchmal scheint's mir fast unheimlich. Ich warte nur darauf, bis wir als Frauen miteinander reden können. – Walter und ich reden immer weniger miteinander.«

»Mutter, warum weinst du? Es hat Grosi doch gar nicht weh getan!«

»Ja, ja –«, sagte Hanni. »Jetzt haben die Blumen genug getrunken.«

»Bis morgen.«

»Bis bald, ja, ja.« Sie nahm die Kleine bei der Hand und führte sie zum Friedhof hinaus.

Jedes Mal kamen Hanni die Tränen, wenn sie »aufs Grab« ging, nicht Tränen der Trauer, die Mutter lebte für immer, es waren Tränen der Erleichterung, dass sie mit ihr hatte sprechen können. Regula gewöhnte sich daran, es ängstigte sie nicht mehr, sie spürte, dass die Mutter nicht traurig war.

Hanni ging jede Woche auf den Friedhof. Mit wem hätte sie sonst reden können? Walter las brav, was sie ihm zu lesen gab, aber die Lektüre war für ihn eine eheliche Pflichterfüllung, nicht Anlass, zu reden, zu diskutieren, sich auszusprechen. Nur wenn es um die Darlegung seiner Prinzipien ging, wurde er ausführlich.

Worüber sollte man reden? Probleme kannte er keine. In seiner Familie war alles klar geregelt, Funktionen und Rollen waren verteilt, wie er es wünschte. Er konnte sich auf eine Frau verlassen, die ihre Aufgaben zuverlässig erfüllte. Es gab jeden Tag Essen auf den Tisch, kein schlechtes für das bescheidene Budget, das sie hatte. Sie hatten alle saubere Wäsche und Kleidung. Die Kinder waren anständig erzogen und auf guten Weg gebracht. Darüber hinaus las sie viel wie keine andere und war Mitglied der *Schauspielunion*. Er konnte stolz sein auf seine Frau, die Mutter seiner Kinder. Und auch er trug seinen Teil zum Ganzen bei: geregelte sichere Arbeit und Lohn, Präsenz zu Hause, kein Club, kein Verein, die Familie war seine Burg. Er gab keinen Anlass zu Diskussionen. Wie Hanni alles sah, fragte er nicht, er sah keinen Grund anzunehmen, dass sie seine Sicht nicht teilte.

1958–1963

25. März 1958 – Der Deutsche Bundestag stimmt einer eventuellen Aufrüstung der Bundeswehr mit taktischen Atomwaffen zu.

In Zürich findet vom 17. Juli bis 15. September 1958 die 2. Schweizerische Ausstellung für Frauenarbeit *SAFFA* statt. Während 45 von 61 Ausstellungstagen scheint die Sonne.

Wie die dritte Generation Frauenlob fürs Leben geschult wird.

1.

Felix / Schule

Die schmerzhafte Erfahrung mit Lehrer Pfenninger hatte Walter Frauenlob gelehrt – ohne irgendeinen Lehrer um seine Meinung zu fragen, meldete er Felix zur Aufnahmeprüfung ans Gymnasium an. Seit sein Vater ihn als KV-Stift in *Dormeuil* eingekleidet und ihm eine Melone aufgesetzt hatte, war ihm in allen Belangen des Lebens nur mehr das Beste gut genug – also musste es für seinen Sohn das humanistische Gymnasium sein.

Felix' Leistung in der Schule bestätigte die Richtigkeit seines Handelns.

Nur einmal gab es eine kurzfristige Irritation in Walters erzieherischem Bewusstsein, als Felix mit einer verunglückten Lateinprüfung und dem Kommentar des Lehrers nach Hause kam, Frauenlob müsse sich doch sehr überlegen, ob er sich nicht besser zu einem Schneiderlehrling als zu einem Gymnasiasten eigne. Wieso gerade Schneiderlehrling, wusste der Kuckuck, aber der sagte es so wenig wie der Herr Professor. Walter Frauenlob visierte das Prüfungsblatt, wie es seine Pflicht als Erziehungsberechtigter war, und fügte, seiner Familienehre verpflichtet, den Satz bei: *Mit allem Respekt, Herr Professor, erlaube ich mir anzumerken, dass unsere Familie Kunde der alteingesessenen Schneiderei Herzog in Stäfa (Seestraße) ist und nicht die Absicht hat, je eines ihrer Mitglieder zum Angestellten der betr. Firma zu machen. Hochachtungsvoll Obiger Walter Frauenlob.* Die Wörter »Kunde« und »Angestellten« unterstrich er vom ersten bis zum letzten Buchstaben exakt mit dem Lineal, so exakt, wie er es von der Bilanzbuchhaltung gewohnt war.

Felix war es begreiflicherweise nicht wohl bei der Aussicht, diese Botschaft zu übermitteln – wer wurde denn immer geprügelt, der Absender oder der Bote?

»Vielleicht hat es Hess ironisch gemeint, als Scherz. Er ist auch zu den anderen Schülern giftig. Scherze sind immer Glückssache, Vater, warum nicht auch bei Professoren?«

»Das scheint mir allerdings so – aber sie sollen ihre Scherze nicht auf unsere Kosten machen, Felix. Wenn der Herr Professor so viel Klasse hat, wie er tut, dann wird er dich trotz meiner Anmerkung in Ruhe lassen.«

Dem war auch so. Mit Faden und Nadel lernte Felix sein Leben lang nie umgehen, was für einen Journalisten auf Reisen, der er einmal werden sollte, durchaus von Vorteil gewesen wäre. Er bestand die Maturitätsprüfung, nicht als einer der Besten, denn er hatte keinen Ehrgeiz, er war es gewohnt, alles, was er wollte, ohne eigenes Bemühen zu bekommen. Die Besten waren die Söhne, die etwas werden wollten, nämlich das, was ihre Väter waren: in Zivil Rechtsanwalt, Mediziner, Pfarrer, im Militär höhere Offiziere. Zivile und militärische Schulung ließen sich bestens kombinieren: das Semester gehörte dem Studium, die Semesterferien dem Militär – nach zehn Semestern hatten alle mit ihren Vätern gleichgezogen. Für Felix aber war der Vater kein Maß und kein Ziel.

»Was nun?« Walter Frauenlob hatte einen kurzen Blick in das Zeugnis geworfen, das die Hochschulreife seines Sohnes bescheinigte, und es an die Mutter weitergereicht. Nun widmete er seine ganze Aufmerksamkeit der *Sumatra.* Er strich ein Zündholz an, hielt es so, dass die Flamme das Zigarrenende knapp nicht berührte – der Tabak sollte glühen, nicht verbrennen – und die heiße Luft den Rauch zum Kräuseln brachte. Man saß *post festum* bei Tische, Vater, Mutter, Maturand, »die Kleinen« waren in ihren Zimmern.

»Studieren ist nicht meine Sache«, machte Felix als Erstes klar. »Ich will endlich Erfahrungen sammeln, nicht mehr Theorie büffeln. Was weiß ich denn vom Leben! Habe ich Hände bekommen, um mich am Kopf zu kratzen? Ich will sie gebrauchen, vielleicht als Bauer oder etwas bauen mit ihnen oder sonst etwas Handwerkliches tun, mich endlich mit dem Leben, der Wirklichkeit, der Praxis auseinandersetzen. Journalismus wäre auch eine Möglichkeit, aber zuerst muss ich Erfahrungen außerhalb der Schule sammeln. Hier oder anderswo. Lieber anderswo, am liebsten in den USA, da liegt die Zukunft – nicht nur meine, merkt euch das!«

»Bescheidenheit ist eine Zier, doch weiter kommst du ohne ihr.«

Felix überhörte geflissentlich die Bemerkung des Vaters, ein Maturand hatte allen Grund für eine hohe Selbsteinschätzung. »Item, die Hauptsache ist: Ich muss jetzt erst einmal weg von allen Schulen!« Schulen sagte er, meinte aber auch die Familie. Der Vater hatte mit seiner Bemerkung über Bescheidenheit eben bewiesen, wie dringend nötig es war, sich von kleinlichem Denken zu befreien.

Walter Frauenlob hatte seine Raucherpose eingenommen, den Blick in die Ferne gerichtet, hörte aber genau, was der Sohn zu seiner Zukunft zu sagen wusste. Er tat einen tiefen Zug, stieß eine satte Rauchwolke aus, verfolgte ihre Auflösung und antwortete: »Ich denke, ich kann deinen Überlegungen folgen, aber meine sind es nicht, weil ich mit meiner eigenen Erfahrung vergleiche. In deinem Alter, zu meiner Zeit, habe ich von einem Studium nur träumen können. Wenn ich die Wahl gehabt hätte – du kennst die Geschichte.«

Felix schloss die Augen, hob die Brauen, er mochte die alte Leier nicht mehr hören.

Die Mutter versuchte abzulenken: »Musst du immer so paffen?« Sie wedelte den Rauch weg, nichts sollte den Blick auf das Zeugnis ihres Ältesten trüben.

»Ich genieße, also paffe ich nicht.« Walter Frauenlob war die Frage gewohnt, er nahm sie gelassen.

Es war nicht die Absicht des Vaters gewesen, Felix einen Vorwurf zu machen. Was seine Kinder taten, war richtig, weil es seine Kinder waren. Er hatte allen Respekt vor einem Jungen, der das Gymnasium mit Erfolg abgeschlossen hatte. Er war weniger auf Felix persönlich stolz als auf die Tatsache, dass es ein Frauenlob geschafft hatte. Darum verlangte er auch nicht, dass ihm Felix sagte, welches Studium er anfangen wolle, er entließ ihn zur Nachfeier der Maturanden mit einer generösen Bewegung der Hand, die die Zigarre hielt. – Hanni allerdings fragte er, wozu Felix und sie, ja, sie als Eltern auch, die Mühen seiner gymnasialen Ausbildung auf sich genommen hätten, wenn er jetzt nicht studieren wolle, ob Lehrer Pfenninger vielleicht doch recht gehabt habe mit seinem Dünkel. Es würde ihn allerdings sehr schmerzen, wenn dem so sein sollte.

»Lass ihm Zeit! Du hörst ja, er macht sich seine Gedanken, hat von Journalismus gesprochen. So wie er schreiben kann, wäre das eine gute Möglichkeit.« Hannis Glaube an Felix war unbeirrbar. »Er wird seinen Weg finden.«

Walter lächelte. »Allein? Ohne mütterliche Hilfe?«

»Das fragst du nicht im Ernst!«

Er kniff die Augen zusammen, schaute in Felix' Kindheit zurück. »Wer weiß –«

Hanni wusste genau, was er meinte, ums Lächeln war ihr nicht. »Immer noch auf Mutter eifersüchtig, ja? Schäm dich, sei froh, dass sie für ihn da war – du warst ja die ganze Zeit bei deinen Soldaten.«

Sein Lächeln erlosch.

Hanni war sich bewusst, dass sie ihn mit dieser Bemerkung zutiefst, nämlich in seiner Vaterlandsliebe, getroffen hatte, sie bereute es nicht. Sie hatte die Erschießung des Landesverräters und die Folgen in ihrem Eheleben nicht vergessen. Von Zeit zu Zeit musste sie ihre eigene Verletzung loswerden. Sie hatte es nie verwunden, dass er nach jenem Sonderurlaub zur Truppe zurückging, als wäre nichts geschehen. War es dann wieder einmal ausgesprochen, fand sie schnell zur Vernunft und in die eheliche Normalität zurück. Aber der Ausbruch geschah immer wieder, zunehmend häufiger.

»Schau ihn dir an, unseren Sohn, er wird seinen Weg machen.« Hanni redete, wie jede Mutter an ihrer Stelle geredet hätte, ihre Befürchtung war nicht zu überhören, dass sie ihren Sohn bald ans Leben verlieren würde, und ihr Zweifel, ob er ohne ihre Hilfe würde bestehen können. Sie versuchte sich selbst Mut einzureden. Felix habe seine Ausbildung abgeschlossen, wie es sich gehöre. Er sei im selben Alter wie sein Vater, als dieser in die Weltstadt Genf gezogen sei, die Welt habe sich heute eben über Genf hinaus erweitert, Amerika sei näher gerückt – wo denn da der große Unterschied zwischen Vater und Sohn sei.

Walter hatte eine größere Distanz zu seinem Sohn. Als Vater fiel es ihm leichter, den Sohn ziehen zu lassen. Er fühlte sich nicht gedrängt, auf Hannis Argumentation einzugehen. Umso weniger, als sie es ihm als Kleinlichkeit hätte vorwerfen können, wenn er bemerkt hätte, dass er mit seiner Ausbildung einen Beruf erlernt habe und Felix gar nichts, wenn er nicht studierte.

Ein anderes Thema musste aber sehr wohl zur Sprache gebracht werden. »Und wie steht's mit der Rekrutenschule?« Für Walter störten Felix' Pläne mutwillig eine Ordnung, die für ihn die einzig vorstellbare war: Ausbildung, Abschluss, Rekrutenschule, Beruf, Familie – das war die Regel. Wieso sollte die nicht eingehalten werden? Hatte ihm selbst dieses Ordnungsbewusstsein nicht geholfen, die Erlebnisse der Aktivdienstzeit hinter sich zu lassen und wieder ins normale Leben zurückzukehren? Die Schweiz war davongekommen, sie waren davongekommen. Das war das Wichtigste. Die Zweifel an der moralischen Rechtmäßigkeit seines Handelns waren nach Kriegsende mehr und mehr verblasst.

Hanni hatte sich noch nie an eine auf das Militärische ausgerichtete Ordnung gebunden gefühlt, weder als Mutter noch als Frau. »Das hat noch Zeit, Felix kann die RS nachholen, wenn er zurückkommt, wenn er sie dann noch braucht. Zum Mann wird ihn hoffentlich das Ausland machen und nicht die Rekrutenschule, wie ihr Militärköpfe behauptet.«

2.

Felix / USA

Ein gutes Jahr verbrachte Felix Frauenlob in Connecticut/USA, im Nachbarstaat von New Hampshire, nahe dem Geburts- und Wirkungsort Maggie Bleaker Addingtons. War es ein Zufall?

*

Felix hatte wie seine beiden Geschwister nicht die Sonntagsschule der Landeskirche, sondern die der *Wissenschaftlichen Christengemeinde* besucht, nicht weil sie in der Nähe von *auf der Schanze* lag, sondern aus Gerberscher Tradition. Er wäre der Mutter zuliebe auch dabei geblieben, aber die Sonntagsschullehrer taten alles, um dem suchenden Pubertierenden den Glauben, den sie lehrten, zu verleiden.

»Gott ist gut – so lernen wir es doch, nicht wahr, Herr Buchmann?«

»Aber sicher, Felix, das lehrt uns Miss Addington. Und wenn wir nach ihrer Lehre leben, werden wir auch den Weg zu Gott finden.«

»Aber was macht ein Neger in Afrika, der nicht hört, was Maggie Bleaker Addington sagt? Kann der den Weg zu Gott nicht finden?«

»Nein, Felix, das kann er nicht, da hat er eben Pech gehabt«, sagte der Sonntagsschullehrer Buchmann. An Werktagen war er bei der *Migros* für den Import von Bananen und Erdnüssen verantwortlich.

»Also hat Gott zweierlei Kinder gemacht, Seine und die Neger?«

»So ist es.«

Mit sechzehn stellte Felix seinen Besuch der *Wissenschaftli-*

chen Christengemeinde ein und trat gleichzeitig aus der Landeskirche aus, die ihn getauft hatte, er suchte seinen Weg fernab vom Gott der Kirchen. Wie konnte er an einen Schöpfer glauben, der nicht alle Kinder als die Seinen anerkannte?

*

War es auch Zufall, dass der Ort, in den er kam, wie der Teil Englands hieß, wo seine Mutter ihre Auslanderfahrung gemacht hatte: Cornwall. Felix war in ein mütterliches Netz eingesponnen, dessen Verbindungsfäden elastisch waren, aber nie rissen. Wenn es Gott nicht war, war es Schicksal, war es Zufall? Felix ließ die Frage offen, weil er sich erklärtermaßen von Theorien fernhielt und nicht gewohnt war, sein Schicksal in Frage zu stellen.

Die Gelegenheit, sich ausgiebig der Praxis zu widmen, fand er auf der *Catswood Milk Farm* der Familie Cabot Swift. Über den *American Field Service* war er dahingekommen. Der *AFS* war eine Organisation, die nach dem Krieg gegründet worden war, um die Beziehung zu Europa, die auf den Schlachtfeldern zwischen Normandie und Elbe in arge Mitleidenschaft gezogen worden war, auf dem Feld der Freundschaft unter der Jugend wieder aufzubauen. Die ältere Generation tut immer viel, um den Schaden zu beheben, den sie an der jungen anrichtet.

Foster Cabot Swift war Inhaber einer Bostoner Anwaltskanzlei gewesen, bis die beiden ältesten Söhne seine Nachfolge antreten konnten; es brauchte zwei junge Männer für die Arbeit, die der Senior ein Leben lang allein geleistet hatte. Dieser zog sich auf die Familienfarm zurück, um den Beruf seiner Väter wiederaufzunehmen: Milchfarmer. Es gab bald in ganz New England keine Milch mehr, die so sahnig war wie die von der *Catswood Milk Farm*.

Die Cabots waren WASPS, weiße angelsächsische Protestanten, deren Vorfahren mit der *Mayflower* an der Nordostküste Amerikas gelandet waren. Gottesglaube hatte sie hergeführt, dies verpflichtete sie zur intensiven Glaubenspraxis. Gott und die Kirche konnten nicht bezweifelt werden, weil beide seit Jahrhunderten auf ihrer Seite standen, das erwies sich am Reichtum, den der Herrgott ihnen hatte angedeihen lassen. Sie dankten es Ihm mit Wohltätigkeit wie die Organisation von Kirchenbasaren, für die sich die weiblichen WASPS jeden Alters nicht zu schade waren, solange das Publikum aus ihren Kreisen stammte. Und durch Spenden an Elite-Universitäten der *Ivy League* und an Museen, die sich von den Steuern abziehen ließen.

Die WASPS bildeten Großfamilien, die sich über den ganzen Staat verzweigten, sie verheirateten ihre Söhne und Töchter, um unter sich zu bleiben. Einzelne Mitglieder des Clans delegierte man ins Parlament, das war man dem Herrgott und der ältesten Demokratie der Welt schuldig. Die Mehrzahl der Mitglieder nahm von Anwaltskanzleien und den Hauptquartieren großer Banken und Konzerne aus Einfluss auf die Politik.

Felix lernte echte, alte Familientradition kennen, neben der ihm das Gehabe seines Vaters lächerlich vorkam. Was war eine zwanzigjährige Familientradition verglichen mit einer vierhundertjährigen? Was war die Eisenbahnreise Großvater Frauenlobs aus dem Klettgau nach Zürich, verglichen mit der Atlantiküberquerung der Cabots auf dem Pilgerschiff? Was wog die Erschießung eines kleinen Landesverräters gegen die Bomberraids, die Commander Cabot nächtens über Deutschland geflogen war?

Vor lauter Bewunderung verdrängte Felix all seine religiösen Vorbehalte und begleitete die Cabots, wann immer sie zur Kirche gingen. Und das war oft. Das Leben der *Cornwall*

Episcopal Church war intensiv außerhalb und innerhalb des Kirchengebäudes. Das Gotteshaus hätte für jeden Neuengland-Kalender das Titelbild sein können, so weiß die Kirche, so blau der Himmel, in den der Turm strebte, so rot im *Indian Summer* der Ahornbaum an ihrer Seite. Felix sang und betete mit ihnen, er umarmte seine Banknachbarn brüderlich, wenn der Pfarrer dazu aufforderte, er feierte in Wort und Tat ihren Gott, als wäre er einer von ihnen und ihr Herrgott auch seiner. Selbst das Abendmahl nahm er, Oblaten puffweich wie Sandwichbrot und kalifornischen *Gallo*-Wein aus dem Silberbecher.

Es wäre ein Akt grober Unhöflichkeit den Cabots gegenüber gewesen, wenn er nicht mitgemacht hätte. Seine Gastgeber wären ins Gerede gekommen, wenn offenkundig geworden wäre, dass sie einen Ungläubigen in ihre hochangesehene Familie aufgenommen hatten.

Felix' Anpassungsfähigkeit zahlte sich aus. Er machte sich bei allen beliebt, wurde der Liebling der Cabots und aller Einwohner von Cornwall. Auch weil er auf der Farm so fleißig war und keinerlei Ansprüche laut werden ließ, wurde er gehätschelt und gelobt, an allen Partys als »this nice little Swiss« herumgereicht und jedes Mal gefragt, wie es sich denn in »Sweden« lebe. Er fühlte sich wie daheim, als Großmutter Gerber noch lebte.

Seiner Begeisterung über den *American way of life* gab er in langen Briefen an die Mutter Ausdruck, pointiert, detailliert, anschaulich formuliert. Die Mutter war ihrerseits begeistert und schlug vor, Felix solle eine Auswahl solcher Briefe zur Probe an Schweizer Redaktionen verschicken, das Interesse an Amerika werde in der Schweiz von Tag zu Tag größer. Der Sohn folgte dem Rat, und die Mutter bekam recht. *Briefe aus Amerika* war Felix' wöchentliche Kolumne im Zürcher Hauptblatt betitelt.

Es wäre ein Jahr im Paradies geworden, doch in jedem Paradies gibt es einen Sündenfall –

*

Der Familientradition gehorchend besuchten die drei Söhne der Cabots die *Yale University.* Weil die beiden älteren das Jurastudium brillant abgeschlossen und Vaters Nachfolge in der Kanzlei in Boston geregelt hatten, durfte der Jüngste Soziologie studieren, obwohl es der Vater als modisches Wischiwaschi-Fach abklassierte. Frank, zwei Jahre älter als Felix, schloss leidlich befriedigend mit einem Master ab. Soziologie war nicht sein Wunschfach gewesen, sie war nach der Abwahl aller anderen Fächer übriggeblieben. Frank träumte nämlich von einem Beruf, der weitab von einem akademischen lag. Er stellte dessen Erfüllung zurück, um sich im *Peace Corps* seiner Pflicht als guter Amerikaner zu unterziehen, wie es von einem jungen Mann aus einer neuengländischen Familie erwartet wurde. Nach zwei Jahren quittierte er den Dienst und verehelichte sich standesgemäß mit Polly Foster, einer Psychologie-Studentin von Bryn Mawr, beste Frauenuniversität, und glaubte, damit dem Vater Genüge getan zu haben –

Felix sah Frank das erste Mal, als er ihn mit seiner Frau Polly im *Bellevue Hospital*, der staatlichen Psychiatrieklinik in New York, Manhattan, besuchte. *Bellevue* – schöne Aussicht, ein Wolkenkratzer voll Irrsinn, ein Albtraum für einen Zürcher voll Enthusiasmus für das Land seiner Träume.

Der Eingang zur Allgemeinen Abteilung rückwärtig von der First Avenue wie in einem Fabrikhof, der Verkehrslärm verstummt, das Leben von Manhattan weit weg. In einem Lastenaufzug fuhr Felix mit Polly himmelwärts und stand am Ende vor einer zerbeulten Metalltür, von der das Spitalweiß abblätterte und Stahlgrau freigab. Wer hatte die Türe beschädigt – Mensch, Zeit oder Maschine? Die schwarze Türhüterin hockte reglos auf einem Taburett, visierte ihre Passierscheine, als hätte sie lesen können. Sie löste per Druckknopf ein schrilles Glockensignal hinter der Tür aus. Die Türflügel wichen zur Seite und gaben den Weg zu einem Gitter wie vor einem Raubtierkäfig frei. Hinter dem Gitter ein niederer, offener Raum, der sich seitwärts ins Lichtlose verlor. Nur dem Eingang gegenüber eine vergitterte Fensterreihe. Ausblick in den Himmel über Manhattan. Im Gegenlicht bewegten sich schwarze Schatten, betriebsam, hektisch, lautlos.

Wie konnte Frank hier leben? Felix wagte es nicht, sich vorzustellen, wo und wie als einziger Weißer er schlief. Die Schatten blieben schwarz, auch wenn sie aus dem Dämmer ans Licht traten.

Wie war der sanfte Frank dahin gelangt? Der rechtschaffene, unerbittlich Recht schaffende Vater hatte ihn in dieses Gefängnis gebracht, weil der Sohn seine Ordnung hatte stören wollen.

Frank hatte sich nach seinen Vorleistungen berechtigt geglaubt, dem Vater seinen Wunsch nach einer Ausbildung zum Sänger zu eröffnen, der *Broadway* war sein Berufsziel, sein Traum. Theater? Nie! Fürs Theaterspielen hatten die Pilgerväter der Cabot Swifts nicht die Mühsal der Atlantiküberquerung auf sich genommen. Das Nein des Vaters war hart wie der neuengländische Granit, auf den die Familie seit Jahrhunderten baute. Traditionsbewusste Väter sind gnadenlos, wenn es um ihre Ordnung geht.

Frank zerbrach am Nein des Vaters. Er kam, wie es die europäischen Emigranten in Mode gebracht hatten, in psychiatrische Behandlung, diskret und abgeschirmt von der Gerüchteküche des schmucken kleinen Cornwall. Pollys Professor, ein renommierter Adlerianer, hatte ihr dazu geraten, Frank erst einmal in sichere Distanz zum Vater zu bringen, damit eine Therapie überhaupt möglich war, und seine Einweisung ins *Bellevue Hospital* in die Wege geleitet.

Allein gelassen, Tag und Nacht den schwarzen Mitinsassen ausgesetzt, wurde Frank Opfer seiner existenzbedrohenden Phantasien. Es war aussichtslos, ihn in dieser Umgebung therapieren zu wollen. Nach zwei Wochen erfolgte die vorzeitige Entlassung.

Die Familie, Felix mit ihr, erwartete Frank an der Busstation in Cornwall. Auch seine beiden Brüder waren mit ihren Frauen aus Boston gekommen. Frank sollte die Familiengemeinschaft wahrnehmen, in die er zurückkehrte. Er kam mit dem *Greyhound*, unbegleitet, wie er es gewünscht hatte. Bei der Ankunft war er müde, begreiflicherweise, und wünschte, in Ruhe gelassen zu werden. Man ließ ihn. Foster Cabot Swift schloss seinen geliebten Jüngsten ins Tischgebet ein.

Am andern Morgen saß die Familie am Frühstückstisch, alle außer Frank, der allein in seinem Kinderzimmer hatte schlafen wollen. Der Vater saß mit gefalteten Händen zum Gebet bereit. Die Mutter sah Ungeduld aufkommen und schickte Polly, Frank zu holen.

Sie kam weinend zurück: »Das Zimmer ist leer, ich muss ihn suchen gehen.«

Die Mutter erschrak, sie stand auf, um Polly zurückzuhalten. »Komm, setz dich, mein Liebes, lass sie das machen.«

Der Vater beurlaubte die beiden Brüder stumm mit einem Kopfnicken. Sie standen auf und verließen das Haus, um draußen nach Frank zu suchen. Sie fanden ihn erhängt am Ahornbaum, unter dem er zwei Jahre zuvor Polly in Liebe angetraut worden war, bis dass der Tod –

Kaum lag Frank im Pinienhain des *Memorial Cemetery* zwischen Weltkriegsveteranen, die auf einem anderen Weg zum guten Amerikaner gescheitert waren, betrat ein zweiter Professor, ein Reichianer, die Szene. Pollys Doktorvater. Er zeigte sich entsetzt darüber, dass der Kollege Adlerianer den gefährdeten jungen Mann ausgerechnet in ein *State Hospital* eingewiesen hatte, von denen man wusste, wie brutal sie waren. »Adler, wen wundert's! Nie darf man einen Mann, der so nach persönlicher Zuwendung lechzt, ins *Bellevue* geben, in die Anonymität der Allgemeinen Abteilung! Das musste zum Suizid führen. Nur im Habitat der engsten Familie wäre er zu retten gewesen, unter deiner Obhut, Polly, hätte er den Weg finden und den Mut entwickeln können, dem Vater als Mann unter die Augen zu treten und seine Forderung zu stellen – nicht Wunsch, nicht Bitte – nein Forderung!«, sagte der Fachmann.

Kurz danach war Felix' Aufenthalt in Cornwall zu Ende. Polly schenkte Felix Franks Krawatte mit dem Muster des schottischen Clans, von dem die Cabot Swifts ihre Abstammung behaupteten.

*

Voller Skepsis seiner eigenen Herkunft und Geschichte gegenüber kehrte Felix nach Hause zurück in der Annahme, bald den Taufsonntag feiern zu müssen. Der Vater würde es sich nicht nehmen lassen, das zwanzigjährige Jubiläum mit besonderem Aufwand zu feiern. Alles hohl! War Vater mit seinen Illusionen nicht ein Schweizer wie alle? Typisch für ein Land, das aus zwei Weltkriegen nicht gelernt hatte, sich der Welt zu öffnen, sondern das Überleben als Bestätigung dafür nahm, dass Einigelung und Bewahren alter, längst überholter Traditionen das Wesen des Landes ausmachten, weshalb dieses

Wesen zu pflegen, zu erhalten und notfalls mit dem Karabiner in der Hand zu verteidigen war.

Die ganze Familie wartete auf der Aussichtsterrasse des neuen Flughafens in Kloten und rief und winkte mit Taschentüchern, Max mit einem kleinen Schweizerfähnchen. Felix stieg die Gangway von der *Coronado* hinab und tat, als höre und sehe er nichts, um sich noch für einen letzten Moment die Illusion zu erhalten, er könnte umkehren, sofort wieder davonfliegen und »drüben« finden, was er hier nicht zu suchen wusste. Er war sich gar nicht sicher, ob sein beruflicher Weg tatsächlich durch die Türen gehen würde, die er sich als Kolumnist spaltbreit aufgetan hatte. Würde man auf ihn warten?

3.

Regula spielte Oboe, und zwar außerordentlich gut.

Von selbst wäre sie nie auf die Idee gekommen, Oboe zu spielen. Der Musiklehrer am Gymnasium hatte sie auf die Idee gebracht, obwohl er nie Mädchen im Sinn gehabt hatte, als er vom akuten Mangel an Oboisten sprach und um Nachwuchs warb. Er hatte an die Brüder und Cousins seiner Schülerinnen gedacht – Freunde waren an einer Höheren Töchterschule noch kein Begriff. Flöte ja, das durften höhere Töchter lernen, das war das Instrument von weiblichen Engeln, aber doch nicht Oboe, schon gar nicht im zarten Alter von Gymnasiastinnen, da war das gesundheitliche Risiko wegen des hohen Drucks im Gehirn zu groß. Regula ließ sich von gesundheitlichen Einwänden nicht beirren, sie wusste Maggie Bleaker Addington auf ihrer Seite, da zählte das medizinische Argument nicht.

Regula würde weit und breit die einzige weibliche Oboistin sein. Ob sie denn keine Angst habe? Keinesfalls, Angst kannte sie so wenig wie Krankheit, das Außerordentliche war genau das, was sie suchte. Ordnung war langweilig, weil sie von langweiligen Ordentlichen gemacht wurde. Wer das Außerordentliche wollte, sonderte sich ab und nahm in Kauf, dass das Leben ein Kampf gegen die ordentliche Mehrheit war. Sie wollte nie wie die andern sein, denn keine andere war wie ihre Mutter. Es entging ihr, dass ihre Mutter gar kein selbstbewusster Mensch war, dass sie nicht sich selbst, sondern »die andern« zum Maß ihres Verhaltens nahm. Hätte Regula ihre Mutter so gesehen, wie sie war, hätte sie sich eingestehen müssen, dass sie in der Beziehung mehr von ihrem Vater geerbt hatte.

Für die Eltern Frauenlob war es keine Frage, dem Wunsch ihrer Tochter nachzukommen, denn alles, was die Kinder an Anregungen vom Gymnasium nach Hause brachten, war es wert, unterstützt zu werden. Das Geld für das Instrument und den Unterricht beizubringen wurde möglich, als Max in ein Alter kam, in dem er die Mutter nicht mehr stündlich um sich brauchte, und Hanni zwei Nachmittage in der Woche in der *Jelmoli*-Packerei ein Zugeld erarbeiten konnte. Regula war sich bewusst, dass das für die Mutter ein Opfer war.

»Stimmt nicht, Regulakind!« Hanni erinnerte sich an ihre moralische Abhängigkeit von der Mutter, die ökonomisch begründet gewesen war. »Es tut mir ganz gut, ein paar Stunden von zu Hause wegzukommen und anderswo als im Haushalt zu arbeiten. Es sind auch andere Frauen da, das macht die Arbeit interessant – jedenfalls die Gespräche während der Arbeit und in der Pause. Bei Arbeitsschluss ist keine Zeit mehr, da eilen alle nach Hause, damit der Göttergatte sein Essen auf dem Tisch hat, wenn er von der Arbeit kommt. *Er* von *seiner* Arbeit. Und von meinem Lohn bleibt immer noch ein Rest für mich. Du kennst das Gefühl nicht, über eigenes Geld zu verfügen, ein Taschengeld, das man nicht hat erbetteln müssen. Siehst du, allen ist gedient! Du leistest doch auch deinen Teil – was weinst du denn?«

Regula hatte nahe am Wasser gebaut. Wenn sie nur gewusst hätte, was sie immer zum Weinen brachte, wenn Mutter von sich selbst redete.

Ja, ihren Teil leistete sie an den freien Nachmittagen, wenn sie Max auf die Aufnahmeprüfung für das Gymnasium vorbereitete. Max lernte fleißig unter ihrer Führung, ob auch gut? Da war sie sich nicht so sicher. Wenn sie ihn schreibend und nachdenkend sah, hatte sie das Gefühl, dass er mehr ihr als der Sache zuliebe lernte. Diktat und Grammatik lehrte sie besser als Rechnen und Geometrie, ihr fehlte die Phantasie, sich die Differenz unterschiedlicher Zu- und Abflüsse von Brunnentrögen vorzustellen, oder dann langweilte sie die Phantasielosigkeit der Aufgabenstellung.

Ein Opfer brachte die Mutter trotzdem, sie hätte zweifellos ihren ganzen Lohn ausgeben können für Bücher, für Konzert- und Theaterkarten, für sich. Leicht machte das Opfer der Oboenlehrer. Nach dem Probehalbjahr schwärmte Monsieur Rouault von Regulas Talent – enthusiastische Worte eines überaus netten, witzigen Franzosen, knapp größer als Max. Aber Vorsicht, schwärmten nicht alle Lehrer von ihren Schülerinnen, die französischen ohnehin? Hannis Zweifel verpufften vor Monsieur Rouaults Charme, wenn er nur schon den Mund aufmachte und sein französisch akzentuiertes Deutsch hören ließ. Walter Frauenlob war nicht weniger als Hanni eingenommen von Regulas Lehrer. Er genoss es, wie zu Madame Schallbetters Zeiten Französisch parlieren zu können, und vergaß bisweilen ganz, dass er für die Zeit der Anwesenheit seines Gesprächspartners gutes Geld zahlte. Die Eingenommenheit war jedoch gegenseitig – Monsieur Rouault dachte an solchen Tagen nicht daran, die ganze Zeit in Rechnung zu stellen.

*

Mit der Oboe fühlte sich Regula wesensmäßig verwandt, es war das Instrument der Außenseiter.

Bis sie die Oboe überhaupt spielen konnte, brauchte es einigen Aufwand, auch abgesehen von der eigenhändigen Herstellung eines doppelzüngigen Mundstücks aus Schilfrohr, *Acundo donax* aus der Provence am besten, welches das feinst vibrierende war. Sie entnahm mit spitzen Fingern das für den Komponisten und das Stück passende Mundstück dem roten Samtbett des Etuis, so weich, dass es nicht schnarrte, so hart, dass die Lippen es noch halten konnten, und steckte es, rechtwinklig zur Luftlöcherlinie, auf das Instrument. Sie nuckelte an ihm herum, bis sie spürte, dass es weich genug war, um den Ton vibrieren zu lassen, zog mit einem schmatzenden Geräusch mögliche Speichelreste hoch. Dann legte sie Ober- und Unterlippe so über die Zähne, dass es aussah, als hätte sie keine mehr. Sie blähte die Nasenflügel, um maximal Luft einzuziehen, die sie dann zwischen Lunge und Mund so stark komprimierte, dass sie einen glatt fließenden Luftstrom durch das Rohr stoßen konnte, der sich über Luftlöcher und Trichter zum Schalmeienklang in den Hörraum verbreitete.

Der Oboenton wird durch Druck erzeugt. Die Anstrengung, die das erfordert, zeigte sich an Regulas Stirn, wenn Adern sich zu Wülsten verdickten, wenn sie den Kopf vorbeugte, als wollte sie dem Luftstrom durch das Rohr nachkriechen, wenn ihr Blick starr wurde und alle Sehkraft schwand, die eine Beziehung zur Außenwelt hergestellt hätte.

Von allen Blasinstrumenten ist die Oboe das einsamste. Das Fagott hat Humor, es spielt nicht, wenn keiner lacht; die Klarinette ist sentimental, sie ruft nach einer Seele, die mitschwingt; das Horn ruft nach Gesellschaft in der Waldeinsamkeit; im Spiel der Flöte jubiliert die Leichtigkeit des Daseins. Die Oboe weint vor sich hin. Allen Instrumenten im Orchester gibt die Oboe den Ton an, ihre Stimmtonhöhe ist das Maß der Harmonie, in dieser lehrerhaften Funktion steht die Oboe außerhalb der harmonischen Gesellschaft der Instrumente. Oboenspieler neigen zur angestrengten Unbeirrbarkeit.

Diese Penetranz war es auch, die Felix am Spiel seiner Schwester störte, wenn er auf dem Bett liegend dem Nachdenken über seine »Zukunft nach Amerika« oblag. »Muss denn dieses stundenlange Geplärre sein?«, reklamierte er bei der Mutter. Möglich allerdings, dass es weniger das Oboenspiel als der Fleiß und Eifer der Schwester waren, die ihn störten.

»Er kennt Loeillet nicht«, sagte Regula, als sie von Felix' Klage hörte.

Ihrer Meinung nach gelang es nur Loeillet mit seinen lieblichen Tonfolgen – sol sol sol fa mi re do re –, alle Anstrengungen vergessen zu machen, die ihre Umsetzung in Oboenklang erforderten. Seine Sonate in G-Dur war Regulas Lieblingsstück, sie spielte sie mit einem Schmelz, der zu Tränen rührte. Nur die französischen Oboisten hatten das Genie, diesen Klang zu erzeugen, und wenn sie dazu noch gute Lehrer waren, dann konnte es passieren, dass eine Schülerin wie Regula ihrem Instrument denselben Klang entlockte. Regulas Vortrag brachte die Mutter zum Weinen, der Vater zeigte sich stolz über seinen Sprössling. Nur Felix hörte sie nicht, er weilte im Klangraum des originalen Jazz.

Zukunft zeichnete sich ab, als Regula einen Solo-Auftritt mit dem *SAFFA*-Orchester an den *Concerts de midi* bekam. Monsieur Rouault konnte sich den Einsatz seines Charmes sparen, um Regula der Leiterin des Orchesters, Hedy Salquin, als außerordentliches Talent zu empfehlen, ihr Vorspiel genügte.

4.

Die *SAFFA* 58 wurde in der äußeren Enge auf dem vom Dörfligeist der Landesausstellung 1939 gedüngten Boden errichtet. Die *Landi* war – Dörfligeist hin oder her, wie die Spätgeborenen schimpften – eine politische Demonstration gewesen, zwanzig Jahre später war die *SAFFA* ein Gehege von Frauen für Frauen, gebaut zum Schutz vor dem Ansturm der neuen Zeit: Industrialisierung, Massengesellschaft, Atomzeitalter, die Bedrohung durch das Unbewusste, durch Film, Fernsehen und Illustrierte. Es wehte ein neuer starker Wind, die *SAFFA*-Frauen fürchteten um ihre Dauerwellen.

Auch Regula reagierte auf die Zeit, nur anders. Sie ließ sich von der Mutter die dicken langen Zöpfe abschneiden und im Salon *Matrahazy* am Central, wo Mutters eleganter Bruder Hans zu Lebzeiten verkehrt hatte, ließ sie sich eine neue Frisur machen, keinen Lockenkopf, keine Dauerwellen, sondern einen Bubikopf im Stil der Zwanzigerjahre. Hanni schmerzte die Radikalkur, sie folgte aber nicht ihrem Gefühl, sondern der Einsicht, dass es für ihre Tochter ein wichtiger Schnitt im Leben war, ein politischer geradezu, an dem ihr Großvater Frauenlob wohl wenig Freude gehabt hätte. Sie band die Zöpfe mit roten Seidenschlaufen zusammen und legte sie, zum Kranz gewunden, in eine Schachtel, die Felix im Kartonage-Unterricht gefertigt und mit braun-weiß gemustertem Kleisterpapier überzogen hatte. Wozu? Man wusste nie.

»Ich brauche einen freien Kopf, frischen Luftzug ums Gehirn! Mit dem Kopf voll Lockenwickler sehen die Frauen aus, als hätten sie einen Helm auf, der sie vor dem Eindringen neuer Gedanken schützen soll.«

»Was für Gedanken denn?«, fragte die Mutter.

»Gedanken über eine neue Zeit und über uns Frauen in dieser neuen Zeit, zum Beispiel.«

Da bekam Hanni Frauenlob zu hören, was sie sich gewünscht hatte. Hätte sie in Regulas Alter so reden können, wäre vielleicht alles anders gekommen – wer weiß.

*

Sie war nur ein Jahr jünger gewesen als ihre Tochter, als die erste *SAFFA* in Bern stattfand. 1928 war es anders gewesen. Die erste *SAFFA*, die die Mütter und Großmütter des Komitees von 58 organisierten, war eine politische Veranstaltung. Im Eröffnungsumzug führte der *Schweizerische Verband für Frauenstimmrecht* auf einem Wagen eine riesengroße Schnecke mit, links und rechts waren zwei Spruchbänder befestigt mit dem schlichten Text »Die Fortschritte des Frauenstimmrechts in der Schweiz – La marche du suffrage féminin en Suisse«. Wo die Schnecke vorbeikroch, wurde gelacht und applaudiert. Hanna und Hanni Gerber lachten und applaudierten mit.

Als Frau eines Stadtpolizisten dürfe sie nicht aktiv mitmachen, das verstehe sie schon, hatte Hanna Gerber ihrem Mann erklärt, aber hingehen und die Ausstellung besuchen, das wolle sie unbedingt, das sei sie den tapferen und mutigen Veranstalterinnen schuldig. Und die Töchter müssten mitkommen, sie sollten einmal sagen können: »Ich bin dabei gewesen, ich gehöre dazu!« Und er auch, in Zivil würde ihn niemand erkennen.

Hans Gerber sagte: »In Zivil, ja, ja –«

So fuhren sie nach Bern. Auf dem Bahnhofplatz trennten sie sich. Hanna und Hanni sahen sich den Umzug an und besuchten die Ausstellung. Elisabeth wollte lieber mit dem Vater die Bären füttern gehen. Er warf dann für sie die Möhren, weil

SAFFA

die Bären ihr Angst machten. Zurück reisten sie gemeinsam, Elisabeth hatte so viel zu erzählen, und alle hörten ihr bis Zürich zu.

*

»Igangängi, Igangängi – der gleiche Eingang wie damals, da war Felix ein Jahr alt, und heute ist er ein erwachsener Mann. Und du warst damals noch nicht auf der Welt und bist eine junge Frau geworden. Und trittst an der *SAFFA* auf.«

Hanni besuchte die Ausstellung mehr als einmal zusammen mit Regula – sie fand den Geist der ersten *SAFFA* nicht mehr. Es war eine große Schau der ästhetischen Art: der elegante Club-Pavillon, der Wohnturm aus Glas und Stahl, das Atrium-, das Schwedenhaus – das waren architektonische Zeichen der neuen Zeit. Kündigte sich in diesen neuen Formen auch ein neues Denken an? Wie ging das *Modekarussell*, ein Frauenmorgenblütentraum von Spitzen und Seide, mit der *Tracht, das Heimatkleid der Schweizerin*, zusammen? Waren junge Frauen, die weder in Tracht noch in Samt und Seide gingen, sondern ihre Petticoats schwangen, keine Schweizerinnen?

Der *Rundgang durch alle Frauenberufe* präsentierte zuvorderst die Hausfrau, dann die Bäuerin, Akademikerin, Gärtnerin, Laborantin, Kindergärtnerin, Hauswirtschaftslehrerin, Coiffeuse, Töpferin, Verkäuferin, Telefonistin – »Wo bleibt die Musikerin, Mutter?«

Mutter und Tochter sahen sich alles an außer der Schau des militärischen Frauenhilfsdienstes FHD. Vom Militär, meinten sie, hätten die Frauen endlich genug haben sollen.

Die Schweizer Frauen fühlten sich wohl in der *SAFFA*. Es war, als besuchten sie ihre bestens eingerichtete und schön herausgeputzte Wohnstube, die Welt der Schweizerfrau. Und hätten vergessen, dass in den Jahren seit der *Landi* auch die Welt zur Wohnstube der Frau geworden war und dass die Frau darin nicht gezeigt wurde. Die Tochter und die Enkelin der Hanna Gerber-Schaffner fühlten sich fremd in dieser Stube.

*

Um den großen Tag ihrer Tochter zu feiern, hatten die Frauenlobs die Bizzis zu Regulas Konzert im *SAFFA-Theater* mit anschließendem Essen im *Café* zuoberst im *SAFFA-Turm* eingeladen. Der neunstöckige *Turm*, in dem eine Auswahl moderner Musterwohnungen zu besichtigen war, war eine besondere Attraktion der Ausstellung. Die *Insel*, die eigens für die Ausstellung im See aufgeschüttet worden war, war eine andere. *Turm* und *Insel* versinnbildlichten das geistige Konzept der *SAFFA*-Organisatorinnen, das sie den Schweizer Frauen vorlegten: Es galt, sich im Zeitgeist – viel Licht, viel Stahlrohr, viel helles Holz, alles blitzblank – auf der Insel Schweiz einzurichten.

Das Konzert fand im September statt, wenige Wochen vor dem Taufsonntag, was für Hanni Grund genug war, Walter vorzuschlagen, die beiden Feierlichkeiten zusammenzulegen. Es kam der Abschaffung des Taufsonntags gleich.

Walters Schmerz über den Verlust hielt sich in Grenzen. Das Ende der nunmehr zwanzigjährigen Tradition hatte sich seit längerem abgezeichnet. Die Eltern Gerber lebten nicht mehr, auch sein Vater Ernst war gestorben, die Mutter musste jedes Mal mühsam überredet werden, an einer Familienfeier teilzunehmen. Und Fräulein Scholz lag auf dem Friedhof Enzenbühl, für immer und ewig in Ruhe gelassen von Dr. Schellenberg, der nur eine Reihe von ihrem Grab entfernt ruhte. Sie war an Altersschwäche gestorben, er an einer Blutvergiftung, die er mit einer Fehlbohrung in seiner Mundhöhle verursacht hatte. Er hatte sich auch recht einsam gefühlt nach dem Tod seiner eigenartigen Lebensgefährtin – »Hat der Scholz nicht warten können?« Niemand war mehr da, mit dem er streiten konnte, das nahm seinem Leben den Sinn, zumal die Berge mittlerweile für ihn unerreichbar hoch geworden waren.

In Schellenbergs Wohnung hatte der Psychotherapeut Dr. Ewald Gasslberger sein stilles Gewerbe eingerichtet.

Walter Frauenlob stimmte Hannis Vorschlag zu: »Was soll's, feiern wir in der *SAFFA*, ist es doch für einen guten Zweck, nicht?«

»Allerdings«, dachte Hanni. »Lob und Anerkennung braucht der Mensch, davon kann er nie genug bekommen. Es reicht nicht, dass man geduldet wird in seinem Tun, man will die Bestätigung hören, dass man recht tut. Regula braucht das wie jeder Mensch.« Für sich selbst wünschte sie auch, dass Walter häufiger das Bedürfnis verspürt hätte zu sagen, dass er ihre Arbeit schätzte. Aber das war ein weites Feld, und wie dem auch war, sie hatte nicht gedacht, dass es so leicht ginge, ihn vom Jubiläumstaufsonntag abzubringen, also sagte sie zu ihm, was sie seit Ewigkeiten nicht mehr gesagt hatte: »Bist ein lieber Schatz!« Schließlich brauchte der Mensch Lob und Anerkennung, und sie tat es für Regula.

Betty und André Bizzi folgten der Einladung zum Essen, ihre Kinder Jacques und Mary waren der Ansicht, mit dem Aussitzen des Konzerts der Verwandtenpflicht Genüge getan zu haben, und verschwanden Richtung Festplatz, wo Dixieland gespielt und getanzt wurde. Sie waren begeistert von der »neuesten Musik aus Amerika«. Ihre Brüder Hans und Andrew, die »drüben« lebten, schickten zu jedem Geburtstag Jazz-Schallplatten. Felix als Experten und Bebop-Kundigen entlockte der alte Stil, dem die Bizzis huldigten, ein müdes

Lächeln: »Dixieland, pah!« Er und Max erwiesen ihrer Schwester Treue, Felix vor allem, weil ihn das schlechte Gewissen wegen seiner Nörgelei am Oboenspiel plagte. Er wollte der kleinen Schwester seinen Goodwill zeigen. Er brauchte sich nicht lange zu bemühen. Als sie zu spielen begann, glaubte er nicht recht zu hören – dass dieses Instrument so melodiös klingen konnte! Es war ein geradezu beseligendes Vergnügen.

*

»Solo hat sie gespielt, vor einem so großen Publikum, ich wäre fast gestorben vor Aufregung!« Wenn es um ihre Kinder ging, konnte Hanni sehr wohl Stolz zeigen.

»Phantastisch hat sie gespielt!«, schwärmte Felix. »Sie ist eine echte Musikerin, wer hätte das gedacht.«

»Ja, wer!« Regula hatte für das Kompliment des Bruders bloß ein Lächeln übrig. »Vergiss den Baldrian nicht, Mutter. Es ist keine Schande, Baldrian gegen Lampenfieber zu nehmen. Selbst Monsieur Rouault nimmt ihn vor einem Solo-Konzert. Es gibt überhaupt keinen Musiker ohne Lampenfieber, Musiker ohne Lampenfieber sind Künstler ohne Seele, also gar keine.«

»Großvater Frauenlob hat seine *Hohner* mit viel Seele geblasen, sicher ohne Baldrian, anders kann man Ländler auf der Mundharmonika gar nicht spielen.« Es ging Felix nicht um Rechthaberei, er glaubte die Erinnerung dem Großvater schuldig zu sein.

Regula kam nicht mehr dazu, nach dem künstlerischen Gehalt der Mundharmonikamusik zu fragen, Betty hatte genug von Frauenlobscher Musik gehört. »Come on, die *SAFFA* ist mehr als eine Musikveranstaltung, sie ist eine phantastische Ausstellung, viel Fraulichkeit und hübsch bunt, ein schönes

Fest, frei von allem Politischen. Nicht wahr, André, so hilf mir doch!«

André nickte. Er hatte nicht zugehört, Musik war nicht sein Thema, klassische schon gar nicht.

»Es ist ein Glück für die Ausstellung, dass der Umzug des Frauenstimmrechtsvereins erst am letzten Tag stattfindet, da kann er nicht mehr viel Schaden anrichten. Wir gehen trotzdem nicht hin, gelt, André, ich hätte mir einen stimmigeren Abschluss der *SAFFA* gewünscht.« Betty kam nicht auf die Idee, dass das Organisationskomitee der *SAFFA* den Umzug mit Absicht so terminiert hatte, dass das politische Thema der Frauenarbeit in der Schweiz erst nach der *SAFFA* zur Diskussion gelangte. Die Ausstellung vermittelte nur wenige Anregungen. Das Komitee, alles Frauen, war ängstlich darum bemüht, keine frauenrechtlerischen Tendenzen zu verraten. Man wollte keine Besucher abschrecken. Man wollte einen modernen Typ Frau zeigen, eine Frau, die dem Schönen und Neuzeitlichen zugetan war und dabei ganz Frau blieb.

Neuzeitlich waren die USA, sie hatten sich als Freund und Heilsbringer erwiesen, keiner hatte sie gerufen, sie waren freiwillig gekommen. Aus Überzeugung, der Sache des guten Menschen zu dienen, hatten sie größte Opfer gebracht, eigene Männer im feindlichen Feuer, fremde Frauen und Kinder im alliierten Bombenhagel. Was aus den Staaten kam, war gut, so gut, dass man nichts Besseres tun konnte, als es unbesehen zu übernehmen, um selber gut zu werden. Von den amerikanischen Frauen zum Beispiel das Brot- und Kuchenbacken, das Kleidernähen und die Baby-Produktion.

»Und du findest es als Frau und Schweizerin gut, dass das Politische ausgeklammert ist?« Regula regte sich über Betty wie über die leisetreterischen *SAFFA*-Tanten gleichermaßen auf.

»Diable!« André kam nicht umhin, seiner Gemahlin beizuspringen. »Müssen die Blaustrümpfe überall dreinreden und das Bild der Frau trüben? Du darfst nicht vergessen, meine liebe Rägel, eine Ausstellung wie die *SAFFA* trägt zum Image, wie die Amerikaner sagen, zum Ansehen der Schweizer in der Welt bei. Warum sollten wir der Welt das Bild der wahren Schweizer Frau vorenthalten? Die Frau, die aufgeht im Kreis ihrer Familie und der paar nächsten Menschen, die Frau, die diesen in sich geschlossenen Kreis mit Wärme, mütterlicher Liebe erfüllt und sorgender Hand gestaltet und die ihrerseits getragen ist von der Familiengemeinschaft, deren Zentrum sie ist. So steht es im Führer geschrieben, so habe ich es gelesen, und ich kann nur sagen: Recht so! Die Frau als Mutter und Hausfrau. Was ist an diesem Bild falsch?«

»So hättet ihr Männer uns gern, mon cher oncle. Aber das ist tiefstes 19. Jahrhundert, dieses Frauenbild, heute ist die Hälfte des 20. Jahrhunderts schon vorüber, langsam eilt es. Kamerun, Kongo, Ghana – die Afrikaner, Neger, über die man hier so gern lacht – haben volles aktives und passives Wahlrecht der Frau – und ihr und wir? Wo steht die Schweizer Frau? Sie sitzt zwischen allen Stühlen, die sie auf Hochglanz poliert, damit ihr Mann seine fettigen Finger daraufdrücken kann. Oh, diese ängstlichen *SAFFA*-Frauen! Hätten die Grosi gekannt, sie hätten sie lieben müssen in ihrem Heimatkleid! Grosi war weiß Gott keine politische Frau, aber sie war sich ihrer selbst als Frau bewusst, und sie wusste, wie man sich dieses Selbstbewusstsein erwirbt. Man muss es erkämpfen bei uns hier in der Schweiz, da wird der Frau nicht einmal das Taschengeld geschenkt, auch darum muss sie noch betteln. – Frauenbildung ist nötig! Frauen müssen mehr zur Schule gehen und lesen, lesen, lesen. Beides hat Grosi ihren Töchtern ermöglicht, unter großen Opfern, sie hat es gern getan, sie wusste, wozu sie es tat.

Und weißt du, wozu? Zum Beispiel damit die Frauen merken, dass sie für gleiche Arbeit bis zu einem Viertel weniger Lohn bekommen als ein Mann. Dass ihnen nicht alle Berufe offenstehen. Dass sie kein Bankkonto ohne Einwilligung ihres Gatten eröffnen dürfen. Aber gewiss, womit auch! Sie dürfen ja nicht Geld verdienen gehen, weil sie zu Hause an Herd und Kinderbett gefragt sind. So ist es. – Was trägt das Bild der Frau, das die *SAFFA* vermittelt, zur Verbesserung ihrer Lage bei?«

»Da fragst du den Falschen, Rägel.« André schmunzelte, quand-même, er mochte junge Frauen, die sich erhitzten, seinetwegen auch politisch, wenn es unbedingt sein musste, er liebte rosarote Frauenwangen. »Erstens lasse ich mich nie von der Einsicht abbringen, dass Gleichberechtigung nicht Gleichheit bedeutet, die Frau ist nun mal von Natur aus, wenn ich das in diesem Kreis so direkt sagen darf, anders gebaut als der Mann. Also soll sie auch nicht dasselbe wollen wie ein Mann. Und dann frag meine liebe Betty, ob sie sich wünscht, dass ihre Situation als meine Frau verbessert werde – frag deine liebe Mutter!«

*

Regula und ihre Mutter hatten sich *Die Linie* angeschaut, eine Allee von Bildtafeln, welche zeigte, wie sich die Stellung der Schweizer Frau in Öffentlichkeit und Familie entwickelt hatte. Es war das Einzige, was sie an der *SAFFA* bedenkenswert fanden. Die Frau vom 10. bis ins 20. Jahrhundert – die letzte Tafel war sinnigerweise ein Spiegel. Bei diesem wollten beide schnell weitergehen, ein Reflex, den sie sich als Anhängerinnen der *Wissenschaftlichen Christengemeinde* anerzogen hatten. Der körperlichen Erscheinung des Menschen durfte keine große Aufmerksamkeit geschenkt werden, lehrte Miss Addington.

Und Hanna Gerber-Schaffner pflegte ihre Töchter und Enkelin zu mahnen: »Pass auf, dass du kein Spiegelaffe wirst!«

Doch dann blieb Hanni stehen: »Deine neue Frisur darfst du dir bestimmt ansehen.«

Regula drehte den Kopf, begutachtete aus den Augenwinkeln ihre Frisur, suchte den Blick der Mutter im Spiegel, fand sie lächelnd und fragte: »Wieso lässt du dir denn keinen Bubikopf,schneiden? Ich glaube, der würde dir gut stehen, sicher nicht schlechter als mir.«

Hanni lachte laut heraus: »Ich und Bubikopf in meinem Alter! Ich will mich doch nicht lächerlich machen!«

»Würde dir aber guttun.«

*

Regula dachte an diese Szene, als sie sagte: »Richtig, mon oncle, die Frau ist anders gebaut als der Mann – bis zu den Haaren. Für eine Frau ist die Frisur sehr wichtig, viel wichtiger als für den Mann, der beschäftigt sich mit seinen Haaren erst dann, wenn er sie zu verlieren beginnt.«

»Lieber gar keine Haare als eine Glatze!« Walter Frauenlob konnte gut scherzen, er hatte wie sein Vater noch immer dichtes Haar, im Gegensatz zu André, der sich seiner Wellen in *Noix de Grenoble* nur mehr wehmütig erinnern konnte.

»Ich finde es schön, dass Mutter die Haare so trägt wie Grosi, streng nach hinten, fest geknotet – Tradition ist immer gut, nicht wahr? Aber ehrlich gesagt, die Frisur ist zu altmodisch für die Gedanken im Kopf darunter. Wir haben nämlich eine ganz moderne Mutter, ein Kurzhaarschnitt wäre nichts als angebracht! Was meinst du denn, Vater?«

Walter Frauenlob tat einen tiefen Zug an der *Sumatra*, reckte das Kinn, stieß den Rauch mit vorgestellter Unterlippe aus, kniff die Augen zusammen und sagte: »Ich verstehe deine Frage nicht, Regula, also kann ich sie nicht beantworten, ich bin kein Politiker.«

»Come on, Walti, tu nicht so! Die Frage ist ganz einfach: Liebst du deine Frau? Nicht mehr und nicht weniger ist gefragt.« Betty mochte es am liebsten einfach.

Walter sann einer zweiten Dunstwolke nach. »Manchmal mehr, manchmal weniger, wie es in jeder guten Ehe so geht –«

Betty empörte sich: »Gute Ehe nennst du das, wenn Liebe kommt und geht, wie es dir gerade so passt. Wie gefällt dir denn das, Honey, Schwesterherz, wenn dein lieber Mann so redet?«

»Mir gefällt der Frauenlobsche Spruch ›Nichts Genaues weiß man nicht.‹ Dabei möchte ich die Diskussion auch bewenden lassen.« Hanni deutete mit den Augen auf Felix, der das sehr wohl bemerkte und damit bestätigt bekam, was er sich über das Eheleben seiner Eltern dachte. Es war brüchig.

»Also bitte, Betty!« Walter konzentrierte sich darauf, die Asche der *Sumatra* in einem Stück abzuklopfen. Als es gelang, begutachtete er die Bruchstelle, blies, bis Glut aufglomm, tat dann den nächsten Zug und sprach: »Gibt es mehr zu sagen?«

»Ja, ich sage es!« Regula erhob sich, es hielt sie nicht mehr auf dem Stuhl. »Du hast mir das Stichwort gegeben, Vater, recht hast du: Lieber keine Haare als alte Zöpfe. Wir gründen einen Kurzhaarschnitt-Club, Mutter, Tante Betty, Mary und ich. Wir wollen zeigen, welchen Geist wir im Kopf haben: das Bewusstsein einer modernen, selbstbewussten Frau. ›Die Stunde der Frauenbewegung ist vorbei‹, sagen die ängstlichen *SAFFA*-Frauen. Das ist sie noch lange nicht, sage ich, solange wir Frauen nicht einmal das Stimmrecht haben.«

»À bas, la pétroleuse!«, rief André. »Nieder mit der Brandstifterin!«

»Nieder mit den Schweizer Biedermännern!«, erscholl der Gegenruf. »Es lebe der Club der Frauen mit Kurzhaarschnitt!«

»My God, Regula, nur nicht Kurzhaarschnitt, das klingt mir persönlich zu zackig! Pagenschnitt allenfalls, Pagenschnitt wäre möglich, das ist elegant.«

»Mit Sicherheit nicht Page, die Zeit des Dienens ist jetzt endgültig vorbei, Herrenschnitt ist angesagt. Jetzt und für immer! Sage ich als Enkelin einer Schaffnerin.« Damit schloss Regula ihre Philippika und setzte sich.

Rigeli, rägeli, Frauesach,
fertig luschtig,
jetz git's Krach!
Manne, nämed eu in Acht,
Pfraue chömed hüt a d Macht!
Rigeli, rägeli, Churzhaarschnitt,
wer e Frau isch, zieht jetz mit!

Was von Seiten der Erwachsenen als amüsantes Geplänkel mit einem vorlauten Teenager begonnen hatte, endete, wie in dieser Familie bei Unstimmigkeiten üblich, in betretenem Schweigen. So war noch keine Familienfeier verlaufen, man hatte sich immer bemüht, für die Dauer des Zusammenseins über persönliche Schwächen und familiäre Widersprüchlichkeiten stillschweigend hinwegzusehen und Frieden zu wahren. Sollte dieses Bemühen nun plötzlich untergraben werden?

André Bizzi war ein versöhnlicher Mensch, er ertrug die Spannung nicht, und es tat ihm leid für seinen Schwager, dass diese Familienzusammenkunft in Unstimmigkeit endete. »Was könnte sich ein Straßenbahnschaffner Schöneres wünschen als eine Schaffnerin zur Enkelin. Prost Ernst, wo immer du auf der Plattform stehst!«

Sein Bemühen war umsonst, Regula blieb stur, sie schaute mit hochgezogenen Brauen unnachgiebig in die Runde, als hätte sie den lieben Onkel André nicht gehört.

Alle erwarteten eine Entschuldigung oder zumindest eine Geste des Bedauerns der Unruhestifterin, dann hätte man ihren Ausbruch als jugendliches Ungestüm tolerieren können.

Erwarteten alle es?

Hanni schaute ihre Tochter mit großen Augen an, ohne eine Miene zu verziehen. Was in ihr vorging, gab sie nicht preis. Dass es Missfallen war, konnte jedoch mit Sicherheit ausgeschlossen werden. Das realisierte ihre Tochter sehr wohl, als sie ihren Blick suchte.

»By the way –« André Bizzi versuchte es noch einmal. »Es wäre jammerschade, unsere letzte gemeinsame Feier so ausgehen zu lassen. Ja, lieber Walter, liebe Hanni, wir Bizzis haben heute zum letzten Mal mit euch gefeiert. Wir haben eine schöne Zeit zusammen verbracht, eine lange schöne Zeit seit dem Gastspiel der *Red Sox* in Genf. À la recherche du temps perdu, sagen die Franzosen – ich liebe die Franzosen, das wisst ihr alle, bin ja selber ein halber, aber in diesem Punkt kann ich ihnen nicht recht geben, zumindest was uns betrifft: Wir haben unsere Zeit nicht verloren, wir haben sie genützt, seht euch um, schaut in die Runde! Wir haben etwas erreicht. – Aber jetzt müssen wir vorwärts schauen, in die Zukunft. Wir sind nicht mehr die Jüngsten, Walter, ich spreche aus gebotener Rücksicht auf die anwesenden Damen nur von uns zweien, aber alt sind wir noch lange nicht. Es liegen noch so viele Jahre vor uns, dass wir unser Leben neu ausrichten können: auf die Zukunft im Land unserer Zukunft.«

Bizzis hatten ein Flair für Trends. Als André von seiner ersten USA-Reise mit der fröhlichen Botschaft vom Babyboom zu Betty zurückkehrte, setzten sie umgehend Mary, ihr viertes

Kind, in die Welt, obwohl sie als Schweizer keinen Anlass hatten, zum Geburtenüberschuss beizutragen, der dazu diente, das im Krieg verlorene Menschenmaterial zu ersetzen, um es zu neuer Verwendung zur Verfügung zu stellen.

»Ja, wir wandern nach den USA aus. Hans und Andrew haben uns ein Haus in Smithtown auf Long Island eingerichtet, gute Gegend, keine Juden, keine Neger. Platz für zwei Familien, drei Garagen, Bassin –«

»Swimmingpool, my dear!« Betty war schon auf die Zukunft eingestimmt.

»Okay, okay – Luxus auf alle Fälle, rundum zu zahlbaren Preisen. Dazu haben sie mir ein Büro im Garment District von Manhattan besorgt, Broadway 1407, klein, aber mein, und nahe beim Empire State Building, dem Ziel meiner Träume.«

Dr. Hans und der *Schwarzenbach Seide Thalwil* gegenüber war André Bizzi immer ein loyaler Arbeitnehmer gewesen – keine Lohnforderungen, zurückhaltende Spesenabrechnungen, unbezahlte Überstunden, minimale Pensionsansprüche. Er war der beste Patronneur der Firma und von immenser Arbeitskraft. Die vom alten Chef Alfred Schwarzenbach geplante Expansion hatte er bis in die USA betrieben.

Das half aber längerfristig auch nicht mehr. André Bizzi verbrachte zu viel Zeit in der Nähe von Dr. Hans, der zum Seniorchef gereift war, um nicht seine Einschätzung der Aussichten bezüglich *Schwarzenbach Seide Thalwil* und des Zürcher Seidengeschäfts generell zu kennen. Die Firma würde es über kurz oder lang nicht mehr geben. Dr. Hans musste Familienbesitz und -vermögen erhalten und mehren, die Seidenfirma wollte er in naher Zukunft loswerden, die Fabrikgebäude niederreißen und lukrative Wohnimmobilien auf dem Areal bauen lassen. Mit der Zukunft von Besitz und Vermögen der Arbeiter und Angestellten konnte er sich nicht auch noch beschäftigen, seine spärliche Freizeit gehörte den Springpferden, mit ihnen ersprang er für Volk und Vaterland olympische Medaillen.

André Bizzi sah die Entwicklung früh genug, um sich selbst neu zu orientieren. Er hatte die Amerikaner dazu gebracht, Krawatten zu tragen, und auf dieser Kulturmission gute Geschäftskontakte drüben geknüpft, die Juden als Kundschaft störten ihn weniger als in der Nachbarschaft. Die Amerikaner fanden Krawattentragen »funny«, so schnell würden sie nicht davon lassen.

Seide gab es auf der ganzen Welt, sie musste nicht aus Zürich kommen, auch Seidenkrawatten und ihre Muster nicht. André Bizzi hatte bei *Schwarzenbach* gekündigt, um sein Know-how und seine Geschäftsbeziehungen in den USA für sich selbst und die Zukunft seiner Familie zu nutzen.

»Du hast bei *Schwarzenbach* gekündigt?« Walter Frauenlob konnte es nicht fassen, dass einer bei einer Firma kündigen konnte, die in so großem Maße gute alte bewährte Zürcher Tradition verkörperte. Was hieß Firma, eine Familie war's, wie man sie sich nur wünschen konnte! Sich aus ihr zu verabschieden, nur um dem Geld nachzurennen, das war ihm zu leichtlebig, zu amerikanisch, am schlimmsten aber: das war das befürchtete definitive Ende des Taufsonntags, ohne Bizzis ging es nicht.

»Was sein muss, muss sein, ich bin zu alt, um nur zu spielen, zu jung, um ohne Wunsch zu sein. Wenn ihr versteht, was ich meine. Anyway, schön war's, lasst uns zum letzten Mal auf die Erinnerung an deine Taufsonntage anstoßen, Walter. Cheers!« André hob das Glas *SAFFA-Wein*, ein Rosé, der nicht mit dem *Schlemmweg* zu vergleichen war.

»Come on, Walti, willst du ewig hier in Zürich hocken bleiben? Das gibt doch je länger je weniger her.«

»Ich denke wohl.« Walter Frauenlob ging nicht weiter auf Bettys Frage ein und bot André eine *Sumatra* an. »Auch ich habe einst geträumt – go ahead, have one!« Er sagte »heff wann!«

»Und du, Felix?«, Betty ließ nicht locker, die altmodische Trägheit der Frauenlobs reizte sie. »Zieht es dich nicht zurück nach Amerika?«

Felix beneidete die Bizzi-Zwillinge, die drüben im Gelobten Land leben konnten, obwohl sie nichts als eine Banklehre geschafft hatten. Sie hatten eben einen Vater, der nicht dem lächerlichen Phantom Familie nachhing, sondern den dünnen Faden fest in Händen behielt, den er über Dr. Hans zur *SKA* gesponnen hatte, für deren Filiale die Zwillinge jetzt in New York arbeiteten. Während er, Felix, hier den frauenrechtlerischen Tiraden seiner kleinen Schwester zuhören durfte. Die Bizzis und vor allem die Bizzi-Zwillinge hatten erreicht, wovon er nur träumen konnte. Einfach so. Sollte der liebe Onkel André recht haben, wenn er zu seinen Söhnen sagte: »Da müsst ihr es haben, nicht da!«, und dabei erst mit der Hand auf die Gesäßtasche klopfte und dann mit dem Zeigefinger an die Stirn tippte, als wollte er den Vogel zeigen? »You never know, aunt Betty, vorerst fange ich einmal in Europa an.«

»Nicht Tante, ab heute bin ich für alle Betty!«, sagte sie und lächelte Regula zu. Frauensolidarität zum Abschied.

»Ich liebe Bette Davies«, war das Erste und Einzige, was Hanni sagte. Mehr trug sie nicht zur Diskussion bei, sie war von Betty schon vorher in die Auswanderungspläne eingeweiht worden. Sie gönnte es ihr, umso mehr als sie die kleine Schwester, anders als damals nach England, unbesorgt in die Fremde ziehen lassen konnte, sie war in beneidenswert guten Händen.

*

Spät am Abend ging Hanni zu ihrer Tochter, sie klopfte nicht wie üblich an, die Tür stand einen Spalt offen, sie wurde erwartet. Regula lag lesend im Bett. »Ich hatte am Morgen keine Zeit für die *Tagesarbeit.*« Ein Paragraph aus dem *Leitbuch* pro Tag war Pflichtlektüre bei der *Wissenschaftlichen Christengemeinde.*

»Ich habe dir etwas mitgebracht.« Hanni wickelte die Granatbrosche aus dem Fazolett. »Du kennst die Geschichte, du weißt, warum ich dir jetzt diese Brosche gebe. Ich bin heute sehr stolz auf dich gewesen, meine große Schaffnerin!«

Regula warf das Buch auf die Bettdecke, schlang die Arme um den Hals der Mutter und heulte los.

*

Das Elfenbein des Steuerrads schimmerte wie Mondlicht über dem Lake Pontchartrain, die Ledereinfassung des Armaturenbretts glimmte wie die rote Erde Arizonas, der Motor des *Chevrolets* schnurrte wie ein Cougar in den Appalachians, als Bizzis heimwärts nach Wiedikon fuhren.

»Die Frauenlobs sind so furchtbar kultiviert und haben so intelligente, begabte Kinder – ich gebe zu, man könnte neidisch werden, und will nicht fragen, was wir mit unseren Kindern falsch gemacht haben. Vermutlich würde mir auch keine Antwort einfallen. Aber du wirst sehen: Das reicht nicht zum Leben!«

André legte den Arm hinter Betty auf die Rücklehne. »Was willst du denn falsch gemacht haben, Darling? – Da musst du es haben!« Er tätschelte mit der Hand das Lederpolster.

Betty küsste ihn auf den hohen Scheitel: »Nicht da!« Sie legte ihren Kopf an seine Schulter. Mit der Linken steuerte André Bizzi frohgemut der Zukunft entgegen.

5.

Der Konvent tagte.

Ein Disziplinarfall war zu behandeln, möglicherweise ein Schulausschlussverfahren in Gang zu bringen. Der Klassenkonvent hatte sich im Lehrerzimmer versammelt. Den Vorsitz am oberen Ende des Sitzungstischs hatte die Klassenlehrerin Frau Prof. Meyer-Buck, die Anklage vertrat der junge Mathematiklehrer Dr. Brunetti, am unteren Ende stehend. Beisitzend die zehnköpfige Kollegenschaft der Klasse 7b der *Höheren Töchterschule der Stadt Zürich*, Herren links, Damen rechts. Der Fall: Brunetti, hatte die Maturandin Regula Frauenlob *in flagranti* bei einem Betrugsversuch erwischt. Er referierte, während die Delinquentin im Vorzimmer auf ihr Urteil wartete und dabei vom Pedell zwecks Verhinderung von Spurenverwischung beaufsichtigt wurde.

»Die Klasse schrieb die Semesterprüfung in Algebra. Ich kam meiner Aufsichtspflicht dergestalt nach, dass ich zwischen den zwei Bankreihen auf und ab ging, unter gelegentlicher brüsker Wendung, um Betrügereien zuvorzukommen. Zweimal ertappte ich dabei Fräulein Frauenlob –«

»Wir sagen Regula, Doktor Brunetti«, korrigierte die Vorsitzende.

»Aber gewiss doch, Verzeihung. Regula denn also ertappte ich zweimal dabei, wie sie konzentriert zwischen Pult und – hm, Oberkörper hinablugte, als würde sie da unten etwas lesen. Sie musste gespürt haben, dass ich sie fixierte, sie schaute auf und mir in die Augen, mit einem Ausdruck, als wäre sie sich weder Schuld noch Unrecht bewusst. Mir schien sogar, dass sie lächelte.«

»*Hat* sie gelächelt?«

»Ein Eindruck meinerseits war es, Frau Professor.«

»Bleiben Sie bei den Tatsachen, Doktor Brunetti!«

»Selbstverständlich, Frau Professor. Nun denn also, Tatsache ist, dass ich mich in der Folge ans Fenster stellte, um den Vorgang aus einer anderen Perspektive zu beobachten, er würde sich mit größter Wahrscheinlichkeit wiederholen, das war aus dem Verhalten der Schülerin Regula zu schließen. Er wiederholte sich in der Tat und enthüllte – im wahrsten Sinn des Worts, wie darzulegen sein wird – den Betrug. Von der Seite nämlich sah ich, wo die Schülerin Regula ihren Spick versteckt hatte. Ich muss im Folgenden – ich bitte im Voraus um Verzeihung, aber die Faktenlage verlangt es – zwingt mich, so zu reden – ich kann nicht umhin –«

»Reden Sie nicht um den heißen Brei herum, Doktor Brunetti, sagen Sie, was zu sagen ist!«

Der junge Lehrer errötete gleichermaßen ob des Tadels wie des zu Berichtenden. »Aber gewiss, Frau Professor. Da es um nichts anderes als um den Nachweis einer Verfehlung ging, erlaubte ich mir überhaupt – hm, da hinzuschauen. Kurz und gut, ich sah, wie Regula den Saum ihres Schottenrocks bis über die Knie hochzog und eine schwarze Schrift auf der schneeweißen blanken – Haut entzifferte. Ich habe gute Augen, ich sah es genau.« Brunetti war es warm geworden, aber er war erleichtert, dass es ihm gelungen war, die intime Enthüllung so dezent zur Sprache zu bringen. Das gab ihm seine Sicherheit zurück, er berichtete, wie er Judith, seine beste Schülerin, die zu dem Zeitpunkt ihre Aufgaben schon gelöst hatte – fehlerfrei, war anzunehmen –, wie er sie nach dem Pedell schickte, der Regula aufs Rektorat begleiten sollte. »Den Rest kennen Sie, Frau Professor, meine Damen und Herren.«

Die Diskussion war eröffnet, sie wurde lebhaft, die Vergegenwärtigung des skandalösen Sachverhalts erhitzte die Gemüter, alle verlangten das Wort, um es zum Ausdruck ihrer

Entrüstung zu verwenden, jeder auf seine Art, die jedem seit vielen Konventen bekannt war. Am Ende war man sich so einig wie, ungesagt, am Anfang schon.

»Meine Damen und Herren Kollegen, die Meinung scheint einhellig. Wir fassen Beschluss. Ich gebe Herrn Doktor Brunetti das Schlusswort.«

Brunetti hatte den Betrug der Schülerin an die Öffentlichkeit gebracht und sie damit strafbar gemacht. Dazu stand er, er scheute die pädagogische Verantwortung nicht. Das war es nicht, auch nicht die Befürchtung, er könnte seine Wahl zum Hauptlehrer gefährden, wenn er jetzt zurückkrebste, es waren die weißen runden Knie, die ihm nicht aus dem Sinn gingen und ihn zu folgendem Schlusswort veranlassten: »Frau Vorsitzende, werte Kollegen, meine Damen und Herren. Ich habe einleitend gesagt, ich hätte gute Augen und genau gesehen, was war – ich darf annehmen, dass Sie verstehen, in welchem Sinn ich das meine. Aber – ich fühle mich verpflichtet, ein Aber anzubringen – aber ich konnte nicht lesen, was – hm, da stand. Noch steht es da, wenn unser Herr Bachmann seiner Aufsichtspflicht nachgekommen ist und Regula keine Gelegenheit zur Spurenverwischung gegeben hat, was wir doch wohl annehmen dürfen. Es wäre deshalb vielleicht angebracht, im Sinne der Wahrheitsfindung und in dubio pro rea – nun ja, an der Schülerin Regula einen Augenschein vorzunehmen. Danach könnte dann der durch alle Fakten gesicherte Antrag gestellt werden.«

Brunettis Vorschlag zur Schamlosigkeit löste Empörung aus, bei den männlichen Kollegen weniger als bei den weiblichen. Als sie sich gelegt hatte, beschied die Vorsitzende: »Doktor Brunetti kommt spät mit seinem Antrag, aber er kommt mit Recht.« Sie stoppte mit erhobener Hand wiederaufkommenden Protest. »Er und seine Herren Kollegen werden jedoch verstehen müssen, dass diese in Vorschlag gebrachte Einsichtnahme in die Faktenlage in ihrer Abwesenheit zu erfolgen hat. Diskussion? Keine. Dann bitte ich nun die Herren Kollegen, diesen Raum zu verlassen, und Doktor Brunetti möchte ich bitten, Regula zu holen und bis zur Lehrerzimmertür zu begleiten, da werden wir Kolleginnen sie dann übernehmen.«

Die Lehrer von den Männerfächern Mathematik, Geographie, Zeichnen und Turnen verließen in stummem Gehorsam den Raum, sie sagten nicht, was sie sich dachten, aber dem Turnlehrer war anzusehen, dass er in diesem einen Fall gerne mit seinen Kolleginnen getauscht hätte – denn Hosen waren im Turnunterricht zwar erlaubt, aber sie mussten kniedeckend sein.

*

Regula verharrte auf der Schwelle, wo Dr. Brunetti sie hatte stehen lassen. Nie hätte sich eine Schülerin ohne ausdrückliche Aufforderung in das Lehrerzimmer gewagt, noch nie hatte sie überhaupt von einer solchen Aufforderung gehört.

»Schließen Sie die Tür und kommen Sie hierher.« Prof. Meyer-Buck erhob sich und ging auf Regula zu. »Sie wissen, weshalb Sie hier sind?«

»Nein, Frau Professor, ich weiß es nicht, aber ich würde es gern erfahren. Herr Doktor Brunetti hat mich aus der Prüfung gejagt, ohne mir zu verraten, warum. Auch der Schwartli, ich meine Herr Bachmann, hat die ganze Zeit nicht mit mir geredet. Ich möchte wissen, ja, ich glaube, ich habe sogar das Recht zu erfahren, weshalb ich die Prüfung nicht zu Ende schreiben durfte, für meine Verhältnisse ist es mir sehr gut gelaufen, ich hätte mit Sicherheit eine Vier gemacht, ich brauche die Note dringend für das Maturitätszeugnis. Bitte!«

»Sie haben nicht betrogen – nicht abgeschrieben?«

»Ich betrügen? Nein! Wem hätte ich auch abschreiben können, wir sitzen doch bei den Mathematikprüfungen alle einzeln in den Bänken. Behauptet Herr Doktor Brunetti, ich hätte betrogen? Wieso sagt er mir das nicht selber, wieso ist er nicht hiergeblieben?«

»Die Fragen stellen wir, und wir wollen eine klare Antwort bekommen. Rechnen Sie es meinem Wohlwollen an, dass ich Ihnen die Frage nach Herrn Doktor Brunettis Verbleib beantworte: Er ist hier so wenig wie unsere männlichen Kollegen, weil wir die Stelle sehen wollen, von der Sie abgeschrieben zu haben in Verdacht sind.«

Auf einen Schlag löste sich Regulas Spannung, die sich während des Wartens aufgebaut hatte: »Entschuldigung, Frau Professor, dass ich lache, aber das ist nun wirklich lustig – Herr Doktor Brunetti hat mich ertappt, wie ich auf meine Knie geschaut habe – ist es das? Keine Frage – das ist es. Ach, wie lustig!«

»Fassen Sie sich, Regula, es scheint Ihnen nicht bewusst zu sein, dass Ihnen möglicherweise Schulausschluss droht, so kurz vor der Maturität, wenn sich bewahrheitet, was der Verdacht ist – unser Verdacht. Sollte der Verdacht sich nicht bewahrheiten, dann können Sie meinetwegen lachen.« In dem Fall würde dann allerdings der junge Herr Kollege nicht viel zu lachen haben.

Die Verklausulierungen waren heimtückisch, die Schattenwand der Lehrerinnen am Tisch bedrohlich, es wurde ungemütlich. »Ich verstehe nicht, Frau Professor.«

»Sie werden gleich verstehen, worum es geht. Stellen Sie sich auf diesen Stuhl!«

»Auf den –?«

»Ja, auf diesen Stuhl.«

Also machten die Lehrer doch Spaß. Wenn's denn sein musste – Regula zog, wie vom Vater beigebracht, die Schuhe aus, bevor sie auf den Stuhl stieg, auf einen Lehrerstuhl im Lehrerzimmer, um nun hoch über allen Lehrerinnen zu stehen, auf sie hinabzuschauen!

»Nun ziehen Sie Ihren schönen Schottenrock bis über das Knie hoch!«

»Wie meinen Sie?« Regula war entsetzt, sie suchte Halt, griff rund um sich in die Luft.

»Wir meinen, dass wir sehen wollen, was Sie auf Ihre Knie geschrieben haben. Oder wollen Sie bestreiten, dass Sie da etwas hingeschrieben haben – was es auch sei?«

Nun fand Regula Halt. Sie verschränkte die Arme vor der Brust. »Bitte!«

»Wie meinen Sie?« Meyer-Buck witterte Widerstand. »Was meinen Sie mit bitte? Habe ich mich nicht klar ausgedrückt? Ich habe gesagt, dass wir Sie auffordern, den Saum Ihres Rocks übers Knie zu ziehen, damit wir sehen können, was da steht. Das und sonst nichts.«

»Nur das? Also bitte, schauen Sie nach!« Regula hielt die Arme verschränkt.

Jedes weitere Wort hätte zur Eskalation geführt. Meyer-Buck winkte die Kolleginnen zu sich, sie versammelten sich im Halbkreis um den Stuhl, auf dem sich Nemesis erhob und sie keines Blickes würdigte. Oder war es Nike? Meyer-Buck vermied jeden Blick nach oben oder zur Seite auf die Kolleginnen, sie fixierte den Saum des Rocks, fasste ihn mit spitzen Fingern und hob ihn auf, bis die Schrift schwarz auf weiß zum Vorschein kam, kopfstehend. Die Lehrerinnen verdrehten die Köpfe und lasen *scio ut* auf dem linken und *nescio* auf dem rechten Knie. Den schottischen Schleier über Regulas Geheimnis höher zu lüften, getraute sich Prof. Meyer-Buck nicht – welcher weiteren Worte hätte es noch bedurft? Keine der Frauen sagte ein Wort, das Schweigen legte sich lastend auf die Gesellschaft.

Der Saum fiel, die Lehrerinnen begaben sich zurück an den Tisch. Regula stieg vom Stuhl und ging zur Tür, auf der Schwelle drehte sie sich um und erklärte deutsch und deutlich: »›Ich weiß, dass ich nichts weiß‹, das schreibe ich mir vor den Prüfungen immer da hin, seit Doktor Brunetti unser Lehrer ist. Es entspricht exakt meinem mathematischen Wissensstand, aber erstaunlicherweise hat es mir immer Glück gebracht. Ich weiß, es hätte mir auch heute geholfen.«

Kein Echo.

*

Sie hätte sich weigern sollen, auf den Stuhl zu steigen, sie hätte stehen bleiben sollen, dann hätten diese Lehrerinnen vor ihr niederknien müssen, um ihre obszöne Schaulust zu befriedigen. Sie hätte sie vom Stuhl herab bespucken, anschreien, sich umdrehen, bücken und den Rock weit übers Knie hochziehen sollen. Den Stuhl nehmen und auf dem Lehrertisch in tausend Stücke schlagen, ihn durchs Fenster werfen. Selbst aus dem Fenster springen, Kopf voran – nein, das nicht, das hätte diese Monster ungerührt gelassen, nur die Schülerinnen hätten geweint, nicht alle, wie auch bei Kathi Weilenmann nicht, die vor einem Jahr aus Liebeskummer in den Tod gesprungen war. Nein, den Gefallen tat sie ihnen nicht. Aber die Tür hätte sie zuknallen sollen, dass das ganze Schulhaus gebebt hätte und in Schutt und Trümmer gefallen wäre.

Nichts dergleichen tat sie. Regula beherrschte sich, was ihr nicht schwerfiel, weil der Schock sie lähmte. Die Tränen hielt sie eisern zurück, den Anblick gebrochenen Widerstands, diesen Triumph mochte sie den Lehrerinnen nicht gönnen. Auf der Straße aber begannen die Tränen zu fließen und schwemmten alle Beherrschung weg. Aufgelöst kam Regula nach Hause, schloss sich in ihr Zimmer ein, warf sich auf das Bett und heulte, heulte, heulte.

Mutter und Max saßen beklommen beim Mittagessen, wussten nicht, was sie reden sollten, bis es die Mutter nicht länger aushielt: »Ich geh schauen, bleib du hier und iss fertig.«

Sie klopfte an die Tür: »Regula –?« Der Schlüssel drehte sich, sie wartete noch einen Augenblick, dann trat sie ins Zimmer, setzte sich auf die Bettkante und wartete wieder. Regula lag auf dem Bauch, den Kopf im Kissen vergraben, das Weinen war gedämpft, es ebbte allmählich ab, als die Mutter ihre Hand nahm. So hielten sie eine Weile inne. Dann drehte sie sich auf den Rücken, zog den Rocksaum über die Knie. Das Kissen hatte die Tränen geschluckt und das Gesicht gerötet. Die Mutter zog ihr Taschentuch aus dem BH-Träger und reichte es Regula: »Da, putz dir erst mal die Nase.«

Regula erlöste sich. Erst erzählte sie stockend, dann: »Nie mehr, Mutter, nie mehr gehe ich in dieses Schulhaus zurück! Zu diesen Frauen! Ich würde sterben vor Scham. Wie können Frauen so etwas einer Frau antun? Ich bin doch eine Frau, bin ich das nicht? Ist eine Schülerin keine Frau? Und diese Lehrerinnen – das sind auch keine Frauen, sondern Monster. Wie entwürdigend das war – aber ich frage dich: Haben sie nicht eigentlich sich selbst entwürdigt? Einer Schülerin unter den Rock schauen – pfui Teufel, wenn's nicht zum Lachen wäre! Nein, mir ist nicht ums Lachen, nie mehr, keine zehn, keine hundert Pferde, kein einziges, nichts und niemand wird mich je in diese Schule zurückbringen.« Keine Spur mehr von Tränen im Gesicht, Zornesröte. »Die sind alle froh, wenn sie mich los sind. Ist doch so, nicht?«

»Vielleicht, vielleicht auch nicht. Beschämte Menschen wollten nicht immer an den Anlass erinnert werden, der sie beschämt hat. Du würdest ihnen nur einen Gefallen tun, wenn du verschwindest. Willst du das?«

»Das darfst du nicht so drehen, Mutter, es geht mir nicht um Rache – dir doch auch nicht – es geht um mich und um Frauenwürde. Eine solche kennen diese Lehrerinnen offenbar nicht – sie kennen nur die Würde der Akademikerin, die aber sehr.«

»Dann zeig du sie ihnen! Man kann davonlaufen, aber die Probleme laufen einem hinterher. Zeig's ihnen, zeig, wer du bist! Wir Schaffnerinnen dürfen nicht aufgeben, denk an Grosi, wir dürfen nicht einfach aufgeben, was sie uns unter großen Opfern ermöglicht hat: Schulbildung, die sie selbst so sehr vermisst hat. Es gibt auch andere Frauen als die, die du heute erlebt hast. Denk an Frau Doktor Bleuler-Waser, an Ricarda Huch. Stell dir vor, wie die gelacht hätte, wenn sie dich auf dem Stuhl mitten im Lehrerzimmer gesehen hätte.«

In Regulas Augen kam ein Lächeln auf, aber sie sagte: »Nur sind sie alle beide tot.«

»Sag das nicht, Regula! Der Mensch ist niemals tot, das wissen wir doch, sein Geist lebt weiter. Der Geist dieser Frauen geht weiter in deiner Schule um und wird diejenigen unter den Lehrerinnen finden, in denen er wieder lebendig werden kann.«

»In ihnen in Erscheinung tritt?«

»Na siehst du, du redest schon wieder wie eine Gymnasiastin. Und wenn du diese Erscheinung nicht mehr erlebst, dann deine Kinder. Geist ist unsterblich.«

»Ach, Mutter, ich weiß es doch. Aber es ist so schwer, daran zu glauben, sie machen es einem so schwer.«

»Sind es nur Frauen? Wie steht's denn mit Herrn Brunetti? Ist der so schlimm, wie er tut?«

»Ach der! Der ist einfach ehrgeizig und eitel. Der hat mich benutzt, um sich zu profilieren. Nur, wie willst du

Zuckerwatte Profil geben? Mein Fall sollte seine Wahlempfehlung sein. Er möge Erfolg haben bei seinen Kolleginnen. Die werden ihn jedenfalls nicht in Versuchung führen wie ich, denn, glaube mir, der ist ein verklemmter kleiner Lüstling, phantasielos.«

Die Mutter stand auf, sie war beruhigt, dass Regula wieder die Alte war, aber auch etwas schockiert über die Direktheit, mit der sie redete, die war neu. »Mach deine Arbeit im *Leitbuch,* dann klärt sich alles. Und morgen gehst du wieder zur Schule und bereitest dich auf die Schlussprüfungen vor. Du wirst sie bestehen, da bin ich zuversichtlich, nur schon weil ich deine Meinung teile, dass die Lehrer froh sein werden, wenn sie dich los sind. Ich meinerseits werde mich für eine Unterredung bei Frau Professor Meyer-Buck anmelden. Das ist mein Teil unseres Deals, wie die Angelsachsen sagen, einverstanden?«

»Sind es nicht die Amerikaner, die so reden?«

»Wie du meinst«, die Mutter lachte erleichtert. »Ich sehe, du bist und bleibst eine Gymnasiastin. Aber«, sie senkte die Stimme, »geh jetzt und gib Max ein gutes Wort, er hat sich große Sorgen um dich gemacht.«

Regula erschrak: »Ich habe Max weh getan? Wie denn?« Sie wollte sofort wieder zu heulen anfangen.

»Ist ja gut, Schatz Gottes!« Hanni verstand die Aufregung ihrer Tochter nicht. »Ich sagte doch, Max wartet draußen.«

Er hatte den Tisch abgeräumt, es war nicht viel, drei Gedecke, eines ungebraucht; seit der Vater englische Arbeitszeiten hatte, blieb er über Mittag im Büro.

*

Hanni Frauenlob-Gerber bereitete sich auf den Besuch bei Frau Prof. Dr. Meyer-Buck vor. Ein solcher Besuch hätte ihre Mutter veranlasst, die Tracht anzuziehen. Sie hätte Hanni auch gut angestanden. Aber wer ging heute noch in Tracht? Immerhin, das abstrakt blauweiß gemusterte Sommerkleid setzte die farbliche Tradition in moderner Form fort.

»Frisch siehst du aus, schick à la Wahnsinn und heiter wie nie! Wenn Grosi dich sehen könnte! Nur etwas fehlt.« Regula lief in ihr Zimmer und kehrte mit der Granatbrosche zurück, steckte sie der Mutter an. »Leihweise. Sie soll dir Glück bringen.«

»Brauche ich Glück, um mit einer Frau Professor zu reden? Wie sagte dein Vater immer, als er noch auf Familie hielt: Wir sind auch wer.«

»Ja, wir Schaffnerinnen. Aber trotzdem – du begibst dich in die Höhle der Löwin, das ist ein starkes Stück.«

*

Es war Hanni, als wäre sie wieder neun Jahre alt und zum ersten Mal bei Frau Dr. Bleuler-Waser: dieselben hohen Räume, dieselbe kühle geruchfreie Luft, derselbe Bibliotheks- und Arbeitsraum. Der einzige Tribut an die neuere Zeit war das helle Licht, das ungehindert durch große aluminiumgerahmte Fenster schien und nicht von schweren Portieren geschluckt wurde. Auch Böcklins *Toteninsel* fehlte. Stattdessen stand auf einer Betonstele eine Endlosschlaufe aus poliertem Stahl. Hannis Blick bemerkend, sagte die Lehrerin: »Max Bill werden Sie kaum kennen?« Als redete sie zu einer neunjährigen Schülerin. Hanni ärgerte sich über sich selbst, dass sie sich vorgenommen hatte, das Thema Brunetti ganz behutsam anzugehen, Rücksicht zu nehmen auf die Befindlichkeit der

Lehrerin, jede Peinlichkeit zu vermeiden, das Verhalten gegenüber einer Beschämten zu zeigen, wie sie es der Tochter geraten hatte. Ihr Vorsatz erübrigte sich, Frau Prof. Meyer-Buck trat mit einer Haltung auf, die keine Spur von Beschämung verriet. Sie legte es entschieden darauf an, nicht über Regula persönlich zu sprechen, sondern nur über Allgemeines aus dem Schulbereich. So wurde es Hanni verunmöglicht, das Verhör im Lehrerzimmer und Regulas Reaktion zur Sprache zu bringen, ohne die Frau Professor zu brüskieren. Sie versuchte es auf einem Umweg:

»Manchmal habe ich das Gefühl, die Schülerinnen würden es schätzen – oder gar dringend brauchen –, mit den Lehrern persönlich ins Gespräch zu kommen. Ich glaube, das könnte, abgesehen vom rein menschlichen Kontakt, auch förderlich für den Unterricht sein.«

Prof. Meyer-Buck reagierte mit barem Unverständnis. Das sehe sie gar nicht so, hielt sie dagegen. Die Schülerinnen müssten sich selbst zu Menschen bilden. Das Gymnasium habe keine Betreuungsfunktion zu erfüllen, das sei Sache eines intakten Elternhauses, mehr als den intellektuellen Raum zur Verfügung zu stellen, sei von Schule und Lehrern nicht verlangt, das indes sei Herausforderung genug. Und im Übrigen führe sie sehr wohl Gespräche mit den Schülerinnen, intellektuelle Gespräche. Hier, in dieser Sitzgruppe, säßen einmal im Monat alle Interessierten, um mit ihr, der Lehrerin, ein literarisches Gespräch zu führen. Nur gehöre Regula leider nicht dazu. Sagte Frau Prof. Meyer-Buck in einem Ton, als hätte Regula die Wahl gehabt und sich dagegen entschieden, sie verschwieg, dass die Teilnahme nicht vom Entscheid der Schülerinnen, sondern von der Bevorzugung durch ihre Lehrerin abhing. Nur drei waren es, die in den Genuss der Ausführungen ihrer Frau Professor über Literatur kamen, mehr nicht, es waren Schülerinnen, die ihre Emotionen im Interesse des intellektuellen Austauschs zu zügeln und sich aufs Lesen zu konzentrieren wussten.

»Ich lese sehr gern«, Hanni griff nach dem diskursiven Strohhalm.

Frau Prof. Meyer-Buck schien höchlich überrascht, dass sich eine Frau in einem derart schreiend gemusterten Kleid sich mit so etwas Ästhetischem wie Literatur beschäftigen konnte.

Hanni ließ es sich nicht verdrießen. »Nicht systematisch zwar, aber es ist im Laufe der Jahre doch einiges zusammengekommen. Und das Schönste für mich ist, dass unsere Regula an die Schule gehen darf, wo meine Lieblingsautorin Ricarda Huch Lehrerin war.« Jetzt schwärmte sie tatsächlich wie eine Schülerin. »Kollegin von Frau Doktor Bleuler-Waser, auch Deutschlehrerin. Selbst wenn sich das Gymnasium heute nicht mehr im Großmünsterschulhaus befindet, müsste der Geist dieser Frauen noch spürbar sein, meinen Sie nicht, im Lehrerzimmer jedenfalls – stelle ich mir vor.«

»Ach ja, die Huch – verglichen mit Dürrenmatt – ich weiß nicht, ob Sie den auch kennengelernt haben – ist die Huch natürlich altmodisch. Es sind heute andere Zeiten, das intellektuelle Niveau ist nicht dasselbe.«

Das kam Hanni Frauenlob-Gerber nun allerdings auch so vor, zumindest, was den Dünkel der Lehrerin betraf. Ihr Trotz regte sich, aber auch ihr Stolz, und der hielt sie davon ab, Frau Prof. Meyer-Buck zu erklären, dass sie seit dem Krieg regelmäßige Besucherin des Schauspielhauses sei und bei der Gelegenheit – selbstverständlich, Frau Professor – auch Dürrenmatt kennen-, aber nicht unbedingt lieben gelernt habe. Doch das hätte nach Rechtfertigung geklungen, und die war sie dieser Frau nicht schuldig.

»Nun sind wir zwei ja nicht hier, um über Literatur zu diskutieren, Sie sind Regulas wegen zu mir gekommen. Da gibt es weiter nichts zu sagen. Sie brauchen sich keine Sorgen zu machen, zumindest was die Schule betrifft. Regula wird die Maturität mit Sicherheit bestehen.«

Hanni war entlassen.

Und es geschah so, wie sie ihrer Tochter prophezeit hatte.

Ganz unbeschadet überstand Regula den demütigenden Prozess allerdings nicht. Es war vermutlich eine verspätete Reaktion, dass sie zwei Wochen nach der Affäre Brunetti – nach Hannis Auffassung eher eine Affäre Meyer-Buck – unter heftigen Nierenkoliken litt, die kein Ende nehmen wollten. Die Erinnerung an Marthas Tod tauchte unvermittelt auf und erschreckte Hanni. Sollte sie den Doktor rufen? Regula wollte nicht. Sie baten Frau Enzler um Hilfe. Dank intensiver Gebetstätigkeit im Geist Maggie Bleaker Addingtons gelang es den drei Frauen, den lebensfeindlichen Zustand zu überwinden. Amen, Amen.

Max

6.

Nein, ein Träumer war Max nicht. Ein Träumer muss gelegentlich aufwachen, um sich seines Daseins als Träumer bewusst zu werden, schmerzlich oder nicht.

Max war ein Schlafwandler, den das Leben versäumte wachzuküssen. Mit großen Augen schaute er in die Welt, staunte, was alles zu sehen war. Er registrierte das Verhalten der Menschen, bewunderte sie für die Sicherheit, mit der sie sich bewegten, es war ihm unbegreiflich. Ihn plagten stets Zweifel an der Richtigkeit seines Verhaltens, weil er nur immer dem schattenhaften Vorbild seines großen Bruders folgte und die Last der Gerberschen Zweifel mit sich trug. Hätte er sich selbst gesehen, wie er sich unter den Menschen bewegte, hätte er sich in Beziehung zu ihnen gesetzt, dann hätte er die Sicherheit und das Gewicht gewonnen, das ihm als Max Frauenlob wie jedem Menschen zukam. Aber es ist nicht die Art des Schlafwandlers, sich selbst zu beobachten.

*

Auf dem alten Rämibollwerk stand das Knabengymnasium, ein imposanter Quader wie von Schinkel in Berlin, errichtet in der politischen Aufbruchstimmung des neunzehnten Jahrhunderts, als die Schweiz sich auf die Zukunft ausrichtete.

Max besuchte eine Schule aus einer fernen Zeit. Es knarrte allenthalben. Die Parkettböden in den Schulzimmern, das Podium vor der Wandtafel, das Katheder, die Wandtäfelung und der Wandschrank, alles knarrte. Die Schulbänke knarrten, Pult- und Sitzklappen knallten, wenn der Lehrer das Zimmer betrat und die Klasse sich zum Gruß erhob. »Setzen!« Knallen, klappen, sitzen, Ruhe. »Wo sind wir stehengeblieben – Meier!« Die Luft war staubtrocken, das Wasserfass an der Wand leer. »Wer ist Zimmerwart – Meier!« Kreidepartikel flimmerten im Sonnenschein, der sich aus der lebendigen Welt ins Schulzimmer verirrt hatte. Der Staub legte sich auf Hirn, Herz und Hand, Patina der Schulzeit. Alles wie in alten Filmen, nur gab's keinen schmunzelnden Heinz Rühmann.

Ernst waren die Lehrer, alte und junge, denn es war keine leichte Aufgabe, Atlas gleich die beste aller Schulwelten zu schultern. Bösartig waren sie nicht, mit Ausnahme des Griechischlehrers, der schweißfüßig in Wollsocken und Kneippsandalen seinem dicken Bauch hinterher durch die Bankreihen latschte und die Schüler nach wunden Stellen abklopfte, um das Salz seiner Häme zu streuen. Er kam aus einer Häuslerfamilie in der Innerschweiz, wo sie am schwärzesten war, und verhöhnte die Zürcher Schüler, die in Jacke und Krawatte daherkamen und, mit Ausnahme von Max und seinem Banknachbarn, alle aus Akademikerfamilien stammten und es doch nicht schafften, besser als er in Griechisch zu sein.

Die andern Lehrer waren, wie sie waren. Unantastbare Autoritäten, unnahbar ernst. Lustig machten sie sich nur über ausgewählte Schüler. Aber selbst dabei delektierten sie sich mehr an ihrem eigenen Witz, als dass sie über den Schüler lachten. Hätte es in der Natur von Jugendlichen gelegen, Erwachsene zu verstehen, dann hätte der Humor der Lehrer das Erbarmen der Schüler geweckt. Nur der Zufall gab, selten genug, die Stelle frei, wo sie für Schülerscherz verletzlich waren. Es war wenig genug, was sich entblößte: die weißen Schlaufen, welche die lange Unterhose des Mathematiklehrers Freuler an den Hosenträgern sicherten, das A.O.-Monogramm an den Hemden des Biologen Werner Genner, der Lavendel, nach dem der schwule Musiklehrer Mohler duftete. Die Schüler machten die Scherze unter sich, sie waren so wenig bösartig wie die Lehrer oder hatten Angst.

Nichts unbesehen hinnehmen. Vom Deutschlehrer hatte Max den Spruch fürs Leben vermittelt bekommen, die einzige positive Erkenntnis, die er am Gymnasium gewann, in das er wie selbstverständlich seinem Bruder gefolgt war.

*

»Weißt du, dass Ricarda Huch gleich neben deinem Schulhaus gewohnt hat?«

»Ricarda who?«

Regula erzählte Max die Geschichte von Frau Dr. Bleuler-Waser, dem Großmünsterschulhaus und Ricarda Huch.

»So what? Dann hat die Huch halt da geschlafen, das machen alle da oben, aber was habe ich jetzt davon? Wann war das denn, vor hundert, vor zweihundert Jahren? Was haben wir mit ihr noch zu tun? Die Gegenwart spielt sich am Pfauen unten ab. Ich würde dir vorschlagen, dich mehr da unten als in der Vergangenheit von Frau Huch zu bewegen.«

Regulas Schulhaus stand auf der Hohen Promenade. Siebzig Jahre nach dem Knaben- war das Mädchengymnasium gebaut worden, auf dem ehemaligen Bollwerk Hohe Promenade, ein nicht minder imposantes Bauwerk. Ob diese symmetrische Anlage höherer Bildungsinstitute aufgrund des verfügbaren Terrains oder aus einem pädagogischen Konzept heraus entstanden war, konnte nicht mehr eruiert werden. Sie begünstigte jedenfalls den reiferen Teil der Schülerschaft, die strikte Trennung der Schule nach Geschlechtern zu umgehen –

Der Pfauen, Straßenbahnhaltestelle für beide Schulen, lag in der Mitte zwischen dem *Affenkasten* auf der Hohen Promenade und der *Lümmelburg* gegenüber. Der Weg dahin war beidseits abfallend, was das Zusammentreffen nach dem Läuten der Mittagspausenglocke prickelnd beschleunigte. Ein Jahrmarkt war es nicht, man stand so da und wartete auf das andere Geschlecht, aber es war eine Gelegenheit, der pubertären Eitelkeit zu frönen.

Für Max' Vorschlag hatte Regula nur Spott übrig: »Ich wüsste nicht, was ich unter den Krawattenjüngelchen zu suchen hätte, die da verlegen rumstehen und sich die Hälse nach uns verrenken, ich kann mir nicht vorstellen, dass ich da einen treffe, der meiner Vorstellung von Mann entspricht.« Regula übertrieb wie immer, zwar trugen die meisten jungen Männer neben sauberem Kurzhaarschnitt selbstverständlich Jacke und Krawatte, aber es gab doch einzelne, die sich in Originalität übten und in Cord-Röhrenhosen und US-Armeejacken auftraten, die mit ihrer Gummifütterung die situationsbedingte Transpiration förderten.

»Oho, was für Töne! Pass nur auf, wenn du als höhere Tochter da unten keinen findest, wo willst du ihn dann noch suchen gehen?«

»Wer sagt, dass ich keinen habe? Du würdest dich wundern – aber lass das nur meine Sorge sein«, sagte sie, plötzlich ernst geworden.

Max ließ das Thema schleunigst fallen. Wer wurde aus einer Schwester klug!

*

Ricarda Huch jedenfalls half ihm nicht, wenn der Griechischlehrer ihn quälte. Sie schrieb ihm auch die Aufsätze nicht, die eine intellektuelle Durchdringung der Materie erforderten, etwas das er nie zu leisten vermochte. »So nicht, mein Lieber, das sind Klischees, Klischees, Klischees! Gefühlsduselei! Da bin ich mir anderes gewohnt von einem Frauenlob!« Wen meinte denn Pfeffermännchen wieder und immer wieder! »Nehmen Sie Ihren Bruder zum Vorbild, der war souverän, kontrollierte seine Emotionen, das ist das Entscheidende beim Schreiben, weil es Ihnen die Freiheit zu denken gibt. Ihr Bruder kann es immer noch! Sagen Sie ihm, dass ich seine Artikel mit Vergnügen lese, und grüßen Sie ihn herzlich von mir!«

»Er ist gerade im Land, ich werd's ihm ausrichten.« Max ging stracks nach Hause, pfiff auf alle Schweigegebote, die galten, wenn Felix *auf der Schanze* Zwischenhalt machte, und stürmte, ohne anzuklopfen, in dessen Zimmer und schleuderte ihm sein Aufsatzheft entgegen. »Weißt du, wie mir das stinkt? Bis da stinkt mir dieser Scheiß! Ich bin ich und nicht nur der kleine Bruder von dir, mit dem er mich dauernd vergleicht. Er braucht mir kein Vorbild zu empfehlen, dich schon gar nicht, dich sehe ich ja sowieso nie. Meint er, auf diese Art aus mir einen besseren Schüler machen zu können? Wo hat der Pädagogik studiert?«

Felix richtete sich auf, langte nach dem Heft auf dem Boden, warf einen Blick hinein und setzte sich auf den Bettrand. »Pfeffermännchen?«

»Wer sonst!«

»Ich weiß nicht, ob er Pädagogik studiert hat, ich weiß auch nicht, ob das einem Lehrer hilft, aber eines weiß ich: Er will dich nicht fertigmachen, das garantiere ich dir. Pfeffermännchen ist der Anstand und die Korrektheit in Person, der nimmt die Sonnenbrille von der Nase, wenn er dich auf der Straße grüßt. Ich vermute, es ist eher ein Versuch, auf menschlicher Ebene mit dir als Schüler zu verkehren. Ein intelligenter Mensch ist fähig, ein Thema zu finden, das seinem Gesprächspartner entspricht, hat er uns beigebracht.

Ich bin euer gemeinsames Thema. Sein Versuch, mit dir ins Gespräch zu kommen, ist vielleicht etwas hilflos, Lehrer seiner Generation sind sich persönlichen Kontakt mit Schülern nicht gewohnt, umso höher ist sein Bemühen zu werten. Ist meine Meinung –«

»Die sentimentale Schiene also, die ist aber nicht gefragt, Gefühle sind Klischee, das sagt er selbst, also handelt er gegen das, was er lehrt. Das kennen wir doch! Ohne mich!« Er rannte aus dem Zimmer, reagierte nicht, als Felix »das Heft!« rief, hätte gern die Tür geknallt, aber so was tat man nicht *auf der Schanze*.

Felix hatte die Schule schon drei Jahre verlassen, als Max eintrat. Dauernd mit ihm als großem Bruder verglichen und auf Ricarda Huchs lebendigen Geist eingeschworen zu werden, fand Max wenig hilfreich. Der Bruder als Schüler interessierte ihn nicht, als Mensch war er kaum wahrnehmbar, und Huch war Sache der Mutter und der Schwester, sie gehörte zu einem Frauenbündnis, von dem er als Angehöriger seines Geschlechts ausgeschlossen war. Max

*

Max konnte schauen, wo er blieb. Die Frauengemeinschaft der Schaffnerinnen war eine geschlossene Gesellschaft.

Er stand vor der Zimmertür, hinter der Regula schluchzte. Er hätte eintreten und ihr beistehen wollen, zeigen, dass wenigstens ein Bruder für sie da war, aber die Mutter war bei ihr, hatte die Tür hinter sich zugezogen, und als das Schluchzen leiser wurde, trat sie mit ernster Miene aus dem Zimmer, schaute Max kaum an. »Geh auf dein Zimmer!«, sagte sie. Max verstand: »Verschwinde, hau ab in deine eigene Welt!« Und wusste, er tat der Mutter Unrecht. Aber wieso redete sie nicht mit ihm?

Wieso heulte die Schwester so, als hätte sich das ganze Elend dieser Welt in ihrem Zimmer versammelt? Was war so schlimm, dass sie Mutters Hilfe benötigte, worüber redeten die beiden hinter verschlossener Tür, wieso wurde er ausgeschlossen, wieso weggewiesen, war er nicht Regulas Bruder?

Die Mutter kehrte mit Bibel und *Leitbuch* ins Zimmer zurück, die Tür ließ sie einen Spalt breit offen stehen. Mit Absicht? Sie hatte Max wortlos, mit einem Blick, gefragt: »Bist du immer noch da?« Eine Frage, kein Tadel, um ihn ging es nicht. Das Schluchzen war verstummt. Nun hörte er die Mutter lesen, wie sie an seinem Bett gelesen hatte, als er den Mumps hatte, mit fast tonloser eindringlicher Stimme. »Und ob ich schon wanderte im finstern Tal, fürchte ich kein Unglück; denn du bist bei mir, dein Stecken und Stab trösten mich.«

War Regula krank? Max hütete sich, die Frage laut werden zu lassen, sie war tabu. Er hasste eine Kirche, die Fragen unterdrückte. Er war dem Vorbild des Bruders gefolgt und hatte mit sechzehn den Besuch der *Wissenschaftlichen Christengemeinde* eingestellt, trat auch aus der Landeskirche aus, einer Gemeinschaft, der er nur auf dem Papier angehört hatte. Beide Kirchen hielten nicht stand, was tätige Menschenliebe und die Lehre von der göttlichen Gerechtigkeit betraf. Den Kirchenglauben hatte er abgelegt. Aber zu lange war ihm in der Sonntagsschule und zu Hause von der Mutter gelehrt worden, Krankheit und Tod gebe es nicht, als dass er diesen Glauben schon ganz verloren hätte. Aber auch die Scheu, Mutter und Schwester in ihrem Glauben zu beleidigen, hielt ihn von der Frage nach Regulas Gesundheitszustand ab. Er zog sich leise von der Tür zurück und ging in sein Zimmer, um sich mit der kritischen Durchdringung seiner Schulaufgaben zu beschäftigen.

Zum Abendbrot erschien Regula wieder, ohne die geringste Spur durchlittener Not im Gesicht, allerdings teilte sie mit der Mutter den Gesichtsausdruck, sie beide seien eigentlich und unzumutbarerweise durch die Anwesenheit von Vater und Sohn in ihrem Beisammensein am Tisch beeinträchtigt. Wie unsensibel, jetzt überhaupt zu essen und offensichtlich auch noch mit Genuss, als ob es allein darum ginge, die leiblichen Bedürfnisse zu befriedigen. Männer!

Einem stummen Vorwurf konnte man nicht begegnen. Max suchte Solidarität mit dem Vater, der von der Krise seiner Tochter keine Ahnung hatte und zufrieden die Leberknödelsuppe der Besten aller Suppenköchinnen löffelte, was Max nun seinerseits wieder in Bedrängnis brachte, weil das unter lautem Schlürfen geschah. Es ärgerte Max bis tief in den Bauch hinab, dass gerade der Vater sich so gehen ließ, dass er nicht besser war als die anderen, die er immer kritisierte, weil sie Wort und Tat nicht zusammenbrachten. »Max, schmatz nicht!« Gab es denn gar keinen Erwachsenen, der tat, was er von den Jungen verlangte? Er ließ das Gespräch mit dem Vater bleiben.

Er musste selber und ganz allein schauen, wo er blieb.

*

Max' Auftritt in Felix' Zimmer wäre ein Skandal geworden, wenn die Mutter zugegen gewesen wäre, sie wäre entsetzt gewesen, dass Max die Regeln des Hauses missachtete. Als Felix noch ständig *auf der Schanze* wohnte, war er mit sich selbst zu sehr beschäftigt, um sich auch noch um den kleinen Bruder zu kümmern. Der Meinung war auch die Mutter, sie schottete den in seiner Pubertät Schmorenden von der Familie ab, auf-

Max fühlt sich benachteiligt

erlegte Max Lärm- und Bewegungsverbot, wenn Felix sich in sein Zimmer eingeschlossen hatte, um sich im Schlaf von der Last des Lebens zu befreien. Sie entband ihn jeglicher Mitarbeit im Haushalt, während Max Staubsauger und Blocher über die Böden steuerte, Geschirr trocknete und die Schuhe der ganzen Familie putzte. Felix blieb der Schutzbefohlene der Mutter, solange sie lebte.

Als Max in das Alter kam, wo er nicht mehr nur der kleine Bruder gewesen wäre, war Felix die meiste Zeit weg, unterwegs als freischaffender Reisejournalist. Dass er ihn an dem Tag antraf, um seinen Ärger über Pfeffermännchen abzuladen, war purer Zufall.

Max' eigene pubertäre Abschottung von den andern und der Welt geschah nicht unter dem Schutz der Mutter, die sich auf Regula und die Korrespondenz mit dem abwesenden Felix konzentrierte. Für die Mutter war Felix eine Einmaligkeit, weil er der Erstgeborene war. Regula war eine Einmaligkeit, weil sie die erste Frau der neuen Generation Frauenlob war – und was für eine junge Frau sie war! Einmaligkeit verlangte Aufmerksamkeit und behutsame Pflege, so sah es die Mutter.

»Um Gewohntes meint sie sich nicht kümmern zu müssen.« So sah es Max.

1963–1967

1963 – Der Kernwaffenvorrat der USA und der UdSSR reicht aus, zweihundert Großstädte der Erde eintausendzweihundert Mal zu vernichten (»Overkill«).

Am 22. November 1963 wird John F., der älteste Sohn des Kennedy-Clans und Präsident der USA, in Dallas/Texas erschossen.

Wie Felix Frauenlob sich von der Familie verabschiedet.

1.

Die Familie war ein Gefängnis, selbst für Felix, der sich nie als voll integriertes Mitglied gesehen hatte.

Das Kind in der bürgerlichen Familie erfährt nichts von ihrer Bedingtheit und Veränderlichkeit, es nimmt ihre Verhältnisse als natürliche, notwendige, ewige hin, es fetischisiert die Familie, in der es aufwächst, es entgeht ihm daher Wesentliches über seine eigene Existenz. Nach der Rückkehr aus den USA, als Felix aus dem Traum von der großartigen Familie Cabot Swift erwacht war und sich *auf der Schanze* wiederfand, wurde ihm mit aller Deutlichkeit klar, was der Satz meinte, den er sich vor langer, langer Zeit notiert hatte, weil ihn das Stichwort »Familie« gereizt hatte.

Über die Rituale, mit denen der Vater die Familie Frauenlob abfeierte, konnte er nur noch lachen. Gut, waren die Bizzis weg und hatten den Sinn des Taufsonntags gleich mitgenommen und ihn hoffentlich auf ihrem Treck ins Glück in den Tiefen des Atlantiks versenkt. Zwanzig Jahre lang eine unbedeutende Familie zu feiern, als drehte sich die Welt um sie, war genug. Das musste anscheinend auch der Vater eingesehen haben, obwohl er es nicht zugeben konnte, denn er hatte noch kein Ersatzritual eingeführt und schwieg sich schon seit längerer Zeit über die immense Bedeutung der Familie Frauenlob aus, endlich. Er schien sich überhaupt ins Schweigen zurückziehen zu wollen.

Die Familie war es nicht, die seinem Leben einen Sinn geben konnte, weder als herkömmliche Idee noch als Projekt einer eigenen Familie Felix Frauenlob. Was war es dann? Zu Hause war keiner, mit dem er darüber hätte diskutieren können. Mutter und Schwester ließen sich von Miss Addington den göttlichen Sinn diktieren. Was der Vater für sinnvoll hielt, war ihm zu schweizerisch eng. Und Max als kleiner Gymnasiast hatte gerade eben die Pforte zum Garten der Erkenntnis aufgestoßen, dem fehlte noch das Vokabular. Er musste die Antwort außerhalb der Familie suchen, in der Realität.

Einen erfolgreichen Anfang hatte er mit seinen amerikanischen Aperçus gemacht, er wollte auf diesem Weg weitergehen und das Schreiben zu seinem Beruf machen. Journalist wollte er werden, Faktenjäger, nicht Literat. Für einen Literaten war er zu nüchtern, soff zu wenig Whisky, Fiktion mochte er von Natur aus nicht, darin war er *nolens volens* seines Vaters Sohn, Fakten waren der Sinn. Er suchte den persönlichen Kontakt zum Redaktor, dem er sich mit seinen *Briefen aus Amerika* und einer neueren Arbeitsprobe bestens als Mitarbeiter empfohlen zu haben meinte, er würde ihn gewiss erwarten – was für eine Illusion! »Der Herr Redaktor ist zurzeit in einer Sitzung, ist nicht im Hause, arbeitet und will nicht gestört werden, schicken Sie eine Probe und rufen Sie später wieder an.«

Dann endlich doch empfing ihn der Herr Feuilletonredaktor. »Die Sprache ist es! Was Sie recherchiert haben, sollten Sie in sprachlich perfekte Form bringen können, das verlangen wir von Ihnen. Das ist alles – es ist viel. Unsere Leser sind sich Stil gewohnt, an Ihrer persönlichen Sinnsuche sind sie nicht interessiert.« Die Umstände waren gediegen. Das lag nicht nur am Ambiente des Büros, an der dunklen Eichenpaneelierung, der messingenen Jugendstilleuchte, die an einer Kette von der hohen Decke hing, und dem blankpolierten Tisch mit der Schreibgarnitur aus Onyx – es lag auch am Ernst, mit dem ihn der Redaktor belehrte. »Der Journalist ist ein Medium und nicht mehr, er transportiert die Fakten zu den Lesern, eine Unperson kommuniziert mit Unpersonen, Leuten, sage ich, um im Bild zu bleiben, nicht Menschen, kein Zeitungsleser interessiert sich für den Autor und seine Art Sinngebung, er will nur eines: Sein Bedürfnis nach Information in perfekter Form befriedigen. Das ist insofern legitim, als er zahlender Kunde ist.« Der Herr Redaktor nahm mit zwei spitzen Fingern das Blatt auf, das vor ihm lag, es war Felix' Arbeitsprobe, warf einen Blick darauf, ließ es wieder fallen, er hatte den Text offensichtlich nicht gelesen. »Üben Sie, junger Mann, wir werden Ihre Arbeiten prüfen.«

Das Gefühl im Magen war flau, als Felix im Korridor auf den Lift wartete, der ihn aus den Höhen des Zeitungswesens zur ebenen Erde zurückbefördern sollte. Stilübungen – das war nicht Journalismus nach seinem Geschmack. Vor allem, wenn diese von einem Mann gefordert wurden, dessen Erscheinung und Verhalten in krassem Widerspruch zur Art, wie er redete, standen. Der schmächtige Mann, der keine zwei Jahre älter war als er, trug einen schwarzen Armeeledermantel, in dem er fast verschwand. Sein bleiches Gesicht wurde eingerahmt von einer Igelfrisur und einem Dreitagebart in der Farbe des *Orangina*, das er in Redepausen aus der Flasche trank. Felix verließ das Haus, das mit dem Stadttheater zusammen eindrückliche Front gegen das Bellevue machte, wo die Gegenwart heftig zirkulierte. Er würde zwar die Gelegenheit nutzen, die ihm da geboten wurde, und Proben einsenden, bis sie griffen, aber warm würde er in diesem Haus nicht werden.

*

Als Felix in der *Bodega* mit einem Viertel *Clarete* das Bild des *Orangina*-Trinkers wegzuschwemmen versuchte, kam er, wie unvermeidlich in diesem Lokal, ins Gespräch mit niederdorfkundigen Tischnachbarn. Sie rieten ihm, in der *Adler-Bar* am

Hirschenplatz vorbeizuschauen. Sie war das Stammlokal von Journalisten – »Schurnis«, sagten sie –, die den Einstieg in den Beruf schon vor längerer Zeit geschafft hatten. Da verkehrte auch der Bekannteste von allen, der ihm als kompetenter Mentor empfohlen wurde.

Felix betrat ein dunkelbraunes Loch voll Rauch, die Theke war locker besetzt. Nächst dem Eingang stand ein Gast am Zigarettenautomaten, ihn fragte Felix leise nach dem Mentor. »Leo, empfängst du heute?«, schrie der Mann quer durch das Lokal. »Da ist ein hübscher junger Mann, der nach seinem journalistischen Übervater fragt.« Felix wurde an den Schultern zum hinteren Ende der Bar geschoben, wo ein dicklicher Vierzigjähriger, der ihn an seinen Griechischlehrer erinnerte, saß und ihn durch die dunkle Hornbrille, intellektuelles Accessoire der rustikalen Gesichtszüge, musterte.

»Whisky?«, fragte er.

»Gin and Tonic, bitte«, sagte Felix.

»Frisch aus den USA zurück, ja? Ich dachte, das trinken da drüben nur die Frauen.«

Als Willkommensdrink in den USA hatte Felix von Mary Cabot Swift, der Mutter des Hauses, einen *G and T* kredenzt bekommen, das war wie eine Initiation gewesen, also blieb er dabei, umso mehr als ihm Whisky-Trinken zu cowboyhaft war. »Im Allgemeinen schon«, sagte er so betont leichthin, dass deutlich wurde, dass er sich nicht zur Allgemeinheit zu zählen pflegte.

»Salúd!« Leo musterte Felix' Finger am Glas, als prüfte er ihre Schreibgeschmeidigkeit. »Und für wen schreiben Sie?«, fragte er mit einem Unterton, der Misstrauen gegenüber jüngerer Konkurrenz verriet.

Noch habe er erst Vereinzeltes plazieren können, habe soeben spontan beim Haupt- und Staatsblatt angefragt. Die Antwort sei unverbindlich gewesen. Er wolle auch nicht als Volontär im Lokalen anfangen. Er sei auf anderes aus, auf größere Sachen und Zusammenhänge, solche, die einen weiterreichenden Sinn ergäben, einen, der über das Alltägliche hinausgehe, Reisejournalismus zum Beispiel, die Welt nach dem Sinn des Ganzen erkunden – wenn Leo verstehe, was er meine. Deswegen sei er hier, um seinen Rat einzuholen, wie man es mache. »Der weiß haargenau, wie man zum Erfolg kommt, haben die in der *Bodega* gesagt – stimmt's?«

Leo tat das mit einer Handbewegung ab: »Die wissen da immer alles, was Gott und die Welt anbelangt. Lass sie reden, *in vino veritas*, im vielen Wein, den sie saufen, können sie auch einmal ein Körnchen Wahrheit finden. Aber was deine Frage nach dem Sinn des Ganzen angeht – da kommen mir ja fast die Tränen, junger Freund, ein Kollege, der nach dem großen Ganzen fragt, dio perdona io no, mein Gott, wie alt bist du denn! Ein bisschen in der Welt herumreisen und Sinn suchen und ich soll den Wegweiser spielen, ja? Such ihn dir selber, es gibt so viele Wege, du findest bestimmt einen, der deine Spurbreite hat, aber vergiss so schnell wie möglich den Sinn, nach dem fragt kein gottverdammter Leser. Als ich in deinem Alter war, habe ich mir gesagt, es gibt nur einen Sinn, und das ist mein ganz persönlicher Erfolg. Ich mache alles für den Erfolg, ich steige mit jedem ins Bett, der meine Karriere fördert. Hat, wie du siehst, bestens geklappt, ich bin heute der, zu dem man die Jungen schickt, damit sie lernen, wie man's macht. It's up to you, und schönen Gruß den Wegleuchtern in der *Bodega*.«

*

Felix

Weder der hochtrabende Herr Feuilletonredaktor noch der zynische Kollege, der kein Mentor war, konnten Felix von dem Journalismus abhalten, den er sich vorstellte. Er erarbeitete sich einen respektablen Status als freier Reisejournalist. Er war, wie seine Mutter, überzeugt von seinem Schreibtalent und konnte durchaus Fleiß entwickeln, wenn ihm eine Arbeit passte. Und nicht zuletzt verdankte er seinen Erfolg der geschmähten Familie. Ja, die Familie war für ihn ein Schutzraum, eine gesicherte Zwischenstation auf seinen Reisen durch die große Welt. *Auf der Schanze* kehrte er ein, um sich von der anstrengenden Suche nach dem Sinn zu erholen und nebenbei einer interessierten Zuhörerschaft zu erzählen und zu erklären, wie es in der Welt draußen zuging. Ein Zimmer blieb für ihn reserviert, es war dasselbe, das die Großmutter bewohnt hatte, wenn sie ihn hüten kam. Noch stand ihr Strickstuhl da, er benutzte ihn zum Nachdenken, auf das Bett legte er sich nicht mehr, es schien ihm zu bequem für die Denkweise, die er in Ausübung seines Berufs entwickelt hatte.

*

Auf der Schanze. Ja, die Frauenlobs lebten alle noch da, einzige Überlebende aus alter Zeit.

Auch Witwe Gugler hatte schließlich das Zeitliche gesegnet und war zum Herrn heimgekehrt, nicht zu ihrem Wilfried selig, den hatte sie im Umgang mit ihrem Herrgott schon lange vergessen. Sie hatte sich getrost zur Ruhe begeben, nachdem sie ihren Toni als Hauswart im Pfarreizentrum St. Antonius hatte unterbringen können, mit Hilfe des Priesters, der ihre Rosenkränze für die ungläubigen Frauenlob-Täuflinge zu segnen pflegte. Wem der Psychotherapeut Dr. Gasslberger die

Möglichkeit dankte, die Wohnung der sel. Witwe Gugler zu übernehmen und damit Praxis und Wohnen zu trennen, blieb sein Geheimnis. Er nutzte jedenfalls die Gelegenheit, leisten konnte er es sich. So still sein Gewerbe war, es boomte, und ein Ende des Booms war nicht abzusehen. Im Gegenteil, die Amerikanisierung des öffentlichen und privaten Lebens zeitigte zunehmend destruktive Folgen im Seelenhaushalt der alten Europäer.

*

Felix durchreiste Europa auf den Spuren des menschlichen Alltags, es konnte nicht ausbleiben, dass er sie als verheerende Auswirkungen der Politik las, in Deutschland zuerst und vor allem, wo Lücken in den Häuserreihen, baufällige Fassaden und Mauereinschüsse an die gewaltigen Zerstörungen durch den Krieg erinnerten. Sie waren unübersehbar, wie mochte es aber im Innern der Menschen aussehen? Er berichtete in die unversehrte Heimat, wie die Nachbarn die Folgen der Vergangenheit in ihrer Gegenwart bewältigten. Er tat das ohne Illusionen und ohne Hoffnung, seine Reportagen könnten dazu beitragen, die Selbstbesinnung der Leserschaft zu wecken. Aber er konnte annehmen, dass es die Neugier der Schweizer befriedigte zu sehen, wie schlecht es den Nachbarn ging. Damit bekamen sie bestätigt, dass sie selbst es gut gemacht hatten und weiter so machen sollten wie bisher.

Die Erfahrung der Welt, wie sie faktisch war, nahm ihm allmählich die Kraft und Begeisterung, nach einem Sinn zu suchen. Es fiel ihm zusehends schwerer, »das Ganze« ernst zu nehmen. Trotzdem war er ein guter Journalist, nein, nicht trotzdem, gerade deshalb, denn hätte er einen Sinn im *Ganzen* gesehen, hätte er sich nicht für die Details interessiert. Hätte er sich nicht distanziert von allem, wäre er seinen Emotionen ausgeliefert gewesen, und die hätten ihn daran gehindert, die Dinge so darzustellen, wie sie waren, sie so dem Leser zu vermitteln, »dem gottverdammten«, wie Leo gesagt hatte, den das große Ganze nicht interessierte. Eine für sein Alter zu frühe Resignation blieb nicht aus. À quoi bon? Er meinte André Bizzi zu hören, den Onkel, dem er sich immer näher gefühlt hatte als dem Vater. Jetzt wusste er warum: Weil auch er den Unernst des Lebens erkannt hatte und auf seine epikureische Art reagierte. Schade, war der Onkel so weit weg, sie hätten sich bestimmt anregend unterhalten können! – Er begann sich zu überlegen, wie lange er es aushalten würde, so zu tun und zu schreiben, als ergäben auch die kleinen Sachen gesamthaft einen Sinn, wie lange es noch dauern würde, bis er wie ältere Kollegen in den Alkohol abtauchte, um mit absterbenden Hirnzellen zu überleben. Er zog diese Möglichkeit durchaus in Betracht, ernsthaft insofern, als Joseph Roth, sein Idol, bewiesen hatte, dass Alkohol und geniales Schreiben bis zum Ende aller Schrift- und Atemzüge vereinbar waren. Felix war noch zu jung, um zu realisieren, dass Idolatrie einer No-sense-no-future-Einstellung heftigst widersprach. Als er alt genug war, interessierte ihn das Thema nicht mehr, weil er den Sinn gefunden hatte.

2.

Der Familientisch war bei Frauenlobs eine Institution.

Der Mensch musste essen, um zu leben, essen musste jeder, der *auf der Schanze* zu Hause war, und waren alle zu Hause, aß man zusammen. Am Familientisch. Diese Verpflichtung ergab sich aus Gewohnheit und dem Regime der Köchin: »Wir sind kein Restaurant hier, es wird nicht einzeln serviert.« Selbst Felix, der Ausnahmefall, wurde in die Pflicht genommen. Er unterzog sich ihr ohne Murren, denn solange er leben wollte, musste er essen. Zudem schlug er zwei Fliegen mit einer Klappe. Wenn die Frauenlobs zu Tisch saßen, mittags und abends, war nicht nur Essens-, sondern auch Nachrichtenzeit. Das Radio lief, *Beromünster* hatte das Wort, es lieferte Nachrichten, die ihn auf Ideen für Reportagen bringen konnten. Vier Piepstöne tief, der fünfte hoch, das Zeitzeichen aus dem Observatorium Neuenburg legte 12.30 Uhr für die ganze Schweiz fest, es folgten die Nachrichten der schweizerischen Depeschenagentur und die Wettervorhersage der schweizerischen meteorologischen Zentralanstalt, was sich wie metrologisch anhörte. Im gespannten Lauschen auf das Zeitzeichen setzte Felix eine Familientradition fort, die der Vater während des Kriegs begründet hatte. Damals saß der vor dem Radio, hielt das Ohr an das grobe Gewebe über dem Lautsprecher, drehte am geriffelten schwarzen Bakelitknopf und ließ den roten Suchdraht über die dunkelgraue Glasscheibe laufen, auf der die Radiostationen Europas transparent hellgrau angezeigt waren und sich mit Piepsen, Knistern und Rauschen verlauten ließen. Die Familie wartete gebannt, in absoluter Ruhe, bis er *BBC-London* fand und der unheilverkündende Beethovensche Paukenschlag *dadadadaam dadadadaam* ertönte.

Das Maximum an Geräusch, das Felix heute nach dem Zeitzeichen duldete, war das Schlürfen des Vaters, weil es nicht zu verhindern war.

Regula verhielt sich still wie die Mutter, die sich aus Rücksicht jedem Gespräch verweigerte. Gespräch mit wem? Max war neben dem Vater der Einzige, der sich hie und da gestattete, die Andacht zu stören. Er tat es nicht dem Bruder zuleide, obwohl ihn dessen bestimmende Art ärgerte, Tischordnung wäre seiner Ansicht nach nicht Sache des älteren Bruders, sondern des Vaters gewesen. Max tat es, weil ihn das, was er hörte, zum Kommentar drängte, was eigentlich normal für einen Gymnasiasten war. Der Tabubruch verursachte jedes Mal einen vorübergehenden Aufruhr der Mutter, er legte sich sofort, wenn sie mit ihrem Blick signalisiert hatte, wie Max sich zu verhalten habe, nämlich still.

*

Die Abendnachrichten am 22. November 1963 verfolgten sie ausnahmslos in totaler Stille. Die erste Meldung war ein Schock gewesen, der allen die Sprache verschlagen hatte: Um 12.30 Uhr Lokalzeit war Präsident John F. Kennedy in Dallas/Texas von einem Heckenschützen erschossen worden, als er im offenen Auto über die Dealey Plaza fuhr. Seine Gattin Jacqueline Lee Bouvier, Jackie Kennedy, wurde nicht, der Gouverneur von Texas, John Connally, wurde schwer verletzt. In der Sonderreportage des Korrespondenten – Heiner Gautschy in New York – waren Schüsse und Schreie mehrmals nachgespielt zu hören. Es folgte Trauermusik.

Die Mutter hatte Tränen in den Augen, Regula schaute Felix an, als sei er schuld an den Tränen. Der Vater wischte sich mit der Serviette den Mund, legte sie auf den Tisch, rollte sie zusammen und steckte sie in den Messingring, er nahm sich Zeit zum Nachdenken. Max schaute von einem zum andern und wartete ab, was der Bruder dazu sagen würde, er musste es ja wissen, so wie immer. Konnte Max haben, ohne lange warten zu müssen!

»Das ist Wilder Westen, ja, das kann nur da unten in Texas passieren!«, rief Felix, der nur die Gegend da oben in Neuengland kannte, woher die Kennedys kamen. »Und das will eine zivilisierte Nation sein! Die wollen uns vormachen, wie wir zu leben haben, the American way of life! O nein, der Traum ist ausgeträumt – American dream, dass ich nicht lache! Ein Albtraum, kann ich da nur sagen. Es ist zu hoffen, dass Europa heute erwacht und sich von diesen Amerikanern lossagt. Wir sind nicht für alle Ewigkeit in ihrer Schuld, weil sie mitgeholfen haben, Europa von Hitler zu befreien. Sie haben es ja auch nicht allein getan – aber von den Russen«, Blick zum Vater, »darf man bei uns nicht reden.«

»Hat es dir nicht weiß Gott wie gefallen in Cornwall? Ist da nicht auch Amerika? Leben da keine Amerikaner?«

»Mäxel, was verstehst du schon! Das war eine andere Zeit damals – in den USA wie in meinem Leben. Heute ist beides definitiv zu Ende gegangen. Für mich jedenfalls.«

»Wie kannst du so reden!«, rief Regula. »Da ist nicht ein Cowboy in einem Wildwest-Film erschossen worden, sondern der amerikanische Präsident! Ein Idol für die ganze Welt! Eine Hoffnung für unsere Generation! Weißt du nicht, was er für die Schwarzen im Süden getan hat? Hast du von James Meredith und Mississippi nicht gehört? Das allein schon ist ein Grund, über Kennedys Tod zu weinen, statt über Amerika zu lästern. Von Amerika ist schon sehr viel Gutes gekommen.« Regula kamen die Tränen der Rührung ob all des Guten, das sie mit Hilfe Miss Addingtons schon hatte erfahren dürfen.

Felix gab ungerührt den Fachmann. Ihm konnte man nichts vormachen: »Die Rassenintegration im Süden könnte sogar der Grund für seine Ermordung sein. Da steckt ein weißes Komplott dahinter, ist nicht anders möglich. Es kann nicht sein, dass einer einfach freie Schussbahn hat, wenn der Präsident durch Dallas fährt. Wo waren CIA, FBI, die Nationalgarde – der ganze Sicherheitsapparat, wo war der denn? Und wenn es ein Komplott war, dann werden die Hintermänner dafür sorgen, dass es nicht aufgedeckt wird. Darauf wette ich. So läuft es da drüben – so würde es auch bei uns laufen, das ist Politik.«

Der Vater räusperte sich. »Dass du als alter Freund der USA betroffen bist, kann ich verstehen, aber jetzt gleich alles Amerikanische zu verdammen, das ist mir doch ein bisschen zu heftig, so sehr ich deine Meinung als Journalist und Fachmann ernst nehme. Denk doch, noch ist es keine zwei Stunden her, alle sind erschüttert, im Moment ist eine sachliche Beurteilung gar nicht möglich. Von hier aus schon gar nicht. Das ist meine Meinung. Es braucht Zeit, das zu verarbeiten. Ich meine, man muss abwarten, das wird untersucht werden, und erst dann wird man wissen, wie genau es geschehen konnte und, nicht zu vergessen, wie man eine Wiederholung verhindern kann. Amerika ist ein demokratisches Land wie wir, es wird Recht gesprochen werden.« So hatte es sich der Vater zurechtgelegt.

*

Was den Vater indes mehr beschäftigte als die vorschnelle Reaktion seines Ältesten, war die Geschichte des Kennedy-Clans, die jetzt bekannt wurde. Die Verzweigung in der ökonomischen und politischen High Society Neuenglands durch Geschäftstüchtigkeit – Skrupellosigkeit, würde der Sohn sagen – und geschickte Verheiratung – alles sehr eindrücklich. Schade nur, dass sie katholisch waren. Am meisten beachtenswert, ja bewundernswert war, wie sie als Familie funktionierten. Mit einem Vater im Zentrum, absolut autoritär, sekundiert von einer Ehefrau, die das Gleiche wollte. Eine lange Reihe von Söhnen samt einer Anzahl Töchter, über die der Vater verfügte. Das war keine Zufallsgemeinschaft, die aus dem Füllhorn der Natur gefallen war, das war eine von Vaterhand gesteuerte Einheit mit einem klar definierten Ziel: Macht. – O nein, Macht anzustreben lag nicht in Walter Frauenlobs Charakter, aber Söhne, wie Joseph Kennedy sie hatte, die hätte er sich gewünscht, Söhne, die ihrer patriotischen Pflicht nachkamen. Weiß Gott nicht bis in den Tod: Fiel der erste Kennedy im Flugeinsatz über Europa, trat der zweite an, fiel der nun aus, standen Robert und Edward bereit, so nicht, aber etwas mehr Verantwortungsbewusstsein Familie und Heimat gegenüber, das hätte er, der kleine Schweizer Vater, sich von seinem ältesten Sohn doch gewünscht.

Der Vater erwachte aus seinem Traum: »Es ist schon sehr eindrücklich, wie eine Familie funktionieren kann.«

Regula empörte sich: »Findest du es eindrücklich, dass ein Familienvater alle seine Söhne in den Tod schickt, nur um seinen krankhaften Ehrgeiz zu befriedigen? Meine Söhne müssen um jeden Preis erreichen, was ich nicht geschafft habe! Du wirst sehen, John F. ist nicht das letzte Opfer seines Vaters! Die Frage ist nur: Wer ist der Nächste? Schlimm ist ein solcher Vater! Ein Monster! Schlimmer noch, dass er von seiner Frau, der Mutter seiner Söhne, unterstützt wird. Solche Eltern, eine solche Familie willst du uns als Ideal vorhalten? Ich möchte nicht wissen, in welchem seelischen Zustand sich die Mitglieder dieses Clans befinden – wenn sie überhaupt noch eine Seele haben, wenn sie ihnen nicht von den Eltern ausgetrieben worden ist. Was sind das für Eltern!«

»Da habt ihr mit uns ja noch Glück gehabt.« Mutter wollte keinen Streit am Tisch, sie stand auf, um abzuräumen, es war das Zeichen für Regula und Max, ihr zur Hand zu gehen.

»Wir sind auch kein Clan«, stellte Max fest, als er mit der Suppenschüssel in Händen das Zimmer verließ, und keiner widersprach.

*

Eine Woche später traf ein Brief von Betty ein:

Liebe Hanni,

Ist es nicht furchtbar, dass sie unseren Präsidenten erschossen haben! Seit Tagen sieht man bei uns am Fernsehen nichts anderes mehr als die Bilder von Dallas. Alles wird gezeigt, bis zum Blut auf Jackies Mantel. Schrecklich ist das in Farbe zu sehen. Ist es nicht grässlich? Ein so junger, schöner Mann – man könnte heulen vor Wut über die Russen. Ja, André hat es gleich gesagt: Dahinter sind ganz klar die Russen, wegen Kuba natürlich! Wozu wäre Lee Harvey Oswald sonst nach Moskau gepilgert? Und er ist mit einer Russin verheiratet, wie man jetzt weiß. Lee – ist es nicht Ironie des Schicksals, dass der Mörder gleich heißt wie Jackie Lee Kennedy? Nun ist ihm aber Recht geschehen. Neben dem Schrecken, das am Fernsehen verfolgen zu müssen, war es doch eine Erleichterung für ganz Amerika, dass Jack Ruby den Attentäter vor laufenden Kameras erschoss. So was gibt es nur in den USA, aber schließlich ist das die gerechte Strafe.

Ja, wir leben in einem aufregenden Land! Ich habe es noch keinen Augenblick bereut, dass wir umgezogen sind, ich sage nie ausgewandert, das hat etwas Armeleutehaftes an sich. André ist anders, er ist das Heimweh nach Neuchâtel nie losgeworden, wohl eher nach dem

Neuenburger Weißwein als nach seiner Maman, und, stell Dir vor, auch nach Schwarzenbach Thalwil, *was aber, wenn man es sich überlegt, kein Wunder ist. Wenn's dich so plagt, habe ich gesagt, dann flieg doch, leisten können wir es uns. Vor drei Jahren war er tatsächlich bei Euch drüben. Das habe ich in all meinen Briefen bis heute verschwiegen, weil mich das schlechte Gewissen plagte, dass er nicht bei Euch vorbeigekommen ist. Aber er hatte halt so viel zu tun, Neuchâtel, Peseux, Thalwil und sogar Rom. Ja, stell Dir vor, er ist zu den Olympischen Spielen nach Rom gereist, um Dr. Hans Schwarzenbach reiten zu sehen. Reiten, stell Dir André und Reiten vor, überhaupt André und Sport, da ist kein Rest* Servette FC *geblieben, dafür ist er nun definitiv zu rund geworden – ›Lasst wohlbeleibte Männer um mich sein‹, heißt es doch, ›die nachts gut schlafen‹. Du kannst Dir nicht vorstellen, wie mein Wohlbeleibter schnarcht. Das kommt von den vielen Drinks und dem vielen Essen mit den vielen Kunden. So viel zum Sport. Rom hat sich übrigens gelohnt, Dr. Hans hat eine Silbermedaille gewonnen.*

Meine Figur habe ich mir dank eiserner Disziplin erhalten können, es scheint, ich habe doch auch etwas von unserer Mutter mitbekommen. Ich turne jeden Tag nach einem Vitasana-Programm, das ein Kunde von drüben, ich meine aus der Schweiz, mitgebracht hat. Das muss ich aber im Basement machen, damit es keine von den Nachbarinnen sieht, die würden mich crazy oder, schlimmer noch, ridiculous finden. Die Ladys hier lassen sich diesbezüglich eher gehen, und das bedeutet, wie Du weißt, in die Breite. Sonst sind sie ganz nett. Überhaupt haben wir uns in den zwei Jahren seit dem Umzug von Smithtown definitiv hier eingelebt, wenn es in den USA je etwas Definitives geben kann. White Plains, Du erinnerst Dich, ich habe es Dir geschrieben, ist im Norden von Manhattan, eine sehr gute Gegend, die gibt für alle mehr her. Smithtown und Long Island war auf die Länge allzu sehr »kleine Leit«, und man meinte dauernd die Nähe von Brooklyn zu riechen. Die White Plains High, die Schule von Mary, ist topp, sie geht sehr gern zur Schule, es ist für sie a real challenge, wie sie sagt. Seit einer Woche will sie unbedingt zu NBC-TV, was natürlich Harvard voraussetzt oder Bryn Mawr für Mädchen. Sie wird's schaffen, hat auch noch alle Zeit, sie ist erst fünfzehn. Jacques ist für ein Jahr als AFS-Student in Europa. Er wollte unbedingt nach Westberlin gehen, zu den Deutschen – völlig unvorstellbar für André und mich. Auch diese Mauer, die sie da gebaut haben, typisch deutsch! Aber das haben wir hier schnell gelernt, dass man den Kindern ihren Willen lassen muss, damit sie eigenständige Individuals werden, die von niemandem, auch ihren Eltern nicht, gegängelt werden. Ein erstes positives Resultat hat unsere Offenheit schon gezeitigt: Jacques war im Juni vor dem Schöneberger Rathaus und hat Kennedy sagen hören: Ick bin ein Berliner! Jacques war ganz begeistert, er meinte, er selbst sei da in die Geschichte eingegangen. Darf er ruhig meinen, er ist ja erst grad volljährig geworden. Ich persönlich musste lachen, als ich Kennedy das sagen hörte – es kam noch und noch im Fernsehen –, bei ›Berliner‹ kommt mir nur immer die Marmelade in den Sinn, die aus dem Pfannkuchen zu Boden pladdert.

Die Zwillinge haben sich in eine renommierte New Yorker Broker-Firma eingekauft und arbeiten mit riesigem Erfolg an der Wallstreet, und das mit vierundzwanzig Jahren!!! Wir sind sehr stolz auf sie. Wenn Du Dir überlegst: Von Wiedikon an die Wallstreet ist schon ein gewaltiger Schritt, nicht? Außer dass auch die Wallstreet von Juden bevölkert ist, aber da fallen sie weniger auf, weil sie nicht mit der ganzen Familie aufmarschieren.

Liebes Hanni, Du hast schon ein Vierteljahr nicht mehr geschrieben. Was ist los? Du wirst doch nicht arbeiten gehen und deshalb keine Zeit haben? An den Kindern wird's nicht liegen können, die werden bestimmt schon alle Professoren sein, das ist gut für Euch, und Walter hat zwar seine speziellen Seiten, aber leid ist er nicht und wird Dir kaum Schwierigkeiten machen. Was ist es also? Wie auch immer, bei uns sagt man: no news, good news! Ich hoffe, Du *wirst mir das bald in einem Brief bestätigen können. Und mir zum Beispiel auch verraten, was Ihr ohne uns an den Taufsonntagen macht. Sitzt Ihr alle an der halbleeren Tafel und heult? Eigentlich war's doch immer ganz nett, wenn man sich heute so erinnert – nur etwas anstrengend, Walters Feierlichkeit halt, ein bisschen wenig Fun. Aber Fun haben wir hier genug. Und feiern tun wir auch, am Thanksgiving Day, da bringt André einen Turkey (Truthahn) auf den Tisch, so riesengroß wie gut. Nein, ich kann mich nicht beklagen.*

Alle schicken herzliche Grüße, André speziell an seine Pétroleuse bien aimée.

Love and take care!

Betty

PS: André hat mir versprochen, Euch bei seinem nächsten Europatrip zu besuchen, er kommt jetzt öfter, nachdem er wieder Kontakt mit Schwarzenbach aufgenommen hat.

Scarsdale, December 2nd 1963

*

Bei seiner nächsten Geschäftsreise folgte André Bizzi tatsächlich dem Drängen Bettys und wohl auch seiner Sympathie für Regula. Sie gefiel ihm, weil ihn der Gedanke amüsierte, ihr rebellisches Gehabe könnte gegen seinen prinzipientreuen Schwager gerichtet sein, was er ihm bei aller sonstigen Verbundenheit gönnen mochte. Als er seinen Pflichtbesuch machte, war sie allein zu Hause. André hatte sich mit Absicht nicht angemeldet. Er verstand sich nicht schlecht mit seiner Verwandtschaft, aber zu viel Zeit konnte er bei seinem gedrängten Programm nicht mit ihr verbringen.

»Vater hat einen Tag frei genommen und ist in den Schwarzwald gefahren, Mutter ist auf Arbeit, Felix unterwegs.«

»Was macht Walter denn im Schwarzwald?«

Er gehe rekognoszieren, habe er ganz geheimnisvoll gesagt, er habe nämlich große Pläne für die Zeit nach seiner Pensionierung. »Dabei geht das ja noch eine ganze Weile«, lachte Regula.

Ihr Lachen löste bei ihm die alte Sympathie und den spontanen Einfall aus, sie zu der für den Nachmittag geplanten Fahrt nach Peseux einzuladen und sie für seine paar ganz privaten Gedenkminuten am Grab seiner Eltern zu engagieren. »Zur Reise bist du als meine Nichte eingeladen, ich habe einen *Citroën DS* gemietet, très chique, für die Mitwirkung am Grab bist du als Musikerin engagiert, gegen Bezahlung, ich will keinen verwandtschaftlichen Liebesdienst. Les bons contes font les bons amis, sagte meine Maman und hatte recht wie alle Mütter immer.«

Was machte es aus, dass die Nichte nur Klassisches spielen konnte, da, wo Maman weilte, würde sich alle Musik gleich anhören, und er hatte die Gelegenheit, den Nachmittag mit einer jungen Dame zu verbringen, die sehr charmant sein konnte, wenn sie wollte.

Regula wollte. Die Fahrt verlief vergnüglich, bis André die Frage stellte: »Wie steht's denn so mit Männern in deinem Leben, gibt's schon einen, den ich beneiden kann?«

»Wie du nur so direkt fragen kannst – bist du schon dermaßen amerikanisiert? Wo ist die französische Diskretion geblieben?«

»Quand-même, wenn ich an unser letztes Gespräch zurückdenke, sind wir uns doch Offenheit gewohnt, nicht? So heikel kann die Frage nicht sein – in deinem Alter, aber, bitte sehr, ich will nicht aufdringlich sein, wir nähern uns der Romandie.«

Regula wollte dem netten Onkel die Laune nicht verderben. »Offen gesagt, es gibt schon lange einen, von dem niemand, nicht einmal Mutter weiß. Du verstehst, dass ich es bei dieser Auskunft bewenden lasse.«

»D'accord!« André legte Regula kurz die Hand aufs Knie wie ein guter alter Onkel. Sie hatte traurig, nicht verliebt geklungen. Er suchte ihren Blick, aber sie schaute starr geradeaus. Schweigend steuerte er den sanft schaukelnden *Citroën DS* ans Ziel.

Es regnete über Peseux, und André bat Regula, unter dem Vordach der Kirche zu warten, bis er seine Besinnung abgehalten habe. Der Musikvortrag sei ja, wie man sagen könnte, ins Wasser gefallen, darum würde er gern allein zum Grab gehen. Regula fiel es nicht schwer, seinen Wunsch zu respektieren, aber umsonst wollte sie die Reise nicht gemacht und das generöse Honorar des Onkels auch verdient haben. Sie ging zum Pfarrhaus und erbat sich vom Pasteur den Schlüssel für die Kirche. Sie wolle dort für ihren lieben Onkel aus den USA spielen, der draußen im Regen am Grab seiner Eltern Frieda und Jacques Bizzi stehe. Der Pasteur zeigte Entgegenkommen, was sie mit einer generösen Spende pour les pauvres entgalt. So kam es, dass sie sich vor dem Taufstein aufstellte und nun in der Kirche spielte, was André Bizzi sich gewünscht hatte. Er saß in der Kirchenbank und hörte seiner geliebten Pétroleuse zu, wie sie die G-Dur Sonate von Loeillet mit einem Schmelz spielte, als käme der Klang direkt von Frankreich über den Jura hergeweht. Es hätten Regentropfen in seinem Gesicht sein können, die er vergessen hatte abzuwischen, es waren keine, aber er vergaß sie trotzdem. Der Pasteur, der zur Kontrolle nachgekommen und bei der Tür im Schatten der Empore stehen geblieben war, konnte sich mit Aug und Ohr davon überzeugen, dass la petite Suisse alémanique nicht gelogen hatte, als sie sagte, es würde ihren Onkel sehr freuen, wenn sie in der Kirche spielen dürfte.

3.

Felix war ein guter Reisejournalist, er war belesener als bei den Journalisten außerhalb des Feuilletons üblich, hatte sogar Philosophisches wie Hegel und Heidegger geschnuppert. Das hatte er früh von der Mutter gelernt und war darum als Gymnasiast auch weit über Pfeffermännchens Lesehorizont hinausgegangen, der sich nicht über den Ersten Weltkrieg hinaus erstreckte. Und trotzdem war Felix Joseph Roth, der tief im neunzehnten Jahrhundert wurzelte, der liebste Autor. Als Reisejournalist hatte dieser seine Gegenwart hellsichtig, mit sicherem Urteil dargestellt, als Schriftsteller hatte er es geschafft, seine galizische Sehnsucht und die Trauer über den Untergang der Donaumonarchie frei von jeder Sentimentalität und ohne Zynismus zu formulieren, als Mensch hatte er seine Verzweiflung über den Verlust im Alkohol ertränkt.

Felix folgte, journalistisch, keinem schlechten Vorbild, der Erfolg gab ihm recht. Erst konnte er den *Orangina*-Mann überzeugen, dann fanden seine Reportagen in den Blättern des ganzen politischen Spektrums Platz und, weil er sich der Parteinahme enthielt, sogar in literarisch orientierten Periodika. Gerade das veranlasste ihn zu tun, was er schon immer machen wollte. »Ich muss endlich das tun«, sagte er sich, »was ich mir selbst, meiner eigenen Glaubwürdigkeit und Joseph Roth schuldig bin. Ich will öffentlich machen, dass er mein journalistisches Idol ist. Ich muss es tun, solange ich noch an Idole glaube, es eilt. Dafür nehme ich sogar in Kauf, dass ich ins fiktive Fach wechseln muss, weil eine Hommage etwas Literarisches ist.«

Das Bemühen, sich vor sich selbst zu rechtfertigen, dass er seinen Schwur brach, nie ins literarische Fach zu wechseln, war lächerlich. Trotzdem, er publizierte eine fiktive Reportage aus Lemberg, der Hauptstadt Galiziens und Heimat Joseph Roths, die ungeahnte Folgen für ihn als Journalisten und als Mann haben sollte.

4.

Das Schweizer Fernsehen war zehn Jahre alt, es lebte nicht mehr vom Pioniergeist der ersten Jahre. Es hatte sich als öffentliche Institution etabliert, gegen den Widerstand geistiger Kulturverteidiger von Pfeffermännchens Art, die den definitiven Untergang des Abendlands befürchteten. Mittlerweile fühlten sich die Macher sicher genug, über die Tagesaktualität hinaus zu schauen. Selbst ein so sanfter, distinguierter, kultivierter Herr mit einem Flair für Hofmannsthal, Rilke und George wie der Kulturchef des Schweizer Fernsehens verspürte die Freiheit, aus gesicherter Position heraus Neues zu wagen. Insofern war er weit liberaler als sein Ex-Kommilitone Pfeffermännchen. Dieser hatte ihn auf Felix und seine Hommage an Joseph Roth in den *Gelben Heften* aufmerksam gemacht, nicht zuletzt wegen der punktuell scharfen Kritik an der Sowjetunion darin, die er als zielgerichtete politische Aussage gelesen hatte. Das war jedoch nicht im Sinn des Verfassers, der hatte die Zeichen der Malaise nur registriert, weil sie unübersehbar waren. Man war im Kalten Krieg. »Lassen wir den Mann kommen! Er scheint einer von denen zu sein, die wir brauchen, um den Zuschauer zu erreichen, der sich abends arbeitsmüde vor den Bildschirm setzt. Dieser Zuschauer, er gehört zu einer Mehrheit, will erst allmählich gewonnen sein für Inhalte, die sein geistiges Mittun erfordern. Einer, der über Roth schreibt, kennt die Behutsamkeit«, sagte der Kulturchef nicht zu Unrecht. Er lud Felix zu einem Gespräch ein, um, ausgehend von Joseph Roth, Ideen für Reportagen zu entwickeln, die das Interesse müder Arbeitnehmer für Kultur wecken sollten. Felix überraschte ihn gleich mit dem Vorschlag, ein Bertolt-Brecht-Feature als Gesellenstück abzuliefern. Das musste begründet werden. Der Kulturchef lehnte sich im Sessel zurück, stützte die Linke auf die Armlehne, strich sich mit der manikürten rechten Hand das schwarzseidene Haar aus der Stirn und sagte mit einer wie mit Waldhonig belegten Stimme: »Dann erzählen Sie mal, ich höre.«

»Es ehrt mich, dass Sie mich als Joseph-Roth-Experten empfangen, zweifellos, und Roth hätte sicher ein Fernseh-Feature verdient, aber wie stellen Sie sich das vor? Fahren Sie einmal mit einem Fernsehteam in die Sowjetunion!« Felix sagte nicht, dass Roth ihm zu schade war für das Schweizer Fernsehpublikum. »Selbstverständlich ist der Ostblock das Feld für zeitgemäße Arbeiterthemen, aber was hat Roth damit zu tun, der ist für eine vergangene Zeit zuständig! Gegenwärtig gibt es nur einen, der in diesem Zusammenhang interessiert: Bertolt Brecht! Hochinteressantes Beispiel für einen politischen Autor, der dem Publikum weismachen will, Politik ließe sich ändern. Interessant nur schon in seinem Verhalten als Mensch.«

»Und Sie denken, in der sogenannten DDR, dem treuesten Vasallen der UdSSR, werde ein Team des Schweizer Fernsehens mit offenen Armen empfangen? Aber ich bitte Sie, Herr Frauenlob!«

»Die Wahrscheinlichkeit besteht. Man kennt mich im Pressezentrum an der Mohrenstraße. Ich habe Erfahrungen in Ostberlin gesammelt. Erstens halten die Ostdeutschen uns Schweizer alle für harmlos und naiv, weil wir nicht so aggressiv auftreten wie unsere Berufskollegen aus Westdeutschland. Und zweitens geht bei ihnen Propaganda über alles.«

»Moment, wie soll ich das verstehen! Sie wollen Propaganda für die DDR am Schweizer Fernsehen machen? Herr Frauenlob, so naiv können Sie nicht sein!«

»Das wohl kaum. Ich verstehe Propaganda als planmäßige Verbreitung von Errungenschaften, so in etwa – und ist Brecht nicht eine ihrer besten Errungenschaften?«

»Errungen ist gut, der ist ganz von selbst dahin gegangen.«

Felix liebte es, die Grenzen des Tolerierten zu erkunden und die Geduld seiner Arbeitgeber auf die Probe zu stellen. Würden sie warten können, bis er seine Arbeit ablieferte und mit ihrer Qualität bewies, wie unangebracht ihr Vorbehalt seiner provokativen Art gegenüber war? Es war ein Autoritätstest, den er mit ihnen machte, weil er die Autoritäten, die er auf den Redaktionen kennengelernt hatte, per se für Sesselkleber, für Leute ohne Courage und für sehr bequem hielt. Er nahm an, dass es drei Jahre nach dem Berliner Mauerbau für das Schweizer Fernsehen ein Ding der Unmöglichkeit war, eine Reportage aus der deutschen Hauptstadt des Kommunismus zu bringen, über Walter Ulbrichts Günstling, der mit Ausnahme von Frankfurt am Main, wo ein alter Kommunist Regie führte, von allen westdeutschen Theatern boykottiert wurde. Irrtum! Er hatte nicht mit dem Gespür und der intellektuellen Flexibilität des sanften Schöngeists gerechnet.

»BB ist gut –«, der Kulturchef machte ein Gesicht, als kostete er eine *Sprüngli*-Praline. »Ich mag die Ironie, dass ausgerechnet Bert Brecht und Brigitte Bardot sich in den Initialen so nahe kommen.« Er schmunzelte – über die Ironie oder über die Vergegenwärtigung der Französin in seiner Vorstellung? »BB und die DDR. Ja doch, warum nicht. Wir wollen Brecht als Autor für die Arbeitenden verstehen. In Klammern gesagt, ich sage nicht gern Arbeiter, das tönt mir zu grob. Ich sage auch lieber Reportage als Feature, wir müssen die Amerikaner doch nicht in allem nachahmen, so dankbar wir ihnen auch sind. Aber mit Ihrer Reportage bringen Sie ideal zusammen, was in unserem Medium zusammenwachsen soll: Kultur und Arbeitswelt. Diese Beziehung muss behutsam aufgebaut werden, in einer Reportage, wie Sie sie vorschlagen. Natürlich wäre mir Goethe lieber, aber BB ist den arbeitenden Zuschauern unbestreitbar näher, das ist nun einmal so und als Faktum zu akzeptieren. Wenn einer mein erhofftes Zielpublikum ansprechen kann, dann Brecht. Wenn er es nicht schafft, wer schafft es dann? – Machen Sie das Beste aus Ihrer Idee, ich gebe Ihnen dafür auch den besten jungen Kameramann mit, den wir haben – Leute Ihrer Art sind unsere Zukunft.«

»Das hört man gern, danke sehr. Ich hoffe, Ihre Erwartungen erfüllen sich, ich auf jeden Fall werde mein Bestes tun. Nur dachte ich allerdings nicht an eine Reportage über BB selbst, Friede seinen Knochen im Zinksarg, sondern über seine Angehörigen. Wie verwalten sie, zehn Jahre nach seinem Tod, sein geistiges Erbe.«

»Ganz einverstanden, das Fernsehen ist kein Theaterersatz – wir sind keine moralische Anstalt – wir wollen kein Brecht-Theater hier. Nur: Wenn es Ihnen um die Familie geht, können Sie seine Witwe, die Weigel, glatt vergessen. Sie gibt keine Interviews, und wenn sie dann noch Schweiz hört, ist ohnehin gleich Schluss. Wussten Sie das nicht? Nun ja, Sie haben die Recherchen noch vor sich. Die Weigel hat noch immer nicht verwunden, dass nicht sie die Schmuggleremma im *Puntila* am Schauspielhaus spielte, sondern die Giehse. Das war 1940, vor mehr als einem Vierteljahrhundert, und seither spricht sie den kleinen Schweizern jeden Kunstverstand ab. Das habe ich von Max Frisch persönlich.«

»Über den könnte ich auch einmal eine –«

»Langsam, langsam, junger Mann, jetzt machen Sie erst mal die Brecht-Sache. Ist das Resultat so, wie ich zuversichtlich hoffe, können wir weiterplanen. – Haben Sie schon einen konkreten Titel? Ich muss das Projekt vom Ministerium für auswärtige Angelegenheiten der DDR genehmigen lassen, sonst ist nichts mit Filmen.«

»Ich habe mir gedacht: *Lass dir nichts einreden – sieh selber nach*. Es ist ein Brecht-Zitat.«

Der Kulturchef hob sanft die Brauen in die hohe Stirn: »Das tönt aber verdammt wie nichts unbesehen hinnehmen – wollen Sie sich über Ihren Deutschlehrer und Förderer lustig machen und seinen Lieblingsspruch auf seinen Lieblingsfeind anwenden?«

»Im Gegenteil, im Gegenteil!« Das »verdammt« aus dem Mund des gepflegten Mannes überraschte ihn, so heftig war seine Provokation nicht gemeint gewesen. »Ich habe einfach, wie Sie nun wissen, ein Flair für Hommagen. Ich verehre meinen Förderer und bin ihm dankbar, dass er mir zu Ihrer Bekanntschaft verholfen hat.«

»Na, na, na – auch Heuchler müssen sterben. Wie dem auch sei, hoffen wir, dass unsere Zusammenarbeit hält, was sie verspricht. Ich bin gespannt, was Sie zurückbringen werden. Den Titel muss ich allerdings ändern, mit dem kommen Sie nie in die DDR. Ich werde dem Ministerium *Besuch bei BB* vorschlagen, das BB steht auch für Brechts Tochter Barbara. Um die kommen Sie nicht herum. Den Titel, den Sie vorschlagen, setzen wir wieder ein, wenn Sie zurück sind – nur schon Ihrem Förderer zu Ehren. Gute Reise denn!«

Und Felix brachte eine Reportage nach Hause, die er nicht für ein Gesellenstück, sondern für ein Meisterwerk hielt. Er war der Meinung, es sei ihm gelungen, politisch unvoreingenommen die Nachkommen von BB so darzustellen, wie sie waren, kritisch von allen Seiten gesehen, vor allem von der menschlichen. Gerade dadurch lieferte er den Kalten Kriegern schärfste Munition.

Die härteste Arbeit für den Kulturchef war, die Aufsichtsbehörde dazu zu bewegen, sich die Reportage anzuschauen. Denn der Name Brecht allein hätte schon für ein Sendeverbot gereicht. Mit sanfter Hartnäckigkeit und rhetorischer Gewandtheit erreichte der Kulturchef sein Ziel. Er verkaufte

Felix' Reportage als Feature eines begabten jungen Mitarbeiters zu einem brisanten, aktuellen Thema. Den verpönten amerikanischen Ausdruck benutzte er, um rein verbal schon die richtige Partei zu nehmen. Die Visionierung fand statt, die Reportage wurde zu einem großen Erfolg, weil sie »zur Hauptsache in der Person der Brecht-Tochter Barbara die Doppelmoral der herrschenden Klasse in der DDR entlarvt, den Luxus zeigt, dem diese auf Kosten der Werktätigen frönt, und damit wertvolle Aufklärungsarbeit im Kalten Krieg leistet«. So jedenfalls stand in der Urkunde des *Schweizerischen Medienpreises*, der Felix umgehend verliehen wurde.

Damit hatte er nicht gerechnet. Weder mit dem Preis noch mit der Begründung. »Politik ist schon lange nicht mehr meine Sache.«

Diese Erklärung überraschte den Kulturchef, der Felix zu einer »sozusagen privaten Feier« in ein Zunfthaus eingeladen hatte. Dass es *zur Zimmerleuten* war, begründete er, ungefragt, mit seinem Traumberuf Schreiner, den er gelernt hätte, »wenn der Vater nicht Höheres mit mir im Sinn gehabt hätte. Vaters Wille – das Problem ist alt. Aber zu Ihnen, Herr Frauenlob, Sie können doch nicht behaupten, Politik sei nicht Ihre Sache! Das nimmt Ihnen, nach dieser Brecht-Reportage, niemand ab.«

»Ist aber so. Sehen Sie doch: Mit der Politik verhält es sich wie mit der Kirche. Man kann aus Gewohnheit oder Überzeugung Partei nehmen und akzeptieren, dass es Mechanismen gibt, nach denen sie funktionieren, Kirche wie Politik. Bis zu dem Punkt, wo sich persönliche und institutionelle Moral scheiden. Vorausgesetzt man hat eine solche. Ist dieser Punkt erreicht, gibt es kein Zurück mehr. Ich habe die Kirche verlassen, und seit dem Kennedy-Mord ist Politik für mich erledigt, der point of no return ist erreicht. Ich bin nicht bereit, diesen Mord als politische Möglichkeit zu akzeptieren und darauf zu warten, dass er als Cäsarenmord zu den Akten der Geschichte gelegt wird. Die Geschichte der verhinderten Aufklärung des Kennedy-Mords gibt mir in meinem moralischen Anspruch recht und bekräftigt mich in meiner Überzeugung, dass die Politik im Land der ältesten Demokratie der Welt faul wie alle Politik ist. Aber es interessiert mich nicht mehr.«

»Merkwürdig«, der Kulturchef war aufmerksam Felix' Ausführungen gefolgt, teils innerlich lächelnd über seine apodiktische Art, teils mit Respekt vor einem jungen Mann, der sich überhaupt prinzipielle Gedanken machte, teils erschrocken über die Perspektivlosigkeit, die dieser offenbarte. »Merkwürdig, dass Sie sich dann ausgerechnet für eine Reportage über Brecht engagiert haben, der die Politik doch sehr ernst nimmt, ja sein ganzes Schreiben politisch verstanden haben will.«

»Das ist es doch!« Felix stieß mit dem Zeigefinger gegen seinen Chef, als säße BB ihm gegenüber, die Emotion ließ ihn jeden Anstand vergessen. Man zeigt nicht mit nacktem Finger auf bekleidete Menschen. Dass er überhaupt noch zu solchen Emotionen fähig war, bewies, dass er sein Gerede vom fehlenden Sinn im großen Ganzen noch nicht sehr tief verinnerlicht hatte. »BB steht exemplarisch für intellektuelle Unredlichkeit. Er weiß haargenau, wie Politik funktioniert, das hat er selbst erfahren, als Emigrant der Hitlerzeit und als Vorzeigeautor der DDR, und schreibt trotzdem so, als könnte es anders werden. Das ist bewusste Irreführung des Lesers – oder Verhöhnung.«

»Sie stellen zu hohe Ansprüche. Müssten die Intellektuellen handeln, wie sie schreiben, oder schreiben, wie sie handeln, dann gäbe es keine Literatur –«, der Kulturchef seufzte, gespielt oder nicht, »– oder keine Intellektuellen.«

*

Als Felix zu Hause von seinem Disput berichtete und auf Zustimmung wartete, wurde er enttäuscht. »Also hast du doch ein Ziel, eine Idee, die du den Zuschauern vermitteln willst, ganz im Gegensatz zu deinen Äußerungen«, sagte die Mutter, die sehr zurückhaltend auf seinen Erfolg reagiert hatte, was er sich nicht gewohnt war. »Zum Glück ist das so, ein junger Mensch muss Ziele haben.«

»Ja, für mich persönlich ist Redlichkeit erstrebenswert, aber ich bin weder Missionar noch Weltverbesserer!« Er fühlte sich ertappt und rettete sich in Floskeln. »Ich habe keine Meinung, weil ich bei BB in Berlin war, sondern ich war da, weil ich keine Meinung habe. Was habe ich denn getan? Ich habe, wie es mein Beruf ist, Wort neben Wort, Tat neben Tat und Worte neben Taten gestellt. Was die Fernsehzuschauer aus einer solchen Bestandesaufnahme herauslesen, ist ihre Sache, für dieses Lesen kann ich als Autor nicht verantwortlich gemacht werden!«

Für die Mutter war seine Haltung in der Tat unbegreiflich. Sie hatte als Leserin eine andere Beziehung zum Autor. Sie konnte nicht lesen, ohne den Autor mit einzubeziehen, sie las, als hätte er für sie geschrieben, ihr teilte er seine Gedanken und Gefühle mit, damit sie diese mit ihren eigenen vergleichen konnte. Beim Lesen fand ein Austausch statt. So sah sie es, und sie machte keinen Unterschied zwischen literarischem und publizistischem Autor. Es tat ihr weh, dass Felix, der sich schriftlich so gut mitteilen konnte, so wenig mit seiner Arbeit erreichen wollte, sie konnte nur hoffen, dass er wusste, was er letzten Endes wollte.

»Du lehnst die Verantwortung ab für das, was du schreibst? Schiebst du nicht auch sonst etwas viel Verantwortung ab? Wie steht es zum Beispiel mit der Rekrutenschule, um auf ein Thema zu sprechen zu kommen, das mich interessiert.

Wann gedenkst du sie eigentlich zu machen, du bist jetzt achtundzwanzig?« Der Vater griff etwas auf, was ihn schon lange beschäftigte, genauer gesagt, seit der militärischen Aushebung seines Ältesten. Er war, wie von einem Frauenlob nicht anders zu erwarten, diensttauglich. Er war durchaus imstande, seine Verantwortung als Staatsbürger wahrzunehmen, ja verpflichtet wäre er gewesen, endlich die Rekrutenschule zu absolvieren, von der weiteren Ausbildung zum Unteroffizier und Offizier zu schweigen. Das war Vaters Meinung. »Wie lange soll die Verschieberei noch dauern? Du hast nur noch vier Jahre Zeit, Soldat zu werden.«

»So lange, bis es zu spät ist. Ich werde solange im Ausland herumreisen, bis ich zu alt für die Rekrutenschule bin. Dann werde ich hier sesshaft und zivildienstpflichtig werden, das nehme ich auf mich, aber zu mehr fühle ich mich dem Vaterland gegenüber nicht verpflichtet. Ich schließe mich diesbezüglich der Meinung Großvater Gerbers an.« Felix war erleichtert, dass der Vater das Thema endlich angesprochen hatte. Jedes Mal, wenn er nach einer Auslandreise *auf der Schanze* Pause machte, hatte er diese Frage gewärtigt. Von selbst hatte er sich nicht getraut, darauf zu sprechen zu kommen, er wusste zu gut, wie der Vater seinen Entscheid aufnehmen würde, wie weh er ihm damit tat. Auch wenn er ihm nicht so nahe war, respektierte er seinen Vater und bewunderte, ja beneidete ihn sogar um seine feste Überzeugung und die Konsequenz, mit der er sie lebte. Vor lauter Erleichterung, dass er diese Last endlich loswurde, fiel seine Antwort zu heftig aus, es tat ihm leid, sobald das Wort einmal draußen und unwiderruflich verflogen war.

Mutter tat, als bemerkte sie Vaters Blick auf sie, die Remarque-Leserin, nicht, sie fühlte sich frei von jeder Schuld. Sie hatte Felix' Entscheid nicht willentlich beeinflusst, er war auch für sie neu und überraschend.

»Damit hat sich's also. Wie du meinst. Nur komm mir nicht mit Großvater Gerber und seinem Vaterlandsspruch! Steh zu deiner Meinung, nimm die Verantwortung für deine Entscheidung auf dich. Auf dich ganz allein.«

*

Walter war zeit seines Lebens im Ungewissen gewesen, ob er in Felix einen eigenen Sohn oder nur das Pflegekind der Gerberfrauen hatte, nun fand er seine schlimmste Befürchtung bestätigt. Trotzdem tat ihm der Bruch weh, ja, er hatte einen Sohn verloren. Kein Frauenlob verweigerte den Dienst am Staat, Zivildienst zählte nicht. Für einen Schweizer war der Militärdienst eine existentielle Bedingung. Das hatten ihn zuerst sein Vater und dann der Aktivdienst im Zweiten Weltkrieg gelehrt. Von dieser Überzeugung hatte ihn auch die Erschießung des Landesverräters nicht abgebracht. Ein Sohn, der sich dieser Bedingung entzog, existierte nicht in seiner Vorstellung.

5.

Auszüge aus dem Tagebuch von Max Frauenlob zwischen September 1965 und September 1966:

»Sind Sie sicher, dass Sie die Erhaltung des Menschengeschlechts, wenn Sie und alle Ihre Verwandten nicht mehr sind, wirklich interessiert?« (Tagebuch Frisch, ›Bekannte‹ zu ›Verwandte‹ geändert). Ja! Darum muss ich weg von der Familie. In einem Jahr werde ich die Matur machen, so Gott und die Lehrer wollen, das Vertrauen in Gott ist – in diesem einen Fall – größer. Das ist die Gelegenheit wegzugehen. Echte Reife zu zeigen.

*

Habe ich zur Familie gehört? Als ungewolltes Kind. Oder bin ich Vaters Liebling, wie Mutter neuerdings behauptet, wenn sie schlechter Laune ist (und das scheint sie immer häufiger zu sein)? Was heißt das schon! Biologisch ist mein Dasein ohne seines nicht möglich. Er und ich sind zwei aufeinanderfolgende Glieder einer genetischen Kette, die Millionen Jahre zurückreicht. Sehr eindrücklich. Aber Felix und Regula sind Glieder wie ich.

*

Familie komme aus dem Lateinischen, hat Hess gesagt, es gäbe Leute, die meinten, das Wort stamme von fama ab – Familie sei ein Gerücht, sagte er und meckerte wie ein alter Ziegenbock. Es habe aber mit fames = Hunger zu tun und bedeute eine Versorgungsgemeinschaft. – Ich denke auch, dass es von

Hunger kommt: Familie ist eine Gemeinschaft, die nach etwas Geistigem hungert.

*

Gemeinschaft? Was Vater von der Frauenlob-Seite und Mutter von der Gerber-Seite in die Ehegemeinschaft gebracht haben, könnte, wenn ich sie so höre und beobachte, gegensätzlicher nicht sein. Beispiel: Vater, der Erzschweizer, nimmt die Tatsache, einen Österreicher als Direktor vorgesetzt zu bekommen, gelassener als die Mutter. Und die macht sich mit den Kindern dauernd lustig über seinen Patriotismus – jetzt wo man langsam erfahre, wie es wirklich gewesen sei – wenn man lese (ich z. B. Frisch). Sie wirft Vater mangelnden Ehrgeiz vor – ausgerechnet sie als lebenslängliche Hausfrau und Mutter. Nichts als Gezänk immer. Wie kann unter diesen Bedingungen eine harmonische Gemeinschaft erzeugt und der Nachwuchs zu einer Einheit erzogen werden? Das gute Herz allein, das ich weder Vater noch Mutter absprechen will, schafft das nicht.

*

Zum letzten Eintrag Folgendes gelesen: »Der blödsinnige, von Jugend an anerzogene Zwang, vor aller Welt immer so zu tun, als ob alles in bester Ordnung ist, kostet den besten Teil meiner Kraft.« (H.A.)

*

Wonach hungert unsere Familie? Nach dem Guten hungert sie. Abgesehen davon, dass ›das Gute‹ etwas sehr Vages ist, verrät die Logik, wie hoffnungslos die Lage ist: Das Gute existiert nicht, wenn man danach hungern muss. Diese Überlegung scheinen die Eltern noch nicht gemacht zu haben. Oder sind sie größere Idealisten als ihre Kinder und glauben in ihrem Alter noch an das Gute auf der Welt und im Menschen? Bei Vater scheint mir das beinahe möglich.

*

Zu diesem Thema Pfeffermännchen heute Morgen: Pestalozzi (sein Vorbild?!) habe seinem ehemaligen Lehrer Bodmer am *Carolinum* vorgeworfen, ihn auf Ideale verpflichtet zu haben, die in der Realität nie zu finden seien; seinetwegen habe er viel gelitten im Leben.

*

Bin ich zynisch? Ich bewundere Vater für seine Überzeugung und die Konsequenz, mit der er sie lebt: gut zu sein heißt für ihn, nicht eigennützig zu handeln. Nur sehe ich, wie wenig Wert die Gesellschaft auf Gesinnung und Moral dieser Art legt. (s.o. ›Österreicher‹). Mutter kann ich auf ihrem Weg zum guten Gott nicht mehr folgen, sie braucht meine Gesellschaft auch nicht, Regula genügt ihr. Ich frage mich nur, ob es gut für meine Schwester ist, so geführt zu werden. Mir scheint, sie opfert ihr Leben dem Glauben – sie soll doch keine Nonne werden. Manchmal schaut sie mich an, als hätte sie nach jemand ganz anderem Sehnsucht als nach der guten MBA. Nur: Wer ist es? Ich weiß nicht, ob ich reagieren soll – und wie. Wenn man mit Mutter über sie reden könnte! Glücklich über Regulas Entwicklung scheint auch sie nicht zu sein. Ist sie selber glücklich? Ich zweifle, dass sie es je wird in ihrem Leben. Immerhin: Sie hält die Aushilfsstelle bei *Jelmoli* für ein Glück, weil sie damit materiell ein bisschen unabhängig ist. Man merkt's an ihrer Laune, sie bessert sich.

*

Die Eltern leben das, wovon sie überzeugt sind. Uns, ihren Kindern, ist die eigene Überzeugung abhanden gekommen. Nein, wir haben vor lauter Familiensinn gar keine entwickelt. Regula macht kritiklos, was die Mutter tut. Felix ist ein Zyniker, er hat nie gelernt, etwas anderes als sich selbst ernst zu nehmen. Von wegen Hätschelkind –

*

Wenn ich nicht wie Felix werden will, muss ich mich umbesinnen. Wie? Auf was?

*

Heute habe ich Regula beim Schreiben überrascht (Tagebuch?), sie ist erschrocken und knallrot geworden, als sie gesehen hat, wer in ihr Zimmer kam. Hat sie einen Freund?

*

(Zwei Monate lang kein Eintrag). Heureka! Ich habe den Punkt gefunden, über den ich meine Welt aushebeln kann. Gelobt sei Archimedes! – Muss ich Bio-Genner loben, dass er unsere Klasse ins *Anatomische Museum Basel* vor das älteste anatomische Präparat der Welt geführt hat? Es ist über vierhundert Jahre alt, von einem berühmten Anatomen (Wessel?) hergestellt, das Skelett eines Kriminellen aus dem Elsass, an den Halswirbeln sieht man, wo das Schwert des Scharfrichters durchgegangen ist. Vor diesem Skelettpräparat ist ES passiert. Ich habe den Menschen zwischen Leben und Tod gesehen, das muss ES gewesen sein (denn es ist nicht das erste Skelett, das Genner uns vorgeführt hat). Ich habe gesehen, was den Menschen in seinem Innern ausmacht, was ihm Gestalt gibt, was ihn hält. Das ist kein guter Geist, keine Idee, nichts Göttliches, das ist nichts unfassbar Vages, das sind Knochen, das ist handfeste Materie. Geistgott kann ich vergessen, bye, bye, Maggie!

*

Der Entscheid ist gefallen: Ich werde Medizin studieren, um das einzig wahre Wesen des Menschen zu erforschen. Ob ich dabei den guten Menschen finde – egal. Gut wird er sein, wenn das Material, aus dem er gemacht ist, gesund ist und hält, solange er lebt. – Frage: Wie wird Mutter reagieren, wenn ich ihr meinen Entschluss mitteile? Wenn ich ihr sage, dass ich den körperlichen Menschen zu meiner Hauptbeschäftigung machen will, den es nach der Lehre der von ihr vergötterten Miss Addington gar nicht gibt.

*

Begeistert ist Mutter nicht, Regula tut so, als hätte ich Ungeheuerliches vor. Vater nimmt's gelassen: Es muss jeder seinen Weg gehen. Im Grunde genommen freut er sich riesig, dass sein Sohn Arzt wird, ein angesehener Beruf, aber als Frauenlob darf er halt seine Gefühle nicht zeigen. Regula schaut mich wie einen Muttermörder an. Felix ist im Ausland.

*

Habe ich mal was von der Familie als Gemeinschaft geschrieben? Von der Familie Frauenlob? Wenn das bedeutet, dass ein Mitglied dieser Zufallsgemeinschaft das Recht nicht hat, seine eigene Individualität zu suchen, dann trete ich aus dem Verein aus. Ich räume den Stein des Anstoßes aus dem Weg und fange mein Studium im Ausland an. Wien scheint mir gut für Mediziner, enorm viel Tradition.

*

Vater fragt, ob ich mich erkundigt hätte über die Anerkennung österreichischer Diplome in der Schweiz. Hab ich nicht. Ist im Moment nicht von Belang. Hauptsache, weg von hier! Wer weiß, ob ich überhaupt in die Schweiz zurückkehren werde.

*

19. September 66. Maturität bestanden. Ich bin reif für Wien. Übermorgen fahre ich.

*

Mutter bringt, wie immer ohne ein Wort zu sagen, deutlich zum Ausdruck, dass sie es gut findet, wenn ich verschwinde, sie braucht Distanz zum Mediziner, der macht ihr offenbar doch mehr zu schaffen, als ich dachte. Sie hat so einen Blick! Ich darf ihr nicht Unrecht tun, auf ihre Art hat sie ihre Liebe auf alle drei Kinder verteilt, ich habe auch mein Teil abbekommen. Ob der verglichen mit Felix und Regula kleiner oder größer ist, interessiert mich nicht mehr. (Er ist mit Sicherheit nicht größer).

*

Vater hat mir ein Monatsgeld zugesagt, sobald ich ein Bankkonto in Wien hätte – »Kann ein Maturand denn ein Konto eröffnen?« Damit meinte er nicht den rechtlichen Aspekt, sondern die Fähigkeit, ha ha ha. Es sei nicht nötig, dass Mutter davon erfahre, sie sehe ihre ökonomischen Verhältnisse ohnehin immer als sehr prekär an. Dabei: »Wo ist Geld besser investiert als in der Bildung?« Ich bin Vater sehr dankbar, ich weiß ja nicht, wie weit das Stipendium des ÖAAD, vierhundert Schilling, reicht. Ich werde ihm das Opfer mit Sparsamkeit und Erfolg im Studium vergelten.

6.

Max bezog ein Zimmer bei Schneidermeister Kotlárek an der Geibelgasse, einer engen Querstraße zur Mariahilferstraße. »Ausgerechnet ein Schneidermeister, da tät sich der Professor Hess aber freuen.« Er schlief unter dem Klingeln und Rattern der Straßenbahn ein und wurde vom Dröhnen der Autobusse geweckt, ihre Abgase roch er nicht, ihn betörte der süße Duft der schwelenden Briketts, der dem Kachelofen entströmte. So alt war er schon, dass er sich an seine Kindheit erinnerte, an das matschige Zeitungspapier in der Badewanne, vor der er mit dem Vater stand und Papierbälle knetete, die, getrocknet, den Brikettvorrat streckten. Vergangene Zeiten, ein Duft, der sich in der sauberen Schweiz verflüchtigt hatte. Ein Verlust. An der Geibelgasse im eiskalten russischen Wienerwinter roch er ihn wieder und fühlte sich alt. Aber er wehrte sich gegen Vergangenheit und Sentimentalität, indem er sich auf die Naturwissenschaften warf. Das war seine Gegenwart, Medizin war seine Zukunft.

Max war ein fleißiger Student. Er stand zeitig auf und nahm in der ungeheizten Küche das Frühstück mit Schneidermeister Kotlárek. Der hatte die ganze Nacht Mantelnähte fürs Konfektionshaus *Trebitsch* geklopft; bevor er sich kurz aufs Sofa in der warmen Stube legte, stärkte er sich mit Liptauerbroten und Sliwowitz; über Max' Marmeladeschnitten und das Ovomaltinegetränk machte er sich lustig, ohne es böse zu meinen. Er hatte den Schweizer Nationalkakao einmal versucht und sich geschüttelt: »Ist schade um Milch!« Max war es sich von zu Hause gewohnt.

Kotlárek war Witwer, er konnte sich seinen Tag frei einteilen. Wenn er sich zum Schlafen hinlegte, verließ Max die Wohnung, ließ sich von der Straßenbahn über Westbahnhof und Ring zum Schottentor rütteln, wo er ausstieg und zu den Übungen und Vorlesungen in die Universität ging. In der kurzen Mittagspause nahm er warme Mensakost zu sich, um abends Zeit und Geld zu sparen. Er aß Knödel, eine Bratenscheibe, die dünner war als der Bratensaft, in dem sie schwamm, und süßen Krautsalat. *Plenus venter non studet libenter* – ein geblähter Bauch studiert nicht gern. Max tat's trotzdem fleißig bis in den späten Abend hinein, bis Kotlárek in seinem Nähteklopfen innehielt und rief: »No no, Herr Frauenlob, wollen S' denn gar nie nicht aufhören mit Studieren?«

»Doch, doch, Herr Kotlárek, sobald ich die Examen hinter mir habe.«

»Doch nicht mehr heute, Herr Frauenlob! Sind heute keine Examen nicht mehr. Ist eh schon morgen. Schlaf braucht sich Mensch zum Leben.«

»Ist ja gut und recht, Herr Kotlárek, ich mache auch Schluss für heute. Aber dass ausgerechnet Sie das sagen!« Der Weg ins Badezimmer ging durch das Atelier des Schneidermeisters. »Wie steht's denn mit Ihnen und Schlafen?«

»No jo, no jo, Herr Frauenlob, ist das ganz andere Sach. Schneiderei für Großhandel ist hartes Brot, Konkurrenz ist groß, da warten sich viele Schneider auf Arbeit. Ich muss arbeiten, wenn Arbeit da ist. Gibt Firma *Trebitsch* Arbeit für die Nacht, macht Schneidermeister Kotlárek Arbeit, wenn Leute schlafen. Und – wenn Sie mechten verstehen – warum soll ich allein schlafen gehen in kaltes Bett? No jo, no jo, ich bin alt und bald kalt, aber Sie, junger Herr Frauenlob, mit Bücher können Sie sich nicht schlafen. Wie steht es denn mit Ihnen, wenn ich darf zurückfragen. Wollen S' denn gar nix aus Ihrem Namen machen?«

»Wie soll ich das verstehen, Herr Kotlárek?«

»No jo, wie der Herr Frauenlob mecht verstehen.«

*

Recht hatte Schneidermeister Kotlárek, wenn er der Ansicht war, es gäbe in Wien noch andere Beschäftigungen als das Studium. Das musste Max sich selber eingestehen. Von Wien hatte er noch nicht viel gesehen. Wenn er auf dem Weg zur Universität nicht an den großen Museen, an Heldenplatz, Parlament, Rathaus und Burgtheater vorbeigefahren wäre, wäre es gerade gar nichts gewesen, was er neben den paar Fiakern sah. Nun ja, deshalb hatte er Wien auch nicht gewählt. Der Weg war das Ziel. Er war den weiten Weg von Zürich nach Wien gegangen, um Abstand von zu Hause zu gewinnen. Aus dem gleichen Grund widmete er seine ganze Zeit dem Studium der Naturwissenschaften – Abstand finden vom Geistmenschen, das wollte er, das musste er. Er durfte Mutter gar nicht sagen, dass er noch kein Theater besucht, der Schwester nicht, dass er noch nie vom üppigen Angebot der Musikstadt gekostet hatte. Sie wären beide empört gewesen, dass ein Frauenlob sich so barbarisch verhalten konnte, und hätten ihre unfreundliche Meinung bestätigt gesehen, dass er der Sohn seines Vaters war. Ihr Glück, dass sie es nicht wussten, aber war es auch sein Glück? Sie würden es nicht erfahren, denn er hatte allen verkündet, dass er während der Jahre im Ausland keinen Brief nach Hause schreiben würde und von da auch keinen zu erhalten wünschte. Er hatte sich zur Distanzierung entschlossen, und die sollte radikal sein.

Es war natürlich Regula in ihrer Widersetzlichkeit gegen alles, was nach Regeln und Vorschriften roch, die sich nicht an die Abmachung hielt. Max war noch keinen Monat von zu Hause weg, als er einen Brief von ihr erhielt, den sie als unübersehbares Zeichen ihres Protests dick und deutlich mit der Absenderadresse versehen hatte. Einer Schaffnerin das Briefeschreiben verbieten! Eine Unglücksbotschaft war es nicht, der Umschlag war teenagermäßig mit Blümchen dekoriert. Was war in Regula gefahren? Max blieb bei seinem Entschluss und versagte sich die Antwort. Er steckte den Brief ungeöffnet in die Mappe, in der er Formulardoppel jeglicher Art von Universität und Meldebehörden, Prospekte, Flugblätter und Quittungen sammelte, mit der Absicht, sie später einmal in ein Album über seine Studiensemester in Wien zu kleben. Das Album kam nicht zustande, die Mappe verschwand unter vielen anderen Mappen, der Brief ging vergessen, bis er bei traurigem Anlass wieder zum Vorschein kommen würde.

*

Ein Held der Arbeit war Max trotz seines Studentenfleißes nicht. »Ist mehr gesund, kein Stachanow nicht sein.« Kotlárek lachte, als Tscheche mochte er die Russen noch weniger als die Deutschen.

Es gab gelegentlich Momente, in denen Max an die Grenze der Aufnahmefähigkeit stieß. Es war nicht geistige Arbeit, die er betrieb, sondern Büffeln, Büffeln, Büffeln, seine Erschöpfung war physisch. Er hatte gefunden, was er gesucht hatte: größtmögliche Distanz vom Geistmenschen. Doch er hatte nicht damit gerechnet, dass die Sinne erwachten.

Beim Mittagessen in der Mensa saß er einem Portugiesen gegenüber, fremd wie er. Der schob seinen Teller über den Tisch und fragte ihn ernsthaft, ob die Fliege in der Sülze, die wie Bernstein über der Kohlroulade lag, dazugehöre. Max verneinte ebenso ernsthaft. So kamen sie lachend ins Gespräch.

»A vida e curta demais para comer moscas«, Moreira lud Max ins *Kupferdachl* gleich um die Ecke beim Schottentor zum Essen ein. »Das Leben ist zu kurz, um Fliegen zu essen. Ich bin nicht zum Studieren, sondern zum Vergnügen in Wien.«

»Wieso dann in der Mensa essen?«

»Der Besuch in der Mensa war als Experiment gedacht. Ich wollte erfahren, wie es wäre, jeden Tag da essen zu müssen. Operaçao bem susedido doente nao moreu – Operation gelungen, Patient nicht gestorben. Und du, wie lebst du denn so in Wien?«

»Na ja, ich bereite mich auf die Prüfungen vor, die sind recht anspruchsvoll.«

»Mir hat Wien keine Ansprüche zu stellen! Ich bin hier, um zu prüfen, ob Wien seinem Renommee gerecht wird und den Ansprüchen eines Lusitaniers an ein lustiges Leben genügen kann. Ich habe mich zwar als Medizinstudent eingeschrieben und setze mich manchmal in eine Vorlesung. Nicht sehr oft. Die erste Zwischenprüfung mache ich nur, um zu erleben, wie es wäre, wenn ich sie bestehen müsste.«

Max kam aus dem Staunen nicht heraus.

*

Moreira war es auch, der den Vorschlag machte, zusammen an den *Zinnober*-Faschingsball des *Kunstvereins* zu gehen.

Max, getaufter Zwinglianer, wäre nie auf diese Idee gekommen, und allein wäre er auch nicht hingegangen.

Sie trafen sich am Karlsplatz, jeder mit einem *Billa*-Sackerl in der Hand, in den sie alles Zinnoberrote gestopft, das sie in ihren Buden gefunden hatten. In der Garderobe des *Kunstvereins* kostümierten sie sich. Max schlüpfte in seinen weißen Schlafanzug, der dünn rot gesäumt war, Kotlárek hatte ihm eine dicke Hornbrille geliehen – zu einer üppigeren Ausstattung reichte Max' Phantasie nicht aus. Moreira band sich eine blutrote Schleife um die schlanken Hüften und eine feuerrote Krawatte um seine schwarzen Locken, was ihn zusammen mit seinem braunen Gesicht und den dunklen Augen schon zu einem Korsaren machte. Kaum hatten sie die Garderobe verlassen, enterte prompt eine fesche blonde Rotkreuzschwester den Portugiesen und entführte ihn mit »vü Gfü ins Gewü«. Max blieb allein stehen und redete sich ein, sich nicht verlassen zu fühlen, er konzentrierte sich auf die Musik und die Begutachtung der Kostüme, die paarweise an ihm vorbeigeführt wurden. Wenig Originelles. Er stand so lange, bis er fast vergessen hatte, wozu er hergekommen war. Die Sinnlichkeit, die Sinnlichkeit! Es war schon weit über Mitternacht, die Damenwahl war auf Verzweifelte geschrumpft. Eine kleine Haremsdame besann sich auf ihre Funktion als solche, es mochte, so wie sie dreinschaute, ihr letzter Versuch sein. Sie zog den Schleier übers graue Haar und kam entschlossen auf Max zu, nahm ihn, ohne ein Wort zu sagen, bei der Hand und zog ihn ins Gedränge. Er hatte sie noch nicht angefasst, als die Kleine mit ihren nackten Armen schon an seinem Hals hing, so dass er mit beiden Händen in glitschige Achselhöhlen langte. Das nackte Grausen raubte Max jedes Wort, das er sich für das Tanzgespräch zurechtgelegt hatte. Als der Tanz endete, ließ er die Arme hängen, stand da wie ein Stock und getraute sich nicht, die Hände an der Schlafanzughose abzuwischen. Das Haremsdämchen gelangte zur traurigen Einsicht, dass auch sie, auf ihre Weise, danebengelangt hatte, und entschwand.

So hatte Max sich Sinnlichkeit nicht vorgestellt.

*

Max bestand das erste Rigorosum mit guten Noten, Moreira fiel natürlich durch. »Deutse Sprak swere Sprak«, lachte er. Für ihn war es kein Unglück, die Zinnoberrotkreuzschwester war in Zivil eine echte Krankenschwester am *AKH.* Moreira war sicher, sein Vater würde eine Stelle für sie in der *Clinica das Maes Tristes o Marinhero* von Coimbra finden, wo er Chefchirurg war. Unter seinen Fittichen würde der Sohn sein Medizinstudium erfolgreich absolvieren. Wien war ein Ausflug, das Rigorosum eine Alibiübung gewesen. Moreira war aus gutem Haus. Gut ist Geld und Geld ist Gott. Zur Belohnung für das bestandene Baccaleureao hatte er von den Eltern eine Auszeit am Ort seiner Wünsche finanziert bekommen. Nach Norden zog es Portugiesen seines Standes nicht – er wählte Wien, das exotisch weit von Coimbra lag. Die Eltern ließen ihn ziehen, sie konnten sicher sein, dass der Sohn zurückkehren würde. Ninho quente segura eternamente, ein warmes Nest hält ewig fest. Dass der Nestling mit einem Weibchen dahergeflogen kam, war nichts als natürlich und akzeptabel insofern, als Gundula, so hieß sie, eine von Maroldingen war, die sich die Ausbildung zur Krankenschwester nur aus einer gewissen Exzentrik geleistet hatte, denn eine von Maroldingen brauchte so wenig zu arbeiten wie ein Moreira. Ein Moreira wurde Chirurg, weil es der Vater und der Vater seines Vaters schon waren, aus keinem andern Grund. Beruf aus Familientradition.

*

Der Abschiedsabend zu dritt begann beim *Hauermandl* in Grinzing, da wurde auf den Rat des erfolgreichen Adepten Frauenlob mit Speck und Blunzn ein Fettfundament angelegt, auf dem sich Alkohol ablagern ließ. Der Abend fand seine Fortsetzung in den dampfenden Tiefen des *Zwölf-Apostel-Kellers* hinter dem Stephansdom. Er endete damit, dass Max einem Penner, der auf den Stufen des Gutenberg-Denkmals den Schlaf eines Gerechten suchte, für ein paar Schillinge den Einkaufswagen entlieh und das zukünftige Brautpaar rund um den Stephansdom schob und »Gott erhalte Franz den Kaiser« brüllte, bis er auf eine Polizeistreife stieß, die dem Spuk herzlich, aber hart ein Ende bereitete. Man trennte sich. Max sah Moreira und seine Braut nie wieder.

Die Morgensonne schien auf die Dächer, als Max den schweren Hausschlüssel in das Türschloss der Geibelgasse stocherte. In der Kühle des Hausflurs, am Fuß der Treppe, die sich vor ihm aufwärts drehte, blitzte in ihm die Erkenntnis auf, dass er Sinnlichkeit erlebt hatte, einen ganzen langen Abend lang Sinnlichkeit.

*

Für Max ging es gleich weiter – über das Knochenkolloquium in die Anatomie. Die Geschichten, die unter den Studenten kursierten, drehten sich nicht wie beim ersten Kolloquium um hirnloses Büffeln, sondern um Leichen, um das Aufschneiden von Menschen, ums Zerschneiden und Zersägen ihrer Glieder und Organe. Sie dienten auch Max dazu, die Angst vor dem grauslichen Anblick zu überspielen. Aber alle Geschichten, Scherze, Zoten, zynischen Bemerkungen, alle Befürchtungen und Zweifel lösten sich in nichts auf, als er an den Seziertisch trat. Da lag ein bleicher Arm in seiner ganzen Länge von den Fingerspitzen bis zum freigeschälten Kugelkopf. Max fasste ihn beherzt mit der Linken am Handgelenk, mit der Rechten setzte er das Skalpell im regelkonformen Winkel an und – jetzt! Mit dem ersten, sicher geführten Schnitt öffnete er den Zugang zum Menschen, den *er* suchte.

Max brauchte keinen Ekel zu überwinden, keine Ängste zu überspielen, er war absorbiert von seinem Interesse. Und wäre doch kein Anfänger gewesen, wenn er das Geräusch der Säge, mit der der Prosektor eine Hirnschale öffnete, nur mit den

Ohren, nicht auch im Bauch aufgenommen hätte. Wenn er nicht kurz die Augen hätte schließen müssen, als der Vorschneider die Kalotte über dem Hirn aufklappte. Wenn es ihn nicht im Hals gewürgt hätte, als der Professor mit dem Medianschnitt eine Bauchhöhle öffnete und dem Geruch der Fäulnis den Weg an die Öffentlichkeit freigab – nein, es war keine Wolke, kein himmlisches Gebilde, eine Höllenblase war geplatzt. Max überwand, beherrschte sich und nahm es auf sich, es gehörte zu seinem Beruf als Menschenfinder. Er versenkte sich in die Pathologie, er witterte seine Spur.

Und abgesehen davon: Max erachtete es als fair der infernalisch riechenden Leiche gegenüber festzustellen, dass der Pathologieprofessor Mikusch durch alle Masken und Mäntel hindurch aufs Widerlichste nach kaltem Zigarettenrauch stank. Man stelle sich seine Lunge vor, wie sie aussah, wenn sie dereinst auf dem Marmor liegen würde. Was machte den Mann zum pathologischen Kettenraucher? Gab es eine materielle Ursache für Mikuschs Sucht, welche wäre es denn gewesen, Geruchsvertilgung? Lächerlich! Nicht nur der Seziersaal, auch das Büro von Mikusch stank nach Rauch. Sollte Max einer Illusion erlegen sein, wenn er glaubte, das Wesen des Menschen sei allein in seiner Materie zu suchen? War der materielle Mensch doch nicht das Ganze? Was war es dann? Max sträubte sich gegen die Gedanken, die sich ihm aufdrängten. Spurlos schien die Pathologie nicht an denen vorüberzugehen, die sie ausübten, aber im Körper, in Mikuschs Lunge, war nur die Spur des Rauchs zu sehen, keine Spur von dem, was das Rauchen ausgelöst hatte.

Was für eine schreckliche Erkenntnis! Ausgerechnet die intensive Beschäftigung mit dem Körper, die Max als Weg zur Wahrheit entdeckt zu haben glaubte, warf ihn auf den seelisch-geistigen Menschen zurück, vor dem er geflohen war. Es wäre gelogen gewesen zu behaupten, Mikuschs Nikotinsucht sei nicht Kompensation, nicht die seelische Reaktion auf die systematische Zerstörung der Menschengestalt, was die Anatomie nun einmal war. Max musste sich eingestehen, dass er zu eng gedacht hatte. Es war kein Grund, die Pathologie aufzugeben, es gab immer noch die Hoffnung, die Auseinandersetzung mit Mikuschs Suchtproblem habe ihn einfach auf einen Umweg geschickt, der letzten Endes auch zum Ziel führte. Man musste die Motive suchen, die einen Pathologen zu seiner zerstörerischen Tätigkeit bewegten, seine Geschichte kennenlernen.

Max nahm es als Fingerzeig, dass er nach Abschluss des ersten Praktikums das Poster von Rembrandts *Anatomie des Dr. Tulp* im Studentenladen entdeckte. Wessen Fingerzeig das war, wollte er nicht wissen. Herr Kotlárek besah sich das Bild über dem Arbeitstisch von der Tür aus, er kam nie ins Zimmer. »Jeschischmaria – und das machen Sie nu auch, Herr Frauenlob, Sie schneiden sich Leute auf?«

»Das muss sein, Herr Kotlárek. Hätten das die Herren auf diesem Bild in Amsterdam und ihre Kollegen auf der ganzen Welt nicht während Jahrhunderten gemacht – wer weiß, wo die Medizin heute stünde. In der Höhle mit dem Faustkeil in der Hand wahrscheinlich.«

»No jo, Herr Frauenlob, no jo, meine Vlasta haben sie nicht gesund gemacht. Vlasta ist die selige Frau von mir. Aber Sie sagen richtig: Was sein muss, sein muss.«

Rembrandts Bild war wegweisend trotz des methodischen Fehlers, der jedem Anfänger im Sezieren sofort ins Auge stach: Wie konnte der große Anatom Tulp die Leiche am Arm statt mit dem Medianschnitt öffnen, wie es die Regel war?

Das war ein Detail, es würde begründet werden können – ein Rembrandt machte keine Fehler –, aber das war nicht Max' Sache, ihn drängte es, nach dem Unfassbaren im menschlichen Körper zu forschen. Er begann alle Biographien von berühmten Medizinern zu lesen, die in Wien gewirkt hatten, um die Wesen kennenzulernen, die den materiellen Menschen zu ihrem Beruf gemacht hatten. Dass er dabei auf Sigmund Freud stieß, war unvermeidlich. Die Antipathie, die er bei der Lektüre gegen Freud als Mann entwickelte, hielt ihn davon ab, von der Medizin zu desertieren und mit fliegenden Fahnen zur Psychiatrie überzulaufen. Ein Frauenlob blieb seiner Sache treu. Das zeigte sich im ausgezeichneten Zeugnis am Ende des zweiten Rigorosums.

Max' Freude war so groß, dass er den ersten Brief aus Wien nach Hause schrieb, in dem er auch seine baldige Heimkehr ankündigte. Die Antwort des Vaters kam umgehend an »Herrn Max Frauenlob, Kandidat der Medizin«.

Lieber Sohn,

Stellvertretend und i.A. aller Frauenlobs gratuliere ich Dir herzlich zu Deinem Erfolg! Ein guter Anfang ist gemacht. Weiter so!

Mutter, Felix und Regula bedauern, bei Deiner Heimkehr abwesend zu sein. Felix ist in Niederbayern unterwegs, dreimal darfst Du raten, was einen Mann wie Deinen Bruder um Himmels willen nach Niederbayern treibt, das Schweizer Fernsehen ist es nicht, da hat er gekündigt. Das ist auch eine Geschichte, die der längeren Ausführung bedarf, zu der mir die Ausdauer jedoch fehlt, umso mehr als ich auch noch die Abwesenheit von Mutter und Regula zu erklären habe. Sie sind nämlich in den USA zu Besuch bei den Bizzis und in Henniker, wo das Maggie-Bleaker-Addington-Center ist, wie Du Dich vielleicht erinnerst. Sie haben den Flug gebucht, bevor Dein Brief eingetroffen ist. Kein Vorwurf, das war so abgemacht! Weiteres über den eigentlichen Grund der Reise mündlich. Genug ist genug.

Hochachtungsvoll Obiger.

Der Erfolg befreite Max. Er konnte sich nun mit der Medizin als Wissenschaft für sich beschäftigen, nicht ausschließlich als Möglichkeit, Miss Addingtons Wissenschaft vom Geistmenschen zu widerlegen. Diese neuerworbene innere Freiheit erlaubte ihm, sich einzugestehen, dass es eine Menschenmöglichkeit gab, die außerhalb des Körpers existierte. Es war mit Sicherheit nicht die religiös-göttliche – ob es Freuds *Psyche* war, konnte er nicht wissen, er hatte die Biographie, nicht die Lehre Freuds studiert.

Um durch das Studium der Dinge, unter denen Freud gelebt hatte, weiteren Aufschluss über ihn als Menschen zu bekommen, besuchte Max das *Freud-Museum* an der Berggasse.

Gedämpftes Licht hinter schweren Gardinen, Staubfänger der letzten hundert Jahre Österreichs, Nippes hier und Reliquien da, Freuds Hut an der Garderobe, als ob es nur den einen gäbe, massives bürgerliches dunkles Mobiliar, Muff und Mief, der zu Kopf stieg, nicht anders als die Luft im Seziersaal.

»Und hier sehen Sie, was Sie schon immer sehen wollten, was Sie einmal in Ihrem Leben gesehen haben müssen, weswegen Sie so weit von Japan hergetrippelt gekommen sind, worauf Ihre Vorgängerinnen gelegen haben – and here it is: THE COUCH!« Die junge Museumsführerin legte sich auf die Couch und verdrehte hysterisch die Augen. Die Japaner, und Max mit ihnen, weideten sich am Anblick, der sich ihnen bot, die Japanerinnen gaben sich ihren Träumen hin, sie hätten alle Yen der Welt bezahlt, mit der jungen Frau auf der Couch zu tauschen. Die Spiegelung ihrer Träume und Wünsche auf der Couch befriedigte Besucherinnen wie Besucher vollauf, wie der Trinkgeldsegen bewies, den es am Ausgang regnete.

*

»Dabei ist es nicht einmal die Originalcouch, die lagert in London. Aber mein Führungsstil hat sich offenbar herumgesprochen, die Besucher kommen in Massen und sind entzückt. Vielleicht weil ich ihnen nicht Freud vorführe, sondern ihre Wünsche und Träume. – Du bist ja auch auf mich hereingefallen.«

Und wie war Max dem Charme und Anblick der feschen Führerin erlegen, die er jetzt, zwei Wochen nach dem Museumsbesuch, saisongerecht wie ein Maikäfer strahlend, an der Hand durch die zartgrünen Weinberge des Kahlenbergs hinab nach Grinzing zum Heurigen führte –

Es musste Moreiras guter Geist gewesen sein, der ihn von seinen zwinglianischen Fesseln befreit und ihm die Kühnheit verliehen hatte, am Ausgang des *Freud-Museums* seinerseits Charme zum Einsatz zu bringen, welcher als Exotikum seine Wirkung nicht verfehlte und Helga Praczoll veranlasste, mit Max auf einen kleinen Braunen zum *Ruckenbauer* in der Währingerstraße zu gehen. Auf dem kurzen Weg dahin schickte der Betörte stumm seinen innigsten Dank nach Coimbra –

Es war nun selbstverständlich, dass er Helga in den *Hauermandl* führte, nicht um wie damals ein Besäufnis vorzubereiten, sondern um »die Trunkenheit der Liebe« auszukosten, wie er in seiner Begeisterung formulierte.

»Maxl, wie redest du denn? Oh, wie wahr redest du, Maxlmann, rede weiter so.« Helga küsste ein kleines, feines Bröckchen Blunzn aus dem Mundwinkel.

Auf dem Pfad der Liebe wandelten sie direkt an die Krottenbachstraße, stiegen wie in den Himmel hinein in Helgas Dachwohnung hinauf, die sie im japanischen Stil eingerichtet hatte. Auf dem Futon hinter dem Wandschirm liebten sie sich, bis die Sonne wie ein japanischer Lampion aufging und den Schatten des Liebespaares auf das Pergament des Wandschirms warf.

*

Auf einen Schlag erlebte Max alles, was er in den zwei vergangenen Jahren in Wien verpasst hatte. Der große Nachholbedarf, die Befreiung vom Druck des Studiums und der bevorstehende Abschied von Wien beschleunigten und intensivierten Annäherung und Beziehung, ohne Hektik und Panik auszulösen. So hatte Max sich Sinnlichkeit nicht vorgestellt.

*

Auf dem Westbahnhof weinte Helga beim Abschied, und sie hörte auch dann nicht auf mit Winken, als das Schlusslicht des Zugs schon längst verglommen war.

Max saß allein im Abteil, was ihm der Situation angemessen schien, so konnte er in aller Ruhe in Erinnerungen schwelgen und in tiefem Einverständnis mit Schneidermeister Kotlárek lächeln, der beim Abschied von der Geibelgasse gesagt hatte: »No jo, no jo, Herr Frauenlob – so geht es sich im Leben mit den Namen, ist die junge Frau doch Tschechin immerhin.«

Nachdem der Zug die Höhe des Wienerwalds gewonnen hatte und in der Ebene gegen Linz zu, wo, wie Herr Kotlárek sagte, »viel Gegend« ist, Tempo annahm, begann Max sich auf die Gelegenheit zu freuen, der Familie seine neue Freiheit beweisen zu können. Er dachte nicht im Entferntesten daran, nach Wien zurückzukehren.

1968–1969

30. Januar – Nordvietnam startet die TET-Offensive gegen die Besatzermacht USA. Sie bedeutet politisch und psychologisch den Wendepunkt im Vietnamkrieg. Großen Anteil an der Umbesinnung der amerikanischen Bevölkerung haben die Kriegsbilder, die das Fernsehen vermittelt.

Die Bürgerrechtsbewegung in den USA und die Neue Linke in Europa revoltieren gegen die bürgerliche Herrschaftsordnung.

In der Nacht vom 29. auf den 30. Juni 1968 kommt es in der Stadt Zürich zu den Globuskrawallen. Die Polizei geht gewalttätig gegen die demonstrierende junge Generation vor. Die revolutionäre Studentenbewegung formiert sich.

Wie die Mitglieder der Familie Frauenlob im Strudel der Zeit zu schwimmen versuchen.

Ausländer aus dem Hinterhalt abschießen.

Es war nichts Neues, was die gewalttätigen Urschwyzer an St. Otmar 1315 am Morgarten praktizierten, der Urner Wilhelm Tell hatte es ihnen in der Hohlen Gasse zu Immensee vorgemacht. Er war das Idol der Eidgenossen und blieb es, bis ihn seinerseits sechshundertfünfzig Jahre nach Morgarten Historiker abschossen, hinterhältig ihrerseits gegenüber der Schweizer Geschichtsschreibung seit Ägidius Tschudi.

An jenem Novembertag in der eidgenössischen Urzeit überrollten die Einheimischen von ihren Verstecken an der Figlenfluh herab die österreichischen Ritter mit Felsbrocken und Baumstämmen und hieben mit ihren Äxten an Ross und Reitern in Stücke, was sich nicht in Moor und Ägerisee zu Tode flüchtete. Die Fremden speisten den See an seinem oberen Ende, dessen Wasser in die Lorze abfloss. Diese lieferte – als die neue Zeit gekommen – die Wasserkraft für den Betrieb der Textilindustrie, die sich so erfolgreich entwickelte, dass sie ohne Arbeiter aus dem Ausland nicht mehr gewinnbringend produzieren konnte. Das Verhältnis zu Ausländern war nicht mehr hinterhältig, die Fremden wurden Gastarbeiter genannt.

Die Nachfahren setzten den Helden von damals ein Denkmal der Dankbarkeit und Verehrung. *Am 15. Nov. 1315 kämpften für Gott und Vaterland die Eidgenossen am Morgarten die erste Freiheitsschlacht.* Es waren dieselben gottdienlichen Schwyzer, die kurz zuvor das Gotteshaus Einsiedeln gebrandschatzt hatten. Ein Trutzturm aus Nagelfluh mit einer Ehrenloggia stand hoch über dem Ufer des Sees, in dem die gottverlassenen Opfer der ruhmreichen Vergangenheit ersoffen waren.

*

Am letzten Märzsamstagmorgen des Jahres 1968, bei föhnheiterem Wetter, kehrte Walter Frauenlob im *Buechwäldli* zu Füßen des Morgartendenkmals ein. Er war allein, herausgeputzt wie zu einem Rendezvous, aber er war und blieb der einzige Gast, setzte sich an den Stammtisch, in dessen Mitte neben dem schmiedeeisernen Aschenbecher ein dicker Strauß Rosen stand, rot wie Blut und Schweizerfahne. Er bestellte einen Kaffee Kirsch, weil er durch das Zugerland gekommen war, wo die Kirschbäume im Blust standen, und zündete sich eine *Sumatra* an, wie es um diese Zeit im Büro seine Gewohnheit gewesen war. Ja, gewesen, denn er hatte sich vorzeitig pensionieren lassen und tags zuvor seinen Abschied bei *Acifer* gegeben. Er reckte das Kinn, führte die Zigarre mit ausgestelltem Ellbogen zum Mund, genoss einen tiefen Zug und folgte mit zusammengekniffenen Augen der blauen Rauchwolke, die sich über dem Rosenstrauß verflüchtigte wie einst das Zürcher Fußvolk in seinen blauweißen Hemden vor den bluttrünstigen Schwyzern.

Beim Zahlen fragte er nach dem Preis der Rosen. Die Wirtin sah sich durch diese Frage in ihrer schnell gefassten Meinung bestätigt, dass der fremde Gast ein Seltsamer war. Was hatte ein Städter im Sonntagsanzug an einem Samstag hier zu suchen, wenn er allein kam, allein seinen Kaffee trank und allein wieder gehen wollte? Wozu die Rosen? Sie schenke ihm gern eine Rose, wenn er deswegen nicht auf falsche Gedanken kommen wolle, lachte sie, wie Schwyzerinnen es bei solchen Gelegenheiten gern tun.

Lächelnd klopfte er die Asche von der *Sumatra*, ihr Angebot sei sehr freundlich, er nehme die eine Rose gern, den Rest möchte er aber dazu und diesen auch bezahlen samt einer Postkarte mit dem Denkmal drauf und einer Briefmarke. Es sei ein ausnehmend schönes Rot, die Rosen dürften durchaus ihren Preis haben, einpacken brauche sie sie nicht, er habe nicht weit zu gehen. Da mochte die Wirtin nicht mehr weiterfragen. – Als wollte er einen Staatsvertrag unterschreiben, setzte Walter Frauenlob sich aufrecht hin, richtete beidhändig den Krawattenknoten, zog den silbernen *Papermate* aus der Brusttasche, fuhr zweimal mit dem Stift in der Luft über die Karte, dann schrieb er Adresse und Text ohne Besinnen in einer Schrift, die an Schärfe und Klarheit der *Sütterlin* seines Vaters in nichts nachstand. Während er den Silberstift wieder einsteckte, prüfte er das Geschriebene – er war zufrieden. Dann stand er auf, knöpfte die Jacke zu, empfing den Strauß von der Wirtin im Austausch gegen die Postkarte, die sie zu befördern versprach.

Heute noch, wenn er bitten dürfe, sie sollte am Montag am Bestimmungsort ankommen.

Aber gewiss doch, sagte die Wirtin, und Walter konnte sich darauf verlassen, ebenso wie darauf, dass die Wirtin die Karte lesen würde. Man muss wissen, was aus dem Haus geht. Das störte Walter wenig, denn er konnte annehmen, dass sie den Text nicht verstehen würde, sicher nicht so, wie er gemeint war.

Walter Frauenlob stieg mit heiterer Daseinsleichtigkeit die dreiunddreißig Stufen zum Denkmal hoch. Vor der goldenen Inschrift blieb er stehen, senkte den Kopf, legte den Rosenstrauß nieder. Dann ging er gemessenen Schritts zur massiven Brüstung der Loggia, stützte sich darauf, ließ seinen Blick weit über den See schweifen wie in die Zukunft, aber es war Richtung Sonnenuntergang. Er machte sich auf den Weg in die Welt zurück, die für ihn eine kleine geworden war.

Die heitere Laune nahm er mit, obwohl der Anlass für diesen Akt am Morgartendenkmal im Grunde genommen ein trauriger war, denn ganz freiwillig hatte er sich nicht in Frühpension begeben. Viel zu früh, hatte Hanni protestiert, sie konnte sich nicht vorstellen, wie sie es mit der bescheidenen Rente schaffen würden, mit zwei Studenten im Haushalt, und wie alle angehenden Rentnergattinnnen konnte sie sich nicht vorstellen, was sie zwei den ganzen Tag allein zu Hause machen sollten. Sie sorgte sich zu sehr. Sie hätte auf den weisen Maimonides hören sollen: Mach dir keine Sorgen im Voraus, kommt es gut, hast du dich umsonst gesorgt, kommt es anders, hast du einmal zu viel gesorgt.

Hanni hatte nämlich eine besser bezahlte Stelle gefunden, die ihr zweifache Erleichterung verschaffte: Sie verdiente mehr Geld und war längere Zeit außer Haus.

Walter seinerseits wusste genau, womit er sich bis ans Ende seiner Tage beschäftigen würde, nur hatte er es Hanni nicht verraten. Er hatte sich angewöhnt, das meiste für sich zu behalten, was ihn persönlich, sie beide als Ehepaar und die ganze Familie anging. Reden, das war seine feste Überzeugung, brachte nichts, an seinen Taten soll der Mensch gemessen werden.

*

Die Karte des frisch pensionierten Prokuristen kam pünktlich im Büro der *Acifer* an und sorgte für Heiterkeit. Die Angestellten, männliche und die weiblichen ohnehin, sahen sich in ihrer Meinung bestätigt, dass sie einen guten Chef verloren hatten, ein Vorbild, ein vorbildlicher Schweizer, hinterhältig, wie das Beispiel zeigte, aber nie den Untergebenen gegenüber und, anders als seine Innerschweizer Urbilder, auf eine zivilisierte Art. Auf der Karte mit dem Morgartendenkmal stand: »In dankbarer Erinnerung, gez. Walter Frauenlob, Prokurist i.R.«

Alle lachten, nur der Direktor, den man Walter Frauenlob vor die Nase gesetzt hatte, Herr Dr. Höllwarth, wusste nicht wieso und warum. Er war Österreicher und hatte keine Ahnung von Schweizergeschichte.

*

Ehrgeiz kannte Walter Frauenlob nicht, obwohl er gern Direktor geworden wäre. Er dachte nie daran, sich mit andern zu messen. Sein Selbstbewusstsein war intakt, er war nicht vom Urteil anderer abhängig. Es war nicht Überheblichkeit, auch wenn er auf Menschen, die ihn nicht kannten, so wirken konnte, im Gegenteil, Bescheidenheit war es, es ging ihm nie um seine Person, sondern immer um die Sache, die zu erledigen war. Er meinte, seine Arbeit würde für sich selbst sprechen, weil sie seriös gemacht, fundiert und auf Dauer angelegt war, gut schweizerisch eben. Und seine Person brauche er weiter nicht zu empfehlen. Er meinte falsch.

Die Zeiten ändern sich, und die Menschen ändern sich in ihnen, Walter Frauenlob änderte sich nicht. – Die Zeit war Geld geworden, je schneller sie lief, desto mehr Geld häufte sich an. Walter Frauenlob tat seine Arbeit gewohnt zuverlässig, also zu langsam, zu wenig dynamisch für das moderne Geschäftsleben, das nach amerikanischem Vorbild ablief. Ein solcher Mann, meinte der Verwaltungsrat der *Acifer,* als es um die Neubesetzung des Direktorenpostens ging, war kein Leadertyp, der die Firma vorwärts zum Erfolg trieb; der verstand nicht einmal, sich selbst zu verkaufen, wie wollte er es dann mit *Acifer* tun! Die Lohnbuchhaltung mochte er führen, da war Bedächtigkeit gefragt. Der Verwaltungsrat sah über den engen Schweizer Horizont hinaus und wählte einen Österreicher, der im Besitz eines Diploms der *Harvard Business School* war und Wert darauf legte, dass er mit »Herr Doktor« angeredet wurde. Walter Frauenlob lachte über die Eitelkeit des neuen Vorgesetzten, Titel waren nichts als Worte, über dessen Inkompetenz ärgerte er sich, aber was konnte er dagegen tun? Loyal der Firma gegenüber tat er weiter seine Pflicht wie in den vergangenen dreißig Jahren, aber er hatte gelernt, dass seine Zeit um war. Die Zukunft war noch nie seine Sache gewesen, schon gar nicht die gnadenlose amerikanische, die sich jetzt ankündigte, dafür hatte er zu lange in der Romandie gelebt und zu viel französischen Geist geatmet.

Die Entscheidung zu kündigen hatte er in dem Moment gefällt, als das Konzept feststand, nach welchem er den Rest seines Lebens zu gestalten beabsichtigte. Mit Hanni hatte er keine Rücksprache genommen, er informierte sie, als er die Kündigung schon eingereicht hatte. Für sie war es ein Schock. Es war ein eklatanter Vertrauensbruch, eine zynische Missachtung ihrer Person – hatten sie sich so weit voneinander entfernt, war die Entfremdung definitiv? Sie reagierte mit Verbitterung, was Walter die Gewissheit gab, richtig gehandelt zu haben: Was hätten monatelange Streitereien und Diskussionen an seinem Entschluss ändern können? Eben!

2.

Auf der Schanze stand zwischen den hohen Wohnhäusern ein seltsam niedliches Bauwerk. Gegen den See zu hatte es einen Vorbau im Rokoko-Stil, mit einem Vordach, das zwei schlanke Säulen trugen, verwitterter grauer Sandstein, das Gebäude selbst war ein landschaftlicher Fachwerkbau. Es hatte als Rebhäuschen im Weinberg der Herren von Muralt gedient, der sich von ihrem Landhaus vor den Toren der Stadt seeaufwärts in der Sonne dehnte und einen Riesling hergab, von dem Ernst Frauenlob gesagt hätte, man müsse ein kurzes Hemd tragen, wenn man ihn trinke. Dann brach eine neue Zeit an, ein frischer Westwind blies kräftig von Paris her übers Land, die Biedermänner an der Limmat nahmen Großstadtallüren an und begannen von Avenuen zu träumen, gesäumt von eleganten Wohnhäusern. Die Stadtmauern und Festungswerke wurden geschleift, der Fröschengraben zugeschüttet und die Bahnhofstraße darübergelegt. Das Wunder geschah: Entlang der engen Prachtstraße sammelte sich so schnell so viel Geld an, dass es zur Äufnung eines Weltstadt-Renommees keiner weiteren Avenuen mehr bedurfte. Keine Avenuen, keine eleganten Wohnhäuser, die Bahnhofstraße säumten Banken. Wen Gott lieb hat, dem gibt er ein Haus in Zürich. Die von Muralts und ihre Nachbarn waren protestantische Emigranten aus dem Tessin, sie verstanden wenig Latein und übersetzten *ora et labora* in oro è lavoro. Sie hatten stets Zwinglis Gott gefällig gelebt und sich über die Jahrhunderte fleißig Land und Rebberge erworben, die sie nun mit Häusern wie *auf der Schanze* bebauten. Klägliches Memorial der ländlichen Vergangenheit: das Rebhäuschen *auf der Schanze*, vergessen von der Geschichte, vergessen von seinen Besitzern.

Auf dieses Häuschen kam Walter Frauenlob, als er über die

Sinngebung seines künftigen Rentnerlebens nachdachte. Er hatte nicht die Absicht, es zu erhalten und zu renovieren, er war nicht an dem Monument einer Vergangenheit interessiert, die nicht seine war, er hatte ein Monument Frauenlob im Sinn. Ihm fehlte das Gespür für Rokoko, der Stil war zwar zuckerbunt, aber ihm persönlich zu katholisch. Das Gebäude war alt, baufällig, durch Wasserschäden ruiniert, verwittert, vermodert, kurz, eine Schande für die saubere Stadt. Walter sprach dieselbe Sprache wie der Stadtrat, der wieder von einer modernen Weltstadt träumte. Die Behörden bewilligten jedes Baugesuch, das mit alten Steinhäusern aufräumte und Betonbauten hochzog, geradlinig, unverwinkelt, unsentimental, geometrisch flach – die *Bauhaus*-Idee hatte, als sie neu war, den Weg bis in die Siedlung *Neubühl* in Wollishofen am äußersten Stadtrand geschafft, da machte sie halt und ruhte vierzig Jahre, als hätte sie die Herreise erschöpft. Inzwischen war ein *Bauhaus*-Ideologe Parteifreund und architektonischer Beirat des Stadtpräsidenten geworden, der großartige Pläne in Bezug auf Zürich als Olympiadestadt hegte. Gemeinsam gaben sie die Altstadt gewaltigen Abbruchbaggern preis, an denen Abbruchbirnen schwangen, die den Weg in eine gigantische Zukunft frei räumten.

Die Hürden, die Walter Frauenlob auf dem Gang durch die Ämter zu nehmen hatte, waren demzufolge niedrig, das Gesuch für den Abriss des Rebhäuschens und Bau eines Turms in Form eines schlichten Quaders war bewilligt, bevor es gestellt worden war. Die einzige Konzession, die Walter Frauenlob zu machen hatte, war, eine Betonhülle um die geplante Sandsteinmauer hochzuziehen. »Mit Sandstein können Sie das Großmünster reparieren, aber nicht einen Neubau erstellen. Sie wollen der Stadt doch nicht den Anschein von Rückständigkeit geben und unsere Behörde lächerlich machen!« Rückständigkeit war eine Form von Tradition, sie hätte Walter so wenig ausgemacht wie die Gefahr, den Stadtrat lächerlich zu machen, dafür war dieser immer wieder selbst besorgt. Hauptsache, er konnte den Turm bauen. Er musste den Turm bauen, daher gab es keinen Grund, sich nicht moderner zu geben, als er war. Betonbau war ihm seit den Tagen der Limmat-Befestigung bekannt.

*

In Aldo Ponticcia hatte er einen guten Handlanger. Er war der Bruder des Lagerarbeiters Alberto von der *Acifer* und hatte seine Verbindungen zum Natursteinhandel. »Ma perchè Sandstein! Isser villi zu weich für Wetter Tütziswiiz. Warum Sandstein? Isser Granit besser, is Granit ideale, duro, verstehst Sie, hart, dura tanto tempo, nè!«

»Ich baue nicht für die Ewigkeit, ich baue für mich«, hätte Walter Frauenlob geantwortet, wenn er die Möglichkeit differenzierter Argumentation gesehen hätte. »Er fühlt sich freundlicher an als Granit, das ist es, die Kristallhärte des Granits stört mich an den Fingern.« Sagte er einfach; hätte er vor dreißig Jahren beim Festungsbau nicht an der Limmat Beton gemischt, sondern am Gotthard Granit fürs Réduit gesprengt, hätte er vermutlich anders argumentiert.

»Musser halt Handschuh tragen, nè!«

Walter lachte: »Also doch! Aber es ist nun so: Sandstein, nicht Granit – basta per me.«

Ponticcia besorgte eigenhändig den Abriss, sortierte den Schutt für seine privaten Geschäfte, organisierte den Abtransport und legte das Beton-Fundament. Es hatte die Form eines Kreises mit einem Radius von Wurzel achtzehn, in welchen das Quadrat des Grundrisses eingeschrieben war, auf dem der Turm entstehen sollte.

»Nein, nein, ich will keinen Mörtel«, entschied Walter, Ponticcia protestierte wieder vergebens. »Ich will eine Trockenmauer, innen wird verputzt werden wegen der Bilder, aber das hat Zeit, viel Zeit, meine ganze Rentnerzeit.«

»Isser scho gut!« Mit Weisheit solcher Art wusste Ponticcia wenig anzufangen, eine andere jedoch war ihm bekannt: Wer zahlt, befiehlt.

*

Am ersten Montag nach Morgarten fuhr Walter Frauenlob mit Bahn und Postauto ins heimische Klettgau. Von Schleitheim ging er zu Fuß über die Grenze nach Deutschland bis zum Sandsteinbruch Ewattingen im Wuttachtal. Dort gab er vierhundert rote Sandsteinblöcke, geschliffen, Kanten gebrochen, mit der Ausmessung fünfzig mal fünfundzwanzig mal fünfundzwanzig Zentimeter in Auftrag. Sobald sie bereitlagen, würde er zurückkommen, zwei Blöcke auf ein Reff binden und sie zu Fuß nach Schleitheim tragen und von da mit Bus und Bahn nach Hause transportieren. Jeden zweiten Tag zwei Blöcke, eine Woche lang pro Monat, bis der Turm gebaut war. Zeit war genug.

*

Für Aldo Ponticcia war es verrückt, was der Herr Direttore beabsichtigte. Aber wenn er es so wollte, sollte er seinen Willen haben, denn der Bruder hatte versichert, dass der Herr Direttore Frauenlob ein sehr netter Patron gewesen sei, denn bis jetzt hatte er alle Raten pünktlich wie abgemacht bezahlt, denn seine Frau tischte immer ein gutes Stück Fleisch zum Feierabend auf. – Eines »Mamma mia, che pazzo!« konnte er sich allerdings nicht enthalten, aber er wartete damit, bis er außer Hörweite war, so viel Anstand war er sich schuldig. Doch hätte er immerhin Hannis Zustimmung gefunden.

*

So stellte Walter Frauenlob sich den Turm vor:

Er sollte ein Quader von drei mal drei mal drei Metern werden mit einem falschen Gewölbe als Dach, wie die Trulli in Apulien, Ponticcias Idee. Der Eingang, einen Viertel der Wand breit, wäre auf der Südseite. Fenster gäbe es keine. Licht käme von einem siebenflammigen holländischen Kerzenleuchter aus Messing, der aus der Mitte des Gewölbes hing. Im Zentrum stünde ein fünfeckiger Tisch mit fünf Stühlen ohne Armlehnen und Polster, Zürcher Zungenstühle; Tür, Tisch, Stühle und Fischgratparkett wären aus hellem Eichenholz. Im Schnittpunkt der Diagonalen der Seitenwände hinge je ein Kupferstich aus den Kantonen Schaffhausen, Bern, Aargau und Luzern, woher die erste Generation Frauenlob und Gerber in die Stadt kam.

Und so würde er den Turm bauen:

Er würde jeden Stein einzeln vom Lagerplatz hinter dem Haus ins Innere des Gevierts tragen, um die Mauern von innen her hochzuziehen, Schicht für Schicht im Uhrzeigersinn. Die Mauer würde vor seinen Augen in die Höhe wachsen bis zur totalen Verschanzung. Der See und das Großmünster würden verschwinden, die Glocken verstummen, gleichzeitig würde innen bei zunehmender Dunkelheit ein Raum der Geborgenheit entstehen.

*

Am 1. Mai, als die Arbeiter feierten, Punkt sieben Uhr, begann Walter Frauenlob mit dem Bau seines Turms.

Auf der Baustelle hatte er schon vor Sonnenaufgang gestanden und gewartet, bis der erste Sonnenstrahl auf den Kreis des Betonfundaments fiel. Wie vorausgesehen traf das Licht ein Segment im Westen. Walter ging, holte den ersten Block und plazierte ihn an dieser Lichtstelle, holte den zweiten. Er achtete dabei darauf, den Kreis jedes Mal da zu betreten und zu verlassen, wo der Eingang geplant war. Auf den ersten Stein ausgerichtet, legte er die vier Ecken des Grundrisses fest, die exakt in den vier Himmelsrichtungen lagen. Er markierte diese, indem er je zwei Steinblöcke zu einem rechten Winkel fügte. Dann trat er aus dem markierten Bereich hinaus, stellte sich hin und sah, dass er einen guten Anfang gemacht hatte.

3.

Der Aufstand der Zürcher Jugend kam nicht von ungefähr. Die Studenten in Frankfurt am Main und Westberlin hatten es vorgemacht, als sie gegen die leiblichen Väter revoltierten, nach den Anweisungen ihrer Geistväter von der Frankfurter Schule, Professoren, die selbst den Aufstand gegen ihresgleichen probten. Diese hatten sich die neue Welt so schön zurechtgedacht, dass sie ob der Hässlichkeit der Revolte erschraken. Als eine Studentin ihren Protest gegen herrschende Zwänge, beispielsweise einen BH zu tragen, demonstrierte, indem sie vor ihm ihre junge Brust entblößte, war der arme Theodor W. Adorno tiefinnerlichst verletzt, nicht in seinem ästhetischen Empfinden, das wohl kaum, aber in seinem bürgerlichen Schamgefühl. So waren die neuen Gesellschaftsformen nicht gedacht gewesen.

Die Schweizer brauchen immer ihre Zeit, bis sie merken, wie die Weltgeschichte läuft, und sie ihr hinterherwieseln können. Die Studenten in Zürich brauchten umso länger, als ihnen keine einheimischen Vordenker den Weg wiesen. *Professor* heißt Bekenner, an der Zürcher Universität bekannten sich keine Lehrer zur neuen Zeit. Die Studenten waren gezwungen, den Weg der Erkenntnis über Deutschland zu nehmen. Erst als sie in Zürich anzuwenden begannen, was sie – eher bei Dutschke und Cohn-Bendit als bei Adorno und Marcuse – gelernt hatten, wechselten ein paar wenige Professoren die Seiten und machten sich bei den bürgerlichen Kollegen unbeliebt und wissenschaftlich unglaubwürdig.

Der Streit entfachte sich, wie nicht anders möglich, an Wilhelm Tell. Die Vertreter der neuen Sicht der Dinge gaben den Nationalhelden zum Abschuss frei, indem sie ihm jede historische Daseinsberechtigung absprachen. Sie stießen sich wie das demontierte Idol kraftvoll vom Boot ab, mit dem sie gemeinsam und einig mit allen Eidgenossen aus der Geschichte hergefahren waren, und sprangen mit kühnem Elan ans sichere Ufer der Gegenwart. Sie rieben sich die Augen, schauten zurück und sahen zu, wie das mit Schweizer Mythen beladene Boot in den dunklen Tiefen versank, aus denen sie vor Urzeiten aufgestiegen waren. Im Licht gegenwärtiger Erkenntnis wurde offensichtlich: Es war alles ganz anders gewesen. Nicht das Gewehr in der Hand des Schweizer Soldaten hatte die Schweiz vor den Nazis gerettet, sondern das Geld der Nazis in der Hand der Schweizer Bankiers. Es gab Wilhelm Tell nicht mehr, es gab den wehrhaften Schweizer nicht mehr, es würde bald die Schweiz nicht mehr geben. Die Geschichtslügen waren aufgedeckt, die Verantwortlichen wurden an den Pranger gestellt (ohne dass es Folgen gehabt hätte), das Bild der Schweiz bereinigt.

Nur für die Seelenlage der großen Mehrheit der Soldaten, die Aktivdienst geleistet hatten, zu denen auch Walter Frauenlob zählte, interessierte sich keiner. Keiner von den Aufklärern kam auf die Idee, dass diese Soldaten sich nicht von der herrschenden Klasse betrogen fühlen konnten, die jetzt angeklagt wurde, weil sie von dieser nämlich keine Ahnung gehabt hatten. Die Aktivdienstsoldaten fühlten sich von den Aufklärern betrogen, die die Bedeutung der Schweizer Armee in Frage stellten. Das ging an die Ehre. Dienst für das Vaterland war Ehrensache gewesen. Die Soldaten hatten ihre besten Jahre als Ehemann, Vater und Berufstätiger geopfert, hatten Beruf und Familie, ihr Leben riskiert in der festen Überzeugung, dass es so sein musste, dass es Ehrensache war, die Heimat zu verteidigen. Nicht weil es ihnen von oben befohlen war, sondern weil sie an die Heimat glaubten. Heimat war für sie nicht Kitsch und kein Mythos, Heimat war der Kern ihres Lebens. Jetzt, nach dreißig Jahren hatten sie endlich ihre berufliche Existenz wieder gesichert und damit zum neuen Wohlstand der Schweiz beigetragen, den die Jungen für selbstverständlich nahmen. Sie hatten nicht ohne Mühe ihre Ehen und Familien wieder einigermaßen instand gesetzt, hofften, dass sie hielten – und nun kamen ein paar linke Brüder und behaupteten, es sei alles für nichts getan, und hetzten die eigenen Jungen gegen einen auf.

*

Einen Probelauf der Krawalle gab es Anfang Juni nach dem Jimmy-Hendrix-Konzert. Vor dem Hallenstadion prügelte sich die Jugend mit der Polizei. Das Gefecht ging noch unentschieden aus.

Gewalttätigkeit und Zerstörungswut in aller Öffentlichkeit – das hatte die Stadt Zürich zum letzten Mal beim Franzoseneinfall anno 1798 erlebt, wenn man den Generalstreik von 1918 nicht mitrechnete. Dieser war dank dem Einsatz des Militärs, unter dem Kommando eines Oberst Haudegen aus dem voralpinen Appenzell, glimpflich verlaufen, jedenfalls nach Meinung der Bürger von Ernst Frauenlobs Art. Die Aufregung heute hielt sich noch in Grenzen, weil der Krawall draußen in Oerlikon geschah, in der Arbeitervorstadt.

Der Schock kam erst Ende des Monats, als Jugend und Polizei bei der Schlacht am *Globus* mitten in der Stadt gut eidgenössisch mit Steinen und Stöcken aufeinander losgingen. Dass es keine Toten gab, lag nur daran, dass die Polizei mit Schlagstöcken statt Streitäxten dreinschlug, das aber nicht weniger brutal als ihre Vorfahren, die Urschweizer am Morgarten.

*

Der Kulturchef des Fernsehens hatte ein feines Gespür für Situationen und Entwicklungen, er hatte das schon bewiesen, als er

Felix Frauenlob den ersten Auftrag gab. Nun sah er voraus, dass die Welt, selbst die kleine schweizerische, nicht mehr seine bleiben würde, wenn die Studentenrevolte einmal abgeflaut oder unterdrückt war. Erfolgreich im Sinn einer gesellschaftlichen Umgestaltung würde sie nie werden, es wäre die erste Revolution in der Geschichte gewesen, die sich nicht in ihr Gegenteil verkehrte. Zu lange schon hatte sich die Schweiz im eigenen Geistesgrund und -boden verfestigt, als dass sie hätte ins Wanken gebracht werden können. Nicht zuletzt war abzusehen, dass die Rädelsführer, allesamt aus gutbürgerlichem Haus, sich ihrer Herkunft besinnen und an der Macht Gefallen finden und die Studentenrevolte dazu benützen würden, sich selbst in Stellung für eine Karriere in Politik und Wirtschaft zu bringen.

Der Kulturchef sah das Unheil kommen, aber er war zu alt, dafür oder dagegen Stellung zu nehmen, er begann sich in sein geistiges Réduit zurückzuziehen, in die Gesellschaft von Rilke, George, Hofmannsthal. Aber er war nicht bereit, das Feld ganz kampflos zu räumen, keinen Kampf mit Brocken und Prügeln, er führte, wie es seiner Art und Funktion entsprach, die feine Klinge. Flagge zeigen – noch einmal, ein letztes Mal sollte an seinem Fernsehen gezeigt werden, was bürgerliches Gedankengut, was wert war, Kultur geheißen zu werden, bevor die Linken auf ihrem Marsch durch die Institutionen im Fernsehstudio angelangt waren und erst einmal alles zerstörten.

*

Felix hatte sich in all seinen Arbeiten für die Abteilung Kultur als treuer Diener seines altliberalen Chefs erwiesen, weil er derselben kritischen Tradition huldigte: keine Partei nehmen, bevor man sie nicht besehen hat. Der Einblick, den er dabei gewann, bestätigte ihn in seiner Auffassung, dass jede Partei, pars pro toto, so sinnlos wie das Ganze war, weil sie nach den ewig unveränderbaren Mechanismen menschlichen Verhaltens funktionierte. Wozu Revolutionen? Sie stürzten die Herrschaftsverhältnisse um, aber nie die Herrschaft selbst. Auch gestürzt bleibt Pudding Pudding.

Insofern war er der Einzige im Studio, dem der Chef jetzt den geplanten Auftrag anvertrauen und Sinn und Zweck desselben verraten konnte. Felix sollte ein Porträt des Philosophen Martin Heidegger machen, der das Fundament für das Sinnen und Trachten aller reaktionären Geister des 20. Jahrhunderts gelegt hatte. Ausgerechnet Heidegger, der für die Studenten der Antifa-Bewegung ein Hassobjekt war, »Gröfaz mit Gröfaz« schmähten sie: Größter Philosoph aller Zeiten mit dem Größten Feldherrn aller Zeiten. Sie hatten die Antrittsrede nicht vergessen, die Heidegger am 27. Mai 1933 als Rektor der Universität Freiburg im Breisgau hielt und dem Wortlaut nach reine nationalsozialistische Ideologie, eine Ergebenheitsadresse an den Führer Hitler war. Dass er das als Parteimitglied tat, wirkte nebensächlich. Die Rede des Mannes, der als größter Philosoph des Jahrhunderts galt, beschämte den deutschen Geist, in dessen Namen sie gehalten wurde. Die Verstocktheit Heideggers, nach der Nazizeit auch nur ein einziges Wort zurückzunehmen, empörte die Studenten der neuen Generation, sie hätte jeden Denkenden empören müssen. Hätte ist ein Irrealis. In den bürgerlichen politischen und akademischen Kreisen, gegen die sich die Revolte der Studenten richtete, wurde Heidegger auch nach dem Krieg noch als die Autorität verehrt, die wahres deutsches Sein und tiefgründiges deutsches Denken zur Sprache brachte, als Vorkämpfer gegen den Bolschewismus, der das Abendland bedrohte. An der Peripherie dieser Kreise bewegte sich der Kulturchef des Fernsehens, im Kreis der Gegner Felix Frauenlob.

»Ist der Hass der Studenten nicht verständlich?« Felix hatte keine Ahnung davon, dass der Chef seine germanistische Grundausbildung beim treuesten Schweizer Adepten Heideggers genossen hatte. »Die Antrittsrede ist doch ungeheuerlich. Ich bin erschrocken über die rhetorische Liebedienerei des Philosophen dem Führer gegenüber. Das entwertet in meinen Augen jede Philosophie, besonders aber die Heideggers.«

»Oh, Sie scheinen sich auszukennen!« Ein ironisches Kompliment des Chefs. »Nur sind Sie, wie dieser akademische Pöbel – zu dem ich Sie nicht zählen möchte –, 1933 stehengeblieben. Geschichte geht immer weiter. Heidegger selbst hat seine damalige zeitgebundene Aussage in sein zeitunabhängiges Denksystem eingeordnet, glaubhaft, überzeugend, wie seine Distanzierung von den Nazis beweist, die ja sehr bald nach der Rede erfolgt ist. Er redete nicht für die Nazis, sondern gegen die Auflösungstendenzen seiner Zeit, die im Übrigen aus derselben Ecke kamen wie die heutigen revolutionären Impulse. Heidegger ist aktueller denn je! Und ich wünsche, dass Sie ihn als Bewahrer der Werte zeigen, die heute in Gefahr sind, endgültig zerstört zu werden. Es geht um unsere Selbstbehauptung.«

Was sind Werte wert, wenn sie endgültig zerstört werden können? Doch das fragte Felix nicht. Er wollte den Auftrag, er witterte eine neue große Chance, die Grenzen des Tolerierten zu erkunden.

Der Beitrag sollte als ein letztes Signal, ein SOS des untergehenden Abendlands, ausgesendet werden. »Fahren Sie nach Freiburg im Breisgau, wo er lebt und an der Albert-Ludwig-Universität lehrte. Besuchen Sie ihn in Todtnau im Schwarzwald, wo er sein Refugium hat. – Nehmen Sie Siegenthaler mit, Sie sind seit BB ein gutes Team. Gutes Gelingen denn!«

4.

»Jaaa, wenn Sie eine junge Frau aus der Schweiz wären –« Es schwang viel wehmütige Erinnerung im Tonfall der Fakultätssekretärin, einer Dame in dunkelblauem Schneiderkostüm, adrett und nett wie alle Badenserinnen aus dem Markgräflerland. Ihre Aktivzeit mit dem notorischen Frauenfreund Heidegger lag weit zurück. »– dann könnte ich etwas für Sie tun. Aber Sie sind ein Mann, und dann noch vom Fernsehen? Nein, junger Herr, muss ich da leider sagen, so lieb mir Ihr Schweizer seid. Nehmen Sie's nicht persönlich, bitte. Magnifizenz Emeritus zieht sich nicht in sein Refugium zurück, um vom Rummel der Öffentlichkeit eingeholt zu werden. Und dass er es mit jungen Frauen hat – nun, für seine Vorlieben kann kein Mensch, nicht wahr, was will man sie einem alten Mann verargen.« Sie schaute an Felix vorbei zur Tür, als erwartete sie, dass sie sich öffnete und der Mann ihrer Träume zurückkehrte.

»Nun denn, auf diesem Weg also nicht. Dann muss ich die Sache noch einmal überdenken. Entschuldigen Sie, bitte, die Störung, ich bedanke mich sehr.«

»Ja eebe, bitte sehr, tun Sie das, 's wird Ihne scho was einfalle. Dengge hat hier große Dradition, ned.«

Wenn dem Journalist ein Weg versperrt bleibt, ist er nicht zum Scherzen aufgelegt. Aber Felix konnte einer Sekretärin, die so nett klang, nicht böse sein. Es würde sich ein anderer Weg finden lassen, er hatte sich schon öfters Zugang zu scheinbar fest verschlossenen Räumen verschafft, nicht zuletzt dank seiner vermeintlichen Naivität, über die sich die deutschen Kollegen so lange amüsierten, bis sie feststellen mussten, wie effektiv sie war.

Einen anderen Weg zu suchen, wurde nicht nötig. Felix irrte, wenn er glaubte, vergeblich mit der Sekretärin verhandelt zu haben. Eine Studentin höheren Semesters hatte mit einem Schein in der Hand das Büro betreten. Sie hatte sich abseits gestellt und ihn in der Wartezeit aufmerksam gemustert: ein attraktiver Mann mit einem rassigen Crewcut wie die GIs aus Heidelberg und dem erotischen Timbre eines geübten *Südwestfunk*-Sprechers. Als er weg war, fragte sie die Sekretärin wie nebenbei: »Was wollte der denn?«

»Nach Todtnau will er, stell dir das vor! Mit einem ganzen Fernsehteam will er zum Professor hoch. Ach, du liebs Herrgöttle vo Biberach, was sich die Schweizer so vorstellen! Aber ein hübscher junger Mann ist er und so anständig – wenn ich an unsere Herren Journalisten und die vom Radio denke, wie die daherkommen, wenn sie was wollen!«

»Das allerdings«, sagte die Studentin, aber es war nicht auszumachen, ob sie das Aussehen des jungen Schweizers oder das Auftreten der einheimischen Medienschaffenden meinte. Sie zu fragen war zu spät, sie war schon wieder draußen.

Sie trat aus dem Büro, schloss mit Schwung die Tür und ging auf Felix zu, der mit dem Kameramann Siegenthaler die Lage besprach. »Ich bin die junge Frau, die Sie brauchen!«

Dass sie eine junge Frau war, das war nun nicht zu bestreiten, sogar eine, die sich anzuschauen lohnte: weizenblonder Pony, himmelblaue Augen und rund, wie es Männer gern haben. »Nicht zu übersehen – aber brauchen? Ich wüsste nicht, wozu.«

»Ihr Schweizer seid's aber schwer von Begriff und sehr grobklotzig – wüsste nicht, wozu, sagt der zu einer Frau! I wüsst scho wos – das würden meine Bayern bei einem solchen Angebot sagen.«

Felix als international orientierter Reisejournalist liebte es nicht, explizit als Schweizer angesprochen zu werden, da empfand er sich als zu eng definiert. »Ach, Sie sind Bayerin, das habe ich mir halb gedacht. Was macht denn eine Bayerin im Breisgau?« Gegenangriff ist die beste Verteidigung.

»Und Lauscher habt ihr schlauen Schweizer auch sehr spitze. Ja, i pin a Payerin. Und wos i moch im Preißengau? Sicher nicht *halb* denken an einer philosophischen Fakultät und an dieser hier eh nicht – wo der Heidegger denkt, da wird total gedacht. Lass mers mal! Zur Sache: Ich bin hier, um einem bedauernswerten jungen Schweizer Fernsehmann Zugang zu einer Autorität zu verschaffen, die sich strikt weigert, mit Journalisten in Diskurs zu treten. Man ist doch immer nur der Dumme, wenn man sich auf dieses Feld begibt, sagt er. Wenn die Annäherung nur über eine junge Frau stattfinden kann, dann soll er sie halt bekommen, die Frau, platonisch, wie der Philosoph sagt. Nowossogst?«

Vorerst sagte Felix gar nichts, die Direktheit der Studentin hatte ihm die Sprache verschlagen. Er dachte über ihr Angebot nach – und nahm es dann an.

Lukrezia Prantl, so hieß die junge Frau aus Großleitkirchen in Niederbayern, hatte eben den Antrag auf Bescheinigung eines mit Erfolg absolvierten Heidegger-Seminars abgegeben. Wenn sie den Schein wieder abholen ging, würde sie ihr Interesse an einem durch persönlichen Kontakt vertieften Umgang mit dem Gedankengut des Philosophen deklarieren, und die adrette Badenserin auf dem Sekretariat würde zwar über die Berechtigung des Gesuchs einer jungen Frau wehmütig seufzen, aber sicher so nett sein und Tür öffnend aktiv werden. Er würde natürlich nicht mit dem ganzen Tross des Schweizer Fernsehens auffahren können – »Teifi, sobald ihr mit einem Kameramann daherkommt, seid ihr ein Tross« –, aber sie werde den Meister zu einem Spaziergang aus seiner Klause herauslocken. »Der Herr giert nach Verehrung. Da, schaut's und hört's, was die Hannah Arendt sagt, die ihn offenbar kennt.« Lukrezia Prantl zog ein mit Zetteln gespicktes Kollegheft aus der hellgrauen Jägertasche, die sie an langem Riemen über der Schulter trug. Sie hielt es mit ausgestrecktem Arm vor sich hin und deklamierte theatralisch: »Dieses Leben in Todtnauberg, auf Zivilisation schimpfend und Sein mit Ypsilon schreibend, ist doch in Wahrheit nur das Mauseloch, in das er sich zurückgezogen hat, weil er mit Recht annimmt, dass er da nur Menschen zu sehen braucht, die voller Bewunderung anpilgern; es wird ja so leicht nicht einer 1200 Meter steigen, um eine Szene zu machen.« Sie schlug das Heft zu, steckte es in die Tasche zurück. »Nicht sehr nett formuliert, aber so scheint er halt zu sein. Das wollen wir ausnützen, ja? – Die zwölfhundert Meter dürften kein Problem für einen jungen starken Schweizer sein.«

*

Waren sie nicht.

Sie hatten eine vergnügliche Fahrt in einem gemieteten *DKW* auf der B31 bis Kirchzarten. Da wichen sie dem Höllental aus und fuhren die Schauinslandstraße hoch.

»Wenn das nur mal gutgeht, hat Gertie, das ist die nette Dame vom Sekretariat, gesagt, als sie mir das Empfehlungsschreiben des Dekans an den Herrn Kollega Emeritus aushändigte. Wie darf ich das verstehen, hab ich sie gefragt. Na na na, Luzi, blöd sind wir in Baden durch den Anschluss an Württemberg nun ja nicht geworden – grüß den netten Schweizer von mir, er soll noch mal bei mir vorbeikommen, ehe ihr hochfahrt. Die hat's faustdick hinter den Ohren und anderswo. Wir kennen einander sehr gut, es hat sich eine Art Freundschaft zwischen uns ergeben, weil sie mir als Auswärtiger mit all dem Anmeldekram geholfen hatte. Nun erzähl mal! Wie war denn euer Rendezvous, wo sie mich nicht hat dabeihaben wollen? Was hat die nette alte Dame gewollt? Du hast mir noch gar nichts von erzählt, wie die Preißen sagen.«

Ach ja, das habe er ganz vergessen, bei Gelegenheit werde er gern darauf zurückkommen, aber die Straße sei sehr kurvig, die reinste Bergrennstrecke, da konzentriere er sich besser aufs Lenken, sie wollten schließlich lebendig in Todtnau ankommen. Oder?

»Tot oder lebendig – ach, wie lustig, der hat vielleicht einen langen Bart!« Lukrezia Prantl wäre die einzige Frau auf Erden gewesen, die nicht empfindlich darauf reagiert hätte, dass ein Mann ihr etwas verschwieg, was eine andere Frau anging.

*

Am Tag vor der Abreise nach Todtnau hatte Felix Lukrezia mit seinem Kameramann bekannt gemacht und ihn gebeten, sich ihrer anzunehmen, zwischenzeitlich, er müsse noch rasch eine Kleinigkeit auf dem Sekretariat erledigen. Sie wollten sich später »beim Italiener« treffen. Als er die beiden plaudernd weggehen sah, stach es ihn ins Herz, das er für immer vor Gefühlen gepanzert geglaubt hatte. Kameraleute waren nun mal für ihre leichte Lebensart berüchtigt, sie mussten die Realität nicht nehmen, wie sie war, so ernst, sie nahmen sie abgeschirmt durch den Sucher wahr und fanden nur, was sie wollten. Zudem sah Siegenthaler nicht schlechter aus als er selbst. – Die Sekretärin lenkte ihn von seinen zum Bedenklichen tendierenden Gedanken ab. »*Tchibo* ist das Beste, was wir haben, wenn der Schweizer Besuch uns keinen Kaffee mitgebracht hat.« Sie schenkte ein. Kanne und Tassen mit Kornblumendekor waren aus Porzellan, so dünn wie der Kaffee. »Der Streuselkuchen kommt aus meiner persönlichen Bäckerei. Ich bin die Gertie.« Es war vier Uhr nachmittags in Deutschland, Ehre, wem Ehre gebührt, sie taten sie, im Garderobezimmer des Sekretariats, Kaffee und Kuchen an. »Nun also, Felix, hat Ihnen schon jemand gesagt, dass Felix der Glückliche heißt?«

Gab es auf der ganzen Welt jemanden, der es ihm noch nicht verraten hatte!

»Ich weiß nicht, was in die Lukrezia gefahren ist, dass sie sich Ihnen so aufgedrängt hat – vorstellen könnte ich es mir allerdings schon. Aber das wird sie Ihnen schon selber erklären müssen, sie redet gern und ist eine offene Person, sie wird es sicher tun, wenn sich die Gelegenheit ergibt. Sie haben Glück gehabt. Ohne Lukrezia wäre Ihre Reportage ein Ding der Unmöglichkeit. Sie hätten keine kompetentere Begleitperson finden können, selbst wenn Sie sie gesucht hätten; hier interessiert sich kein Student mehr für den Herrn Professor. Für viele ist sein Name sogar ein Schimpfwort geworden – so weit ist es gekommen.

Lukrezia aber hat an ihm den Narren gefressen. Kein Mensch kann sich zwar vorstellen, weshalb sich eine Hopfenbauerntochter aus Niederbayern für Heidegger interessiert – Braunau, das gleich neben Großleitkirchen liegt, wo sie herkommt, kann's allein nicht sein. Sie hat mir nur so viel verraten, dass ihre Heidegger-Verehrung etwas mit einer ihrer Lehrerinnen am Regensburger Gymnasium zu tun habe. Mehr nicht. Sie liest, was sie kann, sammelt fleißig Material, durfte letztes Jahr am Heraklit-Seminar mit Professor Fink und Heidegger teilnehmen, hat ihn auch schon persönlich kennengelernt, als sie Türsteherin bei der Paul-Celan-Lesung vor einem Jahr war. Und als der alte Herr mit dem Poeten zur Tür kam, hat er ein scharfes Auge auf sie geworfen, kann man doch verstehen, ned? Selbst wenn man kein alter Schwerenöter ist. Sie war auch schon mal oben auf Todtnauberg, aber ob sie ihn getroffen hat, hat sie mir nicht verraten. Er ist alt und gebrechlich geworden und lebt meist zurückgezogen auf dem Rötebuck in Zähringen draußen, das ist ein Vorort von Freiburg; wenn er oben in Todtnauberg ist, wacht sein Drache Elfride, das ist die Ehefrau, müssen Sie wissen.«

Und noch einmal beim Abschied: »Glück haben Sie gehabt mit Luzi, seien Sie nett zu ihr! Dann macht's gut – ihr beiden.«

*

Als Felix von der Gertie gekommen war, hatte Lukrezia Prantl beim Italiener allein vor dem zweiten Römer *Markgräfler* gesessen. Herr Siegenthaler lasse grüßen, er habe leider nicht länger warten können. Er habe vor Ladenschluss noch Material für morgen einkaufen müssen, sie sollten nicht auf ihn warten. Das habe er vor einer Viertelstunde gesagt und sei abgehauen. »Manieren habt's ihr Schweizer! Hat der eine Freundin hier?«

»Nicht dass ich wüsste, aber die Schweizer haben es halt faustdick hinter den großen Ohren.« Felix' Bedauern über Siegenthalers Entfernung hatte sich in engen Grenzen gehalten.

»Das möchte ich gerne hoffen.« Himmelblauer Blick aus unschuldigen Augen.

»Ich habe einen Riesenhunger, weiß gar nicht woher, nach all dem Streusel bei Gertie.«

»Gertie?«

Felix hatte getan, als hätte er die Frage nicht gehört: »Was hat denn ein deutscher Italiener anzubieten? Was magst du?«

*

Sie kamen unversehrt in Todtnauberg an und kehrten bei der Familie Boch im Hotel *Engel* ein. Auf der Terrasse sitzend erwarteten sie Elfride Heidegger, die den Pilgerstrom regulierte. Sie hatte mit einem Erbgeld das Refugium ihres Gatten bauen lassen, also hatte sie das Recht, den Einlass zu kontrollieren, vorab den junger Damen. Elfride Heidegger, im straffen Tuch einer Schwarzwaldbäuerin, stieg mit einem Schritt die Treppe zur Terrasse hoch, der jedes Schwarzwälder Hochmoor trockengestampft hätte, eine unverwüstliche deutsche Hausfrau. Voll Argwohn den Besuchern gegenüber. »Die Drostler hat Sie aber ohne Begleitung angekündigt.«

»Herr Doktor Frauenlob war so nett, mich herzufahren, er wird sich außer Sichtweite halten.« Von Siegenthaler kein Wort, er hatte sich verspätet. Er würde bald nachkommen, hatte er der Wirtin hinterlassen. Das war kein Unglück nun.

»Eine Stunde geben wir Ihnen, draußen vor dem Haus, mehr nicht, das muss genügen. Kommen Sie um halb zwölf, dann ist es schon warm und noch nicht zu heiß.«

»Ich bedanke mich sehr, Frau Professor, und möchte Sie bitten, auch dem Herrn Professor meine Verehrung zu übermitteln. Ich freue mich sehr auf den morgigen Tag. Sehr. Punkt halb zwölf.«

Abgang Elfride Heidegger.

Felix lachte: »Doktor Frauenlob?«

»No jo, in den Kreisen –«, lachte Lukrezia.

*

Da Felix Lukrezia nicht begleiten durfte, übergab er ihr sein Interviewkonzept, damit sie das Gespräch in seinem Sinn führen konnte. »Im Grunde ist es der Situation angemessen, wenn eine junge Frau statt mir das Interview macht. Die paar Stichworte musst du dir halt merken, ist ja wohl kein Problem für ein junges, frisches Studentenhirn.«

»Und wenn i fertig gfrogt hob, hob i den Tokter gmocht?«

»Das nicht, aber dem Schweizer Fernsehen – und mir persönlich karrieremäßig – hast du einen unbezahlbaren Dienst erwiesen.«

»Übers Zahlen reden wir noch.« Lukrezia warf einen Blick auf das Frageblatt. »Rektoratsrede 1933 – was ist das für eine Rede? Paul Celan, Jude, Eltern KZ, Gedicht *Todtnauberg* – ich war an Celans Lesung vor einem Jahr, aber ich erinnere mich nicht, dass Jude ein Thema gewesen wäre, es ging rein um Lyrik. Und das Gedicht kenne ich auch nicht. Hanna Arendt Liebesbeziehung (das Wort nicht verwenden!) – wie bitte? Da soll was zwischen Heidegger und Hanna Arendt sein? Die schimpft doch nur über ihn! Hab ich dir vorgelesen. Das kann nicht wahr sein! Woher willst du das wissen? – Überhaupt diese Stichworte! Du schickst mich zu einem Heidegger, der mir völlig unbekannt ist!«

»Umso besser fürs Interview, so wirken die Fragen echt. Wart seine Antworten ab, dann lernst du ihn kennen.« Felix war überrascht von Lukrezias Ahnungslosigkeit. Schwärmte sie bloß für den Philosophen? Siegenthaler erschien und verhinderte Nachfragen.

Sie stiegen zum Gierwald in der Rütte auf, einen Standort für die Kamera, außer Sichtweite der Hütte und der Sperberaugen Elfride Heideggers, zu suchen, um die Begegnung zwischen Heidegger und seiner Verehrerin Lukrezia Prantl zu filmen. Dass es Außenaufnahmen würden, schadete nichts. Es war ein heller Frühlingstag, keine Trübung in Sicht, die Szene würde bestens ausgeleuchtet sein. Nicht zu denken, wenn die Begegnung der Margarite mit ihrem Meister im Innern des kleinfenstrigen Blockhauses hätte stattfinden müssen.

Dunkel musste es da drinnen sein, in der eisigen Zelle des Denkers.

»Candid camera war der große Hit, als ich in den USA war, Schadenfreude pur. Da wartet beispielsweise ein Herr in der Kabine vom Instant-Dry-Cleaning-Shop auf seine Hose, bekommt von der Bedienerin ein verschrumpeltes Textil zurück, läuft in seiner Verwirrung im Hemd auf die Straße, wo die Kameraleute warten. Stell dir vor, Heidegger kommt ohne Hose aus seinem Refugium!«

»Pfui, Felix! So was darf man nicht mal denken!«

»Versteckte Kamera – okay. Aber was wollt ihr eigentlich mit dem Ton machen? Da – wie sagst du, Luzi – schauz hea, nun liebe Kinder, gebt fein acht, das hat euch Siegenthaler mitgebracht! In weiser Voraussicht. Ein Richtmikrophon der allerfeinsten *Grundig*-Klasse, wirkt über gut fünfzig Meter wie vor dem Krawattenknopf. Man weiß doch, dass der Herr uns Vertreter der Öffentlichkeit nicht in seine Nähe lässt.« Siegenthaler sonnte sich im Triumph.

»Woher weißt du denn das, und woher hast du das Mikrophon?«

»Och, das?«, antwortete Siegenthaler, als wäre es eine Kleinigkeit gewesen, das Präzisionsgerät zu beschaffen. »Man hat so seine Kontakte. Es ist vom *Südwestfunk Baden-Baden*. Da arbeitet Herr Karl Schmidt an prominenter Stelle. Und der Herr Schmidt ist der Vater von der Heidi, einer alten – na ja, jedenfalls guten Bekannten von mir. Und die hat mir ins Öhrchen geflüstert, wie scheu der Herr Professor ist – aber so wichtig ist das alles gar nicht, Hauptsache, wir kriegen den alten Mann aufs Band, oder.«

»Aber gewiss doch!«, lachte Felix. »Ned wahr, Luzi?«

Lukrezia war sprachlos.

*

Martin Heidegger kam am Arm von Lukrezia aus der Tür der Hütte. Ein alter Mann am Stock, in einer dunkelgrauen Schwarzwälder Lodenjacke, mit einem runden schwarzen Filzhut auf dem Kopf und einem mehrfach geschlungenen weißen Seidenschal um den Hals. Lukrezia führte ihn wie ihren lieben Großvater sorglich Schrittchen für Schrittchen aus dem Schatten der hohen Haselbüsche hinaus zum Brunnen. Da lag ein Brett quer über den Trog, das auf beiden Seiten vorstand und Platz zum Sitzen ließ. Sie führte ihn spontan zu diesem Brett, bedeutete ihm, stehen zu bleiben, sprang auf die andere Seite. Dann zählte sie mit erhobener Hand bis drei und setzte sich gleichzeitig mit ihm. Sie lachten. Wie auf einer alten Causeuse saßen sie sich schräg gegenüber.

Siegenthaler konnte Heideggers Lachen durchs Richtmikrophon hören, die Szene sah er durch den Sucher der Kamera. Felix hatte ein Fernglas vor Augen, studierte intensiv das Gesicht Heideggers, und das Lukrezias, wenn sich die Gelegenheit ergab. Die beiden Fernsehmänner hatten Deckung zwischen Schlehdorn und Haselstrauch am nahen Waldrand gefunden, wo sie für Bild und Ton nahe genug waren. Der Nachteil, dass sie gegen die Sonne aufnehmen mussten, wandelte sich zum geradezu poetischen Vorteil, als die Interviewpartner am Brunnen Platz genommen hatten. Felix sah über den Azur des Schwarzwaldhimmels den Vorspann seines Films mit dem Titel *Schattengespräch* aufziehen.

Als ob sie ihr Entzücken über die Aussicht ausdrücken wollte, machte Lukrezia eine große Geste und gab damit das Signal. Film ab – kein Ton! Die idyllische Sitzordnung mochte fürs Auge reizend sein, für die Akustik, selbst von *Grundig*-Qualität, war sie eine Katastrophe: Lukrezia saß mit dem Rücken zu Kamera und Mikrophon, ihre Fragen waren unverständliches Gemurmel. Fehlplanung, jedoch keine Katastrophe insofern, als Heidegger, mit der Hand hinter dem Ohr vermindertes Hörvermögen anzeigend, die Fragen jedes Mal wiederholte, um sich des richtigen Verständnisses zu versichern. So folgte er der alten philosophischen Methode, sich Frage und Antwort selber zu geben. Erst als das Interview fast vorbei war, realisierte Lukrezia, welche Anstrengung, sich zu verständigen, die Sitzordnung erforderte. Sie drehte sich, um direkt von Mund zu Ohr reden zu können, und kam dadurch in den direkten Aufnahmebereich des Mikrophons.

Elfrides Erscheinen vor der Hütte bedeutete das Ende des Interviews. Im Gleichtakt, wie sie sich gesetzt hatten, erhoben sie sich. Lukrezia eilte um den Brunnen herum, aber da war Elfride schon an Heidegger herangetreten, hatte ihn untergefasst und auf den Rückweg gebracht. Mit einem Blick, als wollte er sie mit sich nehmen, verabschiedete sich der Alte von Lukrezia, bevor er die eisige Zelle der Hütte betrat.

*

Auf der Terrasse des Hotels *Engel* bestellten sie eine deftige Vesperplatte: Schwarzwälder Speck, Schinken und Brot so dunkel wie der Wald. »Endlich ein Bier!«, rief Lukrezia, als sie auf ihren Erfolg anstießen. »Der Weißwein unten in der Ebene ist schon sehr fad.« Die drei waren sich einig, den ungewöhnlichen Bedingungen zum Trotz etwas Vorzeigbares eingebracht zu haben. Felix war der festen Überzeugung, seinem Chef den Heidegger zu präsentieren, den er gegen die rebellische Jugend einsetzen wollte, den ewigen Beharrer. Gerade der ungeplante Einsatz Lukrezias und Felix' eigenes Zurücktreten hatten die für eine ernstzunehmende Reportage nötige emotionale Distanz geschaffen zu einem Menschen, der von den einen als Heiland verehrt, von den andern als uneinsichtiger Nazi verschrien wurde.

»Glück habe ich mit dir gehabt!« Felix beugte sich zu Lukrezia und gab ihr einen Kuss, den sie bayrisch herzhaft erwiderte.

»So hat die Gertie doch recht bekommen.«

»Woher du immer alles weißt!«

»Mann ist Mann und Frau ist Frau«, sagte Lukrezia.

»Was immer das heißen soll.« Siegenthaler stand auf. »Apropos, man erwartet mich in der Stadt unten – Fräulein Grundig. Wie's ausschaut, braucht ihr mich nicht mehr. See you tomorrow, same time same place!« Ob er damit den Italiener meinte, sagte er nicht.

Nach dem Bauernschmaus war der Hunger für den Tag vergangen. Am späteren Nachmittag wanderten Lukrezia und Felix dem Stübenbach entlang talaufwärts. Ohne dass Lukrezia gefragt hätte, begann Felix zu erzählen: von sich, von der Großmutter Gerber, von den Eltern und Geschwistern, von der Wohnung *auf der Schanze* und vom Großmünster, von allem, was ihn zu dem gemacht hatte, was er heute war. Er redete und redete, als wollte er sich selbst aus der Erinnerung ins gegenwärtige Leben zurückrufen. – Nach Lukrezias Herkunft fragte er nicht, er verließ sich darauf, dass sie von sich aus die Gelegenheit ergreifen würde, wenn sie sich ergab. Nur einmal noch kamen sie auf die Begegnung mit dem Philosophen zu sprechen, als die Hütte auf der Rütte sichtbar wurde.

»Ich war schon einmal hier, gekribbelt hat's mich, so nah bei ihm zu sein. Zur Hütte hochzugehen habe ich mich aber nicht getraut. Die Ehrfurcht war zu groß. – Aus der Traum!« Lukrezia wandte den Blick von der Hütte ab. »Was hast du nur mit deinen Fragen angerichtet! Du hast ein Bild zerstört.

Ich müsste dir böse sein – bin's nicht. Verstehst, warum? Nowossogst?«

Felix legte ihr den Arm um die Schulter. »Ist dir nicht kalt?«

»Kalt war mir um Elfride herum.«

»Vergessen wir die Heideggers. Was wollen wir uns noch quälen. Die Kälte der Frau ist nicht unser Problem. Und Typen wie den Alten wird es immer geben. Ich habe einen Auftrag gefasst und den mehr als zufriedenstellend ausgeführt – dank dir!« Felix blieb stehen und schaute Lukrezia in die Augen, in denen sich der blaue Abendhimmel spiegelte und, wenn er genau hinsah, mittendrin die Venus.

»I wüsst scho wos.« Lukrezia gab ihm einen Kuss wie getupft, machte kehrt, damit er ihr Gesicht nicht sah, und begann zügig gegen das Dorf zuzugehen. »'s wird kühl hier heraußen.«

Felix war schnell wieder bei ihr. Hand in Hand kehrten sie zum Hotel zurück. Sie stiegen die knarrende Treppe hoch. Auf dem Korridor vor ihren Zimmern, die einander gegenüberlagen, blieben sie stehen. Lukrezia legte Felix die Arme um den Nacken, er fasste sie um die Taille. Der Kuss ging bis an die Grenze der Atemlosigkeit.

»Nu schlaf man schön – wie die Preußen sagen«, sagte er.

»Pfüeti!«, sagte sie.

Dann gingen sie beide in ihre Zimmer, als hätte Lukrezia draußen am Bach nicht gesagt, was sie zu machen wüsste.

Es war ruhig geworden im *Engel*, als die Türen der beiden Zimmer gleichzeitig aufgingen. Der Korridor war eng und dunkel, Lukrezia und Felix hätten sich beinahe die Köpfe gestoßen, als sie beide nach links sicherten. Bevor sie in lautes Lachen ausbrechen konnten, verschwanden sie im Zimmer. Bei der Schnelligkeit, mit der das geschah, hätte niemand sagen können, in welches, zumal auch die Nachtbeleuchtung im Korridor bergbäurisch spärlich war –

Felix hielt die schlafende Lukrezia im Arm. Bevor er ihr in den Schlaf folgen würde, wollte er ausgiebig das seit ewig vermisste Gefühl genießen, in Obhut genommen zu sein –

Beim Aufwachen am Morgen spürte er, dass es kein Traum gewesen war.

*

»Habe ich es nicht gesagt: Die weiß, was sie will.« Kein Triumph, Genugtuung war in Gerties Stimme zu vernehmen. Sie strahlte Lukrezia mit einem Lächeln an, das breit wie die Rheinebene hinter dem Kaiserstuhl war. Auch Felix bekam sein Teil ab.

Er war nochmals auf das Sekretariat der Fakultät gekommen, um Gertie herzlich zu danken und sich zu verabschieden. »Wiedersehen zu sagen, um genau zu sein.«

Lukrezia war mit dabei, um ihren Abschied von der Universität vorzubereiten, ihre Exmatrikulation einzuleiten. »Wenn ich gestern nicht den Doktor gemacht habe, dann werde ich ihn auch morgen nicht schaffen«, sagte sie. »Ich könnte noch ewig studieren und käme doch an kein Ende. Will ich nicht. Jetzt geht anderes vor.« Augenblauer Himmelblick.

Gerührt schaute Gertie den beiden nach, die Hand in Hand das Büro verließen. Als sich der Schleier über ihren Augen lüftete, sah sie eine Kaffeetüte, ein Doppelpfund *Henauer Mokka*, auf dem Pult liegen, und der Schleier zog sich wieder zu. Wie jeder aufmerksame Schweizer hatte auch Felix sich mit der obligaten Kaffeegabe auf den Weg nach Deutschland gemacht. Nur hatte er bei seinem ersten Besuch auf der Fakultät nicht wissen können, wie hilfreich die Sekretärin war und wie nah sie sich kommen würden.

*

Sobald »die Sache mit Heidegger« und dem Schweizer Fernsehen vorbei sein würde, wollte Felix Großleitkirchen einen Besuch abstatten, um die Familie Prantl-Steghammer kennenzulernen.

»Mach dich auf was gefasst, da kommt was auf dich zu!«

»Gibt es denn noch mehr von deiner Art?«

»Vater, Mutter und fünf Schwestern, alle jünger, habe ich.«

Was hätte Felix da noch sagen können?

Lukrezia brauchte Zeit, um ihren Vater darauf vorzubereiten, dass sie einen Falschgläubigen ins Haus brachte. Großleitkirchen lag zu nahe bei der Bischofsstadt Regensburg, als dass die Glaubensrichtung unerheblich gewesen wäre, der der »gute Bekannte« einer katholischen Tochter angehörte.

*

»Die Sache mit Heidegger« war schneller vorbei als erwartet und gar nicht in Felix' Sinn.

»Ich dachte, wir würden die gleiche Sprache sprechen, Felix Frauenlob.« Der Kulturchef zeigte tiefe Betroffenheit, nachdem er die Rohform des *Schattengesprächs* gesehen hatte. »Titel und Bild – nette Idee. Der Einsatz dieser Studentin ist der Notlage entsprechend zwar akzeptabel, und ihre Leistung als Unerfahrene verdient Respekt, sie ist sehr vif, intelligent. Aber das war nicht unsere Abmachung. Ich habe Sie geschickt, weil ich darauf vertraute, dass Sie den Kontakt selbst herstellen und in eigener Person das Interview führen könnten. Eine Frau am Schweizer Fernsehen zu zeigen, die einen Kulturbeitrag moderiert, ist die bare Unmöglichkeit. Alles was man machen könnte, wäre die Stimme aus dem Off reden zu lassen – aber so geht das Bild kaputt, weil man sie herausschneiden muss. Nicht zu machen.

Und dann die Fragen, die Sie haben stellen lassen! Habe ich Sie nach Freiburg geschickt, um Heidegger vom Sockel zu stürzen? Ich habe Sie geschickt, um ihn auf dem Sockel zu zeigen. Als Denk-mal, verstehen Sie, für die randalierende Jugend. Haben Sie das vergessen? Ja, offenbar haben Sie das vergessen.«

»In meinem Beitrag vernimmt man kein einziges Wort der Kritik von mir. Die Stichworte, die ich der – hm, Studentin mitgegeben habe, sind keine Meinungsäußerung, Heidegger redet ganz für sich selbst. Wenn ich meine Meinung hätte vorbringen wollen, dann hätte ich Karl Barth reden lassen: Es geht nicht an, das Philosophische und das Menschliche durch Abgründe zu trennen. Ja, das hätte ich sagen wollen, denn da liegt für mich überhaupt das Problem der Philosophie, nicht nur der Heideggers. Aber ich habe mich von allem Anfang an aus dem Spiel genommen, wie es meine Art ist, das wissen Sie genau.«

»Also doch, sehen Sie, ich rieche die Tendenz, oberflächlich über eine Hauptperson unseres Jahrhunderts zu urteilen, politisch zu argumentieren, wo es um Philosophie geht. Gerade das wollten wir doch den fehlgeleiteten Studenten mit Ihrem Beitrag zeigen: dass sie sich von der politischen Verzettelung auf das Wesen der Wissenschaft zurückbesinnen sollten. Das haben Sie offenbar nicht kapiert. Sie haben mich, zum ersten Mal zwar, aber verletzend gründlich missverstanden – Sie haben mich enttäuscht, Felix Frauenlob.«

*

Es war Juni 1968, die Revolte raste unaufhaltsam dem Ausbruch entgegen. Der Kulturchef schaffte gerade noch den Absprung, um in seine geistige Heimat zurückzukehren. Er brachte den Mut nicht mehr auf, das Fanal zu zünden, das

Felix ihm in die Hand gegeben hatte. Felix, den er stehenließ.

Es schmerzte Felix nicht so sehr, dass er im Stich gelassen wurde, sondern mehr die Bestätigung seiner Erfahrung: Worte waren nichts als Worte und zeigten nie Wirkung. Macht veränderte den Menschen nicht, nein, sie entlarvte ihn, auch verlorene Macht, wie das Beispiel des Kulturchefs zeigte. Kulturkampf? Nichts als ein leeres Wort! Alle Menschen waren Gefangene ihrer Zeitlichkeit – allein die Philosophen waren frei, sie übersahen souverän das Allzumenschliche, im Besonderen an ihrer eigenen Person, sie waren der Metaphysik verpflichtet. Hüben wie drüben. Der sozialistische Vordenker Ernst Bloch, zeitgenössischer Antipode des Todtnauers, brachte es kurz und bündig zur Sprache: »Heidegger ist auf Hitler hereingefallen und ich auf Stalin.« Na und, was soll's? Kann doch passieren! Man wendet sich wieder dem Hauptgeschäft zu, macht große Worte – und findet immer wieder Zuhörer und Nachbeter –

*

Der Bloch war da! Der Altstalinist und Wortführer der real existierenden DDR sömmerte im Maiensäß *Salecina* des unverbrüchlichen Zürcher Stalinisten Kraushaar. Und seine Jünger aus dem Unterland kamen atemlos herbeigelaufen und scharten sich um ihn. Auf der Ostseite des Malojapasses, am Eingang zum Val Cavloc, im süßlichen Dunstkreis von Alpenkräutern und Kuhmist, hatte Kraushaar ein Zentrum für sozialistische Neubesinnung eingerichtet. Subversive Planung oder Ironie der Gegebenheiten: Das Zentrum befand sich exakt einen Karabinerschuss von der eidgenössischen Festungsanlage auf der Westseite des Passes entfernt, wo das Oberengadin steil ins Bergell abfällt. Aus diesem Tal erwartete die Armeeleitung den Angriff der Roten Armee – und achtete der rosaroten Festung *Salecina* nicht. Sie war eben nicht von Moskau alimentiert, sondern von Kraushaars Buchantiquariat in der Altstadt, das Zentrum bürgerlicher Bücherfreunde, weil es das Beste in der ganzen Stadt »und dazu noch erstaunlich günstig« war. Die waren selbstverständlich nicht dabei, wenn man sich im *Salecina* um Bloch versammelte und mit ihm über den Irrtum lachen durfte, dem er in seiner Jugend gefrönt hatte, und ihn als den Erlöser feierte, dem es, theoretisch, um die Verbindung von Sozialismus und Freiheit ging. Linke Verbrüderte.

Wenn Felix nur gewusst hätte, was ein Bruder ist.

*

Den von links ins Fernsehstudio hereinstürmenden Nachfolgern des gutbürgerlichen Kulturchefs bot Felix die Heidegger-Reportage an – passte sie jenem nicht, musste sie diesen passen. Mein lieber Felix, weit gefehlt!

»Heute mit Heidegger kommen, ja geht's denn noch!« Sie waren zurück aus dem Oberengadin, mit sonnverbrannten Köpfen und einer Reportage über ihren Guru Bloch im Kasten. »Vom Feinsten, sag ich dir, sein weißer Haarschopf vor dem Engadiner Himmel, der Pfeifenrauch! Aber doch nicht Heidegger! Sag mal, wo lebst du eigentlich? Hast noch nie von seiner Rektoratsrede gehört? Er hat nichts davon zurückgenommen, nichts dazugelernt, nichts verstanden, nur alles durchgestanden – diesen bornierten Nazi sollen wir unserem Publikum präsentieren? Für wie blöd hältst du uns?« Die neuen Fernsehleute hielten die Zuschauer offenbar für zu blöd, sich ein eigenes Urteil zu bilden. »Mensch, lies Adorno, der hat's ihm gezeigt. Nicht Freiburg im Breisgau – wo ist das überhaupt? Freiburg ist Provinz wie alles, was nicht Frankfurter Schule ist. Die allein ist die heutige und künftige deutsche Wirklichkeit und ihr Gesetz, nach dem wir antreten, wenn wir Zeitgenossen sein wollen, gerade wir Schweizer.« Felix' Reportage schauten sie sich gar nicht an.

Felix hatte sich eingebildet, im richtigen Zug zu sitzen, der in ein Land fuhr, wo Kritik eine intellektuelle Möglichkeit, nicht Ausfluss politischen Parteidenkens war. Aber es waren Leute aufgesprungen, die die Weichen zurückgestellt hatten und auf dem alten Gleis zur Macht fuhren. Er streckte den Kopf zum Fenster hinaus, um zu sehen, wohin die Fahrt ging, zog ihn schnell wieder zurück und sprang vom Zug, bevor es zu spät war. Er wollte seinen eigenen Weg gehen.

*

Felix eröffnete den Eltern, dass er gekündigt habe, »bevor sie mir kündigen«, und dass er gedenke, für eine Weile nach Deutschland zu fahren.

»Für eine Weile nach Deutschland, so, so – je nun, du musst selber wissen, was du tust. Dein Schicksal bestimmen nicht die Fernsehleute, weder die alten noch die linken, das bestimmst du selbst, ganz allein«, war Walter Frauenlobs einziger Kommentar.

Hanni aber machte sich Sorgen um ihren Ältesten. Nach dem Essen sagte sie: »Du kannst nicht den ganzen Tag im Zimmer sitzen, über dein Schicksal brüten und Pläne schmieden, mit denen du uns dann überfällst. Komm, ein bisschen Bewegung und frische Luft tun dir gut.«

Sie saßen auf den Steinen an der Klausstud draußen. Felix warf Kiesel ins Wasser, sie bildeten feine Ringe, denen er nachdachte. Hanni fühlte sich dreißig Jahre zurückversetzt und erschrak, dass es schon so lange her war. »Was willst du denn in Deutschland machen? Meinst du, du findest da als Schweizer und mit deiner Gesinnung eine Anstellung? Machen da nicht dieselben Linken wie hier Radio und Fernsehen? Oder willst du wieder für Zeitungen reisen? Hast du die Kontakte noch? Wirst du davon leben können?«

»So viele Fragen auf einmal – ich kann dir nur eine Antwort geben: Nichts von alledem werde ich tun. Ich habe etwas Geld auf die Seite legen können, weil ihr mir immer so großzügig Kost und Logis gewährt habt. Das will ich brauchen, um einmal ohne Schreibzwang zu reisen. Publizieren ist mir, fürchte ich, endgültig verleidet. Ich habe Leute in Deutschland getroffen, die werde ich besuchen gehen. Wer weiß, was sich daraus ergibt.« Er mied es tunlichst, genauer zu werden, es ging ihm nicht darum, die Mutter mit dem Hinweis auf eine mögliche Schwiegertochter zu schockieren. Und tat es doch, als er anfügte: »Es braucht alles seine Zeit, und ich möchte dich bitten, mir diese Zeit zu lassen. Ich werde, wie Max, keine Briefe schreiben, ich werde mich erst melden, wenn es etwas zu melden gibt, aber es kann dauern. Bitte, versteh das, ich brauche Distanz.«

»Also ist es eine Frau! Wieso kannst du mir das nicht sagen?«

»Ja – ja, Mutter, natürlich ist es eine Frau! Aber alles ist so überstürzt geschehen, dass ich nicht weiß, wie ernst es ist.«

»Rede darüber, im Reden wird manches klar.«

»Ich weiß gar nicht, was ich erzählen soll. Und wenn ich mit mir selbst nicht im Klaren bin, hilft Reden auch nicht. Tut mir leid, Mutter.« Er warf den letzten Stein weit aufs Wasser hinaus und erhob sich.

Die Mutter blieb sitzen, schaute zu ihm auf. »Kein weiteres

Wort? Ist das nicht ein bisschen wenig Notration, die du mir hinterlässt für die lange Zeit, die du weg sein willst?«

Diesen Tonfall kannte er seit seiner Kindheit. Es war nicht möglich, ihm zu widerstehen.

Er sagte drei weitere Worte: eines zu Freiburg im Breisgau, eines zu Lukrezia und eines zu Niederbayern, wohin seine Reise gehen würde. »Über die Rückkehr kann ich nun aber wirklich nichts sagen, ich schwör's! Bitte!«

Ein Lächeln zog über ihr Gesicht. »S wott aber e luschtige Summer gää, d Buebe salbed d Schue – erinnerst du dich, wie Grosi das mit dir gesungen hat? Ach Hansli, bliib doch hie, süsch han i längi Ziit, was wottsch du uf das Mailand zue, das isch ja gar so wiit.«

Die Erinnerung an die Mutter war so tröstlich wie traurig.

»Nicht traurig sein«, sagte Hanni zu Felix und zu sich selbst. Beim Aufstehen rührte sie an die Dose in ihrer Jackentasche, die sie im Hinblick auf das Abschiedsgespräch eingesteckt hatte. Wie Bernstein leuchtete das Glas in der Sonne. »Die Ochsenmarkpomade deines Großvaters Frauenlob, damit hat er sich bis zum letzten Tag den Bart gesalbt. Erinnerst du dich? Ich habe sie aufbewahrt. Einen letzten Wunsch soll man respektieren, mir scheint, heute ist der richtige Tag, ihm seinen zu erfüllen. Ob du sie brauchen willst? Ich erinnere mich nur, dass die Pomade schrecklich stinkt.« Hanni lachte laut. »Jedem das Seine, den Schaffnerinnen die Brosche, den Frauenlobs die Pomadendose, da nimm und pass auf, sie ist fettig, die Flecken bringt keine Frau weg. Aber jetzt komm, mein Wandersmann, wir gehen noch ein Eis essen – Vanille, Pistache, Abricot, vielleicht?«

»Vanille, Pistache, Abricot, ich bin schließlich auch ein Frauenlob.«

5.

Am Abend des 29. Juni 1968 fuhr der *Transalpin*, von Wien-Westbahnhof kommend, in den Zürcher Hauptbahnhof ein. Ihm entstieg cand.med. Max Frauenlob, betrat nach zwei Jahren zum ersten Mal wieder heimatlichen Stadtboden. Ein schönes Gefühl. Seine Habe hatte er spedieren lassen, frei und unbeschwert trat er den Heimweg an. Er kam nicht weit. Vor dem *Globus*, dem leerstehenden Warenhaus-Provisorium, war die Bahnhofbrücke von einer johlenden Menschenmenge blockiert, sie wurde vom Balkon des *Du Nord* herab mit einem Megaphon bedröhnt, von der Central-Seite her aus Feuerwehrschläuchen bespritzt. In einer Gruppe von Passanten, die rat- und ahnungslos waren wie er, blieb Max stehen.

Plötzlich stürmte eine Gruppe von Polizisten auf sie zu. Sie hatten sich ruhig verhalten und waren darum umso mehr überrascht. Die Polizisten schlugen schreiend mit Stöcken auf sie ein: »Saupack, Sauhünd!« Sie wollten weichen, aber eine Baumaschine versperrte den Weg zurück, sie gerieten in eine zweite Polizeigruppe, die sie in den Bahnhof hineinprügelte. Max stellte sich bei den öffentlichen Telefonkabinen neben ein älteres Paar, um der Polizei zu signalisieren, dass er ein harmloser Passant sei. Dennoch attackierten sie ihn, beschimpften ihn wieder als »Sauhund« und schlugen auf ihn ein. Er schrie: »Ich will doch nichts! Hören Sie auf, mich zu prügeln!« Da rief ein Polizist: »Den da nehmen wir mit.« Sie drehten ihm die Arme so auf den Rücken, dass er tief gebeugt gehen musste. An den Haaren wurde er über den Platz zum *Globus* gezogen. Der Griff war sehr schmerzhaft, und er bekam wieder Schläge auf den Rücken, hörte, wie Polizisten riefen: »Nicht hier draußen schlagen!« Im *Globus*-Gebäude wurde er weiter an den Haaren durch die Halle geschleift. Links und rechts standen Polizisten, die hemmungslos mit den Knüppeln auf ihn einschlugen. Einige versuchten, sein Geschlecht zu treffen. Auch im Treppenhaus zum Keller wurde er geschlagen. Unten musste er in einen Transporter einsteigen, in dem sich schon fünf Festgenommene befanden. Alle erzählten, dass auch sie verprügelt worden waren. Sie wurden die hundert Meter zur Polizeihauptwache in der *Urania* gefahren – sicher war sicher. Im Empfangsbüro dort standen Polizisten in Uniform und Zivil. Ein Polizist trat ihm mit dem Knie in die Hoden. Neben ihm wurde ein Italiener verprügelt, er schrie. Ein Bursche blutete aus dem Mund. Ein Polizist riss einem langhaarigen jungen Mann die Gitarre von der Schulter, legte sie auf den Boden und zertrümmerte sie mit Knüppelschlägen. Ein Mann, durchnässt und mit nacktem Oberkörper, sagte, er sei Berliner Tourist, wies auf die KZ-Nummer an seinem Arm und sagte: »Unter dem da hat man so was gemacht – aber heute in der Schweiz, das ist unerhört!«

Mit einem Fußtritt wurde Max in eine Zelle befördert.

Dabei war er im guten Glauben an Versöhnung nach Hause gekommen.

*

Am andern Morgen wurde Max aus der Zelle geholt und zur Einvernahme gebracht. Ein Mann in Zivil hielt seinen Pass und die Bahnfahrkarte *Wien-Zürich einfach* in der Hand. »Aus Wien angereist also, einfache Fahrt, um hier Krawall zu machen!«

»Ich kehre nach zwei Jahren an der Universität Wien nach Hause zurück, um mein Medizinstudium in meiner Vaterstadt zu beenden.«

»Hat dich jemand was gefragt? Wien, wieso nicht Moskau

einfach? Student – Krawallmacher und Schmarotzer auf Kosten der Steuerzahler, die ehrlich arbeiten und ihren Lohn verdienen – verdienen, verstehst du! Medizinstudent – da kannst du dich grad selber flicken, flicken mit L, hörst du!« Die umstehenden Uniformierten brüllten vor Lachen, es war ihr Hauptmann, der die Einvernahme führte.

»Ich möchte Sie bitten, mir Ihren Namen zu nennen und diese meine Bitte ins Protokoll dieser Einvernahme aufzunehmen.«

Der Zivile schaute sich im Kreis seiner Untergebenen um. »Schreibt einer irgendwo ein Protokoll? Und meinen Namen will er auch! Bitte sehr: Meier – oder Müller, vielleicht Meiermüller oder Müllermeier, wie du willst. Sonst noch was!« Er warf Pass und Fahrkarte auf den Tisch. »Wegtreten!« Seine Untergebenen fassten das als Befehl auf und beförderten Max mit Fußtritten aus der Hauptwache hinaus. Sie traten das Recht mit Füßen und lachten dabei. Sie hatten gut lachen, sie konnten sich darauf verlassen, dass ihr Verhalten gedeckt wurde. Von dem Korpsgeist der Kameraden und von ihren Vorgesetzten – vom Hauptmann über den Einsatzleiter und Kommandanten der Stadtpolizei bis zum Polizeivorstand und dem Stadtrat und Regierungsrat des Kantons Zürich. *Urania* – in den Sternen stand geschrieben, wann diesen Hütern der öffentlichen Ruhe und Ordnung der Prozess gemacht würde.

*

Sonntagmorgen war's. Das Geläut der Altstadtkirchen begleitete den hinkenden Max nach Hause. Es weckte die Erinnerung an die Kinderzeit, als sie am Samstagabend frisch gebadet im Morgenrock mit den Eltern am Tisch saßen und die Glocken draußen den Sonntag einläuteten und sie sich in der

Stadt zu Hause fühlten. Er hätte weinen mögen – seit der vergangenen Nacht war die Zeit der Geborgenheit für immer verloren.

In was für eine Stadt kehrte er zurück? Wo war die Familie?

Der Vater stand auf dem Balkon und stieß Rauchsignale des Willkommens aus. Als Max ihm zuwinken wollte, zuckte ein höllischer Schmerz durch seine Schulter, der ihm den Mund verriss, was weiteren Schmerz auslöste. Das Treppensteigen ging er sachte an wie ein alter Mann. Unter der Wohnungstür stehend empfing ihn der Vater: »Max, was ist denn mit dir passiert? Komm her!« Der Schreck über das Aussehen des Heimkehrers und die Rührung über das Wiedersehen nach zwei langen Jahren lösten einen Walter Frauenlob völlig fremden Impuls aus, er nahm seinen Sohn in die Arme und drückte ihn fest an sich. Max kamen die Tränen, ob vor Schmerz oder vor Rührung wusste er selber nicht. »Wo bist du denn gewesen? Ich habe dich gestern Abend erwartet. Lass dich anschauen!«

Blaues Auge, Rock und Hemd zerrissen, schmerzlich-schmerzhaftes Lächeln.

»Nicht sehr schön anzuschauen, was? Ich hatte bei der Morgentoilette keinen Spiegel zur Hand. Spaß beiseite, es war keiner! Hunger hab ich, ich habe seit zwei Tagen nicht mehr gegessen. Hast du was da? Brot und Servelat, dann fühle ich mich gleich wieder zu Hause, ist dringend nötig, nachher kann ich erzählen.«

»Wurst ist immer da, aber kannst du beißen?« Echte Anteilnahme war Walter Frauenlob nicht fremd, aber er scheute sich, sie offen zu zeigen, als fürchtete er, sie würde dadurch gemindert.

»Ob ich essen kann? Gute Frage! Meine Zunge ist so geschwollen, dass ich nicht fühlen kann, ob ich noch alle Zähne habe.«

»Mund auf!« Der Vater griff zu wie ein Viehhändler, als wollte er unbedingt seine Rührseligkeit vor der Wohnungstür vergessen machen. »Aber sicher hast du sie noch alle. Aber bist du nicht zu müde? So wie du ausschaust, hast du seit Wien nicht viel geschlafen.«

Die eine Nacht in der Zelle hatte er schlaflos verbracht. Es waren nicht die Schmerzen im Kopf, am Rücken und in allen Gliedern, die ihn nicht schlafen ließen, es war der Schock der Brutalität. Es waren die Gedanken, die ihm durch den Kopf schwirrten und allmählich in den Sog eines Wirbels gerieten, der um die Frage kreiste: Wie hatte das geschehen können?

Früher, vor Wien, vor zwei Jahren noch, da wurden im Advent Wein, Schokolade und Weihnachtsgebäck, verpackt in buntem Weihnachtspapier, am Fuß der Verkehrskanzeln deponiert, als Dank der Bevölkerung an die Polizisten, die das öffentliche Leben regelten. War es dieselbe Bevölkerung, waren es dieselben Polizisten, die alten Straßen noch?

»Nimm erst mal ein heißes Bad, das tut immer gut. Nachher ziehst du dich frisch an, Mutter hat dir Kleider parat gelegt, als sie hörte, dass du kommen würdest. Erzählen kannst du beim Essen. Ich geh das Kalb für den verlorenen Sohn kochen.«

»Seit wann kannst du kochen? Und wieso nicht Schwein?«

»Not macht erfinderisch, Hunger ist der beste Koch und so weiter. Ich koche, seit ich pensioniert bin und Mutter Arbeit außer Haus hat. Kalb für den verlorenen Sohn ist ein Zitat – hat man dir nicht aus der Bibel erzählt in der Sonntagsschule? Spielt jetzt keine Rolle, Kalb ist sowieso zu teuer für uns, also Ghackets und Hörnli?«

»Mit Apfelmus?«

»Wie es sich gehört, aber aus der Büchse.«

*

Sie saßen im rotwarmen Schatten der Markise auf dem Balkon, hoch über der Stadt, die trügerisch friedlich zu ihren Füßen lag. Kein Lautsprecher, kein Kampfgeschrei, Sonntagsruhe, hie und da eine Tramklingel, eine Autohupe, das Schiffshorn der *Helvetia,* die am Bürkliplatz drüben zur großen Rundfahrt ablegte. Die Kirchenglocken hatten ausgeläutet, das Wort der Prediger war in der Welt außerhalb der Kirche ungehört verhallt. Die beiden löffelten mit Genuss, der Sohn staunte: »Sogar mit Löffel, ohne Gabel und Messer serviert, comme il faut, schnell hast du gelernt und gut.«

»Nicht anders als du auf deinem Fachgebiet!« Walter Frauenlob hob das Glas. »Der Anlass ist feierlich, es muss *Schlemmweg* sein. Also dann: auf den Kandidaten der Medizin, cand. med. Max Frauenlob. Ich bin stolz auf dich. Und ein Prost auch auf den zurückgekehrten Sohn. Und Gesundheit!«

»Das vor allem, Heilung braucht der Mensch, wie du an mir siehst. Prosit, auf dein Wohl und deine Gesundheit!« Beim Trinken schauten sie sich in die Augen, sie hatten sich lange nicht mehr gesehen, waren im Ungewissen, ob sie den entdecken würden, den sie in Erinnerung hatten. »Ich bedanke mich für deine finanzielle Unterstützung, sie war großzügig. Ich habe gut leben können, habe sogar einen kleinen Rest auf dem Konto stehenlassen. Man weiß ja nie. Danke dir, Vater!«

Von seiner ersten, kurzen, heftigen großen Liebe Helga Praczoll erzählte er nicht, verriet auch nicht, dass er das Bankkonto, auf dem der gar nicht so kleine Rest stand, hatte auf Helga Praczoll überschreiben lassen. Es war ein Impuls gewesen, ihr »ein kleines Abschiedsgeschenk zu machen«. Sie hatte gelacht: »Jo mää, das ist die Schweizer Art von Liebeserklärung. Süß! Ich werd's für unsere Kinder aufheben.« Wiener Schmäh, aber sie behielt das Geld.

»Bitte, Max, für einen guten Zweck mache ich alles gern. Aber zur Sache jetzt, du bist geschlagen worden?«

»Geschlagen? Geprügelt – und wie. Diese Brutalität, diese totale Hemmungslosigkeit! Wie die Tiere, sag ich dir, die sind wie die Tiere auf uns los, wie gereizte Hunde, die man von der Leine gelassen hat. Da fragst du dich: Wer hat die Leine in der Hand gehabt?«

»Ist das nicht klar? Das weiß man ja, wie es bei den linken Brüdern funktioniert: Da sind Drahtzieher am Werk, die man nie sieht, die schlau im Hintergrund bleiben. Und von ganz weit hinten kommen die Befehle. Und man weiß genau, wer die dahinten sind. Du musst Mutter hören, was sie von ihrer Arbeit zu erzählen hat.«

»Wieso die Linken?«

»Die sind es doch, die gestern mit Latten und Stöcken auf die Polizei losgegangen sind. Das haben sie gestern Nacht in der Extraausgabe der Tagesschau gezeigt. Stell dir vor: Über unbewaffnete Polizisten in Hemd und Mütze ist der Mob hergefallen.«

»Kann sein, ich habe es anders erlebt. Ich bin nicht von den jugendlichen Demonstranten so zugerichtet worden, sondern von den Knüppeln und Fußtritten der Zürcher Stadtpolizei.« Max rekapitulierte die Geschichte seines Empfangs in der Heimatstadt.

»Ach so, dann allerdings –«, der Vater wischte sich mit der Serviette den Mund ab, faltete und rollte sie, steckte sie in den Ring. Er brauchte Zeit, sich zurechtzufinden. »Den Männern an der Front kannst du keinen Vorwurf machen, man hat gesehen und gehört, wie die zum Teil um ihr Leben fürchten mussten. Sie haben ihre Pflicht getan, die Frage aber ist –«, üb immer Treu und Redlichkeit, Walter Frauenlob, »– die Frage ist wie immer: Wer hat ihnen die Pflicht auferlegt, und wer hat geduldet, dass sie ihre Pflicht so brutal erfüllt haben? Die müssen zur Rechenschaft gezogen werden, der Einsatzleiter, der Polizeivorstand. Keine Mannschaft handelt von sich aus, das sage ich als ehemaliger Wachtmeister, das darf sie gar nicht. Das wissen alle. Also wird auch Recht geschehen, wenn sich der Aufruhr gelegt hat. Etwas anderes kann sich unser Staat gar nicht leisten. Ist meine Meinung. Aber –«, er hob die Hand, um Max vom Einspruch abzuhalten, »– aber man muss es fairerweise auch andersrum anschauen. Da sind nicht nur in unserer Stadt, nicht nur in unserem Land, da sind in ganz Europa, ja, wenn ich an Vietnam denke, auf der ganzen Welt Kräfte am Werk, die den Umsturz wollen. Eine neue Gesellschaftsordnung! Ich frage dich: Was ist an unserer alten so falsch, dass es eine neue geben muss? Nachtigall ik hör dir trappsen – weißt du noch, Fräulein Scholz? Ich habe es gesagt, man weiß, wo die Revolution geplant wird, man kann das ruhig offen sagen, weil es stimmt: in Moskau. Die Russen haben Übung darin, das hat Lenin sie gelehrt. Und wo hat Lenin selbst Revolution studiert? Das ist der große Witz an der Geschichte, dass er das in unserer Bürgerbibliothek getan hat. In der Wasserkirche! Wir Zürcher hätten es in der Hand gehabt, wir hätten damals tun sollen, was wir jetzt müssen: den Anfängen wehren. Hätten unsere Sozis damals bloß nicht Schiss vor dem Revoluzzer gehabt, hätten sie sich überwinden und sich auf die Seite der Bürger stellen können, um diesem Mann das Handwerk zu legen – dann wäre alles anders gekommen. Dann wäre jetzt Ruhe auf der Welt, und wir wären als Verhinderer in die Weltgeschichte eingegangen. Es ist gekommen, wie es kommen musste: Die Sozis waren froh, ihn loszuwerden, dafür herrscht jetzt Gewalttätigkeit auf der Welt, sogar in unserer Stadt. Es tut mir leid, das kannst du mir glauben, dass Unschuldige wie du in Mitleidenschaft gezogen werden.

Das ist sehr bedauerlich, aber leider nicht zu vermeiden. Es ist das Opfer, das der Einzelne dem Ganzen schuldet, das war schon immer so, ich rede aus Erfahrung. Dafür gibt es in unserem Land dann den Rechtsweg – ganz im Gegensatz zu den kommunistischen Ländern. Wie wirst du vorgehen?«

Max würde sich an der Universität nach Möglichkeiten umhören, Beratung suchen. Diskutieren wollte er die Äußerungen seines Vaters nicht, er war erschöpft. Der Körper forderte sein Recht auf Erholung, die Seele hätte keine weitere Erschütterung mehr ertragen. Das blieb ihr bis zum nächsten Morgen erspart.

*

Vater und Sohn frühstückten auf dem Balkon, weil es ein so heiterer Sommermorgen war, hoch über dem flirrenden See und dem surrenden Geräusch einer fleißigen Stadt, die Zürcher gingen wieder ungestört ihren Geschäften nach. Max hatte am Geländer gestanden, als der Vater Kaffee kochte, und die Stelle entdeckt, wo vor Wien noch das alte Rebhäuschen gestanden hatte und jetzt ein Betonkreis, an vier Stellen mit einem rechten Winkel aus je zwei rötlichen Sandsteinblöcken markiert, war.

»Wer baut sich da sein Stonehenge auf?«

Der Türmer Walter Frauenlob machte den Sohn mit seinem Projekt bekannt.

Max war erschüttert. Waren denn alle verrückt geworden in dieser Stadt? Er hätte nach Sinn und Zweck des Turmbaus fragen sollen, aber er scheute sich, es zu tun. Er liebte seinen Vater und fürchtete, dessen Antwort würde das Bild des rechtschaffenen vernünftigen Menschen, das er von ihm hatte, zerstören. »No jo, no jo –«, mehr wollte Max nicht sagen, es war angebracht, Schneidermeister Kotláreks Einstellung gegenüber der Realität zu übernehmen, »– is halt so.«

*

Aber die Mutter!

»Um auf die linken Brüder zurückzukommen«, fing Walter Frauenlob an. »Was die für ein Saupack sind, das ist nun hieb- und stichfest zu beweisen, das wird im Originalton festgehalten.«

Hanni Frauenlob hatte seit einem Jahr eine besser bezahlte Stelle als bei *Jelmoli.* Zusammen mit einer Posthalterstochter aus dem Schächental, deren Schulzeugnis für eine Bürostelle im Unterland nicht ausgereicht hatte, und einer Hausfrau aus Zürich-Höngg, die ihre Witwenrente aufbesserte, saß sie in der Telefonzentrale Hottingen und leistete Abhördienst für das eidgenössische Vaterland. Auf Band registrierten sie die Telefongespräche zwischen Ostberlin, hauptsächlich, und Zürich. »Stell dir vor: Mutter hat Wolfgang Langhoff abgehört, den wir während des Kriegs am Schauspielhaus spielen ließen, der agitiert jetzt von drüben aus. Ein Pack, sag ich dir!« Es seien die stadtbekannten Männer und ihre forschen Ehefrauen von der kommunistischen *PdA* und andern subversiven Zirkeln, die im Schallbereich des Großmünsters und im Schatten der Altstadt in ihren Rattenlöchern hockten und an den Wurzeln der Demokratie nagten. »Wenn du den kleinen grauen Kraushaar siehst, der wie sein Idol Lenin mit dem Ledermäppchen unterm Arm durch die Stadt geht, kannst du nicht glauben, was das für eine Ratte ist. Das sage nicht ich, dessen politische Meinung du kennst, das hat deine Mutter gesagt, Max, die weiß Gott nicht rechtsgerichtet ist – ich habe dir erzählt, dass dein Großvater glaubte, sie sei Kommunistin, weil sie mir *Im*

Westen nichts Neues zu lesen gegeben hatte. Wenn die Demonstranten vor dem *Globus* wüssten, was Mutter weiß, würden sie nicht auf unsere Polizei losgehen, sondern auf die, die zu Recht Prügel verdienen.«

*

6.

Aus dem Tagebuch von Max, Juli 1968

In was für eine Welt bin ich zurückgekehrt? In was für eine Familie?

*

Ein Vater bei klarem Verstand, der den Polizeieinsatz vor dem *Globus* rechtfertigen kann. Der davon überzeugt ist, dass der Rechtsweg beschritten wird. Den Glauben habe ich nicht mehr – eine Gesellschaft, die ihre Polizisten (aller Grade!) so weit gehen lässt, hat sich ihr eigenes Recht gemacht, das hat nichts mit dem öffentlichen Recht in einem demokratischen Staat zu tun.

*

Mutter ein Spitzel! Widerwärtig! Wie denn das? Um sich ihre finanzielle Unabhängigkeit zu erkaufen? Und dann pilgert sie zu ihrer Heilsbringerin, die das Gutmenschtum predigt!

*

Was wird von Felix und Regula noch bekannt?

*

Mir graust vor den Frauenlobs!

*

Was soll ich hier noch machen? Weiter studieren als Ablenkung? Wäre ich doch in Wien bei Kotlárek geblieben! Oder bei Helga!

*

Keine Rückkehr! Jetzt ist keine Zeit für Sentimentalitäten, und zum Weiterstudieren ist später noch Zeit. Müsste mich sowieso erst um die Anerkennung meiner Examen bemühen. Jetzt muss ich etwas tun, mitarbeiten, neue, bessere Verhältnisse einrichten. Ja, Vater, eine neue Gesellschaft, auch in unserem Land! Habe gestern damit angefangen und das Zürcher Manifest unterschrieben. Die Hauptsache:

Wir sind überzeugt,

eine Ursache der Krise ist die Unbeweglichkeit unserer Institutionen. Diese Unbeweglichkeit wendet sich gegen den Menschen. Sie verhindert die Anpassung an die sich wandelnden Bedürfnisse der Menschen und die Entfaltung schöpferischer Minderheiten.

*

Am See unten ist Lärm. Es geht wieder los. Auf geht's!

7.

1963 erschien in New York *The Feminine Mystique* von Betty Friedan: die Botschaft vom Unglücklichsein der Frau, von der es hieß »you are lucky to be born in America«. Das Buch war eine Sensation, ein sozialkritisches Werk von derselben Wirkung für die amerikanischen Frauen wie neunzig Jahre zuvor der Roman *Onkel Toms Hütte* für die Negersklaven. Betty Friedan wurde als Harriet Beecher-Stowe der Women's Lib gefeiert.

Das war zu der Zeit, als Regula Frauenlob in Zürich als einzige Frau Oboe studierte. Sie besuchte die Universität auf den lichten Höhen des Zürichbergs und das städtische Konservatorium in deren Schatten. Das Musikschulgebäude war ein Findling aus fremder Zeit, mit dem Stilmischmasch der Gründerjahre behaftet, tief in den Berg hineingebaut, als wollte man die Musik daran hindern, ins Freie zu gelangen und Müßigkeit in der geschäftigen Stadt zu verbreiten. Die Folge: Es war feucht und kalt im Konservatorium, und wenn man durch die hohe Pforte ins Vestibül eintrat, verlor sich die Treppe mit den ausgetretenen knochenbleichen Stufen steil aufwärts in Düsternis.

Wäre der heitere Monsieur Rouault nicht ihr Lehrer gewesen, das Studium wäre für Regula eine trübe Angelegenheit geworden. Sie konnte sich einer Aufgabe nur mit voller Hingabe widmen, wenn die Umgebung stimmte. Und etwas anderes als eine volle Hingabe kannte sie nicht.

Rouault war begeistert von seiner ersten und einzigen Berufsschülerin. Nicht nur von ihrem Talent, ihrem Fleiß und ihrem Oboenton (den hatte sie von ihm übernommen), nein, er war auch seine Frustration darüber losgeworden, dass all die schönen Berufsschülerinnen – alle Musikerinnen sind schön, weil sie etwas Engelhaftes ausstrahlen – zwar freundlich grüßend, aber mit ihrem Geigenkasten an ihm vorbei zu den Kollegen Streichern gingen. Eine Bläserin, ob Blech oder Holz, war selten, wenn es keine Flötistin mit ihrer reinsilbernen Engelszunge war.

Oboisten, auch männliche, waren rar, gesuchte Zuzüger für Osterkonzerte und Weihnachtsmessen von Laienorchestern, die dem Bemühen der dilettierenden Streicher professionellen Beiklang verliehen. Oboisten waren immer zu zweit gefragt, weil den Komponisten seit der Barockzeit nur immer der Terz-Zweiklang einfiel, wenn sie Oboe hörten. Rouault ließ sich wenige Gelegenheiten entgehen, Regula als Zweite mitzunehmen. So lernte sie im Verlauf ihres Studiums alle Rokoko-Kirchen rund um den Zürichsee und die gotischen Emporengewölbe im Rest des Kantons kennen. Sie gewann Übung im Ensemble-Spiel und erspielte sich Geld, mit dem sie die Eltern entlasten oder der Mutter etwas schenken konnte, das die sich nie erlaubt hätte. – Hanni Frauenlob hätte allerdings das Geschenk genügt, von ihrer Tochter zu den Konzerten eingeladen zu werden. Das geschah meistens. Sie reiste allein hin und zurück, um die Musiker nicht zu stören. »Ihr geht nachher gewiss noch feiern.«

Das bedauerte der charmante Monsieur Rouault sehr. »Quand-même, Frau Frauenlob!«, protestierte er.

»Oh, das Wort kenne ich doch!«, lachte sie und nahm die Bahn. Gegen ihre Bescheidenheit war nichts zu machen.

Rouault in seiner Begeisterung brachte es fertig, Regula sogar ein Engagement für ein Konzert der Junifestwochen zu verschaffen. Als dritte Oboistin des Tonhalleorchesters spielte sie bei der Ersten Mahler-Symphonie. Gegen den Wunsch eines Mitglieds der »Franzosen-Mafia«, wie die Holzbläser von den Schweizer Kollegen genannt wurden, war nicht anzukommen, denn »die Franzosen« waren unentbehrlich, sie verliehen dem Orchester die Klangfarbe, die ihm über die Landesgrenzen hinaus Gehör verschaffte.

Regula machte ihrem geliebten Lehrer keine Schande, weder musikalisch noch im Auftreten. Im Musikerzimmer erregte sie Aufmerksamkeit, nicht nur als Holzbläserin, sondern mehr noch im langen Schwarzen, dem leicht abgeänderten Hochzeitskleid ihrer Mutter. Etwas zu viel Aufmerksamkeit, wie sich zeigte. Der Konzertmeister trat vor sie hin, Geige unter dem Arm, den Bogen zwischen Daumen und Zeigefinger pendelnd, schob die dunkle Hornbrille in die Stirn, musterte sie und meinte: »Die Brosche nehmen Sie wohl besser ab, wir sind ja nicht an einer Modenschau, ja? Ihr Kleid aber ist sehr elegant, sehr schick.« Auch in kritischen Situationen bleiben Orchestermusiker galant, das muss am vielen Mozart liegen, den sie spielen.

Und doch glaubte Hanni Frauenlob den Granat auf Regulas Herzen funkeln zu sehen, als diese am Ende des langen, langen Stücks zusammen mit dem ganzen Orchester stehend den Applaus entgegennahm. Oh, sie hatte ihn verdient, ja, das war ihre Tochter, die dort oben auf dem Podium stand und sich wie selbstverständlich in einer Welt bewegte, die so viel größer schien als die ihrer Mutter.

Es war der einzige Auftritt der Oboistin Frauenlob in einem Berufsorchester. Zwar kam der Sekretär der Musikgesellschaft nach dem Konzert in die Garderobe, um zu gratulieren. »Aber«, sagte er, »so weit sind wir hier noch nicht, dass wir eine Frau als Bläser einstellen. Abgesehen davon, dass wir mit unseren Franzosen bestens bedient sind«, er lächelte Rouault zu, »ist eine Frau bei den Holzbläsern unvorstellbar. Ich weiß nicht, wie viel diskrete und weniger diskrete Anfragen ich erhalten werde, was die personelle Besetzung des Bläserregisters betrifft. Ich weiß nur, dass es etliche sein werden. Die Musikfreunde, von deren Spendenfreudigkeit wir abhängig sind, sind eine konservative Gesellschaft, sie neigen zur Empörung, wenn sie durch Neuerungen in ihren Gewohnheiten aufgeschreckt werden, und fürchten um ihr schönes Geld. Das entre nous dit. – Violine ja, das ist etwas anderes, zweite Geige, das geht, da haben wir zwei Frauen, die sich ganz gut bewähren, originelle Personen beide. Ja, Geigerin, das wäre was anderes –«

Solches hörte Regula überall, wo sie sich bewarb. Sie wurde nicht einmal zum Vorspielen zugelassen, obwohl sie das Studium brillant abgeschlossen hatte. Das Prüfungsvorspiel hatte sie ohne jeden Baldrian geschafft. Sie hatte sich schon so tief in die *wissenschaftliche Geistheilung* eingelebt, dass sie Nerven und Körper voll und ganz beherrschte – kein Lampenfieber, oder nur das künstlerisch notwendige, kein Lippenflattern, kein Fingerzittern. Es nützte alles nichts. In einem Berufsorchester war für eine Oboistin auch mit besten Referenzen kein Platz. Um nicht nur als Zuzügerin auf Tingeltour gehen zu müssen und aus der Übung zu geraten, trat Regula ins *Akademische Orchester* der Universität ein, ein gehobenes Laienorchester. Da nahm man sie auf, weil sie die Oboe auf die betörende französische Art zum Klingen brachte und wenig kostete – »obwohl wir nie von einer Frau erwartet hätten, dass sie so Oboe spielen kann«, sagten die jungen Akademiker an den Bläser- und allen Streicherpulten auch.

All das geschah in dem Jahr, als Betty Friedans Bestseller in deutscher Übersetzung bei Rowohlt in Hamburg erschien: *Der Weiblichkeitswahn.* Regula hatte viel Zeit zum Lesen und guten Grund, Friedans Kritik an der amerikanischen Gesellschaft auf die schweizerische zu übertragen.

Betty Friedan gab Sigmund Freud die Schuld an der fixen Rollenverteilung, wie Vulkanasche habe seine Psychologie sich auf die amerikanische Gesellschaft gelegt. Psychologie interessierte Regula nicht, ihr Seelenleben war durch Maggie Bleaker Addington klar strukturiert, Freud brauchte sie nicht zu diskutieren. »Es ist ohnehin keine Zeit mehr zu diskutieren, es muss endlich politisch gehandelt werden«, erklärte Regula am Familientisch. Zum großen Erstaunen der Familie. Man war sich einig, dass vieles nicht war, wie es sein sollte, aber politisch aktiv an einer Veränderung mitzuwirken, war einem Mitglied der Familie noch nie eingefallen. »Das ist Charaktersache«, sagte Walter Frauenlob, »es gibt Leute, die gehen gern in Vereine, es gibt Leute, die gehen gern in Parteien, um Politik zu machen – aber weder bei den Frauenlobs noch bei den Gerbers, bei denen schon gar nicht, gab es je einen Vereinsmeier oder einen Parteipolitiker. Vater Gerber? Ein Männerchor ist kein Verein, Hanni. *Servette FC?* Das war Sport. Den einen ist es gegeben, den anderen nicht, wir gehören zu den anderen, Wenn du das ändern willst, Regula, dann frage ich mich, wie. Einen Charakter kann man nicht ändern, seinen eigenen am wenigsten.«

Das blieb abzuwarten. Regula verglich sich nicht mit den amerikanischen Frauen, von denen Betty Friedan schrieb, aber in den gesellschaftlichen Bedingungen, in der Rollenverteilung von Mann und Frau gab es keinen Unterschied zwischen den USA und der Schweiz. Das hatte sie auf ihrer Stellensuche nun zur Genüge erfahren. Sie hatte in eine Männerwelt eindringen wollen, nicht zu deren Amüsement, sondern als Mitwirkende. Keine Chance. Die Männer hatten im Krieg gelernt, ihr Réduit zu verteidigen, da war auch mit Hilfe eines Franzosen, eines Ausländers, kein Eindringen möglich. Sie hätte vorbereitet sein müssen; so gern sie ihren Vater hatte, sein Weltbild war ein patriarchalisches, schweizerisches. Das war ebenso eine Tatsache wie das zunehmende Unglücklichsein der Mutter in der Rolle, die sie in seiner Welt zu spielen hatte. Eine belesene Frau konnte nicht glücklich sein am Packtisch im

Jelmoli, wo sie die feinen Damen bediente, die mit der Kundenkarte ihres Gatten einkaufen kamen. Eine gebildete Frau konnte ihr Glück nicht darin finden, in einer Telefonzentrale neben einer verkröpften Urschweizerin Dienst zu tun. Selbst dass sie einen treuen Mann hatte, konnte sie nicht glücklich machen. Treu war der Vater mit Sicherheit, etwas anderes war unvorstellbar. Und Kinder, die eine gute Ausbildung hatten und immer noch gern nach Hause kamen. Selbst wenn sie für einmal ihre Bescheidenheit abgelegt und laut gesagt hätte, dass die Familie Frauenlob, auf die der Vater so viel hielt, zu einem guten Teil von ihr zusammengehalten wurde. Das alles konnte für eine Schaffnerin nicht das Glück bedeuten. Es war zu wenig.

Der Mutter musste geholfen werden. Regula wollte tun, was sie am besten konnte: mit ihrem Oboenspiel der Mutter Glücksmomente wie im Mahler-Konzert verschaffen. Sie brachte die Mutter dazu, die Hausarbeit ruhen zu lassen, wenn sie zu Hause übte, sich hinzusetzen und mit Ohren und Augen dem Spiel ihrer Tochter zu folgen. Die Andacht der Mutter brachte Regula dazu, mehr vorzuspielen als zu üben, ihr Spiel bekam etwas Konzertmäßiges. Es lag nahe, das Musizieren in das Taufzimmer zu verlegen, der Raum war größer, die Akustik besser. Das wiederum hatte zur Folge, dass sich der Vater dazusetzte, wenn die letzten Wölkchen seiner *Sumatra* sich am Abendhimmel über der Stadt verflüchtigt hatten. Drei machen ein Auditorium – wieso nicht auch anderes Publikum einladen? Regelmäßige Musikabende in dem intimen Rahmen *auf der Schanze* veranstalten? Die Idee der *Stubenmusik* war geboren. Zwischen September und Mai lud Regula als *die Schaffnerin* jeden Monatsersten zur *Stubenmusik auf der Schanze* ein.

*

»Ja, ja, der junge Herr Mozart, Herr van Beethoven, ja doch, die Herren Haydn und Händel und immer Kantor Bach – Musik ist Männersache. Es gibt doch gar keine Komponistinnen, sagen die Männer. Und ob es Komponistinnen gibt!«, rief Regula. »Es gibt sie so gut wie Holzbläserinnen. Ich mache die Musikerinnen zu meiner Sache und rufe: Alle Herren Komponisten, bachab! Adieu für immer, Herr Bach, *prendi l'ultimo addio!* – so heißt eine Kantate von Bachs Zeitgenossin Maria Antonia Walpurgis Kurfürstin von Sachsen, mit der ich meine erste *Stubenmusik auf der Schanze* eröffnen will. Dann folgen vier Regimentsmärsche ihrer Kollegin Amalie Prinzessin von Preußen!« Mit Eifer – Zeit hatte sie genug – suchte sie in den Archiven aller Bibliotheken zwischen Genf und Wolfenbüttel ihr Frauen-Programm zusammen. Mit Begeisterung präsentierte sie es und sang mit ihrer Oboe das Lob der Frauenmusik.

Ungestüm war Regula ihr Unternehmen angegangen, getrieben vom Willen, die Frustration der vergeblichen Stellensuche zu verarbeiten, die Hoffnungslosigkeit zu verdrängen. Sie engagierte sich für die Frauen, nicht gegen die Männer. Es wäre auch verlorene Liebesmüh gewesen, die Männerwelt außerhalb ihrer Familie war eine Feste, die nicht zu nehmen war, noch nicht. Die Erfahrungen, die sie als Tochter und Schwester mit den Frauenlob-Männern gemacht hatte, waren kein Grund, generell gegen die Männer zu sein, anderseits hinderte gerade das sie daran, Männern außerhalb der Familie unbefangen zu begegnen, selbst wenn sie dem Krawattenjüngelchenalter entwachsen waren. Regula konzentrierte sich darauf, den Männern musikalisch Paroli zu bieten, das aber sehr. *O death rock me asleep* – Lieder von Mary Queen of Scots und Ann Boleyn führte sie dem Auditorium vor, nicht weil sie Königinnen, sondern weil sie weibliche Komponistinnen waren. *Think on me.*

»Schumännin« und »Mahlerin« machte sie aus Clara Schumann und Alma Mahler, um sie vom Etikett *Ehefrau von* zu befreien, so wie sie Corona Schröter als »Schröterin« aus ihrer Abhängigkeit von »dem schrecklichen Muttersohn Goethe« befreite.

Man begann sich bei den Frauenlobs zu treffen, wie früher in den Salons. Die Mutter blieb nicht lange die einzige Zuhörerin, der Vater konnte seine Rolle als Lückenbüßer bald abgeben an ehemalige Kommilitoninnen seiner Tochter, an Freunde und Bekannte beiderlei Geschlechts, die Regula ins Haus brachte. »Je Männer, desto lieber!« Die Musik machte Regula stark. »Hier vernehmen sie, was Frauensache ist.« Die Männer vom *Akademischen Orchester*, zum Beispiel der erste Geiger Caspar Steiner, der gespielt amüsiert der Darbietung seiner originellen Kollegin gefolgt war, auf dem Nachhauseweg aber seine Begleiter doch ernsthaft fragen musste, ob es – in der Tat – so viele Komponistinnen gebe, wie Regula vorgeführt hatte. Sie kamen aber immer wieder, nicht zuletzt um den immensen Berg Bleulerscher Mäuschen abzutragen, den Beitrag Hanni Frauenlobs zur *Stubenmusik*.

Mutter und Tochter hatten die Pflege der Tradition im Hause Frauenlob übernommen. Walter Frauenlob nahm das friedliche Takeover mit Gelassenheit, Tradition war Tradition, der Sache war gedient. Er nahm mit Vergnügen die Gelegenheit wahr, nach Abschluss des Vortrags und vor den Mäuschen in Erscheinung zu treten, um sich als generöser Gastgeber und Hausherr feiern zu lassen.

*

Am Vorabend des Maisingens auf dem Lindenhof feierte die *Alma Mater Turicensis* den *Dies academicus*. Wie üblich trug das

Akademische Orchester auch 1968 musikalisch zu dessen Feierlichkeit bei. Beim Apero traf Regula ihre ehemalige Mitschülerin Judith Furmann wieder, sie war eben für ihre hervorragende Doktorarbeit ausgezeichnet worden. Am Gymnasium hatte Judith zum Lesezirkel von Prof. Meyer-Buck gehört, was *per se* Distanz bedeutete. Wie war sie jetzt zu überbrücken? Regula lud ihre ehemalige Kollegin spontan zu einer *Stubenmusik* ein. Judith kam um eine Zusage nicht herum. – Sie erschien auch tatsächlich zu Regulas Vortrag mit Musik über Hildegard von Bingen als Mutter aller Komponistinnen.

La belle et la bête – Judith, in blauem Deuxpièces und mit sauber geschnittenem Pony, war eine überaus gepflegte Erscheinung, wie man sich eine Anwältin in einer Kanzlei mit internationaler Kundschaft vorgestellt hätte, wenn das in dieser Männerdomäne möglich gewesen wäre. Sie kam in Begleitung eines kleinen schwarzen Krauskopfs, dessen Rundlichkeit und dunkle Knopfaugen Mutterinstinkt weckten, dessen bulliger Körper aber Angst machte. Er verhielt sich zurückhaltend, studierte aus dem Hintergrund die Stubengesellschaft, die, wie es den Anschein machte, etwas schwer Fassbares für ihn war. Als Hanni Frauenlob die Mäuschen auftrug, drängte er vor und bediente sich reichlich, den Kaffee beachtete er nicht.

*

Judith hielt Gegenrecht und lud Regula zu einem Teach-in der *NLS*, der *Neuen Linken Studentenschaft* ein.

»Du, bei den Linken?« Regula war überrascht von ihrer ehemaligen Mitschülerin, die nie ein Hehl aus ihrer Herkunft gemacht hatte. Ihr Vater war Mitglied des Präsidiums der Schweizerischen Nationalbank.

»Was heißt links? Wir sind fortschrittlich! Romano hat mich eingeführt, er ist der Kopf, el maximo líder nennen sie ihn. Das siehst du ihm gar nicht an, nicht? Bis du ihn reden hörst. Einen solchen Mann hast du noch nie getroffen!« Judith hatte, wie es schien, einen gewaltigen Satz aus dem Zirkel von Prof. Meyer-Buck zu den revolutionären Studenten getan, vielleicht hatte sie aber auch bloß die Führerschaft gewechselt. Zum Meeting im Keller des historischen Seminars erschien sie in Jeans und grob gestricktem Sackpullover, ungeschminkt, nachlässig gekämmt.

Romano saß rittlings auf einem wackligen Stuhl, über dessen Lehne er wie Lenin über das Rednerpult hing und klärte seine revolutionären Mitstreiter über *Sex und Macht* auf. Die weiblichen Zuhörerinnen, gelangweilte Bürgermädchen auf dem Polit-Trip, lagerten ihm zu Füßen und verspürten ein Kribbeln unter ihren Petticoats, die Bürgersöhne standen und wunderten sich über den Erfolg des Italieners bei ihren Mädchen. »Die Leute nehmen einfach nur wahr, dass ich meine Sexualität auslebe. Das führt zu Neid. Macho? Ich bin für den Feminismus, aber nicht den militanten, der den Mann schlechthin zum Feind stilisiert. Da schlage ich zurück. Wenn diese Hexen Kastrationsdrohungen ausstoßen, dann sage ich denen, ihr entschuldigt schon, sie sollten mir als Teufel den Arsch küssen.«

Macho, Sexualität, Feminismus, Kastrationsdrohung – die Zürcherinnen lernten eine Fremdsprache, doch Romanos Vokabular reizte sie fast mehr als sein Angebot. Ihre männlichen Kommilitonen versuchten sich zu merken, wie man es macht.

Romano redete der Emanzipation seines Geschlechts das Wort, was er meinte, war der politische Umsturz einer Gesellschaft, die sich selbst überlebt hatte. »Wenn ich von Staat und von Staatsfeind rede, dann habe ich die Definition von Lenin im Kopf: Der Staat als Organisation der Herrschenden, die dazu dient, die Herrschaft zu sichern. Der Staat ist ein Klassenstaat, und wenn du ein Gegner des Klassensystems bist, dann bist du *per definitionem* ein Staatsfeind. Da kannst du dich drehen und wenden, wie du willst. Man muss das Beil über den ahnungslosen Lämmern schwingen, die ihre bürgerliche Weltordnung für unerschütterlich halten, wie ihre Vorfahren es seit je getan haben. Und, wie die Geschichte beweist, allen temporären Erschütterungen zum Trotz. Aber jetzt beginnt eine neue Epoche.«

Trotz, Revolution, Widerstand gegen Althergebrachtes – das war, was Regula hören wollte, das hätte sie zum Mitmachen reizen können. Aber doch nicht so, doch nicht mit einem Mann, der eine solche Sprache sprach. Es war nicht sein Vokabular, das sie schreckte, Zoten war sie von den Musikern gewohnt, aber das Frauenbild, das er hatte, war widerlich! Ja, Betty Friedan hatte recht: Bei den Männern ging es um nichts anderes als um Macht, Macht über die Frau, Macht über Menschen, Macht überhaupt. Ohne eine Regula Frauenlob! Wenn diese Leute einen Mann wie Romano zum »líder« hatten, war das nicht ihre Gesellschaft, mit der hatte sie so wenig zu tun wie Romano mit der *Stubenmusik*. Sie würde im Gegensatz zu ihm auch nicht alles Knabberzeug wegfressen – obwohl, es war gar keines da, das Fortschrittliche verlangte intellektuelle Hingabe, der leiblichen würden sie nach der Veranstaltung im *Cooperativo* und dann in der Kommune frönen.

Wie konnte Judith nur!

Judith war mit Romano gekommen, aber sie durfte erst zehn Minuten nach ihm auftreten. Er hatte ihr verboten, sich als seine Freundin zu erkennen zu geben, als ob er sich ihrer schämte. Es war aber nicht Scham, Romano war schamlos, es war männliches Kalkül. Wenn er allein und ungebunden auftrat, hatte er mehr Chancen bei den Frauen, jedenfalls schneller. »Einem Typ wie Romano gehorcht man, sonst ist man sehr schnell weg vom Fenster!«, sagte Judith allen Ernstes. »Aber das wünscht sich keine Frau, die es einmal geschafft hat, an ihn heranzukommen. Bei Romano stehen viele an.«

Wie konnte sie nur!

Judith konnte, weil es ihr haargenau um das Gleiche wie Romano ging: um Macht. Eines Tages würde sie ihm den Kopf abschlagen.

*

Um Macht ging es Regula nie, sondern um Gerechtigkeit, in der Beziehung war sie die Tochter ihres Vaters. Den Willen, etwas dafür zu tun, hatte sie auch. Sie war entschlossen, politisch gegen Romano aufzutreten, sein widerwärtiger Männlichkeitswahn durfte nicht unwidersprochen bleiben. Es war absehbar, dass Romano und die *NSL* ihre Parolen bald in die Öffentlichkeit tragen würden, dem wollte sie zuvorkommen, ihn ins Leere laufen lassen!

Die Gelegenheit dazu kam schneller als erwartet. Regula ergriff sie mit dem Mut der Begeisterung, die sie sich bei Betty Friedan angelesen hatte –

*

Ein Hauch Zeitgeist hatte die Herren Professoren von der Medizinischen Fakultät angeweht, oder es war Frau Kollega Direktorin vom *Strahlenbiologischen Institut* gewesen, die den Senat der Universität darauf aufmerksam machte, dass entgegen den Parolen des revolutionären Studentenpöbels die Universität Zürich einmal eine durchaus fortschrittliche, nämlich eine frauenfreundliche gewesen war.

»Am 14. Dezember 1867, vor genau hundert Jahren, schloss die erste Frau der Welt an einer regulären, von Männern geleiteten, staatlich anerkannten Universität ein Studium ab. Diese Universität, Herr Rektor, werte Kollegen, war unsere Alma Mater Turicensis. Zum Doktor der Medizin, meine Herren Kollegen von der Fakultät, promovierte Fräulein Nadeshda Suslowa aus Petersburg/Russland. Wir wären ja –«, fast hätte die Frau Professor »blöde« gesagt, »– schlecht beraten, wenn wir mit diesem Beweis traditioneller Aufgeschlossenheit unserer Universität nicht an die Öffentlichkeit träten, in die vorbeugende Gegenoffensive gingen.« Das musste eine Frau sagen und verschweigen, dass ihre Herren Kollegen von dieser akademischen Frauengeschichte nicht mehr Ahnung als die Studenten hatten. Nur so erreichte sie, dass überhaupt eine Jubiläumsfeier zustande kam. Allerdings brauchte sie für die Überzeugungsarbeit fast ein Jahr. Das hatte zur Folge, dass die Feierlichkeit im Dezember 1968 eine Spätreaktion auf die Globuskrawalle und keine vorbeugende Maßnahme mehr war. Insofern ein Vorteil, als Bürger und Revolutionäre für Universitäres sensibilisiert waren und großes Interesse an der Veranstaltung zeigten.

*

Am 14. Dezember 1968 fand die Feier statt. *Hundert Jahre Frauenstudium an der Universität Zürich*. Im Kalten Krieg und angesichts der Rolle, die »Moskau« bei den Unruhen an den westeuropäischen Universitäten spielte, drang die Direktorin vom Strahleninstitut mit ihrem Antrag nicht durch, Fräulein Doktor Suslowa im Titel der Veranstaltung zu nennen; was das Herkunftsland der Gefeierten betraf, zeigte sich der Senat der Universität ebenso unwillig, es zu erwähnen.

Der Andrang zu der Veranstaltung war enorm. Die Neue Linke mobilisierte gegen den »Mief von hundert Jahren unter den Talaren«. Der Slogan war im ideologischen Paket von Frankfurt mitgeliefert worden, darum war er auch anzuwenden, obwohl die einheimische Professorenschaft im Gegensatz zur deutschen in Zivilkleidung in Erscheinung zu treten pflegte, wenn es ums Feiern ging. Auf der Gegenseite schlossen die Bürger der Stadt die Reihen, um sich mit ihrer Universität, wie sie war und bleiben sollte, zu solidarisieren. Es drängten so viele zur Gnadenpforte, dass die Veranstaltung ins Stadttheater verlegt werden musste. Die Türkontrollen waren streng, die Plätze im Parkett und auf den Rängen schnell vom Publikum in Nerz und dunklem Tuch besetzt. Die Veranstalter konnten es riskieren, ihre traditionelle Liberalität zu demonstrieren und ein oder zwei Handvoll Revoluzzer auf dem Flohboden zu tolerieren, wenn sie sich als Zürcher hatten ausweisen können. Hausfeuerwehr und Stadtpolizei standen einsatzbereit.

Der eiserne Vorhang war hochgezogen. Hinter dem Rednerpult in der Mitte, das von zwei Weihnachtsbäumen flankiert war, saß das Orchester, als *Akademisches* gehörte es auf die Bühne, nicht in den Orchestergraben. Am stahlgrauen Horizont leuchtete die Zürcher Fahne. Ein Bild der Person, die den Anlass zur Feier gegeben hatte, war nicht zu sehen, es war keines auffindbar gewesen – keine männlich redigierte Zeitung, also gar keine, hatte damals eine Notiz von der Doktorpromotion des Fräulein Nadeshda Suslowa gebracht, geschweige denn ein Bild. Die Weltläufigkeit der Stadt bewies sich zu jener Zeit in Träumen von Pariser Avenuen.

Das Orchester, Regula im Holzbläserregister, eröffnete die Feier mit dem *Sechseläutenmarsch*, was im Parkett und auf den

Rängen nach der ersten kurzen Verwunderung – man hatte Klassisches erwartet – einverständiges Kopfnicken auslöste: Ja, denen auf dem Flohboden oben und all ihren Genossen sollte der Zürcher Bürgermarsch preußischer Herkunft geblasen werden. Der Vorsteher des Justiz- und Polizeidepartements sprach die einleitenden Worte, ohne Fräulein Doktor Suslowa zu erwähnen. Mozart, nun also doch, leitete zum Festvortrag der Institutsvorsteherin über, die es verstand, die Doktorpromotion vor mehr als hundert Jahren als zwingende Notwendigkeit einheimischer bürgerlicher Bildungstradition zu erklären. Es war nun nicht der Anlass, darauf hinzuweisen, dass Fräulein Suslowa nur dank der Förderung durch deutsche Professoren studieren und promovieren konnte, Professoren, die als Emigranten für politisch linksstehend galten. Der Applaus war anhaltend. Dann war Stille, man erwartete programmgemäß die musikalische Krönung. Bevor das Orchester sich für das feierliche Finale bereitgemacht und der Dirigent, der für den Festvortrag in die Reihe der Honoratioren geladen war, zurück auf die Bühne gefunden hatte, drängte Regula Frauenlob sich durch die Reihen der Streicher vor zum Rednerpult. Die Oboe hielt sie wie die Liberté die Trikolore. Aber gar nicht stürmisch, sondern mit ruhiger, kräftiger Stimme, frei von jeder Aggressivität sprach sie:

»Man sollte protestieren, nicht jubilieren. Hier wird die ganz private Leistung einer ausländischen Frau als Errungenschaft der einheimischen bürgerlichen Gesellschaft, die eine Männergesellschaft ist, gefeiert, und keiner lacht und keiner protestiert – auch ihr linken Schwestern dort oben auf der Galerie nicht! Habt ihr Angst vor der Feuerwehr? Man – nein, die Frau Professor feiert, ohne diese einmalige Frau überhaupt beim Namen zu nennen. Das soll nachgeholt werden: Frau Doktor Nadeshda Suslowa hätte hier und heute, *hic et nunc*, gefeiert werden sollen, aber nicht von Männern und nicht von einer Frau, die für diese Männer spricht. Es ist der Gipfel der Heuchelei, wenn eine Männergesellschaft, die uns noch immer das Stimmrecht verweigert, eine Frau feiert. Ich zweifle an dieser Männerdemokratie. Nicht gefeiert soll werden, das Bewusstsein muss geändert werden. Das darf nicht sein: ungleiche Ausbildung, ungleiche Entlöhnung, kaum hohe Stellungen der Frauen im Beruf – meine Vorrednerin ist eine Ausnahme, keine Frau weiß, wie sie dazu kam – das bestehende eheliche Güterrecht, das den Ehemann zum Haupt der Gemeinschaft macht. – Ich verlange eine Diskussion!«

Endlich machte sich die Galerie mit Johlen bemerkbar, Unruhe im Parkett war die Folge, die Veranstaltung drohte ein unwürdiges Ende zu nehmen. Der Polizeidirektor sprang auf die Bühne, trat zu Regula und redete auf sie ein. »Man droht mir mit der Polizei!«, rief sie ins Publikum. Das Wort »Polizei« schockierte die feierlich gestimmte Gesellschaft, Missfallensäußerungen wurden im Parkett laut, auf der Galerie rumorte es, die Spannung stieg – da erhob sich der erste Geiger, Caspar Steiner trat vor das Orchester und gab das Stimmton-A, entgegen aller Gepflogenheit, es von der Oboe abzunehmen. Ja, gegen Regula war das A gerichtet, er zog es hin und führte schließlich das Orchester eigenmächtig, aber programmgetreu in Verdis *Triumphmarsch* hinein, bis der Dirigent den Weg von den Honoratioren auf die Bühne geschafft hatte und den Stab übernahm. Das Publikum erhob sich, um stehend zu danken: Solange es noch eine so anständige Jugend gab –

*

Regulas Tage als Mitglied des *Akademischen Orchesters* waren beendet – sie würde nicht zur nächsten Probe eingeladen werden. Und die *Stubenmusik* wurde aus der Agenda sowohl der musikalischen bürgerlichen wie der politisch fortschrittlichen Jungakademiker gestrichen. Die akademischen Orchestermitglieder unter der Leitung von Caspar Steiner, die auf der rechten Seite des Lebens standen, sagten: »Eine Linke gehört nicht zu uns, oder wir nicht zu ihr«, und blieben fern. Die um »líder« Romano höhnten: »Oboistin, ha – und Klassik überhaupt!« Sie schlugen die Klampfe, schenkten lieber Joan Baez ihr Gehör, die mit der Stimme eines Muezzins ihre Klagelieder über die Gärten der Blumenkinder verbreitete.

8.

Ein grauer Schleier legte sich über Regulas Augen, sie zwinkerte, und weg war er. Die Irritation geschah beim Üben, zum ersten Mal einen Tag nach dem Auftritt im Stadttheater. Sie kehrte wieder und hielt länger an. Regula besprach sich mit der Mutter, zusammen suchten sie Hilfe bei der Praktizierenden Enzler, deren mittlerweile hohes Alter die Wirksamkeit des Geistheilens bewies. Zum Arzt gingen sie nicht, auch nachdem Monsieur Rouault, dem Regula die Irritation anvertraut hatte, dringend dazu geraten hatte. »Der Druck auf das Hirn beim Oboenspiel ist enorm, stellen Sie sich die millimeterkleine Öffnung zwischen den hauchdünnen Rohrblättchen vor, die das ganze Luftvolumen Ihrer Lunge passieren muss, das kommt nicht ohne enorme Pression zustande.« Sagte der Lehrer und Freund. »Ich will Ihnen keine Angst machen, Regula, aber es ist vorgekommen, dass Adern im Auge platzten, das kann gefährlich sein, ich bitte Sie, gehen Sie zum Arzt.«

Regula war gerührt von Monsieur Rouaults Fürsorge, sie wusste schon, warum sie ihn als Lehrer liebte, aber zum Arzt ging sie nicht. In den letzten Jahren hatte sie alle Irritationen dank der Lehre Maggie Bleaker Addingtons überstanden. Die temporären Störungen des Sehvermögens wollten aber kein Ende nehmen, sie widerstanden aller Beschwörung. Die Praktizierende Enzler sah sich gedrängt, Mutter und Tochter zu einer weitergehenden Behandlung zu raten.

Sektenglaube stärkt sich an Zeugnissen seiner Wirksamkeit. Frau Enzler gab den beiden Frauenlob-Frauen einen dicken Sammelband beglaubigter amerikanischer Zeugnisse von Heilungen. Die Heilung körperlicher Gebrechen durch die praktische Anwendung der Lehre von Maggie Bleaker Addington war eine Tatsache. Glaube schränkt die Anwendung der Vernunft ein. Die belesene Hanni und die studierte Regula stärkten ihren Glauben an den Zeugnissen, ohne sich daran zu stören, dass das Komitee, das für die Zeugnisse zuständig war, aus Mitgliedern der *Wissenschaftlichen Christengemeinde* bestand. Sie bauten die Hoffnung auf, dass sich Regulas Irritation durch eine der gepriesenen Heilarten beseitigen lasse. Die Praktizierende Enzler, voll lebenslanger Heilerfahrung, machte den Vorschlag, an die Glaubensquelle, nach Henniker, New Hampshire, zu reisen.

»Nein, nein, aber nein«, lachte sie fröhlich, als sie sah, wie Mutter und Tochter von diesem Vorschlag überrascht waren. »Das ist keine Pilgerreise. Wir sind keine Katholiken – Gott möge ihnen auf ihre Art helfen. Unsere Führerin Miss Addington hat sich jeden Personenkult verbeten, sie ist nicht das Heil, Vater-Mutter-Gott ist es, sie ist lediglich von Ihr beauftragt, es zu verkünden. Das hat sie zuerst in ihrem bescheidenen Haus in Henniker getan, da hat Gott aus ihr gesprochen. Und wo das Wort des Herrn zum ersten Mal laut wird, da bleibet es ewiglich rein zu vernehmen und entfaltet seine ganze Wirkungskraft, da ist seine unendliche Heilkraft lebendig.«

Die beiden hatten sich, jede auf ihre Art, finanzielle Unabhängigkeit vom Mann und Vater erarbeitet, sie konnten sich die Reise in die USA leisten. Walter Frauenlob teilte weder ihren Glauben – er erinnerte ihn zu stark an seine Kindheitserfahrung – noch ihre Hoffnung. »Ins Krankenhaus gehe ich nur zum Sterben«, sagte er zwar, Krankheit war für ihn eine rein körperliche Angelegenheit, die mit materiellen Mitteln wie Medikament und Operation zu beseitigen war, wenn überhaupt. Wenn seine Frauen es anders sahen – er durfte die Möglichkeit nicht ausschließen, dass Regulas Irritation durch die frustrierende Stellensuche und die Aufregung um ihre Protestaktion ausgelöst worden war, also eine durchaus seelische Ursache hatte. Er wollte diese Deutungsmöglichkeit akzeptieren und seinen Frauen nicht durch Widerstand Unrecht tun, ohne Murren leistete er einen angemessenen Beitrag zur Finanzierung der Reise.

*

Die beiden Gläubigen suchten das Heil und fanden das grüne Neuengland, die Wälder und Wasser, die blanken Seen und trüben Flüsse und Henniker tief in den Hügeln New Hampshires, wo die Winter lang und hart und die schwarzen Mücken im Frühling eine Plage sind, wo der Sommer kurz und heftig und der Herbst eine Pracht ist.

Etwas außerhalb von Henniker *the only one on earth,* drei Meilen *off South 114*, lag das monumentale *Scientific Christian Community Center,* ein Fremdkörper in der Landschaft, der die Natur des Schöpfers zuschanden ritt. Ein Parkplatz, voll besetzt, erstreckte sich lang und breit wie zwei Football-Grounds am Fuß von Pat's Peak, einem einstmals lieblichen grünen Hügel. Auf drei Seiten war er umgeben von fünfstöckigen Gebäuden in neuengländischer roter Backsteingotik: Gästehaus, Verwaltung, Schulung, Souvenirshop, Bibliothek, Wissenschaftszentrum, Pressegebäude. Auf der Ostseite war eine monumentale marmorne Freitreppe, die die Flanke des Pat's Peak emporführte zu einem leuchtend weißen Kuppelbau von grandiosen Ausmaßen. Die Kuppel wurde getragen von einem Peristyl dorischer Säulen, der Tempeleingang war ein kassettiertes Bronzeportal im florentinischen Battisterio-Stil. Die Flügel standen offen, um die Menge der Besucher aufzunehmen, die sich auf der Treppe staute und am Eingang von Ordnern in marineblauer Uniform in die Umlaufbahn eingewiesen wurde.

Hier hatte Maggie Bleaker Addington in einem ärmlichen Holzhaus das Licht der Welt erblickt, der Welt, der sie den Weg zum Heil eröffnet hatte, als sie die Augen für immer schloss. Um dieses Häuschen herum war der Tempel errichtet worden. Zu den Besuchszeiten wurde die Menschenschlange vom Tempeleingang rund um das Geburtshaus herum- und wieder weggeführt. Dabei war ein Blick ins rosarot beleuchtete Innere möglich. Da stand auf schlichtem Bohlenboden ein Stehpult im *Shaker*-Stil, an dem Maggie Bleaker Addington im Schein einer Petroleumlampe ihre Erleuchtung zu Papier gebracht hatte. Kein Sessel, kein Bett, Miss Addington nutzte ihre Zeit für die Aufgabe, die ihr gegeben war, der Verlockung, den Bedürfnissen des Körpers nachzugeben, erlag sie nicht.

Getragen vom Schwall zehntausender Orgelpfeifen, intonierte in der West-Apsis des Tempels ein hundertköpfiger gemischter Chor in lindgrün wallenden Gewändern stündlich die große Hymne von Maggie Bleaker Addington, welche die Gemüter der Besucher in die rein geistige Sphäre erhob:

Good Lord Lady,
show me
how to go.

Die beiden Besucherinnen aus der Schweiz, denen jeder Pomp gegen die innerste Natur ging, hatten geglaubt, sie seien sich vom Vater her angestrengte Feierlichkeit gewohnt. Doch verglichen mit der gewalttätigen Zeremonie, die sich hier abspielte, war der Taufsonntag eine intime Seelenfeier. Die *Wissenschaftliche Christengemeinde* war keine Armeleutesekte, das war den beiden Zürcherinnen wohl bekannt. Sie wurde von Männern finanziert, die in den USA nicht nur Maggie Bleaker Addingtons Lehre studiert hatten, sondern auch, wie man Business betreibt, egal welcher Art. Man musste sich zeigen, seinen »brand« sichtbar machen, und man musste die Leute in ihrem unkontrollierten Innersten treffen, dann hatte man sie »for sure«. Diese Leute waren aber nicht die Arbeiter und Kleinbürger draußen in den Vorstädten, weder in den USA noch in der Schweiz, sondern die Bürger der oberen Mittelschicht. Unten am Zürichberg hatte man ihnen ein architektonisch einwandfreies, schlankes, gemäßigt modernes Versammlungshaus errichtet, licht und hell, als wäre es aus dem Geist gebaut, von dem in seinem Innern gekündet wurde. Nein, die heimische *Wissenschaftliche Christengemeinde* war keine Wohnstuben- und Hinterhofsekte, aber verglichen mit dem Kirchenpalast und dem Betrieb hier in den USA war es ein bescheidenes Bethaus, und die Versammlung, selbst wenn das Haus voll war, ein intimer Zirkel.

Regula begann es im Kopf zu stechen, sie musste weg, bevor der Schleier über die Augen aufzog. Sie floh ins Freie hinaus, beruhigte sich beim Blick über die bewaldeten Hügel, an denen keine Spur von Menschenhand zu sehen war. Gottes reine Schöpfung erquickte ihre Augen, dass sie hell und klar sahen, erweiterte ihr Herz, befreite den Kopf von Schwindel und Schmerz, belebte den Geist. Und der Geist blieb frei.

9.

Walter und Max feierten auf Frauenlobsche Art die Heimkehr ihrer Frauen. Feiern hieß Essen, feierliches Essen bedeutete spanische Suppe. Lesen konnten sie beide und Frau Dr. Bleulers Rezept dank seiner zürcherischen Schlichtheit auch verstehen. Aber spanische Suppe ohne Waltraud Scholz und Mutter war nicht das Wahre. Sie einigten sich auf Ghackets und Hörnli, was sich als Empfangsmenü schon einmal bewährt hatte, samt Apfelmus aus der Büchse, womit sich auch gleich das Problem der Nachspeise erledigte. Die kindliche Begeisterung der beiden Köche über ihre Leistung gab die Würze, die dem Essen fehlte, weil sie die Maggiwürfel vergessen hatten. Die Frauen übten Nachsicht. Wer sich in Übersee aus Sparsamkeit von *Howard Johnson's* Hamburgern ernährt hatte, kehrte gern an die heimischen Töpfe zurück. Ja, Hanni ließ sich sogar ein halbes Glas *Schlemmweg* eingießen, um die glückliche Heimkehr zu feiern. Der Flug über den Atlantik war für sie eine Tortur gewesen. Die Spannung zwischen ihren Phantasien, was alles passieren könnte, und ihrem mentalen Widerstand gegen solche negativen Vorstellungen war so groß, dass sie trotz Gebet fast zur Erschöpfung geführt hätte. Hanni war glücklich, wieder festen Boden unter den Füßen zu haben. Und sie wollte Walter nicht durch Abstinenz enttäuschen, der ein Reff voll Blauburgunder »Haametwii« statt rote Sandsteinblöcke heimgetragen hatte. »Zur Feier des Tages, weil es halt dazugehört«, sagte er, obwohl er um das Abstinenzgebot der *Wissenschaftlichen Christengemeinde* wusste, an das sich Frau und Tochter zu halten pflegten. Die Männer waren freudig überrascht, Regula jedoch warf der Mutter einen missbilligenden Blick zu, aber Hanni lächelte, als wollte sie sagen: »Schau doch, wie er sich freut! Ist das nicht die kleine Sünde wert? Wie lange schon waren wir nicht mehr so froh und entspannt? Es wird bald genug wieder wie gewohnt weitergehen.« Regula verstand für einmal die Mutter nicht und legte demonstrativ die Hand übers Glas, als der Vater auch ihr einschenken wollte.

»Welcome home, my ladies, dear wife, darling daughter, dear son – mehr Englisch kann ich nicht, aber es soll gelten. Glückliche Heimkehr. *Prosit* heißt: es möge nützen – mehr Latein kann ich auch nicht mehr, der alte von Grebel ist schon zu lange tot. Wir haben allen Grund zu feiern: deine glückliche Heimkehr, Hanni, Regulas Heilung und dein Examen, Max. Zum Wohl, auf den gesunden, erfolgreichen Menschen! Sind wir nicht eine außerordentliche Familie – Max, was schüttelst du dein weises Haupt? – eine außerordentliche Familie, sage ich, wenn die Tochter den geistigen und der Sohn den körperlichen Menschen erfolgreich erforscht, was, harmonisch zusammengefügt, den ganzen Menschen ergibt, Geist und Körper machen das Wesen des Menschen aus, Harmonie die Familie. Auf das Wohl des Familienmenschen!«

Damit war der berauschende Moment verflogen, Hanni verfiel in ihre alte Skepsis gegenüber Walters hohen Worten. Familienmensch – wieso erwähnte er Felix nicht? War Regulas Heilung sicher? Wieso war Max zum Studium nicht in Wien geblieben? Überhaupt dieses Studium! Zwar mochte sie Max das bestandene Examen gönnen, dachte an ihre Mutter, wie die sich über ihren studierenden Enkel gefreut hätte. Aber musste es denn ausgerechnet Medizin sein? Wie konnte er sein Leben dem körperlichen Menschen widmen, wenn der geistige Mensch die Wahrheit war? Hatte er denn alles vergessen, was ihm die *Wissenschaftlichen Christengemeinde* mitgegeben hatte?

»Wie sagte Großvater: Nur keine Bange nicht!« Max hatte den Grund für Mutters skeptischen Blick erraten, er war sich ihre Blicke seit früher Jugend gewohnt. »Entspanne dich, Mutter, ich mach Pause mit der Medizin, ich verschiebe vorerst einmal das Klinikum.«

Er drehte sich um und zog sein Hemd bis zu den Schultern hoch, um die roten Striemen und gelbgrünen Flecken, die nur langsam verblassenden Spuren seiner Misshandlung, zu zeigen. »Die restlichen Stellen, wo ich geprügelt wurde, lasse ich eingepackt.« Er erzählte, was er zwischen Bahnhof, *Globus* und *Urania* erlebt hatte und zu welcher Einsicht er gekommen war. »Es gibt zwischen Himmel und Erde – nein, hier auf Erden, in der Realität des Menschen gibt es neben dem körperlich Materiellen eine zweite, nicht greifbare Größe, die den Menschen bewegt. Es muss etwas Irrationales sein, das hat mich die Erfahrung gelehrt, denn rational ist das Verhalten der Polizisten nicht zu erklären. Mich interessiert, was das ist. Vielleicht lässt sich das Verhalten der Menschen zum Guten hin steuern, wenn man herausgefunden hat, was ihn zum Bösen treibt.« Max sah den Hoffnungsschimmer in den Augen der Mutter. »Nein, das meine ich nicht, Mutter, tut mir leid. Ich kehre nicht zum Glauben zurück. Es ist nicht der Herrgott, den ich als obersten Lenker sehe.« Und schon gar nicht seine Exegeten, dachte er, sagte es aber nicht, um die Mutter zu schonen. »Das ist mir zu einfach, das heißt die Verantwortung abschieben. Ist meine Meinung.« Max sah, wie der Vater nickte. »Nicht Gott, die Menschen selber stecken hinter ihrem Tun, sie allein. Der Globuskrawall hat mir bestätigt, was ich in Wien schon geahnt habe, und zwar bevor ich ins *Freud-Museum* ging – ja, Schwesterherz, ich war in einem Museum. Nicht Sigmund Freud, nicht seine Psychologie, die kenne ich zu wenig, ein Bild von Rembrandt hat mich auf die Idee gebracht, dass der Körper nicht alles ist.« Max beschrieb ausführlich das Bild und die Wirkung, die es auf ihn gehabt, wie es ihn von der Fixierung auf das Materielle befreit hatte. Dass er den Rembrandt nicht im *Kunsthistorischen Museum* sah, verriet Max so wenig wie die Existenz Helga Praczolls. »Nun erzählt aber endlich von eurer Reise! Was machen die Bizzis?«

*

Mutter und Schwester hatten Zeit gebraucht, das Wunder von Regulas Heilung zu verarbeiten. Sie waren für den Rest ihres USA-Aufenthalts in Henniker geblieben, um sich vom zuständigen Komitee die Tatsache der Heilung beglaubigen zu lassen, was einige Zeit in Anspruch nahm. »Für einen Besuch in New York hat die Zeit nicht mehr gereicht.«

Hanni hatte nicht die Absicht, es den Bizzis heimzuzahlen, dass André bei seinem ersten Besuch in der Schweiz nicht auf sie gewartet hatte, bis sie von der Arbeit kam. Eher hatte sie sich gescheut, mit ihrer Schwester über den Besuch in Henniker zu reden. Es wäre nicht zu vermeiden gewesen, dass alle Bizzis davon erfahren und wie über alles, was mit Frauenlob und Geist zu tun hatte, gespottet hätten. Dem wollte sie sich nicht aussetzen.

*

»Und am Montag, Hannilein, geht's wieder an die Arbeit! – Und was hat denn meine liebe Tochter im Sinn?«

»Neubesinnung ist angesagt, wie Max meint. Ich werde mich nach Möglichkeiten erkundigen, wie ich der *Wissenschaftlichen Christengemeinde* meinen Dank abstatten kann für das, was ich erfahren durfte. Ich stelle mir vor, dass ich auf Vortragsreisen gehe oder andere für die Gemeinde nützliche Funktionen übernehme. Es wird sich sicher etwas ergeben.« Um der Frage des Vaters zuvorzukommen, fügte sie schnell an: »Und auch etwas verdienen lassen. Ich werde zudem weiterhin Arbeit als zugezogene Oboistin suchen, auch die *Stubenmusik* möchte ich weiterführen, wann immer ich Zeit dafür finde. Ein neues Publikum werde ich wohl suchen müssen – doch eine Zuhörerin habe ich, die mir ewig treu bleiben wird.«

»Vielleicht sogar zwei Zuhörer, wenn du mir verrätst, was diese *Stubenmusik* ist. Mit Vater scheinst du offenbar nicht zu rechnen. Wieso?«, fragte Max.

Walter Frauenlob war es gewohnt, nicht mitgezählt zu werden, wenn es um Musik ging. Er war mit dem Schnarren der *Hohner* im Ohr aufgewachsen, hing zu stark am Volkstümlichen. Kam das Gespräch auf Musik, war seine Anwesenheit am Tisch nicht mehr gefragt. »Ich darf mich empfehlen. Deine liebe Schwester wird dich über die *Stubenmusik* aufklären. Wie wär's mit Kaffee danach?«

Er hatte seine Pflicht getan, er konnte auf den Balkon gehen und, wie es zur Feier gehörte, seine *Sumatra* rauchen. Verdient hatte er sie sich mit dem Empfang, den er seinen Frauen bereitet hatte. Aber die Zigarre wollte ihm nicht schmecken, er stieß die Rauchwolken aus, ohne ihre Auflösung im großen Ganzen zu verfolgen, wie er es immer getan hatte. Im Gegenteil, er senkte den Blick auf die Baustelle unten vor dem Haus. Der Grundriss des Turms war deutlich sichtbar, sechzehn Quader hatte er plaziert, auf drei Seiten die erste Reihe Grundsteine geschlossen, die Eingangsseite war noch offen. Da lag viel Arbeit vor ihm. Lange würde es dauern, bis es Aufrichte zu feiern gab. Aber was denn, was würde es dann noch zu feiern geben? Er schnippte die Zigarre im Bogen vom Balkon, es war die letzte, die er in seinem Leben geraucht hatte.

*

Die Frauen hatten den Abwasch gemacht, der Kaffee stand auf dem Tisch.

»Und am Montag geht es wieder an die Arbeit, sagt Vater – was ist das überhaupt für eine Arbeit in der Telefonzentrale?«

Der Teufel mochte Max geritten haben, dass er mit dieser Frage in die außerordentlich friedliche, gesättigte Familienrunde platzte. Wo war seine Rücksicht geblieben? Böse Absicht war es nicht, das war eine in der Familie Frauenlob unbekannte Regung. Man mochte nicht einverstanden, enttäuscht, erbittert sein – bösartig wurde man nicht, weil man Differenzen so lange ausschwieg, bis sich ihre Aufhebung von selbst ergab.

In diesem Fall wollte Max nicht schweigen, er musste die Wahrheit vernehmen. Das Krawalltrauma hatte seine Empfindlichkeit für das staatlich sanktionierte Unrecht geschärft.

Die Mutter verließ sich ganz darauf, dass nichts zur Sprache kommen würde, was nicht sollte. »Ich habe in der Telefonzentrale Arbeit gefunden, die weniger anstrengend und besser bezahlt ist als die bei *Jelmoli.*« Doch hatte sie nicht mit der Hartnäckigkeit des Sohnes gerechnet.

»Wofür wirst du besser bezahlt? Was genau ist deine Aufgabe?«

»Max, ich bitte dich, wir sind von einer langen Reise zurück und erschöpft, muss deine Fragerei jetzt sein?«, sprang Regula der Mutter bei.

»Was ist falsch an meiner Frage? Darf ich nicht erfahren, womit Mutter ihr Geld verdient? Ich weiß nicht, was es da zu fürchten gibt. Weißt du es vielleicht? So sag's, und ihr könnt schlafen gehen!«

»Hast du es ihm erzählt, weiß er es?«, fragte Regula den Vater.

»Es hat sich so –«

»Also hast du es gesagt!« Es hörte sich an wie »verraten«.

»Walter, ist das wahr?«, rief Hanni ängstlich.

Ja, Herrgottsackerment, so große Mühe hatte er sich gegeben, seinen Frauen einen schönen Empfang zu bereiten, und jetzt wurde er wie ein Verbrecher hingestellt. Aber Walter behielt seinen Protest für sich, laut Werden war nicht seine Art, er fasste sich schnell und sagte: »Gehört Max nicht zur Familie? Man hat voreinander keine Geheimnisse in einer Familie. Ja, er weiß, was du machst, ich habe es ihm gesagt, weil es sich so ergeben hat. Was ist denn überhaupt falsch an deiner Arbeit? Schämst du dich für sie? Hilfst du nicht, unseren Staat vor seinen Feinden zu schützen? Ja, Max, lass dir das gesagt sein: Es sind die Feinde unserer Schweiz, die Mutter abhört.«

Hanni Frauenlob war eine belesene Frau. Sie wusste, welche Ideen unter der Jugend in Umlauf waren. Sie konnte Verständnis aufbringen für deren Engagement und Gutmenschtum, weil sie den Glauben an das Gute im Menschen noch nicht aufgegeben hatte. Aber sie gehörte zu einer anderen Generation, sie hatte die Zeit des Kriegs durchlebt und lernen müssen, dass es Feinde gab auf Gottes Erden, gegen die man sich wehren musste, wenn man überleben wollte als einzelner Mensch und als Staat. Die Leute, die sie abhörte, hatten nichts Gutes mit der Schweiz im Sinn, mit dem Land, das sie, die Elterngeneration, unter großen persönlichen Opfern unversehrt erhalten hatten. Opfern, zu denen sie ihre eigene Ehe zählte. Sie urteilte aus persönlicher Erfahrung, Max war jung, er durfte grundsätzlich denken und handeln. Sie verstand, dass es so sein musste, aber seine Attacke schmerzte sie trotzdem, sie war ein Ausdruck von Misstrauen. »Max, Lieber, lass mich es dir erklären.«

Sie hätte ihm erklären wollen, dass sie eher zufällig zu dieser Stelle gekommen sei. Eine Arbeitskollegin bei *Jelmoli* habe in die Telefonzentrale Hottingen gewechselt und ihr Bescheid gegeben, dass noch eine zweite Stelle frei sei. Beim Staat verdiene man wesentlich besser als bei *Jelmoli*, und die Arbeit sei weniger anstrengend. Ihre Aufgabe sei es, für eine Bundespolizeistelle Aufzeichnungen von Telefongesprächen Verdächtiger zu kontrollieren. Sie habe sich weiter nichts dabei gedacht, bis sie das erste Gespräch zwischen Wolfgang Langhoff und Kraushaar abgehört habe. Erst sei sie freudig überrascht gewesen, eine Stimme zu hören, die sie vom Schauspielhaus her kannte. Langhoff habe während des Kriegs zu dem großartigen Ensemble gehört, mit dem sich das Publikum solidarisierte, einig fühlte in der Abwehr des Ungeistes, der von draußen kam. Ja, auch sie, sie habe das ganz stark gespürt, und es habe ihr über die Kriegsjahre hinweggeholfen. Im Schauspielhaus habe man Geist aufgetankt, und aus den Büchern, die sie bei Kraushaar gefunden habe zu einem Preis, den sie sich leisten konnte. Damals. Und nun habe sie hören müssen, wie niederträchtig die zwei Männer über das Land redeten, das ihnen geholfen hatte, in Freiheit zu überleben, wie sie das Gegenteil planten von dem, was sie auf der Bühne vorspielten. Sie sei entsetzt gewesen. Es interessiere sie nicht, was die Polizei mit den Tonbändern mache, sie arbeite für die PTT. Aber sie tue alles, was sie tun könne, um diese Ratten unschädlich zu machen, ja, Ratten seien das. Das alles hätte sie dem Sohn gern gesagt.

»Nein, Mutter, da gibt es nichts mehr zu erklären, für mich nicht. Soll ich dir meinen Rücken nochmals zeigen? Ich schäme mich für meine Mutter.«

»Max!«, schrie Regula.

»Ja, ich schäme mich!« Max sprang auf, hätte beinahe den Stuhl umgeworfen, aber dann wusste er nicht mehr weiter. Er getraute sich nicht, das Zimmer zu verlassen, man lief nicht einfach vom Tisch weg. Noch immer, schon wieder war er in den Familienfesseln gefangen, er musste sie endlich sprengen, sonst erstickte er. Er tigerte auf und ab, stumm vor unterdrücktem Zorn.

Die Mutter ließ die Tränen laufen, Tränen, Tränen, Tränen.

»Schau dir an, was du angerichtet hast! Bist du nun zufrieden? Was hat dir Mutter zuleide getan? Bist du von Wien wieder nach Hause gekommen, nur um sie zur Verzweiflung zu bringen?«, schrie Regula. Und zum Vater: »Sag doch auch mal was! Hast du deinem Sohn gar nichts zu sagen? Und deiner Frau, nichts?«

Walter Frauenlob neigte den Kopf, wie wenn er den ersten Zug einer *Sumatra* nähme, aber kein Wohlgefühl zeigte sich auf seinem Gesicht. Wie als Kind zwischen der Mutter mit ihrem Apostelglauben und dem Vater in seiner stürmischen Redlichkeit sah er sich zwischen seinem Sohn mit seinem jugendlichen Ungestüm und den beiden Geistheilgläubigen. Er hätte gern beiden Parteien recht gegeben, denn sie alle trieb der Glaube an den guten Menschen, der Glaube, der auch für ihn der einzig richtige war. Es war der Glaube der Familie Frauenlob, dem jeder auf Gedeih und Verderben anhing. Trotzdem kam es zu Streit. Eine der Parteien war religiös, und das bedeutete Unerbittlichkeit. Das hatte er als Kind erfahren müssen, das hatte ihm seine Frauenlob-Frauen entfremdet. »Liebe Regula, wir sind eine Familie und werden es bleiben. Wir wissen ganz genau, was wir einander zumuten können. Du bist gescheit genug, um zu verstehen, was Mutter veranlasst, ihre Arbeit zu machen, und was Max bewegt, wenn er sich mit Mutters Arbeit kritisch auseinandersetzt. Was gibt es da meinerseits noch zu sagen?« Er verließ das Zimmer.

Sie hörten, wie die Wohnungstür ins Schloss fiel.

»Dann können wir auch gehen.« Regula führte die Mutter aus dem Zimmer, sie schenkten Max keinen Blick. Die Mutter konnte nicht, weil ihre Augen verweint waren, Regula wollte nicht, sie weigerte sich, der Tatsache ins Auge zu sehen, dass zwei von ihr geliebte Wesen einander weh taten.

*

Max verschwand in sein Zimmer. Was war mit diesen Frauen los? Was hatten die in Amerika mit ihnen angestellt? Am Flughafen hatte es schon angefangen. Absolut keine Wiedersehensfreude hatten sie gezeigt, Vater und er waren dagestanden wie bestellt und nicht abgeholt. Was hatten sie denn falsch gemacht? Die falschen Blumen? Rosen statt Nelken? Nun ja, Mutter hatte offenbar auf der Reise sehr gelitten, ganz grün war sie im Gesicht, viel Fröhlichkeit war da nicht zu erwarten gewesen. Aber auch Regula hatte ihn recht zurückhaltend begrüßt. Sie hatten sich zwei Jahre nicht mehr gesehen und waren seines Wissens friedlich voneinander geschieden, war das kein Grund zur Freude? Nicht freudig, misstrauisch hatte sie ihn angeschaut.

Als sie zu Hause die Treppe hochstiegen, hatte sie gefragt: »Hast du meinen Brief nicht bekommen?«

»Brief? Hast du mir einen Brief aus den USA geschrieben? Vater hat mir nichts gesagt.«

»Wien!«, sagte sie und blickte ihn lauernd an. »Ich habe dir vor zwei Jahren einen Brief nach Wien geschrieben.«

»Ach so, den meinst du –«, er war entschlossen gewesen, sich die gute Laune nicht verderben zu lassen. »Aber, aber, mein liebes Schwesterlein, ich dachte, wir hätten damals abgemacht, einander keine Briefe zu schreiben.«

»Also hast du ihn bekommen – und gelesen?« Immer noch dieses Lauern.

»Sicher nicht, ich habe ihn ungeöffnet weggelegt. Ist das Problem damit erledigt? Was soll überhaupt die Fragerei? Hast du nichts von Amerika zu erzählen?«

Regula hatte sich entspannt. »Ist ja gut, du kannst mir den Brief bei Gelegenheit zurückgeben – ungeöffnet, ja?«

»Du machst mich neugierig, aber umsonst. Ich werde den Brief weder lesen noch zurückgeben können. Vor meiner Abreise in Wien habe ich aufgeräumt, und weil dein Brief ein Dokument der Unbotmäßigkeit war, habe ich ihn wohl entsorgt. Also, wie war's in Henniker?«

Regula schien erleichtert, sie begann zu schwärmen vom Flug über den Wolken, dem Morgen entgegen, bis die Mutter sie bat, von allem, nur nicht mehr vom Flug zu reden. Man lachte, Freude kam auf. Die Lage blieb entspannt, bis Max die kritische Frage stellte.

Auf den Brief kam Regula noch einmal zurück, als sie zur Hochzeit von Felix und Lukrezia nach Niederbayern reisten, in München fragte sie ihn: »Bist du mir immer noch böse, dass ich dein Schreibverbot missachtet habe?« Wien war schon so lange her, Max konnte offen und ehrlich mit einem klaren Nein antworten. Das trug ihm einen dicken Kuss seiner Schwester ein: »Dann ist es gut, Brüderchen.«

*

Max allein gegen die Welt. »Ich will es tun!« Aber wie, aber was?

Er war ein unpolitischer Mensch, daran hatte auch der radiophone Mittagstisch nie etwas geändert. Politik war Parteinahme und ihr Ziel hatte Lenin klar definiert: »Eine Partei, die die Machtergreifung nicht als ihr Ziel sieht, ist nichts wert.« Für Max gab es nur eine mögliche Parteinahme, und die hatte mit Macht nichts zu tun: für den guten Menschen. Die Verwirklichung des guten Menschen war keine politische Aufgabe, es war der Auftrag an jeden Menschen, es im Kleinen, im Alltag anzustreben. Die Summe aller Einzelbestrebungen würde dann den Gutmenschen im Ganzen ergeben. Würde – wenn die Großmutter Räder hätte.

Max war kein politischer Mensch, auch kein neuer linker

Bruder, a brotherless child. Er lachte über die Sit-ins und Teach-ins, deren Teilnehmer den neuen Menschen schon verwirklicht sahen, in ihrer eigenen Person selbstverständlich, weil sie statt auf Stühlen auf dem Boden hockten. Einst haben die Menschen auf Bäumen gehockt. Abgesehen davon, dass er dazu erzogen worden war, sich nicht mit sauberen Hosen auf den schmutzigen Boden zu setzen, konnte er in dieser Demonstration keine nutzbringende Notwendigkeit sehen. Er konnte sehen, wie sich die Virtuosen am Megaphon in die Startposition für ihre ganz private Politkarriere schoben, indem sie die Masse mit Gutmensch-Parolen – wer wollte gegenwärtig nicht ein Gutmensch sein – für sich vereinnahmten, um dafür einmal ihre Stimme zu erhalten, wenn sich die Revolution in parteipolitischen Bahnen verlaufen haben würde.

Max, Sohn eines Frauenlobs und einer Gerberin, war zu bescheiden, um sich bei der Mehrheit Gehör zu verschaffen. Er hätte fernab politischer Realität weiter das große Ganze im Auge behalten und versucht, es in seinem Alltag, als Landarzt vielleicht, zu realisieren, wäre er vor dem *Globus* nicht gewaltsam in die neue politische Bewegung gestoßen worden. Die Ereignisse in der Nacht seiner Heimkehr hatten einen unpolitischen Menschen politisiert. Es konnte nur schiefgehen.

Max wusste nicht, auf welche Seite er sich schlagen sollte: auf die neue linke nicht, weil er weder ein Leadertyp noch ein Mitläufer war, auf die rechte nicht, weil die Bürgerlichen ihre Staatsmacht zum Schaden der Mitbürger und der Demokratie missbrauchten. Max stand zwischen den Fronten, wo sein Abschuss eine Frage der Zeit war. Vorher wollte er es den Leuten noch sagen, was für einen Irrsinn sie zum Laufen brachten, erstens, und wie dem, zweitens, möglicherweise zu begegnen wäre. Aber wo, aber wie? Nicht über Lautsprecher, nicht mit Parolen, nicht zu den Massen wollte er reden. Klassenkampf? Nicht in Ohren, die von Parolen vollgedröhnt waren, wollte er reden. Offene Ohren. In Schulklassen? Intelligente junge Menschen mussten verstehen können, worum es ging. – Pfeffermännchen hatte Felix die Stelle beim Fernsehen vermittelt, wieso sollte er dem Bruder, dem er das Vorbild noch und noch vorgehalten hatte, nicht eine Stelle als Hilfslehrer vermitteln können? Er musste es wollen, weil dieser jüngere Bruder sein Credo »Nichts unbesehen hinnehmen« unbesehen von ihm übernommen hatte und – das hätte er nachweisen können – sich immer ehrlich bemüht hatte, danach zu handeln.

*

»Dann hast du erreicht, was ich mir als Jugendlicher erträumt habe, ich gratuliere!«, sagte Walter Frauenlob, als Max ihm eröffnete, er würde eine Stelle als Hilfslehrer in Chemie antreten, er sei mit seinen medizinischen Examen bestens referenziert, wie die Wiener sagten, oder auf Deutsch: für gymnasiale Chemie reiche das allemal. »Das ist gut so.«

»Versuchen Sie es!, hat Pfeffermännchen gesagt. Er hat gelächelt auf eine Art, aus der ich nicht ganz schlau geworden bin. Halb schien es, als freute er sich über einen jungen Kollegen aus seinem Stall, halb sah ich Resignation, dass auch ich es nicht schaffen würde, was er ein Lehrerleben lang versucht hat. Unbesehen gibt er mir die Chance, er weiß gar nicht, wie ich als Lehrer sein werde – weiß ich ja selber nicht. Keine Ausbildung, keine Erfahrung.«

Eine gewisse Lehrerhaftigkeit ging Max allerdings nicht ab, beim Telefonieren ärgerte er sich jedes Mal über den gerahmten Linolschnitt, der beim Apparat an der Wand hing – das

Weihnachtsgeschenk eines Bizzi-Zwillings – und besagte, dass »ein bischen Ungeduld große Pläne« verderbe.

»Aber ein Herz für die Menschen hast du und Verstand. Das ist, was zählt, würde ich sagen. Denk ich an meinen Lehrer Pfenninger – der war mit Sicherheit pädagogisch bestens geschult und trotzdem kein Pädagoge. Frisch gewagt ist halb verloren, die Unsicherheit verlierst du schnell, wenn du einmal angefangen hast.«

*

Wes das Herz voll ist, des geht der Mund über. Max lag dem Vater so am Herzen, dass er sogar zum Reden mit der Mutter seines Sohns zurückfand: »Wir können froh sein, dass Max diese Stelle gekriegt hat, er sieht eine Aufgabe vor sich. Ich habe Angst um ihn gehabt, die Sache beim *Globus* hat ihn ganz schön geschüttelt, es hätte bös herauskommen können. Er ist ein Idealist – von wem hat er das wohl? – jetzt kann er sich bei den Schülern ausleben, das tut ihm und den Schülern gut. Der größte Zyniker ist ein enttäuschter Idealist. Max ist nicht zum Zyniker geboren, das würde er nicht aushalten. Pfeffermännchen sei Dank!«

Zyniker passten in Hannis Gedankenwelt so wenig wie generelle Befürchtungen, das bedeutete jedoch nicht, dass sie nicht ihren Mutterpflichten nachgekommen wäre. »Ich habe wegen Max mit Frau Enzler Kontakt aufgenommen. Gott sei Dank, dass wir sie haben.«

Jedem das Seine, dachte sich Walter, klappte Golo Manns Wälzer über Wallenstein, der an die Sterne glaubte, zu, legte ihn auf den Nachttisch, die Lesebrille darauf, rutschte unter die Decke und schlief ein.

10.

Ein Brief von Max

Lieber Felix

C/o Prantl soll man Dir schreiben – wie ist »care of« zu verstehen, in welcher Obhut bist Du denn gelandet? Regula hat sich in die Fänge der Miss Addington begeben, aus denen wird sie so schnell nicht mehr loskommen, aber welche Hände haben Dich aufgefangen nach Deinem journalistischen Höhenflug à la Ikarus?

Wie lebt es sich denn in Niederbayern? Wo ist das überhaupt? Ich kenne nur Niederösterreich, Wien liegt an seinem Rand. War schön dort, ich habe Dir viel zu erzählen, sofern es Dich interessiert. (Habe ich, der kleine späte Max, Dich je interessiert – erinnerst Du Dich, da war doch neben Mutter und Dir noch was? Nein, ich meine nicht Regula, die war inbegriffen, ja? Ich war's – no joke!)

Ich bin also aus Wien zurück und kenne mich in der Welt nicht mehr aus, die ich hier angetroffen habe – angetroffen ist gut – man hat mich buchstäblich in die Globuskrawalle hineingeprügelt. Der Schock der neuen Verhältnisse konnte nur verheerend sein, weil ich mich so weit von der Zürcher Gegenwart entfernt hatte. Wer nach Wien geht, taucht tief in die Vergangenheit ab (Du weißt das, habe ich in Deiner Roth-Laudatio in den Gelben Heften *gelesen, ja, habe ich gelesen, mich interessiert eben, was meine Familie so macht …).*

Hat man in Niederbayern überhaupt von den Globuskrawallen gehört? Erfährt man da, was bei uns in der Schweiz abgeht? Ist Zürich ein Begriff? Ich sage Dir (zur Weiterverbreitung): Da geht eine Welt unter, unsere Welt, um es deutlich zu sagen – oder müsste ich sagen, die Welt unserer Eltern, in der wir gefangen sind? Uns wird der Boden entzogen. Mir jedenfalls. Man fällt ins Bodenlose – wenn kein Netz gespannt ist, das einen auffängt. Glückliche Regula, die hat den

Halt im Glauben gefunden – glücklich, solange sich Miss Addingtons Netz nicht über ihrem Kopf zusammenzieht.

Um auf Prantl zurückzukommen, so ahnungslos, wie ich getan habe, bin ich natürlich nicht, es hat sich da einiges an Informationen angesammelt, wenngleich eher häppchenweise – in Andeutungen kommunizieren ist wahrscheinlich die einzige Frauenlobsche Tradition, die überlebt hat. Also deutsch und deutlich gefragt: Wann heiratest Du? Im Ernst, man wartet hier auf ein Wort von Dir. Was heißt eines, je mehr Wörter, desto besser! Du schreibst doch so leicht und gut, hat man mir mal auf dem Gymnasium beigebracht.

Ein anderes Thema. Hast Du von Vaters Turmbau gehört? Er erinnert mich an Morgarten. Es macht den Anschein, als wäre Vater dabei, den Boden für sein privates Vaterland zu legen. Und was sagst Du als politischer Experte, der uns damals die Ereignisse von Dallas weltläufig erklärte – damals ist erst fünf Jahre her, verrückt – zu Mutters Abhörtätigkeit? Dir wird sie das Geheimnis sicher anvertraut haben. Ohne Deine Expertise abzuwarten, sage ich, es ist ein Skandal! Das sage ich nicht nur Dir, das habe ich auch hier deutlich gemacht, womit ich selbst einen Skandal heraufbeschworen habe. Mutter braucht Dich dringend, nachdem sie der kleine böse Max attackiert hat. Sie spricht kein Wort mehr mit mir, weicht ins Beten mit Regula aus. Zur Arbeit in der Zentrale geht sie weiterhin und opfert die Familie dem Vaterland – so hat sie es gelernt! Der Réduit-Gedanke lebt!

Ich habe das Studium sistiert, Medizin wird hier zurzeit nicht benötigt. So wie die Bürger auf ihre Söhne und Töchter einprügeln, beweisen sie, wie gesund und kräftig sie sind. Und so wie die einheimische Jugend durch die Straßen trabt und »Ho Ho Ho Chi Minh« und dergleichen Aufrührerisches schreit, ist sie an Lungen, Muskeln und Gelenken kerngesund. Am Körper liegt es nicht, Mediziner braucht es allerhöchstens für Beulen, die diese Granitköpfe eh nicht schmerzen.

Starke Jugend, freies Volk – so haben wir es gelernt. Aber was ist stark, was ist frei? Es ist ein Irrsinn, was hier und jetzt abläuft. Das muss den Leuten, die vor lauter Gesundheit den Verstand verloren haben, gesagt werden. Ich will es tun. Als Mediziner hätte ich keine Chance einzugreifen, ich wollte Allgemeinpraktiker, nicht Hirnchirurg werden. Deinem Beispiel will ich auch nicht folgen. Oder kannst Du mir sagen, was Du als Journalist in Sachen Weltverbesserung erreicht hast? Man muss es auch nicht den Alten sagen, den über Dreißigjährigen, die lernen ohnehin nicht mehr, Vertrauen ist bei denen fehl am Platz – also, was bleibt? Dreimal darfst Du raten! Pfeffermännchen lässt grüßen, ab Semesterbeginn wird er mein Herr Kollega sein. Da staunst Du, was?

Schluss damit – vielleicht spricht man in Niederbayern eine andere Sprache und Du bist ihrer schon so kundig, dass Du meine nicht mehr verstehst. Müsstest es bloß einmal sagen. Schreib – das wenigstens – an Deine Mutter, sie wird Dich immer verstehen.

Pfüeti!

Max

Zwinglistadt anfangs Juli 68

11.

Felix Frauenlob und Florian Prantl-Steghammer gingen durch die langen Reihen hoher Hopfenpyramiden, die sich vom Dorfrand von Großleitkirchen bis zur Laaber hinzogen. »Ein frisch gezapftes Bier ohne Schaumkrone ist doch eigentlich wie ein hübsches Mädchen mit Glatze.« Lukrezias Vater blieb stehen und schaute an Felix hoch. Ob der überhaupt verstand, wovon er redete? Was verstand ein Schweizer von Bier? In Florian hätte man auf den ersten Blick allerdings auch eher den Fachmann für Wein und Mädchen als für Bier vermutet. Ein vifes drahtiges Männchen, das sich stramm aufrecht hielt und das kantige Kinn reckte, mit einer Haartracht wie Bier ohne Schaumkrone, marronibraunen Augen und dunkler Haut, als käme er vom italienischen Stiefelabsatz und nicht aus dem niederbayerischen Wald. Er lächelte: »No?«

*

Seine Zweifel an Felix' Zuständigkeit in Sachen Tranksame kamen nicht von ungefähr. Bei seinem Antrittsbesuch in der Familie Prantl hatte Felix zwei Flaschen *Schlemmweg* mitgebracht. »Herzblut meines Vaters, euere *Liebfrauenmilch* sozusagen.«

Florian goutierte den Wein mit spitzem Mund, schloss die Augen und schluckte. »*Lacrimae Christi* würde ich sagen – was macht's ihr in der Schweiz damit?«, fragte er unschuldig wie Sankt Emeran, der Dorfheilige von Großleitkirchen.

»Wir stoßen auf die Gesundheit an.«

Prantl schaute tief ins Glas: »Die kann man brauchen –«, wenn man das trinkt, dachte er, sagte es nicht, denn er war ein gastfreundlicher Mann. »Recht habt's. Das macht ihr wie wir Bayern mit Bier auch.«

Die zweite Flasche Schweizer Wein blieb ungeköpft.

*

Felix blieb stehen und wartete.

»Und wer setzt dem Bier die Schaumkrone auf? No! Dieser Hopfen hier isses. Unser Hopfen aus der Holledau. Hopfen und Malz, Gott erhalt's, sagt man bei uns. Der Herrgott erhält die Pflanze, der bittere Hopfen das Bier. Der Hopfen ist die Würze des Biers.«

Florian, genannt der Flori Prantl, merkte bald, was für einen aufmerksamen Burschen ihm die Tochter Studiosa aus dem Ausland gebracht hatte. Wenn der Flori Ausland sagte, konnten sowohl die Schweiz als auch Freiburg im Breisgau gemeint sein. Auch eine Universität war Ausland, geistiges, weit weg vom Prantl-Steghammerschen Geist. Eines Hopfenbauern Geist ging nach anderem. Aber ein Studierter, wie man ihn sich in Großleitkirchen vorstellte, war der Felix eigentlich nicht, mit dem ließ sich gut reden.

Ein *Schweizer*, ein Melker in der Holledau? Ach, woher! Erstens wirtschafteten die Prantls mit Hopfen, und zweitens hätte der Felix mit seinen feinen Händen keine halbe Kuh melken können, das sah selbst ein Hopfenbauer von bloßem Auge.

»Vielleicht net a Kuh, vielleicht will er uns melken!«, hatte Maria-Theresia Prantl-Steghammer gesagt. Sie stammte aus einer Familie, die mit dem Hopfen in die Holledau gekommen war, und das war nun schon zwölfhundert Jahre her. Hopfen und Malz, Gott erhalt's, und das Vermögen der Hopfenbauern auch. Das Vermögen der Familie Steghammer war in den Jahrhunderten gediehen wie die ganze Hopfenindustrie, es wäre durchaus denkbar gewesen, dass sich ein junger Schweizer, von dem man eh goar nix wusste, außer dass er keine Arbeit tat, sich in ein warmes Nest setzen wollte.

»Aber doch nicht die Luzi!«, hatte der Flori gelacht, er lachte immer. »Die weiß, was sie tut und was sie will.« Lukrezia war sein Liebling, auf sie ließ er nichts kommen.

A fesche Dirn war sie, eine Augenweide, das Gegenstück zur Mutter, die eher von der herb drallen Art war. Gescheit war die Luzi auch, die hatte mit Auszeichnung das Abitur am St.Marien-Gymnasium in Regensburg gemacht. Schade wäre es gewesen, vergebene Liebesmüh der Schwestern Lehrerinnen, wenn es nach der Mutter gegangen wäre und Luzi den Sohn des Braumeisters im Fürstlichen Brauhaus Thurn und Taxis geheiratet hätte. Gärung braucht Zeit. Es hatte gleichwohl geschmerzt, a bissel scho, dass sie dann zum Studieren nach Freiburg ging – ja, München wäre auch weit gewesen, aber doch noch in Bayern. Wieso so weit weg ins Badische?

Dem Vater verriet die Tochter den Grund: »Die alte Schwester Anna hat mir verraten, dass sie heimlich Heidegger liest, ein Philosoph weißt, den sie – ›aus den verschiedensten Gründen, liebe Lukrezia, aus ganz verschiedenen Gründen‹ – gar nicht mehr lesen dürfte. Sie hat gesagt: ›Und wenn sie ihn totschweigen wollen, er lebt ewig weiter im Geist der Menschen, die mit ihm sind, und das sind die schlechtesten nicht. Er lebt aber auch leibhaftig noch und lehrt in Freiburg. Da musst du hin, ihn hören und sehen – oh, Gott steh mir bei, wenn der Neid nicht eine Todsünd wär und ich dich beneiden dürft, liebe Lukrezia! Aber ich bete für dich, dass der Herrgott ihn solange am Leben erhält, bis du ihm begegnet bist.‹«

»Wahrhaftig ein frommer Wunsch! An einer Diözesanschule gibt es solche Verschwörerinnen als Lehrer? Wenn das der Herr Bischof wüsst!«, lachte Flori.

»Aber du kennst sie doch, Vaterle, Schwester Anna war die Philosophielehrerin, die dir so gut gefallen hat am Besuchstag.«

»Na die! Und von der sagst du, sie sei alt? Die ist nicht älter als ich, meine liebe Luzi.«

»Ja, eben.« Die Tochter lachte – und der Flori, was blieb ihm anderes übrig, auch.

»Lass sie Luft holen nach den Internatsjahren«, sagte der Vater zur Mutter. »Je weiter weg, desto eher findet sie ihren Weg.«

Die Mutter wehrte sich nicht weiter gegen die Verschwörung von Vater und Tochter. Als Lukrezia Felix nach Hause brachte, konnte sie sich allerdings die späte Bemerkung nicht verkneifen: »Hast du diesen Weg gemeint, den sie hat finden sollen?« Das musste doch gesagt sein, Flori mochte lachen oder nicht.

Lukrezia war die älteste von sechs Töchtern.

»Es hat noch Zeit!«, hatte der Flori gelacht, als sein Erstling kein Sohn war, wie man es sich in der Holledau wünscht. »Noch ist Hopfen und Malz nicht verloren.«

Er liebte Lukrezia über alles, weil sie sein erstes Kind war. Selbst als die Zeit nur noch Töchter in die Familie brachte, und keinen Sohn, blieb er seiner ersten Liebe treu und tat Dinge, auf die ein Holledauer Hopfenbauer nie käme, auch im Ausland die wenigsten Väter. Er schob den hochrädrigen Korbwagen, in dem schon seine liebe Gattin Maria-Theresia durch die Welt Niederbayerns bewegt worden war, mit einem Stolz und in einem Tempo durch das Dorf, dass ihm die junge Mutter nicht mehr folgen konnte und ihn ziehen ließ. Er umrundete seine Hopfengärten, die sich weit ausdehnten, so weit, dass es zu spät wurde, die kleine Luzi zum Windelnwechseln zur Mutter heimzubringen. Was tun, fragte sich der Jungvater, dem die Not im Wagen in die Nase gestiegen war. Holledau heißt die feuchte Wiese am Wald, der sein Innerstes verbirgt. Er schlug sich samt Wagen in die Weidenbüsche. Dort befreite er Luzi von ihrer Fracht, wusch ihren Po in der Laaber so sauber, dass er ihn küssen musste. Dann legte er sie ins weiche Gras, das Gras kitzelte und brachte die Kleine zum Lachen. Ob sie nur übers Kitzeln lachte? Eine Ersatzwindel hatte er nicht, Florian Prantl zog die Hose aus und entledigte sich seiner Unterhose, um die Kleine darin einzuwickeln. Hose rauf und heimwärts ging's.

*

Es fiel Maria-Theresia nicht leicht, sich mit der Wahl ihrer Tochter abzufinden. »Trotzdem«, sagte sie. »Hast du dir den Sohn eines Bürolisten zum ersten Schwiegersohn gewünscht?« Für sie war schwer vorstellbar, dass ein Mann Buchhaltung als Lebensarbeit leistete, Büro war Frauensache; sie war es, die tüchtig und erfolgreich das Geschäft *Prantl-Steghammers Qualitätshopfen* führte, Floris Sache war die Produktion. Wie kümmerlich musste es in einer Bürolistenfamilie zugehen! Und nur drei Geschwister!

»Alleweil ein Sohn, den die Luzi ins Haus bringt – und wenn sie ihn bringt, ja, dann wünsch ich mir den Felix zum Schwiegersohn, kümmerliche Herkunft hin oder her. Wen die Luzi liebt, den lieb ich auch – auf meine Weise!«, lachte der Flori. »Was kümmert's dich, wir haben es ja!«

»Du weißt, wer das Geld ins Haus gebracht hat, Florian!«

»Wie könnte ich es je vergessen, aber ich liebe dich trotzdem – wie Luzi und unseren Felix auch.«

»Ach geh, Flori, sei net ausgschamt!«

Aber sie hatten ja noch fünf Töchter, die von ihrer Mutter standesgemäß verheiratet werden konnten. Dafür wollte sie besorgt sein, und was eine geborene Steghammer wollte, führte sie auch aus. So geschah es. Wann immer eine von Lukrezias Schwestern ins heiratsfähige Alter kommen würde, würde die Mutter den Sohn eines Hopfenbauern finden, dessen Besitz annähernd so groß wie der der Prantl-Steghammers war, oder den Sohn eines Bierbrauers, der eine jährliche hochprozentige Abnahme von Prantl-Steghammers Qualitätshopfen garantierte. Maria-Theresia konnte zufrieden sein, ihre Zurückhaltung dem fremden Bürolistensohn gegenüber würde sie trotzdem nie aufgeben, sie hielt sich an Ihresgleichen, an stockkatholische, stockkonservative Niederbayern. »Und ein Evangelscher noch dazu«, hatte sie angefügt, »der nicht zur Kirche geht. Einen Gottlosen will die Luzi ins Haus bringen!«

Er sei doch schon im Haus, und es sehe nicht so aus, als würde er es bald wieder verlassen, also werde auch das Geschäft mit dem Glauben gerichtet werden, das habe die Luzi ihm versprochen, gut werde es gerichtet werden wie jedes Geschäft mit dem Glauben.

»Des is a ka Wunder«, meinte der Flori, als er mit Felix durch die Hopfengärten ging, »dass alle aus der Holledau in der CSU sind – da windet sich selbst der Hopfen rechts herum, was sonst keine andere Kletterpflanze auf der Welt schafft. Dass der Hopfen mit dem Cannabis verwandt ist, den ihr Studenten raucht, und dass wir als Knaben mit dem gleichen Genuss und Erfolg wie ihr unsere Hopfenstengel geraucht haben, das allerdings wollen sie lieber vergessen haben.«

*

Das Glaubensproblem war schneller gelöst, als es Maria-Theresia sich geträumt hätte.

Paris ist eine Messe wert – was Henri IV recht war, um König zu werden, nämlich die Konversion zum katholischen Glauben, war Felix Frauenlob billig, wenn er Luzis Ehemann werden wollte. Er tat, was verlangt war. In Niederbayern war er weit weg von der Welt, in der er sich als Journalist bewegt hatte. Zeitungen, Schweizer Fernsehen, BB, Heidegger, Joseph Roth – what for? Weit weg war er auch von der Familie Frauenlob. Familie – seine Familie? Eine Mutter hatte er gehabt, solange er sie brauchte. Der bayerische Stolz in der Person von Lukrezias Mutter verhinderte, dass er in einen Loyalitätskonflikt geriet, er fühlte sich von Maria-Theresia Prantl gleich weit entfernt wie von seinem Vater. Die beiden lebten in ihrer eigenen Welt, zu der er nie Zugang gesucht hatte. Sie pflegten eine Familientradition, die er für abgelebt hielt, er respektierte sie, aber in seinen Augen hatte sie ausgedient. Familie, wenn es sie denn geben musste, weil Lukrezia sie plante, war kein im Großmünster abgesegnetes Seelenmodul, sondern eine arbeitsteilige Produktionsgemeinschaft, erfolgreich und straff geführt wie der Familienbetrieb *Prantl-Steghammers Qualitätshopfen,* beispielhaft. So konnte eine Familie funktionieren, wieso nicht auch seine zukünftige?

Luzi hatte die innere und äußere Statur dazu, sie würde es an die Hand nehmen, ihn selbst hatte sie schon fest in Händen, und Florian Prantl würde ihn väterlich unterstützen, weil er der Liebling seines Lieblings war. Das war ein Opfer wert.

Wenn es denn ein Opfer war, dass er zum katholischen Glauben übertrat? Was opferte denn ein Ungläubiger in Glaubenssachen? Natürlich wäre es bequemer gewesen, an nichts zu glauben, weil man niemandem gegenüber verantwortlich war. Wenn es allerdings ans Sterben ginge, dann wäre es vielleicht schön, wenn man glauben könnte. So weit war er aber noch nicht. Unentschiedenheit sollte es nun nicht mehr geben. Er wollte die Verantwortung gegenüber andern übernehmen, zum ersten Mal in seinem Leben. Es hatte alles seinen Preis, auch Lukrezias Liebe, die Sicherheit, die sie ihm gab, die Ahnung, die sie durch ihr selbstverständliches Wesen vermittelte, dass es einen göttlichen Sinn im Leben geben könnte. Er wollte die Möglichkeit nicht ausschließen, dass er auf dem Weg über den katholischen Glauben zu Gott zurückfinden konnte, den er in früher Sonntagsschulkindheit kennen- und fürchten gelernt, dem er dann aber abgeschworen hatte. Wenn er Gott tatsächlich einmal begegnen sollte, kam es nicht mehr drauf an, ob es ein katholischer war. War Er Gott, dann war Er so gut Gott der Baptisten, der Apostelsekte, der *Wissenschaftlichen Christengemeinde*, der Evangelischen, wie Er Gott der Katholischen war. Wäre Er sonst Gott? Herrgott oder Fraugott?

In der Diözese Regensburg trat Felix den Weg des Christwerdens an, der über das Katechumenat führte. Den Weg hatte der Schwiegervater in spe mit einer Fürbitte beim Bischof von Regensburg bereitet. Eine Fürbitte, die er auf Anraten seiner Tochter Lukrezia mit einer Spende an das St.Marien-Gymnasium verstärkte. Diese ermöglichte die Anschaffung einer Hausorgel, womit sich der innigste Wunsch der Schwester Musiklehrerin Cäcilia erfüllte.

*

»Seine Exzellenz der Hochwürdigste Herr Bischof wird die Gnade haben zu verstehen, welch große Freude es uns bereitet, dass unsere Kirche sich bereit erklärt hat, unseren Schwiegersohn in spe und zukünftigen Ehemann unserer lieben Lukrezia in ihren Schoß aufzunehmen. Nach aller gebührenden Vorbereitung und Einschulung, selbstverständlich.«

Florian Prantl und Maria-Theresia an seinem Arm beugten das Knie und neigten den Kopf zum Ausdruck ihrer Demut. Im Stillen dankte Flori dem Herrgott, dass es ihm gelungen war, die mit Lukrezia eingeübte Rede ohne Stocken vorzutragen.

Es bedeute auch ihm eine große Freude, zum Glück einer vorbildlichen Familie seiner Diözese beizutragen, erwiderte der Bischof, er möchte nur hoffen, der Katechumene Felix werde von der gleichen Freude geleitet.

»Oh, Seine Exzellenz der Hochwürdigste Herr Bischof mag sich unbesorgt freuen. An der Ernsthaftigkeit des Felix kann kein Zweifel bestehen. Dafür bürgt unsere Tochter mit ihrer ganzen Liebe. Und stellen Sie sich vor, Hochwürdigster Herr Bischof, der Felix kommt aus Zürich, wo der Zwengele war – das ist, wie wenn ein Evangelischer aus Wittenberg bei Ihnen konvertieren wollte.« Florian Prantl wurde heftig in den Arm gekniffen. »Das jedenfalls hat unsere Lukrezia gesagt«, beeilte er sich anzufügen.

*

Florian Prantl hatte dem Bischof nicht zu viel versprochen. Nachdem Felix die ausdrückliche und verbindliche Zusage geleistet hatte, sich auf den Glaubenswandel einzulassen, widmete er sich ernsthaft der Vorbereitung zur Taufe. Er wurde vom Bischof persönlich als Kandidat angenommen und erreichte schließlich in der Osternacht 1969 den Höhepunkt des Katechumenats. Er wurde feierlich in die Kirche, das Volk Gottes, aufgenommen: im Zeichen des Wassers der Taufe wurde er mit Tod und Auferstehung Christi verbunden, die Salbung mit Chrisamöl besiegelte die Gabe des Heiligen Geistes, und als neues Mitglied des Volkes Gottes war er eingeladen, in der Gemeinschaft der Gläubigen die Eucharistie zu feiern. Dazu wurde auch Lukrezia eingeladen, die den ganzen Prozess in Gang gebracht hatte – »War's in Zürich oder in Wittenberg?«, fragte sie der Hochwürdigste Herr Bischof und lächelte, wie es sonst nur Florian Prantl konnte. Jeder Hirte zählt seine Schafe.

*

Seit ihrem ersten Zusammentreffen im Sekretariat der Freiburger Universität hatte Lukrezia nur einen Gedanken: Felix zu sich heimzuholen. Liebe auf den ersten Blick? Nun ja, verliebt war sie schon, aber kein Kind mehr trotz der sieben Jahre Mädcheninternat. Sie war nicht nur Vaters Liebling, sie war auch die Tochter ihrer bodenständigen Mutter. Nein, es war die Gewissheit, die sie wie ein Schlag getroffen hatte: Felix war ihr Mann und sie seine Frau.

Sie hatte den besten Vater, den sich eine Tochter wünschen konnte, er hatte ihr eine wunderbare Kindheit beschert und alles getan, um ihr die Internatszeit erträglich zu machen. Während die Mutter ihre Präsenz auf die Jahresabschlussfeiern beschränkte, nutzte der Vater jede Gelegenheit zu Schulbesuchen, um ihr zu beweisen, dass sie nicht vergessen war. Er war auch von den Schwestern Lehrerinnen gern gesehen. Mit ihm kam mindestens eine halbe Stunde leutselige Unterhaltung ins Lehrerzimmer und ein Henkelkorb, in dem es leise klirrte, den er – »ausdrücklich ausschließlich für die ehrwürdigen Schwestern« – in die Mensaküche trug.

»Wenn du versuchst, die Lehrerinnen zu bestechen, ist das

verlorene Liebesmüh, das kannst du dir doch denken!«, sagte Lukrezia. »Und überhaupt, ich brauche kein solches Nachhelfen, ich schaffe alles aus eigener Kraft. Darum kannst du mir auch verraten, was du in die Küche trägst.«

»Das, mein liebes Luzikind, bleibt der Ehrwürdigen und mein süßes kleines Geheimnis, man weiß doch, dass Schwestern zur Verschwörung neigen«, sagte er und strich sich über die Glatze.

Oh, Luzi liebte ihren Vater für immer und ewig, aber plötzlich stellte sie fest, dass sie ihn rührend fand, süß, klein und putzig. Sie erschrak – durfte sie sich so über ihren Vater erheben, für den sie die Einzige war? Sein einziges Kind war sie gewesen, nun hatte sie aber die Reifeprüfung bestanden, war eine junge Frau, selbst wenn sie sich nicht über ihren Vater stellen wollte, war sie ihm als Erwachsene gleich. Es würde schmerzlich werden für ihn, wenn sie sich von ihm löste, sie versuchte es ihm dadurch leichter zu machen, dass sie die Trennung als studentische Notwendigkeit kaschierte und ins »Ausland« nach Freiburg ging. Dass sie dabei auch gleich einen Mann aus ihrer Generation finden würde, hatte sie nicht geplant.

Sie war sich ihrer Sache sicher und hatte sich für die Heimkehr gut vorbereitet. Aber einfach war es nicht gewesen, der Familie anzukündigen, dass Felix Frauenlob aus Zürich in der Schweiz nach Großleitkirchen komme, um Florian Prantl-Steghammer um die Hand seiner Tochter zu bitten, in der Hoffnung auch auf das Einverständnis der Mutter. Die Schwestern kicherten im Chor über den Namen ihres zukünftigen Schwagers und hofften, er möchte sein, wie man sich Schweizer eben vorstellte: stumpf und hässlich. Das Kichern verging ihnen, als Luzi mit einem schicken jungen Mann am Arm daherkam, der etwas von den US-Boys hatte, die an den Bierfesten in der Holledau zu sehen waren. Felix' Liebenswürdigkeit und Zurückhaltung hatten wenig von dem männlich Deftigen an sich, das die Schwestern gewohnt waren und auf das sie – für sich und ihr eigenes Eheglück – hofften. Sie waren Holledauerinnen mit Seele und Leib – zwei von ihnen, Resi und Annette, waren in Wolnzach zur Hopfenkönigin gekürt worden, Lätizia und Hildi hatten es bis in den Ausstich geschafft. Nur die Luzi hatte bei diesem Schönheitswettbewerb nicht mitgemacht. Sie war schon immer eigen gewesen, kein Wunder, dass sie mit einem Fremden kam. Sie hatte sich nie um den Zwang des Herkömmlichen gekümmert, konnte es sich auch leisten, weil der Vater immer die Hand über sie hielt. Schau mer mal, wie es die beiden schaffen werden!

Das Herkömmliche bedeutete Lukrezia in der Tat so wenig, dass sie ihre erste Nacht mit Felix nicht als voreheliche Sünde, sondern für selbstverständlich nahm. Eine Selbstverständlichkeit, die aus Liebe geschah, war der Rede im Beichtstuhl nicht wert.

*

Als Felix alle Wünsche und Bedingungen erfüllt hatte und in die Familie Prantl-Steghammer aufgenommen worden war, drängte Lukrezia darauf, dass auch sie in die Familie Frauenlob eingeführt würde.

»Gärung braucht Zeit – hob i gheert«, sagte Felix. »Die haben wir jetzt hinter uns, es kann losgehen!«

»Wos hob i gheert? Fang mir nur nicht so zu reden an, mit deiner Züricher Zunge schaffst du das Bayerische nie! Wenn du es nochmals versuchst, komm ich bei deiner Familie zur Tür herein und rufe: Grützi, grützi, liääbi Schwitzerli!«

12.

EIN BRIEF AUS DER HOLLEDAU.

Lieber Max,

Schon ewig hätte ich Dir antworten sollen auf Deinen Brief, der mich überrascht und, was den Inhalt betrifft, sehr stark beschäftigt hat. What an angry young man! Vielleicht war es dieser Inhalt, der mich von einer schnellen Antwort abhielt, vielleicht ist es meine neue Tätigkeit, die mit allem, nur nicht mit Schreiben zu tun hat. Item, ich denke, es wäre an der Zeit, dass wir uns von Mann zu Mann, sozusagen, begegneten und unsere Gedanken und Ansichten nicht nur übers Papier austauschten. Alt genug sind wir jetzt, meine ich, unter Erwachsenen spielt der Altersunterschied, der uns als Kinder getrennt hat, keine Rolle mehr. Konkret: Die Holledau – um Deine erste Frage zu beantworten – ist eine sehr schöne Gegend, sie erinnert ein kleines bisschen an New England, weil sie auch »rolling hills« hat. Aber es sind eben nur Hügel. Nun lache oder lache nicht, dass ausgerechnet ich das sage, der ich weiß Gott ein in allen Belangen distanziertes Verhältnis zur Schweiz habe: Mir fehlen die Berge! Wer dem Üetliberg gegenüber aufgewachsen und gewohnt ist, mit den Augen jeden Tag einmal den Weg vom Utokulm über Albiskamm, Zimmerberg und Etzel bis zum Vrenelisgärtli auf dem Glärnisch zu gehen, der lebt von diesem Blick und muss ihn von Zeit zu Zeit auffrischen, damit die Seele nicht verkümmert. Ja, so ist es, Du warst lange Zeit in Wien, weit weg von Bergen, das Bedürfnis muss Dir bekannt sein. Also: Mir ist nach Üetliberg. Ich bin nächsten Monat zwei Wochen im Bodenseegebiet, um mir Spargelkulturen anzuschauen (Warum? Erklärung folgt später). Ich könnte gut einen Tag freimachen und nach Zürich kommen, nicht nach Hause (auch dafür die Erklärung später mündlich), aber auf den Üetzgi. Ist der Zürcher

»Hausberg« nicht ein ideales Terrain für ein Gespräch unter Brüdern. Oder was meinst Du?

Ich erwarte gerne Deine kurze Antwort.

Dein Bruder Felix

Großleitkirchen, im April 1969

*

Der alte Laternenweg auf den Üetliberg war so steil, dass den Brüdern die Luft zum Reden fehlte. Sie waren nicht unglücklich darüber, denn die Begegnung an der Tramendstation Albisgüetli unten war aller Wiedersehensfreude zum Trotz nicht ganz frei von Verlegenheit gewesen. Es waren ja nicht nur die zwei, drei Jahre, die sie sich nicht mehr gesehen hatten, auch die langen Jahre vorher zählten, die sie nebeneinander, kaum miteinander gelebt hatten.

Felix bildete sich etwas darauf ein, dass Flori Prantl ihm ein Firmenauto überlassen hatte. Aber die Aufschrift *Prantl-Steghammers Qualitätshopfen* hätte Fragen provoziert, die er erst später beantworten wollte. Zudem hatte er sich vorgestellt, wie er in Max' Alter reagiert hätte, wenn sein Bruder in einem Mercedes mit deutschen Kennzeichen vorgefahren wäre. Er hatte den Wagen in der Allmend Brunau unten, am Fuß des Üetlibergs, geparkt. Der Fußmarsch über die Allmend an der Tamboureneiche vorbei zum Albisgüetli hinauf hatte ihm Gelegenheit gegeben, Spannung abzubauen, die sich so kurz vor dem Zusammentreffen bemerkbar machte.

Die Spannung löste sich bei Felix gänzlich, als sie zum *Dürler-Stein* kamen. Dieser erinnerte an eine Bergtragödie, die schwer zu fassen war. Wie konnte der Erstbesteiger des Tödi, eines satten Dreitausenders im Glarnerland, am Üetliberg im Züribiet aus der Höhe von knapp achthundert Metern zu

Tode fallen? *Hier stürzte hinab und starb Friedrich von Dürler den 8.3.1840, 36 Jahre alt.* »Wozu denn in die Ferne schweifen?«, lachte Felix.

»Sagst ausgerechnet du als Zürcher in Niederbayern!« Der Bruder stieg nicht auf den lockeren Ton ein.

Felix versuchte die Schärfe zu überhören. »Nicht Zürcher, Heimwehzürcher bin ich, das ist ein großer Unterschied.« War das nicht ein vorsichtiges Angebot, das Thema aufzunehmen, das sie beide beschäftigte? Max reagierte nicht. Hemmte ihn die Nähe des fremden Bruders oder das schlechte Gewissen, ihm den aggressiven Brief geschrieben zu haben? Max brauchte Zeit. Deshalb erübrigte es sich, eine Bemerkung zur Skisprungschanze am Alt-Üetliberg zu machen, dem infolge permanenten Schneemangels selten benutzten Denkmal alpiner Höhenflüge der Stadtzürcher. Schweigend gingen sie bis zur Fallätsche. Am Geländer vor dem lehmigen Absturz versuchte Felix es erneut mit Gespräch. »Da ist auch einer vom Weg abgekommen und zu Tode gestürzt, ausgerechnet ein Pfadfinder«, er suchte den Blick des Bruders. »Ist es nicht paradox, am Hausberg, ohne den das Leben einer Zürcher Familie nicht vorstellbar ist, zu Tode zu stürzen?«

Max schaute ins Sihltal hinaus, das wie immer im Dunst lag, als wären alle Textilfabriken noch in Betrieb. »Woher willst du denn das Familienleben kennen?« Immer noch aggressiv, aber er redete.

Felix packte die Chance. »Komm, gehen wir! Im Gehen redet es sich leichter.«

»Worüber?«

»Über deinen Brief zum Beispiel, der war belastend.«

»Dann werde sie los, die Last!«

»Ich begreife nicht, dass du so wütend über unsere Beziehung bist. Nur weil ich nicht mit dir im Sandkasten gespielt habe –«

»Hahaaa!«

»Deswegen sind wir trotzdem Brüder, und vor allem Frauenlobs, Frauenlob-Gerbers, um genau zu sein. Von denselben Eltern aufgezogen, die einen mehr im Geist des Vaters, die andern mehr im Geist der Mutter. Ist es nicht so?«

»Wie du sagst.«

»Das hat uns gleichzeitig zusammengehalten und auseinandergebracht. Es war nicht nur der Altersunterschied, der deinen jugendlichen Zorn erregt hat.«

Max blieb stehen, pflanzte sich vor ihm auf, die Hände in den Taschen. »Schön und gut und sehr gescheit, ich kann dich nur beneiden um deine Abgeklärtheit, aber komm mir nicht wie ein alter Onkel mit jugendlichem Zorn! Hast du mir nicht selbst geschrieben, wir seien jetzt beide erwachsen – beide! Also bitte, dann halte dich an deine Weisheiten und rede von Gleich zu Gleich!«

»War nicht so gemeint, Entschuldigung. Ich habe mich an meine eigene zornige Phase erinnert, an die eigenen Höhenflüge und Höllenstürze. Lieb und schlau wie kleine Brüder sind, hast du es nicht verpasst, mich an den antiken Überflieger zu erinnern. Aber that's an other story.«

»Was für eine denn?«, nun zeigte Max Interesse.

»Ein andermal!« Felix setzte sich wieder in Bewegung, was blieb Max anderes übrig, als ihm zu folgen. »Du trägst eine Idealvorstellung von Brüdern mit dir herum, gehst davon aus, dass sie eine besonders enge Beziehung haben. Bloß weil sie in dieselbe Familie hineingeboren wurden? Die Realität sieht anders aus.«

»Du wirst mir sicher verraten, wie sie aussieht.«

»Wenn du möchtest –?«

»Ich bitte drum, lieber Onkel!« Max schnitt eine Grimasse.

»Bitte sehr. Angenommen, es kommt in der Kindheit tatsächlich eine enge Bruderbeziehung zustande, dann bedeutet das nicht, dass sie ewig halten muss. Denn die Familie funkt dazwischen. Die Familie ist ein Dienstleistungsbetrieb für das Kind. Sie hilft dem Kind, erwachsen zu werden, ein eigenständiges Individuum, das sich gesellschaftlich verhalten kann – so ungefähr. Das aber ist der Haken an der Familiengemeinschaft, dass sie sich selbst auflöst, wenn sie ihre Funktion erfüllt hat.«

»Versteh ich nicht.«

»Die Familie bereitet das Kind auf das Erwachsensein vor, ist es erwachsen, verlässt es die Familie, was ist eine Familie ohne Kinder? Also? Schluss, aus. Was zu beweisen war. Einen Eigenwert hat die Familie nicht.«

»War's das?«

Hatte er Max zu viel zugemutet? Er musste sich doch selber schon solche Gedanken gemacht haben, sonst wäre er nicht Hals über Kopf nach Wien abgehauen.

»Schlimm, was? Man kann's auch versöhnlicher sagen. Es besteht durchaus die Chance, dass sich die Familie nach einer gewissen Zeit wieder zu einer losen Gemeinschaft findet, mit Betonung auf lose. Ja, so gesehen könnte ich mir sogar wieder einen Taufsonntag vorstellen – Zusammensitzen, Kerzenschein, Essen, Trinken, Toasts und das ganze Drum und Dran, vorausgesetzt, wir finden wieder ein Fräulein Scholz für die spanische Suppe. Apropos, setzen wir uns? Ich habe Lust auf ein Zürcher *Löwenbräu* – nicht aus Nostalgie, ich will's mit dem bayerischen *Löwenbräu* vergleichen. Und eine Portion Radi dazu!« Sie setzten sich in die Gartenwirtschaft der *Balderen* und bekamen, nachdem sie lange auf Bedienung gewartet hatten, zwei Flaschen Bier und eine Plastikschachtel voll Gebäck auf den Tisch gestellt. »Rettich gibt's nicht«, hatte ihnen die Serviertochter beschieden, selber räß wie Radi. »Bei uns nimmt man Nussgipfel zum Bier – oder wenn Sie Mandelgipfel wollen.«

»Ist schon recht, danke.« Wer durfte es wagen, dem hiesigen Servierpersonal zu widersprechen. »Na dann, Proscht, wie die Bayern sagen!«

»Prost Vetter, wie Vater zu sagen pflegt.«

»Ja, der Vater und seine Idee von Familie, mit der er gescheitert ist. Wir waren uns alle zu nahe – ja, auch ich auf meine Art. Dein Entschluss, nach Wien abzuhauen und während dieser Auszeit jeden Kontakt zu vermeiden, war die beste Familienidee, die ein Frauenlob-Gerber je hatte. Ich möchte wünschen, dass auch Regula sich einmal eine Auszeit nimmt. Ich jedenfalls habe es dir nachgemacht – womit ich bei der Gegenwart angelangt bin.«

»Endlich!«, lachte Max, erleichtert darüber, dass die Vergangenheit einmal auf eine brüderliche Art besprochen worden war. »Also, auf nach Niederbayern!«

»Schneller als du meinst. Ja, es ist Liebe. Ich muss es mir selbst immer wieder sagen, um nicht zu meinen, es sei der Traum eines alten Zynikers.«

»Den Zyniker nehm ich dir nicht mehr ab! Nun sag's endlich!«

»Ich habe in deinem Brief gelesen, dass du –«

»Lukrezia Prantl heißt sie, ja, ich weiß, und?«

»Und Lukrezia und ich werden dieses Jahr noch heiraten, sobald wir unseren Antrittsbesuch *auf der Schanze* gemacht haben. Wie es die Tradition will.«

»Nur weiß man *auf der Schanze* noch nichts von eurem Besuch.«

»Du erfährst es als erster Frauenlob. Und was den Rest der Familie betrifft, möchte ich dich um deine Vermittlung bitten.«

»Du willst kneifen? Mann, wie alt bist du denn! Verstehe ich nicht, ich nehme an, du heiratest, um eine Familie zu gründen. Was soll daran schlecht sein? Vater kann doch nur Freude haben! Eine neue Generation Frauenlob!«

»Es gibt im Zusammenhang mit unserer Hochzeit etwas, das Vater schwer zu schaffen machen wird.«

»Sieh an, sieh an, mein großer Bruder! Das muss was ganz Schlimmes sein, was du zu beichten hast. Was sagt Freund Lessing dazu? Mut zeigt auch der Mameluck.«

»Scheißmameluck, wer immer das ist! Und lach nicht so! Es geht hier nicht um Lessing, es geht um mich und dass ich meinen Eltern nicht weh tun will – jedenfalls nicht dabei sein will, wenn ich es tue. Basta. Und wenn du nicht willst, dann schicke ich die Briefe, die ich vorbereitet habe, per Post.«

»Nun sei nicht gleich beleidigt! Was soll ich denn nicht wollen?«

»Ich wollte dich nur bitten, den Eltern diese beiden Briefe zu übergeben, einen an Mutter, einen an Vater – ich habe mir gedacht, das sei eine akzeptable Zwischenform von persönlicher und postalischer Mitteilung.«

»Auch der Mutter willst du nicht persönlich sagen, dass ihr Liebling sein Glück gefunden hat? Es wird sie überhaupt sehr kränken, wenn sie erfährt, dass du in Zürich warst und sie nicht besucht hast.«

»Sie muss es ja nicht erfahren, ich bitte dich darum. Die Mitteilung von der Hochzeit genügt. Ich fürchte, es ist schwer für die Mutter eines Sohns, Schwiegermutter zu werden, erst recht für meine Mutter.«

»Aber Mamas Lieblings Liebling wird mit Sicherheit auch Mamas Liebling werden.«

»Bitte, das ist eine ernste Angelegenheit. Ich hoffe natürlich sehr, dass du recht hast, aber ich bereite sie doch lieber schriftlich auf ihr Glück vor. Du lieferst die Briefe also ab?«

»Postillon d’amour, okay.«

Genug gesprochen. Sie verließen die Gaststätte und stiegen in bester Laune nach Leimbach hinab. Wären sie Knaben gewesen, sie hätten sich die Arme über die Schultern gelegt und wären den abschüssigen Weg hinuntergerannt. Das konnten sie als erwachsene Männer natürlich nicht mehr wagen. Muskelkater hatten sie am nächsten Tag trotzdem. Über den Höckler kehrten sie auf die Allmend Brunau zurück. Nichts hinderte Felix jetzt, Max zur Fahrt im taubengrauen Mercedes 190 SL einzuladen, es störte ihn nicht, als der Bruder meinte, es fahre sich wie in einem Panzer, was kein Wunder sei bei dieser Marke. Am Bellevue hielt er vor der *Kronenhalle* an, um Max aussteigen zu lassen.

»Du kannst da doch nicht anhalten, du blockierst ja den ganzen Verkehr!« Das Gehupe hinter ihnen gab Max recht.

»Mit dem Kennzeichen an meinem Wagen, pah? Komm, lass dich umarmen! War gut, dich zu sehen.«

Max stieg schnell aus, er war echt gerührt. »See you in Niederbayern!«

»Vorher kommen Luzi und ich noch nach Zürich – wenn du deine Pflicht als Briefträger erfüllst. Danke dir sehr!«

Max hob die Hand. »Schon gut.« Er blieb stehen und schaute dem grauen Mercedes nach, bis er am Pfauen oben verschwand.

*

Die Mutter las als Erste ihren Brief. Es dauerte seine Zeit, bis sie ihn zu Ende gelesen hatte, sturzweise verschleierten ihr die Tränen die Sicht, erst als sie das nasse Taschentuch in der Hand spürte, fasste sie sich. Sie besann sich auf ihre unerschütterliche Mutterliebe, die jeden Verlust verschmerzen half. Denn nur von Verlust handelte der Brief – oder hatte sie ihn falsch gelesen? Es hatte schon geschmerzt, dass auch Felix wie Max, als er ins Ausland ging, geschwiegen hatte, aber das war zu ertragen gewesen, weil es so abgemacht war.

»Um Abstand zu gewinnen«, hatte er nach dem Debakel beim Fernsehen erklärt. Als ob Weglaufen genügte, um eine Krise zu überwinden, als ob Abstand zu gewinnen eine geographische Sache wäre, und nicht eine, die man in sich drin bewältigen musste. Zwei Söhne aufgezogen zu haben, die bei erstbester Gelegenheit davonliefen, war das eine von diesen Frauenlobschen Verrücktheiten, die sie nie begreifen würde? Die Frau, die sich mit diesen Männern einließ, war gestraft.

Sie hatte sich strikt an die Abmachung gehalten, obwohl es ihr sehr schwer gefallen war, es ging ihr gegen jede ihrer Gewohnheiten und Überzeugungen. Wissen voneinander, Anteil nehmen aneinander, Gedankenaustausch – ja, du lieber Himmel, das hinderte doch keinen Menschen daran, sich selber zu finden. Im Gegenteil, Briefe waren eine Hilfe! Wie viele Briefe hatte sie damals aus England an die Mutter geschrieben und wie viele von ihr bekommen. Ja, in der Erinnerung hatte sie häufiger der Mutter geschrieben als mit der Schwester geredet. Und mit Betty in den USA hatte sich auch ein leidlich reger Briefverkehr entwickelt. Bei den Frauenlob-Männern war das eben anders – aber seit Felix weg war, hatte sich so vieles angesammelt – in einzelnen Briefportionen wäre es leichter zu ertragen gewesen.

Begonnen hatte der Brief wunderbar. *Ich habe die Frau meines Lebens gefunden.* Welche Mutter war nicht heilfroh, wenn sie den Sohn glücklich und in guten Händen wusste. Ehrlich, Hanni? Zugegeben, es gab jeder Mutter einen Stich ins Herz, wenn sie den Sohn an eine andere abgeben musste. Aber sie wollte Felix' Versicherung glauben, dass seine Lukrezia auch ihr gefallen werde – *sie ist die gute Borgia* – und dass die sich ihrerseits freue, eine Schaffnerin kennenzulernen. *Wobei mich der Begriff Schaffnerin einige Erklärungsarbeit gekostet hat, wie Du Dir vorstellen kannst.* Er habe ihr sehr viel von der Familie erzählt, denn unvorbereitet dürfe man niemanden der Familie Frauenlob-Gerber aussetzen –

Lukrezia hat mich aus dem Zynismus gerettet, in den ich mich nach der Kündigung beim Fernsehen geflüchtet hatte. Sie hatte damals an der Heidegger-Sache mitgearbeitet und konnte nachvollziehen, was die Ablehnung meiner Arbeit für mich bedeutete. Ich war überzeugt gewesen, meinen Beruf als Publizist gefunden zu haben, meine Erfolge am Anfang bestätigten mich in meiner Meinung. Und dann verschmähte mich die Öffentlichkeit, vertreten durch die Redaktoren, Ablehnung wäre vielleicht zu verkraften gewesen, aber dass sie mich dabei noch schmählich beschimpften, die Bürger wie die Linken, das erschlug mich. Ich glaubte vor dem Nichts zu stehen, die Gefahr abzustürzen war akut.

Wie sollte sie sich nicht daran erinnern, es hatte ihn tief getroffen, dass die journalistische Qualität seiner Arbeit weniger zählte als der politische Zweck, für den sie verwendet werden sollte. Er hatte die Ablehnung seiner Arbeit als Ablehnung seiner Person genommen. Ins Ausland zu fliehen schien ihm die einzige Möglichkeit, heilsamen Abstand zu allem und sich selbst wiederzufinden, nur: Musste er sich unbedingt in den Armen einer Frau wiederfinden? War Rettung aus der Not ein fester Boden für eine dauerhafte Ehe?

Ich kann ohne Lukrezia nicht leben –

War einer, der das im Alter von über dreißig Jahren sagte, reif für die Ehe?

Versteh mich nicht falsch, Mutter, ich bin nicht mehr so jung wie Max, der dürfte so daherreden, ohne dass man es glauben müsste. Ich aber meine es ernst. Ein Zyniker hat das Leben nicht verdient, wenn er kein Diogenes im Fass ist, der sich mit Witz sein Überleben sicherte, aber wer hat schon seinen Witz – ich war ein armseliger Zyniker, bis mich Lukrezia und ihre Familie bei sich aufgenommen haben. Ja, beide gehören untrennbar zusammen, Lukrezia und ihre Familie. Da habe ich langsam, sehr langsam wieder angefangen, an den Menschen zu glauben, was immer heißt, an das Gute im Menschen. Das Gute im Menschen hatte ich als Dein Sohn für unbezweifelbar angenommen, bis ich erfahren musste, dass wir mit diesem Glauben nicht zur Mehrheit gehören – um es freundlich auszudrücken. Item, ich will nicht pathetisch werden und rufen: Sie hat mir das Leben gerettet, aber sagen: Sie hat mich ins Leben zurückgeholt. – Das hat wie alles seinen Preis.

Das hörte sich ganz nach Walter und Ernst Frauenlob an. Es hat alles seinen Preis, sagte er und redete dabei von seiner Zukünftigen, er argumentierte wie ein Bauer auf dem Viehmarkt.

Versteh mich nicht falsch, Mutter!

Er wiederholte sich. Traute er ihr gar keinen Verstand zu?

Ich habe Vaters Sprüche nie ganz ernst genommen, bin mir auch nicht sicher, ob er sie selber ernst nimmt, Du wirst es besser wissen. Aber zum ersten Mal ist mir nun die Wahrheit dieses Satzes aufgegangen. Es hat alles seinen Preis. Ich hoffe, Du weißt, dass ich Dir und Deiner Mutter ewig dankbar bin für das, was Ihr mir gegeben und für mich getan habt, aber es hat mein Erwachsenwerden gehemmt. Erst jetzt, mit dreißig Jahren, bin ich endlich erwachsen. Ich kann nicht mehr nur nehmen, ich muss auch einmal etwas geben. Lukrezia schenkt mir ihre Liebe – welchen Beweis meiner Liebe kann ich ihr geben?

Nun holte er aus und erzählte, wie sehr Lukrezia an ihrer Familie hing – als ob das für ein Kind nicht selbstverständlich wäre. Wie sehr sie sich wünschte, dass Felix in ihre Familie aufgenommen werde – als ob sich das nicht jede Frau wünschte. Und wieso kam er auch noch auf ihren Vater zu reden? Wie der offen und für einen Bayern liberal dachte?

Aber er ist, wie für einen Bayern selbstverständlich, strenggläubiger Katholik und mit ihm die ganze Familie Prantl-Steghammer. Das bedeutet: Ich kann nicht in diese Familie aufgenommen werden, wenn ich nicht ihren Glauben teile. Mein Liebesbeweis? Ich habe die Katechumene absolviert, das heißt die Vorbereitung auf den Eintritt in die katholische Kirche, und bin an Ostern in die Kirche Lukrezias aufgenommen worden.

Tränenbach.

Ich weiß, das ist ein Schock für Euch. Für Vater vielleicht der größere, weil er sich als Zwinglianer sieht, was m. E. für ihn mehr eine parteipolitische als eine Sache des Glaubens ist. Für Dich, liebe Mutter, die Du eine echte Beziehung zum Glauben hast, hoffe ich, ist der Schock weniger groß, denn: Ist ein Glaube nicht besser als gar kein Glaube, geschweige denn Zynismus? Ich bin mir sicher, sobald Du Lukrezia kennenlernst, wirst Du sehen, dass sie den Preis wert ist, den ich bezahlt habe. Ich rede wie der Bauer auf dem Markt, was zeigt, wie sehr ich mich schon meinem neuen Lebensraum angepasst habe. Das ist jedoch ein anderes Thema, darüber mehr in meinem Brief an Vater, Du wirst jetzt genug geschluckt haben und Zeit brauchen zu verdauen, was ich Dir hier serviert habe.

Allerdings.

*

Lieber Vater,

Ich stehe vor einem neuen Lebensabschnitt und halte Rückschau, wie es bei der Gelegenheit üblich ist, versuche Ungeklärtes zu bereinigen, um unbelastet in die Zukunft zu gehen. Es ist mir ein Bedürfnis, diese Klärung auch in unserer Beziehung zu schaffen. Vor allem, was unser beider Verhältnis zur Tradition betrifft. Ich gebe zu (und weiß, dass ich Dir damit nichts Neues erzähle), dass ich über Deine Art der Traditionspflege gelacht habe. Das Großmünster war für mich (ist es noch immer) der Ort, wo die vom Zürichberg meinen, dass ihr Gott hockt. Da kann meine Bleibe nicht sein, und der Taufsonntag war stets eine Pflichtübung, lästig wie für alle Pubertierenden. Ich revanchierte mich mit Hohn und Spott, Du hast es ertragen. Dafür danke ich Dir heute herzlich. Ich wünschte, ich werde einmal als Vater dieselbe Geduld und Nachsicht üben können (dass Vaterschaft keine rein theoretische Überlegung ist, wirst Du aus meinem Brief an Mutter erfahren). – Muss man sich für sein Verhalten und Tun als Jugendlicher entschuldigen? So wie ich Dich kenne, kämst Du nie auf die Idee, das von einem Deiner Kinder zu verlangen, ich darf annehmen, dass es Dir genügt, wenn wir Einsicht für Dinge zeigen, die Dir wichtig sind, und komme sie auch noch so spät. Heute bin ich so weit zu sehen, dass wir immer in einer Tradition stehen, ob wir wollen oder nicht.

Es hat mich selbst überrascht und belustigt, dass ausgerechnet ich, der Rebell gegen Deine Art von Traditionspflege, die älteste aller Frauenlob-Traditionen wiederaufnehme und Bauer werde. Ich nehme diese Tatsache auch als Beweis dafür, dass wir weniger weit auseinanderliegen, als es den Anschein machte. (Einmal möchte ich doch die Gründe für die Distanz zu Dir kennenlernen, in der ich unleugbar aufgewachsen bin. Ich habe die Vermutung, dass man bei den Schaffnerinnen nachfragen müsste, aber was ist Deine Sicht? Die Antwort eilt nicht.)

Zurück zum Bauern. Du erinnerst Dich an meine Begeisterung über meinen Aufenthalt auf der Catswood Milk Farm in Connecti-

cut, vielleicht ist das ein erstes Zeichen gewesen. Was Foster Cabot Swift als Hobby eines reichen Rentners betrieb, kann allerdings nicht mit dem harten Hopfengeschäft meines zukünftigen Schwiegervaters verglichen werden. Der Hopf ist ein Tropf, jeden nimmt er beim Schopf – das ist ein Sprichwort im Hopfenland, was die Holledau in Niederbayern ist. Wetter und Weltlage sind marktbestimmend, um da zu bestehen, braucht es Geschäfts- und Sachverstand, der über mehr als eine Generation erworben wurde. Das kann nicht meine Sache sein. Relativ neu ist aber der Spargelanbau in der Holledau. Den soll ich, selbstverständlich zusammen mit Lukrezia und unterstützt von ihrem Vater, aufbauen. Ich kann mir nicht helfen: Seit ich zum »Traditionalisten« geworden bin, macht es mir Freude, Zusammenhänge zu konstruieren, zum Beispiel den, dass ich Lukrezia im badischen Spargelland kennengelernt habe und nun mit ihr zusammen Spargelbauer in Niederbayern werden soll, was Dich als alten (alt im Sinne von Tradition) Spargelliebhaber sicher auch freut.

Ein anderes Thema zum Schluss und gleichzeitig unser altes, die Distanz. Ich bin nicht Dein Lieblingssohn gewesen, wie er im Buche steht, das können wir heute schmerzfrei feststellen. Ich möchte mir nun vorstellen, dass diese Tatsache es Dir erleichtert, meinen Eintritt in die katholische Kirche zu akzeptieren. Viel mehr, als dass es immerhin keine Sekte ist, kann ich dazu nicht sagen. Einiges habe ich im Brief an Mutter erklärt, auf den Punkt gebracht würde ich es so formulieren: Du hast zwar einen Zwinglianer verloren, aber einen Frauenlob gewonnen.

In diesem Sinne grüße ich Dich von Herzen
Dein Sohn Felix Frauenlob
Großleitkirchen, im April 1969

13.

Das Reimspiel, das Reimspiel!

Liebet, Mädchen, euren Mann,
liebet ihn, solang er kann.
Nur eines merkt euch lieber gut:
dass, wenn ihr einmal sitzenbleibt,
dass ihr es nicht zu zweien tut.

Wer nur eine Ahnung von Zürcher Tradition hat, der macht mit ausländischen Gästen eine Schifffahrt zur Halbinsel Au. Auf dieser Vergnügungsreise winkt von allen Ufergestaden her die Gelegenheit, das Lob der Heimat zu singen oder, was der eigentliche Zweck des Ausflugs ist, es von seinen Gästen gesungen zu hören. Denn was gibt es da nicht alles zu sehen! Seeaufwärts baut sich der firnglänzende Alpenkranz auf, achtern verschwindet die liebliche Stadt hinter den Pappeln des Zürichhorns, backbord voraus sieht man das Landgut der Eschers, die *Schipf* von Herrliberg, wo Goethe, wie es die Überlieferung will, im Festsaal tanzen wollte – und sich nach zwei elegant raumgreifenden Schritten den Kopf an der Wand gestoßen hätte. Hundert Jahre später war Gottfried Keller in Meilen bei den Willes auf *Mariafeld* zu Besuch, den Eltern des Generals, und im *Seehof* steuerte Betsy Meyer ihren Bruder Conrad Ferdinand durch die Klippen der *Jenatsch*-Produktion, Brüderlein und Schwesterlein in tätiger Liebe vereint. Am Kilchberg oben die Villa der kunterbunten Familie Mann, kaum der Rede wert. Und Klopstock –

Schon lag hinter uns weit Uto, an dessen Fuß
Zürich in ruhigem Tal freie Bewohner nährt;

Schon war manches Gebirge,
Voll von Reben, vorbeigeflohn

– nicht zu vergessen. Hanni Frauenlob hätte auf Albin Zollingers *Pfannenstiel* hoch über dem rechten Ufer gezeigt, wenn sie sich getraut hätte.

Auf dem See vermählt sich der Hauch der Poesie mit dem Fahrtwind, als wäre das Goldene Zeitalter Zürichs nie in den Fluten der Geschichte untergegangen. Im 18. Jahrhundert kam das Reimspiel in Mode, das fester Bestandteil jeder Fahrt zur Au wurde, jener, wie es Zürcher Bescheidenheit ziemte, nur halben Insel am linken Seeufer. Jeder männliche Teilnehmer bekam von einer Gespielin vier Reimwörter wie Federbälle zugespielt, die er zu Lob und Kitzel aller Mitfahrerinnen in Versen verwenden und retournieren sollte, je weiter die Fahrt von der Zwinglistadt wegführte, desto frivolere.

Die höchst angenehme Überraschung, die der älteste Sohn ihnen mit Lukrezia bereitet hatte, hatte die Eltern Frauenlob-Gerber in eine Euphorie versetzt, die alle Ungereimtheiten der eigenen Ehe für diesen einen Tag vergessen machte. Hanni, fröhlich wie seit Zeiten nicht mehr, hatte das Spiel eröffnet: »Mann/kann/gut/tut – Walter, alter Toastmaster, ein leichtes Spiel für dich!« Er hatte den Ball aufgenommen und nun alle mit dem Vierzeiler überrascht, den er, nach kurzer Besinnung, stehend im Fahrtwind, mit zusammengekniffenen Augen und gerecktem Kinn vortrug. Der Beifall war begeistert, die Einzige, die die Stirn gerunzelt hätte über die Frivolität ihres Sohnes, Martha Frauenlob, war definitiv nicht mehr dabei. Sie hatte sich ein Jahr zuvor, im Alter von siebenundsiebzig Jahren, still und leise aus dem Leben verabschiedet, als sie zur Überzeugung gelangt war, sie habe es nun auf ihr eigene Art genug genossen. Ihr Stirnrunzeln hätte Walters Erfolg als Lyriker nicht geschmälert.

»Wo hast du das nur her?« Hanni staunte. »Du hast doch noch nie Gedichte gelesen?«

»Den Seinen gibt's der Herr im Schlaf – oder dann ist's die Seeluft!«, lachte Walter. Im Ernst drückte er seine Überraschung darüber aus, wie gut Felix sich in alten Zürcher Sitten und Gebräuchen auskannte, dass er diesen folgte und den Ausflug auf die Au vorgeschlagen hatte. Und leise sagte er zu Hanni: »Das ist mir ganz neu an einem, der dem Vaterland den Dienst verweigert.«

»Pscht, Walter, muss das jetzt sein? Du lernst es wirklich nie! Er wird in zwei Jahren sein Talent als Journalist nicht verloren haben, und wenn er für Todtnau recherchieren kann, kann er's auch für Zürich, oder? Liebe beflügelt, heißt es.«

»Sprichwörter können auch irren. Das beweist ein anderes Beispiel: Blind macht die Liebe nicht, Felix hat ein gutes Auge gehabt. ›De bar Alt‹, möchte ich in aller Bescheidenheit feststellen, Lukrezia ist ein sehr hübsches Mädchen, ich habe mir unter einer Bayerin etwas Massiveres vorgestellt. Obwohl – Holz vor der Hütte, wie die Bayern sagen, hat sie doch ganz schön.«

»Walter, pfui! Rede nicht so unflätig daher! Felix hat eine hübsche junge Frau nach Hause gebracht, eine liebe und anständige. Du hast sie weiß der Himmel schon genug schockiert mit deinem Vers.«

»Ich und schockieren? Ja, wenn das eine Bayerin nicht aushält! Sie hält es auch aus, sie hat gelacht über mein Gedicht, und wie!«

»Ja, sie hat gelacht.« Hanni senkte die Stimme. »Aber Regula hat nicht gelacht, hättest du das *Sitzenbleiben* nicht lassen können?«

Hanni machte sich Sorgen um die Zukunft Regulas. Welche Mutter sähe ihre Tochter nicht gern glücklich verheiratet, welche Mutter machte sich keine Sorgen, wenn diese keine Regung zeigte, ihr diesen Wunsch zu erfüllen. Aber war der Wunsch echt? Sollte Hanni nach Felix auch noch Regula verlieren und am Schluss Walter und seinem Liebling Max allein gegenüberstehen?

Als *auf der Schanze* der angekündigte Besuch des Paars aus der Holledau besprochen worden war, hatte Hanni die Gelegenheit benutzt, das Thema Beziehungen anzusprechen. Es hatte sie einige Überwindung gekostet, es zu sagen, aber das Wohl der Tochter ging vor: »Und du, Regula – was hältst du davon, dein Glück zu suchen? Lukrezia scheint es mit deinem Bruder gefunden zu haben.«

»Mit meinem Bruder – ja!« Regula kamen die Tränen. »Aber mit einem Romano oder Caspar Steiner oder sonst einem von diesen akademischen Laffen? Möchtest du, dass ich mein Glück bei einem von denen finde?«

»Es gibt noch andere Männer!«

»Neben denen und Felix kenne ich nur Max.«

Hanni verstand, dass Regula das Thema wechseln wollte. »Der kann auch ganz lieb sein, gewiss.«

»Max ist ein Kind, das sich nur um sich selbst kümmert, er hat kein Sensorium für Menschen, für ihre Gefühle und Empfindungen. Er kennt die Liebe nicht, ihm fehlt die Erfahrung.«

»Wie soll ich das verstehen, habe ich nicht auch Max –«

»Ach, wer könnte dir je einen Vorwurf machen! Ich meine etwas anderes – aber lassen wir das, feiern wir Felix und Lukrezia!«

So leichthin hatte Regula auf Mutters Besorgnis reagiert, aber jetzt fiel ihr der Anblick nicht leicht, den das glückliche Brautpaar bot, es war anstrengend, das Glück anderer vor Augen zu haben und gleichzeitig Wünschen nachzuhängen, die nie in Erfüllung gehen konnten.

Regula litt nicht allein.

Der Ausflug auf den Üetliberg hatte Max von allen Vorbehalten seinem großen Bruder gegenüber und von jeder Abneigung befreit und der Zuneigung Raum gegeben. Wie er nun auf dem Schiff das Brautpaar sah, konnte er sich in Felix' glücklichen Zustand einfühlen. Aber indem er das tat, tauchte die Erinnerung an Helga Praczoll wie die japanische Sonne an der Krottenbachstraße auf und stimmte ihn traurig. Schön war's mit Helga gewesen. Wäre es jetzt immer noch schön mit ihr? Was Helga wohl machte? Er würde sich hüten, ihr zu schreiben, zu sehr fürchtete er, dass sie einen andern hatte. Umso mehr, als auch von ihr nie ein Lebenszeichen gekommen war.

Walter Frauenlob sah die heitere Stimmung, die er mit seinem Vers ausgelöst hatte, von den beiden Jüngeren bedroht, das durfte dem glücklichen Paar, der reizenden Lukrezia und dem heimgekehrten Sohn, nicht angetan werden. »Es soll nicht sein, dass nur der Mann die Frau besingt!«, rief er.

»Sexistische Sprüche klopft«, sprach Regula in den Wind, der ihre Bemerkung ungehört davontrug.

»Lukrezia, meine Liebe – du gestattest, Felix, dass ich deine Liebste so anrede –, du sollst die Ehre haben, mit einer alten Zürcher Tradition –«

»Was heißt Zürcher, eine Macho-Tradition ist es«, auch das verwehte der Wind.

»– zu brechen und als erste Frau in unserer Runde einen Vers über Männer zu machen!«

»Oh, wer kann sich einen Vers aus den Männern machen!«, lachend ließ Lukrezia ihren Blick über Walter und Max zu Felix wandern, wo er hängenblieb. »Dürfen Traditionen überhaupt gebrochen werden?«

»Sie müssen, sie müssen, meine Liebe, sonst gäbe es keine

neuen.« Alle staunten über Walter Frauenlob. »Also, wer gibt unserer lieben Lukrezia die Reimwörter?«

Hanni sah sich verpflichtet, die Schwiegertochter in spe vor dem Elan Walters zu schützen. »Frag sie erst, ob sie überhaupt will. – Möchtest du überhaupt, Lukrezia? Die Frauenlob-Männer meinen immer, was sie wollten, wolle selbstverständlich auch die ganze Welt.«

»Danke, Mutter – oh, das ist mir so rausgerutscht!«

Hanni strahlte. »Bin ich's nicht?«

»Danke. Ich werde mir die Eigenart unserer Männer merken. Von Felix habe ich gelernt: Do in Rome as the Romans do. Ich will mich dran halten und Verse zum Besten geben, aber nicht selbstgeschmiedete, eine Prantl ist prosaisch veranlagt. Ich singe euch eine Strophe vom *Holledauer Lied*, damit ihr hört, wie es bei uns zu Hause tönt:

O heiliger Sankt Castulus
Und unsere liabe Frau
Ös wird's uns wo no kenna,
san vo de Holledau.

Der fröhliche Jodel erfreute nicht nur die Frauenlobs, sondern alle Fahrgäste rundum, sofern es ausländische Touristen waren. Die Schweizer Senioren fühlten sich in ihren Erinnerungen gestört, denen sie stumm und hartnäckig nachhingen. »Und jetzt singe ich noch eine Strophe auf Hochdeutsch, damit ihr auch richtig versteht, was gemeint ist:

Der Hopfen, dieses bitt're Kraut,
Das ganze Jahr umschlingt
Die Bauern in der Holledau
Mit Kegel, Frau und Kind.

Walter war begeistert: »Bravo, bravo, beinah wie Caruso!« Er stand auf, nahm Lukrezias Hand und küsste sie auf geradezu wienerische Art.

»Walter, so benimm dich doch! Kommt jetzt essen!«

Felix bat Max, Lukrezia und die Eltern in den Salon zu führen, er wolle sich noch kurz zu Regula setzen und sie in die Gesellschaft zurücklotsen.

*

»Was machst du denn nun so, beruflich meine ich?« Felix legte seinen Arm hinter der Schwester auf die Banklehne. Sie konnte nicht wegrücken und fühlte sich unbehaglich. Körperliche Nähe war sie wie alle Frauenlobs nicht gewohnt. Nach einigem Schweigen ergab sie sich in ihre Lage, es war, als spürte sie die Vertraulichkeit, die Felix suchte. »Die *Wissenschaftliche Christengemeinde* hat mich als Referentin angestellt, ich trage die Botschaft von Maggie Bleaker Addington unter die Leute. Lache nicht, das sind keine Erweckungs- oder Missionsveranstaltungen, sondern im eigentlichen Sinn wissenschaftliche Referate.«

»Mit welchem Erfolg? Wenn ich ganz im Ernst fragen darf.«

»Der Kirchenvorstand ist mit meiner Leistung zufrieden und ich, ehrlich gesagt, auch. Sie haben mich gleich ins kalte Wasser geworfen, eiskalt war's. Mein erstes Referat musste ich in Zürich, vor städtischem Publikum halten, das sind nicht die Schnellgläubigen aus dem Zürcher Oberland. Es war auch nicht in unserer Kirche und nicht in einem kleinen Gemeindesaal, es war im *Kongresshaus*. Nicht im großen Saal, dafür war mein Publikum doch zu klein, und der war auch von einer anderen Veranstaltung besetzt – auf die komme ich gleich.

Aber auch die kleineren Säle sind geräumig, die musst du als Referentin erst einmal füllen können mit deiner Stimme und deiner Person. Der Vortragssaal war voll. Ich darf nicht sagen, trotz der Konkurrenzveranstaltung im großen Saal.« Zum ersten Mal an diesem Tag lächelte Regula. »Denn ich darf nicht annehmen, dass sich mein Publikum für das Thema der andern Veranstaltung interessierte.«

»Und die Lösung des Rätsels, der Grund für dein Lächeln, was hat das zu bedeuten? Abgesehen davon, dass es angenehm erleichternd ist, dich lächeln zu sehen.«

»Der Redner im großen Saal war ein Deutscher, aber ich nehme nicht an, dass seine Botschaft schon bis nach Niederbayern gelangt ist – das wird sie kaum je schaffen, dafür werden deine neuen Glaubensoberen besorgt sein.«

»Meine Glaubensoberen? Das ist ein weites Feld, das ich bei Gelegenheit gern einmal mit dir zusammen durchwandern will, jetzt möchte ich wissen, mit wem du konkurrenziert hast.«

»Im großen Saal hat der deutsche Sexpapst Oswald Kolle über *Das Wunder der Liebe* referiert.«

Felix lachte laut heraus: »Aber Papst, Regula, ich bitte dich!«

»Papst im Sinne von Idol der Massen. Gegen Kolle und seinen Film habe ich nicht den Hauch einer Chance gehabt. Beide Veranstaltungen haben gleichzeitig geendet, im Foyer sind die Publikumsströme ineinandergeflossen, man hat bald nicht mehr unterscheiden können, von welcher Art Erleuchtung die Menschen getroffen waren. Im Grunde genommen spielt das gar keine Rolle, erleuchtete Zürcher sind so selten, dass es nicht drauf ankommt ob von Miss Addington oder Herrn Kolle. Was allerdings etwas frivol ausgedrückt ist. Passt aber zu dem Verslein, das heute da produziert wurde, nicht?«

»Aber sicher passt es, du müsstest es nur auch in Verse gießen. Item, danke für die Aufklärung, und – mach weiter so!«

»Aber sicher werde ich das. Man schickt mich im Herbst auf eine Vortragsreise durch Deutschland, abseits von Bayern allerdings, das ist eine für ein wissenschaftliches Christentum uneinnehmbare Festung.«

»Lassen wir das. Gehen wir mit den erlauchten Frauenlobs feiern. Vater brennt bestimmt darauf zu toasten, machen wir ihm die Freude!«

»Oha, du dem Vater Freude machen – spät kommt ihr, doch ihr kommt, sagt Wallenstein.«

»Lieber spät als nie. Also komm jetzt oder, wie Betty zu sagen pflegte, come on.« Felix reichte Regula den Arm. Sie hatte Mühe beim Aufstehen.

»Wo fehlt's?« So kannte Felix die energische Schwester nicht.

»Das kommt vom langen Sitzen«, antwortete Regula, sie kniff die Augen zusammen und schaute kurzsichtig an ihm vorbei. »Wo sind sie denn hingegangen?«

Er führte sie in den Salon, wo man auf sie wartete, um dem Ausflug durch ein gutes Essen gebührendes Gewicht zu geben, wie es die Frauenlobsche Tradition verlangte.

*

Anschließend an diesen Ausflug fand die Verlobungsfeier statt. Die Eltern Prantl-Steghammer hatten sich entschuldigen lassen, der Hopfen sei am Reifen und brauche ihre ganze Aufmerksamkeit. Möglicherweise war aber »Zwengele« der eigentliche Grund für ihr Fernbleiben. Walter Frauenlob, der unverwüstliche Zwinglianer, hatte sich nämlich ausbedungen, dass die Verlobung in seiner Familie gefeiert wurde, was den Kirchgang ins Großmünster mit einschloss.

»Zur Hochzeit kommen wir gern nach Bayern, da wird es auch nicht ohne Kirche gehen, also bin ich für Parität. Und zur Verlobung gehört in Gottesnamen ein Kirchgang. Du wirst keinen Schaden dabei nehmen, liebe Lukrezia, schau uns an! Du sollst die Stätte kennenlernen, wo unser Felix seinen Weg als Christ angetreten hat, der ihn schließlich und endlich zu euch geführt hat.«

So geschah es, und man verabschiedete sich in Frieden und unter Tränen bis zur Hochzeit im Spätsommer, die in der Holledau, nach der Ernte, stattfinden würde.

14.

Ende Juni 1969, noch vor Semesterende, wurde Max der Schule verwiesen, von den Kollegen vor die Tür des Lehrerzimmers gestellt, mit Schimpfwörtern wie mit Dreck beworfen – es klang wie im Globuskeller, das Vokabular war den Herren Milizoffizieren geläufig. Sie entledigten sich der gehobenen Verhaltens- und Sprechweise, zu der sie ihr humanistisch orientiertes Dasein verpflichtete, entfesselt erlagen sie einer kindischen Freude an brachialer Hemdsärmligkeit, um den zu bestrafen, der sie in ihrem Dasein störte. Das erschien ihnen angebracht einem Jungen gegenüber, der sich anmaßte, Bestehendes zu hinterfragen und Zukunft in den Blick zu nehmen. Wenn man zu ihnen gehören wollte, tat man das nicht. Ihre Zielsetzung lag in der Vergangenheit, wo die wahren Werte lagen. »Hinterfragen? Am Arsch ist's finster!« Mit Obszönitäten reagierten sie auf das Modewort der Jugend. Nichts unbesehen hinnehmen? Nie gehört!

Während der lärmenden Vertreibung seines Zöglings saß Pfeffermännchen an seinem Arbeitsplatz im Lehrerzimmer, zog den Kopf ein und verhielt sich still. Das Buch, in dem er gelesen hatte, lag vor ihm, der Deckel zeigte ein vom vielen Gebrauch verblasstes Blau. Wäre Ironie in einem Lehrerzimmer denkbar gewesen, dann hätte Pfeffermännchen vorgelesen:

Wer wird nicht einen Lessing loben?
Doch wird ihn jeder lesen? – Nein.
Wir wollen weniger erhoben,
Und fleißiger gelesen sein.

Er blieb sitzen, nahm keine Partei. Als Nachrichtenkorporal a. D. fühlte er sich dem Offizierskorpsgeist seiner Kollegen nicht verpflichtet, anderseits lasteten die zivilen Dienstjahre zu schwer auf ihm, als dass er seiner Sympathie für Max, der ihn an seine eigene Junglehrerzeit erinnerte, gefolgt und aufgestanden wäre, um ihm zu Hilfe zu eilen. Er nahm sich vor, Max *post festum* zu einem Gespräch einzuladen. Es kam, wie zu erwarten war, nicht dazu. Pfeffermännchen blieb sitzen.

*

Warum der ganze Lärm?

Es war ruchbar geworden, dass Max das linke *Demokratische Manifest* unterschrieben hatte. Dieser Verstoß gegen Berufsethos und Gewohnheiten eines Gymnasiallehrers wog schwerer als alle seine kritischen Wortmeldungen im Konvent. Die Kollegen, ihren humanistischen Schonraum gegen Unterwanderung von links verteidigend, hatten dieses Pamphlet von prominenten Zürcher Künstlern und Intellektuellen natürlich nicht gelesen, sondern vertrauten blind, zumindest einäugig, dem Kollegen Geschichtslehrer, der als Mitglied der Freisinnigen Partei im Gemeinderat saß. Der zettelte in der großen Pause ein Streitgespräch mit Max über die Drahtzieher der Krawalle an, was der ahnungslose Junglehrer hocherfreut als eine Gesprächsbereitschaft nahm, die bis zu diesem Tag noch kein Hauptlehrer ihm gegenüber gezeigt hatte. Der Herr Kollega nutzte diese Naivität geschickt aus und brachte Max schließlich so weit, dass er die Fassung verlor und schrie: »Ja, auch hier müsste man die Fenster aufreißen und den Mief auslüften!« Schreien im Lehrerzimmer! Unerhört! Auf diesen Moment hatte der Provokateur gelauert, er gab das vereinbarte Losungswort: »Jetzt langt's aber!« Die Kollegen reagierten wie ein Mann, geübt war geübt, und legten los und Hand an Max, wer nicht an vorderster Front zu kämpfen die Ehre hatte, stärkte dem Vordermann den Rücken, in der hintersten Reihe machten sie Fäustchen und hüpften an Ort vor Erregung. Es war Leben wie noch nie im Lehrerzimmer.

Auf den Dienstweg begab man sich erst nach dem Hinauswurf. Der Direktor des Kantonalen Erziehungswesens und Generalstabskamerad des Historikers segnete die Entlassung ab:

Ihm liege ein Antrag des Lehrerkonvents (LK) vor, ihn, Max Frauenlob, Hilfslehrer für Chemie mit Teilpensum, vom Schuldienst zu suspendieren, fristlos und für immer. Als sein oberster Vorgesetzter zögere er nicht, diesen Antrag mit seiner Unterschrift zu versehen. Seine fachliche Qualität sei nicht bestritten, er habe aber die grundlegenden Anstandsregeln dem LK gegenüber grob missachtet, er scheine zu verkennen, dass der LK eine Kollegialbehörde sei und als solche keineswegs verpflichtet, jede Äußerung eines jungen unerfahrenen Kollegen unbesehen zu akzeptieren. Schon gar nicht in Form von Geschrei. Es sei sein Recht, Missfallen an Entscheiden des LK zum Ausdruck zu bringen, aber die Art, wie er es tue, sei nicht tolerierbar, jetzt nicht und in Zukunft nicht. Seine mangelnde Einsicht sei notorisch. Aus diesem Grunde sehe er sich gezwungen, seine Verantwortung als Direktor des Kantonalen Erziehungswesens wahrzunehmen und per sofort seine Anstellung zu beenden.

*

Erziehungswesen, Eisenbesen, sei's gewesen, schön, wahr und gut, ein alter Hut. Zu was für Menschenwesen konnten die Herren Kollegen die Schüler ausbilden, die selber nicht mehr als folgsame Diener ihres Herrn waren, die mit Kritik nicht umgehen konnten und in ihrer Hilflosigkeit handgreiflich wurden, das Widerwärtigste unter kultivierten Menschen. Die sich feige hinter der Oberbehörde versteckten, die denunzierten. Und doch musste Max ihnen dankbar sein dafür, dass sie seine Entlassung forciert hatten, und ihrem obersten Herrn dafür, dass er seinen Willfährigen willfahrte und seine Unterschrift gab, denn welches Massiv von Frustration hätte sich aufgetürmt, wenn er länger, ein ganzes Leben lang in dieser Umgebung nach dem Menschen gesucht hätte. Dankbar? Nein, denen wollte er nicht dankbar sein! Ihm war Unrecht geschehen, absolutes Unrecht! Er wäre nicht der Sohn seines Vaters gewesen, wenn er sich nicht dagegen gewehrt hätte, und war es nur mit Worten:

Sehr geehrter Herr Regierungsrat,

Ich habe Ihre Mitteilung betr. Beendigung meines Arbeitsverhältnisses entgegengenommen. Mit großem Bedauern. Ich erlaube mir folgende Erklärungen:

Hierarchien und Kompetenzen eines LK sind mir sehr bald nach Antritt meiner Stelle klargeworden, ich darf anmerken, dass ich als Ehemaliger dieser Schule eine Vorahnung hatte. Zum Beispiel: Man – das heißt Herr Kollega X (Namen brauchen nicht genannt zu werden, es könnte jeder Hauptlehrer sein) – hat mir sehr deutlich die Ungebührlichkeit meines Verhaltens zu verstehen gegeben, als ich mich im LZ (Lehrerzimmer) an seinen Arbeitsplatz setzte, weil er frei war. Frei ist nicht frei im Land der Freiheit, der Platz ist immer frei zu halten für den Herrn Kollegen, der ihn seit ewig und deshalb auch in absentia besetzt hält.

Lächerliches Beispiel? Das meiste, was in einem Lehrerzimmer abläuft, geschieht im Bereich des Lächerlichen. Waren Sie schon einmal an einem Notenkonvent?

Von Herrn Kollega X aufmerksam gemacht auf meine Missachtung der Anciennität, was einer Beleidigung seiner Person gleichkam, konzentrierte sich das Kollegium in der Folge auf weitere Ungebührlichkeiten meinerseits. Und es stellte fest, dass ich als Junglehrer die Frechheit hatte, im Konvent (LK) erstens das Wort zu ergreifen, um es, zweitens, nicht zum Lob der Schulleitung zu erheben, sondern um Kritik zu üben. Der Gegenstand der Kritik tut nichts zur Sache, Kritik als solche ist ungebührlich in einer Versammlung, die aus Mitgliedern besteht, die im Besitz der Wahrheit und gewohnt sind, dieselbe Stunde für Stunde unwidersprochen zu verkünden. Die Kritik hat, wie Sie zu sagen beliebten, das Fass zum Überlaufen gebracht. Alles nur Ablenkung vom eigentlichen Problem, das die Herren Kollegen haben: Kollegenneid, Neid auf meine Beliebtheit bei den Schülern. Die Schüler mochten mich. Warum? Sehr einfach: Ich nahm die Schüler als Menschen ernst, was weder sie noch ihre Herren Lehrer gewohnt sind. Ich habe die Kollegen in ihrer Gewohnheit gestört, das war's, aber es ist das Schlimmste, was man ihnen antun kann.

Sie, sehr geehrter Herr Regierungsrat, haben die Freundlichkeit, meine fachliche Qualität zu loben – erlauben Sie mir die Frage: Woher kennen Sie die, haben Ihnen das dieselben Kollegen hinterbracht, die Sie von meiner Unbotmäßigkeit in Kenntnis gesetzt haben (ohne dass sie zuvor ein einziges Wort mir gegenüber geäußert hätten)?

Gestatten Sie, dass ich zum Schluss meine Sicht des Erziehungswesen darlege: Erziehung ist nicht Sache alter und konservativer Erziehungsbeamter, richtige Lehrer suchen immer neu den Sinn ihrer Erziehungsarbeit.

Mit aller gebührenden Achtung
Max Frauenlob
In der Stadt Zwinglis, am 14. Juli(!) 1969

Damit war die Schule für Max erledigt. Womit? *Akrostichon* ist eine barocke Gedichtform, bei der die Anfangsbuchstaben der Verse im Zusammenhang gelesen einen Spruch ergeben. Max setzte die Form prosaisch ein: **E**rziehung **I**st **N**icht **S**ache **A**lter **U**nd **K**onservativer **E**rziehungsbeamter; **R**ichtige **L**ehrer **Su**chen **I**mmer **N**eu **D**en **S**inn **I**hrer **E**rziehungsarbeit.

*

Wie es ihm der Anstand befahl, verabschiedete Max sich vom Rektor. »Sie wollen«, sagte dieser, »offenbar nicht das Gleiche wie wir.«

»Das sehe ich, wenn Sie erlauben, auch so«, antwortete Max. Auf dem Weg zum Ausgang kam ihm ein Erstklässler die knarrende Treppe herauf entgegen, Max ließ ihn an sich vorbeigehen, auf dem Rücken trug der Kleine einen Primarschulranzen aus schwarzweißem Kuhfell, der sprang und hüpfte wie sein Träger vor lauter Schulfreude. Max hätte weinen können.

Where have all the flowers gone?
Girls have picked them every one.
When will they ever learn?
When will they ever learn?

15.

Die Hochzeit Frauenlob-Prantl wurde beim *Kuchlbauer* in Abensberg gefeiert – nur das älteste Brauhaus der Welt war dem größten Hopfenbauern gut genug für die Hochzeit seiner liebsten Tochter. Unter dem hohen Tonnengewölbe des großen Festsaals, von dem zwei Riesenlüster wie Hopfenpyramiden herabhingen, versammelte sich die hundertköpfige Gesellschaft. Es waren: die bis weit in den Bayerischen Wald verzweigte Prantl-Sippe samt den Ablegern aus dem tschechischen Sumava, die in der Holledau urig sesshaften Steghammers samt Honoratioren aus Bollidick und Gschafft, zudem die Familie Frauenlob aus der Schweiz, der sich Gertie Drostler aus dem Breisgau zugetan fühlte, weil ihre Sprache für eine Badenserin verständlicher als die bayerische war. Sowie die Bizzis aus den USA. Eine Gesellschaft, die mit ihrer Buntheit – nicht wenige Trachten und Dirndlkleider waren darunter – der altdeutschen Möblierung und Täfelung die Schwere und dem Steinplattenboden die Kälte nahm. Für Stimmung sorgten nebst Braun- und Weißbier aus der hauseigenen Brauerei die *Dellnhauser Musikanten*, die weltbekannt waren, seit sie das *Holledauer Lied* am Münchner Oktoberfest gespielt hatten.

*

Vor der Hochzeit hatte Hanni einen Brief ihrer Schwester bekommen:

Hannischwester, Honey, kennst du Neuschwanstein? Es soll das schönste Schloss Europas sein, das sagen alle unsere Nachbarn. André, Darling, habe ich gesagt, wenn wir schon nach drüben an diese Hochzeit fahren, dann will ich auch das Schloss sehen. Es muss ganz in der Nähe von Holledau sein (sounds like Holiday). – André war sofort einverstanden, sobald er Schloss hört, denkt er an Neuchâtel und ist begeistert, he's a real darling. Er war es auch, der die Einladung von Eurem Felix unbedingt annehmen wollte. Ich kann leben ohne dear old Europe. Wichtiger als die alte Heimat ist doch die Familie, aus der man kommt, und diese Beziehung wollen wir pflegen, indem wir Briefe schreiben. Die geographische Distanz zwischen Familienmitgliedern schadet der Beziehung nicht, wie man weiß. Im Gegenteil, würde ich meinen. – Jetzt werde ich ja fast noch tiefsinnig wie ein alter Europäer. Zur Sache! Die Einladung hat uns überrascht, obwohl wir dank Deinen Briefen auf dem Laufenden über die Lovestory waren. Dass Felix allerdings unseren Flug bezahlen will, kommt nicht in Frage, my God, wer sind wir denn! Betty dear, hat André gesagt, er sagt mir noch immer so, wenn du liest, was der Felix schreibt, dann kannst du nicht anders als mitkommen – wer hätte so etwas von ihm erwartet, hat er gesagt und den Kopf geschüttelt. Ja, Hanni, Felix hat geschrieben, er habe Andrés Lebenslust immer gemocht, darum möchte er ihn bei seiner Hochzeit dabeihaben, samt mir natürlich – ohne mich wäre André nur halb so lustig – das hat nicht Felix geschrieben, das sage ich.

Weiter würde sich Betty Bizzi nicht zur Hochzeit des Ältesten ihrer Schwester äußern. Kurz vor der Abreise nach Europa war nämlich Jacques Bizzi mit Hannelore Vogel von Berlin nach Hause zurückgekehrt. Er konnte die schwangere Freundin nicht sitzenlassen, und unehelich sollte der erste Bizzi-Enkel nicht zur Welt kommen, nicht in den USA, wo man so viel Wert auf Familie legte. Den Umständen entsprechend wurde die Trauung nur in der Townhall vollzogen, das Hochzeitsdiner fand im engsten Familienkreis zu Hause statt, das Essen, ein veritables New England Boiled Diner, kam aus der Küche des angehenden Großvaters Bizzi. Die Zwillinge waren aus

Manhattan gekommen, Mary aus Boston in Begleitung ihres Kameramanns vom WNEC-Fernsehen, der am Ende eine Kassette als Hochzeitsgeschenk hinterlegte. Eine bescheidene Feier, kein Vergleich mit dem Aufwand, der hier in Bavaria getrieben wurde und, honestly, etwas Protzerisches an sich hatte. Angeberei war man sich von der älteren Schwester nicht gewohnt, da musste der feiersüchtige Schwager Walter dahinterstecken – oder dieser bayerische Bierbrauer.

*

So lebt's sich am besten: Wenn man sich die Berge von unten, die Kirchen von außen, die Gasthäuser von innen ansieht – Berge gab es in der Holledau nicht, im Gasthaus würde man lange genug sitzen, also konnte man die Kirche auch einmal von innen ansehen. Walter Frauenlob hatte sich entschlossen, die katholische Zeremonie in allem Anstand und mit der einem Bräutigamvater angemessenen Würde zu überstehen. Was ein Frauenlob sich vornahm, das führte er durch, auch ohne das ängstliche Zureden einer Ehefrau, er solle sich um Himmels willen anständig benehmen. Wenn es um das Benehmen ging, brauchte er keine Anweisungen. Es gelang ihm, den Weihrauch in Sumatraduft umzuriechen, das Geklingel des Messgeläuts auf eine Schafweide umzuhören und den Priester und seine alten und jungen Weibel in ihren Gewändern ans Sechseläuten zu transponieren. Nur einmal stieß er an die Grenze seiner Selbstbeherrschung. Als sein ältester Sohn vor dem Priester niederkniete, um den Segen der katholischen Kirche zu empfangen, da fehlte ihm die Phantasie, darin etwas anderes zu sehen. Aber er meisterte die Irritation, er reckte das Kinn und schaute mit zusammengekniffenen Augen in das Gewimmel der Barockengel hinauf, bis das Glockenzeichen die Szene beendete. Auch Hanni neben ihm hatte ihre liebe Mühe mit dem Anblick, den ihr Ältester bot. Sie verhüllte ihn mit einem Tränenschleier und suchte blind Walters Hand, die sich bei ihrer Berührung öffnete, ihre Hand nahm und drückte. Es war seit langen Jahren das erste Mal wieder, dass sie sich ihrer Einigkeit versicherten.

Regula lehnte sich an Max, als träumte sie sich in die Trauszene hinein. Dieser wurde aus seiner scheinbar männerresistenten Schwester nicht mehr schlau.

*

Auf der Reise in die Holledau war sie aufgeräumt und locker gewesen, wie er sie schon lange nicht mehr erlebt hatte. Sie war aufgeräumt, als reiste sie zur eigenen Hochzeit. Es war ihr Vorschlag gewesen, dass sie zwei getrennt von den Eltern fuhren und einen Zwischenhalt in München machten, wo Lothar Koch mit den *Berliner Philharmonikern* auftrat, der einzige deutsche Oboist, dessen Ton mit dem französischen konkurrieren konnte, wie Regula behauptete. Koch sei ein Freund Monsieur Rouaults, was den Umweg rechtfertige, geradezu zwingend mache. Im Gegensatz zu Regula fühlte Max sich auf der ganzen Reise nicht behaglich, er wäre gern mit einer Frau gereist, aber nicht ausgerechnet mit der Schwester.

Sie übernachteten privat, im selben Zimmer. Beim Zubettgehen sah Max, dass Regulas Beine stark geschwollen und voll offener Wunden waren. »Lass mal sehen!« Der Kandidat der Medizin kniete vor ihr nieder.

»Was soll das? Steh auf, da ist nichts zu sehen!« Regula ging ins Bad. Sie kam mit eingebundenen Beinen zurück, legte sich ins Bett und sagte: »Lösch jetzt das Licht!«

*

Die Hochzeitsgesellschaft hatte sich rund um das Tanzparkett aufgestellt, um dem Brauttanz zu folgen. Es wäre eigentlich Sache des Brautvaters gewesen, das erste Wort an die Hochzeitsgäste zu richten, aber man wusste, dass er seiner eigenwilligen Tochter immer den Vortritt ließ. Auf Wunsch der Braut sollten die *Dellnhauser Musikanten* zum Brauttanz *An der schönen blauen Donau* spielen. »Das Lob der Donau soll erklingen!«, rief Lukrezia, »denn wir wären heute alle nicht hier ohne die schöne blaue Donau – ja, hier am Oberlauf ist sie noch schön blau –«

»Ganz im Gegensatz zur Schmutzrinne in Wien unten, wo sie so sentimental besungen wird«, bemerkte Max zu Regula, als wüsste er es. Wie oft hatte er denn die Donau auf seinem Weg von der Geibelgasse zur Universität gesehen?

»Ja, wir alle wären ohne die Donau nicht hier!«, fuhr Lukrezia fort. »In Regensburg an der Donau hat mir meine liebe Lehrerin Schwester Anna ein Geheimnis anvertraut – das ich euch nicht verrate, weil ich meine Lehrerin liebe –, das mich veranlasste, zum Studium nach Freiburg im Breisgau zu gehen, weit weg von der Donau. Da habe ich Gertie Drostler kennengelernt. Wo ist sie denn?«

Puterrot vor Verlegenheit über das Aufsehen, das sie machte, trat Gertie aus dem Ring der Umstehenden. In einem blauweißen bayerischen Dirndl, das hellen Beifall auslöste. Sie stiefelte übers Parkett und fiel der Braut weinend um den Hals: »Ach, Luzi, du Dummerle! Ich bin so froh für dich! Felix, du Glücklicher! Ach, wie freu ich mich für euch! – Wenn doch bloß dies dumme Dirndl net so eng geschnürt wär! Alles wegen euch. Nur deinetwegen habe ich mich ins Bayerische gezwängt, und wegen Felix ist es blauweiß.«

»Hübsch schaust aus, so kannst du dich den Leuten zeigen.« Felix hoffte, dass Gertie das auch schnellstmöglich auf dem Weg zurück ins Publikum tun würde. Er hätte den Brauttanz gern hinter sich gehabt. Auch da hatte Florian zurückstecken müssen. Die Tochter schenkte ihm erst den zweiten Tanz, sie meinte, den Einheimischen müsse klargemacht werden, dass Felix der wichtigste Mann der jungen Prantl-Generation sei. Ob sie dazu die richtigen Worte fand?

»Ohne Gertie, muss ich sagen«, Lukrezia wandte sich wieder ans Publikum, »hätte ich den schüchternen Fernsehmann aus der Schweiz nicht kennengelernt. Und wenn der nicht so schüchtern gewesen wäre, wäre ich nicht als seine Assistentin –«, Kichern wurde in dem Teil des Publikums laut, wo die Brautschwestern mit ihren strammen Burschen standen. »Als Assistentin, ich bitte sehr!«, rief Lukrezia entrüstet, aber niemand glaubte ihr. »Hätte ich nicht bei seiner Produktion mitgemacht. Punktum. Und schließlich – lacht so viel ihr wollt – hätte ich nicht mitgemacht, wäre er vielleicht noch beim Schweizer Fernsehen. Und würde nicht hier auf dem steinharten Parkett stehen und sehnlichst darauf warten, endlich den Brautwalzer hinter sich zu bringen. Ich will ihn erlösen. Maestro, die Musi, bitte sehr!«

Die *Musikanten*, in Deftigerem geübt, taten unter der Leitung ihres Maestro in Sepplhosen ihr Bestes, um in den delikaten Wienerwalzerschwung zu kommen und auch die Tanzenden mitzuziehen. Sie taten es mit dem gleich leidlichen Erfolg wie Felix, von Lukrezia mit sicherer Hand geführt.

*

Nach dem Walzer kehrten die *Musikanten*, hörbar erleichtert, in ihr ureigenstes Gefilde zurück. Die Pause zwischen den einzelnen Gängen des Holledauer Hochzeitsschmauses wurde mit lüpfiger Tanzmusik überbrückt. Die Bewegung verschaffte den Tanzenden Erleichterung vom letzten und Raum für den nächsten Gang.

André Bizzi gehörte zu den fleißigsten Tänzern. Er tanzte die ganze Reihe der Brautschwestern ab: von der Annette über die Resi und die Hildi bis zur Lätizia und nachher auch noch ihrer Cousinen. Zu deren großer Gaudi tanzte er mit welscher Eleganz nach der bayerischen Biermusi. Da konnten die klotzigen Holledauer Puaschen vor ihrer Maß hocken und schauen, wo sie blieben.

*

Hanni Frauenlob und Florian Prantl verstanden sich von Anfang an, sie gaben ihr geliebtes erstes Kind in die Ehe und spürten, was für ein Opfer das auch für den andern war. Dazu brauchte es keiner Worte mehr, und sie unterhielten sich beim Tanz über die Hopfenspargelsuppe, mit der der Hochzeitschmaus eröffnet worden war, ein Thema, das beiden nahe lag: der besten Suppenköchin und dem erfolgreichsten Hopfenbauern der Welt. »Des sind ja nun nicht Spargeln von der Art, die Luzi und Felix produzieren, des sind die Wurzeltriebe des Hopfens. Die Hopfenspargeln gibt's sonst nirgends auf der Welt, und es is a Wunder, dass der Kuchlbauer die im September servieren kann, weil ausgegraben werden sie je nach Wind und Wetter im März und April, und das Ausgraben is a ganz delikate Sach. Der Hopfenspargel is a wahre Rarideet wie alles aus der Holledau, verstehst –?«

Bevor der Brautvater nun doch noch auf den Verlust seiner Tochter zu sprechen kommen konnte, nahm ihn Hanni mit einem schwungvollen Linksdreh in den *Laaber-Walzer* mit.

Dieser war vom Wienerwalzer so weit entfernt wie die Laabermündung in die Donau von Wien.

*

»Quenelles de brochet, so machen wir in der Schweiz den Hecht«, erklärte Walter Frauenlob der Brautmutter. Von Genf gewohnt, prononcierte er quenelles als »knell«. Das verstand Maria-Theresia Prantl als »Knödel«, was sie in Staunen über den seltsamen Geschmack versetzte. Im Übrigen aber erschien ihr Walter als respektabel, fast zu elegant für einen Bürolisten, wie er sie, auf Abstand, mit angewinkeltem Ellbogen, trittsicher durch die Mazurka führte. »Naaa, mein lieber Walter, der Hecht liegt nicht auf Knödeln. Des sind kaa Knödel, das ist Sauerkraut, was drunter liegt. So schmeckt der Hecht am besten – bei uns.« Das musste doch gesagt sein.

*

»Schau dir Vater an, wie er im Essen stochert. Der denkt an seine *Steaketfrites* und fängt gleich an zu weinen. Wie kann man Rindfleisch nur so malträtieren! Und wieder Sauerkraut und wieder Knödel!« Max hatte sich ein Hochzeitsessen bekömmlicher vorgestellt.

»Hauptsache urig, ja? Hättest du lieber die Kuttelfleck gehabt, über die sich die Prantl-Schwestern da drüben mit ihren Mannen hermachen? Rindslabmagen – da dreht sich meiner um, wenn er das nur hört, obwohl ich keine Ahnung habe, was das ist. Wenn der Herr Ex-Kandidat der Medizin mich aufzuklären die Freundlichkeit hätte?«

»Die Medizin habe ich hinter mir, ich fühle mich zu keiner Auskunft verpflichtet. Abgesehen davon gestehe ich gern, dass ich nicht imstande wäre, eine solche zu geben. Geh und frag einen von diesen Bayerbuan, der muss doch wissen, was er verschlingt.«

»Lieber einen ahnungslosen Schweizerknaben als einen bayerischen Fresssack. Komm iss, mein Kleiner!« Regula hielt Max die Gabel vor den Mund. »Einen für Mama, einen für Papa, einen für lieb –«

»Lass das, bitte!« Max drehte den Kopf weg, Regulas Verhalten war ihm peinlich. »Findest du die Halle nicht zu düster für eine Hochzeit? Stell dir vor, was sich hier drinnen in den letzten Jahrzehnten schon alles abgespielt hat! Es bebten die heiligen Eichen.«

»Nicht ablenken, Mäxchen. Wir feiern Hochzeit, sei brav und vergiss die Politik! Was hat der Herr von Goethe gesagt? Politisch Lied, ein garstig Lied.«

»Ein Lied wie Kuttelfleck, jawoll. Apropos, bringen wir's hinter uns! Zur Nachspeis gibt es Scherhaufen, wer weiß, ob wir noch singen können, wenn uns der im Bauch aufliegt.« Max erhob sich und schlüpfte in die Jacke, die er wie alle nach dem zweiten Gang an die Stuhllehne gehängt hatte. Regula kämmte mit ihren zehn Fingern den Bubikopf, prüfte den Sitz der Granatbrosche und griff nach ihrer Oboe. Nahm Max bei der Hand und führte ihn auf die leere Tanzfläche hinaus. Das Orchester spielte einen Tusch, und Regula verkündete, ohne Max' Hand loszulassen: »Das Hochzeitslied der Geschwister Regula und Max Frauenlob auf ihren glücklichen Bruder Felix und seine liebe Frau Lukrezia und auf das Glück ihrer anstehenden Familie, ungefähr nach der Melodie des Rundgesangs *Mein Hut, der hat drei Ecken.*

Mein Hut, der hat drei Ecken,
drei Ecken, das ist gut.
Mein Hut ist die Familie,
drei Ecken sind die Kind.
Drei Kinder, die sind gut.
Drei Beine sind der beste Stand
für alles, was besteht,
drei Kinder, ja, die machen erst,
dass die Familie geht.
Verliert mein Hut ein Ecken,
was ist das für ein Hut?
Was bleibt von der Familie noch,
wenn eins der Kinder geht?
Der Bruder ist gegangen,
geblieben sind wir zwei,
wir zweie sind zwar mancherlei,
doch nicht Familie mehr.
Ein Hut, der hat drei Ecken,
Familie hat,
damit sie steht,
im mindesten drei Kind.
Wir kriegen kein Geschwister mehr,
Familie macht nun ihr,
zwei Kind für dich, Lukrezia,
für Felix eins
und,
wenn ihr beide wollt,
noch viele andre mehr.

Regula schickte dem Couplet ein Capriccioso wie von einer Narrenschalmei nach, was der Aufforderung zur Kinderproduktion die Tantenhaftigkeit nahm, die einer solchen immer anhaftet.

Dann folgte der Auftritt des Scherhaufens. Es brauchte zwei Serviererinnen, von denen jede die Kraft für zehn Maß Bier in den Armen hatte, um den Riesenmaulwurfshaufen von Holledauer Hochzeitskuchen aufzutragen. Das Brautpaar tat Hand auf Hand den Anschnitt, wie es der Brauch, und die ganze Gesellschaft war überzeugt zu wissen, was sich die beiden dabei wünschten.

So schnell wie der Maulwurf einen Haufen aufwirft, so schnell war der Scherhaufen von den Gästen abgetragen.

*

Wie es der Brauch verlangte, zerriss die Braut beim Abschied ihren Schleier und warf die Fetzen unter die weiblichen Gäste. Mädchen und ledige Frauen haschten lachend und kreischend nach dem Glück, denn ein Fetzen garantierte Brautschaft. So stelle ich mir hysterische Amerikanerinnen vor, dachte Regula Frauenlob. Der Hochzeitsrausch, in den sie sich mit Max hineingeträumt hatte, war verflogen. Sie war in ihre gewohnte Laune zurückgefallen. Sie stand abseits, mit der rechten Hand hielt sie die Granatbrosche, die sie über dem Herzen trug, fest, als müsste sie sie vor ihren Geschlechtsgenossinnen schützen.

1980–1985

Die Präsidentschaftswahlen in den USA bringen den *Landslide*-Sieg des Republikaners Ronald Reagan über den Demokraten Jimmy Carter. – In Miami/Florida brechen schwere Rassenunruhen aus, als vier weiße Polizisten, die einen Farbigen zu Tode geprügelt haben, freigesprochen werden.

Der deutsche Verteidigungsminister versetzt Generalmajor Gert Bastian in die Etappe, weil er sich gegen den Nato-Doppelbeschluss ausgesprochen und eine aktive Abrüstungspolitik verlangt hat.

30. Mai – Vor dem Zürcher Opernhaus demonstrieren Jugendliche friedlich gegen den städtischen Kredit von 60 Millionen für den Umbau des Hauses. Der überfallartige Auftritt von dreißig Zürcher Polizisten in Kampfausrüstung aus dem Vestibül provoziert den Opernhaus-Krawall mit den gewalttätigen Folgen, welche die Stadt weltweit in die Schlagzeilen bringen.

Wie sich die Familie Frauenlob dem Zeitgeschehen entzieht.

1.

Der Händedruck der Eltern Frauenlob an der Hochzeit ihres Ältesten war ein Abschiedsgruß gewesen. Bis zu Hannis Tod sollten sich die beiden nie mehr so nahe kommen. Lange Zeit vorher schon waren sich die beiden nicht mehr so nahe gewesen. Walter führte sein Leben wie bisher, er kam ohne Gesten aus, sein Vertrauen in den Bestand der Ehe war blind, er sah die Zeichen nicht.

*

Zweimal hatte Hanni ihren Felix abtreten müssen, zuerst an ihre Mutter, dann an Lukrezia. Das musste so sein, weil es der Lauf des Lebens war, wie Gott ihn wollte, und es war recht so, weil die Schwiegertochter »eine Gute« war. Den Beweis dafür sah Hanni in den Namen, die sie ihren Kindern gab: Johanna wurde die Tochter getauft, wie ihre Zürcher Großmutter und Urgroßmutter, wie alle Schaffnerinnen hießen. Hans wurde der Sohn getauft, auf den Namen des geliebten Bruders und des Vaters seiner Zürcher Großmutter. Keine bayerischen Namen, was Hanni für einen Liebesbeweis ihres Sohnes und der Mutter seiner Kinder nahm.

Aber die Enkel waren so weit weg! Da half kein Briefeschreiben über den Schmerz des Getrenntseins hinweg. Hanni musste froh sein, wenn sie einmal im Jahr zu Besuch kamen. Immer an Sylvester, was, wenn man großzügig rechnete und den Neujahrstag dazuzählte, sogar zwei Besuche pro Jahr ausmachte. Wie anders hatte Grosi ihren Enkel Felix genießen können, tagtäglich hatte sie ihn im Arm gehabt – was für ein Glück für eine Großmutter in der schweren Zeit damals. Die Zeiten waren besser, und dafür wollte sie auch Gott danken, aber schwer für eine Großmutter, die sich nicht um ihre Enkelkinder kümmern durfte. Es war zum Verzweifeln. Es würde ihre Einsamkeit nicht erträglicher machen, gelegentlich nach Niederbayern zu fahren, und überhaupt:

»Die Holledau kenne ich jetzt und den Zwiebelbarock der Kirchtürme auch. Der bayerische Barock ist nicht anders, nur größer als das Vordach des einstigen Rebhäuschens. Es sind alle immer willkommen hier! Aber ich bin der Prophet und nicht der Berg!«, sagte Walter Frauenlob, als hätte er's vom Vater gelernt und nicht ganz aufgepasst. Dabei blieb es.

Sie blieben zu Hause, er für sich und sie allein.

*

Lachen ist die einzige Antwort auf das Verrückte in der Welt – aber Hanni hatte das Lachen verlernt. Anfangs war sie froh gewesen, dass Walter für die Zeit nach seiner Pensionierung einen Plan hatte, dessen Ausführung weit in die Zukunft reichte. Eine Woche pro Monat pflegte der Transport der Steine zu beanspruchen, zwei Wochen das Aufmauern, eine Woche lang ging er um die Mauer herum, um sein Werk zu begutachten. Über Sinn und Zweck des Turmbaus wollte Hanni sich keine Gedanken machen, aber natürlich machte sie sich doch Gedanken, sie äußerte sie nur nicht. Wozu auch? Sie wahrte auch in diesem Fall Stillschweigen, wie es Lebensgewohnheit zwischen ihnen beiden geworden war, was ihre Unternehmungen betraf: Der andere würde bestimmt einen Sinn in seinem Tun sehen. Wozu also darnach fragen? Das jedenfalls war Walters Meinung, für ihn war dieses Schweigen Ausdruck absoluten Vertrauens, für Hanni war es eine eheliche Lebensart zum Verzweifeln.

Walter war beschäftigt, Hanni ließ ihn gewähren und verbrachte die freie Zeit mit Regula. Sie brauchten einander.

Aufrichte war zu feiern. Die Mauer des Turms, drei mal drei mal drei Meter, war hochgezogen, der Dachstuhl aufgesetzt. Walter hatte sich schließlich für ein einheimisches Zeltdach anstelle von Ponticcias Trulli entschieden. Bleib im Land und nähr dich redlich.

Walter hatte die in der Stadt verbliebenen Familienmitglieder eingeladen sowie den Hausgenossen Dr. Gasslberger. In diesem historischen Moment war selbst Max wieder einmal *auf der Schanze*. Als suchte er die Bestätigung für seine Überzeugung, dass es vielerlei Arten von Verrücktheit gab. Wäre er bei Sinnen gewesen, hätte ihn die Tatsache zum Weinen gebracht, dass ausgerechnet sein Vater ihm diese Bestätigung lieferte. Aber er war schon lange weder bei Sinnen noch bei Verstand, klarsichtig allenfalls, wenn er auf Drogen war. Das zu sein vermied er an diesem Tag, solange es möglich war, das war sein Beitrag zur Feierlichkeit. Über sein Aussehen, über die Beulen an seinem Körper brauchte er sich keine Gedanken zu machen, das würde totgeschwiegen werden. Natürlich bemerkte Hanni Max' Verfassung, und Regula begann jedes Mal zu weinen, wenn sie sich begegneten. Aber was das Bild des gesunden Menschen beeinträchtigte, durfte in der Familie nicht zur Sprache gebracht werden, auch wenn es nicht zu übersehen war. Der Glaube zwang Mutter und Tochter, die Augen vor dem Elend ihres Sohns und Bruders zu verschließen.

Es war ein feierlicher Anlass, also stand *Schlemmweg* bereit, ein Toast vom Gastgeber war angesagt. Walter hob das Glas und lud die vor der Türöffnung des Turms Versammelten ein, es ihm gleichzutun. Hanni und Regula, treu dem Gebot von Maggie Bleaker Addington, mehr als der Frauenlobschen Familientradition, verweigerten Alkoholgenuss. Walter kannte und respektierte ihre Überzeugung, aber auf die Idee, Orangensaft oder Mineralwasser hinzustellen, kam er nicht. Die Fixierung auf den Klettgauer Traditionswein verhinderte das. So hoben allein Max und der Psychotherapeut Dr. Gasslberger das Glas, als Walter das Kinn reckte, die Augen zusammenkniff und sprach: »Schaut da drüben den Lindenhof. Da wurde vor vielen hundert Jahren die Pfalz gebaut, die Stadtbefestigung. Da haben sich die Zürcher in ihrer Stadt festgesetzt – fest-setzen, wenn ihr versteht, was ich meine. Mit der Zeit haben sich alle, die etwas auf sich hielten, ihre private Pfalz gebaut – ihr seht den Grimmenturm, den Brunnenturm, das Steinhaus oben an der Kirchgasse; den Manesseturm an der Münstergasse seht ihr nicht mehr, der musste vor dreißig Jahren der Betonfraktion im Stadtrat weichen – alle diese Türme waren Wohnhäuser großer Zürcher Familien. Aber ich sage euch: Alle sind einmal von auswärts in die Stadt zugewandert, vor tausend, vor fünfhundert, vor hundert Jahren. Auch die von Grebels, von Muralts, Hessens und Pfenningers ohne N. Wie wir Frauenlobs auch. Ja, vor bald hundert Jahren ist mein Vater zugezogen, unser Zürcher Stammvater. Worin liegt der Unterschied zwischen unserer Familie und den alten Geschlechtern außer in der Zeit – hundert, fünfhundert, tausend Jahre – die Zeit ist eine Mess-, keine Maßeinheit. Wenn ihr versteht, was ich meine. Das aber meine ich: Wir Frauenlobs sind auch wer. Und wer was ist in unserer Stadt, der baut sich seinen Turm. Dreht euch um und schaut her! Da steht er nun, ich konnte, um für einmal mit Luther zu reden, nicht anders. – Du sollst deinen Vater ehren, steht in der Bibel. Mein Vater ist vom Klettgau in die Stadt gezogen, hat unsere Familie zu Stadtbürgern gemacht, er verdient, dass ich ihm seinen Turm baue, wie es im Lied heißt: Eine feste Burg ist unser Gott. In diesem Sinn –«

Genug war genug!

»Hör auf! Hör endlich auf mit diesem Unsinn!« Schrill schreiend trat Hanni vor. Was sich im Lauf ihres Ehelebens an Enttäuschung und Frustration angesammelt hatte, entlud sich beim Anblick des Stein gewordenen Familiendünkels ihres Gatten. Sie packte die Weinflasche auf dem Campingtisch und schmetterte sie gegen die Turmmauer, sie zerschellte und der *Schlemmweg* zog seine Spur erdwärts über den Sandstein. Den Tisch, mit den Gläsern und der Salzgebäckschale drauf, stieß sie mit einem Fußtritt um. »Schwatz meinetwegen, was du willst, aber lästere unseren Herrgott nicht! Wir sind auch wer, hahaha! Wer bist du denn mit deinem Turmfurz! Ein pensionierter Buchhalter, der es nie zum Direktor gebracht hat. Ein Schweizer, der vor einem Österreicher kuscht! Wir sind auch wer – ha! Ja, wer meinst du denn, sind die Frauenlobs? Und von den Gerbers redest du nicht? Schau in den Spiegel, schau dich um: ein verrückter Buchhalter, ein Sohn, der geflohen ist, weil er dich nicht mehr ausgehalten hat. Dein Lieblingssohn ist drogensüchtig, deine Tochter ein Wesen, von dem du keine Ahnung hast, und – ja, stell dir vor, da ist noch deine Frau. Hast du je bemerkt, dass ich auch da bin?« Hanni warf sich schluchzend in Regulas Arme. »Ich kann nicht mehr! Ich kann nicht mehr!«

Felix
Max
Regula
Hanni

Regula führte sie weg von der Stätte des Irrsinns. Wenn Blicke töten könnten, hätte sie ein Männerschlachtfeld hinterlassen. Der Haustherapeut gab Max sein Glas in die Hand, beurlaubte sich mit einem Kopfnicken von der Feier, folgte seinem beruflichen Gewissen und ging den Frauen nach. »Wenn Sie meine Hilfe brauchen sollten – nicht jetzt gleich – wenn Ihre Mutter sich einmal aussprechen möchte – anderseits und viel eher noch würde ich empfehlen, einen Arzt beizuziehen, einen Somatiker, das, meine ich, wäre dringend angebracht –« Er konnte den Ausbruch der Feindseligkeit der sonst so freundlichen und beherrschten Frau Hanni nur als Signal einer fortgeschrittenen Sklerose verstehen.

Regula blieb stehen, drehte sich um, ohne den Arm der Mutter loszulassen: »Wir sind sehr gut beraten ohne Ihre Hilfe – danke!« Sie ging weiter und führte die Mutter ins Haus.

Ein Schulterzucken? Nein, Dr. Gasslberger ging besorgt zur Baustelle zurück. Er hätte gern mit dem Ehemann gesprochen, aber der war nicht ansprechbar.

Walter war fassungslos. Was konnte Hanni nicht mehr? Er verstand sie nicht. Sie hatten es doch vierzig Jahre lang gekonnt miteinander. Mit Aufs und Abs, wie es im Leben ging. Aber sie konnten leben miteinander. Ganz gut wäre es sogar gegangen, wenn Maggie Bleaker Addington sich nicht zwischen sie gedrängt hätte. Aber sie hatten auch mit dieser Belastung leben gelernt, obwohl – was hatte Hanni vorhin geschrien? – »*unseren* Herrgott nicht lästern«. Ihr Herrgott war eine Frau, die sich als Gott aufspielte. Mit seinem Herrgott hatte die nichts zu tun, sein Herrgott war für alle da, nicht nur für Auserwählte. Seiner meinte es gut mit allen, ob sie nun wer waren oder nicht. Was spielte es denn für eine Rolle, ob sie zur Feier des Tages Alkohol tranken oder nicht? Schöne Feier das! Glück und Glas! Walter bückte sich, um die Scherben zusammenzulesen, sah sich nach einem Eimer um. Dann verschwand er wie betäubt im Turminnern; eine Tür gab es noch nicht, die er hinter sich hätte zuziehen können.

Max hatte ihm nachgeschaut, kopfschüttelnd wandte er sich ab, sah Dr. Gasslberger dastehen. Da brach es aus ihm heraus. »Wer ist hier verrückt? Wer ist hier nicht verrückt?«, schrie er. »Mann, sagen Sie es, Sie sind der Experte, Sie kennen die Antwort. Was? Kommen Sie, verraten Sie's mir! Mutter hat recht – der spinnt mit seinem Turm! Sagen Sie's endlich!«

»Lassen wir Ihren Vater, er braucht Ruhe. Kommen Sie, setzen wir uns.« Der Therapeut setzte sich auf einen Sandsteinquader, der am Rande der Baustelle liegengeblieben war. Nachdem Max sich beruhigt hatte, setzte er sich, nicht zu nahebei, ins Gras. »Wir haben alle das Bedürfnis nach Schutz und Sicherheit.«

»Mensch, wer hätte das gedacht.«

»Im Ernst, Max. Wir kennen uns schon sehr lange, ja? Sind eine Hausgemeinschaft, eine sehr lockere, aber wir können uns nicht voreinander verstecken. Wir haben es eben erlebt und sind erschrocken. Jeder reagiert auf seine Weise – ja, auch wir reagieren. Sie fragen: Was ist das für ein Mensch, der sich einen solchen Turm baut? Ich darf sagen, dass ich in all den Jahren Ihren Vater als eine stark strukturierte Persönlichkeit kennengelernt habe. Mir macht es den Anschein, als hätte Ihr Vater im Turm sich selbst, seine innerste Ordnung sichtbar gemacht.«

»Mein Vater soll ein Klotz wie dieser sein?« Max wurde wieder laut. »Was fällt Ihnen ein, Vater ist vieles, aber ein Klotz ist er nicht. Muss Ihnen entgangen sein in der langen Zeit.«

Dr. Gasslberger ließ sich nicht aus der Ruhe bringen. »Ich rede nicht von Klotz, sondern von Struktur, von Festigkeit und Ebenmaß.«

Max lachte laut heraus: »Jeschischmaria, sagen Sie das meiner Mutter und Sie haben eine Patientin fürs Leben. Oder Sterben.«

»Kommen Sie, schauen wir, wo sie sind.« Im Aufstehen klopfte Dr. Gasslberger sich die Hose aus. »Mit dem Zustand Ihrer Mutter ist nicht zu scherzen, er ist ernst. Ich habe ihr meine Hilfe angeboten, wie ich sie auch Ihnen anbiete. Von Regula möchte ich später reden. Ich meine, vorerst braucht die Mutter dringend medizinische Hilfe.«

»Kranke Gesellschaft, was? Was soll denn Regula haben?«

»Wissen Sie, wie gut sie noch sieht?«

Max tat, als hätte er nicht gehört: »Was meine Person betrifft, lehne ich Ihre Hilfe dankend ab. No sense no future, an mir verdienen Sie nicht mehr lange, schauen Sie mich an!« Max streifte die Ärmel seiner Kapuzenjacke hoch und streckte die Arme vor sich aus, kein angenehmer Anblick. »Kein Mensch muss müssen, außer wenn er muss. Mir ist ums Gehen, häsch mer en Schtutz.« Er zog die Kapuze seines Shirts über den Kopf und entfernte sich hastig die Straße hinab, als hätte er einen Termin. Sein Gang war fahrig.

Dr. Gasslberger ging ins Haus.

Walter Frauenlob verharrte im Turm.

*

Hanni konnte nicht mehr, aber sie machte trotzdem weiter und erfüllte ihre Pflicht als Hausfrau und Mutter, weil sie nicht anders konnte. Hätte sie aufgegeben, hätte sie sich vor ihrer Mutter schämen müssen, die weiß Gott ein schwereres Leben gehabt hatte mit all den Kindern und dem kranken Mann dazu. Nein, aufgeben galt nicht. Sie sorgte für Mann und Familie, die ihr abhanden gekommen waren. Sie stellte die Röstiplatte auf den Tisch, goldleuchtend wie am ersten Tag, aber die Kartoffeln waren versalzen und bedeuteten nicht, was das Sprichwort von verliebten Köchen sagte. Und die Suppe der besten Suppenköchin auf der Welt war fad wässerig wie nie zuvor.

Wenn sie allein zu Hause war, legte sie sich auf das Sofa, um sich mit Lesen aus dem Alltag zu flüchten, aber die Schrift verschwamm ihr vor den Augen. Sie wurde schnell müde und konnte doch nicht einschlafen. »Aufs Grab« konnte sie nicht mehr gehen, es war aufgehoben worden; auf Zureden von Regula hatte sie den Vertrag mit der Stadt nicht verlängert. Der

Mensch war unsterblich, der Sterblichkeit sollte kein Denkmal gesetzt werden. Sie beugte sich dem Willen ihrer Tochter und den Geboten des *Leitbuchs* umso leichter, als sie zuversichtlich war, das Gespräch mit den Eltern bald wiederaufnehmen zu können.

Die Briefe an Felix wurden immer kürzer, die Schrift wurde krakelig; der Wille, sich mitzuteilen und Anteil zu nehmen, war da, aber die Hoffnung, verstanden zu werden, war zu schwach, um die schmerzende Hand weiter zu führen.

*

Bettys Briefe, die im gewohnten Abstand von einem Vierteljahr kamen, hatte sie schon lange nicht mehr geöffnet, auch keine mehr geschrieben. Sie fühlte sich erleichtert, als keiner mehr kam. Was interessierte sie die Angeberei der Schwester noch, ihre perfekte Ehe. Hätte sie den letzten Brief, der im Herbst 1979 kam, geöffnet, hätte sie Folgendes lesen können:

Honey,

wenn Du noch lebst, bitte, schreibe mir. Ich bin sooo traurig, André, mein lieber, süßer Darling ist tot, einfach nicht mehr aufgewacht. Stell Dir vor, ich lange wie jeden Morgen zu ihm hinüber, um ihm einen guten Tag zu wünschen, und er ist kalt! Ich habe geschrien, bis die Nachbarn gelaufen kamen und der Doktor mich mit einer Spritze beruhigt hat. Nun ist alles vorbei. Das Cholesterin war es, hat der Doktor gesagt, und er hat mir nie etwas davon gesagt. Ich glaube, er wollte das Leben bis zu Ende ohne Einschränkung genießen. Das hat er gemacht. Aber ich bin sooo allein. Die Kinder sind lieb und kümmern sich um mich, so gut sie können, sind ja alle berufstätig. Aber es hilft mir nicht, ich mag nicht mehr, ich will nicht ohne meinen Darling leben.

Warum schreibst Du nicht mehr? Geht es Euch so gut? Oh, wie beneide ich Dich um Walti!

Take care!

Deine Betty Bizzi

PS: Ich lebe jetzt in Newbury, nicht weit von Scarsdale. Ich habe André da begraben lassen, weil es nach Neuenburg tönt und er immer so Heimweh gehabt hat. Im Haus mochte ich nicht mehr bleiben, das wirst Du verstehen. Hier bin ich gut aufgehoben. Die Leute sind sehr lieb zu mir. Aber es hilft mir nicht.

*

War Regula zu Hause, und das war sie immer öfter, setzte sie sich mit der Mutter ins Taufzimmer, um zu spielen, aber die Oboe hatte den französischen Schmelz verloren, sie plärrte. Regula unterbrach zunehmend häufiger das Spiel, weil die Augen stechend schmerzten und die Noten vor ihren Augen verschwammen. Der Druck des Bläsers im Hirn. Sie legte das Instrument ungereinigt beiseite, setzte sich zur Mutter und las ihr aus dem *Leitbuch* vor. Wenn sie Maggie Bleaker Addington las, sah sie immer klar. Dr. Gasslberger hatte noch einmal, professionell zurückhaltend, versucht, den Beizug eines Arztes zu empfehlen, die Symptome schienen ihm alarmierend. Er lief gegen eine Mauer. Wie schwarze Petriden wachten die beiden Frauen am Eingang zu Maggie Bleaker Addingtons Himmelreich, das bald ihres werden sollte.

Sie ließen auch Max nicht in ihr Reich eindringen, wenn er um Geld nach Hause kam, »heim zu Muttern« wie er ohne zu lachen sagte. Einmal war er in temporär lichter Verfassung und erkannte den Verfall seiner Mutter. Der Schreck vor ihrem Anblick löste ihm die Zunge für etwas bis zu diesem Augenblick *auf der Schanze* nie Gesagtes, Unerhörtes: »Du brauchst dringend einen Arzt, ich werde ihn sofort rufen.« Er ging zum Wandtelefon.

»Das tust du nicht!« Regula riss ihm den Hörer aus der Hand. »Versuch's, und du bist zum letzten Mal *auf der Schanze* gewesen. Dafür werde ich sorgen. Wir lassen uns den Frieden nicht stören! Von dir nicht, von niemandem!« Aggressiv, bösartig klang es aus Regula, aber aus den Augen sprach Trauer, tiefste Trauer über den Verrat, den Max beging.

Aber Max sah ihre Augen nicht, Regulas Unerbittlichkeit war ihm bekannt, mit ihr war nicht zu reden, aber die Mutter – sie musste doch auf ihren Sohn hören. Trotz allem. Er war nun einmal, was er war, aber er war ihr einziger verbliebener Sohn und wollte sie nicht verlieren. Max suchte ihren Blick, aber sie hatte sich von ihm weg gegen die Wand gedreht, gab ihm so zu verstehen, dass sie ihn nicht zu sehen, nicht zu hören, nicht mit ihm zu reden wünschte. Sie wusste, dass er recht hatte, aber sie musste Regula folgen, sie konnte nicht mehr anders. Max wandte sich zum Gehen, die Mutter sollte, die Schwester durfte seine Tränen nicht sehen, er mochte der Schwester den Triumph nicht gönnen, weil es ein beschissener war, der Triumph eines gottverdammt beschissenen Glaubens. Bevor er ins Freie trat, wischte er sich mit dem Ärmel die Augen trocken und klingelte bei Dr. Gasslberger, um ihm zu melden, dass es oben bald so weit sei mit der Mutter, aber niemand öffnete. Haustür auf, Haustür zu. Von sich aus würde er nie mehr zurückkehren. Am Turm, in dem der Vater weilte, sah er geflissentlich vorbei.

*

Der Bestattungsbeamte im knielangen Mäntelchen aus grauem Drillich besorgte die Beerdigung Hanni Frauenlob-Gerbers im Gemeinschaftsgrab des Friedhofs Enzenbühl. Eine gegen Sonnenuntergang sanft geneigte freie Rasenfläche. Nur am oberen Rand lag an der einen Stelle ein Haufen verblühender Kränze und Sträuße. An der andern klaffte ein knietiefes Loch im Rasen, das die Leidtragenden umstanden. Der Beamte schüttete Hannis Asche sorgsam aus der Urne in das Loch, ein zartes graues Wölkchen stieg empor. Frau Enzler, es war die Tochter der Praktizierenden, die zwei Generationen Gerber durch das Leben begleitet hatte, las der kleinen Trauergemeinde aus dem *Leitbuch* vor, was Maggie Bleaker Addington über die Zustandsänderung zu sagen hatte. Als sie geendet hatte und keiner so recht wusste, wie weiter, tat Walter Frauenlob, alle überraschend, einen Schritt auf die Öffnung zu, in welcher der sterbliche Teil seiner treuen Ehefrau verschwunden war. Er reckte den Arm himmelwärts, als wollte er Hanni den letzten Weg weisen, und rief laut weinend: »Adieu!« Dann machte er kehrt und ging zum Friedhof hinaus. Allein.

Felix fand den Vater peinlich. Ihm waren unkontrollierte Emotionen unbekannt, vom Vater erst recht. Das theatralische Verhalten des Vaters hatte seinen eigenen stillen Abschied von der Mutter gestört, er führte Lukrezia zu einer Bank abseits zwischen Thuja und hohen Zypressen. Sie setzten sich, um zusammen Abschied von einer Mutter zu nehmen, wie man sich keine bessere hätte wünschen können.

Plötzlich fragte Lukrezia: »Aber was ist mit Max los?«

»Ich verstehe nicht, wie ein intelligenter Mensch sich so gehenlassen kann.«

»Das hat doch mit Intelligenz nichts zu tun, was der in letzter Zeit alles erlebt hat. Die Rückkehr von Wien, die Sache mit der Schule. Das hat ihn offenbar mitgenommen.«

»Du mein Gott, das ist jetzt mehr als zehn Jahre her. Er ist über dreißig, in dem Alter kann er nicht mehr nur das große Ganze im Sinn haben und daran verzweifeln wollen, dass es nicht so gut ist, wie er es erwartet. Als Teenager hat man gelegentlich sein bisschen Weltschmerz gehätschelt, aber alles zu seiner Zeit, für solche Wehleidigkeiten ist er nun doch zu alt.«

»Sind's halt nicht alle wie du, Schatz.« Lukrezia küsste Felix heftiger, als auf einem Friedhof eigentlich ziemlich war, und der Schwiegermutter im Himmel dankte sie, dass sie ihren Ältesten ohne Widerstand hatte gehen lassen, obwohl es ihr weh getan haben musste. »Komm, gemma!«

Vor dem Friedhofstor blieb Felix stehen, nahm Lukrezias Kopf in beide Hände und sagte: »Es sind halt auch nicht alle Frauen wie du, Schatz.« Dann küsste er sie.

Als sie wieder zu Atem gekommen war, fragte sie: »Woher willst du denn das wissen!«

Regula, die letzte Schaffnerin, kam das Gebaren des Vaters verlogen vor. Als ob ein Mann hätte Abschiedsschmerz empfinden können, der ein Eheleben lang neben seiner Frau hergelebt, sich nicht um sie gekümmert, sie nicht unterstützt hatte, der den Haushalt- und Familiendienst als selbstverständlich für eine Ehefrau und Mutter voraussetzte und dadurch verhinderte, dass sie zu ihrem Leben als Frau finden konnte. Regula verstand die Haltung ihres Vaters als Ehemann nicht. Sie kam nicht auf den Gedanken, dass Gewährenlassen auch Freiheit bedeuten kann. Walter Frauenlob hatte seiner Frau eine Freiheit gegeben, die sie aus Gründen nicht zu nutzen verstand, die mit seinem Verhalten nichts zu tun hatten. »Adieu!« Regula verschwand hinkend den Enzenbühl abwärts, verließ den Friedhof durch den unteren Ausgang, anders als alle andern. Sie ließ sogar die junge Frau Enzler im Stich, die sich, von niemandem mehr beachtet, mit dem *Leitbuch* unter dem Arm davonmachte, der Glaube verbot ihr, an eine materielle Entschädigung ihres Dienstes zu denken.

Max war wie seine Geschwister vom Auftritt des Vaters überrascht worden, fast hätte er gelacht, fast wäre er in Tränen ausgebrochen, weil der Vater Emotionen zeigte, wie er es in seinem ganzen Leben noch nie erlebt hatte, abgesehen vom Empfang unter der Wohnungstür nach dem Globuskrawall. Das war authentisch gewesen, damals wie heute! Er wollte dem Vater nacheilen, das musste gefeiert werden, da traf ihn der geübte Trauerblick des Beamten. Er hielt inne, suchte in den Taschen seiner Kapuzenjacke, seiner Jeans und fand einen zerknitterten Schein, den er dem Mann in die Hand drückte. Die hundert Franken waren für einen anderen Zweck bestimmt gewesen, aber es würde sich ein neuer Schein finden. Es hatte alles seinen Preis.

2.

Die gewaltsame Entfernung aus dem kantonalen Schulwesen war für Max Grund gewesen, die Wohnung *auf der Schanze* zu verlassen. Die Vorstellung war ihm unerträglich gewesen, dem Vater tagtäglich als Sohn unter die Augen zu treten, der in einem Beruf gescheitert war, den dieser für sich selbst erträumt hatte. Das hatte er ihm nicht antun können. Respekt? Es war Scham gewesen. Ohne es je auszusprechen, hatte der Vater – nach dem Abgang des Erstgeborenen ins Spargelgeschäft – alle Hoffnung auf Max gesetzt, dass er sich in einem angesehenen bürgerlichen Beruf etablierte und mit einer eigenen Familie den kontinuierlichen Aufstieg der Frauenlobs ins bessere Segment der bürgerlichen Gesellschaft vollzog. Das Gegenteil war geschehen, und je länger das Schweigen des Vaters angehalten hatte, desto näher hatte Max sich ihm gefühlt. Ja, hätte er nach seinen Erfahrungen mit den Lehrerkollegen noch an hohe Werte glauben können, er hätte es für Vaterliebe halten müssen.

Er hatte es dennoch nicht geschafft, das Medizinstudium wiederaufzunehmen. Er hatte keinen Sinn darin sehen können, den Körper der Menschen zu heilen, wenn sie an der Seele krankten. Die Seele heilen? Wie hätte er die Seele der Menschen heilen können, wenn die Gesellschaft krank war, in der sie lebten! Das Einzige, was er hätte tun können, wäre die Menschen darin zu üben, in dieser Gesellschaft zu überleben. Die Gesellschaft ändern? Also doch noch bei den Achtundsechzigern mitmachen? Zu spät, die agilen Zielbewussten unter diesen waren schon lang die Karriereleiter hochgeklettert, die waren nicht mehr einzuholen. Die weniger Wendigen hatten resigniert, ihre Ecken und Kanten abgeschliffen, sich auf ihre Herkunft besonnen und waren in den Schoß der bürgerlichen Gesellschaft zurückgekehrt. Seine hohen Ziele zu vergessen und sich dem Mittelmaß anzupassen, das hatte Max nicht über sich gebracht. Hatte er sich dafür prügeln lassen? Dann lieber gar nichts.

Er ging zur Post und arbeitete als Expressbote. Wenn er an Regentagen mit dem Fahrrad sturzfrei die Tramgeleise kreuzte, kam ihm der Großvater Tramwagenführer in den Sinn; wenn er den Bürkliplatz passierte, sah er den Großvater Polizeiwachtmeister, wie er, die Daumen im Gurt, über den Markt ging und von den Weibern gegrüßt wurde. Ja, ja – ein Straßenbahner wie Ernst Frauenlob und ein Polizeibeamter wie Hans Gerber, keine Schläger und keine Weltverbesserer, sondern bodenständige Diener an der Gemeinschaft, deren einzige Ambition es war, ihre Arbeit recht zu machen – war das die echte Familientradition?

*

Nach dem letzten Abschied von der Mutter auf dem Friedhof ging er übers Bellevue zu seinem Apartment in der Kruggasse, gleich oberhalb der Riviera an der Limmat, wo er für sein wohlverdientes Geld den Stoff zum Überleben und gelegentlich eine Freundin auf Zeit fand.

Drei Wochen nach dem Opernhauskrawall war eine große Demonstration in Gange. *Ohne Polizei kein Krawall.* Die Demonstranten hatten sich auf dem Helvetiaplatz versammelt und bewegten sich jetzt das Limmatquai herauf Richtung Bellevue, dem Platz der schönen Aussicht. Der Zug staute sich vor der Quaibrücke. Auf dem Bürkliplatz drüben machte die mit Helm, Schutzschild und Schlagstock ausgerüstete Polizei geschlossene Front. Hundertschaften gegen Tausendschaften. Aber die Brücke selbst lag menschenleer im hellsten

Sommersonnenschein, und wer gewollt hätte, hätte den Alpenkranz leuchten sehen.

Max kämpfte sich durch die dichte Masse der Demonstranten, arbeitete sich bis zur Front vor, »lasst mich durch!«, durchbrach sie und stand befreit allein, ließ die Tausenden hinter sich. Unvermittelte Stille, kein Laut zu hören, die Brücke lag weit und offen vor ihm, Schritt für Schritt ging er vorwärts. Über eine Brücke musste er gehen. Ein Gefühl von Freiheit befiel ihn, wie er es in seiner Vaterstadt noch nie erlebt hatte. Und die den Alpenkranz hätten leuchten sehen, hätten Gottfried Keller im Ohr gehabt –

Über all die Herrlichkeiten
Gießt die Sonn' ein Liebesmeer,
Von dem Nahen, von dem Weiten
Glänzen Strahlen zu mir her –

– aber von solchen gab es sowohl auf der Bellevue- als auch auf der Bürkliplatzseite keine.

Max ging in sein Glück hinein, langsam, damit er es nicht verscheuchte. Vom Bürkliplatz her kam ihm ein einzelner Polizeibeamter, eine Schattengestalt, entgegen, Wachtmeister vielleicht. Er blieb vor Max stehen und fragte ihn nach seiner Absicht, als wäre er kein Polizist, sondern ein hilfsbereiter Freund und Helfer, der einem Verirrten den Weg weisen möchte. Er wohne da drüben in der Enge, antwortete Max ebenso höflich, in seinem Glücksgefühl formulierte er die Wahrheit seitenverkehrt. Dann hätten sie ja denselben Weg, sagte der Herr in Uniform, machte kehrt und geleitete ihn, wie Moses seine Gefolgschaft durchs rote Meer, an seinen gewaltbereiten Untergebenen in blauer Montur vorbei, die die Front öffneten.

Möglicherweise war Max' Begleiter der Einsatzleiter, der den Räumungsbefehl des städtischen Polizeivorstands angesichts der kritischen Lage verweigerte und den Polizeieinsatz verhinderte. Auf seinen Befehl zog sich die Polizei zurück, und der Demonstrationszug, an deren Spitze ein Pfarrer mit Esel, wie weiland Joseph mit seiner Familie nach Ägypten, zog, löste sich friedlich auf. Es geschah viel Bibelgefälliges an diesem Tag in der Zwinglistadt.

Es war ein Ausnahmetag. Möglich, dass der Einsatzleiter von seinem Vorgesetzten einen Brief bekam, wie Junglehrer Max einen erhalten hatte. Dann nahm aber alles seinen gewohnten Lauf. Die bürgerliche Presse forderte eine harte öffentliche Hand, die linke blieb lau. Wahlen standen an, der Stadtrat vernahm den Ruf des Souveräns nach Ruhe und Ordnung und ergriff Maßnahmen, die Justiz willfahrte der Politik und ging gegen die Angeklagten der Jugendbewegung mit aller Härte vor. Gewaltenteilung ist das Fundament des demokratischen Staats. Die meisten der rund hundertachtzig Strafverfahren gegen Polizeibeamte wegen Körperverletzung verliefen im Sand oder endeten mit einem Freispruch. Der Korpsgeist war intakt, die Polizisten hatten aus den Globuskrawallen 1968 gelernt: Wer mauert, gewinnt. Alles wie gehabt, außer der Ausrüstung, die war kriegerhaft geworden. Die Bürger der Stadt gingen mit aller Härte gegen ihre eigene Zukunft vor. Wieder und wieder und immer wieder, bis sich die Jungen den Alten angepasst und durch Verdrängung der Gegenwart ihre eigene Zukunftsangst aufgebaut haben würden.

Max sah keinen Sinn darin, sich von den Drogen zu befreien, um in die Wirklichkeit dieser Gesellschaft zurückzukehren. Während der Globuskrawalle war er aus allen seinen Träumen vom guten Menschen gefallen. Ein schwerer Sturz. Das Autonome Jugendzentrum, wo sich in den von den gutmeinenden Organisatoren kontrollierten Räumen Dealer und Konsumenten trafen, lag hinter den sieben Gleisen des Hauptbahnhofs, Max brauchte das Geld, das er auf der Sihlpost verdiente, nicht weit zu tragen.

Nach zwei Jahren aber war Schluss, die Stadtratswahlen hatten die Bürgerlichen gestärkt. Unter Polizeischutz wurde das AJZ dem Erdboden gleichgemacht. Die Jugendbewegung war gebrochen. Die schweigende Mehrheit der Stadtbürger applaudierte laut. Alles wie gehabt. Die Drogenszene verlagerte sich hinter das Landesmuseum, in dem nationales Kulturgut zur Schau stand, und breitete sich auf dem Platzspitz aus, wo im Goldenen Zeitalter der Stadt die alten Patrizier promenierten. Als wollten sich zweihundert Jahre später die linken und rechten Kleinbürger diese Tradition nicht versauen lassen, beorderten sie die Polizei auf den Platzspitz. Doch den Kleinbürgern war die Lokalgeschichte unbekannt, es ging ihnen lediglich um Bereinigung: E suubers Züri! Der Platzspitz wurde geräumt und gesäubert, die Drogenszene zerschlagen. Nicht dass keine Drogen mehr gehandelt und konsumiert worden wären, das wäre gegen die Tradition gewesen – in der Stadt Zürich blüht jede Art von Geschäft zwischen Platzspitz und Bürkliplatz, aber nicht im Freien, sondern hinter Fassaden aller Art, bunten und grauen.

3.

Die Totenglocke des Großmünsters verkündete es der ganzen Stadt: Walter Frauenlob war tot. Da oben, erhöht im Chor lag er unter der Schweizerfahne im Sarg aus schlichtem Tannenholz aufgebahrt. Links standen hinter der Standarte des Zürcher Schützenbataillons 6 drei Wachtmeister in Helm und der grobschlächtigen Uniform des Aktivdienstes, rechts hinter ihrer Standarte drei Wachtmeister von der II. Kompanie des Infanteriebataillons 98, in das Wm. Frauenlob Walter vor langer Zeit strafversetzt worden war; ein höherer Richter als Hauptmann Stelzner würde über die Rechtmäßigkeit dieser Versetzung urteilen. Die Treppe zum Chor war eine blühende Hügellandschaft aus Kränzen und Buketts.

Die Glocke klang aus, Schweigen setzte ein. In die Stille drangen das Schluchzen der Angehörigen und das Schnupfen der alten Kameraden.

Felix war aus Niederbayern gekommen mit Frau und allen Kindern und Kindeskindern, um Versöhnung mit dem Vater zu feiern. Zu spät.

Max saß aufrecht, gefasst, wie ein rechter Frauenlob, neben ihm seine Frau Helga, die er in Wien kennengelernt hatte, und ihr Sohn, ein feiner junger blonder Mann.

Betty, ja, Betty saß mit André da und löste sich zusehends in Tränen auf, wie es sich in einer solchen Situation gehörte. Auf dem Sitz neben ihr lagen drei gelbe Nelken – Hanni war Walter vorausgegangen. André gab sich der Wehmut über den Lauf der Zeit hin, lächelte in Erinnerung an die Genfer Jahre. Adieu, mon vieux copain. Die Bizzi-Söhne und ihre Schwester waren ferngeblieben, sie waren mit ihrem Leben in den USA beschäftigt, und Onkel Walter war ihnen schon fremd gewesen, als sie noch in der Schweiz lebten.

Nun setzte Regula oben auf der Empore zu Loeillets G-Dur Sonate an, und noch nie war das Großmünster von so ergreifendem Oboenklang erfüllt worden.

Alle Plätze, selbst die Bänke auf der Empore, waren besetzt. Pfarrer von Grebel junior führte die Gemeinde durch den Trauergottesdienst unter dem Wort *Üb' immer Treu und Redlichkeit.* Tief ergriffen von seinen Worten über den Dahingegangenen, sang die Trauergemeinde den Hymnus, dass es wie vom Himmel schallte:

Ein' feste Burg ist unser Gott, ein gute Wehr und Waffen.
Mit unsrer Macht ist nichts getan, wir sind gar bald verloren;
Es streit' für uns der rechte Mann, den Gott hat selbst erkoren.
Das Wort sie sollen lassen stahn und kein' Dank dazu haben;
Er ist bei uns wohl auf dem Plan mit seinem Geist und Gaben.

Auf dem Zwingliplatz vor dem Großmünster stand ein mit Tannenreis und Immortellen geschmückter Brückenwagen, im Geschirr ein braver brauner Eidgenoss, als wär's der Milchwagen von der Waffenplatzstraße. Das Spiel des Schützenbataillons 6 intonierte bei gesenkter Fahne *Ich hatt' einen Kameraden*, während die sechs Mann Totenwache den Sarg herantrugen und auf den Wagen wie auf eine Lafette absetzten, wegtraten und, drei Mann links, drei Mann rechts, den Wagen flankierten. Als Militärmusik und Kirchenglocken in altgeübter Harmonie ausklangen, herrschte einen Augenblick lang absolute Ruhe auf dem Platz bis auf das Klingeln eines Trams, das vom Limmatquai herauftönte, als schickte Frauenlob senior seinem Sohn einen Willkommensgruß. Dann trugen die Kirchendiener die Kränze herbei, Kranz um Kranz, Bukett um Bukett türmten sie auf, bis der Sarg unter Blumen verschwand und der Leichenwagen dem Corso an der *Fête de*

Genève alle Ehre angetan hätte. Ah, les sacres stofifres! Auf das scharfe Kommando des Detachementchefs, eines jungen Hauptmanns, der aussah wie Max, setzte sich der Zug in Bewegung. Das Militärspiel intonierte zum *Sechseläutenmarsch*, der jedem Zürcher lüpfig in die Seele fährt, die Trauergemeinde bewegte sich beseelt aus dem Schatten des Großmünsters in den Sonnenschein hinaus, ins Leben zurück. Die Musik, der Blumenwagen, die flankierende Wache, der der Blick des Hauptmanns im Rücken brannte. Die Familienangehörigen. Ein paar Schritte vor dem langen, langen Zug der Freunde und Bekannten Aeby Georges und Walaschek, zwei Veteranen des *Servette FC*. Sie trugen gemeinsam einen Kranz granatroter Rosen, als besondere Ehrerweisung an den »vieux Prussiens«. Der Zug bewegte sich durch die Oberdorfstraße dem Stadelhofen zu, die Letzten verließen den Zwingliplatz, als die Spitze die Rämistraße erreichte und sich da auflöste, um in der *Kronenhalle* bei Geschnetzeltem mit Rösti und Réserve de la Patronne die Fortsetzung des Lebens nach Walter Frauenlob zu feiern. Nur die Familie und der junge Pfarrer von Grebel folgten dem Wagen zum Friedhof auf der Hohen Promenade hinauf. Die Zeremonie am offenen Grab war militärisch kurz: eine Salve Salutschüsse, ein kurzes Gebet, Amen, dann wurde der Sarg in die fette schwarze Erde hinabgelassen, die den Toten bis fast in alle Ewigkeit in seiner letzten irdischen Erscheinungsform erhalten würde.

So hatte Walter Frauenlob sich seinen Abschied von *auf der Schanze* und Welt vorgestellt, würdig, wie es sein Vater vorgemacht, neues Beispiel gebend für alle folgenden Generationen Frauenlob. So hatte er es in seinem Testament festgehalten, in der Meinung, damit und mit dem Kauf des Grabplatzes auf der Hohen Promenade fünf Jahre zuvor sein Ableben für immer und ewig geordnet zu haben. Aber es kam ganz anders, als er sich gewünscht hatte. Wie immer in seinem Leben.

*

Nach Hannis Tod hatte Regula das häusliche Leben *auf der Schanze* neu geordnet. Sie wies dem Vater das Eheschlafzimmer als Wohnraum zu, nachdem er ihr geholfen hatte, das Bett der Mutter abzubauen und in der Mitte des Taufzimmers wieder aufzustellen, wo Regula sich einrichtete. Alle anderen Räume verschloss sie, die Schlüssel bewahrte sie an einem Ort auf, den der Vater nicht kannte. Den Platz an der Schmalseite des Küchentischs gestand sie ihm zu, den gegenüber, in Herdnähe, besetzte sie selbst. Regula vernachlässigte den Abwasch, am Geschirr klebten Eierspuren, und die Gläser waren trüb, die Tischdecke war voll Flecken, weil sie beim Schöpfen gelegentlich danebengoss. Walter beugte sich ihrer Unerbittlichkeit, weil sie Hannis Tochter war. Er löffelte schlürfend die Suppen, die sie kochte, und verzehrte die Rösti, die sie briet, wer leben wollte, musste essen, aber sie erinnerten ihn nicht an Hanni, die Kartoffeln waren pappig, und das Salz der Liebe, an die er geglaubt hatte, fehlte.

Die meiste Zeit verbrachte er im Turm. Die Außenseite war vollendet. Hausgenosse Dr. Gasslberger hatte einen Vetter Zimmermann und Dachdecker im Tirol ausfindig gemacht, der Walters Turm zu günstigen Konditionen das Zeltdach aufgesetzt hatte, es war eleganter als die Dächer aller Rittertürme in der ganzen Stadt. Der Vetter hatte auch den Riemenboden aus Schwarzwaldfichtenholz gelegt und eine zweiflügelige kassettierte Tür gezimmert, als müsste es die Pforte zum Paradies werden. Die Außenwände blieben betonfrei. Der städtische Bauvorstand hatte mittlerweile sein historisches Bewusstsein entdeckt, weil sich die Zeiten und die Wähler verändert hatten und ihm die Betonköpfe in seiner Entourage zum Autobahnbau davongelaufen waren, um sich an den Tunnels und Brücken im Reußtal und der Leventina gütlich zu tun. Achtung, die Zukunft wurde auf Beton gebaut! Die Gestaltung der Altstadt nach historischen Parametern? Für die neuen Bauer ein zu kleines Projekt, zu alt, bestenfalls total abzureißen, um Platz für die neue Schweiz zu schaffen. Im gegenwärtigen Zustand war sie eine Sache für Kleinkrämer, sie konnte dem Heimatschutz überlassen werden. Und dieser hatte Naturstein auf seine Fahne geschrieben. Das hatte Walter Frauenlob von der Auflage befreit, seinem Turm einen Betonmantel umzuhängen.

Er hatte alle Zeit und Muße, sich der Gestaltung des Turminnern zu widmen. Er trug einen dünnen weißen Verputz wie Lasur auf den roten Sandstein auf. Wenn die acht Fünfundzwanzig-Watt-Birnen am Holländerleuchter brannten, verbreitete sich ein warmer Schimmer, der Ecken und Kanten verwischte. Der Messingleuchter hing aus der Spitze des Dachgebälks über dem Fichtentisch. Er hatte jahrelang den Taufgesellschaften *auf der Schanze* geleuchtet, bis Regula ihn – »endlich« sagte sie, froh, die Zeugen von Vaters Tradition wegräumen zu können – als unnütz und unbrauchbar von der Decke holte und ihn ins Predigerzimmer der *Wissenschaftlichen Christengemeinde* umhängen wollte. Das immerhin hatte Walter verhindern können.

Im Dämmer pflegte Walter Frauenlob zu sitzen und seine Tage zu verbringen. Einfach zu sitzen und im Verlauf des Tages eine Flasche *Schlemmweg* auf dem Weg über einen Silberbecher zu leeren, den sein Vater zum fünfundzwanzigjährigen Dienstjubiläum geschenkt bekommen hatte. Für Treu und Fleiß. Er hatte auf die vier Kupferstiche, die die Herkunft seiner Eltern und seiner Schwiegereltern gezeigt hätten, verzichtet und sich auf ein einziges Bild, das silbergerahmte Aquarell eines Klettgauer Künstlers, beschränkt. Es zeigte das Land seiner Herkunft, vom Siblinger Randen aus, nichts wässerig Zerfließendes, klare Struktur, disziplinierte Pinselführung, gedämpfte reine Farben. Das Land des Vaters mit der Seele suchen. Er versank im Traum seiner Herkunft, bis ihn Regulas Stimme weckte, die vom Balkon schrie, wann er endlich die Gnade habe, zum Abendessen hochzukommen.

Als er eines Tages nicht wie üblich prompt reagierte, schrie sie noch einmal ins Leere hinaus, sehen konnte sie nichts, ihre Sehkraft reichte nicht mehr so weit. Als wieder keine Reaktion erfolgte, stieg sie mit der festen Absicht treppab, dem Spiel ein für alle Mal ein Ende zu bereiten und die Tür zum Turm zu schließen, egal ob der Vater drinnen oder draußen wäre. Den Schlüssel zur Turmtür hatte sie an sich genommen, als er das erste Mal im Schloss steckte. Sie trug ihn an einer langen Wollschnur um den Hals, er gab ihr das Gefühl einer Überlegenheit, die bösartig war. – Die endgültige Schließung der Turmtür als Strafmaßnahme erübrigte sich.

Der Vater, ein Schatten seiner selbst, saß mit dem Rücken zur Tür, eingesunken am Tisch. Am Holländerleuchter brannte eine einzige Glühbirne.

»Was fällt dir ein, nicht zu kommen, wenn ich rufe!« Regula fasste ihn energisch an der Schulter, da sackte er zusammen, sein Kopf schlug zwischen den Händen auf, mit denen er sich am Tischrand festklammerte. Der Vater war tot – wer würde jetzt den Teller Leberknödelsuppe essen, der droben auf dem Küchentisch stand und kalt wurde?

*

Walter Frauenlob-Gerber verstarb im Alter von neunundsechzig Jahren. Er war sieben Jahre älter geworden als sein Vater, als der sich von seinen Kindern verabschiedet hatte. Walter hatte gebangt, ob er die vom Vater gesetzte Grenze würde überschreiten können – Tradition war zugleich Verpflichtung und Drohung –, und war erleichtert, als er es schaffte. Nun würden noch viele Jahre mehr vor ihm liegen. Sieben nur waren es geworden, aber Zeit war ja eine Mess- und keine Maßeinheit. Er hatte seine Jahre gelebt und genutzt. Allerdings war es ihm nicht vergönnt, sich wie sein Vater im Beisein aller seiner Kinder vom Leben zu verabschieden. Aber er hätte es akzeptiert. Was sein muss, muss sein, alles hat seine Zeit.

*

Walter hatte bis ins Alter die elegante Erscheinung beibehalten können, die er sich als junger Mann in Genf angeeignet hatte, Frauen seiner Generation verglichen ihn mit Vittorio de Sica. Er hörte das nicht ungern, und wenn er sich nach der Morgentoilette im Spiegel beschaute, gelangte er zur Ansicht, dass sie recht hatten. Es war eine Schande, dass er einfach verbrannt, gegen seinen letzten Willen, und seine Asche nun von diesem kümmerlichen Bestattungsbeamten ins Gemeinschaftsgrab auf dem Enzenbühl geschüttet wurde, auf die Asche seiner Frau, Asche zu Asche, im Tode endlich untrennbar vereint. Ohne jede Zeremonie, die Trauergemeinde bestehend aus Max, ein Bild des Elends, und Regula, mit einem Ausdruck unguter Zufriedenheit im Gesicht.

Regula keifte mit Max, als hätten sie dreißig unglückliche Ehejahre hinter sich. »Ich habe dich überall gesucht zwischen Riviera und Platzspitz, sei froh und dankbar, dass ich die Formalitäten erledigt habe, du warst sein Liebling, nicht ich! Dafür kannst du deinen Bruder benachrichtigen, ich habe bei all dem Gelaufe auf die Ämter die Zeit nicht gefunden.«

Der Wahn, den Tod aus dem Leben ausklammern zu müssen, trieb seltsame Blüten, es war durchaus denkbar, dass Regula mit voller Absicht die Benachrichtigung ihrer Brüder so lange hinausgeschoben hatte, dass keine Zeit mehr blieb für eine Beerdigung, wie es dem geringsten Menschen ziemte, geschweige denn für eine Feierlichkeit, wie sie sich der Vater erträumt hatte. Der Grabplatz auf der Hohen Promenade blieb ungenutzt, Regula verkaufte ihn. Ein Käufer fand sich schnell. Es gab unter den vigilanten Jungmanagern und Jungbankern Interessenten genug, die es »voll geil« fanden, sich zum Vierzigsten nebst einem Loft auch Grundbesitz in der Altstadt anzueignen. Sie zahlten gutes Geld, wie es ihre Art war, wenn es sie selbst anging; sie kauften sich das ewige Leben diesseits zusammen und besaßen die Phantasie nicht, sich selbst begraben vorzustellen.

Sein Anteil an dem Geld war es, der Max davon abhielt, weiter über das nachzudenken, was die Kinder ihrem Vater angetan hatten. Tot war er nun mal, Pietät machte ihn nicht wieder lebendig, der Mensch lebte im Andenken seiner Mitmenschen weiter, und an den Vater denken konnte er immer, wann er wollte, solange er denken konnte. Max brauchte das Geld zum Überleben, als Toter konnte er kein Andenken pflegen.

Einen Leitsatz über Geld hatte Maggie Bleaker Addington ihrer Gemeinde nicht geschenkt, es war demnach keine Sünde, es zu haben oder zu nehmen, wo man es kriegte, insofern unterschied sich die *Wissenschaftliche Christengemeinde* von keiner andern Religionsgemeinschaft. Regula legte das Geld achtlos in eine Kommodenschublade, an denselben Ort, wo sie die Zimmerschlüssel vermutete, sie konnte sich nicht mehr genau erinnern, wo sie die versteckt hatte.

Felix erhielt seinen Anteil gleichzeitig mit der Mitteilung von der Ursache der Auszahlung und ihrer Erledigung überwiesen. Er nahm es als letzten Beweis für das ihm unbegreifliche Frauenlobsche Verhalten. Damit hatte sich die Sache der Familie Frauenlob *auf der Schanze* für ihn erledigt. Nur die Narren meinen. Der Schmerz über den Verlust von etwas, das man nie hatte besitzen wollen, war nicht groß. Er hatte sich mit Frau und Kindern in seiner eigenen Familie Frauenlob eingerichtet, die sicher auf dem Fundament Prantl ruhte. Was du ererbt von deinen Vätern hast, erwirb es, um es zu besitzen. Er trug das Seinige zum Familienbetrieb bei, was sollte ihn da kümmern, dass nicht er das Haupt der Familie war, sondern Lukrezia? Im Gegenteil, er konnte froh sein, dass es so war, das würde ihn davor bewahren, sich wie sein Vater eine *pater-familias*-Attitüde anzueignen.

4.

Nach der Bestattung des Vaters betrat Regula ein letztes Mal den Turm, nahm den Klettgauer Stich von der Wand und zerschlug, wie Moses die Gesetzestafeln, das Bild auf dem Tisch. Glas und Rahmen zersplitterten. Das Aquarell faltete sie und steckte es in die Manteltasche. Dann nahm sie die verfilzte Wollschnur mit dem Schlüssel vom Hals, verriegelte die Turmtür für immer, steckte den Schlüssel zum Papier in die Tasche und ging. Sie überquerte das Bellevue und betrat die Quaibrücke, über die in diesem Augenblick ein geradezu unendlicher Verkehr ging. In der Mitte blieb sie stehen, nahm den Turmschlüssel aus der Tasche und ließ ihn aus Zeigefinger und Daumen in die Limmat fallen. Dann zog sie das Klettgauerbild aus der Tasche, zerriss es und schickte die Schnipsel dem Schlüssel nach. Der Zugwind unter der Brücke wirbelte sie wie Flocken über den Fluss, der sie meerwärts tragen würde.

Dann kehrte sie nach Hause zurück, nach einem Umweg über die Fraumünsterpost, wo sie ihr Postfach leerte, das überquoll von Drucksachen aus Henniker, New Hampshire. *Auf der Schanze* war Vaters Sache gewesen. Einen Tag, nachdem er gestorben war, hatte Regula ein Postfach eröffnet, und den Briefkastenschlitz am Hauseingang mit Klebband verschlossen. Langsam stieg sie die Stiege hoch, sie spürte keinen Schmerz, aber die nun immer eingebundenen Beine wollten nicht recht. Nichts als Regulas Schnaufen war zu hören. Auf jedem Treppenabsatz blieb sie stehen, stützte sich am Geländer ab, um Atem zu schöpfen. Vor der Wohnungstür kramte sie in der Handtasche, es dauerte, bis sie den Schlüssel ertastet hatte. Die Rauten und Ranken und die Vögel im Glas der Wohnungstür waren zu Eis erstarrt. Sie öffnete die Tür, trat ein, und sperrte sofort hinter sich zu. Sie tappte durch das

Dunkel des Korridors, ohne Licht zu machen, was nicht viel genützt hätte, denn die Korridorlampe war mit einer schwachen Birne bestückt, und Regulas Blick war so stark getrübt, dass sie ihre Umgebung verschwommen sah und nur wahrnehmen konnte, was sie aus der Erinnerung kannte. Alle Zimmer, auch das Elternzimmer, waren zugesperrt, ihre Schlüssel in der Unordnung verschwunden, die sich in der Wohnung zunehmend ausbreitete.

Im Taufzimmer verhüllten teppichschwere Gardinen die Aussicht über Stadt und See. Mitten im Raum stand das Bett, auf ihm ein Haufen zerknüllten Leinens und durchgelegener Daunendecken, als wäre es eben verlassen worden. Darum herum häuften sich Bücher, Zeitungen und Broschüren, es war, als treibe das Bett auf einer Papierflut.

In der Ecke links stand der Strickstuhl, in dem die Großmutter immer gesessen hatte, davor ein runder Tisch mit Schachbrett-Intarsien und einer Meißner-Porzellan-Schale voll vertrockneten Gebäcks. In der Ecke rechts der antike Notenständer. Auf dem Querbrett, zu Füßen des Notenblatts *Think on me* von Ann Boleyn, lag die Oboe mit zerfranstem Mundstück und Klappen voll Grünspan.

*

Bis zum Tod der Mutter hatte Regula regelmäßig jeden Monat einmal zur Stubenmusik geladen. Sie empfing die Gäste wie gewohnt im langen Schwarzen mit der Granatbrosche über dem Herzen. Ob sie über all die Jahre tatsächlich immer das originale Hochzeitskleid der Mutter oder gelegentliche Nachbildungen getragen hatte, war nicht auszumachen, denn alles an Regula und um sie herum war vernachlässigt. Als nach dem Skandal im Stadttheater die Kollegen und

Kommilitonen fernblieben, schaffte die junge Frau Enzler Ersatz. Sie konnte ein paar Glaubensschwestern von der Pflicht zu tätiger Mitmenschenliebe überzeugen und zum Besuch der Stubenmusik animieren. Aber der Reiz verfliegt schnell, den eine originelle Person für kollektiv orientierte Menschen hat. Mehr noch, es wurde peinlich, denn Regula spielte die Stücke nur mehr ungefähr, weil sie die Noten auf dem Blatt nicht mehr deutlich sah. Zudem wurden ihre Ausführungen über die Komponistinnen wirr und uferlos, sie verlor den Faden ihres Vortrags oder hatte nie einen vorgesponnen. Selbst die Bleulerschen Mäuschen verloren bei der aufkommenden Cüpli-mit-Lachs-Mode ihre Attraktivität. Als einzige Zuhörerin neben der Mutter harrte die junge Frau Enzler aus, die auch schon Anzeichen von Alter aufwies. Geflissentlich hörten die beiden Frauen über das Geplärr hinweg, zu dem der Ton der Oboe verkommen war. Regula schmerzten die Zähne so, dass sie das Mundstück kaum halten konnte. Als aber *Jowa*-Gebäck von der *Migros* die Mäuschen ersetzten, war auch Frau Enzlers Vorrat an tätiger Menschenliebe aufgebraucht. Am Tag, als die Mutter starb, legte Regula die Oboe auf den Notenständer, wo sie für immer verstummt liegenblieb.

Von da an verbrachte Regula ihre Tage und Nächte lesend im Bett. Sie hatte der Mutter zum Fünfzigsten die sechsbändige *Artemis*-Ausgabe Albin Zollingers geschenkt. Die Bücher hatte sie vor sich auf der Bettdecke liegen. Wahllos griff sie sich einen Band, an einem Tag diesen, am andern jenen. Mit einer großen Stiellupe suchte sie im Text nicht den dichterischen Gehalt, der – hätte sie einen gefunden – sie nicht interessierte, sondern die Markierungen am Rand, die Unterstreichungen, Wellenlinien, Ausrufe- und Fragezeichen, welche die Mutter mit weichem *Koh-i-Noor*-Bleistift gemacht hatte. Über diese markierten Stellen begann sie nachzudenken, suchte die Beziehung zwischen der Mutter und dem Text, wurde erleuchtungsmäßig fündig. Die Mutter mit der Seele suchen – die Werke Zollingers erlangten den Status des *Leitbuchs* insofern, als auch sie das Geheimnis einer vergötterten Mutter offenbarten.

*

Dr. Ewald Gasslberger wandte seine ganze Geduld und Ausdauer auf, um in Kommunikation mit Regula zu treten. Die telefonische Verbindung mit der Außenwelt hatte Regula Frauenlob gekappt, die Türklingel gab nur ein tonloses Surren von sich, Klopfen half nicht. Dr. Gasslberger hatte einen volltönenden Bariton, den er nun zum Einsatz brachte: »Frau Regula Frauenlob – hören Sie mich? – Frau Regula, geben Sie ein Zeichen, dass Sie mich hören! – Regula, ich bitte Sie, ich muss mit Ihnen reden.« Das Parkett im Korridor knarrte. »Ich höre, dass Sie da sind.« Dr. Gasslberger senkte die Stimme: »Ich bin's, Dr. Gasslberger, ich bin allein – bitte, öffnen Sie, damit wir miteinander reden können.«

Die Tür wurde entriegelt, im Spalt zeigte sich Regula im langen Schwarzen, dem anzusehen war, dass es auch im Bett getragen wurde. Ihre Augen waren Höhlen im weißen Gesicht. Wie geistig abwesend redete sie am Therapeuten vorbei. »Wir sind sehr gut beraten, wir brauchen Sie nicht.« Sie zog sich zurück, um die Tür zu schließen.

»Ich brauche Sie!«, sagte Dr. Gasslberger schnell und hielt mit der Hand die Tür offen. »Ich brauche Ihre Begleitung an die Kruggasse – zu Max.«

»Max?« Auf einen Schlag war Regula präsent. »Was ist mit Max?« Sie ahnte, nein, sie wusste, weshalb Dr. Gasslberger sie holen kam. Ihre Augen füllten sich mit Tränen, sie unternahm nichts, sie aufzuhalten oder wegzuwischen. »Ich komme, ich komme«, sagte sie, »warten Sie hier!« Sie humpelte in den Korridor zurück, die Tür ließ sie offen. Nichts zu hören. Nach einer Weile kam sie wieder, einigermaßen gekämmt, im dunkelgrauen Mantel über dem langen Schwarzen und mit einem Regenschirm in der Hand, obwohl draußen die Sonne schien. Es sollte nicht aussehen, als brauchte sie einen Krückstock. Den Arm, den Dr. Gasslberger ihr bot, übersah sie. Schritt für Schritt, mit Zwischenhalt an jeder Hausecke, gingen die beiden stadteinwärts. »Wie ist es passiert?«, fragte Regula in einer Atempause.

Max hatte sich den goldenen Schuss gesetzt. Die Tür zu seiner Wohnung hatte er offen stehen lassen. Ein Fluchtweg? Er ging in die andere Richtung. Die Bewohner waren einander unbekannt wie in einem Apartmenthaus üblich, aber die offenstehende Tür machte eine Mitbewohnerin aufmerksam, und sie trat ein. Max hätte wohl über die Tatsache gelacht, dass ausgerechnet eine Medizinstudentin ihn entdeckte. Zum letzten Mal bewies das Leben, zu welch bösartiger Ironie es fähig war. Es hätte Max in seiner Überzeugung bestärkt, recht zu tun, wenn er es verließ. Er saß auf der Matratze in der Zimmerecke, die Decke zu einem Wulst geknüllt im Rücken, hielt einen Brief in der Hand, als wäre er beim Nachsinnen über dessen Inhalt eingeschlafen. Auf dem Kuvert neben der Matratze fand die Studentin als Absender Regulas Namen und Adresse, verblichen zwar, aber leserlich. Ihr Versuch, Regula zu erreichen, war vergebens. Über die Liegenschaftenverwaltung fand sie Kontakt mit Dr. Ewald Gasslberger.

»Lassen Sie mich mit ihm allein.« Regula hatte den einzigen Stuhl im Zimmer vor das Totenlager gestellt und sich darauf niedergelassen. »Kommen Sie in einer Viertelstunde wieder – bitte!« Regula sagte bitte zu dem Mann, den sie immer als Eindringling in ihr Seelenleben gefürchtet und von sich ferngehalten hatte. Der lange Gang an die Kruggasse, im Wissen um das, was sie erwartete, hatte ihren inneren Blick geklärt. In all den Jahren, die er *auf der Schanze* verbracht hatte, in aller gebotenen Distanz eines Hausmitbewohners, war er zu ihrem guten Hirten geworden. Gut ist ein Hirt, wenn er der Herde folgt, sich um die Schafe kümmert, die vom Weg abkommen, und sich im Übrigen still verhält. »Bitte, geben Sie mir, bevor Sie gehen, das Papier, das Max in der Hand hält!«

Die Totenstarre war schon eingetreten, Dr. Gasslberger hatte Mühe, das Papier aus dem Griff zu befreien, am Ende behielt Max einen Fetzen zwischen den Fingern. Es war der Brief, den Regula entgegen allen Abmachungen Max nach Wien geschickt und den er aus stummem Protest gegen diesen Verstoß nie geöffnet und bis zu seinem letzten Lebenstag vergessen hatte.

*

Geliebter Bruder,

Du bist weggegangen von mir, ahnungslos, und wirst, wenn ich Dich wissend gemacht habe, nie mehr zu mir zurückkehren können.

[Hier fehlte der Ausriss, den Max in der Hand behalten hatte] *retten, werde ich mich Dir entzogen haben. Lies Folgendes, sag nie ein Wort!*

Deine Regula

Es lebte einmal eine Königsfamilie auf einem Schloss, das auf einem Felsen hoch über dem Land thronte. Der gütige König, die liebe Königin, der Prinz und die Prinzessin. Sie lebten in Eintracht und Frieden, bis der Prinz zu einem jungen Mann und die Prinzessin zu einer jun-

gen Frau herangewachsen waren und die Leute auf allen Märkten des königlichen Landes sagten: Wie schön sie sind! Wie schade, dass sie Geschwister sind, sie wären das schönste Paar im ganzen Land!

Das hörte auch die Hexe, die am Fuß des Schlossfelsens hauste und in Vollmondnächten auf ihrem Besen das Schloss umkreiste. Dabei erblickte sie einmal die Königstochter, die am offenen Fenster ihrer Kemenate stand und dem Mond ihre Klage sang:

O lieber Mond, dir will ich's klagen,
ich darf es niemand sonstem sagen,
du bist verschwiegen wie das Grab,
zu dem ich meine Schritte lenke
und mich darein versenke.
Du gibst mit deinem sanften Licht mir Trost,
der Seele Ruh, die mir im Innern tost.
Dir kann ich sagen,
was ich muss,
laut klagen meine Pein,
daß ist, was darf nicht sein:
Ich lieb den Bruder mein.

Am andern Morgen trat die Hexe in Gestalt der Kammerfrau zur Königin und vertraute ihr das Geheimnis ihrer Tochter an, das sie, im Traum laut klagend, verraten habe. Zu Tode erschrocken berieten der König und die Königin, wie sie dem Unglück wehren mochten, denn sie liebten ihre beiden Kinder sehr. Da bot ihnen die Hexe an, sie von der Gefahr, die ihnen und ihren Kindern drohte, zu befreien. Ihr Preis sei der Felsen, auf dem das Schloss stand, nur der Fels. Denn der Bau von Menschenhand war dem Verfall geweiht, aber in seiner Höhle wollte die Hexe in alle Ewigkeit hausen. Erleichtert sagten der König und die Königin zu und fragten nicht, wie ihre Kammerfrau das schaffen wollte.

Das Königsschloss hatte einen Turm auf jeder Seite des Schlosshofs. Da sollten der König und die Prinzessin in einem Turm, die Königin und der Prinz im andern in der Nacht Wohnung nehmen und die Tore fest zusperren, der König und die Prinzessin in einem Turm, der Prinz und die Königin im andern. In der Nacht aber entlud sich ein fürchterliches Gewitter über dem Schloss. Ein furchtbarer Blitz schlug mitten in den Schlosshof ein und spaltete den Fels, auf dem das Schloss stand, in zwei Teile. Und der Spalt ging tief bis zum Talgrund und war so breit, dass kein Mensch und kein Pferd übersetzen konnten. Die Kammerfrau aber war verschwunden.

So lebte die Königsfamilie für alle Zeiten getrennt. In den Vollmondnächten hörte man die Klage der Prinzessin, nur der Mond verstand ihre Worte. Einmal sah sie drüben am Fenster des Prinzen einen Adler, der sich vom Sims abstieß, über dem Abgrund seine Schwingen ausbreitete und sich vom Morgenwind in die Höhe tragen ließ. Da stieg auch die Prinzessin auf den Sims ihrer Kemenate, breitete die Arme aus und stieß sich mit ihren bloßen weißen Füßen vom kalten Stein ab.

*

Die Blätter dicht vor die Augen haltend, versuchte Regula den Text zu entziffern. Es war nicht nötig, sie kannte den Text Buchstabe für Buchstabe, in ihrer Seele lebte er, seit Max auf der Welt war. Am Ende legte sie den Brief in den Schoß, saß reglos da. Sie hätte Max die Granatbrosche ans T-Shirt stecken wollen, aber sie hatte nicht die Kraft aufzustehen. Ohne den leeren Blick von ihm zu lassen, rupfte sie einen Fetzen vom Brief, steckte ihn in den Mund, zerkaute, verschluckte ihn und wieder einen, wieder einen, einen nach dem andern, bis der Brief mit dem Märchen der armen Prinzessin verschwunden war.

5.

Regula Frauenlob war »eine schöne Leich«. Sie lag auf ihrem Bett im Taufzimmer aufgebahrt. In einem neuen langen Schwarzen, das Lukrezia in Regensburg besorgt hatte. Nicht mehr im Gewühl von Tüchern und Decken, in welchem sie schließlich, fast fünf Jahre nach ihrem Abschied von Max, verdämmert war.

*

»Ich wundere mich sehr«, sagte der Amtsarzt, der den Totenschein ausstellte, zu Dr. Gasslberger. »Wie sie es überhaupt so lange hat aushalten können. Die Frau hat in mindestens drei verschiedenen Komas gelegen.«

»Sie war eine sehr starke Frau.« Dr. Gasslberger weinte um Regula und schämte sich seiner Tränen nicht. Sie waren Hausgenossen gewesen, am Schluss die letzten. Jeder lebte für sich, im Bewusstsein, dass der andere da war, sie oben, er unten, einander in Ruhe lassend, er sie oben, sie ihn unten. Sie konnten zueinander nicht kommen, sie hatten einander diametral entgegengesetzte Zugänge zum Leben mit seiner schrecklichen Unberechenbarkeit gesucht und gefunden. Er, wie es jetzt ausschaute, mit Erfolg. Sie nicht. Nicht? War das kein Erfolg, dass sie von Anfang an ihren Weg gegangen war, unbeirrt, konsequent, alle Opfer gebracht hatte, die diese Konsequenz forderte? War Anpassung ein Erfolg? War es ein Erfolg, darauf zu verzichten, sich selbst zu finden und zu leben als der, der man war? »Sie war eine starke Frau«, wiederholte Gasslberger und dachte: Hätte ich ihre Stärke, wäre sie meine Frau geworden.

»Und wo bleibt die Verwandtschaft?« Der forsche Amtsmediziner vermied geflissentlich den peinlichen Anblick, den der weinende Alte bot – Seelenschlosser, ha!

»Ihr Bruder ist unterwegs, er reist aus Niederbayern an.« Dr. Gasslberger schnäuzte sich, tupfte die Augen mit einem weißen Seidentaschentuch. Die Anwesenheit des andern irritierte ihn. »Ich werde ihn auf Ihr Amt schicken.« Er gab dem Kollegen Somatiker zu verstehen, dass er als Beamter seine Pflicht getan habe und auf das Amt zurück oder seinetwegen auch zum Teufel gehen könne.

»Das wäre zu wünschen«, antwortete der Beamte, ohne von Gasslbergers Nachgedanken zu wissen.

*

Felix reiste seiner Familie voraus, um als nächster Verwandter die Formalitäten zu erledigen und seiner Schwester ein anständiges Begräbnis auszurichten. Er wollte keinen Pomp veranstalten, wie ihn der Vater für sein Begräbnis geplant hatte. Aber er wollte auch keine beiläufige Erledigung, wie es seines Erachtens eine Beerdigung im Gemeinschaftsgrab war. Er war sich bewusst, dass er den letzten Willen der Schwester missachtete, auch wenn sie ihn nicht schriftlich festgehalten hatte. Er folgte seinem Bedürfnis, der Welt, oder nur sich selbst, zu beweisen, dass auch die Familie Frauenlob für einmal tun konnte wie alle – jetzt wo er als Einziger übriggeblieben war. Er beauftragte ein Bestattungsinstitut mit der Herrichtung und Aufbahrung der Leiche. Er befreite eigenhändig die Fenster im Taufzimmer von der Verdunkelung, riss die Balkontür auf, so dass mit dem Licht auch frische Luft vom See her in die Wohnung drang. Mit Hilfe Dr. Gasslbergers räumte er Bücher und die zu Unrat verkommenen Kleiderhaufen weg. Er schloss alle Zimmer mit den Schlüsseln auf, die sie unter der Matratze gefunden hatten.

Mit Luft und Licht kehrte das Leben in die Wohnung zurück, und ein Schimmer legte sich über Regulas Gesicht, der die Ruhe der neuen und die Versöhnung mit der alten Welt verströmte.

Felix stand mit Dr. Gasslberger am Fußende des schlichten Katafalks und betrachtete seine Schwester, erleichtert, dass das heitere Sonnenlicht die dunkle Vergangenheit überstrahlte, und traurig, dass er es versäumt hatte, seiner kleinen Schwester je zu sagen, wie sehr er sie als Künstlerin bewunderte und um ihre Freiheit beneidete. »Sie war die Talentierteste und weitaus Gescheiteste der Familie Frauenlob, Gerber und Bizzi inbegriffen. Darum kann ich nicht verstehen, dass sich so ein Mensch dermaßen gehenlassen kann, sich bei vollem Bewusstsein selbst zerstört. Sie wäre heilbar gewesen, wenn sie Medizin akzeptiert hätte. Es war Zucker, nicht? Wie konnte sie sich gegen ihren Herrgott vergehen und sich als Sein Geschöpf zerstören? Ich verstehe das nicht.«

»Vernunft und Intelligenz gegen Glauben?«, sagte Gasslberger. »Sie werden nie eine vernünftige Erklärung für das Verhalten Ihrer Schwester finden, mit Vernunft hat das nichts zu tun. Nur frage ich Sie: Muss es denn immer und allein die Vernunft sein? Ich hatte auf dem Gymnasium in Österreich einen Lehrer, Philosophie und Deutsch, der hat uns gelehrt, es gebe nur eine Maxime, die einem intelligenten Menschen durchs Leben helfe: Nichts unbesehen hinnehmen.«

Felix schaute auf: Wollte Gasslberger sich lustig machen über ihn?

»Sie kennen die Devise? Ja, wer kennt sie nicht, aber beweist das, dass sie auch richtig ist? Kritische Vernunft und Zweifel bis zum Wahrheitsbeweis – das ist tiefstes 18. Jahrhundert, Schlagwörter der vielgepriesenen Aufklärung. Nur: wohin hat uns die Aufklärung gebracht? Das nebenbei gefragt. Jedenfalls sind diese Zeiten seit einem Vierteljahrtausend vorbei, hören Sie: ein Vierteljahrtausend! Und dazwischen hat's noch einen Sigmund Freud gegeben. Nach Freud darf man nicht mehr behaupten, der Verstand allein leite den Menschen, könne ihn überhaupt leiten. Es gibt etwas anderes – Sie sind Katholik, Sie sagen ›Gott‹ –, etwas viel Stärkeres als den Verstand, was unser Handeln bestimmt. Frau Regula jedenfalls ist nicht ihrem Verstand gefolgt.«

»Das allerdings!« Felix trat an die offene Balkontür und schaute über den spiegelnden See, der Föhn rückte den Üetliberg nahe an die Stadt heran.

»Sie klingen bitter, als wäre Ihrer Schwester Unrecht geschehen. Sie weigern sich zu akzeptieren, dass sie der Lehre ihrer Glaubensgemeinschaft gefolgt ist, weil es ihrem inneren Wesen entsprach. Vergessen Sie ihren starken Willen nicht, nie hat sie auch nur das Geringste gegen diesen getan. Wollen Sie ihr diese Freiheit absprechen? – Schauen Sie sie an, sehen Sie ihre Ruhe nicht? Die kommt nicht vom Tod, die ist ein Nachklang ihres lebendigen Wesens. Dass die Gesellschaft, in der sie lebte, ihr Wesen nicht verstand, ist nicht Regulas Schuld. Ich liebte Ihre Schwester – ja. Verstehen Sie mich richtig, ich liebte den Menschen in ihrer Gestalt.«

Was hätte Dr. Gasslberger für Regulas Märchen gegeben, mit dessen Analyse er sie hätte erkennen können. Mit der Publikation seiner Ergebnisse hätte er in der Fachwelt Aufsehen erregt und mit Sicherheit eine Dozentenstelle am C. G. Jung-Institut in Küsnacht gefunden, in jener Villa am See, wo Conrad Ferdinand Meyer mit seiner Schwester Betsy zusammen lebte, Brüderlein und Schwesterlein –

*

Felix hatte genug vom rebellischen Wesen der Frauenlobs *und* Gerbers mitbekommen, um dem Komitee der *Wissenschaftlichen Christengemeinde* eine Todesanzeige zu schicken. Sie war, wie alle Anzeigen an Freunde und Bekannte, mit der Einladung zu einem Abschiedsbesuch *auf der Schanze* versehen. Die Einladung, einem toten Körper Ehre zu erweisen, wurde vom Komitee der geistgläubigen Kirche als Provokation empfunden, umso mehr als Felix *Im Glauben gelebt, am Glauben gestorben* als Leitwort über die Anzeige gesetzt hatte. Das Komitee war entschlossen, nicht zu reagieren. Bis Herr Roth, Head of the Finance Committee, der seinen kleinen Wuchs durch eine stramme Haltung kompensierte, sich zu Wort meldete. Ein Kerlchen, poliert von der Glatze bis zur Schuhspitze, das verkörperte Pflichtbewusstsein den Geboten Maggie Bleaker Addingtons gegenüber. Herr Roth sagte: »Diese Einladung beweist, welchen Anfechtungen unser wertes Mitglied ausgesetzt gewesen ist, wie hoch ihre Leistung – selbstredend unter Mithilfe unserer Führerin Maggie Bleaker Addington – einzuschätzen ist, widerstanden zu haben und bei unserem Glauben geblieben zu sein. Wir ehren unsere Führerin Maggie Bleaker Addington, wenn wir hingehen und – nein, nicht Fräulein Regulas sterblichen Überresten, sondern ihrem geistigen Wirken Respekt und Ehre erweisen, das in jenen Räumen stattgefunden hat. Gleichermaßen ist es die Gelegenheit, unsererseits durch unser Erscheinen und Gebet den Geist unserer Führerin Maggie Bleaker Addington zur Wirkung zu bringen in einer Umgebung, die seiner wohl bedarf.« Den Worten Herrn Roths – selig sind, die reinen Herzens sind – konnte nicht widersprochen werden. So geschah es, dass er sich in Begleitung von Margret Enzler und Rosemary Buchmann auf den Weg machte. Herr Roth war in Schwarz gekleidet, er kam von der Arbeit als Anlageberater bei der *Bank Vontobel.* Dass er nicht in Sachen Trauer unterwegs war, brachte er durch eine resedagrüne Krawatte zum Ausdruck. Frau Enzler trug ein Schneiderkostüm in Lila. Rosemary Buchmann folgte, als Vertreterin der Junggläubigen, mit einem königsblauen Deuxpièces und gleichfarbigem Béret über den Goldlocken, die lebensfroh leuchteten wie die feuerroten Lippen im bleichen Gesicht, vor deren Kuss Tod und Teufel sich gefürchtet hätten.

Lukrezia Frauenlob, welche die Delegation an der Wohnungstür empfing, unterdrückte ein Lachen, staunte stumm über die hiesigen Bräuche und führte sie zur Aufgebahrten. Die Delegation stellte sich am Katafalk auf, in der Mitte Herr Roth, der das *Leitbuch* mit beiden Händen wie einen Schild gegen die Anfechtungen des Unglaubens vor der Brust hielt. Mit einem knappen Nicken gab er den Einsatz zur Richtigstellung des hier Vorliegenden gemäß Maggie Bleaker Addington, welche die drei unisono starkstimmig verlauten ließen und dabei geradeaus über die Aufgebahrte hinweg ins Jenseits schauten:

»Es ist kein Leben in der Materie. Der Mensch ist nicht materiell. Er ist geistig. Und weil er geistig und vollkommen ist, muss er in der *Wissenschaftlichen Christengemeinde* so verstanden werden. Tod und Endlichkeit sind dem Leben unbekannt. Jeder materielle Anschein von Tod ist falsch. Er widerspricht der geistigen Tatsache des Seins. Amen.«

Die Damen senkten den Kopf und falteten über ihren Handtaschen die Hände zum stillen Gebet, während Herr Roth einen kurzen Schritt vortrat und das *Leitbuch* auf der Brust der Toten deponierte. Damit war die Mission der Delegation erfüllt. Roth verabschiedete sich mit einem knappen Kopfnicken von den anwesenden Trauernden, was auch für seine Begleiterinnen das Zeichen zum Aufbruch war.

Freunde und Bekannte kamen, weil sie wie alle Menschen waren und dem Tod ins Antlitz schauten wollten, um sich ihrer Lebendigkeit zu versichern. Der macho-marxistisch-leninistische Romano, aufmerksam gemacht durch Kollega Gasslberger, kam in Begleitung Judiths, die Jugendanwältin war und ihrem Alter mit der Eleganz Guccis standhielt, was für Romano Grund genug war, nach jeder neuen Frauenbekanntschaft treu zu ihr zurückzukehren. Caspar Steiner, ehemals Konzertmeister vom *Akademischen Orchester*, jetzt Rechtsanwalt, erwies der rebellischen Kollegin die letzte Ehre und anerbot sich, bei der Abdankung mit zwei andern ehemaligen Orchestermitgliedern ein Streichtrio zu spielen, was Felix als späte Wiedergutmachung dankend annahm. Eine Feministin der Lila-Generation führte eine Gruppe von Gefolgsfrauen heran, um den Abschiedsblick auf die Mitfrau zu werfen, von der sie gelesen hatte, dass sie im Stadttheater Skandal gemacht hatte. Sie legte eine lila Schleife über die Hände der Toten, was mit dem langen Schwarzen zusammen ein priesterhaftes Aussehen ergab.

Sobald die letzten Besucher gegangen waren, entsorgte Lukrezia das *Leitbuch* des Herrn Roth und die Schleife der Lilafrauen, Regula sollte befreit von solchem Ballast die letzte Nacht in ihrer Wohnung verbringen. Die einzige Farbe, die leuchten sollte, war das Granatrot der Brosche, nichts anderes, schon gar nichts Lilafarbenes, wo waren denn die Frauen, als Regula Solidarität gebraucht hätte! Man hatte die Brosche in Regulas Händen entdeckt, als sich die Totenstarre löste. »Sie soll im langen Schwarzen mit der Brosche auf der Brust in unsere Erinnerung eingehen«, sagte Lukrezia. Bevor der Deckel auf den Sarg geschraubt wurde, nahm sie allerdings die Brosche wieder ab, sie würde sie ihrer Tochter Johanna geben. »Ich weiß, dass ich im Sinn deiner Tante handle, und ich bin sicher, sie wäre stolz, die jüngste Schaffnerin zu sehen.«

Die dreizehnjährige Johanna war grauslich aufgeregt gewesen, ob sie den Anblick einer Toten aushalten würde. Sie tat's. Sie meinte sogar, das Spiegelbild der Frau zu erblicken, die sie selber werden wollte, es ergriff sie mächtig. Sobald sie wieder zu Hause waren, würde Vater alles erzählen müssen, wer seine Schwester gewesen war, wie sie wurde, was sie am Ende war.

Der zehnjährige Hans fühlte sich unbehaglich. Er sah eher eine Hexe als seine Tante daliegen. Er hatte keine lebendige Erinnerung an Regula. Jeden Sylvester, wenn sie zu Besuch *auf der Schanze* gewesen waren, war sie zu irgendeiner musikalischen Veranstaltung unterwegs gewesen. Sie hatte immer herzliche Grüße ausrichten lassen und exotische Geschenke wie türkische Pantoffeln und japanische Papierschirme hinterlegt, mit denen die Kinder nichts anzufangen wussten.

*

Die Familie begab sich zusammen mit Dr. Gasslberger zum Grab. »Sie gehören auch dazu«, hatte Felix gesagt. Johanna legte drei gelbe Nelken auf den Sarg. Dann setzte der graue Bestatter den Lift in Gang, und der Sarg versank in der Grube. Jeder nahm still Abschied von der Dahingegangenen, streute eine Schaufel Erde über den Sarg und entfernte sich, als Letzter Dr. Gasslberger, der dem Bestatter das Trinkgeld gab, wie es dieser erwartete.

Die Abdankung fand in der Kapelle des Friedhofs Enzenbühl statt, die an die Schalterhalle eines galizischen Provinzbahnhofs an der russischen Grenze erinnerte. Sie füllte sich auch ohne Mitglieder der *Wissenschaftlichen Christengemeinde* leidlich. Am Schluss trat ein Elternpaar mit einem bezopften und bebrillten Mädchen ein und schob sich geräuschlos in die hinterste Bank. Es war Toni, der Sohn der Witwe Gugler mit seiner Familie. Beim Kondolieren vor der Kapelle würde er zu

Felix sagen: »Ich habe die Todesanzeige gelesen und meiner Frau – das ist Elisabeth, meine Frau, und Ottelchen, unsere Tochter – meiner Frau habe ich sie gezeigt und gesagt: Ist es nicht traurig, in unserem Alter erst, und eine so gute Frau. Jetzt darf ich es ja sagen: Ich habe immer für sie geschwärmt, ja, viel mehr als das. Aber so wie mich der Herrgott ausgestattet hat – das habe ich meiner Frau gestanden, als ich ihr die Todesanzeige vorgelesen habe, und sie hat es mir nicht übelgenommen, Elisabeth ist eine liebe Frau. Aber es ist wahr, und Ihnen habe ich es jetzt auch sagen müssen: Ich habe Ihre Schwester verehrt. Der Herrgott möge mir verzeihen und sie in Seine Seligkeit aufnehmen, sie verdient es wie keine Frau sonst. Unser herzliches Beileid, Herr Frauenlob.«

Das Streichtrio eröffnete die Feier. Entweder gab es kein Trio für Streicher von Loeillet oder die Herren bewiesen Takt, sie spielten ein *Lamento* von Edward Elgar, das in keiner Weise an den Schalmeienton der Oboe erinnerte. Das Cello, dessen Klagegesang jede trauernde Seele zum Schwingen bringt, hatte die führende Stimme.

Ein Diener am Wort des Herrn, weder des evangelisch-reformierten noch des römisch-katholischen, war nicht eingeladen. Felix selbst ergriff das Wort zur Erinnerung an seine Schwester. Er konnte es nicht unterlassen, noch einmal sein Unverständnis zur Sprache zu bringen, was Regulas Umgang mit ihrer Krankheit betraf, aber er tat es auf eine milde, nachsichtige Art. Jeder Mensch hat das Recht, sein Leben nach eigenem Gutdünken zu führen, solange er den andern nicht beeinträchtigt. Kein Mensch hat das Recht, einem andern seine Lebensart aufzudrängen, ihn zu seinem Glück und Wohl zwingen zu wollen. Solche Fürsorge mochte gut gemeint und vernünftig begründet sein, aber Liebe und Vernunft waren das Gegenteil von Gutmeinen. Liebe und Vernunft bedeuteten, den andern in seinem Glauben leben zu lassen, auch wenn er daran starb. »Im Glauben gelebt, am Glauben gestorben. Auch wenn es uns schmerzt, müssen wir annehmen, dass Regula es so gewollt hat.« Das Gespräch mit Ewald Gasslberger zeitigte Wirkung, es war also denkbar, dass Felix ihn ansprach, als er versöhnlich mit dem Lieblingspsalm seiner Mutter, dem 23. Psalm Davids, schloss:

Der Herr ist mein Hirte; mir wird nichts mangeln.

Er weidet mich auf einer grünen Aue und führet mich zum frischen Wasser.

Er erquicket meine Seele; er führet mich auf rechter Straße um seines Namens willen.

Und ob ich schon wanderte im finstern Tal, fürchte ich kein Unglück, denn du bist bei mir, dein Stecken und Stab trösten mich.

Du bereitest vor mir einen Tisch im Angesicht meiner Feinde.

Du salbest mein Haupt mit Öl und schenkest mir voll ein.

Gutes und Barmherzigkeit werden mir folgen mein Leben lang, und ich werde bleiben im Hause des Herrn immerdar.

Elgars Schwermütigkeit lastete auch auf dem zweiten Satz des Streichtrios, aber weil es ein Menuett war, rief der Rhythmus das Leben wieder in Erinnerung. Das ewig neue Leben trat zum Schluss leibhaftig in Gestalt der jungen Johanna Frauenlob auf. Sie trug ein Gedicht auf ihre Tante vor, das sie unter dem Eindruck der letzten Begegnung mit ihr geschrieben und auswendig gelernt hatte. Dann hatte sie das Blatt Papier zerrissen und die Fetzen vom Balkon gestreut. Die Zeilen waren nur für diese eine Gelegenheit und nur für die Tante, sie würde sie bestimmt hören und mit sich in die Ewigkeit mitnehmen. Johanna trug auswendig aus vollem Herzen vor. Ob es ihr Eifer war oder ein Abglanz der Granatbrosche, die sie auf dem Herzen trug, oder der Sonnenstrahl im bunten Fensterglas, spielte keine Rolle – die Wirkung blieb sich gleich: Das Leben erschien auf dem jungen Gesicht, man besann sich, reckte sich und schmunzelte über die bayerische Färbung der Hochsprache der kleinen Frauenlob.

Felix lud die Freunde und Bekannten zum Leidmahl im *Hegibach* ein und vertraute sie der Führung Lukrezias an. »Du erlaubst Herrn Dr. Gasslberger und mir einen kurzen Umweg? Wir kommen gleich nach.« Sie gingen zum Gemeinschaftsgrab. Es war nicht leicht, sich vorzustellen, dass unter dieser Rasenfläche die sterblichen Überreste von Menschen lagen, die zu Lebzeiten den Großteil einer Familie ausgemacht hatten. Ja, nach den Eltern war auch Max auf diesem Weg in die Ewigkeit gebracht worden. Dr. Gasslberger hatte es veranlasst.

»Frau Regula war absolut unansprechbar, als ich nach der vereinbarten Viertelstunde in Max' Zimmer kam. Sie ließ sich ohne Widerstand nach Hause führen, sprach auf dem ganzen Weg kein Wort, erst vor der Wohnungstür erklärte sie, dass sie nun allein sein wolle. Bitte, sagte sie. Als ich sehr vorsichtig auf Max und was mit ihm zu geschehen habe zu sprechen kam, zuckte sie die Schultern, breitete die Hände aus, als sei das absolut nicht ihre Sache. Ich nahm es für einen Auftrag und meine, in ihrem Sinne gehandelt zu haben, als ich Max' Beerdigung im Gemeinschaftsgrab beantragte, was Frau Regula mit ihrer Unterschrift autorisierte. Sie müssen mir verzeihen, wenn ich gehandelt habe, ohne auch Ihr Einverständnis einzuholen, die Zeit und die Behörde haben gedrängt. Wenn ich allerdings gewusst hätte, dass Sie eine Erdbestattung vorziehen –«

Felix wehrte ab: »Wie hätten Sie's wissen können! Ich kann Ihnen nur dankbar sein für alles, was Sie für unsere Familie getan haben, insbesondere für Regula. Trauerarbeit sagt sich so leicht, aber Sie haben sie geleistet. Und die Beerdigung heute war mein ganz persönlicher Entscheid, ein einmaliger, es muss nicht immer Tradition sein. Was ich einmal für mich will, weiß ich noch nicht, ich werde es wohl meiner bayerischen Familie überantworten, meinem Leib das katholisch Übliche angedeihen zu lassen. – Im Übrigen heiße ich Felix. Komm jetzt, mein Freund, zum Leichenmahl – schönes Wort, ja?«

»Ich danke dir – Ewald ist mein Name. Nur eine Merkwürdigkeit noch: Als ich zusammen mit der Medizinstudentin die Wohnung an der Kruggasse räumte, fand ich weder das Kuvert noch den Brief wieder, den ich aus Max' Händen gelöst hatte. Ich wusste, dass sie in der Wohnung sein mussten, ja nur im Zimmer sein konnten, in dem Max lag, ich hatte sie gesehen, als ich hinausging, um zu warten. Ich hätte Frau Regula fragen müssen, ob sie den Brief an sich genommen habe, aber in dem Zustand, in dem sie war, getraute ich mich nicht, ich wollte auf einen günstigeren Moment warten, dann vergaß ich's, leider. Es tut mir leid.«

»Das mag ein Grund für Bedauern sein, aber nicht für ein schlechtes Gewissen. Regula war wie ihre Mutter und Großmutter eine manische Briefschreiberin, ein einmaliges Dokument kann es kaum gewesen sein.«

Als sie sich zur Leidgesellschaft im *Hegibach* und zu Beinschinken mit Kartoffelsalat setzten, war die Unterhaltung schon angeregt laut, die Stimmung aufgeräumt, ob mit oder ohne Wirkung des quartiereigenen *Pinot Noir* vom *Sonnenberg*. Die Tränen waren versiegt, die Wirklichkeit hatte die Leute wieder.

Es war von Anfang bis Ende ein durchaus anständiges Begräbnis.

*

Als Johanna ihrem Bruder Gutenacht gesagt hatte – die ganze Familie schlief im Großelternzimmer am Boden auf Matratzen – und ins leergeräumte Taufzimmer trat, war die Balkontür offen, die Eltern standen Hand in Hand draußen, zwei schwerelose Schatten am hellen Abendhimmel. Sie liebte ihre Eltern, seit heute noch viel mehr. Ohne ein Wort zu sagen, trat sie zu ihnen hinaus, an Vaters Seite.

»Da hast du's!«, hätte Ernst Frauenlob seiner kleinen Martha gesagt und sich wegen des verdammten Durchzugs das Gilet zugeknöpft. »Das sollten deine Brüder von der *Komeedi* sehen! Das ist eine Familie! Und was schreibt der Apostel Paulus? Glaube ist gut und recht, aber die Liebe ist das Größte. 1. Korinther, 13;13.«

Sein Enkel mit Frau und Tochter schaute über den Zürichsee hin. Jeder hing seiner Erinnerung an den heutigen Tag und an die Verstorbene nach. In die andächtige Stille hinein begann Felix laut über seine Vaterstadt nachzudenken, und es klang nach Heimweh. »Ich mag eure Donau, gewiss mag ich sie, blau oder nicht. Aber der See, der See – es wird mir so – ich weiß nicht wie, wenn ich da hinunterschaue. Erinnerst du dich an die Au-Fahrt, meine liebe Braut von damals? Eine Donaufahrt trägt dich weit weg, am Ende landest du am Schwarzen Meer oder sonstwo draußen in der Welt. Auf dem Zürichsee kehrst du immer in die Stadt zurück, Landestelle Bürkliplatz. Eine Stadt am See ist etwas Besonderes, oder nicht? Sie bietet Offen- und Geborgenheit zugleich. Schau, wie der See ausgebreitet vor den Alpen liegt – diese Weite, diese Ruhe! Ist es nicht so? Ein Fluss dagegen will weg, die Ufer sind ihm zu eng, er schießt auf ein Ziel los, aber das liegt in weiter Ferne. Am Fluss ist keine Bleibe.«

»Nowossogst, jetzt trifft mich doch der Schlag des Philosophen! Nu sag bloß noch Bantarei! Schatz, was bemühst du so wässerige Metaphorik, wo du doch einfach Heimat sagen willst. Was ist denn an Heimat so schlecht, dass di net traust? Und von wegen Fluss – die Limmat stört dein Ruhebedürfnis wohl gar nicht?«

»Was hätte Vater dazu gesagt?«

»Recht hast, aber schweigen sollst. Das sagst du immer, Paps!«

»Bitte, Hannerl, sag nicht Paps, das klingt mir zu amerikanisch.«

»Ich sag nicht mehr Paps, sobald du mir Johanna statt Hannerl sagst. Ich bin a ka Madl net mehr, merk dir das! Und was ist das für eine Au-Fahrt, hat das mit Kirche zu tun?«

Hätte Ernst Frauenlob senior gehört, mit welchem Beiklang seine Urenkelin »Kirche« sagte, er hätte sich einer weiteren wohlwollenden Bemerkung über die gegenwärtige Familie Frauenlob nicht enthalten können.

Felix klärte seine Tochter über den Zürcher Brauch auf, vergaß nicht zu erwähnen, wie tapfer sich die junge Holledauerin, die jetzt ihre Mutter war, geschlagen hatte. »Aber genug davon. Ich staune einfach über mich selbst, dass mir in Zürich überhaupt so heimatlich werden kann. Das muss an der Fremde liegen, an die sich Aug und Seele gewöhnt haben.«

»Fremde sagt er unserer Holledau!«, schrien die Frauen unisono und kniffen Felix in den Arm, eine von links, eine von rechts.

»Aua, ihr tut mir weh – und Unrecht obendrein. Mir ist nämlich ein Gedanke durch den Kopf gegangen. Man – ich meine, wir könnten doch auch beides haben – Donau und See.« Felix legte seinen Frauen den Plan dar, den er zu entwickeln begonnen hatte, als ihn bei seiner Rückkehr in die Vaterstadt dieses neue heimatliche Gefühl aus der Ruhe brachte und, stärker als die Limmat zum Meer, zur Realisierung drängte. Sie würden die Frauenlob-Etage als Stockwerkeigentum erwerben. Das ergäbe ein Pied-à-terre oder für die Kinder eine Unterkunft, wenn sie zum Studium hierherkämen. Die Schweizer Universitäten seien bekanntlich sehr beliebt bei deutschen Studenten, kein Numerus clausus. Johanna war begeistert. Lukrezia machte einen kurzen Ausflug in ihre studentische Vergangenheit, lächelte und gab ihre Zustimmung. Leisten konnten sie es sich, das Geschäft lief gut, Prantl-Spargelbau expandierte erfolgreich.

»Ihr Frauenlob-Männer mit euren Plänen!« Lukrezias Seufzer war gespielt. »Apropos, was geschieht mit Vaters Turm?«

*

Der Turm sollte abgerissen werden.

Johanna erhob Einspruch gegen die Absicht der Eltern, nahm diesem aber gleich die Überzeugungskraft mit der Art, wie sie ihn begründete: Sie finde den Turm »irgendwie geil«. So redete man nicht in der Familie Frauenlob-Prantl. »Aber wenigstens vorher noch schauen, wie's drinnen aussieht?«, bettelte sie. »Das möchte ich schon. Wenn sich kein Schlüssel findet, muss man halt die Tür aufbrechen. Der Turm birgt sicher ein großes Geheimnis.«

Das solle Großvater mit sich ins Grab genommen haben, meinte Felix. Vor der Abreise in die Holledau wollte er noch die Abrissbewilligung erlangen. Er hatte sich auf einen langen Weg durch die Instanzen eingestellt, aber schon bei der dritten Amtsstelle war er am Ziel. »Nicht Leichteres als das!« Fast ausgelacht wurde er von dem für Denkmalpflege/Archäologie zuständigen zweiten Adjunkt auf dem Amt für Städtebau. »Nichts soll bleiben, wie es war. Wir leben ein Zürich, das mit der Zeit geht!«

Von Walter hatte das Amt erst eine Betonhülle verlangt, dann wurde Naturstein bewilligt, der Turmbau durfte entstehen und bestehen, solange seine Fassade der politischen Mode gefiel. »Nun stört er aber in seiner Eigenwilligkeit die Ästhetik der öffentlichen Stadt«, stellte der Adjunkt fest. »Was ist überhaupt der Turm – ein Schuppen, ein Denkmal, ein Gartenhaus?« Ja, als Gartenhaus wäre er wohl zu klassifizieren gewesen, da er ja im Vorgarten stand. »Dann ist der Fall klar: Abriss. Es geht nicht an, dass jeder Gartenbesitzer nach eigenem Gusto sich sein Häuschen bastelt. Die öffentliche Ästhetik soll als eine einheitliche wahrgenommen werden, die Stadt muss ein Antlitz ohne Ecken und Kanten haben, das global als ihr ›brand‹, verstehen Sie, wahrgenommen und von den Touristen und der internationalen Klientel als gefällig geschätzt wird. Ein paar Fassaden historischer Bauten gehören dazu, das schulden wir der Tradition einer europäischen Stadt. Der Turm könnte abgerissen und an seiner Stelle das Rebhäuschen nach alten Stichen rekonstruiert werden, aber für ein Objekt solcher Art fehlt uns im Hinblick auf die anstehenden Sportstadionbauten das Geld, und für privates Sponsoring ist es zu klein und unbedeutend.«

Felix beauftragte ein Abrissunternehmen für die Zeit, nachdem er mit Frau und Kindern abgereist war. Seine Anwesenheit war bei der notorischen Zuverlässigkeit zürcherischer Unternehmen nicht erforderlich, es sei denn, sie hätten sich so stark gewandelt wie die städtische Verwaltung. Deren Wandlungsfähigkeit war allerdings einmalig. Walters Turm der Frauenlobs verschwand, wie er zur Erscheinung gelangt war: Stein für Stein. Das Abrissunternehmen hatte die außerordentliche Qualität des Schwarzwälder Sandsteins und seine Wiederverwendbarkeit als Mantel für Betonmauern festgestellt, was den Einsatz eines Baggers verbot.

2012

3. September – Der Besuch des deutschen Kaisers Wilhelm II. in Zürich jährt sich zum hundertsten Mal.

Die Bevölkerung Zürichs erinnert sich nicht.

Die Familie Frauenlob bricht zu neuen Ufern auf.

1.

Heute ist Sylvester 2011.

Ich bin am Ende der Geschichte angelangt. Bis hierher und nicht weiter. »Uus bambam«, wie Reto zu den Kindern sagt, wenn etwas definitiv ist.

Vor der Tür steht das Jahr 2012 – zweitausendundzwölf, mein Gott, vor genau hundert Jahren hat die Geschichte angefangen! Das ist ein Jubiläum, das gefeiert werden muss – die Familie zum Jubiläum zusammenrufen und ihnen meine Familiengeschichte präsentieren, einen Spiegel, jedem ein Exemplar.

Wo Großvaters Turm gestanden hat, spielen jetzt unsere Kinder, seine Urenkel, Felix junior und Lukrezia-Maria, er drei, sie zwei Jahre alt. Sentimental wie ich bin, stelle ich mir vor, dass sich Staub vom Schwarzwälder Stein unter die gelben Körner und schwarzen Haifischzähne gemischt hat und dass das die Ursache für den Rosaschimmer ist, den ich gelegentlich im Sandkasten festzustellen meine, nicht nur wenn der Schein der Abendsonne *auf der Schanze* liegt. Kitsch-as-Kitsch-Can würde Vater dazu sagen.

Väter!

Väter sind eine *Species rara*, ein Geheimnis für jede Frau. Frau kann den Vater hassen, verachten, zu verdrängen und zu vergessen versuchen, ersetzen, als unumgänglich akzeptieren, respektieren, verehren, lieben sogar – verstehen wird frau ihn nie, weder als seine Tochter noch als Mutter seiner Kinder. Es sei denn, sie würde ihr ganzes Interesse der Geschichte ihres Vaters widmen, um hinter sein Geheimnis zu kommen. Nur, welche Tochter, wenn sie einmal ihr eigenes Leben eingerichtet hat, berufstätig und Mutter geworden ist, findet Zeit, Gelegenheit oder einen Sinn darin, sich mit dem Vater zu beschäftigen, der nicht der Vater ihrer eigenen Kinder ist?

Wie auch immer, ich jedenfalls weiß, von wem ich rede. Mein Vater ist Felix Frauenlob. Für seine Geschichte begann ich mich vor gut zwanzig Jahren zu interessieren, ich erinnere mich genau.

*

Ein Blick zurück.

Mit Vater und Mutter stand ich am Abend von Tante Regulas Begräbnis auf dem Balkon des Hauses *auf der Schanze* hoch über der Stadt. Wir schauten über den Zürichsee hin und hingen unseren Erinnerungen an den vergangenen Tag und an die Verstorbene nach. In die andächtige Stille hinein begann Vater laut über seine Vaterstadt nachzudenken, und es klang nach Heimweh. Das überraschte Mutter und mich, weil wir das von ihm nicht kannten, über Herkunft und Familie hatte er sich bis anhin wenig bis gar nicht geäußert. Er hatte ein sehr distanziertes Verhältnis zur Schweiz als seiner Heimat, »la Suisse n'éxiste pas«, lächelte er. – Aber es kam noch mehr! Plötzlich verkündete er, die Wohnung *auf der Schanze*, wo er aufgewachsen war und Tante Regula bis zu ihrem Tod gewohnt hatte, kaufen zu wollen. Er würde nach dem Kauf diesen merkwürdigen Turm im Vorgarten abreißen lassen, den Großvater der Sage nach eigenhändig aus roten Schwarzwald-Sandsteinblöcken gebaut hatte. Es machte den Anschein, als bestünde ein Zusammenhang zwischen Wohnungskauf und Turmabriss. Aber welcher?

Ich war damals dreizehn, sensibel für Widersprüche und Ungeklärtes, voll Emotionen nach der Beerdigung meiner Tante, und reagierte heftig auf Vaters Absichten, positiv auf den Kauf der Wohnung, negativ auf den Abriss des Turms. Er war von Großvater, also hatte er einen Sinn, man musste ihn nur finden! Wusste Vater überhaupt, weshalb Großvater diesen Turm gebaut hatte? Ließ er ihn abreißen, weil er den Grund kannte? Ich begann Vater mit Fragen zu löchern.

Er wich meinen Fragen aus, wollte mir nicht verraten, weshalb er Großvaters Turm abreißen ließ, ohne ihn je betreten zu haben. Barg der Bau ein Geheimnis, das er sich zu lüften scheute? Bestand ein Zusammenhang zwischen seiner Lebensgeschichte und der Geschichte des Turmbaus? Die Wahrscheinlichkeit, dass dem so war, war groß, denn die Tatsache war erklärungsbedürftig, dass es einen Zürcher wie ihn in die Holledau nach Niederbayern verschlagen hatte, noch tiefere Provinz als seine Heimatstadt, wie ich ehrlich zugeben muss. Dass er zusammen mit einer Einheimischen, meiner Mutter Lukrezia Maria Prantl, eine Existenz aufbaute. Dass er erfolgreicher Spargelproduzent wurde, jemand wie er, der sich für alles interessierte, woran ein bayerischer CSU-Mitgliederbeitrag zahlender Bauer im Leben nie dachte. Allerdings war es kein Geheimnis, dass Mutter dabei die treibende Kraft war, das war bei einer Prantl-Tochter geradeso natürlich, wie dass Vater von Natur aus – oder war's seine Erziehung? – der Getriebene war.

Mutter lächelte bloß, wenn ich bei ihr nachfragte, und vertröstete mich auf später oder verwies mich an Vater zurück. Aber der erzählte nie etwas von sich aus, und auf meine Fragen antwortete er jeweils: »Le secret d'ennuyer est celui de tout dire, Voltaire.« Er liebte Sprüche, was er von seinem Vater habe und dieser wiederum von seinem Vater Ernst Frauenlob, behauptete Mutter. Sie pflegte halb belustigt, halb ärgerlich zu reagieren, wenn Vater »wieder einen Frauenlob-Spruch fahrenließ«, sie wusste nie, was genau er bedeuten sollte.

Ich ließ mich mit den Sprüchen abspeisen, für einen Teenie gab es mittelfristig Interessanteres als Vaters Geschichte, aber ich vergaß nicht. Als ich dann *auf der Schanze* wohnte und täglich an der Stelle vorbeiging, wo der Turm gestanden hatte, meinte ich eine Ausstrahlung im esoterischen Sinn wahrzunehmen. Das Interesse erwachte. Wann immer ich in der Holledau war, lenkte ich mindestens einmal das Gespräch auf die Geschichte der Frauenlobs, was sich unverfänglich machen ließ, weil ich die Wohnung für Vater verwaltete.

Väter!

Welcher Vater kann sich auf die Dauer den Wünschen seiner Tochter entziehen? Im März 2008 war es so weit. Wir blieben wie üblich nach dem Abendbrot noch am Tisch sitzen, um zu erzählen und zu plaudern, ich erachtete die Stimmung als günstig, auf mein Thema zu sprechen zu kommen. Bevor ich anfangen konnte, stand Vater vom Tisch auf, als hätte er geahnt, worauf ich hinauswollte. »Komm mit!«, sagte er und ging voraus.

Ich erschrak, ich hatte ihn nicht ärgern wollen, ausgerechnet heute. »Paps!«, rief ich. »Ich wollte nicht –«

»Natürlich willst du«, er schaute zurück und lächelte. »Komm jetzt! Ihr entschuldigt uns!«, sagte er zu den andern, die genauso überrascht waren wie ich.

Er führte mich in sein Büro, ein kleines Zimmer neben dem Wohnzimmer, das von Papieren überquoll, ein Wunder, wie von einer solchen Unordnung aus eine global aktive Firma geleitet werden konnte. Das machte wohl nur der PC möglich, dessen Monitor wie eine exotische Insel aus der Flut ragte und, schau schau, das Bild Zürichs von der Quaibrücke aus zeigte. Ein zweites Wunder war, dass Vater, ohne zu suchen, eine antike hölzerne Bleistiftschachtel unter den Papieren auf seinem Pult hervorzog, ihren Schiebedeckel öffnete und einen Schlüssel mit dickem Zackenbart und einfachem Drehring entnahm, so antik wie die Schachtel. »Zwischen unserem und dem Kellerabteil von Dr. Gasslberger liegt das ehemalige Abteil der Witwe Gugler. Ewald hat es mir überlassen, als ich einen Raum für die Hinterlassenschaft der Familie Frauenlob suchte, die bei Regula verstreut herumgelegen hatte. Akten, Fotoalben, Schulhefte, Souvenirs und was weiß ich noch. Vernichten wollte ich nichts, wegschließen alles. In diesem Kellerabteil findest du Material für das ganze Familienleben. Wenn etwas fehlt, kannst du es dir ausdenken, die Lücken mit eigenen Erfahrungen füllen. Tu deiner Phantasie keinen Zwang an, nichts wird je so unglaublich sein wie das Leben. Wenn die Urkunde uns verlässt, so muss die Vernunft die Lücke ergänzen, sagt Schiller, ich sage, die Phantasie. Das ist der Schlüssel zum Archiv. Und damit es jetzt nicht zu feierlich wird: Hier, nimm den Schlüssel und gib endlich Ruhe!«

Hatte ich nicht den liebsten aller Väter! Mir fehlten die Worte, und hätte ich sie gefunden, ich hätte sie vor Heulen nicht aussprechen können, ich hängte mich an seinen Hals nicht lautlos, aber stumm.

»Du machst mir ja den ganzen Pullover nass«, sagte er und ließ seine flache Hand auf meinem Rücken kreisen.

Die andern staunten, als wir an den Tisch zurückkehrten, aber wir verrieten ihnen nicht, weshalb wir beide wie Maikäfer strahlten.

Das alles geschah am Vorabend von Vaters siebzigstem Geburtstag, den wir im engsten Familienkreis im *Prantl-Stübl* vom *Kuchlbauer* in Abensberg feierten – »Wo unsere Familie gegründet wurde«, sagte Mutter. Die Vorstellung, die Familie im Speisesaal eines Gasthauses zu gründen, wirkte leicht befremdlich, aber frau durfte Mutter nicht zu genau beim Wort nehmen, sie hatte erstens Philosophie studiert und war zweitens trotzdem eher eine Frau der Tat. Als wir durch die Eingangshalle des Gasthofs gingen, blieb sie stehen, schaute sich um und strahlte Vater wie eine Jungverliebte an: »Nowossogst, Felix, Schatz – hier war's!« Ich fand es echt süß, süß *und* echt, dass eine Ehefrau ihren Mann nach so vielen Jahren noch anhimmelte – ob das meinem Mann auch einmal passieren würde? »Sag, Felix!«

»Im großen Festsaal war's, und erinnern tue ich mich hauptsächlich an den Brautwalzer, das allerdings eher schmerzlich.«

»Glaubt's ihm net, Kinder, er ist *mir* auf den Füßen herumgetanzt!«

Engster Familienkreis? So eng war er nicht. Wir waren zu viert aus Zürich angereist – mein Mann Reto und ich, seine Johanna. Seit wir uns kannten, nannte er mich so. Man hätte doch annehmen können, einem Schweizer würde es leichtfallen, einen Kosenamen zu finden bei der Verkleinerungsseligkeit, in der sie schwelgen. Wenn sie aus einem »so« ein »soli« machen konnten, wäre auch aus einer steifen Johanna etwas Kuscheligeres zu machen gewesen. Nicht von Reto, der war zwar lieb, aber widerständig gegen jedes Kosen. Kinder haben wir trotzdem, Felix junior und Lukrezia-Maria. – Anwesend war auch mein Bruder Hans Frauenlob, ein fleißiger Schaffer, der im Lande Bayern geblieben und Vaters Nachfolger im Spargelgeschäft geworden war, samt seiner Frau Jutta und ihren fünf Orgelpfeifen.

»Das reicht«, hatte Mutter befunden. »Wenn meine fünf Schwestern mit ihren Familien auch noch dazukämen, wäre der große Festsaal zu klein. Bei den echten Bayern sammelt sich ja mehr Nachwuchs an als bei den Zugezogenen und Ausgewanderten.«

»Schau dir unseren Nachwuchs an!« Vater hatte Einspruch erhoben. »Ist's die Quantität, die eine Familie ausmacht? Familie ist eine Maß-, keine Messeinheit.«

Abgesehen davon, dass es keine reine Freude war, einen

Abend lang den Erfolgsstorys meines Bruders zu lauschen, machte auch die Masse die Feier recht anstrengend. Sieben Kinder bei einem Festessen waren mehr, als langfristig zu ertragen war, zumal ich mich, das muss ich ehrlich zugeben, der bayerischen Robustheit in Rede und Verhalten entwöhnt hatte, zu lange lebte ich schon im gemäßigten alemannischen Süden. Retos Geselligkeit ist ohnehin aufs Häusliche beschränkt, was *auf der Schanze* meinte, und mir brannte der Schlüssel zum Kellerabteil in der Hand, uns drängte es nach Hause, nach Zürich.

*

Ich hatte eine Stelle bei der *Credit Suisse CS* und betreute beim Kultursponsoring die Abteilung zur *Wiederbelebung der Frauenliteratur*. Ich las gern und viel. Was bei meiner Bewerbung aber mehr als das Schöngeistige gezählt hatte, waren meine Qualitäten als Master of Arts in den Wirtschaftswissenschaften. Es ging den Bewerberinnen, mit denen ich zu tun hatte, mehr um unser Geld als um ihre Literatur, was mich ehrlich gesagt enttäuschte, aber weiter nicht zu beschäftigen hatte. Ich konzentrierte mich auf den Betrieb, ich spannte ein Netz von Bezügerinnen und Bezugspersonen, das so stark geknüpft war, dass es für die Zeit meiner vorübergehenden Abwesenheit hielt, aber bei einem definitiven Weggang gerissen wäre. Also konnte ich es riskieren, Urlaub einzugeben.

Ich habe einen verständigen Mann. Reto realisierte meine Ungeduld, das Kellerabteil aufzuschließen und den Schatz zu heben. Wir vereinbarten, dass ich bis zum Schuleintritt der Kinder eine berufliche Auszeit nehmen würde, er würde sich anschließend seinerseits beurlauben lassen. Diese Zeit musste für die Frauenlob-Geschichte ausreichen. Ich konnte

Reto

nicht behaupten, ich hätte einen kleinlichen Ehemann. Reto hatte als dipl. Sportlehrer ETH eine Fitness-Nische der *Credit Suisse* besetzt und *RTN relax the neck*, das Training für das PC-geschädigte Personal aller Stufen entwickelt und im Basement des *Üetlihof*, gleich hinter der Tamboureneiche, eingerichtet. Und zwar auch so gut strukturiert, dass er sich würde den Urlaub leisten können, ohne seinen Arbeitsplatz zu gefährden.

*

Ich hatte in Zürich studiert und während der ganzen Zeit natürlich *auf der Schanze* gewohnt. Nach der denkwürdigen Balkonszene am Abend von Regulas Beerdigung hatte ich noch fünf Jahre träumen und planen dürfen. Ich hatte erst noch den Abituranforderungen der Regensburger Schwestern genügen müssen, bevor ich nach Zürich auswandern durfte, versehen mit der innigsten Ermahnung meiner Mutter, ein ehrbares Leben zu führen. Was immer sie damit meinen mochte. Ich hatte wie über einen netten Scherz gelacht und nicht verstanden, weshalb sie dabei nicht mir, sondern Vater tief in die Augen sah – und lächelte. Die Eltern hatten mich mit einem Monatsgeld alimentiert, das mir für eine so teure Stadt wie Zürich ziemlich zwinglianisch vorkam, aber es hatte genügt, ich hatte bescheiden gelebt. Luxus hatte ich mir geleistet, indem ich die ganze Wohnung allein bewohnte und kein Zusatzgeld mit Untermieterinnen verdiente. Bewerberinnen hätte es genug gegeben, und ich hatte mir auch ihre Kommentare vorstellen können, »von wegen Frauensolidarität und so«. War mir egal gewesen, ich war nicht auf Distanz zur Familie gegangen, um mich sofort wieder in eine Gemeinschaft einbinden zu lassen. Mit Reto war das natürlich etwas anderes gewesen. Als ich ihn kennenlernte, änderte ich meine Wohnsituation. Doch das war erst kurz vor Abschluss des Studiums gewesen und war mit Niederbayern abgesprochen worden, nachdem Reto und ich uns über unseren Lebensplan einig geworden waren.

Das Plansoll spielte jetzt im Sandkasten auf dem Turmplatz, die Balkontür stand immer offen, bei lauter werdenden Unstimmigkeiten unten musste ich nur auf dem Balkon in Erscheinung treten und, im Gegensatz zu Balkonauftritten von Königinnen, wurde es ruhig und friedlich. Bei diesen Gelegenheiten übte ich den schweifenden Blick über den See hinweg, der die Empfindungen meiner Vorfahren väterlicherseits für Stadt und Familie zu wecken pflegte. Keine leichte Übung für ein Auge, das an die sanften grünen Wellen der Holledau gewöhnt war. Kein leichter Gedanke auch, der wie der Wind vom See her über den Balkon strich, dass meine Kinder als Zürcher aufwuchsen und in der Vatersprache redeten. Aber wenn Vater hatte in der Fremde bestehen können, dann konnte das auch seine Tochter, erst recht die Tochter einer Prantl-Mutter!

*

Die *Credit Suisse* gewährte mir Urlaub. Für mein Zweitstudium an der Familienuniversität war ich auch als Ehefrau und Mutter teilweise beurlaubt. Die Zeit, die ich täglich für die Sichtung des Familienarchivs einsetzen konnte, war so knapp wie die Muße, die ich brauchte, mir die Lückenfüller auszudenken, zu denen Vater mir geraten hatte. Das Studium der Geschichte meiner Zürcher Familie würde sich hinziehen. Aber abgesehen vom ureigenen Interesse war es mein Ehrgeiz, die Arbeit so zu organisieren, dass weder die Kinder noch der

Ehemann noch ich selbst (in dieser Reihenfolge) zu Schaden kamen.

*

Sobald wir das Kellerabteil geleert und alles Material ins Großmutterzimmer gebracht hatten, das frei geblieben war, weil Reto und ich weniger Nachwuchs hatten als die Wohnung Zimmer, begann ich mit den Vorbereitungen. Das Studium der Geschichte meines Vaters würde zum Studium meiner eigenen werden. Beim Einrichten des Arbeitsplatzes, bei der Installation eines Schreibpults samt elektronischem Equipment, beim Öffnen der Kartons, dem Sichten und Ablegen des Materials in Ordner, Kästchen, Fotoalben, Schachteln, Plastikkörben wurde mir wieder wie einst, als ich mich als Studentin *auf der Schanze* einrichtete.

Über den Staubwolken der Akten baute sich ein seelisches Hoch auf, eine Welt lag vor mir ausgebreitet, ich musste sie nur entdecken! So musste es die Entdecker der Meere und Kontinente gekribbelt haben, wenn sie sich auf Expedition begaben, die nervöse Mischung von Vorfreude und Angst, Hoffnung und Erwartung. Nein, Angst konnten sie keine gehabt haben, sonst wären sie zu Hause geblieben. Gut, es war nicht zu vermeiden, dass sich ein Gefühl der Unsicherheit einschleichen wollte, aber wovor sollte ich Angst haben? Frau musste einfach auf Unerwartetes gefasst sein, dann würde sie auch richtig reagieren können. Mr Livingstone I presume. Am besten war, dieses Gefühl dadurch abzubauen, dass ich mich an die Arbeit machte.

*

Drei Jahre lang lebte ich in der Vergangenheit der Frauenlobs, zwar nur eine befristete Zeit täglich, aber je tiefer ich grub, desto mehr entfernte ich mich von meiner Familie. Ich meinte, wenn ich meine täglichen Pflichten als Hausfrau und Mutter erfüllte und meinen Anteil an Alltagsarbeit leistete, würde das für genug Gegenwartshaftung sorgen. Aber ich begann immer intensiver in der Vergangenheit zu leben, ein ganzes Jahrhundert in drei Jahren, viel Zeit auf einmal.

2.

2012 – eine Jubiläumsfeier also? Auch die Bizzis müssten kommen, alle die es noch gibt, kein Problem, sie zu finden, das Internet würde es ermöglichen.

Vergiss es, Johanna, sage ich mir, das nun absolut nicht! Es wird zwei Exemplare der Frauenlob-Geschichte geben, mehr nicht, das, welches vor mir auf dem Tisch liegt, und eine Kopie, die zu Vaters Fünfundsiebzigstem nach Großleitkirchen gehen wird, ob er sie lesen oder wie das Turmproblem behandeln wird, ist seine Sache. Bis hierher und nicht weiter, ab heute gehört deine ganze Zeit und dein ganzes Interesse wieder deiner gegenwärtigen Familie!

Die Gegenwart kommt mir zu Hilfe, sie holt mich in die Realität zurück, stößt lärmend die Tür auf: die Kinder feiern mit Pfannendeckeln und Rasseln den Sylvester.

Hüt isch Sylväschter
und morn isch Neujahr
und wämpmer's nöd glaubsch,
so riiss di am Haar.

Die Kinder werden lautstark unterstützt von Reto, der die Trompete mit großer Inbrunst und null Talent bläst, seine Augen werden groß und größer, fallen ihm fast aus dem Kopf, als er den Papierstapel auf dem Tisch sieht – sie ist endlich fertig! Er stößt in die Halljahrsposaune, und unter dem Feldgeschrei der Kinder fallen die Mauern, die ich um mich herum aufgebaut habe. Wie könnte ich ihm in diesem Moment mit der Idee von Familienjubiläum kommen! Zu lieb ist er, wie er mit den Kindern lärmt. Wie man ins neue Jahr tritt, wird man es verbringen – was soll ich ihnen, uns die Stimmung vermiesen mit dem Hinweis, dass meine Geschichte »eigentlich noch ein rundes Ende brauchte«.

Aber die Idee von der Jubiläumsfeier lässt mich den ganzen Tag nicht los, zu schön wäre sie als Abschluss meiner Geschichte. Reto spürt meine Unruhe, ich weiß, er fürchtet einen Rückfall. Reiß dich zusammen, Johanna, sage ich mir dauernd, es geht um deine Familie! Soll das ein Witz sein? Das ist gerade das Problem: meine Familie! Bis fünf vor Mitternacht plage ich mich, dann stehen wir mit den Kindern auf dem Balkon und hören die Glocken der Altstadtkirchen das alte Jahr ausläuten, was mich immer wieder erschüttert. Möglich, dass mir deshalb die Lösung einfällt. I hobbs! Das Jubiläum findet statt, aber persönlich werde ich nichts mit ihm zu tun haben, versprochen! Ich ziehe mich in mein wahres Leben, zu meiner Familie zurück, das haben Reto und die Kinder nach drei Jahren Enthaltsamkeit jeder Art ebenso verdient wie ich Erholung.

Ich mache Platz für Johanna Benz-Frauenlob, die eine Fiktion ist, lasse sie in die Geschichte eintreten und das Jubiläum für mich richten. Sie schafft das ohne meine Hilfe, wenn sie ruft, werden alle kommen. Die Kinder Lukrezia-Maria und Felix gebe ich ihr für diesen einen Tag mit, es braucht Kinder an Familienfeiern. Aber Reto behalte ich für mich. Sie schafft das ohne ihn. Und er wird es zu schätzen wissen, wenn wir zwei endlich wieder einmal einen Tag für uns allein haben, verdient hat er es so gut wie ich. Ich darf annehmen, die Leserinnen, die bis hierher durchgehalten haben, verstehen, was ich damit sagen will und dass ich Johanna, die jetzt an meine Stelle tritt, eine Schaffnerin nenne.

Apropos – fürs Durchhalten bedanke ich mich bei allen Leserinnen recht herzlich, ja, ja, auch bei den männlichen Lesern, die sind natürlich mitgemeint. Hören Sie die Glocken läuten? Ich verabschiede mich mit den besten Wünschen für das neue Jahr – für jedes kommende neue Jahr – und mache der fiktiven Johanna Frauenlob-Benz Platz.

3.

Am 3. September 2012, Punkt halb zwölf, wie es auf der Einladung geheißen hatte, standen die Frauenlobs aus Zürich und Niederbayern – Johanna mit Lukrezia-Maria und Felix, ihre Eltern, der Bruder mit Frau und Kindern – zusammen mit Guglers und Dr. Gasslberger am Hafen Zürich-Wollishofen und warteten auf die Bizzis. Johanna, die Urenkelin der Gründerväter, hatte die Bizzis zur Hundertjahrfeier der Zürcher Frauenlobs eingeladen, denn die Familien von Hanni und Betty Gerber waren ohne einander nicht zu denken, so wenig wie die Schwestern selbst.

Kurz nach Mittag fuhren zwei schwarze *Lincoln*-Stretchlimousinen lautlos vor, zogen eine sanfte Schlaufe und kamen mit einem weichen Nachwippen zum Stillstand. Die Fahrertüren öffneten sich gleichzeitig, blankpolierte schwarze Stiefel schoben sich aus dem Innern, suchten Stand auf dem feuchten Hafenboden und brachten im Gefolge ihre Träger zum Vorschein, die sich, nachdem sie ihre Jacken geradegezupft, befleißigten, den Wagenschlag für ihre Fahrgäste zu öffnen, was sie mit der behandschuhten Rechten taten. Dann war es mit der Ruhe vorbei, der Hafenplatz füllte sich mit Lärm. Selbst wenn das Motorengeräusch von Stretchlimousinen laut wäre, hätte man es nicht gehört, als diese entschwanden.

Der Bizzi-Clan hatte auf der Hinfahrt, die zur Erbauung der Zürcher Passanten im Schritttempo vor sich ging, das Angebot der Bordbar genutzt und entstieg den Limousinen in aufgeräumter Stimmung – keine Spur von steifer Feierlichkeit. Sie logierten im *Dolder Grand* hoch über der Stadt, nicht im *Baur am See*, von dessen Balkon aus der deutsche Kaiser damals schicksalhaft in Leib und Seele Hans Gerbers geblitzt hatte. Für solch bedeutungsträchtiges Logement fehlten den

Bizzis Wissen und Bewusstsein, oder sie fanden das *Baur au Lac* einfach weniger »fancy« als *The Dolder Grand.* Dieses war nicht mehr zu vergleichen mit dem *Grandhotel Dolder*, dem Hotelkasten der Vorjahrhundertwende, an dessen Stelle es stand. Auf seinem Golfplatz waren die Kinder Bizzi und Frauenlob im Winter Schlitten gefahren und hatten im Sommer verirrte Golfbälle gesucht.

Die Bizzis kümmerten sich einen Deut um ihre Verspätung und bemerkten nicht, wie die Wartenden fröstelten. Es war kein Kaiserwetter heute, kein milder Altweibersommertag, kühl und feucht war's, wie an den Manövern vor hundert Jahren. Nebel verhüllte See und Ufer, es war unmöglich, auch nur zu ahnen, wo die Halbinsel Au lag, zu der die Fahrt gehen sollte. Aus der Nebelsuppe tauchte die *Panta Rhei* auf, als wäre sie von Böcklin gesteuert, und legte am Steg an, um die Gäste aufzunehmen.

»Zu Schiff, zu Schiff!« Johanna rief, und es kamen zwölf Frauenlobs aus Zürich und Niederbayern, dreiunddreißig Bizzis aus den USA, drei Guglers aus Dübendorf und Ewald Gasslberger von *auf der Schanze.* Johanna und ihr Töchterchen Lukrezia-Maria versahen die Geladenen mit Namensschild und Blumen. Alle drängten an die Wärme, waren schnell im Schiffsinnern verschwunden.

Johanna nahm die Tochter an die Hand, um den andern zu folgen, als sie ein Paar erblickte, das zögerlich näher kam. Ein Mann in ihrem Alter, großgewachsen, das blonde Haar aus der hohen Stirn gekämmt und zu einem Zopf geflochten, bordeauxroter Sakko, grünweiß karierte Hose, kanariengelbes Hemd. In der Linken hielt er ein kleineres Instrumentenetui aus rotem Krokoleder, mit der Rechten führte er eine ältere Dame. Sie trug dem Wetter zum Trotz den Regenmantel über dem Arm, so dass sowohl ihr elegantes sandfarbenes Dirndlkleid als auch ihre Figur, die es rund und geschmeidig ausfüllte, zur Geltung kamen. Das naturblonde Haar trug sie frisch dauergewellt.

Johanna überprüfte die Gästeliste – es konnten keine Familienangehörigen sein, und Musik hatte sie keine bestellt. Sie trat den beiden einen Schritt entgegen. »Verzeihen Sie, das hier ist eine geschlossene Gesellschaft. Wenn Sie einen Ausflug machen wollen – bei dem Wetter«, lächelte sie, »– ist es wohl besser, Sie fahren zur Hauptanlegestelle am Bürkliplatz, ich weiß nicht, ob hier ein Kursschiff hält.«

»Hüben hier und wieder drüben dort, hält das Schiff an manchem kleinen Port, und wir steigen ein – heißt es nicht so?«, lächelte der Mann.

Was hieß so? Der redete, wie er aussah!

»Crazy, isn't it. Immer wenn ich Zürichsee höre, stoßen mir Verse von CFM auf. Ist aufstoßen korrekt? Meyer, I mean, Conrad Ferdinand, Spätfolgen des Schottengymnasiums in Wien, you know. Anyway, you must be Johanna Frauenlob. Sie gestatten, ich bin Renatus aus Cleveland, Ohio, und das ist meine Mama« – Mammá sagte er –, »Helga aus Wien, very pleased to meet you.«

»Ganz meinerseits.« Johannas Gesicht strafte ihre Worte Lügen. »Ich bin Johanna Benz-Frauenlob, aber ich habe keine Ahnung, woher wir uns kennen. Wie kann ich Ihnen behilflich sein? Verzeihen Sie meine Ungeduld, aber ich müsste mich jetzt eigentlich um meine Gäste auf dem Schiff kümmern, wir fahren gleich ab.«

»No problem, wir fahren gern mit.« Der Mann lächelte unbeirrt. »Steigen wir ein. Mammá friert, sie will den Mantel einfach nicht anziehen. Well then?«

Hatte er nicht gehört oder nicht verstanden, was sie gesagt hatte?

»René, ich bitte dich, lass die Schmonzetten. Siehst du

nicht, wie du die junge Dame verwirrst?« Mammá wandte sich Johanna zu. »Ach was, junge Dame!« Sie vergaß alle Formalitäten und fasste Johanna herzhaft bei den Händen. »Ich sag dir einfach Hannerl, weil du nämlich meine Nichte bist, des bist, jawoll, da schaugst aber, Maderl, jo? Nur sag mir jetzt nicht Tante, ich bin die Helga Praczoll und dieser junge Mann hier, der dich sekkiert, ist dein Cousin, weil er der Sohn von deinem Onkel Max selig und mir ist. So ist's.« Sie zog Johanna in eine Umarmung, die beiden den Atem nahm und die Tränen in die Augen trieb. »Jo mää, gschegn is gschegn, Madl, was wanst?« Helga Praczoll kramte nach einem Taschentuch in ihrem Tiroler Beutel.

»O yeah, komm her, Cousinchen, und lass dich umarmen.« Renatus bückte sich zu Johanna herunter, und während er sie umarmte, klöpfelte das Instrumentenetui sanft an ihren Rücken.

Die Schiffshupe, seltsam wie aus einer anderen Welt zu hören, schreckte Johanna aus der Betäubung, sie fand Luft und Sprache wieder. »Lauf zu Opa, schnell!« Lukrezia-Maria lief. »Kommt, so kommt doch, schnell! – Wir kommen schon!«, rief Johanna zum grauen Schatten auf der Kommandobrücke hinauf.

Helga folgte ihr am Arm des Sohnes. »Wie schaug i denn aus?« Sie befürchtete wohl Spuren der rührseligen Begrüßung im Gesicht.

»A real Feschität, Mammá!«, lächelte der Sohn, er hatte ein ganz feines Lächeln.

Das Schiff legte ab, nahm Fahrt auf in den See hinaus, wo die Grenze zwischen Wasser, Luft und Land zusehends schwand.

*

Die Gesellschaft hatte sich mit Gespräch und Apero erwärmt, es wurde Zeit für Johannas Wort zum Jubiläumstag.

»*Schlemmweg* ist nicht mehr, kein Frauenlob-Traditionswein, der Rebberg im Klettgau, beste Hanglage Süd, ist mit einer Terrassensiedlung überbaut. Macht eh nix, wie die Österreicherinnen sagen, wir sind keine Klettgauer mehr – wer war es je außer Urgroßvater Ernst Frauenlob? Heute sind wir alle Zürcherinnen und Zürcher, und drum ist es *Leutschner Riesling* vom Zürichsee.« Sie hob das Glas zur Begrüßung, als hätte sie es dem Großvater abgeschaut, und löste bei den ältesten Bizzis den alten Reflex auf Toast und Frauenlob aus: abschalten. Aber sie wurden von ihren Partnerinnen und Partnern gezwungen zuzuhören, um zu übersetzen. Also übersetzten sie, hauptsächlich das, was den Frauenlobschen Ernst brach, und erklärten, dass der Wein »von« und nicht »aus dem Zürichsee« sei, obwohl er so schmecke. Sie ernteten Gekicher und waren zufrieden.

Aber Johanna hatte zu viel Frauenlobsche Unbeirrbarkeit vererbt bekommen, um sich von ihrer feierlichen Rede abhalten zu lassen. »Ihr Bizzis lacht und beweist damit alte Verbundenheit, Prost! – Aber um auf Zürich zurückzukommen: Wie kam es denn, dass wir Frauenlobs alle Zürcher geworden sind? Wir wären nicht da – das ist verbürgt –, wenn Wilhelm II. nicht Zürich besucht hätte. Unsere wackeren Urgroßväter hatten den deutschen Kaiser als Aphrodisiakum benötigt, um der Familiengründung obliegen zu können. Den Falschen haben sie sich nicht zum Vorbild ausgesucht, mit sechs Söhnen und einer Tochter hatte dieser der ganzen Welt gezeigt, wie's geht. Das war halt seine deutsche Art gewesen: Es der ganzen Welt zu zeigen.« Die Granatbrosche über Johannas Herzen strahlte vor Begeisterung. »Tradition ist ein großes Wort, ein Männerwort in unserer Familie. Großmutter Hanna hat ihre liebe Mühe damit gehabt, denn Großvater Walter Frauenlob hat es ihrer Meinung nach zu gern und zu häufig in den Mund genommen. Immer wieder: Familientradition! Aber wann der Grundstein zu dieser Tradition gelegt worden ist, konnte er nicht herausfinden. Diese Art von Recherche beherrschen alle Männer nicht, die Art von Berechnungen haben sie schon immer ihren Frauen überlassen. In unserer Familie hat es dazu eine – wenn ihr erlaubt, dass ich das im ehrenden Andenken an meine Urgroßmutter Hanna Gerber-Schaffner festhalte – Schaffnerin, nämlich mich gebraucht. Ich habe festgestellt, was am 3. September, heute vor hundert Jahren geschah. – Ein Prosit also auf den 3. September 1912, auf den heutigen Jubeltag und auf alle kommenden 3. September der Jahre 12!«

Ein fröhliches Gläserklingen setzte ein, als würde der vergnügliche Teil eingeläutet. Zu früh gefreut. Johanna ergriff noch einmal das Wort. »Ich muss noch einmal um Aufmerksamkeit bitten – nein, ich darf. Zwei unerwartete Familienmitglieder sind kurz vor Abfahrt an Bord gekommen – unerwartet, weil wir von ihrer Existenz nicht wussten. Schon lange Familienmitglieder – was wir auch nicht wussten. Sie brennen darauf, euch kennenzulernen. Ich darf Helga Praczoll aus Wien das Wort geben, die mit ihrem Sohn Renatus aus Cleveland, Ohio, zu Besuch gekommen ist!«

»Cleveland sagt sie – ist er ein Bizzi?«

»Ich denke nicht. André hätt's vielleicht gewusst.«

Fesch und frisch gepudert trat Helga Praczoll vor, Küsschen für Johanna. »Ich danke dir, Hannerl.« Dann gab sie ihrer Freude Ausdruck, hier zu sein, an Bord, sozusagen, der großen Familie, die sie so lange entbehrt hatte, ja, es war ihr innigster Wunsch gewesen, einmal die Familie kennenzulernen. Die Familie des Vaters ihres Sohnes. »Ich spreche von Max Frauenlob, eurem Bruder, Cousin, Onkel, dem Vater von Renatus. Max war mein Mann für ein paar glückliche

Tage in Wien, die glücklichsten in meinem Leben. Kurz war die Freud – ich wollte sie nicht verlängern, auch dann nicht, als ich merkte, dass ich schwanger war. Was wäre geworden, wenn ich Max zur Verantwortung gezogen hätte? Bestimmt hätte er sich nicht vor seinen Vaterpflichten gedrückt, er war ein anständiger, ein guter Mensch und wäre bestimmt der beste Vater geworden. Aber ich brachte es nicht übers Herz, ihn zu nötigen, er hatte noch so viel vor, wollte noch so viel für die Menschheit tun. Ja ja, er wollte sehr viel. Ein Mann wie Max, es gibt nicht viele wie ihn, sollte seine Kraft nicht verzetteln. – Ich wollte auch nicht die Erinnerung an eine wundervolle Zeit im Alltag einer Ehe untergehen lassen. Ich bin eine Wienerin, ich lebe von der Erinnerung. Die Erinnerung an Max blieb mein Leben lang lebendig. Natürlich verdanke ich das auch unserem lieben Sohn an meiner Seite, seinem Ebenbild. Er war es auch, der mich davon überzeugt hat, Max wiederzusehen. Wir begannen zu suchen – aber es war zu spät, ich hatte zu lange gezögert. Denselben Fehler wollte ich nicht wiederholen, darum sind wir jetzt hier. Aber ich brauchte Zeit, mich euch anzunähern – und Hilfe von außen. Ich habe sie in unserem lieben Herrn Dr. Gasslberger gefunden. Ich bin ihm von Herzen dankbar, er hat mir geholfen, euch zu finden, und hat so lange geschwiegen, bis ich bereit war, Kontakt mit euch aufzunehmen.

Ich habe mir ein Gewissen gemacht, ob ich Max nicht hätte retten können, wenn – Wenn die Großmutter Räder hätte, wäre sie ein Trolleybus, hat Max immer gesagt. Warum ausgerechnet die Großmutter, habe ich nicht verstanden, aber der Sinn des Ganzen wird ähnlich sein, wie wenn wir in Wien sagen: Gschegn is gschegn, Madl, was wanst – geschehen ist geschehen, kein Grund zu weinen, Mädchen.

Max hat mir in der kurzen Zeit unseres Zusammenseins

viel von seiner Familie und besonders von seinem Vater erzählt. Er liebte seinen Vater über alles, auf seine staubtrockene Zürcher Art, wenn ich das als Wienerin mit »fü Gfü« sagen darf. Deshalb will ich jetzt das Glas erheben und euch bitten, auf Max und seinen Vater anzustoßen. Wo immer sie sein mögen, sie werden uns hören, ich wünschte, sie wären zusammen. Ja, Walter Frauenlob bin ich zu großem Dank verpflichtet. Vom Monatsgeld, das er Max gegeben und Max mir überschrieben hat, konnte ich einen Großteil von Renatus' Ausbildung finanzieren. Mein Sohn ist Solist im *Cleveland Philharmonic Orchestra.* Sparsamkeit und Generosität in einem, das setzt einen guten Menschen voraus – und die sind nicht nur in Österreich rar. Auf die guten Menschen Max und seinen Vater Walter, ich danke ihnen!«

Nach Helgas Toast war es eine ganze Weile lang ziemlich still, nur die halblauten Übersetzungsbemühungen der Bizzis waren zu hören. Schließlich erhob sich Jacques Bizzi, klopfte mit dem Messer ans Glas und sagte: »Wenn ihr erlaubt, ein kurzes Wort auch von uns Bizzis. Ich rede für alle, weil ich dank meiner lieben Frau Hannelore mein Deutsch am besten habe bewahren können. Wir Bizzis der dritten Generation haben das Glück, alle noch hier anwesend sein zu können, mehr oder weniger gesund. Was ihr von uns wissen wollt, können wir euch nachher persönlich mitteilen. Umso mehr ist es uns ein Anliegen, euch an unsere lieben Eltern Betty und André zu erinnern. Sie sind für immer in den USA geblieben, liegen in dem Land begraben, das für sie und für ihre Kinder zur zweiten Heimat geworden ist. Dass wir die erste nicht vergessen haben, beweisen wir durch unsere heutige Anwesenheit. Unser Vater, André Bizzi, ist vor mehr als dreißig Jahren ganz überraschend im Schlaf gestorben, friedlich, wie es zu ihm passte. Für Mutter war das ein schwerer Schlag, der ihr

Gemüt so getroffen hat, dass sie in pflegerische Obhut gegeben werden musste. In Newbury, wo ihr Mann begraben war, fanden wir ein privates Heim. Mutter schien glücklich, in seiner Nähe leben zu können, und doch war es ihr nicht nah genug – ein Jahr nach dem Tod ihres geliebten Gatten war sie ihm wieder so nah wie ihr ganzes Leben lang. Sie haben glücklich gelebt und sind, wenn man das so sagen darf, glücklich gestorben.

Unser Vater hat in Gesellschaft immer mit Liebe und Leidenschaft sein Glas gehoben und einen Toast angebracht, sein Talent habe ich nicht, ich möchte euch einfach bitten, euer Glas zu erheben und auf alle Eltern in unserer großen Familie anzustoßen. Was wären wir ohne sie. Zum Wohl!«

Damit endete der feierliche Teil der Veranstaltung. Die Kinder rannten über die Decks, Männer und Frauen suchten das Gespräch mit den neuen und die Erinnerung mit den alten Verwandten.

Johanna strich das traditionelle Reimspiel vom Programm.

Die spanische Suppe stand auch nicht auf der Menükarte. Die Kinder bekamen, endlich, ihre *Macs* und *Whoppers* und die Eltern Bratwurst, welche das einzige Zürcher Angebot der Bordküche war. *Panta Rhei* – die Menükarte floss über vor Mezze und Sushi, die Bratwurst stand klein und ärmlich am untern Rand, auch in japanischer Schrift. Dass die Bratwurst mit Rösti aufgetragen wurde, tröstete die Enkelin der besten Röstibraterin der Welt über den Verlust hinweg, obwohl diese pappig war. Aber den Gästen aus Übersee schmeckte es, den einen, weil sie alles Exotische liebten, den andern als Erinnerung an die Kindheit. Überhaupt, was wäre spanische Suppe ohne *Schlemmweg* gewesen, und den gab es nicht! Wirkung tat auch der *Salice Salentino*, wie die Stimmung bewies. So oder so.

Zeit für die Raucher, nach draußen zu gehen. – Aber was war da los? Der Nebel umhüllte das Schiff wie dicke graue Watte. Kein Ufer zu sehen, kein Ton zu hören. Es war nicht auszumachen, ob das Schiff noch Fahrt hatte. Sie schauten im Dunkelgrauen nach Land aus und wussten nicht, in welcher Richtung es zu suchen war. Sie fanden keinen Halt und rückten unwillkürlich näher zusammen.

»The hell!«

»Wie lange sind wir schon unterwegs?«

Nichts zu sehen draußen. Sie schnippten ihre Zigarren, kaum angeraucht, ins Graue hinaus und suchten fröstelnd Licht und Wärme auf.

Felix Frauenlob zog seine Taschenuhr an der Kette aus der Gilettasche, klappte den Deckel auf, schaute hin, hielt die Uhr erst auf Distanz, dann ans Ohr, schaute noch einmal hin, der Zeiger bewegte sich nicht. »Wie spät ist es denn, meine Zwiebel ist stehengeblieben?«

»Dem Glücklichen schlägt keine Stunde!« Die Bizzis lachten über den antiquierten Chronometer, rückten die Manschetten, um ihre *IWC* und *Breitling* zu konsultieren, und das Lachen verging ihnen. Sie guckten einmal, zweimal – alles fließt, aber die Zeit auf der *Panta Rhei* ging nicht mehr und stand wie der Nebel draußen.

»Zum Kuckuck auch, und das im Land der Uhren!«

Keiner lachte über Renatus. Erst der Nebel, jetzt die Sache mit den Uhren – was war los? Das Unbehagen wuchs. Zeiger, die stehenblieben? – Sie waren gekommen, die vergangenen hundert Jahre zu feiern, okay, aber das bedeutete nicht das Ende der Zeit, ihre Zeit war nicht abgelaufen, sie würden noch viele weitere Jubiläen feiern wollen, da durfte die Zeit nicht stehenbleiben. Es war der Nebel, die verdammte Feuchtigkeit, von wegen Schweizer Qualität und *waterproof*! Oder war es ein Scherz, der zu Johannas Jubiläumsprogramm gehörte? Hatte die junge Frau sich einen Scherz mit ihnen geleistet? Das war's!

»Okay, technisch eine perfekte Leistung, chapeau!«

»Scherz gelungen, aber jetzt reicht's. Sie kann kommen und erklären, wie sie's gemacht hat – aber wo ist sie denn?«

»Lauft, Kinder, und holt die Tante her!«

Die Kinder liefen durchs Schiff und riefen nach Johanna, aber sie war verschwunden.

Da begann das Nebelhorn zu dröhnen –

Ein Schiff? Ein Eisberg? Kollision!

Das Nebelhorn dröhnte –

Die Kinder begannen zu weinen, die Frauen nahmen die Kleinen auf den Arm, die Männer legten den Frauen den Arm um die Hüfte.

Das Nebelhorn dröhnte – und plötzlich war durch das Dröhnen eine Stimme zu hören, die draußen rief –

Johanna? Alle drängten zum Ausgang.

Am Fuß der Treppe zur Kommandobrücke stand Dr. Gasslberger und zeigte nach oben: »Johanna!«

Kein Dröhnen, kein Nebel, auch nicht die steile Treppe hielten sie davon ab hochzusteigen. Da stand Johanna am Kommandopult, und erst, als alle sich um sie versammelt hatten, nahm sie den Finger vom Knopf. Stille.

»Come on, Johanna, what the hell!«

Sie lachte: »Der Kapitän hat mich ans Steuer gelassen. Nur dieser kleine Hebel hier braucht's, hat er gesagt, mehr nicht, so kleine Dinger entscheiden über unsere Zukunft. Aye aye, Sir, habe ich gesagt. Aye, aye, Madam, hat er gesagt, Sie schaffen das schon! Worauf er sich mit der ganzen Mannschaft in Nebel aufgelöst hat, Smutjes mit ihrer Rösti inbegriffen, kein Verlust.« Sie schaute nach vorn und schaute in die Runde.

»Wir schaffen das, nicht wahr? Schaut her, der Kompass funktioniert, der Radar funktioniert, kontrolliert eure Uhren, die laufen auch wieder, alles läuft wie gewohnt, beste Voraussetzung für volle Fahrt voraus. Auf zu neuen Ufern!«

»Auf zu neuen Ufern!«, rief Renatus begeistert. »The show must go on, fahr weiter so, Cousinchen!« Er legte sein Instrumentenetui aufs Fensterbrett, um beide Arme frei zu bekommen für die Umarmung der Steuerfrau: »A Teixel bist und a Datschkerl hätt'st verdient, uns so zu erschrecken, aber du machst das ganz toll, Cousinchen, lass dich umarmen!«

»Nicht so heftig, junger Mann, Sie bringen uns vom Kurs ab!«

»Sie hält das Steuer fest in der Hand, sie hat uns gerettet, sie trägt die Kron – so heißt es. Wo ist der *Schwemmweg*, dass wir die Steuerfrau begießen?«

Keine Zeit zum Feiern, auf dem Vorderdeck schrie markerschütternd ein Kind, die Gesellschaft machte kehrt und hetzte treppab ins Freie hinaus. Da stand Johannas kleiner Felix am Bug, riss den Klöppel der Schiffsglocke am dicken Tau wild hin und her, läutete Sturm und schrie: »Land, Land, Land!«

Da lag es:

Eos, die rosenfingrige Göttin, hatte den Nebel geküsst. Dieser lichtete sich sacht und gab das Bild der Stadt frei: Wer Gott lieb hat, der baut Ihm ein Haus in Zürich: Klein-Sacré-Coeur in der Enge, Fraumünster, Augustinerkirche, St. Peter, Kirche Oberstraß, Kirche Unterstraß, Guthirtkirche, Liebfrauenkirche, Predigerkirche, das Großmünster, Wasserkirche, Kirche Fluntern, Kreuzkirche – alle auf einen Blick. Doch keine Lände weit und breit, der Bürkliplatz war aufgehoben, kein Stadtlärm zu hören, lautlos glitt das Schiff durch die Stille auf die Quaibrücke zu, die die Stadt gegen den See abriegelte, die Brücke teilte sich in der Mitte und öffnete sich wie eine Schleuse, das Boot nahm Fahrt auf, die Limmat hinab, wo es dem Atlantik zuging.

Die große Familie Frauenlob, eng zusammengedrängt, stand still und stumm. Von der Kommandobrücke hinab ließ sich eine Oboe vernehmen, wie sie nur die Franzosen zum Klingen bringen.

Da oben stand Renatus vom *Cleveland Philharmonic Orchestra* und spielte von Loeillet – guess what.

Beginn und Ende des Guten

Dank

Ganz besonders danken möchte ich:

– meinem Verleger Ricco Bilger – für seine Großherzigkeit

– meinen Lektorinnen und Korrektorinnen Katrin Eckert und Franziska Schwarzenbach – ohne sie wäre es nicht geworden

Danken möchte ich auch:

– Dr. Sylvia Treudl, Wolfgang Kühn und Michael Stiller vom Unabhängigen Literaturhaus Niederösterreich/ULNÖ in Stein/Krems – für Zuspruch und Gastfreundschaft

– den Mitarbeitenden der Musikabteilung der Zentralbibliothek Zürich – für Beratung und Gastrecht

Dank an:

– Pro Helvetia – für einen Werkbeitrag

– Präsidialdepartement der Stadt Zürich für einen Druckkostenzuschuss

– Kaufmännischer Verein Zürich (KVZ) für einen Druckkostenzuschuss

Sehr hilfreich waren:

– Susanne Woodtli ›Gleichberechtigung‹ – für einen tiefen Einblick ins Schweizer Frauenleben

– Niklaus Meienberg ›Die Welt als Wille und Wahn‹ – für die Aufdeckung überraschender Spuren in Zürcher Familiengeschichten

STAMMBAUM DER FAMILIE FRAUENLOB-GERBER

Ernst FRAUENLOB & Martha Estermann
Straßenbahnschaffner / Hausfrau
(1880–1942) / (1890–1967)

Walter & Hanni GERBER
Prokurist / Hausfrau
(1913–1982) / (1913–1980)

Lukrezia Prantl & Felix
cand. phil. / Journalist
* 1940 / * 1938

Regula
Oboistin
(1942–1985)

Max
cand. med.
(1947–1980)

Hans
Spargelbauer
* 1971

Johanna & Reto Benz
lic. oec. publ. / Trainer
* 1972 / * 1975

Lukrezia-Maria
* 2005

Felix
* 2007

STAMMBAUM DER FAMILIE BIZZI-GERBER

Hans GERBER & Hanna Schaffner
Polizeibeamter, Hausfrau
(1882–1943), (1880–1947)

Walter Frauenlob & Hanni
Prokurist, Hausfrau
(1913–1982), (1913–1980)

Hans
(1900–1918)

Ida
(1902–1922)

Martha
(1904–1914)

Trudi
(1905–1918)

Olga
(1907–1918)

Elisabeth & André BIZZI
Hausfrau, Kaufmann
(1915–1980), (1916–1979)

Hans
Broker
* 1939

André
Broker
* 1939

Jacques
Kaufmann
* 1942

Mary
TV-Woman
* 1948